REPRINTED
BY
HUBER

Nr. 26

Kurt Guggenheim

«Entfesselung»
«Sieben Tage»

Kurt Guggenheim, Werke VII

«Entfesselung»
«Sieben Tage»

Neu herausgegeben und mit
einem biographischen Nachwort versehen
von Charles Linsmayer

Verlag Huber Frauenfeld Stuttgart Wien

Kurt Guggenheims Romane «Entfesselung» und «Sieben Tage» erschienen 1934 und 1935 das bisher erste und einzige Mal im Schweizer Spiegel Verlag, Zürich. Die hier vorgelegte, sorgfältig revidierte Neuausgabe der beiden Romane basiert auf dem jeweiligen Erstdruck und erscheint als siebter Band der Kurt Guggenheim-Werkausgabe innerhalb von «Reprinted by Huber», einer offenen Folge bemerkenswerter Texte aus der mehrsprachigen Schweiz, ausgewählt und herausgegeben von Charles Linsmayer.

Die Herausgabe dieses Bandes wurde unterstützt von der Kurt und Gertrud Guggenheim-Stiftung, Zürich

Bibliographische Information der Deutschen Nationalbibliothek:
Die Deutsche Nationalbibliothek verzeichnet diese Publikation in der Deutschen Nationalbibliographie; detaillierte bibliographische Daten sind im Internet über http://dnb.d-nb.de abrufbar

www.verlaghuber.ch

ISBN 978-3-7193-1522-1

Schutzumschlag: Ruedi Becker
Druck: fgb • freiburger graphische Betriebe, Freiburg

Entfesselung

I

«Ich lasse Sie nun mit der lieben Entschlafenen allein», sagt Madame Naef, und sie schaut dabei Quirin von der Seite her an, mit dem entschlossenen, leicht selbstzufriedenen Ausdruck, den Frauen oft annehmen, wenn sie sich bei entscheidenden Ereignissen des Lebens auf der Höhe der Anforderungen fühlen, die an sie gestellt werden.

Er hört sie schwerfällig die Treppe hinabsteigen, und die Mattglasscheibe der Wohnungstüre klirrt ein wenig, als er sie schließt; die dünne Messingklinke ist noch warm und feucht, denn Madame Naef hat sie die ganze Zeit über in der Hand gehalten, während sie unter der halboffenen Türe noch einige Maßnahmen mit ihm besprach, die durch Valeries Tod bedingt waren.

Aber dann ist es auf einmal wie Sonntag, oder so wie es gewesen war, wenn er als Kind zu einer ungewohnten Tagesstunde krank allein in seinem Bette lag. Es ist kein Atem mehr da als der seine. Die Geräusche der Wagen, die vorüberrollen, tönen wie aus einer andern Welt von der Straße herauf. Sie treffen ihn allein in dieser dämmrigen Wohnung, wo nichts sonst zu hören ist als aus der Küche das regelmäßige Fallen des Tropfens im Schüttstein.

Die Quelle der Stille ist im Schlafzimmer. Von dort her rinnt sie durch den schmalen Türspalt aus dem halbverdunkelten Raum in den Korridor. Gewohnheitsmäßig horcht er hinüber, als müßte ein Geräusch des Lebens hörbar werden, ein Glas, das auf der Marmorplatte des Waschtisches abgestellt wird, ein Stuhl, den man verrückt, der wimmernde Ton des langsam sich öffnenden Spiegelschrankes, das Plätschern von Wasser oder das leise Gesumse von Valeries Stimme, die ihren Hausgeschäften nachgeht. Aber es bleibt alles ruhig.

Auf den Zehenspitzen tritt er ins Wohnzimmer und setzt sich an den großen Tisch, auf dem die dicke Plüschdecke mit den bunten Ornamenten liegt. In der Mitte, unter der Lampe, auf einem Spitzendeckchen steht die blaue Vase, aber die Margueriten fehlen. Die Türe zum Schlafzimmer hinüber ist geöffnet. Er kann die Ecke sehen, wo Valeries Bett steht, doch von ihr sieht er nur das weiße Leintuch, das über ihren Körper gebreitet ist, und ganz oben etwas Dunkles, das ihre Haare sein mögen.

‹So ist das nun›, denkt er. In den drei Jahren, da sie zusammenlebten, hat sich manchmal, in unregelmäßigen Zeitabständen, ganz geheim, in boshafter Beharrlichkeit der Männergedanke eingefunden: ‹Ich möchte wieder frei und ungehindert sein›, und wenn es ganz schlimm war, auch die unwahrscheinliche Vision von Valeries Tod, aber auf eine ganz harmlose und schuldlose Art, so wie Kinder an den Tod ihrer Eltern denken als ein einfaches Verschwinden ohne beschwerliche Nebenumstände, ohne Schmerz für beide Teile, als eine phantastische, lustvolle und glatte Lösung.

Valerie ahnte diese Krisen immer, bevor sie ihm selbst bewußt wurden. Sie hatte dann eine besondere Art, ihn anzublicken, aufmerksam und ein wenig ängstlich, während er eigensinnig und brütend in der Wohnung herumlief, auf seine eigenen Schritte hörte, sich in den Spiegeln sah und unzählige halbgerauchte Zigaretten in den Aschenbechern zerquetschte.

Quirin erhebt sich und geht mit behutsamen Schritten in das dämmrige Schlafzimmer hinüber. Vor dem Bett steht noch der Stuhl, auf dem Madame Naef den ganzen Vormittag bei der Toten gewacht hat. Es riecht nach Essig. Valerie ist zugedeckt bis unter das Kinn. Es scheint ihm, als seien die geschlossenen Augen schon ein wenig tiefer in ihre Höhlen gesunken, und auch die Lippen sind auf eine seltsame, spröde Art eingekniffen.

Mit der linken Hand umklammert er die Finger seiner rechten; er möchte ausreißen und die Türe hinter sich zuschlagen. Doch er bleibt am Fußende des Bettes stehen und zwingt sich, die Tote anzusehen.

Ihr Gesicht ist ebenmäßig und makellos. Aber er sucht in den starren Flächen der Stirne und in den gespannten steifen Rundungen der Wangen und des Kinns vergeblich nach einem Ausdruck, der ihn an die Lebende erinnert hätte. Seit Jahren hat er dieses Antlitz in seinen vielen Möglichkeiten gesehen, aber dieser Ausdruck ist ihm in tiefster Seele fremd und ohne Erinnerung. Es scheint ihm, als hätte Valerie hinter der Mannigfaltigkeit ihres Mienenspiels gerade dieses eine Gesicht, auf das es nun so sehr ankam, verborgen gehalten.

So sieht es aus: als hätte sie in den paar Stunden, in denen sie aufgebahrt dalag, einen nur ihr verständlichen Befehl erhalten, der sie von allen Dingen, mit denen ihr Leben bis heute angefüllt war, um einer ernsten und strengen Mission willen entbindet. Es hat den Anschein, als hätte sie die vielen Zusammenhänge des Lebens mit einem Male begriffen, und es ist etwas Gewaltiges und Unaussprechliches, dessen er nicht würdig ist. Er ist ein Fremder geworden, der an dem Geheimnis, das sie erfüllt, keinen Anteil mehr haben kann. Es spiegelt sich auf ihrem Gesicht ein Wissen, dem sie mit atemlosem Erstaunen teilhaftig geworden ist und worüber sie erstarrte.

Seine eigenen Atemzüge haben nun eine andere Bedeutung bekommen, das System seines Blutkreislaufes hat sich geändert, wie jenes des Kindes, wenn es von der Mutter entbunden ist. Valerie ist in eine andere Welt hineingeboren worden, und er bleibt zurück mit einer atembeklemmenden Verantwortung, weil er sie allein dem unbegreiflichen Vorgang ihres Verfalls überlassen muß.

Während er sich unsicher, mit kalten Beinen an das Fußende der Bettstatt lehnt, sieht er in der Art eines surrealistischen Malers Valerie als Vision, nur mit einem sackähnlichen, kurzen Hemde bekleidet, gelösten Haares, in grünliches Licht getaucht, an tiefen, schwarzen Himmeln vorbei entschweben, unbegreiflich, unhaltbar und einsam wie eine Stunde im Raume von Jahrtausenden. Er begreift die hoffnungslose Verlassenheit ihres leblosen Körpers, und jedes kleine Wort, das sie gesprochen, jedes Ding, das sie berührt hat, wird nun ein Ereignis und ein Gut, um das er kämpfen möchte, es vor der Vergessenheit zu bewahren. Daß sie ihn geliebt hat, wächst nun, da er so an ihrem Totenbette steht, zu einer Verantwortung, die er erst jetzt zu begreifen vermeint: Die Liebe ist eine Verzweiflung, sie will der Zeit einen Fetzen Wirklichkeit entreißen! Alles, was Valerie in den Jahren ihm gegeben hatte, alle Tage und alle Nächte, das ist der bessere Teil von ihr, den sie ihm anvertraut hat, ihn von dem Absterben ihres Leibes zu trennen. All das, was nicht vergehen soll, hat sie ihm überbunden und zur Bewahrung gegeben. Er soll es noch ein Stück weiter tragen, um so ihr Leben um seine besten Teile zu verlängern.

Er setzt sich auf den Stuhl neben ihrem Bett. Alles Schweigen, das je wie ein Mißverständnis, wie Verzweiflung und wohl auch wie Hilflosigkeit zwischen ihnen gelegen hat, wird nun beredt. Daß sich die Menschen in der Liebe aneinanderdrängen und sich umklammern, offenbart jetzt noch einen anderen Sinn. So gesehen ist es wie Verzweiflung, wie Angst vor den tiefen, schwarzen Himmeln, die drohend hinter den Dingen unserer Herkunft sind und in die Valerie nun wie ein einsamer, verzischender Komet hineinfällt.

Er fühlt, unter der Spröde seiner Gedanken regt sich etwas Heißes, Lebendiges, etwas, das er nicht kennt. Er blickt um sich und fühlt sich nicht mehr sicher. Es ist gleichsam, als hätte er das Stockwerk seines Lebens gewechselt; die Größe und die Anordnung der Räume ist dieselbe, alles stimmt überein in den beiden Wohnungen, aber er war in einer Betäubung, während der er in ein anderes Stockwerk getragen wurde, und jetzt, im Erwachen, sieht er, daß sich das Licht und die Luft verändert haben.

Es beginnt langsam dunkel zu werden. Ein Lastwagen rollt auf der Straße, und das Haus zittert leise. Je länger er das unbewegliche Gesicht Valeries betrachtet, um so unglaublicher erscheint es ihm, daß dies nun der endgültige und festgeprägte Ausdruck ihres Lebens sein soll. Ganz an der Peripherie seines Denkens zieht es wie neue Erkenntnisse vorüber, aber das Heiße, das sich in ihm regt, hat sein eigenes Gesetz und seinen eigenen Rhythmus, und er muß alles andere unbesehen weggleiten lassen.

Ach, eine einzige Hebung und Senkung ihrer Brust, ein einziger Atemzug, ein einziger Seufzer müßte dem Gesicht der Toten eine andere, eine versöhnlichere Auslegung geben. Es müßte ihr doch Gelegenheit gegeben werden, einen Ausdruck anzunehmen, der weniger vorwurfsvoll und auch verständlicher für ihn ist, nicht so abweisend und so teilnahmslos fremd.

Er kann sich nicht entschließen, das Zimmer zu verlassen. Es ist da etwas Unausgedachtes, das zu Ende gedacht, etwas Angebotenes, das genommen werden muß, als hätte die stumme Beharrlichkeit der Toten eine ganz besondere Bedeutung, als wäre noch eine intime Botschaft unterwegs, die übermittelt werden muß, bevor man sie zu Grabe trägt. Aber alle seine Gedanken verhallen wie flüchtige Schritte in tiefen Gewölben. Er hört seinen eigenen Atem, und er möchte die unerträgliche Stille endlich sprengen und irgendein Wort rufen, etwas zu Boden werfen. Er steht auf, um das Fenster zu öffnen, aber er kommt nicht dazu, denn schon steht er wieder am Fußende des Bettes und blickt wie gebannt über das gewölbte

Leintuch hinweg auf Valeries Stirne und ihre Brust, in der verzweifelten Hoffnung, es möchte ein Atemzug geschehen.

Dann stürzt auf einmal die ungeheure Gewißheit auf ihn ein, daß es nie mehr sein wird. Nie mehr. Das Unumkehrbare, Endgültige ist geschehen. Lebendiges ist tot geworden. Der ungeheure Abgrund, der zwischen Lebendigem und Totem ist, Valerie hat ihn überschritten. Unüberbrückbare Feindschaft ist zwischen ihnen. Sie ist in das feindliche Lager hinübergelaufen. Sie hat alles im Stich gelassen. Er ist ihr gleichgültig geworden. Sie hat Größeres vor. Was ist dir eingefallen, was hast du vor? Wie kommst du, kleines Wesen, zu so großen Dingen wie dem Tod?

Es regt sich in ihm wie eine ungeheuerliche Anmaßung, er wird ungeduldig und wehrt sich dagegen, aber auf einmal ist ein Ton im Raum, ein ungewohntes Geräusch, wie von einem neuen Menschen, der ins Zimmer getreten ist, und mit ungläubigem Erstaunen stellt er fest, daß vor dem Bett Valeries ein Mann kniet und sich windet und sein Gesicht in die Leintücher drückt und verzweiflungsvoll gegen die Erschütterungen seines Körpers ankämpft und daß dieser Mann er selbst ist.

Das also ist die Botschaft! In letzter Stunde noch wollte sie ihm dies übermitteln, so als hätte sie um den weinenden Mann in ihm gewußt und es bis zuallerletzt aufgehoben. Während er kniet und den Geruch der Leintücher einatmet, sieht er den Ausdruck ihrer braunen Augen, jenen Ausdruck, den sie hatte, wenn seine kalten Zornausbrüche nahten. Es lag dann etwas in ihrem Blick, als schaute sie über ihn hinweg, durch ihn hindurch, und hielte Zwiesprache mit einem Teil von ihm, den er selbst nicht kannte, mit einem Teil seines Ichs, der sie mit Zärtlichkeit, Trauer und Nachsicht erfüllte und die harten, verletzenden Worte entwertete, die sein zornbleicher Mund sprach.

Es ist, als weine er jenem eigenen unbekannten Bilde nach, das Valerie von ihm herumtrug und das sie unwiederbringlich von ihm genommen hat, um es nun, als einen letzten Liebesraub, mit sich zu nehmen auf ihre arme, einsame Reise durch die dunklen Himmel.

II

Es fällt dem weißbejackten Burschen, der das fliegende Buffet auf dem Bahnhof in Olten bedient, eine Träne auf die Hand, als er Yvonne die Kaffeetasse reicht. Die Augen sind ihr wieder übergelaufen. Der aufsteigende Duft einer Tasse heißen Kaffees hat genügt, und schon windet sich inwendig verzweifelt, körperlich fühlbar eine schmerzhafte Erinnerung.

Sie sieht ihre Mutter in ihrem rotgeblümten chinesischen Kimono vor dem kleinen Gasherd stehen; sie gießt behutsam das heiße Wasser über das Kaffeepulver im Filter. Die Sonntagmorgenglocken wimmern durch den Regen. «Musch», hat Yvonne mit leiser Stimme gerufen, aber Valerie hört sie nicht; sie ist ein wenig schwerhörig. Sie fährt selbstvergessen in ihrer Beschäftigung fort. Durch die Neigung ihres Kopfes wird die weiche, zartgepolsterte Haut unter ihrem Kinn sichtbar, jener Anflug eines Doppelkinns, der ihre Sorge ist. Das war der Augenblick gewesen, in dem Yvonne wie zum erstenmal ein nie gekanntes Gefühl der Zärtlichkeit für ihre Mutter in sich gefühlt hatte. Sie sah sie wie eine fremde Frau, dicht an der Grenze des Alterns und ein wenig grotesk in ihrem roten Kimono. Auf ernsthafte und subtile Art hielt sie das kleine Pfännchen, und dabei raffte sie mit der linken Hand den weiten Ärmel ihres Morgenkleids zusammen. Ihre Augen und das weiche Gesicht hatten einen aufmerksamen und von Vorfreude durchschimmerten Ausdruck, und Yvonne erriet, daß diese Vorbereitungen ihr galten und daß, wie jedesmal, wenn sie für ein paar Tage nach Hause kam, die Mutter ihr das Frühstück ans Bett bringen wollte. Sie fühlte damals, daß sie dieses Bild nie mehr würde vergessen können, und wirklich, nun kam es, und sie findet dasselbe merkwürdige Mitleid wieder, das sie zu der Belauschten empfunden hatte.

Es ist etwas Tröstliches im Rütteln eines dahinfahrenden Zuges. Es geschieht etwas, und wir müssen nichts dazu tun. Wir werden durch den Raum geführt, und es wird von uns keine Anstrengung verlangt. Der Zug übernimmt das Geschäft einer besänftigend schaukelnden Wiege, und die Lokomotive ist eine besorgt schnaufende vollbusige Mutter.

Yvonne streicht mit den Fingerbeeren über den Samt des Sitzpolsters und weint leise in das Schwarze hinein, das hinter ihren geschlossenen Augenlidern ist; es ist auch im Schmerz eine samtene Wollust.

Am meisten fürchtet sie sich vor dem Anblick ihrer toten Mutter. Sie hat, außer im Film, noch nie einen toten Menschen gesehen. Sie denkt fortwährend daran, und sie hat Angst davor und kann sich doch keine Vorstellung davon machen. Wenn das doch nicht sein müßte.

Sie nestelt nochmals das grüne, zerknitterte Eiltelegramm mit seinen primitiven Druckbuchstaben aus dem Handtäschchen und liest es Wort für Wort: «liebe yvonne ihre mutter ist heute vormittag neun uhr verschieden – quirin.»

‹Vielleicht ist alles nicht wahr›, denkt sie gehetzt. ‹Vielleicht ist es ein Mißverständnis, ein Druckfehler; vielleicht war sie nur ohnmächtig, Quirin hat den Kopf verloren und in der ersten Überstürzung geglaubt, Valerie sei tot. Wie manchmal hat man schon so etwas gehört.› Sie möchte sich an die beiden Herren im Abteil wenden, die das schwarzgekleidete Mädchen mit diskreter Neugierde umgeben.

Für Minuten ist es dann wieder ganz ruhig in ihr und beinahe gut vom Weinen und Dahinfahren, die Augen brennen, und das Harte, Nüchterne verschwimmt im Hintergrund, angenehm und schmerzerschlafft …

«Yvonne», sagt Valerie, «komm noch ein wenig zu mir.»

Es hängen ein paar Kranzschleifen mit goldenen Aufschriften über dem Bett, ein paar große Photographien mit handschriftlichen Widmungen von Kollegen und auch jenes Bild Valeries aus ihrer Glanzzeit in der Saison 1922/23, mit der riesigen Garbe von Rosen, die sie im Arm trägt. Auf dem Nachttischchen steht Quirins kleines Amateurphoto, so wie er vor zehn Jahren gewesen ist; sein Gesicht ist im Schatten des Strohhutes unkenntlich, aber seine Haltung ist ganz typisch.

Sie setzt sich brav ans Bett, und ihre Mutter schaut sie liegend an, nachdenklich und ein wenig pathetisch, mit dem leidenden Ausdruck, der ihr Gesicht überzieht, wenn sie mit Yvonne allein ist. Yvonne hat diesen Ausdruck im Gesicht ihrer Mutter nicht gern. Er bedeutet etwas, von dem das junge Mädchen nichts wissen will; er ist ihr peinlich. Sie weiß, er hängt mit Quirin zusammen, mit der Liebe und mit der beendeten Operettenlaufbahn ihrer Mutter. «Yvonne, mein Herz tut mir wieder weh. Deine Mutter wird vielleicht bald sterben.

Aber du mußt keine Angst haben, ich habe mit Herrn Kummer alles besprochen.»

Die Worte der Menschen sind alle zweideutig; erst nach dem Tode bekommen sie manchmal ihren schweren und ungeahnten Sinn. Yvonne denkt an alle Worte ihrer Mutter, die ihr im Gedächtnis geblieben sind, und es will ihr, wie allen trauernden Menschen, scheinen, daß es nur solche sind, hinter denen Reue um eigenes Unrecht wartet. Sie sind unwiderruflich; jetzt, wo man ihren schmerzbeschwerten Sinn erkannt hat, besteht keine Möglichkeit mehr, die unbegreifliche Gleichgültigkeit, mit der man sie aufgenommen hat, zu berichtigen. ‹Wie konnte ich nur so herzlos sein! Ach, vielleicht hat sie lange darüber nachgedacht, bevor sie mich ans Bett rief, und was sie mir sagte, war eine Art Hilferuf, ein Flehen um Verständnis und Anteilnahme. Vielleicht, nein sicher war sie vereinsamt. Quirin ist ja so sonderbar. Musch durfte nie so zu ihm sein, wie sie wollte, immer nur ruhig und überlegen und nachgiebig, bettelnd, ohne daß es wie Betteln aussah.›

Sie denkt mit Abneigung an diesen ‹ewigen Zimmerherrn›, wie Valerie manchmal in schmerzlichem Scherze sagte. ‹Warum konnte es bei uns nie sein wie bei anderen Leuten? Immer dieser halbe Bohèmebetrieb. Blumen und Schleifen und Spirituskocher und Brennscheren und Sofakissen und so eine unpersönliche Wohnung, so ein richtiges Absteigequartier für Künstler auf einer Monatstournee. Und über dem Kopf noch eine ‚Pension' und unten, bei Madame Naef, ‚Zimmer zu vermieten'.›

Sie haben nie miteinander über Quirin gesprochen. Es wäre beiden gleichermaßen unerwünscht gewesen. Er war einfach der langjährige Mieter, der Zimmerherr, nicht mehr von Valerie wegzudenken. Yvonne vermeidet es, daran zu denken, es ist unpassend und unbehaglich. Bequemer, einen Bogen darum zu machen, nicht daran zu rühren.

Quirin war ihr immer auf eine unerklärliche Art fern und mit Abstand umgeben. Er schien unverständliche Absichten zu verfolgen und ein anderes Ziel zu haben als andere Leute.

Der Luftzug des halboffenen Fensters streicht ihr die Haare aus der Stirne. Friedlich dämpft sich das Licht in der sommerlichen Abendlandschaft. Zwischen den dunklen Wäldern hängen leichte Wattebäusche von Nebel. Die Tränen trocknen, und es kühlt wohltätig um die Augen herum. Yvonne fühlt, das erste Maß des Schmerzes ist getrunken, aber es würden noch andere kommen.

Man sieht im Vorbeifahren schon in erleuchtete Stuben hinein, eine Frau, die den Tisch deckt, ein Mann, der hemdärmlig auf dem Gesimse lehnt, Kinder vor einer offenen Haustüre. In der Ferne blitzen auf den Straßen sekundenlang Scheinwerfer von Automobilen auf. Die roten und grünen Laternen der Weichensignale sind schon angezündet, und im Lilablau des Himmels steht ein bläßlicher Mond. Sie kreuzen einen festlich erleuchteten Zug. Es ist eine friedliche Atempause des Schicksals. In der nächsten halben Stunde würde nichts passieren.

Quirin steht an der Bahn. Er sieht Yvonne kommen, verändert in dem schwarzen Kleid, nicht sehr bleich, aber ihre Augen sind verweint. Sie gleicht Valerie wenig, aber sie hat denselben Ausdruck im Gesicht, etwas Ernst-Hungriges, und denselben engen Schritt. Sie kommt, ohne zu zögern, auf Quirin zu. Wie sie ihn ansieht, erinnert er sich, daß sie die Gewohnheit hat, vor allen Bewegungen, die sie ausführt, ein ganz klein wenig einzuhalten, nicht zögernd, sondern eher unterstreichend, bedächtig. Sie gibt ihm die Hand, und sie läßt sie in der seinen und blickt ihm in die Augen, abwechslungsweise zuerst in das linke und dann hinüberirrend in das rechte – und dann kommen ihr wieder die Tränen. Er hat es erwartet. Er nimmt ihr das blaue Suitcase aus der Hand, geht um sie herum an ihre linke Seite, und sie gehen durch die Bahnhofhalle.

«Sie fühlte sich vorgestern nicht wohl, ganz plötzlich. Sie hatte einen Herzkrampf, wie schon einmal. Wir glaubten, es sei nicht so schlimm. Auf einmal hatte sie keine Luft mehr.»

Während er das sagt, schaut er auf die Plakate für Verkehrspropaganda, SOMMER AM VIERWALDSTÄTTERSEE, STRANDBAD WEGGIS, LIDO LUZERN.

Yvonne beißt an ihrer Unterlippe herum, bis sie ganz weiß ist. «Ist sie arg entstellt?»

«Gar nicht. Sie war bewußtlos, als sie starb.»

Sie denken beide dasselbe, unzusammenhängend und nicht zu einem Satz geformt. Aber es bedeutet etwa: Wie leicht es sich die Sprache macht.

Die Leute sehen alle gleichgültig aus. Der Chauffeur drückt auf den Anlasser, und der Motor schnurrt los. Der Wagen macht einen Bogen, am Bahnhofplatz muß er anhalten. Zwei, drei

Passanten blicken im Vorübergehen hinein. Es ist warm und städtisch, die Luft flimmert ein wenig. Die Neonröhren zittern violett und himbeerrot und spiegeln sich im Wasserfall unter der Schleuse an der Bahnhofbrücke. Am Central ist wieder eine Stockung. An der Weinbergstraße schaltet der Chauffeur den Motor um, im zweiten Gang macht er viel Lärm. Ein hellgekleidetes Mädchen mit einem hutlosen Exoten geht vorüber.

Der lederne Sitz im Wagen ist heiß, das heruntergelassene Fenster wackelt im Rahmen. Quirin hat ein merkwürdiges Gesicht. ‹Es ist ihm sehr nahegegangen›, denkt Yvonne. Er hat um die Augen und an den Mundwinkeln Wölbungen, die sie an ihm nicht kennt. Er blickt auf die Straße hinaus und sagt dann unvermittelt: «Die Überführung ist übermorgen. Herr Kummer war nachmittags da. Sie sollen ihn anrufen, sobald Sie können.»

An der Universität machen zwei barhäuptige Studenten eine Jagd auf Motorrädern. Der Chauffeur flucht bewegungslos ein paar Worte vor sich hin.

Dann biegen sie in die Bolleystraße ein, und Quirin klopft an die Scheibe; der Wagen bremst brüsk.

Quirin zahlt. Er trägt ein helles Flanellkleid, der Gürtel sitzt ein wenig tief, und die Hosen fallen ihm über die Schuhe. Er ist ernst und fremd. Aus dem Totenzimmer im zweiten Stock schaut Madame Naef herunter, und auch auf der anderen Seite der Straße stehen Leute hinter den Fenstern.

Mit einer gewohnheitsmäßigen Geste zieht er den Hausschlüssel aus der hintern Hosentasche, dabei fällt seine Jacke vorn auseinander, und über der Brust öffnet sich sein Hemd, so daß man seine Haut sieht. Er sieht ganz jung aus, so wie ein Student, der auf seine Bude geht.

In Hut und Handschuhen steht Yvonne am Bett. Sie zittert und hält die Faust zwischen die offenen Zähne gepreßt. Sie fühlt plötzlich, daß dies eine unverrückbare Wirklichkeit ist, die mit ihren Vorstellungen nichts zu tun hat.

‹Das ist nicht meine Mutter›, denkt sie, und es ist ganz licht und eiskalt unter ihr. Das ist eine absurde Kopie, ein Mannequin, ein unheimliches, regungsloses Mannequin mit Einkerbungen an den Nasenflügeln, die aus gelblichem Wachs sind, und blutlosen spröden Lippen. Mit kleiner, lächerlicher Kinderstimme sagt sie auf einmal wehleidig: «Mama ... Musch», und die Tränen tropfen ihr über den geblähten Kindermund.

Quirin steht im Wohnzimmer, an den Tisch gelehnt. Durch die offene Tür sieht er das schmale Mädchen schluchzend am Bett knien, an derselben Stelle und in derselben Haltung, in der er heute morgen am Bett gekniet hat.

III

Quirin ist plötzlich erwacht. Sein Körper ist feucht von kaltem Schweiß, und sein Herz schlägt hart und schmerzhaft wie nach einem großen Schreck.

Er öffnet die Augen und sagt ein paar sinnlose Worte vor sich hin. «Bitte nehmen Sie auch davon», und dann stellt sich auch das Bild dazu ein: eine lange, weißgedeckte Tafel und reihenweise Portionen von «Pêche melba», doch es sind keine europäischen Pfirsiche, sondern kalifornische, gleichmäßige Schnitze mit vanilleähnlichem Geschmack. Aber es erweist sich sogleich, um das handelt es sich gar nicht, sondern um die furchtbare Frau, die ihn aus zwei hellbewimperten Augenschlitzen heraus mit dunkelblauen Augen beobachtet. Sie hat lange, weiße Schneidezähne, ein starkes englisches Kinn und an den Mundwinkeln tiefe, grausame Falten. Ihre Gesichtshaut ist rosenrot und schlaff. Die Nüstern bilden zwei rote, fleischige Bogen. Oh, wie er diese Nase haßt. Nur ihr rotblondes Haar, das in sanfter Wölbung über die Stirne fällt, ist schön und zart.

Er schließt die Augen und hat nur den einen Wunsch, daß es zu Ende sein möge, zu Ende mit dieser grausamen und grotesken Zusammenkunft. Doch es ist vergeblich. Er sieht sie deutlich neben sich liegen, ihr Rock ist zerknittert und in Unordnung und aufgedeckt, die Wäsche, die arme, phantasielose Wäsche einer alten Frau, verschoben, und er sieht die matte, wie leblose Haut der weißen Schenkel.

Er weiß schon, worum es sich handelt. Es ist das Bild einer Jugenderinnerung, und wenn es sich einstellt, so fühlt er den Hauch des Nichts aus den Tiefen, der ihn streift. Diese groteske hellwimprige Frau ist seine Sphinx. Von Zeit zu Zeit kommt sie als ungerufene Gefährtin seiner Nächte, und sie blickt ihn an, sie blickt durch ihn hindurch, eine geheimnisvolle Hexe der Zeit, und dann hat er das Bewußtsein der unaufhaltsamen Zerstörung, der alles entgegengeht, die Vorstellung, daß alles nur ein Provisorium sei, daß er sein Leben einem krausen und sinnlosen Zusammenspiel von Zufällen verdanke und daß sein Ich in unaussprechlichen Räumen, zwischen kreisenden Welten und Sonnen herumirre, heimatlos und einsam schwebend im singenden Windzug der Zeit.

Ach, schlafen! Im Meer des Schlafes wird alles leicht, aber da wird man an das Ufer des Wachen geschwemmt, aus den grünen, ruhigen Tiefen heraus, und man wird trocken und bleicht an der gelben, harten Sonne, ein runder Kieselstein unter Millionen von andern, die im Spiel der Gezeiten wie Totenköpfe dumpf aneinanderkollern.

Irgendwo im Haus läuft Wasser durch eine Röhre, aber das andere Geräusch ist sein klopfendes Herz. Er schiebt seine Hand unter die feuchte Pyjamajacke und tastet mit den Fingern zwischen die Rippen, bis er das pulsende Ungetüm deutlich fühlt.

Resigniert sucht er mit dem Arm im Dunkeln die kleine Nachttischlampe. «Ach, Peter», murmelt er. Dann steht er auf und geht zum Wasserhahn in der Küche und trinkt ein paar fade Schlucke von der Röhre weg, sieht sich im Vorbeigehen im Spiegel, das Haar wirr, die Augen groß und rot unterlaufen, die Haut bleich und ein bißchen käsig. Gewohnheitsmäßig greift er an die Stoppeln seines Kinns, und es fröstelt ihn.

Er dreht die Lampe wieder aus, und da sieht er, daß fahles Morgenlicht in den Scheiben steht. Auf dem Balkon zwitschern Spatzen. Valerie hatte die Gewohnheit, ihnen die Brotkrumen der Tischdecke hinzustreuen. Er glaubt, den leisen Atemzug Yvonnes durch die Tür zu hören, und er denkt an Valerie, zu der er manchmal im Morgendämmer ans Bett getreten ist, und sie lag da, als schwämme sie auf dem Wasser, die Arme lässig zu beiden Seiten des Körpers, die Beine leicht geöffnet, das Kinn höher als die Stirne, zwischen den Lippen ein lächelnder Spalt.

Wie manchmal hat er sich nah und mit verhaltenem Atem über die Schlafende gebeugt, als gälte es, sie zu belauschen. Es gibt nichts Geheimnisvolleres und nichts Rührenderes auf der Welt als einen schlafenden Menschen. Er weilt in einem andern, unergründlichen Bezirk des Daseins, aber er läßt seinen Körper furchtlos und vertrauensvoll im Reiche der Wachenden zurück.

Nun liegt Yvonne in Valeries Zimmer, an der Stelle ihrer begrabenen Mutter.

Von der Straße her hört er die Kessel des Milchmannes aneinanderschlagen. In den benachbarten Anlagen verhandeln die Vögel aufgeregt und rücksichtslos ihre morgendlichen Geschäfte. Die Sonne muß aufgegangen sein. Morgenwind weht in den Raum, Quirin spürt die Wärme seines eigenen Körpers, und es wird ihm wohl wie einem Kinde, das ausgeweint hat.

Auf einmal merkt er, daß hinter seinem Wachen die ganze Zeit über ein geheimer Männerwunsch gewartet hat, ein Wunsch, der von beharrlichen und genauen Vorstellungen begleitet ist.

Yvonne hat über ihren Hüften, ein wenig gegen den Rükken zu, eine Stelle, an der er sie einmal berührt hat, als sie zitternd und unter Schluchzen zuschaute, wie die lehmigen Brocken auf Valeries Sarg hinunterkollerten. Das schwarze Kleid lag dort glatt wie eine Haut über ihrem Körper, und während sie weinte, war dort ein spannungsvolles, bewegtes Spiel flacher Muskeln, ein leidenschaftlicher Ausschnitt des jungen Körpers.

Quirin hatte es gesehen. Der Mensch hat nur ein Instrument, auf dem sich seines Lebens Weise spielt. Der Schmerz und die Lust gehen unter demselben Ablauf von Bewegungen vor sich, und ob es Yvonne am Grabe ihrer Mutter leise schüttelt, es ist dort, an der zärtlichen Stelle über ihren Hüften, ein wenig gegen den Rücken zu, dasselbe betörende Spiel ihres Körpers, als zittere sie unter seinem Kusse.

Wie ein schillernder Ölfleck auf dem Wasser breitet sich etwas Leichtsinniges und Genußsüchtiges in ihm aus. Sein Körper ist auf einmal ausgeruht und wie bewußt des Raumes, den er einnimmt. Seine Zähne sind noch vollständig und gesund, er hat noch alle Haare auf dem Kopf, seine Lunge arbeitet gut, sein Bauch ist flach und straff, seine Schultern sind mit guten Muskeln bepflastert, die Knochen laufen glatt in ihren Gelenken. Das Leben ist schwierig, aber er steht noch ohne Wunden da.

Er möchte im Morgendämmer Yvonnes Türe öffnen und sich über ihr schlafendes Gesicht beugen, den bittern Atem ihres knabenhaften Mundes spüren, seine Arme um jene bewegte Stelle über ihren Hüften legen.

Die Schlagader klopft an seiner Kehle. Sein Körper feiert ein Fest. Seine Lungen sind so von dem kühlen und herben Hauch der Morgenluft angefüllt, daß es eine Stockung in seinem Atem gibt.

Er stützt sich auf und blickt auf das dunkle Rechteck der Türe, auf die Klinke. Des Menschen Leib ist ein gutmütiger und einfacher Tröster. Wenn es schlimm steht, dann kommt er und sagt: ‹Jetzt sollst du es auch wieder einmal schön haben.›

Er verläßt das Bett und geht langsam über den Teppich zur Tür und bleibt, leicht geneigt, horchend stehen. Er hört das unbestimmte Geräusch eines sich bewegenden Körpers. Dann ist es wieder ruhig. Sein Herz schlägt hölzern und schmerzhaft.

Ganz leise, mit unendlicher Vorsicht drückt er die Klinke nieder. Es gibt einen leichten Knacks. Aber die Tür ist verschlossen.

IV

Quirin gibt seinem Motorrad einen zärtlichen Tritt. Ganz tief in ihm ist eine leise, grimmige Besoffenheit. Er blickt die Wände der Garage an und reibt an seinem Kinn herum. Es ist still hier, ein wenig feucht. Es riecht nach Benzin, aber dieser Geruch ist die Vorfreude weiter Straßen, eines taufeuchten Sommermorgens.

Umständlich verstaut er das Fischzeug im Seitenwagen, das Futteral mit der zusammengelegten Rute und das Körbchen. Aus der runden Büchse, die mit feuchtem Filz gefüllt ist, nimmt er die Angeln heraus, sorgfältig, mit spitzen Fingern, und schaut sie an, Stück für Stück, indem er sich damit jeweils leicht in die Fingerbeere des Zeigefingers sticht. Eine ganz überflüssige, wichtigtuerische Inspektion, ohne Zweck, ein richtiges Spiel, voll von einer behäbigen, sinnlosen Umständlichkeit.

Dann öffnet er das Garagentor und stößt das Gefährt hinaus. Er dreht den Benzinhahn auf, tupft ein paarmal auf den Vergaser. Zuerst pufft es ein wenig, aber dann setzt sich der Motor mit lautem Geknatter in Gang, rücksichtslos in der Morgenstille. Er macht, daß er davonkommt.

Seine Knie klemmen sich gegen den Benzintank. Der tiefe Sattel federt leise unter ihm. Er fühlt, wie sein ganzer Körper die Vibration des Motors aufnimmt. Langsam verschiebt er den Gashebel, und allmählich verwischen sich die einzelnen Explosionen zu einem summenden Geräusch. Immer deutlicher fühlt er zusammenhängende Flächen von Luft über seine Stirne und an seinen Wangen vorbeistreichen. Die Häuserreihen rollen wie Bänder in seinen Gesichtskreis und vorüber. Die bepflasterte, breite und morgenstille Straße steigt ein wenig an; über den dicken Reifen des Vorderrades hinweg sieht er die Quadrate der Pflastersteine näher kommen, größer werden, und dann verschluckt sie die Maschine; es ist, als zeichne er mit seinem Gefährt eine aufsteigende Kurve auf kariertem Planpapier.

Dann kommen die Wiesen, und die Schatten der Bäume fallen über die taufeuchte Asphaltstraße. Die Landschaft wird tief und lockend; blauer, dunstiger Himmel ist über ihm. In das Gebrüll des Motors hinein singt er laut, nur ihm hörbar, unzusammenhängende Sätze in den harten Luftzug hinein.

‹Frei … frei … einsam … die weite Straße ist des Mannes Lust. … Fort von den Frauen … aufatmen und fluchen und schreien … das Gesicht verziehen vor Verachtung und übermütiger Kraft … sich selbst sein … fort mit dem Geschleiche und dem Rücksichtnehmen!›

Er stülpt seine Unterlippe vor und reißt seine Augen weit auf, und seine Schenkel umklammern den zitternden Benzintank wie die Flanken eines galoppierenden Pferdes.

Ein kleiner Friedhof liegt am Weg. Er blickt hinüber, zärtlich, freundlich, ein wenig grimmig und ein wenig hämisch. ‹Einverstanden, aber nicht jetzt! Jetzt für Stunden ist Freiheit und seliges Leben.›

Das Gefäß seines Körpers ist bis in die Fingerspitzen erfüllt von seinem Ich. Er füllt es aus, und er dehnt es. Die Gedanken fliehen vorbei wie die weite flache Scheibe der Landschaft, die sich langsam um das dahinfliegende Gefährt dreht, deren Mittelpunkt es ist.

Er blickt auf seine Hände herab, die die schütternde Lenkstange umfassen. Er freut sich über seine Hände, sie sind schmutzig von Öl und Ruß, aber in seinen Fäusten fühlt er das lebendurchzitterte Metall, seine Schultergelenke nehmen die Bewegung auf, und in seinem Nacken ist ein Gefühl, als risse *er* das Gestänge des kleinen Gefährts den Kornfeldern entlang in die lilablaue Ferne.

Tiefe Bässe orgeln in ihm. Seine Augen tränen im Windzug, aber es ist eine Art verkapptes Männerweinen ob der kraftbesoffenen Freiheit des Sommermorgens.

Ein moosbewachsener Felsblock hängt über dem kleinen Wasserfall. Tief unten zwischen den überhängenden Zweigen der Buchen stürzt er in das steinerne, glatt ausgewaschene Felsbecken.

Quirin liegt auf dem Bauch im warmen, trockenen Moos. Die kellerhafte Kühle des Baches steigt vor ihm aus der Tiefe, und sie ist von den abenteuerlichen Gerüchen des Gewässers geschwängert. Die Sonne brennt ihm im Nacken und im Haarbüschel des Hinterkopfes. Eine große Hummel wühlt vor ihm im Moos, dicht vor seinen Augen.

Behutsam zieht er die Rute nach, und lautlos läßt er die Schnur mit dem Köder ins Felsbecken hinabsinken. Sein Gesicht ist tiefernst und angespannt, selbstvergessen. Er spürt, wie der Wurm das Wasser erreicht, treibt, fortgeschwemmt wird. ... Und dann plötzlich fühlt er den Ruck, es lebt am andern Ende der Schnur, er spürt es in seiner Hand, in seinem Arm. Mit der grausamen Schnelligkeit des Instinkts hebt er die Spitze der Rute, sie beugt sich schwer, er fühlt, daß die Forelle hängt, zappelt, in der Luft schwebt. Sehen kann er sie noch nicht. Sein Herz klopft laut, und er zittert ein wenig. Hoffentlich geht alles gut, hoffentlich sitzt der Anhieb. Atemlos dreht er die Rolle auf, fühlt, wie das lebende Gewicht näher kommt. Nun kniet er, und behutsam hebt er den Fisch über den vorspringenden Felsblock hinweg.

Neben ihm, im Moos, zappelt eine rotgetupfte, schöne Forelle, glitschig, von den abgründigen Geheimnissen der Tiefe umwittert, fremd, aber Leben, ein Leben. Seine Hände beben ein wenig, wie er nach ihr greift. Er hat plötzlich das Gefühl, als stehe ein Zuschauer hinter ihm und beobachte eine jede seiner Bewegungen. Er wendet sich sogar mit Worten an ihn. «Ruhig, vorsichtig ... so!»

Er löst die Angel, tötet den Fisch und bettet ihn zwischen großen Farnkrautblättern in den kleinen Tragkorb. Eine leise, wohltuende Erschlaffung ist in ihm.

«Herrgott, geht es mir gut», murmelt er aus tiefem Herzen, und er wendet sich dabei an den unsichtbaren Zuschauer, der hinter ihm ist.

Unaussprechliches Glücksgefühl ist in ihm. Er will es zuerst nicht haben, und es sträubt sich etwas in ihm dagegen, aber es ist so; mehr als zwei Jahre hat er auf diesen Augenblick gewartet.

Nein, Valerie hat ihn nicht gequält. Er konnte frei über seine Tage verfügen. Es ist nie ein vorwurfsvolles Wort über ihre Lippen gekommen. Aber sie hatte eine Art, ihn mild anzuschauen, als vergebe sie freudigen Herzens zum vornherein alles – und dieser Blick war sein Begleiter. Es ist das Wesen der Freiheit, daß wir sie niemandem verdanken wollen.

Es ziehen abenteuerliche Wolken über die Lichtung. An den Rändern sind sie von unsichtbaren Sturmstößen zerfetzt, aber sie sind so fern, daß sie nur langsam dahingleiten, und ihrem Zug folgt ein bewunderndes Raunen in den Zweigen des Unterholzes. Auch das Tosen des Baches klingt ferner und hohler aus der Schlucht herauf. Mit einem Schlag werden alle leuchtenden Farben matt und ernst – der Luftzug beugt die fernen Wipfel, und ein wenig später hört man das satte Rauschen des Waldes.

Der Mensch ist ein beziehungsloses Wesen. Um ihn sinken Menschen ins Grab, werden Kinder geboren, spielen sich Schicksale ab. Zerstreut schaut er hin – und manchmal wird, für Augenblicke, die Kruste zerschlagen, und er schluchzt auf, und es tut ihm weh, und er hat Anteil am Schmerz der Welt. Es ist wie das verständnislose Aufheulen eines Hundes in der Mondnacht. Und wenn man hingeht und dem Hund ins Auge schaut, so ist kein Schimmer von Sehnsucht oder Furcht in ihm. Er wedelt dich an, und es scheint nur Langweile gewesen zu sein, nicht, wie du gemeint hast, das Unendliche, von dem er einen Hauch verspürte. Aber kaum bist du im Haus, so heult er von neuem los. Und du begreifst, daß es andere Mächte sind, die sich seiner Kehle als Horn bedienen, ihre sinnlose Verzweiflung über die milchigen Nächte der Erde zu heulen.

Quirin denkt es nicht, aber er fühlt es: Meine Augen sehen noch, meine Ohren hören. Licht und Ruhe dringen auf mich ein und durch mich hindurch. Mein Herz pulst inmitten eines Nestes rauschenden Grases, meine Fingerbeeren berühren trokkenes Moos, und unter meinem Nacken krabbelt Getier im Laub. Er ist ein müder, aber zufriedener Kämpfer, der aus einer furchtbaren Prüfung heil hervorgegangen ist. Das Leben hat ihm noch eine Chance gegeben, seine Sache neu zu ordnen. Der Tod löst alles, und es werden keine Entschuldigungen gefordert für die Lösungen, die er gebracht hat. Eines jeden Menschen Tod verändert das Antlitz der Welt.

Am Fenster schluchzt ein Grammophon. Richard Tauber glaubt nie mehr an eine Frau, wie es scheint.

«Wenn einer eine schöne Frau zu Hause hat, so ist es nichts als recht, daß er ihr treu bleibt.»

«Im Gegenteil, wenn einer eine schöne Frau zu Hause hat, so geht er mit andern, um sie zu schonen.»

Aber die beiden Männer unter ihren Hüten hören einander nicht zu. Sie lümmeln mit schweren Zungen aneinander vorbei.

Quirin sitzt vor seinem Bierglas und hört, ohne hinzusehen, auf ihr Gespräch. Sein Gaumen brennt von den vielen Zigaretten, die er heute geraucht hat. Er schielt träge seitwärts, wo auf dem Boden neben dem Stuhl sein Fischgerät liegt.

Von Zeit zu Zeit tritt die Kellnerin an die Registrierkasse, dreht eine Kurbel, drückt Tasten herunter, eine Glocke schallt triumphierend, eine Schublade springt auf, Geldstücke fallen durcheinander. Hinter einer blinden Vitrine liegen angeschnittene Mortadella und Konservenbüchsen mit Thon und prima Ochsenmaulsalat. Die Wirtin, Frau Bernasconi, hat kleine rote Hände, denen man den Umgang mit Geld, Biergläsern und Spielkarten ansieht. Der Rauch zieht in schrägen Schichten durch das Lokal und bildet seltsame Plastiken um die Glühbirnen herum und zwischen den Köpfen der Leute. Wenn Quirin lange hinblickt, so wird die schmutzige Luftschicht zwischen den Gestalten das Wirkliche und Greifbare, und die Menschen bewegen sich in ihr wie Geister, die in ihr eingeschlossen sind und keine Möglichkeit besitzen, miteinander in Verbindung zu treten.

Wenn in den großen Fernleitungen eine Störung eintritt, so fangen die Glühbirnen ganzer Quartiere zu flackern an, verlieren ganz plötzlich einige Grade ihrer Leuchtkraft, und der kümmerliche Dämmerschein der verglühenden Drähte verwandelt plötzlich festliche Säle und friedliche Familienidyllen in gespenstische Versammlungen. Das Licht in den Gesichtern verlischt, aber alle Schattenstellen, die Augenhöhlen, die Backenknochen, treten deutlicher und mahnender hervor. Fremdheit und Einsamkeit, Schuld und Furcht, die Nachtalben des Lebens, feiern ein unverhofftes düsteres Fest. Quirin hat in dieser Stunde auf einmal eine solche Empfindung. Zwischen den halbgeschlossenen Augenlidern versinkt das leuchtende Bild des Tages, und es sind da, hinter der Stirne, dicht über den Augen, Gestalten und Erscheinungen, die nach Leben und Sichtbarwerden jammern, aber eine jede geht ihren eigenen Weg, und sie gleiten aneinander vorbei und sehen einander nicht an, und eine jede scheint einem unaussprechlichen Ziele nachzustreben, das nur ihr bekannt ist; aber ihr Beginnen ist einsam, und es löst ein weltenendiges Mitleid aus.

Er sieht Valerie, er steht hinter ihr, sie hat den Kopf gerade noch so gewendet, daß er die helle Fläche ihrer Wange sehen kann. Sie beugt sich gegen das Fenster und näht einen Knopf an seinen Rock. Es ist ein verzweiflungsvolles Beginnen, ein nutzloses und heroisches Tun in den wallenden Dämpfen der Zeit.

Es gibt eine Technik des Leidens. Nicht dagegen ankämpfen, bewegungslos sein, kaum atmen. Ganz bewegungslos sein und sich schlagen lassen. Sich ganz auf sich selbst zusammenziehen. In sich selbst sein. Vor allem sich nicht vom Mitleid überwältigen lassen. Versuchen, langsam wieder Terrain zu gewinnen. Sich gefühllos machen. Sich daran erinnern, daß nichts endgültig ist.

Quirin fühlt den Rauch der Zigarette in sich hinabgleiten. Seine Augen blicken in die dunkle Höhle seines Handtellers. Es ist nicht einfach. Nichts ist einfach. Freiheit, das ärmste aller Worte. Nur ein lebender Mensch kann Freiheit geben, ein Toter nicht, und was der lebenden Valerie nicht gegeben war, ihm zu geben, die tote wird es ihm ewig verweigern. Die Unfreiheit ist die Schuld des Sklaven, nicht die des Tyrannen.

Und er möchte in die echolose Muschel seiner Hand eine leise, bebende Abbitte hineinrufen.

V

Es ist eine unangenehme Stille zwischen ihnen. Quirin horcht dem Laut ihrer Schritte nach, als ob er sie zählen müßte. Der Mond wirft eine perlmutterschillernde Helligkeit über den See, und die Lichter der vielen Ruderboote sind ganz überflüssig. Die rubinroten Schriften der Leuchtreklamen spiegeln sich verschwommen im Wasser. Unter den Kastanien ist es ganz dunkel, aber die Silhouetten der Paare, die am Geländer stehen, heben sich scharf vom hellen Luftraum des Seebeckens ab. Weit draußen, gerade unter dem Mond, lassen sie ein Grammophon mit Geigen und Saxophonen laufen.

Der Geruch von Yvonnes Körper hat Ähnlichkeit mit dem Valeries. Aber er ist mädchenhafter, abenteuerlicher. Sie sehen einander nicht an. Beide blicken sie gerade vor sich hin in die Dunkelheit; sie haben beide Furcht vor dem Gespräch.

«Ich möchte spätestens übermorgen nach Ouchy zurück, kann ich das?»

«Was haben Sie –, was hast du vor?»

«Das Jahr fertig machen.»

«Und nachher?»

«Ich weiß es noch nicht.»

Yvonne hat harte, trockene Augen. Das kleine Gesicht ist unbeweglich, während sie spricht. Ihre Lippen sind unsicher. Sie hat einen leichten französischen Akzent mit einer Neigung, die Wörter aneinanderzubinden. Das Licht eines Automobilscheinwerfers streift sie einen Augenblick. Sie ist bleich und feindlich.

«Die Wohnung ist noch für drei Monate bezahlt. Du kannst da wohnen. Ich will mir ein Zimmer suchen.»

Ein Schwan segelt lautlos dem Ufergeländer entlang. Quirin bleibt gewohnheitsmäßig stehen. Zwei Schritte weiter wartet Yvonne auf ihn und blickt zurück. Er hebt den Kopf, und sie blicken sich einen Augenblick lang in die Augen. Zum erstenmal in ihrem Leben, scheint ihm. ‹Sie haßt mich›, denkt er, ‹sie trägt es mir nach.›

«Vielleicht kennt er mich. Wir haben ihn immer zusammen gefüttert.»

Yvonne blickt auf den Schwan hinunter, der schräg zu ihnen heraufäugt. ‹So sind sie miteinander am Geländer gestanden›, denkt sie. ‹Ach, nur fort, nichts mehr wissen.› Sie sieht ihr kleines Zimmer in Ouchy, an irgendeinem Tag, an dem es regnet, sie hat ihr kleines Tischchen an das Fenster geschoben und schreibt einen Brief an ihre Mutter. ‹Natürlich hat er ihn auch gelesen, er mußte ja alles wissen.›

Sie denkt, was sie schon manchmal gedacht hat. ‹Was ist das, ein Mann? Was haben sie nur an sich? Was hat er an sich? Wie konnte er Musch so fesseln? So, daß sogar ich ihr lästig wurde?›

Sie schaut Quirin an, und sie hat dabei eine Art Witterung von ihm. Er ruft leise lockend etwas gegen den Schwan hinunter und wirft ihm Brot zu, das er, weiß Gott woher, bei sich hatte. Sie möchte für eine ganz kurze Sekunde Valerie sein, um ihn mit ihren Augen zu sehen, seine Stimme mit ihren Ohren zu hören. Sie möchte ihr das Bild, das sie von ihm mitgenommen hat, entreißen, wie junge Mädchen sich einander die Amateurphotos von Ausflügen entreißen, auf denen «er» ist. Sie möchte den Menschen sehen, der sich in ihm verbirgt. Sie erinnert sich an gewisse verschwimmende Blicke ihrer Mutter, die sie nach einem Streit mit Quirin hatte. Sie hat es schon damals gewußt, dieses Entfesselte, Besessene, Rücksichtslose, das in ihren Augen war, birgt ihr Geheimnis, das System ihres Lebens. Das ist das Fremde und Atemlose der Erwachsenen, dem sie alles opfern. Auch sie, das Kind. Denn nicht wahr, dieses Abschieben nach Ouchy, das kam erst mit dem Auftauchen von Quirin.

Sie blickt um sich und tastet mit ihren Augen gleichsam den Lebensraum ab, in dem sie sich befindet. Die großen Blätter der Kastanien verdunkeln das leuchtende Milchglas der Bogenlampe mit händeförmigen Schatten. Zwischen den dicken Stämmen gehen Paare, und der Kies knirscht unter ihren Schritten. Über den Rasen hinweg sieht man die Asphaltstraße, und die Lichter spiegeln sich auf der blankgescheuerten Fläche. Gegen den See hin ist es offen und unbegrenzt. Man sieht die rötlichen Lichter des andern Ufers, ganz schwach im Mondschein, und dann kommt ein dunkler Bergrücken, und dahinter ist heller Himmel mit ein paar Sternen. Und bei ihr der Schattenriß Quirins, der am Geländer lehnt.

Sie bewegt sich leicht in der Wärme der Augustnacht. Sie fühlt ihren Körper unter den leichten Kleidern, die Schultern, die Arme, die Brust, die Schenkel. Sie fühlt sich atmen. Es ist so beschwerlich und unnatürlich, ernst zu sein. Sie hat das

Gefühl, die Zeit geht weiter, man soll sie nicht aufhalten. Während wir leiden, geht sie weiter. Während wir beschwerliche Dinge denken, von denen wir nicht wissen, wie sie enden werden, geht die Zeit. Auch das Hoffnungslose und Verzweiflungsvolle, von dem wir in Besitz genommen sind, zerbröckelt langsam. Wie die riesenhaften Eisberge, die die buckligen Nordlandgletscher kalben, gleiten große Brocken unseres Kummers in das stille Meer der Zeit. Die Zeit geht stetig und unaufhaltsam, aber wir fühlen sie ruckweise. Auf einmal ist etwas geschehen. Wir stehen vor einem Neuen, die Zeit ist weitergegangen. Es war dunkel in uns, aber plötzlich erwachen wir mitten im Mondlicht, wie Schlafwandler, und wir sind an der Seite eines andern Menschen, der einen Schwan füttert. Er kommt ihr ein wenig kindisch vor und ein bißchen vergelstert. Man kommt einfach nicht so recht draus aus ihm.

Er beobachtet das junge widerborstige Mädchen. Sie hat ein paar Bewegungen von ihrer Mutter geerbt, die Art, das Kinn zu heben, die Bewegung, mit der sie den Mantel zusammenschlägt.

Er hat mit Valerie auf einer Insel gelebt; einer nach dem andern sind die Freunde mit ihren Booten vom Land gestoßen, um nicht mehr wiederzukehren. Die Insel der Seligen war ihnen zu ungastlich. Auch Yvonne haben sie nicht gebrauchen können. Jetzt ist es einsam um ihn; er hat gar keine Beziehungen mehr. Er möchte das Yvonne erklären.

«Won-won», sagt er, «du hast eine Mutter verloren, und das ist sehr schwer, aber es ist natürlich, und es geschieht allen Menschen. Aber ich habe noch etwas anderes verloren, und das ist – anders.»

Ohne eine Sekunde zu warten, als spräche nicht sie, sondern etwas in ihr, etwas, das den ganzen Abend auf dieses Stichwort gewartet hätte, sagt sie kalt und feindlich: «Und ich habe immer geglaubt, es war für Sie eine Erlösung.»

Er fühlt in der Brust einen harten Schlag und hat dann ein Gefühl, als läge dort ein kaltes, strahlenförmig ziehendes Pflaster. Er empfindet sein Alter und den Abstand zu dem Yvonnes. Sie hat es ganz schonungslos gesagt, so wie er es selbst in seiner Jugend gesagt hätte, ohne Gnade.

Yvonne spricht, sie kann es nicht mehr aufhalten. Es ist wie das Wiehern und Stampfen durchgehender Pferde. «Immer wollten Sie schon gehen. Ich weiß es. Musch hat es mir manchmal gesagt. Was Sie leiden, das geht vorbei. Aber jetzt haben Sie wieder Ihre Freiheit, Ihr Motorrad, Ihre Fische ...»

Sie ist ganz bleich, und sie atmet hörbar. Sie fühlt, es ist unaufhaltsam. Jetzt, jetzt muß sie es sagen. Es tröpfelt in ihr wie mildes Öl, es ist wie eine selige Rache, wie ein heiliger Dienst. Sie wußte nicht, daß das in ihr war, aber sie anerkennt es freudig, sie macht es sich mit allem, was sie hat, zu eigen.

«Man sieht es Ihnen ja an, wie Sie zufrieden sind und wie befreit. Sie fangen Fische und Sie füttern Schwäne. Sie können wieder kommen und gehen, wie Sie wollen, in jeder Stunde des Tages und der Nacht.»

Er geht neben ihr her, schneeweiß. Er hat das Gefühl der Körperlichkeit verloren. Es ist nicht Won-won, die spricht. Es ist Valerie. Valerie der bösen Tage.

Ohne ihn anzuschauen, den Blick geradeaus, redet Yvonne weiter. «Seit zwei Jahren wollen Sie fort. Seit zwei Jahren sinnen Sie daran herum, wie Sie fort können, ohne daß Musch zugrunde ging dabei.» Sie spricht hastig, stoßweise, wie von einer Angst getrieben, er könnte sie anblicken, unterbrechen, ihr Einhalt gebieten. Aber er sagt nichts. Wie er zu Valerie nie etwas sagte. Der Kies knirscht unter ihren Schritten. Mit den Fingern streift er das eiserne Ufergeländer, es ist kühl und rauh. Sein Kopf steckt wie in einem Schraubstock. «Ich kann weglaufen, wegfahren, das Motorrad nehmen, fort, frei, frei. Das sind Gespenster, vor denen man fliehen muß.»

Aber er beißt nur auf seine Lippe und geht neben ihr her.

«Warum sind Sie nicht gnädig gewesen? Grausamkeit wäre Gnade gewesen. Vor zwei Jahren schon. Es wäre leichter gewesen für die arme Musch. Aber Sie waren feige. Sie hatten Angst vor der Verantwortung. Sie hatten Angst, sie könne sich etwas antun.»

Sie kennt sich selbst nicht mehr. Sie fühlt plötzlich, sie ist erwachsen. Sie hat die Besessenheit der Erwachsenen. Sie spricht weiter, mit roten Flecken auf den weißen Wangen, mit leiser, heiserer Stimme, böse: «Aber vielleicht war es Ihnen auch bequemer. Niemand auf der Welt liebte Sie so wie Musch. Sie ließen es mit sich geschehen, en attendant mieux. Sie waren der Student, der mit seiner Zimmervermieterin ein Verhältnis hat, bis seine Studien zu Ende sind.»

«Yvonne!»

«Nein, nein. Ich muß Ihnen alles sagen. Mich hat man abgeschoben. Sie haben mich meiner Mutter beraubt, weil es euch bequemer war. … Es hat Augenblicke gegeben, wo sie mich haßte, Ihretwegen. Aber innerlich hat sie immer gewußt, wie zerbrechlich das alles war. Sie hatten immer gleichsam die Türklinke in der Hand. Kein Mittel war Musch mehr zu gering, Sie zu halten, auch Geld nicht. Und in dieser wahnsinnigen Angst, Sie zu verlieren, hat sie mich um die Jahre meiner Jugend gebracht.»

Sie ist ruhiger geworden. Sie nimmt wieder Besitz von sich selbst. Nun will sie kühl und nüchtern anbringen, was sie zu sagen hat.

Quirin läßt es auf sich niederfallen. Er nimmt es nicht mehr auf. ‹Rohmaterial›, denkt er, ‹später.› Jetzt handelt es sich darum, zu erleiden. Er kann Yvonne verstehen. Ein Teil von ihm denkt: ‹So also sah es aus von außen›, und ein anderer: ‹Armes, kleines, einsames Mädchen. Wie kurzsichtig und vorlaut du bist. Wie einfach, wie jung.› Und er fühlt den Abstand der Jahre, der mit Erfahrung und Resignation ausgefüllt ist. Er sieht das kleine schwarzgekleidete Mädchen, das der Tod Valeries erwachsen gemacht hat und das sein neues Selbstsein noch ungeschickt und bemitleidenswert trägt, wie ein ungewohntes Schleppkleid.

Einen Satz muß er ihr sagen, und er sagt ihn, leise, nach einem heiseren Räuspern: «Aber ich war bei deiner Mutter bis zur letzten Stunde … bis zum letzten Atemzug ihres Lebens.»

Sie gehen unter der hochgewölbten und hellerleuchteten Allee der Lindenbäume, und sie sind fast allein. Seit sie sprechen, ist die Landschaft anders geworden, weil sie sie vergessen haben. Leise Winde rascheln in den Büschen, und man hört den Wellenschlag am Ufer. Es ist Haß und Kummer zwischen ihnen, riesenhafte Fragen und Umhertasten, aber daß sie mit gleichem Schritt miteinander in der schönen Nacht von dannen gehen, das ist ein anderes Leben, das ist etwas, was mit ihnen geschieht. Und daß keines davonläuft und das andere stehen läßt, das bedeutet, daß es noch nicht zu Ende ist, so oder so.

Quirin merkt es zuerst. Und er will es sagen. Aber es ist schwer zurückzufinden, wenn gewisse Worte gefallen sind, denn das böse Wort sinkt ätzend wie Säure durch den Menschen hinab bis auf den Grund seines Herzens. Dort bleibt es liegen, denn das Herz ist säurefest.

«Won-won, wir kennen einander nicht. Du kennst nur von mir, was du durch deine Mutter von mir weißt, und ich kenne von dir nur, was deine Mutter mir von dir erzählte. Beide sehen wir uns durch Valeries Augen – durch die Augen einer toten Frau. Wir kommen über ihrem Grab zusammen und sehen uns zum erstenmal. Und beide mit Gefühlen, die nicht unsere sind. Nicht ganz, natürlich, denn etwas haben wir selbst dazugetan. Für dich war ich der Feind, das Böse, das in das Leben deiner Mutter eingebrochen ist, ich stand dir im Weg und versperrte dir den Weg zu ihr. Ich kann es gut verstehen. Ich stahl dir die Liebe deiner Mutter – ich war dein Rivale …»

Er weiß nicht, ob Yvonne ihn hört. Aber während er spricht, geht innerlich eine zweite Rede ihren unterirdischen Weg. ‹Liebe ist Rohmaterial. Die Kindesliebe und die andere, sie sind aus demselben Stoff hergestellt. Und Eifersucht ist ein Nebenprodukt. Es ist klar, daß Won-won mich hassen muß.›

«Wie es war zwischen mir und deiner Mutter, darüber kann ich nicht mit dir sprechen, Yvonne, und du willst es auch nicht wissen. Es war hoffnungslos, es ist wahr, und wir wußten es beide, aber wir sprachen nie davon …»

Auf einmal kommt eine zweite Schicht von ihm an die Oberfläche. Er sieht sein Leben. Er sieht die drei letzten Jahre. Es waren drei tote Jahre. Wie eine Krankheit hat die Willenslosigkeit von ihm Besitz ergriffen. Er war hörig. Er war unfrei. Er war verloren. «Es mußte zu einem Ende kommen. Ich konnte nicht mehr, Won-won. Ich bin im Alter näher dir als deiner Mutter. Das Leben ging an mir vorbei, täglich, stündlich, drei Jahre lang. Aber ich konnte Valerie nicht im Stich lassen, ich fühlte …»

Auf einmal steht Yvonne still. Sie schaut ihn an. Ihre Augen sind groß, hell, ein wenig irr. Aufdämmerndes Grauen ist darin. Ihr Mund öffnet sich. Sie drückt ihren Handrücken darauf. Und dann schreit sie es heraus, überlaut, in einer ganz falschen Tonlage: «Jetzt weiß ich es – Sie haben Musch umgebracht …»

VI

«Haben Sie den Schlüssel, Herr Konsul?»

«Ja, Pia, Sie können gehen. – Adieu.»

«Adieu, Herr Konsul.»

Kummer hört den festen Jungmädchenschritt der Lehrtochter durch die leeren Büroräume hallen, dann schlägt die große Eingangstür zu, und er ist allein. Draußen auf dem Platz wickelt sich der mittägliche Stoßverkehr ab, mit den üblichen Geräuschen von Tramklingeln, Klaxons und dem tausendfältigen Getrippel von Fußgängern auf dem sonnenbeschienenen Asphalt, aber es klingt nur gedämpft durch die hohen Scheiben herauf. Das Knacken der elektrischen Uhr allein ist deutlich und präzis.

Er überblickt die Pultplatte, das große, niegebrauchte Tintenfaß auf der grünen Onyxunterlage, die paar aufgestapelten Dossiers, den Telephonapparat und das große eiserne Lineal, unter dem die Rechnung des Blumengeschäftes für den Kranz ‹Trauerhaus Valerie Scheffer› liegt. Mit schräggeneigtem Kopfe buchstabiert er mechanisch seinen eigenen Namen: ‹Konsul Hans M. Kummer, hier.›

Nachdenklich schaut er auf seine knochigen Hände hinab, die auf dem Punkte sind, Greisenhände zu werden. Im vernickelten Deckel des Tintenfasses spiegelt sich sein eigenes, rotes Gesicht und sein weißes, lockeres Haar.

Kein Zweifel, es hat sich ein Blatt des großen Buches gewendet. Wie viele Seiten sind es noch bis zum Schluß? Ein wohlbekannter stechender Schmerz in der Herzgegend stellt sich ein. Er sitzt ganz regungslos, gleichsam, als lauschte er ihm nach, und er weiß, daß auch in ihm etwas an der Arbeit ist. Er sieht sich selbst da sitzen: ein älterer Herr, noch rüstig, untätig, zwei Stockwerke über der lärmenden, sonnengrellen Straße, in der hermetischen Ruhe seines einsamen und verrauchten Privatbüros. Man darf nicht daran denken. Er weiß es. Aber es ist eine sonderbare Lust in diesem Gedanken, daß das Sterben des Menschen außerhalb seines eigenen Körpers beginnt, bei flüchtigen Bekannten, die einem gleichgültig sind, und daß es dann fortschreitet zu denen, die man geliebt hat; aber auch das Sterben der Feinde ist ein Teil unseres Todes. Es beginnt an der Peripherie eines Lebens, und es schreitet langsam, konzentrisch bis zum Mittelpunkt des Kreises vor, wo man selbst sitzt, ein in sich lauschender älterer Herr vor einem prunkenden Diplomatenschreibtisch.

Es ist gut, zu rauchen. Es gleitet vom herben Geschmack der spröden dunklen Tabakblätter inwendig ein barmherziges Tröpfchen von Trost und Beruhigung in den Körper hinab, und es antwortet den Brustkasten herauf eine leichte Welle von Leichtsinn und Selbstdistanz. Weit hinten in nebliger Ferne flattert ein jugendliches helles Kleid und der wippende Bogen eines Florentinerhuts, und es sind Garben von Rosen da und ein schmaler, ausschreitender Fuß auf kurzgeschnittenem englischen Rasen. Es ist da eine Mädchenhand, die sich über einen hölzernen Gartentisch hinweg auf seinen Unterarm legt, und Valeries Augen, ihr leise und zärtlich sich schüttelnder Kopf und der kleine, kindliche Mund.

Im untern Fach links liegen noch ein paar Briefe in unsorgfältig aufgerissenen Enveloppen aus der Zeit der ersten Zeppelinfahrten, aus der Zeit der Chavezschen Alpentraversierung im Blériotflugzeug und des Besuches Kaiser Wilhelms des Zweiten in der Schweiz.

Und es ist da in der Ferne der Erinnerung eine Reise, die einzige wirkliche Reise seines Lebens, scheint es dem alten Herrn. Die eisernen Träger der Bahnhofhalle fangen an zu gleiten, unterirdisch beginnt das leise, ölige Grollen der Radachsen, die Wände zittern ganz leicht, der leblose Eisenbahnwagen beginnt sich zu dehnen wie eine atmende Brust, und auf einmal ist der Rhythmus des fahrenden Zuges da – und alles wird leicht und einfach.

Vom selben Gedanken beseelt, treffen sich ihre Augen, und beider Gesichter werden ernst und nachdenklich. In einer beinahe unmerklichen Zuckung schiebt sich Valeries Unterlippe ein wenig trocken und gespannt vor, und ihr Kinn deutet eine leichte Bewegung zu ihm hin an. Er kennt den Ausdruck. Er bedeutet in ihrer Sprache: Du! Und er hat den ernsten und unaussprechlichen Klang der engsten Zusammengehörigkeit.

Näher ist ihm Valerie nie gewesen als damals, wie sie mit ihm in der Bahn saß, ein wenig zurückgelehnt, und sie blickt ihn an, und auf ihren jungen, erwartungsvollen Wangen spiegelt sich der Widerschein der vorübergleitenden Landschaft.

Ihre Hände liegen leicht geöffnet auf dem blauen Tuch ihres Kleides, und er versteht diese Hände, und er legt seine Hand zwischen die ihren, und ihre Finger greifen warm und sachte zu, umschließen sie, und sie sind beide regungslos durch bedeutungsvolle, schwere Blicke miteinander verbunden.

Seine Augen streifen ihren Brauen entlang, der geliebten Stelle an ihrer linken Schläfe zu, und sie weiß, daß er sie dort küßt. Dann wandern sie zu dem reinen Haaransatz an der blassen Stirne, und dann schaut er über sie hinweg ins Gepäcknetz, wo ihre ledernen Handtaschen liegen – und von dort kehren sie wieder an ihre Schläfe zurück und gleiten den Wangen entlang dem Munde zu.

Aber Valeries Augen haben ihn nicht verlassen, und wie sich ihre Blicke wieder treffen, ist zu der Vertrautheit noch eine lächelnde Wiedersehensfreude hinzugekommen, und ihre Finger drücken ganz sacht, in kaum wahrnehmbarer Erregung, wie etwas Kostbares seine Hand, als wäre er von einer langen Reise zurückgekehrt.

Es gibt in seiner Erinnerung keinen schöneren Hintergrund für Valeries zartes Profil als die dahingleitende Landschaft hinter der Scheibe des Bahnfensters. Da ist im engsten Raum des Mannes Traum zur Wirklichkeit geworden: die geliebte Frau, die mit dir in die Ferne reist …

Doch ist da noch eine andere Reise, und es kommt ein Mann und windet ein Tau um einen eisernen Haken. Dann springt er auf das Schiff hinüber und verschwindet hinter dem Mast. Ein Boot gleicht dem andern, und alle strecken sie einen spitzen Mastbaum in den lilazarten Abendhimmel. Aus den Ufermauern und den Pflastersteinen der Straße steigt flimmernd die Wärme. Die Kalkfelsen der Küste gleißen. Am Horizont, über der blauschimmernden Seide des Meers, stehen regungslos ein paar Schiffe, Rauchfahnen über ihnen.

Geschäftig und gleichmäßig waschen flache Wellen die Kiesel am Strand.

Das Tram humpelt klingelnd aus dem Schatten der Häuser, kreischt ein wenig und steht schief wie ein müder Gaul.

In der Rue de Gallion leuchten die farbigen Nummern vor den Bordellen. Ein Akkordeon näselt eine argentinische Weise. An den Mauern lehnen die Neger mit breiten Lippen in ihren blauen Mechanikeranzügen, und das Weiße ihrer Augen schimmert unter den Schildern ihrer Heizermützen.

Hunde schnüffeln zwischen den Baumwollballen herum. Der Leuchtturm blinzelt schon, lang, lang, kurz – und dann lange nichts mehr.

Irgendeines der Schiffe da draußen ist Valeries Schiff. Das ist das Ende der Reise. Der Handelsangestellte Hans Kummer kehrt ins bürgerliche Leben zurück.

Mit verschleierten Augen blickt er auf. Die große Entreetür ist ins Schloß gefallen. Er erhebt sich ein wenig schwerfällig und öffnet die gepolsterte Tür seines Büros.

Unwahrscheinlich schmalschultrig in ihrem schwarzen Kleid steht Yvonne im Rahmen. Wie er das Mädchen betrachtet, gleitet ganz am Rande seines Denkens, wie ein hochbusiges Segelschiff, eine unsinnige Sehnsucht, jung zu sein, vorüber. Die Augen Yvonnes sind regungslos, aber es ist in ihnen jener Abglanz von Widersetzlichkeit und leichter Verwilderung, der ihn an Valerie erinnert.

VII

Quirin wartet. Das Vestibül ist ein kleiner Hain zwischen wachsgelben Marmorsäulen. Das Licht ist spärlich, denn die meisten Lampen sind ausgedreht. Die Schritte der paar Leute, die auf das Ende des Konzerts warten, hallen hart auf den polierten Steinplatten des Bodens. Hinter der armdicken roten Kordel am Eingang steht der Portier, goldene Buchstaben auf der Stirnseite seiner Mütze. Er trägt sie mit Würde, aber sie beschwert ihn nicht.

Von Zeit zu Zeit regnet es ferne süße Musik die breiten, leeren Treppen herunter. Am Widerhall fühlt man, daß oben dichtbesetzte Säle sind, große Kuben, von Menschenatem, Herzklopfen und Musik erfüllt, Gesichter, die sich aufwärts wenden, dem Orchester zu, und andere, deren Augen dem nüchternen Gewirr von Stuhlbeinen nachblicken, die vor ihnen sind.

Es ist ein feierlicher Gedanke – und es mischt sich ein wenig Neid und ein wenig Traurigkeit mit hinein –, daß über der leeren Halle, über den paar Wartenden sich ein großes musikalisches Fest abspielt, ein tausendfältiges Fest, denn jeder erlebt es abgeschlossen für sich und einsam auf jenem unendlichen Meer, das zwischen seinem Ohr und seinem Gehirn ausgebreitet liegt …

Die Wasser spülen in unterirdischen Löchern, und seltsame Pflanzen entfalten für Sekunden ihre fleischigen Blätter. Die großen Felsblöcke auf dem Grunde des Meeres haben ihre Ruhe und ihre Schwere verloren, sie wanken und schaukeln und beginnen schwebend über die Abgründe der Tiefen hinweg zu wandern, denn alles wird leicht im Meer, dies ist sein Sinn. Aber die Wolken sind ruhelose Botschaften, die an den Himmeln vorüberziehen. Die Wellen sind wie eines unerfüllten Wesens Notruf, die Gebärde seiner verzweiflungsvollen Ungeduld. Der Fels möchte schwebendes Wasser sein, und die Wellen fliehende Wolken, denn jedes Element hat die Sehnsucht nach seinem leichteren Bruder. Und des Menschen Leib hat Sehnsucht nach seiner Seele. So lauscht er erschauernd in die Gewölbe seines Innern, in denen die Sehnsucht der Elemente dröhnt. Und was er hört, ist Musik.

Ach, es ist schön, so zu warten. Man sollte mehr vom Augenblick nehmen, was er bietet. Auch wenn er nur das Echo eines Festes ist. Die Schwierigkeiten sind im Halbkreis angeordnet. Es tut sich auf wie eine liebliche Voralpenlandschaft auf einem alten Kupferstich. Im Vordergrund ist unter den hängenden Zweigen einer Trauerweide ein frischer Grabhügel, durch die offene Ebene des Mittelgrundes wandert eine liebliche Mädchengestalt, aber ganz im Hintergrund ist das zackige und drohende Gebirge der Zukunft, in leichte Nebel gehüllt, denn, nicht wahr, so genau will man es ja auch gar nicht sehen.

Es kommt ihm ein vertrauter Gedanke: ‹So also ist die Welt der Erwachsenen!› Seine Kleinkinderschule befand sich dicht neben einem Eisenbahngeleise. Ein hoher Zaun aus schmalen Holzlatten trennte die kleinen Zöglinge, die sich auf einem kleinen Kiesplätzchen tummelten, vom Schienenstrang. Aber wenn die Lokomotiven, von seinem niedern Standpunkt zwischen den Zaunlatten hindurch gesehen, vorüberdonnerten, hatte er immer nur die eine Sehnsucht: groß zu sein. Er fühlte unbestimmt, daß er an dem wahren, gelebten und tätigen Leben noch keinen Anteil habe. Die vorüberfahrenden Züge mit ihren Menschen hinter den Fenstern, das war das ernste, männliche Dasein, die Selbstherrlichkeit der Erwachsenen. Aber besonders erschütternd wirkten auf ihn die langen, in mäßiger Geschwindigkeit vorüberrollenden Güterzüge, auf denen keine Menschenseele zu entdecken war. Sie erschienen ihm wie resignierte, vernunftbegabte Tiere, die folgsam und traurig bei Tag und bei Nacht in geheimnisvollen Kolonnen von Bahnhof zu Bahnhof des erwachsenen Geschlechts trotteten. Und traurig wandte er sich jeweils vor solchem Anblick der kleinen braven Gesellschaft auf dem Kiesplätzchen zu. Ernst und folgsam wie kluge, sittsame Greislein nahmen sie sich bei den Händen, und in langsamer Gangart, mit schwungloser Stimme ein monotones Liedlein singend, kreisten sie um die Kindertante, während draußen, jenseits des Zaunes, die Eisenbahnzüge in die Ferne donnerten …

Auf einmal ist die Halle taghell. Er steht inmitten dunkelgekleideter Erwachsener, und viele Gesichter sehen aus, als seien sie durch Katastrophen hindurchgegangen, aber wüßten nichts davon.

Dann kommt auch schon Herr Kummer auf ihn zu. Er macht einen stattlichen und mondänen Eindruck.

Sein Gesicht ist leicht gerötet, aber er hat einen merkwürdigen Zug darin, als käme er von weit her.

Während sie sich die Hände reichen, blicken sie sich sekundenlang in die Augen, und das Bild Valeries ist zwischen ihnen. Sie sind zwei sich feindliche Generationen, aber sie sind auch zwei Männer, die um dieselbe Frau wissen. Sie sind die Mitwisser desselben Geheimnisses, das macht sie zu Spießgesellen.

«Wie geht es Ihnen, Quirin, haben Sie nun eine Stelle?»

«Nein, noch nicht.»

Sie warten unter dem Vordach, dann fährt der Wagen vor.

Kummer schaut Quirin von Zeit zu Zeit an. So alt mochte er damals selbst gewesen sein. Quirin blickt durch die glatte Scheibe des Wagens. Im Licht der Scheinwerfer sieht er Leute über die Straße eilen, barhäuptige Konzertbesucherinnen und dunkle Herren. Wenn sie der Scheinwerfer trifft, sieht man jeden Zug ihres Gesichtes, aber ihre Augen sind tot, weil es sie blendet.

Dann hört er Kummer wieder sprechen. «Es ist eine ernste Sache, Quirin.»

Er wendet den Kopf Kummer zu. Auf einmal weiß er es. Der Atem stockt ihm. Er merkt, wie seine Hände zittern. Das, was er immer wie eine Drohung über sich gefühlt hat, jenes Ungeheuerliche, das kein Mensch zu erdulden imstande ist, das, das würde jetzt kommen.

«Das kleine verrückte Mädchen will seine Mutter wieder ausgraben lassen.»

Quirin sitzt ganz gerade. Sein Kopf wackelt ein wenig von den Stößen des Autos. Es ist Eis um ihn. Er fühlt seine Hände nicht mehr. Er spürt die Beckenknochen, auf denen er sitzt. Er möchte etwas sagen, er öffnet auch den Mund. Aber es wird nur ein unbestimmter Laut.

‹Das ist unmöglich›, denkt er. Er sieht es vor sich, deutlich, wie einen Film, den man rückwärts abrollen läßt. Sie fahren auf den Friedhof mit leerem Wagen. Sie stehen um das Grab herum. Die Totengräber sind auch da, und mit ihren blanken Schaufeln stechen sie den Grabhügel an. Sie graben und graben. Sie stoßen auf den Sarg. Sie legen ihn frei. Sie legen die Seile darum, und sie heben ihn herauf. Sie heben ihn herauf! Sie legen ihn auf den Wagen, sie führen ihn nach Hause. Sie lösen die Schrauben. Sie heben den Deckel, und er und Kummer und Yvonne stehen dabei. Sie stehen dabei, und nun werden sie sehen …

Er zittert am ganzen Körper. Er sieht um sich herum eine graue Arena. Wie eine Lehmgrube schaut es aus. In großen Blöcken und Platten löst es sich von den Rändern und saust in die Tiefe. Immer und immer wieder, in einem nicht endenwollenden Strom, und es verliert sich in den Abgründen, und von dort aus steigt es auf wie aasige Dämpfe. Hinter den vor den Augen abwehrend gekreuzten Händen sieht er ein Gesicht. Es ist nicht Valeries Gesicht. Es ist die groteske hellwimprige Frau seiner Nächte. Mit ihren dunkelblauen Augen beobachtet sie ihn regungslos.

VIII

Der Umzug der Turner löst sich vor der «Krone» auf, aber die Trommeln schlagen noch weiter. In den offenen Fenstern des Tanzsaals stehen die Mädchen und lachen auf die angekommenen Männer herab. Alle Gesichter sind hochrot vor Hitze und vom Widerschein des Abendhimmels.

Der Mann, der die Fahne trug, löst den Lorbeerkranz von der Messingspitze und rollt sie zusammen. Dann steigen sie alle, ein ungeordneter Haufen weißgekleideter junger Männer, die Jacke über dem Arm und den Strohhut aus der Stirne geschoben, langsam die breite Treppe zum Tanzsaal hinauf. Die Trompeten des Orchesters wiehern einen Tusch, fächerförmig breiten sich die Turner von der Tür her über das leere Quadrat des Parketts, übersteigen die Bänke und nehmen an den langen Tischen Platz. Und dann eilen auch schon die schwarzgekleideten dicken Kellnerinnen mit schleifenden Schritten und Kränzen von Biergläsern in den Fäusten hinter ihnen her, während gleichzeitig auf dem Theaterpodium das Orchester mit «Jiuuh» den Dudelwalzer entfesselt. Sie reiben den Bierschaum von der Oberlippe, legen die Hüte und die Jacken auf den Tisch, übersteigen sich drehend die Bänke – und sofort ist der Tanz im Gange.

Bachofen hat den Mund weit geöffnet, und er lehnt sich ein wenig zurück, damit es die andern sehen können. Es ist die bekannte rührende, jahrtausendealte Geste, die die Menschen haben, wenn sie mit dem Zeigfinger die Lücke bezeichnen, wo ein Backenzahn fehlt.

«Aber das macht nichts», sagt er, «deswegen beiß' ich dir noch jedes Bierglas voneinander.»

«Bis dir die andern Zähne auch noch aus dem Maul fallen!»

Das Lampenlicht spiegelt sich auf seiner trockenen, niedern Stirne. Er lacht über den Tisch hinüber und schüttet den Rest des Glases mit einem sanften Ruck in den Hals. Seine Beine strecken sich gemächlich unter dem Tisch. Er lehnt sich zurück und blickt einen Augenblick den Kronleuchter an.

Es sitzen ein paar um ihn herum und rauchen mit zugekniffenen Augen ihre Stumpen. Um den Tanz bekümmert sich keiner von ihnen.

Bachofen nimmt das leere Glas an den Mund und beißt einen großen Halbkreis davon heraus. Und dann kaut er. Man hört zwischen seinen Zähnen das Glas splittern und knirschen. Am Schluß spuckt er es aus; es ist weißer, feinkörniger Glassand mit ein wenig Blut vermischt. «Jäsoo!»

«Bachofen, dein Gaul ist zurück», ruft einer vom Fenster her, und dann stehen sie am Gesimse und blicken auf das Pferd hinunter. Es ist an die eiserne Stange gebunden, ein dunkler Wallach, und schnuppert ein paar Strohhalme auf dem Pflaster zusammen.

Bachofen ist einen Kopf größer als die andern. An den Mundwinkeln hat er, wenn er lacht, zwei tiefe, halbmondförmige Falten in den mageren Wangen. «Ein schönes Tierchen, nicht», meint er und geht langsam durch die tanzenden Paare der Türe zu und die Treppe hinunter.

Er tätschelt den starken, samtigen Hals des Pferdes. Wie spielend nimmt er die Riemen zusammen, und dann ist er schon oben. Er hält die Zügel mit seinen starken Händen ganz locker, aber unter dem Druck seiner Schenkel hält das Pferd den Kopf ganz hoch. Mit wehendem Schweif dreht es sich einmal um sich selbst, aber dann geht es in schön verhaltenem Schritt davon.

An der Haustür stieben die Leute auseinander. Bachofen muß sich bücken, wie das Pferd die Schwelle überschreitet. Kaum daß sie wissen, was geschieht, hören sie schon die schweren Hufe über die Holztreppe schlagen. Es herrscht lautlose Stille, nur oben aus dem Saale hört man den Donauwellenwalzer wimmern.

Schritt für Schritt, suchend, schnaubend steigt das Pferd die Treppe empor. «Nur ruhig, Hansli», sagt Bachofen, und sein Gesicht ist ernst und ein wenig verächtlich.

An der Saaltür kreischen sie auf. Die Musik bricht ab, und dann reitet Bachofen langsam in den weiten Kreis, den die Turner und die Mädchen gebildet haben.

Nach ein paar Schritten hält er das Pferd mitten im Saal an, wirft ihm die Zügel über den Hals und streckt die Beine von sich. Das Tier ist schweißbedeckt, seine Flanken zittern ein wenig, es schnaubt in die entstandene Stille hinein. Bachofen reibt mit einer ruhigen Bewegung die Mähne. «Bist ein braves Tierchen, Hansli!»

«Aber jetzt will ich ein Bier haben», ruft er. Sie reichen ihm ein Glas hinauf, und er trinkt, und es ist prächtig und imponierend wie ein Reiterdenkmal.

Beim zweiten Schluck hält er inne. Seine Augen heften sich an den, der da im grauen Flanellanzug und staubigen Schuhen im Kreise der andern steht.

«Korporal Quirin, Peter, du Herrgottsdonner!» ruft er, und er hat die beiden tiefen Lachfalten im Gesicht.

Quirin lacht auch. ‹Ja, so ist er. Das ist er›, denkt er, wie er die Hand hinaufreicht.

«Bachofen, du bist immer das gleiche verrückte Kalb!» Es ist ihm weinensfroh und weh zumute. Er hält diese Hand, und er blickt dem andern ins Gesicht, ach, und die Welt ist so blödsinnig durcheinander in ihm, aber es gibt immer Menschen, die einander mögen und in deren Nähe alles einfach und freundlich wird.

«Du, ich möchte ein paar Tage zu dir kommen.»

«Sowieso», lacht Bachofen vom Roß herab, «aber zuerst trinken wir einen halben Liter», und wie ein General reitet er durch das aufgestörte Tanzvolk der Tür zu.

IX

Ihr Weg geht durch menschenleere Straßen, an Gartensockeln vorbei, auf granitenen Trottoirrändern. Ihre Schritte widerhallen unangenehm laut, wie in einer verlassenen Wohnung. Die Straßen haben überraschend tiefe Perspektiven. Mit müden Augen blickt Yvonne an endlos hohen Fassaden empor. Welch ein langer Weg zu den Schlafstätten und den Kochherden der Menschen.

Die Limmat liegt bleiern zwischen der Wasserkirche und dem Stadthaus. Hinter den Türmen des Großmünsters ist die Luft schwarz und dumpf. Eine weiße Möwe kreist darin. Der Münsterplatz liegt menschenleer da zwischen den alten Häusern, wie eine verlassene Kinodekoration. Am Paradeplatz ist alles eckig und grau. Alle Schaufensterrolladen sind heruntergelassen, und in den Rillen liegt öliger Staub. Hinter den Gittern der Banken feiern die Kapitalien. Die wenigen Leute, denen sie begegnet, sind stumm und schemenhaft.

Yvonne steht auf der Brücke. Da taucht es seewärts, im Dunst des Gewittermorgens auf wie dunkle Segel. Aber es sind drei hohe Barken mit großen Männern, und sie kommen in lautloser Prozession flußabwärts. Niemand beachtet sie. Nur Yvonne beugt sich über das Geländer und blickt dem merkwürdigen Zug entgegen. Im ersten Boot sind zwei Männer – sie sind farblos, und man kann ihr Gesicht nicht sehen –, und sie legen sich in die Ruder. Einer steht vorn und der andere in der Diagonale hinten. Zwischen ihnen liegt ein mit Tüchern bedecktes Etwas, das Yvonne nicht erkennen kann.

Hinter den Münstertürmen grollt ferner Donner, und immer mehr weiße Vögel kreisen im schwarzen Himmel, der sich über die Stadt wölbt wie ein mit giftigen Dünsten geblähtes Zelttuch. Die Männer rudern aus Leibeskräften, aber sie kommen nur langsam näher. Die mittlere Barke ist größer als die beiden andern. Aber sie hat keine Bemannung. Es ist, als ob sie durch die beiden andern fortbewegt würde. Es befindet sich auf ihr ein thronähnliches Gestell, das von einem dunklen Tuch überdeckt ist. Rund herum am Schiffsrand sind Reiser eingesteckt. Zweifellos soll jemand abgeholt werden, oder es handelt sich um die Vorbereitung zu einem Wasserspiel.

Das Rollen des Donners wird stärker und stärker, und bald ist es ein zusammenhängendes, ununterbrochenes Dröhnen.

Yvonne ist allein. Kein Mensch ist mehr auf der Straße. Ein fahles Licht liegt nur noch auf den Fassaden der Häuser, die den Fluß säumen, und alle Fenster sind schwarz und leer.

Unter der Brücke beginnt das Wasser der Limmat zu gurgeln und zu reißen. Schäumend teilt es sich unter den Brükkenpfeilern. Auf einmal sieht Yvonne aus der dunkelgrünen Tiefe große, lautlose Fische auftauchen, zuerst wenige und dann immer mehr. Ihre dicken, grobschuppigen Leiber gleißen metallisch auf. Die runden Augen sind starr und traurig, als brächten sie eine schreckhafte Botschaft aus der Tiefe empor. Je deutlicher Yvonne hinblickt, um so mehr Fische entdeckt sie. Sie ist erstaunt, daß sie sie nicht früher gesehen hat.

Es erhebt sich ein warmer, säuselnder Wind. Er kommt von weit her. Er hat einen Geruch von Algen und faulem Wasser. Man hört ihn hinter den Häusern wimmern, ohne ihn selbst zu spüren. Oben ist er schon, denn da schaukeln die Möwen lautlos im Sturm. Trockene Staubfahnen stieben hinter den Dächern in die Höhe und fallen wieder in sich zusammen wie geisterhafte Hände.

Der ganze Raum über dem Flusse ist von der Gewißheit eines herannahenden Unheils erfüllt. Noch ist es nicht da, aber man fühlt es, es bereitet sich vor, die Aufgeregtheit der Vögel und der Fische, das Brausen des Wassers und das Grollen des Sturmes künden davon. Alle Herzen setzen den Schlag aus. Die Häuser ducken sich. Fensterladen schlagen an die Mauern.

Ach, fliehen, fliehen! Entsetzliches nähert sich. Aber Yvonne ist an das Geländer der Brücke gefesselt, und sie schaut den Barken entgegen, die ihr flußabwärts entgegenkommen. Sie weiß es, von dort her kommt das Unglück auf sie zugefahren, aber es ist keine Rettung weit und breit, denn sie ist allein und ohne Liebe in der Welt. Sie weiß es zutiefst, auf eine verzweiflungsvolle Weise, sie trägt an allem die Schuld, aber sie kann es trotz angestrengtem Nachdenken nicht herausfinden, wieso.

Auf einmal errät sie, daß es eine Traumlandschaft ist und daß sie nun wohl wach liegt, zusammengekauert wie ein Embryo, und daß die Bilder vor ihren Augen in den Muscheln ihrer Hände sind, in die sie heftig und angstvoll hineinatmet. Sie ist auf dem kleinen Diwan eingeschlafen. Sie fröstelt ein wenig, und leichter Schweiß ist auf ihrem Rücken.

Vor dem Fenster ist es Abend geworden, ein gewöhnlicher Sommerabend, mit den hellen, schreienden Knabenstimmen auf der Straße.

Yvonne liegt regungslos, aber alles, was nicht ihr Körper ist, zittert in ihr. Sie denkt in Bildern und Phantomen, und es ist die Frage ‹Wohin, wohin?›, die pathetisch und furchtbar vom Traum her in die Wirklichkeit hinüberruft. Denn auch ihre wirkliche Welt ist unheilschwanger.

Sie hat Quirins Bild vor sich, von damals, als er ihr die Haustür öffnete und seine Jacke vorn auseinanderfiel und sie durch den Spalt des Hemdes seine gebräunte Brust sehen konnte. Aber dann sieht sie ihn, wie sie ihn früher gesehen hat, vor zwei Jahren, an Valeries Seite, schweigsam und aufmerksam und fast ein wenig servil. Valerie hatte damals noch jenes Sieghafte und Großartige, das an Schiffe mit geschwellten Segeln gemahnte und das ihr zugeflogen kam, sobald sie die Wohnung verließ und die Blicke fremder Menschen auf sich gerichtet wußte. Sie, Yvonne und Quirin, waren an ihrer Seite zwei arme, vergessene Trabanten, so leuchtend und sicher konnte sie an gewissen Tagen sein.

Aber es ist ein Zwangsbild da. Quirin hat einen Blick, den sie an ihm nie gesehen hat. Ein wesenloser Blick, der über die Dinge hinweggeht und irgendwo einen Horizont absucht, als fände er dort jenes Phantom, dem er hörig ist und das er Freiheit nennt. In einem solchen Augenblick muß er es getan haben. Sie sieht seine starken, ein wenig unbeholfenen Hände, die die Dinge mit den kräftigen Fingerbeeren behutsam anfassen. Sie halten ein Glas. Es liegt ein entfaltetes Apothekerpülverchen daneben. Aber es kommt kein richtiges Bild zustande. Alles bleibt verschwommen.

Yvonne steht auf und läuft durch das Zimmer. Sie trägt den bunten, großgeblümten Kimono ihrer Mutter, und die untern Ecken flattern gewohnheitsmäßig auseinander, wie sie es in Valeries verzweiflungsvollen Tagen getan haben.

Sie beugt sich über das Nachttischchen. Ein kleines gesticktes Deckchen liegt über dem braungesprenkelten Marmor. Sie blickt mit zusammengekniffenen Augen hin, als müßten ihr die toten Dinge das Geheimnis verraten. Aber es bleibt alles nüchtern und alltäglich, zu nüchtern und zu alltäglich, verdächtig alltäglich, von jener beharrlichen Verschlossenheit der Dinge, die wir ohne Liebe und mit Mißtrauen betrachten.

Es erscheinen ihr noch deutlich zwei, drei Gesichter Quirins, die sie an ihm gesehen hat, aber jedes ist, wie immer bei ihm, nur der Abglanz eines andern, das man nie zu sehen bekommt. Sie hat das immer verstanden, besser als ihre Mutter, scheint ihr. ‹Ich habe mein Geheimnis. Ich habe meinen Stolz. Ich habe meine Verachtung, und niemand kann mich verstehen›, sagt er. ‹Ich bin einsam und unglücklich, aber diese Einsamkeit und dieses Unglück sind mein Stolz, meine Daseinsberechtigung, meine Rolle auf dieser Erde.›

Ach, wie sie ihn haßt, wenn sie daran denkt.

Auf dem Bett liegt nur noch eine rotgeblümte Matratze. Es ist eine kleine, phantastische Gegend von Hügeln und Tälern. Wenn Yvonne darauf niederblickt, so fühlt sie in sich eine unerklärliche Erregung. Es drängen sich ihr Bilder auf von düsteren Spielen und Umschlingungen, von Dingen, die jenseits des täglichen Lebens im Keuchen der Nacht geschehen.

Das verlassene Bett ist der monströse Zeuge einer Vergangenheit, die sie fliehen und vergessen möchte. Aber gleichzeitig fühlt sie in sich, inwendig im Dunkeln, eine verwegene Neugierde. Über dem Geruch von staubiger und trockener Leinwand und Essig und Apotheke schwelt es von den Ausdünstungen menschlicher Körper, von festlichem und lüsternem Leben, und es mischt sich mit dem stechend-süßlichen Leichengeruch.

Mit geschlossenen Augen liegt das kleine Gesicht Yvonnes auf den blaßroten Blumen. Ihre Nüstern zittern leise. Das häßliche und nackte Leben hält seinen Einzug in ihr. Es ist alles zu Ende. Es gibt keinen Widerstand. Die Menschen sterben in den banalen Betten, in denen sie geliebt haben. In der Nacht werden sie gezeugt, sie werden für einen kurzen Augenblick ins Licht geboren und sterben wieder in die dunkle Nacht zurück. Hinter ihren geschlossenen Lidern sieht Yvonne die beiden Gestalten ihrer Mutter, die der toten und die der lebenden, die sich, wie die Gerüche, die sie hinterlassen haben, mischen und sich den Platz streitig machen. Sie ist allein und ohne Vermittlung den angstschwangeren Bildern ausgeliefert. Sie ist in einer hoffnungslosen Art zornig und mitleidig. Sie möchte ihre Mutter dem Tode entreißen und sie gleichzeitig für immer vergessen.

Auf dem Tisch steht das kleine Tintenfäßchen, das Valerie immer benützte. Yvonne schreibt. Es ist ein langes, ein wenig konfuses Schreiben, mit gegen den Rand hin sinkenden Schriftlinien. Es ist darin die Rede von Quirin, von ihrem Verdacht und seiner Flucht. Sie schreibt langsam und aufmerksam, wie unter einem Diktat. Von Zeit zu Zeit blickt sie durch die offene Balkontür, über die Dächer hinweg, in den blauen Abend hinaus. Ganz flüchtig nimmt sie die Barken ihres Traumes wahr.

Sie hat ausgeweint, und sie ist voll von blinder Entschlossenheit. Sie kommt von weit her und greift in das Leben ein. Sie wußte nicht, daß Haß ein wollüstiges Gefühl ist; sie gibt sich ihm hin, bräutlich und bleich.

Ihr Brief ist an die Behörde gerichtet.

X

Die Fledermäuse taumeln lautlos durch die Sommernacht. Über dem Baumgarten liegt in blasser Bläue der verschwenderisch bestirnte Himmel. Warme Luft steigt am Fenster vorbei. Von der Haustür her hört man das leise Gemurmel eines Gesprächs. Bachofen sitzt dort mit seinem Vater auf der Bank vor der Tür. Von Zeit zu Zeit sieht man ihr Rauchzeug aufglimmen. Oben auf der Straße zieht ein Velofahrer mit lautem Geklingel vorbei. Er wechselt mit einem Fußgänger, den er überholt, ein lautes Grußwort. Die Straße selbst sieht man nicht. Man erkennt nur den helleren Schein der elektrischen Bogenlampen, auf dem sich die Silhouetten der Birnbäume abheben.

Die ganze Erde atmet leise und regelmäßig. Der friedliche Hauch des ländlichen Abends raschelt in den Bäumen.

Quirin steht unter dem offenen Kammerfenster. Es ist schön, so im Dunkel zu stehen und in die Nacht hinauszuschauen, alles verliert seine Schwere. Es wird nichts mehr geschehen bis morgen.

Dann liegt er angekleidet auf dem hohen, schmalen Bett, dessen Fußende dicht am Fenster steht. Die Kissen sind hoch aufgetürmt, und er blickt über das schwarze Rechteck der Bettlade in den Himmel hinaus. Er atmet tief und ist seltsam allein. Er liegt auf gerundeter Erde mit ausgebreiteten Armen. Seine Füße sind in unwahrscheinlichen Fernen. Seine Augen weiten sich in die unermeßliche Blässe, die sich glasig über ihnen wölbt, und es ist wie eine abenteuerliche Grenzfahrt, die er wagt. Er dreht sich mit der Erde langsam dem westlichen Abgrund entgegen, und aus dem gekreuzigten, auf die Erde gespannten Christus wird über den dunklen, regungslosen Meeren der Nacht ein Herkules, über dessen Nacken der Atlas in weiten Rundungen sich im Schwarz verliert. Vor seinen Augen ist die milchige Bläue raumloser Unendlichkeit, in der die Sterne und die milden Monde schwimmen.

Er möchte ein Ich sagen, aber es wird ein Du daraus, und es verliert sich weit unter ihm, wie das Geräusch von Steinen, die man in tiefe Zisternen wirft.

Die Toten sind in der Rinde der Erde begraben. Mit ihr begleiten sie uns auf die abenteuerliche, sinnlose Reise durch die endlose Dunkelheit der Himmel. O Erde, Don Quichotte unter den Gestirnen! Wir erwachen für kurze Sekunden aus wesenlosem Schlaf, aber kaum haben wir uns richtig die Augen ausgerieben und uns ein wenig zurechtgefunden, so ist unsere kurze Fahrt durch das Bewußtsein wieder zu Ende. Und wir sehen das alles, und es ist unsere einzige Haltung, daß wir schmerzlich lächeln und so tun, als hätten wir es nicht begriffen.

Wie nie noch in seinem Leben fühlt er seine Abgeschlossenheit. Die Menschen haben nur das Leben und sonst nichts. Mit besorgter, ernster Stirne eilen sie aneinander vorbei, ein jeder hinter dem Bilde her, das er von sich selbst gemacht hat.

«Peter!» ruft es unter dem Fenster.

«Ja, ich komme sofort.»

Unter der Tür schlägt ihm der Rauch von Bachofens Brissago entgegen. Dann gehen sie hintereinander auf dem Wiesenweg unter dem Baumgarten hindurch, den Rain hinab, der ans Ufer führt.

Der Mondschein liegt über dem Greifensee, und von dort her kommt all die unwahrscheinliche Helligkeit, die in der nächtlichen Landschaft ist.

‹Er ist einfach und stark›, denkt Quirin, indem er Bachofens Schatten folgt. Er sieht immer noch vor sich, wie es damals in La Chaux-de-Fonds während der Grenzbesetzung war, als die alte betrunkene Frau in einem Kreis von Gaffern zu Boden fiel. Bachofen schob die Leute kurzerhand auseinander, trat auf das jämmerliche Bündelchen Mensch, das da auf der Erde lag, zu, schob ihr die breiten Hände unter die Achseln und hob sie empor. Er lüpfte sie ein wenig zu hoch, so daß ihre Beine sekundenlang in der Luft baumelten, ehe sie den Boden wieder berührten. Da sah man das verrunzelte Gesicht des Frauchens, das einer verschrumpften Kartoffel glich, zwischen den gelösten Strängen weißen Haares im hufeisenförmigen Bogen ihres Kopftuches. Die hellblauen Augen waren klein und lichtlos vor Trunkenheit. So stehen sie einen Augenblick, Korporal Bachofen, mit seiner feldgrauen Polismütze auf dem Hinterkopf, und die betrunkene Alte, an der grauen Mauer des Hauses im Halbkreis der Zuschauer. Da kommt ein Herr des Weges und will vorübergehen. Er sieht die Gruppe, sein Schritt verzögert sich, und sein Blick haftet in unsäglicher Verachtung auf dem stumpfen Altweibergesicht. Er scheint etwas sagen zu wollen, da trifft ihn, über den Kopf der Greisin hinweg, der gerade und herausfordernde Blick Bachofens, dessen Hände noch immer unter den Achseln der Alten sind, die torkelnd unverständliche Worte vor sich hinmurmelt. Bachofen nimmt den bekannten gefährlichen Zug aus seiner Brissago. Und da geht der Herr vorüber, als hätte er nichts gesehen. «Jäsoo!»

Am Landungssteg steht eine Bank. Das Geländer geht wie ein Balkon auf den Seespiegel hinaus. Sie sitzen nebeneinander und rauchen. Dann sagt Bachofen: «Wie geht es deinem Frauenzimmer?»

«Sie ist vor vierzehn Tagen gestorben.»

«Ja, was? – Mein aufrichtiges Beileid. Peter, ich habe es nicht gewußt.»

«Danke, Heiri.»

«Wie ist es so schnell gekommen?»

«Ich weiß es nicht. Sie sagen, ich hätte sie umgebracht.»

«Du, Peter? Die sind ja verrückt!»

Die Wellen schlagen gegen die Landungspfosten. Das gegenüberliegende Ufer ist schwarz und geheimnisvoll. Über das Wasser kommt das Geräusch eines vorüberfahrenden Eisenbahnzugs.

«Heiri, ich weiß selbst nicht, ob es wahr ist. Ich habe ihr einmal ein Pulver gegeben, um das sie mich bat ...» Es ist wie ein Ruf durch die Nacht. ‹Peter›, sagt Valerie, ‹Peterlein, du?›, und sie lächelt ihn süßschmerzlich aus.

«Ich habe es dem Staatsanwalt gestern geschrieben», sagt Quirin.

XI

«… den 12. September 1912», liest Yvonne zuoberst auf dem ersten Blatt. Und darunter heißt es: «Es ist eine ganz verwirrte Woche. Zuerst den Bruch mit Cyrill und dann der Kaiserbesuch. Es gibt solche Augenblicke in unserem Leben, wo sich alles häuft und wo man nicht weiß, was wichtiger ist, die Privatangelegenheiten oder die großen historischen Ereignisse, die an uns vorübergehen. Zudem wurde ich ja in diese denkwürdigen Tage auch persönlich hineingemischt. Ich kann es jetzt noch kaum fassen, aber es ist Tatsache, der deutsche Kaiser hat mir die Hand gedrückt. Was Tausende von Kolleginnen erträumen, mir ist es zur Wahrheit geworden. Und solche Augenblicke zählen, besonders im Leben einer Künstlerin, und das ist auch der Grund, weshalb ich mir die Mühe nehme, es aufzuschreiben. Welch ein merkwürdiger Gedanke, der einem schon ein wenig Überheblichkeit einflößen kann, daß ein Biograph in späteren Zeiten diese Episode aus dem Leben Wilhelms II. erzählen wird und daß man dann sagen kann, man sei persönlich auch dabei gewesen!

Was mich betrübt und mir die Freude an allem ein wenig genommen hat, ist das mit Cyrill, das dem andern kurz vorangegangen ist, so daß ich, selbst in dem großen Augenblick, als im Baur au Lac Herr von Illberg uns vorstellte, ich nicht ganz dabei war und fortwährend an diese dumme Geschichte denken mußte.

‹Ist er wieder zurückgekommen?› fragte Cyrill.

‹Ja›, sagte ich.

‹Hast du ihn gesehen?›

‹Ja.›

‹Hast du ihn geküßt?›

Ich mußte ein wenig zögern, als er mich das fragte, aber dann sagte ich entschlossen ‹Ja›. Ich wußte wohl, was es zu bedeuten hatte. Wir wagten einander nicht mehr anzusehen. Er wollte mir etwas Häßliches sagen, das fühlte ich ganz genau. Aber ich wußte auch, daß es ihm vor allem daran gelegen war, Haltung zu bewahren. Ich erinnerte mich an den Traum, den er mir erzählt hatte, in dem er zum Tod verurteilt worden war und wo es sein einziger Wunsch gewesen war, die Haltung nicht zu verlieren.

‹Adieu›, sagte er und nahm weder die Zigarette aus dem Mund noch den Hut vom Kopf. Sein bräunlicher Teint war ganz olivefarbig, wie es ist, wenn diese Exoten so wütend sind. Ich wußte natürlich, daß er sich das so ausgedacht hatte, das mit dem Hut und der Zigarette. So ist er ja. Es sollte eine Beleidigung, ein Ausdruck seiner Verachtung sein.

‹Adieu und auf Wiedersehen›, sagte ich, aber seine Hand war ganz schlaff und leblos.

Ich höre ihn in Gedanken, wie er verächtlich etwas vor sich hinmurmelt, und dabei ist er bleich vor verhaltender Wut.

Aber ich mußte es sagen. Ich mußte es sagen, obschon es eigentlich eine Lüge war, wenn man den Sinn davon betrachtet. Ich hatte keinen andern Weg, um von diesem verflixten Kerl loszukommen, der sich da eines Abends vor dem Bühneneingang in mein Leben hineingedrängt hatte und nun dort einen so großen Platz einnahm.

Es war gut, daß ich es sagte. Es wirkte. Ah, wie das in seinem Selbstbewußtsein verletzte Männchen sich aufbäumte und sich dabei Mühe gab, gelassen zu bleiben, und wie ich mich zurückhalten mußte, daß ich ihm nicht nachlief. Ach, die Männer haben es gut. Stellen sich einfach hinter ihren verletzten Ehrgeiz und gehen. Wenn ihr Stolz im Spiel ist, dann gilt ihnen die Liebe nichts mehr. Dann können sie gehen, wirklich und wahrhaftig gehen, kalt, wütend, ohne umzublicken. Ihre verletzte Würde hilft ihnen über alles hinweg.

Ich muß mich täglich überwinden, daß ich ihm nicht schreibe. Auch jetzt wieder. Nur gut, daß die Proben für die Extravorstellung vor dem Kaiser so viel von meiner Zeit wegnahmen!

Ich habe keine Zeit mehr. Ich kann nicht mehr warten. Meine Jugend geht zu Ende. Ich will keine alte Schauspielerin werden, ich will heiraten.

Da steht es schwarz auf weiß, und ich weiß, was es bedeutet. Heiraten, das heißt für mich Kummer. (Was für ein komischer Satz!) Hans Kummer werde ich heiraten. Er liebt mich beharrlich, geduldig und unerschütterlich. Nun kommt seine Stunde. Es hat mich gerührt, daß er mich während seines Aufenthaltes in England nicht vergessen hat. Ein wenig Schwierigkeiten wird es wohl geben wegen seinen Eltern, die Operettendiva usw., aber ich glaube, es wird schon gehen.

Manchmal belustigt mich dieser Gedanke. Besonders jetzt, nach meinen Erfolgen anläßlich des Kaiserbesuches. Aber es bleibt ja noch der Konzertsaal, wenn auch meine Bühnenlaufbahn zu Ende ist. Für ihn also habe ich mich aufgehoben. Manchmal fast ein wenig komisch. Für ihn also dieses legitime Glück, für ihn allein also, was so viele bewunderten und begehrten. Und sonst für keinen andern. Aber ganz im Geheimen scheint es mir manchmal ganz unmöglich, daß ich nur diesen einen Mann haben soll, daß er einst müde eingeschlafen neben mir liegen wird im gemeinsamen Zimmer. Frau Valerie Kummer, komisch!

Der Gedanke an Cyrill kommt mir manchmal warm und begehrlich, denn Cyrill ist die Leidenschaft, das Herrschertum, die Sklaverei. Cyrill kennt den geheimen Wunsch der Frau nach Quälerei. Er ist alles, was außerhalb des Bürgerlichen liegt. Er ist ein prächtiges, unbezähmbares Tier mit seinen tiefschwarzen, glänzenden Haaren, seinen samtenen Augen, seiner schmalen, kräftigen Gestalt und seiner braunen brasilianischen Hautfarbe. Wie oft sind alle meine Überlegungen zusammengebrochen, wenn er so kalt und grausam und innerlich so glühend war!

Oh, er wird toben, Cyrill. Er wird die kleinen Ballettmädchen schlagen und Whisky trinken. Aber selbst dieses Gefühl bereitet mir noch einen wollüstigen Schauer. Er wird mich beschimpfen, er wird das häßliche Wort sagen, das nur er auf diese Weise in maßlosem Haß aussprechen kann: putain! Und er wird das unsäglich Schöne und Wilde und Leidenschaftliche unserer Vergangenheit zerstampfen und leugnen. Oh, es ist schmerzhaft, aber es ist nicht zu ändern. So gerne hätte ich ihm und mir die schöne Erinnerung erhalten, aber es geht nicht. Es mußte so kommen. Ich habe es immer gewußt …»

Es ist ganz still in der Wohnung. Nur aus der Pension der Madame Naef klingt der quäkende Baß des Lautsprechers herauf. Yvonne hat im Lesen rote Flecken an den Wangen bekommen. Ihre Hände zittern ein wenig, wenn sie die Blätter auseinanderfaltet. Es sind ein paar Briefbogen, und oben links steht die gedruckte Adresse eines Hotels. Aber die Briefe sind offenbar an niemanden gerichtet.

Ein Jahr vor ihrer Geburt wurden diese Worte geschrieben. Sie saugt ein neues, unbekanntes Bild ihrer Mutter in sich hinein. Sie hat wohl einmal zufällig von diesem Kaiserbesuch reden gehört, aber von diesem Cyrill hat sie nie ein Wort vernommen, und er wird wohl ewig ein Geheimnis bleiben. Und daß ihre Mutter Kummer nicht geheiratet hat, das weiß sie ja auch.

Es ist noch ein ganzes Häufchen Briefe vor ihr. Aber sie mag sie nicht anrühren. Sie fürchtet sich davor. Am liebsten möchte sie gar nichts von all dem wissen.

XII

Das Gestänge des welken Schilfs knistert unter Quirins Füßen. Zwischen den sattgrünen Palisaden der Binsen tut sich ein Blick auf über das Wasser. Wie er das Skizzenbuch öffnet, fällt ein gefaltetes Blatt heraus, und im Weitergehen, während ihm die Sonne heiß auf den Rücken brennt, liest er, was er da einst mit zorniger, eckiger Handschrift geschrieben hat.

«Die Frau klebt und saugt. Sie klammert sich am Manne fest. Sie ist nicht mehr wegzubringen. Das ist der wahre und einzige Kampf des Mannes! Sieh um dich und bemerke, was die Frauen aus den Männern gemacht haben. Bei den wenigsten hält noch das Gerüst stand, aber innerlich, da sind sie alle ausgeweidet und ohne Selbständigkeit. Als Geliebte beendet sie, was sie als Mutter begonnen hat. Ihre Losung ist die Liebe. Du sollst im Dienste der Liebe dein Leben geben. Des Mannes Sehnsucht ist die Freiheit und die Schuldlosigkeit, die Harmlosigkeit. Beides nimmt ihm die Frau. Nicht er jagt hinter der Frau her, sondern sie hinter ihm. Nur in seiner Nähe erfüllt sich ihr Leben und vergißt sie die Einsamkeit. Die dunkelsten Mächte der Natur wollen es so und stehen ihr bei, und durch sie ist er der Frau hörig und verfallen. Die Liebe ist ein schonungsloser Kampf, aber er ist ungleich, denn der Ausgang ist immer gewiß. Der Mann unterliegt immer, denn wenn er ‹Sieger› ist und die Frau errungen hat, dann triumphiert der Sklave unter dem schamvoll über den Augen erhobenen Arm. Die Frauen sind hart, aber die Männer sind weich, denn jeder trägt das Mitleid mit der Mutter im Herzen, und das kleinste Mädchen kennt den Weg dorthin. Das Geheimnis und der Schlüssel zum Wesen des Mannes ist das Mitleid. Und ohne Schuld wird er nicht frei …»

Mit leichtem Kopfschütteln liest er den Linien entlang. Er erinnert sich noch gut der furchtbaren Nacht, nach der er diese Worte geschrieben hat, damals, als er zum erstenmal fühlte, daß er nie wieder von Valerie loskommen würde. Aber nun sind nebelhaft hinter diesen Worten die strengen und hoheitsvollen Züge der Toten, und alles bekommt ein anderes Gesicht.

Er setzt sich am Ufer nieder. Auf der Fläche des Sees schaukeln die Spiegelbilder der leichten Sommerwolken und der dunkle Schatten der Pappel, deren Blätter hoch oben im zarten Blau des Himmels silbern blitzen und zittern. Eine Bachstelze wispert und zirpt geschäftig zwischen den Ufersteinen umher.

Ach, alles, was die Menschen wollen, sind einige ruhige Atempausen zwischen zwei Schwierigkeiten! Im Hineinblikken in diesen Tag, der ihm vorkommt, als wäre es sein letzter, wird ihm auf einmal etwas bewusst: ‹Und all dies soll verloren sein! All das Unausgesprochene und Unaussprechliche soll mit mir ins Grab sinken, und es wird keine Kunde mehr von ihm vorhanden sein, wenn ich es nicht mehr sehen kann!›

‹Ich, ja ich›, denkt er, ‹denn es ist des Menschen wahnwitzige Meinung, daß dies seine Besonderheit im Hinabfallen in das Vergessen sei, die Dinge auf seine Weise zu sehen; in seiner einsamen Abgeschlossenheit das Einmalige und Niewiederkehrende seines Besuches zu begreifen, das Pathos und die Wehmut eines sommerlichen Tages. Und dabei um sein kleines, gleichgültiges Schicksal zu wissen. Denn hat das Leben eine größere Gnade zu verschenken, als den Menschen in einer einsamen Sekunde sich seiner selbst bewußt werden zu lassen und ihm mit dieser Krönung auch zugleich das Geschenk der Verantwortungslosigkeit und der Schuldlosigkeit zu gewähren wie den stummen und bewußtseinslosen Wesen der Natur?›

Ach, dasitzen und sehen, nur sehen, und schuldlos sein!

Schon in seiner frühesten Jugend hat er das gehabt. Ein einfacher weißer Teller hinter der unreinen Scheibe eines Spezialwarengeschäftes konnte ihn in die tiefste Nachdenklichkeit stürzen. Die Dinge betrachten, sie ansehen, sich nichts dabei denken, sich nur der reinen Lust des Sehens hingeben! Kein Wunsch, sie zu besitzen, ist dabei. Sie schienen ein Geheimnis zu bergen, hinter das man kommen konnte, wenn man sie lange genug betrachtete. Die Augen ruhig und wunschlos über sie hinweggleiten lassen!

Er erinnert sich an das Gefühl unsagbarer, nicht gewußter Glückseligkeit, das er damals empfunden hatte, und es kommt ihm, während er unter dem offenen Himmel sitzt, ein ferner und schmerzlicher Abglanz davon, wie das Zittern des zarten Windes über den Spitzen des Schilfs und das leichte Gekräusel des Wassers an einigen Stellen des Sees, als führe dort eine unsichtbare Hand mit leichten Fingerbeeren über die glasgrünen Tiefen.

‹Bevor man in die Nacht versinkt, es sagen›, so ist sein Gedanke. Er hat keine Worte. Wie ein Baum ist er in das Fest des Lebens hineingestellt, und für das, was er sagen möchte, ist ihm kein anderes Werkzeug gegeben als die Form seines Umrisses, seine besondere Art, sich im Raum zu dehnen, und das sehnsüchtige Säuseln seiner Blätter unter der zarten Hand des Windhauchs.

Er versteht das Bangen und den unausgesprochenen Stolz der Natur. Er weiß, es ist nur einmal, daß es geschieht, daß eine Pappel dunkel und mit fiebrigen Blättern im Licht des Tages steht, und es kommt ein Mensch hinzu, und er erlöst sie mit seinem Blick, durch nichts anderes, als daß er geschaut und gesehen hat. Denn dieses ist ihre Botschaft an den Menschen: daß er mit seinem Blick erlöse, was sich in Schönheit und Sehnsucht zum Himmel reckt. Zu diesem Zwecke wurde es ihm gegeben, daß er «ich» sagen kann und leiden darf. Damit dem Schönen und Sehnsüchtigen eine Sprache sei.

Er beugt sich über den Aquarellkasten, und nachdenklich, sorgfältig führt er den Pinsel über das weiße Papier. In seinen gebräunten und ein wenig schwerfälligen Händen hält er hart den Schaft. Er atmet leise, und sein Gesicht ist kindlich, selbstversunken. Wie immer in solchen Stunden ist er doppelt. Es steht einer hinter ihm, der ihm zusieht und mit dem er spricht. Aber seine Augen sind streng und mit Ernst auf das begrenzte Gesichtsfeld gerichtet, das er ihnen angewiesen hat, wie ein Guckkasten, wie ein Fenster aus dem Dunkeln in der Helle der Welt. Es ist, als säße er nur da und die sichtbaren Dinge strömten in ihn hinein, in ihn hinab. Und jeder leise Tupfen Farbe, den sein Pinsel auf das Papier überträgt, ist wie das Zeichen einer geheimnisvollen Morseschrift, von der jeder Schlag sein ganzes Wesen erzittern läßt. Und das Spiel ist dieses, ob er, der andere, der ihm über die Schulter blickt, den Bildspruch verstehen kann.

Wohl ist es wahr, eine ungewisse Zukunft tut sich auf und alles ist Gnadenfrist, aber es scheint ihm, daß jener geheimste und ureigenste Teil von ihm nichts mit den Schwierigkeiten zu tun hat, die ihn erwarten.

Es fällt ihm jener Chinese ein, den er vor Jahren in London gesehen hatte – «der» Chinese, wie er ihn bei sich nennt –, einer jener chinesischen Arbeiter, wie sie zu Dutzenden in den Hafenvierteln herumliefen. Sein Rumpf ist ein Quadrat, das auf die runden, nach außen gebogenen Beine gestellt ist. Er trägt Kniehosen und Wadenbinden. Seine Hände kann man nicht sehen, denn über dem Bauch verschränkt, stecken sie in den weiten Ärmeln seiner Jacke. Aber zwischen Arm und Rumpf eingeklemmt trägt er ein Geranienstöckchen. Es geht ein kräftiger Wind, es regnet, und es ist ungemütlich und traurig. Über sein verrunzeltes Gesicht kollern die Regentropfen. Seine Augen sind fast geschlossen. Im Näherkommen sieht er, daß der Chinese lächelt. Und das Lächeln sagt: «Mein Körper ist ein armer Hund und trottet heimatlos im Regen herum, aber meine Augen freuen sich der kleinen roten Blume, und diese Freude ist die Heimat meiner Seele. Was schert es mich da groß, daß mein Leib da irgendwo herumläuft und verregnet wird?»

Der See ist ein wenig bewegt, und einige nachlässige Wellen spülen über die Steine. Es muß Abend sein. Mit leicht brennenden Augen blickt Quirin von seinem Blättchen auf. Seitwärts von ihm sieht er den langen Schatten eines Mannes auf dem Gras. Er wendet sich nicht sofort um. Durch die kleine Lücke in der Palisadenwand der Binsen blickt er einen Augenblick nachdenklich und regungslos auf den stillen See hinaus, und es ist wie ein Abschied.

Der Landjäger Weder bringt es nicht sofort richtig heraus, was er zu sagen hat.

«Ich weiß schon, was Sie wollen», sagt Quirin. «Ich komme gleich, wir können mit meinem Motorrad nach Zürich fahren.» Er packt sorgfältig den Aquarellkasten zusammen und klappt den Deckel über das Skizzenbuch. Das kleine Schriftstück, das herausgefallen ist, steckt er in die Brusttasche.

Sie gehen miteinander über das knisternde Schilfstroh davon, und Quirin hört noch ein paar Schritte weit das wichtigtuerische Zirpen der Bachstelze.

XIII

Durch die Wände sickern die farblosen Noten einer Fingerübung. Draußen in der Dunkelheit des Parks wiegen sich die Ulmen im trockenen Föhnsturm. Das Fenster ist weit geöffnet, und die schweren Vorhänge bauschen sich wie mächtige Blasbälge ins Zimmer.

Kummer steht neben dem großen gotischen Sessel am Gesimse und blickt über die Spitzen der Bäume hinweg in den hellen Mond hinein, den die jagenden Wolken wie eine Boje im Meer als durchleuchtete Wellen umspielen.

Die dicke Scheibe des geöffneten Fensters wirft ihm in undeutlichen Zügen sein Spiegelbild zu, so wie er im Viereck des Rahmens steht, im dunklen Zimmer, vor dem bewegten nächtlichen Himmel. Er sieht diesen ältern Herrn, aber er hat den Eindruck, als gehöre diese Gestalt gar nicht zu dem Ich, das er in sich trägt.

In den letzten Tagen hatte er immer deutlicher die Vorstellung von etwas, das er, mit der primitiven Sprache, die jeder von uns im Verkehr mit sich selbst zur Anwendung bringt, das «dritte Leben» nennt. In dieser Stunde, während der Föhn über sein weißes Haar fährt, fühlt er es besonders deutlich und unabweisbar. Er ist von dieser sturmbewegten Sommernacht umgeben, in ihm ist das Leben seiner Gedanken, seine Einsamkeit und die leise Angst, an die er sich gewöhnt hat. Aber außerhalb von all dem, außerhalb des Daseins, das er sehen kann, und jenem, das er denkt, ist noch ein Teil von ihm. Er bekommt nur in seltenen Sekunden Mitteilung, was da mit ihm vorgegangen ist, aber diese kurzen Augenblicke binden verschiedene Etappen seines sechzigjährigen Lebens zusammen und machen ein neues, drittes Leben daraus. Es ist wie die Metallader eines Gebirgszuges, die von Zeit zu Zeit, in unbestimmbaren Abständen, an die Oberfläche tritt; und nur ihr besonderer Glanz und die Richtung ihrer Lage verraten, daß sie mit jenen andern Adern in Zusammenhang steht, auf die er in seinem frühern Leben schon einmal gestoßen ist. Und wenn er das bloßgelegte Teilstück betrachtet, so überkommt ihn ein atembeklemmendes Erschrecken, denn er denkt an die tiefgründigen Verschlingungen, an die schwarzen Schächte, die der erstarrte Metallstrom im Gestein seines Lebens durchlaufen hat, und er wußte nichts davon. Wie und wann hat er dieses dritte Leben gelebt? In seinen Träumen oder wenn er betrunken war oder wenn er ins Feuer blickte oder auf das Meer hinaus oder wie jetzt, in dieser Sekunde, den wechselnden Widerschein des Mondes im Antlitz?

Man könnte Worte dafür setzen, so wie es die Schriftsteller tun, aber es sieht von außen doch ganz anders aus als von inwendig, und es ist banal, eine konventionelle Formel, eine Vereinbarung unter den Menschen, eine Vereinbarung vom innern Menschen zum äußern, daß das das und dies dies bedeutet, annähernd natürlich, aber man versteht sich schon, über das ungenaue und immer gleiche Wort hinweg.

Auf einmal erinnert er sich wieder, wie er Valerie kennenlernte.

Die kleine, mattrot erleuchtete Bar hinter dem Theater, eine kleine Statistin, die auf dem hohen Barstuhl mit baumelnden Beinen sitzt und auf der Rückseite einer Zigarettenschachtel ihre Schulden zusammenzählt. Sie trägt ein hellblaues Halbseidenkleid und riecht nach Hyazinthen. Da sind sein Freund Wächter und er, zwei Herren, ein alltägliches Vorkriegsgespräch und das Spiel der Augen, die sich im Spiegel, hinter dem Rücken der rosigen Bardame, begegnen. Ach, Tausende von Begegnungen beginnen auf dieselbe Weise, und manchmal bleibt nichts in der Erinnerung zurück, und manchmal dauert es ein Jahr, und manchmal ein Leben. Millionen von Müttern sprudeln mit Lebensdurst geladene Menschenkinder über die Erde, aber es ist jeder Liebe zu eigen, daß sie sich als besonders und einmalig empfindet.

Gespräche, Hände, die sich lieben, der irisierende Schimmer zweier Augenpaare, die sich suchen, die fragen und geben, das Gefühl einer nie endenden Jugend, von freier Bestimmung über das eigene Leben, Verzauberung und hohe Festlichkeit. ‹Ich liebe dich, weil …› Ja, weshalb? Er würde es anders sagen, heute, der alte Herr, mit seiner Erfahrung, seiner Reue und seiner Resignation. ‹Ich liebe dich, weil ich dich am Wege traf, als ich liebesbereit war.›

Aber da es Valerie war, ist ihr Tod auch ein Teil seines Todes.

Er kommt von weit her, und das Leben scheint ihm unendlich lang. Schon tauchen um ihn, wie seine Neffen, wie Yvonne, Gesichter auf, junge Männer und Mädchen, für die der große Krieg eine Sage ist, wie für ihn der Krieg von 1870, als er anfing, erwachsen zu werden, und die Welt um ihn noch mit dem Echo des Kanonendonners einer beendeten Katastrophe erfüllt war. Aber jeder tritt ja mit seiner Geburt in eine Welt ein, die mit dem Echo vergangener Katastrophen erfüllt ist, mit dem Nachhall von Dingen, die vor unserer Geburt geschehen sind und die die Überlebenden mit ihren Worten und Sorgen vergeblich versuchen uns begreiflich zu machen, damit wir die Erinnerung daran aufbewahren und sie weitergeben denen, die nach uns kommen.

Er hört unter sich plaudern und ein wenig Geschrei und Fenster, die eilig geschlossen werden, denn es fallen große Tropfen. Und er schielt von Zeit zu Zeit sein Spiegelbild an, vorsichtig, als möchte er sich selbst im Profil überraschen. Er kann dies Bild und sein Ich nicht zusammenbringen. Ihm scheint, als müßte durch seine veränderte äußere Gestalt jene hindurchschimmern, die er selbst von sich sieht, und er fühlt Auflehnung, daß es ihm nicht gelungen ist, diese seine wahre Gestalt Stoff werden zu lassen. Dieses Ich, das in ihm wohnt und das durch seine Augen in die Welt hinausblickt, das ist ein junger Mann, der ernst und gut ist und nie lächelt. Warum kann man das nicht sehen, das Erstaunen, das in der Tiefe seines Daseins ist, seine Fragen an das Leben, die einsame Weite, dieses Losgelöstsein von sich und seiner Umgebung, das pflanzenhafte Hinleben, das seltsame Warten auf Erlösung und Ende? Und dieses seidenzarte, ferne Gefühl von einer absonderlichen Mission, die zu erfüllen ist und die nur mit Geduld und Bescheidung erfüllt werden kann? Und diese Gesprächswendung aus den Monologen des dritten Lebens: ‹Und magst du traurig sein und einsam, so ein Ungeheuer ist keiner, daß er aus dem Kreis des Lebens ausgestoßen wäre.› Warum kann man das alles hinter seiner zielbewußten und gemäßigten Gestalt nicht sehen?

Immer war er in seinem Innern zu einer Heldentat bereit, und es scheint ihm, er wartete sein ganzes Leben darauf, daß der große Augenblick käme, in dem er sich bewährt, aufopfert, die große Tat erfüllt, die ihn über sich selbst hinaus erhebt. Aber den meisten Menschen kommt diese Minute nie, und von den wenigen, denen sie sich darbietet, sind es ganz wenige, die ihre entscheidende Größe erkennen, sich dem Augenblick hingeben und verschwenden, den ihnen das Schicksal gönnt.

Ach, es handelt sich wohl im Leben nicht um die Heldentaten, sondern um die Dinge, die zwischen den Heldentaten liegen.

Zwischen jener Sekunde, als er Valeries Schiff im abendlichen Horizonte verlor, und jener, da man sie ins Grab versenkte, ist alles ausgelöscht. Jetzt sieht es aus, als wäre Valerie aufgebahrt von ihrer Reise zurückgekehrt. Daß sie nun einen fremden Namen trug, daß sie ein Kind geboren hatte, daß ihr Schiff auf fremden Wassern schaukelte, als er selbst schon ein angesehener und gesicherter Mann geworden war, das zählt nicht. Ihn, den alten Herrn, geht das nichts mehr an, aber den Jungen, der in ihm durch all die Jahre zurückgeblieben ist, dem ist sie nun abgereist.

Er erinnert sich an ein letztes Gespräch, das er vor Wochen mit ihr hatte. Sie saß in dem gotischen Sessel und er stand vor ihr: eine charmante Frau und ein aufmerksamer, verständiger Freund. Und auf einmal hatte er das Gefühl gehabt, als mimten sie eine Szene, eine etwas komische, gesellschaftliche Szene vor den zwei jungen, süß-schmerzlich lächelnden, ernsten Menschen, die in ihnen zurückgeblieben waren.

Er übersieht mit erstaunlicher Hellsichtigkeit den ganzen Zusammenhang. In jedem von uns war am Anfang Abenteuer und Aufbruch. Aber die Welt ist eine Ordnung, und man muß sich entscheiden. Keiner bleibt von der Entscheidung verschont. Es ist die Krise an der Schwelle ins erwachsene Leben. Quirin ist mittendrin.

Auf einmal hört er dicht an der Wand etwas wimmern. Es ist ein langanhaltender, vernunftloser Ton. Er wendet sich in das dunkle Zimmer. Es gehen Schritte, und dann hört er die Stimme seiner Tochter: «Ja, schlaf nur, Charly, es ist nichts, ich bin bei dir.»

Er hat Kinder gezeugt. Und diese Kinder haben wieder Kinder gezeugt. Auf einmal ist er nicht mehr wichtig. Das Leben hat ihn gebraucht. Er hat getan, was es von ihm wollte, und nun läßt es ihn abdorren. Ist er deshalb um sein Leben genarrt? Rings um ihn setzen sich andere Schicksale fort, beginnen neue. Für eine Sekunde ist jeder einmal Mittelpunkt des Kreises. Aber jetzt steht er ganz draußen am Rande. Sein Enkel kräht durch die Wand, aber in ihm ist immer noch der Jüngling seiner früheren Jahre, der sich selbst vergreisen sieht. Er hat es klug gemacht und sein Leben von dem Valeries getrennt, aber jetzt, da sie nicht mehr da ist, da fühlt er den Abschied mit dem Herzen des jungen Mannes, der in ihm geblieben ist, ohne daß er es wußte, und der sein drittes, einsames, verschwiegenes Leben weiterführte bis zu dem Augenblick in dieser Föhnnacht am Fenster, wo es unwiderruflich zu Ende gelebt ist.

XIV

Yvonne liegt im Dunkel; sie ist eben erwacht. Ihr schmaler Körper zittert. Mit den Augen sucht sie das Fenster aus Mattglas über der Türe. Sie findet es nicht, alles bleibt dunkel, das erleuchtete Viereck erscheint nicht. Und ganz langsam, in befreitem Aufatmen, erkennt sie, daß diese Zeit vorbei ist. Für immer vorbei sind diese furchtbaren Nächte ihrer frühen Jugend, und nie mehr kommen sie. Nur die Angst ist ihr geblieben, die Angst vor dem Schmerz, den sie seitlich unter den Rippen spürt. Leise in der Dunkelheit atmend, hört sie in sich den furchtbaren Dialog ihrer kindlichen Nächte.

Immer war es so, unzählige Male. Das kleine Mädchen erwacht in der Nacht. Die Mattglasscheibe ist erleuchtet.

Ein Schrei. Das Klirren eines zerbrochenen Glases. Und dann der sinnlose, furchtbare Schrei ihrer Mutter. «Du Notzüchtler! … Im Zuchthaus solltest du sitzen!»

Und dann Scheffers heisere, alkoholische Stimme, von ersticktem Husten unterbrochen: «Halt dein Maul, oder ich schlage dich!»

Aber der Schrei der Frau ist nicht aufzuhalten: «Du Notzüchtler! Du Notzüchtler! Du gehörst ins Zuchthaus! Spielt den feinen Mann nach außen und läuft jeder Dienstmagd nach, unmündigen! Du Notzüchtler!» Sinnlos kreischt dieser Schrei in die Nacht hinein, hemmungslos, ohne jede Rücksicht.

Programmgemäß erfolgt dann das Poltern der Leute, die über ihnen wohnen. Das Kind geht barfuß, mit bebendem Körper ans Fenster und blickt durch die Spalten der heruntergelassenen Jalousien hinaus. In den Nachbarhäusern brennt trotz der späten Stunde, drei Uhr morgens, Licht, und man erkennt spähende Gestalten hinter den Fenstern und Passanten, die vor dem Hause stillstehen und hinaufstarren.

Die Schreie haben aufgehört, aber nun ist es jenes wuterstickte, zischende, laut artikulierte Flüstern, das kein Wort im Dunkeln verlieren läßt.

«Halt das Maul, sag ich dir, oder ich erwürge dich. Du bist verrückt. Du gehörst ins Narrenhaus. Eine Närrin, eine hysterische Kuh bist du!»

Aber das Kind hört das Keuchen der Mutter: «Du Notzüchtler! Du Zuchthäusler!» Dann hört man Rascheln. Schritte von bloßen Füßen. Es klingt wie Verfolgung, atemloses Ringen. Und leises Geflüster, nicht mehr ganz wie Haß, heiser: «Laß mich in Ruhe! Laß mich los! Ich springe zum Fenster hinaus!»

Das heisere Männerlachen Scheffers: «Wie willst du aus dem Fenster springen, nackt, wie du bist?»

«Laß mich los, du betrunkenes Schwein! Laß mich los!»

Und dann das Furchtbare! Eine unter Küssen langsam ersterbende Stimme: «Laß mich doch los, Herbert! Laß doch! Nein, laß mich …»

Der erleuchtete Mattscheibenfleck über der Türe versinkt. Tiefe Nacht und Stille umfängt das schmale Kind mit dem hart pochenden Herzen und den unter saugendem Schluchzen rollenden Tränen, die wie eine sanfte, milde Erlösung von der namenlosen Qual sind. Ach, möchte es nie mehr Morgen sein, nie mehr helles Licht auf der Straße, wo man den neugierigen Blicken der Nachbarn schambeladen ausweichen muß.

Yvonne hat diese Jugenderinnerung lange Zeit vergessen, aber nach ihrem Barkentraum und wie sie das Schriftstück über den Kaiserbesuch gelesen hat, ist sie ihr wiedergekommen. Sie wehrt sich mit ganzer Kraft dagegen, denn seit Valeries Tod erst wird sie sich der Bedeutung des nächtlichen Alpdrucks bewußt – und des Häßlichen, das unaufhaltsam in ihr Leben gleiten will.

Ein Kind wie andere Kinder sein! Gewöhnlich, namenlos wie alle anderen leben, untergehen in Gewöhnlichkeit und Nichtbeachtetsein, das ist der innigste Wunsch ihres Lebens. Aber es ist ihr grausames Geschick, so scheint ihr, daß sie in eine Welt der Verwirrung und Unordnung hineingeboren wurde, der sie nicht entrinnen kann. Ein Tierchen, eine Sache, ein Paket ist sie gewesen, das von Pension zu Pension, von einer möblierten Wohnung zur anderen geschleppt wurde, ein wesenloser Trabant des regellos geleiteten Gestirns, das das Leben ihrer Mutter war.

Die Uhr schlägt im Nebenzimmer. Es ist beinahe Morgen.

Sie sieht Quirin vor sich, seine starken, geschickten Hände, die irgend etwas basteln. Sie kann nicht erkennen, was es ist. Aber sie fühlt, daß dieses Basteln etwas besagt. Er wollte fort, und er wollte auch bei Valerie bleiben. Yvonne beginnt es zu begreifen. Sie dreht das Licht an. Sie ist ganz wach. Sie kramt aus der Schublade des Nachttisches den kleinen Taschenkalender ihrer Mutter hervor. Die kurzgeschnittenen blonden

Haare fallen ihr über die leicht gewölbte Stirne herunter, wie sie den letzten Eintrag Valeries liest:

«Nun ist es soweit! Als ich die Treppe hinunterging, sah ich in der Scheibe des Briefkastens die bolivianische Briefmarke, und sofort wußte ich, was es zu bedeuten hätte. Peter hat den Posten bekommen. Es ist alles zu Ende, er wird reisen. Ich habe den Mut nicht gehabt, ihm den Brief zu geben, als er gewohnheitsmäßig fragte: ‹Nichts Neues, Vally?› Ein paar Tage noch will ich gewinnen, ein paar Tage noch das Gefühl haben, daß wir zusammengehören, ein paar Tage noch, eine Gnadenfrist, eine Henkersmahlzeit. Und dann ist es vorbei. Manchmal denke ich, ich bin erst gestern erwacht, ein junges Mädchen, neugierig und hochmütig, wie die jungen Mädchen sind, und das Ende des interessanten Lebens ist nicht abzusehen, und auf einmal ist es vorüber, gut oder schlecht, es ist vorüber. Ach, Peter, was machen wir mit unserem Leben. Du bist die letzte Station, das weiß ich schon. Aber du gehst noch ein Stück weiter. Ich kann dich nicht halten. Weißt, eine erfahrene Frau, die versteht die Blicke der Mädchen ...»

Die anderen Seiten sind herausgerissen.

Yvonne weint. Sie hat ein ganz verzerrtes Kindergesicht dabei. Das ist die einzige Form, mit der sie das verwirrende Durcheinander zum Ausdruck bringen kann, das in ihr ist: Haß gegen ihre Mutter, Haß gegen Quirin, Mitleid, würgendes Mitleid mit ihrer Mutter, Mitleid mit Quirin und die Vorstellung eines sturen und unerbittlichen Lebens, das irgendwo in der Ferne teilnahmslos an ihr vorüberzieht. Was soll sie tun? Der Mensch ist der hilflose Gefangene seiner Vernunft, aber er ist auch ihr Wächter. Wie könnte man denn sonst leben?

XV

In den Gängen des Bezirksgebäudes herrscht tiefe, sonntägliche Ruhe, die nur von Zeit zu Zeit unterbrochen wird, wenn sie einen einliefern. Dann hört man die harten Schritte auf den roten steinernen Fliesen, Männerstimmen – aber man kann die Worte nicht verstehen –, Schlüsselbunde, die leise klirren, Türen, die zuschlagen. Und dann sitzen sie nebeneinander, jeder in seiner Zelle, einsam, jeder über sein Unglück gebeugt, mit mehr oder weniger Hoffnung und Auflehnung, wie es gerade liegt.

Nun ist es ruhig und abgeschlossen. Der Sonntag vor dem Fenster hat das Licht friedlich gemacht. Quirin liegt auf dem eisernen Bettgestell, ohne Kragen, das Hemd über der Brust halb geöffnet, die Hände unter dem Kopf verschränkt.

Er befindet sich in jenem merkwürdigen Zustand, den alle Menschen schon erlebt haben, die sich im Mittelpunkt eines entscheidenden Ereignisses ihres Lebens befinden. Unaufhaltsam schießt das kleine Boot dem Katarakt entgegen, aber es geht so langsam wie mit der Zeitlupe, und es ist keine Möglichkeit gegeben, es aufzuhalten. Doch den Geist hat bereits eine kalte Resignation ergriffen, eine seltsame Unempfindlichkeit und Phantasielosigkeit, und jedes Gefühl von Angst und Gefahr ist ausgelöscht.

Durch die Wimpern hindurch sieht er die mattweiße Decke des Raumes schimmern wie die Leinwand eines Vorstadtkinos, und es gleiten von der Straße her verschwommene Schatten darüber hin. Er sieht einen schweigsamen Knaben, und er weiß, das ist er. ‹Nun ist es soweit›, möchte er sagen, und es hat den Sinn, daß es eine Antwort ist an sich selbst, an seinen jüngeren Bruder in der Zeit.

Über die Hinterseite des großen Miethauses, dessen viertes Stockwerk seine Eltern bewohnten, zog sich die lange, gedeckte Veranda hin. Man blickte von ihr auf den freundlichen Hof hinunter, den das großstädtische Häuserviereck in seinem Innern bildete. Es befanden sich darin zwei Rasenplätze, ein paar kümmerliche Bäume und ein Backsteinhäuschen mit Feuerlöschgeräten. Das Häuschen war durch ein großes Tor verschlossen, und unter den Kindern des Hofes, die da zum Spiel zusammenkamen, kreisten eine Anzahl von Legenden, die sich um das nüchterne Gebäude sponnen, ach, und vielleicht führen die heute noch in den Köpfen der inzwischen Großgewordenen ein verschämtes und beharrliches Dasein. Unter anderem wurde herumgeboten, daß alle Kinder des Hofes aus diesem Häuschen kämen, und dann ging wieder lange Zeit die Sage, es befänden sich Tote darin, und da er einmal einen städtischen Straßenarbeiter in blauer Bluse dort hatte herumhantieren sehen, hatte er immer die Männer mit dem Tode in Beziehung gebracht, besonders wenn er sie aus der Tiefe einer aufgerissenen Straße oder einer abgedeckelten Dole auftauchen sah. Aufmerksam spähte er immer nach ihrem Gesicht, einen Abglanz des geheimnisvollen Umganges, den sie mit der Unterwelt pflogen, darauf zu entdecken.

An den Sommerabenden säumten Gäste den runden Tisch, auf dem die Petrollampe stand, es wurde Bier getrunken, und anscheinend herrschte Gemütlichkeit. Fast alle Häuser, die den Hof umschlossen, hatten auf der Hinterseite solche Veranden, auf denen sich bei Einbruch der lauen Nächte eine ähnliche Geselligkeit entwickelte. Wenn er, unbeachtet von den Erwachsenen, im Hemd aus seinem Zimmer schlich, sich barfuß gegen das Geländer stemmte und hinunterblickte, so hatte der Hof mit einem Mal ein anderes, fremdes Aussehen. Während des Tages, der den Kindern gehörte, war Leben auf seinem Grund gewesen, aber jetzt war alles in tiefes Dunkel gehüllt, während die erleuchteten Fassaden, aus nüchterner Bedeutungslosigkeit erwacht, sich mit Leben und Gelächter erfüllten. Es war, als feierte der ganze Hof ein Fest der Geselligkeit. Die Bewohner der Häuserblocks bildeten in diesen leichtsinnigen Sommernächten gleichsam eine vielköpfige Familie, die die Logen eines Theaters gemietet hatte, um auf diese absonderliche Art die Lebensfreude zu pflegen. Wie den meisten Kindern war auch ihm der Wunsch, erwachsen zu sein, gleichbedeutend mit Aufbleiben und an dem bewegten Leben der Nacht und an den langen, gemurmelten Gesprächen teilnehmen zu dürfen, deren Laute durch die offene Verandatüre gedämpft in sein Zimmer klangen und ihn wie die lockende Brandung einer anderen Welt in den Schlaf geleiteten. Und der Knabe blickte neidvoll den Nachtfaltern nach, die sich manchmal in sein Zimmer verirrten und die dann wieder ungehindert zur Petrollampe zurückfliegen konnten, deren matten Schein auch seine Wünsche umkreisten.

‹Und nun ist es soweit.› Aber nur im Geiste des Erwachsenen lebt das Kind, und nur wenig Kindern ist gegeben, wie ein Kind zu leben.

Er atmet tief mit geschlossenen Augen und spannt alle Muskeln seines Körpers. Er ahnt, daß sich auf der Hofseite seines Lebens viel Schutt und Kehricht angesammelt hat. Es bleibt wohl nichts anderes übrig, als all die aufgestapelten Gegenstände, einen nach dem anderen, wieder aufzunehmen, obwohl sie staubig sind und muffig riechen, und sie durch das helle Haus des Bewußtseins hindurch auf die Straße zu tragen, wo blaublusige städtische Arbeiter sie abholen. Man kann nicht mogeln mit dem Leben. Alles läßt es zu, es kennt keine Verbrechen – aber unerledigte Dinge will es nicht. Die Natur verfolgt ihr geheimnisvolles Ziel, das wir nicht verstehen können. Ist der Baum auch verkrüppelt geraten, sie will, daß er verkrüppelt sein Leben zu Ende lebt. Und so müssen es auch die Menschen halten, denkt er. Das Leben will eines von uns: Tapferkeit, bescheidene Tapferkeit. Mag es mißraten, mag es verpfuscht sein: das ist die einzige Würde des namenlosen Wesens, daß es, in diese Natur mit ihren unverständlichen Zielen hineingestellt, furchtlos seinen Weg durchmißt. Es gibt keine Schuld als jene gegen die Tapferkeit – denn Furcht und Feigheit entstehen nur aus der Versündigung gegen das bessere Bild vom Ich, das wir in uns tragen. Wahres Unglück kommt nie von außen. Aber Freiheit und Reinheit sind der Lohn des schuldlosen, tapferen Lebens. Und Höheres ist nicht zu vergeben auf dieser Welt.

Aber sie sind zu zweit. Und der andere in ihm liegt da und läßt es in sich hineinfließen in süßer, schmerzlicher Qual wie eine erlösende Sühne.

Es schlug vier Uhr. Valerie hat leicht geschlummert, die Türe zu ihrem Zimmer stand offen. Er saß im Wohnzimmer am Tisch über den Plänen.

Auf einmal hört er leise rufen: «Peter!» Er steht auf. Valerie hat sich aufgestützt, und wie er in den Türrahmen tritt, sind ihre Augen groß und fremd auf ihn gerichtet, wie er sie nie gesehen hat, als wäre sie sich in dieser Sekunde einer schrekkensvollen Einsamkeit bewußt geworden. Ihre Blicke ruhen aufeinander. Sie glaubten sich nah zu sein, aber sie sind sich fremd, fremd, und in beiden Augenpaaren ist ein tödliches Erschrecken wie die Erkenntnis eines schielenden Mißverständnisses. In dieser winzigen Sekunde wird es der kranken Frau und dem gesunden Manne bewußt, wie unsagbar abgeschlossen und einsam die menschliche Seele ist, ein scheues wildes Tier mit geheimen, uneingestandenen Instinkten, das anrennt gegen seinesgleichen, grausam und blind.

In dieser Sekunde mußte etwas geschehen sein, wenn es geschehen ist. Der Jäger, der mitleidig dem waidwunden Tier den Fangstoß gibt, tut es sich selbst zulieb.

Aber als er später mit Madame Naef in Valeries Zimmer tritt, an das Bett, in dem ihr Körper wie vergessen und weggeworfen daliegt, ist alles ausgelöscht, unwiderruflich wie das Plätschern von fallenden Tropfen in tiefen Schächten.

Mit zerzausten Haaren sitzt er auf dem Bettrand. Man kann so nicht leben. Er kann nicht leben, ohne alles über sich selbst zu wissen. Ein übermenschliches Abenteuer ist ihm begegnet. Er ist verklemmt, festgefahren, im Käfig seines eigenen Ichs gefangen. Es bleibt ihm kein anderer Weg mehr, er muß sich an die Menschen wenden, daß sie ihn befreien, von ihm selbst befreien.

XVI

Die Nachmittagssonne durchleuchtet die fleischroten Blütenblätter der Begonien, und die spielenden Kinder auf dem grauen Sandhaufen haben goldene Reflexe in den Haaren. Die Leute sitzen in einem friedlichen Kreis in der Anlage. Neben einer Gruppe von strickenden Frauen liegt ein Mann ausgestreckt auf der grünen Bank, den Hut über dem Gesicht, und schläft. Weiterhin liest der gepflegte ältere Herr, eine rosarote Nelke im Knopfloch und gelbe Wildlederhandschuhe an den Händen, eine englische Zeitung von sehr großem Format. Das Mädchen auf der Bank unter den überhängenden Zweigen der Trauerweide beugt sich von Zeit zu Zeit laut lachend nach rückwärts, während ihr fremdartiger Freund gebrochen auf sie einredet. Eine freundliche alte Frau macht die Runde und bietet den «Kriegsruf» an.

Yvonne öffnet das Täschchen, wo in einem gelben Kuvert die Vorladung steckt. «… um 4 Uhr Zimmer Nr. 121 in Sachen Strafuntersuchung gegen Peter Quirin.» Sie kann von ihrer Bank aus zwischen den Bäumen der Anlage hindurch die breite Treppe und das große Portal sehen, über dem in Stein gemeißelt steht: «Wer Unrecht hat, kehre um.»

«He! Sie! Es ist nicht gestattet, die Füße auf die Bänke zu legen!» Der Gärtner rüttelt den schlafenden Mann. «Ach, lassen Sie mich in Ruhe!»

«Haben Sie gehört? Es ist nicht gestattet, auf den Bänken zu liegen! Nehmen Sie Ihre Füße herunter!»

Die Kinder sind neugierig hinzugekommen und beschauen mit großen, ernsten, zwischen den beiden hin- und hergleitenden Augen die Szene. Der Mann ist aufgesessen.

«Was wollen Sie von mir?» fragt er.

«Sie sollen sich anständig hinsetzen!» Es hat sich ein kleiner Auflauf um die beiden gebildet.

Yvonne sitzt da, und die Sonne fließt ihren Körper entlang wie ein Brautschleier. Sie läßt alles, was um sie herum geschieht, in wohlwollender Gleichgültigkeit durch sich hindurchfließen. Zu ihren Füßen krabbeln Ameisen in den Abgründen, die sich zwischen den Steinchen des Kieses gebildet haben. Insekten summen in den grünen Lufträumen zwischen den geschichteten Blättern der Büsche. So müßte man leben können: friedlich und in sich abgeschlossen wie die namenlose Kreatur, von der keine in dieser Welt heimatlos sein kann, geborgen und behütet, wie jede in der warmen Glasglocke dieses Sommernachmittags ist. Ach, in wie wenig Sekunden wird sich der Mensch des kostbaren Geschenks des Lebens bewußt.

Der Mann ist aufgestanden und setzt seinen Hut zurecht. Und mit dieser Bewegung ist der Schlaf von seinem Gesicht weggescheucht wie ein Schwarm Fliegen. Yvonne sieht ihn an. Drei tiefe Rinnen liegen waagrecht in der schmalen Stirne unter dem geraden, nüchternen Haaransatz. Ohne ein bißchen Fett spannen sich die lederbraunen Wangen. Die Mundwinkel sind von einem schneckenförmig gedrehten Schnurrbart verdeckt. Die Lippen sind ganz dünn und ein wenig hämisch. Die Augen liegen aufmerksam unter den Augenbogen in der Tiefe. Die Nase ist schmal und sieht aus wie poliertes Buchsbaumholz.

«Ach, machen Sie keine Tänze mit mir. Blasen Sie mir in die Schuhe», sagt er. Er macht ein paar bedächtige Schritte und setzt sich neben Yvonne. «Excusez, Fräulein!»

Auf einmal weiß sie, daß es Bachofen ist. Er sitzt da, den Hut aus der Stirne geschoben, mit breiten Knien, die Ellenbogen auf den Schenkeln, wie die Bauern sitzen, wenn sie müßig sind, und blickt ein wenig von unten herauf das Bezirksgebäude an, das auf der anderen Seite der Straße in der Sonne liegt.

‹Das ist sein Kamerad›, denkt sie, und sie hat ein wenig Herzklopfen dabei. Er hat sich zurückgelehnt und schaut sie an. Er nimmt von ihr Vormerkung, ohne Verlegenheit und unaufdringlich.

«Sie sind Herr Bachofen?»

«Jawohl! Und Sie sind Fräulein Scheffer?» Er sagt es ohne Überraschung. Dann lacht er ein wenig. «Ich bin ein bißchen müde, das ist alles. Die ganze Nacht bei einer kalbernden Kuh, und jetzt das Herumhocken, bis man drankommt.»

Seine zerknitterten Augenlider sind leicht eingekniffen, und er blickt ihr ohne Umschweife in die Augen. «Was meinen Sie dazu?» fragt er und macht mit dem Kinn eine Bewegung gegen das Amtsgebäude hin.

Yvonne fühlt, daß es in ihr wieder zu zittern anfängt, und er begreift, daß sie nicht reden kann.

«Das ist alles dummes, übertriebenes Zeug», sagt er. «Das kommt, weil er keine Arbeit hat und weil das nichts ist, so zu leben.»

Sie versteht schon, wie er es meint.

«Der Peter ist ein anständiger Typ. Der tut keinem Hund etwas zuleid. Er hat sich hintersinnt, das ist alles, und wir müssen ihm helfen, daß er sich wieder zurechtfindet. Aber ich weiß schon, es ist schwierig. Wir haben bei uns auch schon einmal so einen gehabt. Der hat behauptet, er ist schuld, daß seine Mutter gestorben ist. Wenn einer selbst seiner Sache nicht mehr sicher ist, dann fällt alles über ihm zusammen. Dann glaubt er auch den anderen nicht. Es ist schwer, einen aus dem Teich zu ziehen, wenn er sich dagegen wehrt.» ‹Wie kommen die zwei zusammen›, denkt Yvonne. Es gibt ihr ein ganz anderes Bild von Quirin, wie sie Bachofen so reden hört, mit diesem selbstverständlichen Respekt von gleich zu gleich, von Mann zu Mann. Sie hat sich Quirin nie anders denken können als neben Valerie, in dieser Atmosphäre von zerknittertem Bettzeug, Parfum der Marke Houbigant und beladenen Kleiderbügeln am Türhaken – und jetzt fühlt sie, daß er vollwertig der geheimnisvollen Gilde der Männer angehört, mit Pferden und freier Luft und all den abenteuerlichen Dingen, die außerhalb der Liebe vor sich gehen und die den Frauen verschlossen sind.

Er hat seine Sackuhr aus der Weste gezogen. «Ja so, oha, halb vier, jetzt muß ich aber hinein.» Er ist aufgestanden und reicht ihr die Hand herunter. Sie ist hart wie ein Brett. «Wir werden uns ja nochmals sehen. Also, auf Wiedersehen, Fräulein Scheffer!»

Sie sieht ihn über die Tramschienen gehen mit aufmerksamen, spähenden Blicken.

Neben ihr, hinter einem niederen gußeisernen Geländer, steht ein müder, abgeblühter Fliederbusch. Sie greift nach einem Blatt, es ist weich, matt und warm vor Sonne, und sie behält es zwischen den Fingern. Und wie sie Bachofen die breite Treppe hinaufstapfen sieht, denkt es in ihr, ohne daß sie es weiß, nur so, daß sie die leise Nachricht davon spürt: Nie mehr werde ich dieses Blatt berühren. Wenn ich es loslasse, wird es mir entschwinden, und ich werde es nie mehr wiedererkennen in der namenlosen Menge, der es angehört. Jede Begegnung ist ein Abschiednehmen. Alle Berührung mit den Dingen dieser Welt ist zugleich ein Abschied. Kaum daß sie unsere Blicke treffen, fliegen sie an uns vorbei in die Vergangenheit hinunter. Und jede Menschenbegegnung ist ein Lebewohl. Hände, die sich aneinanderklammern, während sie in den Muskeln das Zerren der Zeit fühlen, die die Umschlingung leise löst. Hände, die sich leer und sehnsüchtig einander entgegenstrecken, während die Menschen wie auf flachen, rollenden Bändern aneinander vorbeigleiten. Aber in dem zögernden Verweilen des Lebewohls liegt die ganze einmalige Schmerzlichkeit des schönen Lebens.

Sie sieht Quirin, einen fremden, fernen Menschen, dessen ernstes Gesicht von ihr abgewandt ist, und um ihn herum ist ein Dunstkreis von Einsamkeit. Er beachtet sie nicht, und er hört das Lebewohl nicht, das sie ihm in schmerzlich erstaunter Verzweiflung nachruft. Sie hat etwas unterlassen. Jetzt ist es zu spät. Er hat sein Schicksal angetreten – und er erfüllt es in lächerlich trotziger Verlassenheit. Er eilt einem Phantom nach, dem er in tiefer, unerklärlicher Schuld sich hörig fühlt.

So, in dieser Stunde, zurückgelehnt auf der Anlagebank, das Fliederblatt zwischen den Fingern, das der besorgte Zweig wieder zu sich zurückziehen möchte, kann sie mit einem Mal alles in seiner ganzen Klarheit sehen. Nichts haben die Menschen als diese winzigen Augenblicke der Gegenwart, wo sie ihr Ich vergessen, wo sie ohne Namen sind, ein weiches, müdes, sonnensattes Fliederblatt, das der Strauch in die Menge zurückziehen möchte, der es nach Form und Farbe angehört, auch wenn es ein anderes geworden ist, weil es eine Hand in zögerndem Lebewohl unsichtbar gezeichnet hat.

XVII

«Herr Charles Ziegler aus Genf ist da. Ob Sie ihn empfangen können, Herr Konsul?»

‹Er wird mich anpumpen wollen›, denkt Kummer, macht eine Grimasse und setzt sich zurecht, während er «Bitte» in die schwarze Muschel hineinsagt.

Aber dann steht er trotzdem sofort auf, wie sich die Türe öffnet, durch die, mit einer veraltet-höflichen Verbeugung am Bürofräulein vorbei, Ziegler hereintritt.

«Boonjour, mon vieux!»

Er hat den Kopf eines Faunes, wenn er so freundlich durch seinen rötlichen Besenbart hindurchlächelt. Er streckt Kummer die Hand hin, und er wird ganz schmal dabei, die rechte Schulter zieht sich hoch, die Ellbogen sind eng an den Körper geschmiegt, und den Kopf legt er ein wenig schief.

Das Leben hat schwer in seinem Gesicht herumgewütet. Kummer empfindet dasselbe, das alle Menschen fühlen, wenn sie nach langer Zeit einem Gleichaltrigen wieder entgegentreten. Sie ermessen das eigene Alter, den Weg, den sie zurückgelegt haben, und sie schätzen ab, wer es besser durchgehalten hat.

Aber es geht von Ziegler ein Geruch von Unbekümmertheit aus. Wie er sich so familiär und nonchalant in den Besuchersessel an der Schmalseite des eindrucksvollen Pultes setzt und die Zigarette entzündet, da gibt es keinen Abstand mehr, und es wirkt immer noch die merkwürdige Überlegenheit aus der Jugendzeit nach, das Verhältnis vom fleißigen Schüler zum Klassengenie.

«Eh bien, und wie geht's der Menagerie? Gedeihen die kleinen Ferkel?»

Ah bah, es ist keine Möglichkeit, die Distanz zu wahren und den gewichtigen Industriekapitän zu spielen. Kummer fühlt, wie es sich in ihm vor Behagen dehnt und wie das Vergnügen sein Recht bekommt.

«Na, und wie geht's dir, Sebastian?» Sie nannten ihn immer Sebastian, weil er der Skulptur von Rodin glich, jenem Sebastian, der pathetisch sagt, ich schreite, sieh, ich schreite!

«Nicht schlecht, mon Dieu, nicht schlecht. Dreihundert Franken Rente im Monat, gesund und frisch und jeden Morgen noch parat!»

«Du alter Bock!» sagt Kummer, und die Würde des prominenten Geschäftsherrn ist unwiederbringlich dahin. Wie Buben grinsen sie einander an und können nicht mehr ernst werden.

«Ein Apéro?» Kummer steht schwerfällig beflügelt auf und öffnet das kleine Mahagonischränkchen, wo der Sherry steht.

Draußen vor der schweren Türe ist der ernste Kampf des Lebens mit Schreibmaschinengeklapper und Telephon und Kassenschrank und Buchhaltung, aber da in dem großen Raum mit den steilen Spiegelglasfenstern, den schweren Portieren und den dunkelgrünen Eichenmöbeln herrscht augenblicklich eine verschmitzte männliche Spießgesellenschaft, die mit der sozialen Ordnung der Welt nichts zu tun hat.

«Und was macht ihr in eurem Genf?»

«Du, ich will dir mal was sagen. Einverstanden, die Kapitäne der Schweiz wohnen in Bern und das Steuer ist in Zürich, aber die Spitze, die nach Westen zeigt, gottlob, mit der prächtigen Galionsfigur des Völkerbundes, die ist Genf! Da gibt es gar nichts zu mäkeln mit ‹eurem Genf›!»

«Sowieso! Aber was machst denn du in Zürich?»

«Oh, nichts Besonderes. Druckfehleranalysen.»

«Druckfehleranalysen? Was ist denn das?»

«Nichts Nützliches, kannst sicher sein. Du kennst mich ja. Ein Sport. Den Ursachen der Druckfehler nachspüren. Jeder Druckfehler hat seine seelische Ursache. Dem Druckfehlerteufel nachgehen vom Autor zu den Redaktionen über die Lektoren zu den Setzern und zurück. Angewandte Psychoanalyse, quoi!»

«Aha», sagt Kummer; er hat es nicht verstanden, aber er merkt, Ziegler hat noch etwas anderes im Hintergrund.

«Richtig», sagt der, «es kommt noch was. Hab' da was erfahren beim Bezirksgericht. Fall Quirin.»

Die Lachfältchen in seinem Gesicht haben sich noch nicht ganz beruhigt, aber unter dem überhängenden Gestrüpp der Augenbrauen hervor blicken die Augen ernst und ein wenig sorgenvoll auf die bläulichen Äderchen in Kummers Gesicht. «Du, die Valerie haben wir doch beide auch gekannt.»

Auf einmal ist Valeries pathetischer Schatten im Raum. Kummer blickt über die halbhohen Vorhänge in den hellblauen Himmel hinaus, der sich über dem Platz wölbt. Sie saßen auf zwei eisernen, hellgelb gestrichenen Stühlchen im Schatten der Bäume auf dem Trottoir der Champs-Elysées. Der letzte Tag vor Valeries Einschiffung. Kummer ist bemüht, keine schwere Stille aufkommen zu lassen. Und Valerie versteht das Spiel. Sie macht mit. Aber auf einmal sind sie müde. Von Leichtem ist nicht mehr zu reden, und von Ernstem darf jetzt keine Rede sein. Das ist für später, für die letzten Minuten, für die Briefe, die sie sich schreiben wollen, für die erste Nacht allein, er in seinem Hotelzimmer und Valerie in ihrer Kabine. Mit parallelen Blicken schauen sie auf die Straße hinaus, und da kommt mit Armewinken und Lachen, mit seinem alten, spitzen, verschlissenen Hut, der ein Teil von ihm ist, die Montmartregestalt Zieglers auf sie zu wie ein Bote vom Himmel. Und natürlich, in Valeries Gegenwart wird er spritzig lebhaft und geistsprühend und blendend, und es wird eine fröhliche Nacht, eine richtige «Tournée des Ducs», und ihre Augen haben kaum mehr Zeit, sich zu begegnen.

«Ja, eine blödsinnige Geschichte. Er hat sich selbst bezichtigt, vielmehr, er weiß selbst nicht mehr recht …»

«Und was glaubst denn du?» Alle Lachfältchen sind verschwunden. Es ist, wie wenn ein Schleier weggezogen worden wäre, und dahinter lag ein ernstes, gequältes, menschliches Gesicht, auf das der Regen und die Winde der Menschenstraße niedergegangen sind.

«Ich kann es mir nicht vorstellen …» Auch Kummers Gesicht hat sich verändert. Er hat Säckchen unter den Augen und ungesundes Fett unter den Wangen.

Es hat einen lauten Knall gegeben, denn Ziegler schlug mit der ledrigen Hand auf die Pultplatte.

«Herrgott, habt ihr denn gar keine Phantasie! Könnt ihr euch denn gar nicht vorstellen, wie es inwendig in einem Menschen aussieht? Ihr hockt da, und der arme Teufel weiß nicht mehr ein und aus!»

«Aber was soll man denn tun?»

«Reden sollt ihr, nom de Dieu! Mit ihm reden, Anteil nehmen! Gottverdammich, seid ihr denn nie jung gewesen? Man läßt doch einen Jungen nicht so kaputtgehen! Wir haben doch alle schon mal eine Frau in unserem Leben gehabt, wo es auf du oder ich ging.»

Er ist ganz bleich. Die Rollen sind vertauscht. Ziegler ist bei sich zu Hause, und Kummer ist gekommen, sich von ihm anbrüllen zu lassen.

«Kann man zu ihm?»
«Das weiß ich nicht.»
«Das weiß er nicht! – Wer führt die Untersuchung?»
«Dr. Odermatt, dritte Abteilung.»

Pia, das Lehrmädchen, steht unter der Tür. «Herr Konsul, London ist da, auf Numero zwei.»

Ziegler ist aufgestanden, und jetzt sieht man wieder, daß er eigentlich klein ist, und es wird offenbar, daß der eine steht, während der Jugendfreund sitzt. «Excusez, mon vieux, du kennst mich ja, ich will mal hingehen.»

Sie schütteln sich die Hände, und Kummer denkt schon daran, daß die Londoner Taxe läuft. Und ein wenig Haß ist dabei gegen Ziegler.

Der kommt von der Tür her nochmals zurück. «Apropos, könntest du mir hundert Franken leihen?»

‹Also doch›, denkt Kummer, während er die Brieftasche sucht; aber es gibt ihm sein Gleichgewicht wieder.

XVIII

‹Natürlich. Total verwildert. Nicht grad leichter Typus. Verkrampft und mißtrauisch. Es geht ihm elend. Dieser fliehende Blick. Vorsicht, Charly Ziegler! Hat erst kürzlich seine Seele entdeckt. Weiß nicht, was damit anfangen. Der Mensch im Keller der Seele. Gespenstergalerie. Kann auf einmal nicht mehr gehen. Muß sich hinsetzen und nachdenken. Hat keine Gewohnheit, über sich nachzudenken. Was einfach war, wird Rätsel und Geheimnis. Kann nicht mehr sprechen. Worte sind Sand, keine feste Substanz. Zerrinnen zwischen den Fingern. Schockwirkung? Auch. Aber geht weiter zurück. Schock ist Vorwand. Jetzt ist er struppig und durcheinandergewirbelt. Das Gefährlichste: diese fatale Ruhe. Verkrampft und gepanzert. Nicht einmal defensiv. Einfach lethargisch, fatalistisch. Will keine Verantwortung mehr übernehmen. Sprechen ist das Wichtigste. Vorwände gebrauchen? Nein, keine Vorwände bei dieser Art von Menschen. Sofort möglichst nahe an die Wunde kommen. Sprechen, sprechen ist das Wichtigste. Sprechen.›

«Und wovon haben Sie in den letzten Monaten gelebt, Herr Quirin?»

‹Er beißt ja richtig an. Seine Unterlippe ist ganz weiß. Ein guter Punkt für dich, Charly. Wunde Stelle erwischt. Desto besser. Da wird er sprechen!›

«Frau Scheffer hat von mir für Kost und Logis kein Geld mehr verlangt. Es war vereinbart, daß ich es ihr vergüten würde, sobald ich eine Stelle hätte.»

‹Eh bien, es geht ja, nom de Dieu! Obacht, es kommt noch was. Weiß schon. Los, los! Weiter. Heraus damit. Angestochen haben wir ja. Jetzt fängt der Eiter an zu fließen. Drücken? Nein, lieber nicht. Warten. Keine Neugierde zeigen. Aha, voilà!›

«Sie hat mir von Zeit zu Zeit auch Geld gegeben.»

‹Siehst du! Um Gotteswillen kein Erstaunen zeigen. Aber was für eine Frau, diese Valerie! Ein Pantherweibchen. Man sieht sie direkt vor sich. Einsame, lebenswütige Frau. Geht über die Welt, neugierig, hungrig, sorgenvoll. Schlägt sich im Urwald herum mit den Männchen, ums Fressen und zum Schutz ihres Jungen. Von Zeit zu Zeit hält sie Hochzeit, und dann wandert sie wieder in den Dschungeln umher, unter Lianen, an Sümpfen vorbei, bei finsterer Nacht, beim Schrei von Vögeln und Affen. Aber manchmal bleibt sie stehen, schaut über die Silhouetten der Bäume hinweg in den silbernen Mond, der einsam am Himmel steht. Dann schüttelt sie die Schnauze und trottet lautlos davon, dem Dunkel zu, wo die Männchen brüllen.›

«Na, und was ist schon dabei, wenn sie Ihnen Geld gegeben hat?»

‹Wie der schaut. Das hast du nicht erwartet, mon petit. Denkt sich vielleicht allerhand über mich. Kritischer Punkt. Wenn er anfängt, mich zu verachten, dann kann ich einpacken. Kenne das, mon vieux! Jugendlicher Ehrenkodex. Ein Mann, der von einer Frau Geld annimmt. Na, vielleicht bist du intelligent genug, um das zu verstehen. Es scheint ja zu gehen. Sehr erstaunt, gewiß. Auch ein wenig erleichtert. Ja, das tut ganz gut, weiß schon. Zusammenhänge verstehen halt nicht alle. Einen alten Affen muß man nicht tanzen lehren. Wenigstens schaut er einen endlich an. Nein, den Gefallen tu ich dir nicht. Kein Augenduell, bitte schön. Da hab ich ja ein Loch im Schuh, pfui Charly!›

«Sie verstehen es gut, Herr Quirin, die Situation ist verzwickt. Sie haben einen Verdacht gegen sich, und dieser Verdacht führt Sie zu einer Selbstbezichtigung. Sie rufen die Justiz an, gleichsam in einer Sache gegen sich selbst. Sie strengen sich an, alle Gründe für Ihren Verdacht anzugeben, aber dort, wo es darauf ankommt, präzis zu sein, da versagt Ihr Gedächtnis. Aber nicht wahr, das wissen Sie, ein versagendes Gedächtnis ist immer ein seltsames Zeichen. Es ist das Zeichen dafür, daß etwas nicht stimmt. Man w i l l vergessen!»

‹Jetzt ist's wieder schlecht. Das hört er nicht gern. Marmorgesicht. Macht den Deckel wieder zu. Das hört er nicht gern. Na, wagen wir es trotzdem. Der Patient scheint kräftig zu sein. Etwas gefährlich, aber süß. Wollen mal schauen, was rauskommt.›

«Es gibt also keinen andern Weg, sich Klarheit zu verschaffen, als die Exhumation.»

‹Dieses verdammte Schweigen. Eine Haut wie Emmentaler Käse. Ja, so ist's, mein Junge. Aber ich glaube, wieder ein guter Punkt für dich, Charly. Schmerzhafter Eingriff, aber notwendig. Wenn er nur nicht zusammenklappt. Unheimlich diese Ruhe. Aber jetzt Auge in Auge. Schau mich an, du!

Schafskopf, schau mal her. Na, also! Armer, gehetzter Teufel. Aber da mußt du durch. Na? Wirst du reden? Kommt was? Aha, voilà. Aber wie heiser!›

«Gibt es keinen andern Weg?»

«Ich sehe logischerweise keinen andern!»

«Aber wenn man Valerie nun kremiert hätte …?»

‹Sehr gut. Schau, schau, wie schlau. Das hat er sich nun so ausgedacht. Kremiert. Verbrannt. Ausgetilgt. Wunderbar, wie so ein Hirn funktioniert. Aber da liegt was drin. Donnerwetter, da liegt was drin. Jetzt wird's spannend. Schnorren wir mal ein wenig drauflos. Vielleicht kommt was raus dabei!›

«Herr Quirin, passen Sie mal auf. Wie soll man Ihre Haltung verstehen? Auf der einen Seite bezichtigen Sie sich eines Verbrechens, eines Mordes, und auf der andern Seite sträuben Sie sich gegen die Aufdeckung der Wahrheit. Man möchte fast glauben, das Zwischenstadium der Unklarheit gefällt Ihnen. Als läge ihnen etwas daran, sich angeklagt zu fühlen, ohne schuldig zu sein. Es gibt zwei Gründe, warum Sie die Exhumation nicht wollen können. Entweder weil sie Ihre Unschuld beweist, oder Ihre Schuld. Beides wollen Sie aber offenbar nicht!»

‹Tiens, tiens, das ist wahr. Bravo Charly, schön rausgebracht. Schnorren ist immer gut. Da wird man selber klug dabei.›

«Nein, das können Sie nicht wissen, Herr Ziegler. Ein Körper, ein lebendes Wesen, das man so gut gekannt hat. So in allen Minuten. Ein Mensch, den man gesprochen hat, ein Mensch, den man … so … gekannt hat …»

«Sie vergessen eines: S i e lassen die Tote nicht ruhen. Hätten nicht Sie diese Selbstbezichtigung geschrieben, kein Hahn krähte mehr nach dieser ganzen Geschichte.»

‹Ja, ja, man muß brutal und vulgär reden. Sonst wird alles so geheimnisvoll. So wie er es gern haben möchte. So wie ‚es' in ihm es haben will. Tun dir den Gefallen nicht, mein Junge! Wir müssen diesem ‚es' an den Kragen, sonst kommen wir nicht weiter. Hat Angst davor, unschuldig zu sein. Er will Schuld haben. Das ist die Strafe, die er sich auferlegt: schuldig zu sein. Natürlich ist er schuldig, wie alle. Aber er sucht ein Motiv für seine Schuld. Alles hängt zusammen in einem Leben. Der kleinste Dreck hat seine Mutter in der Vergangenheit. Wie jeder Mensch will er seiner Vergangenheit entrinnen. Zuerst muß er einmal sprechen, sprechen. Courage finden, bis zum Ende zu gehen. Das Bekenntnis ist ein Mysterium!›

«Das Leben fängt immer wieder von vorne an, Herr Quirin, vorausgesetzt, daß man den Mut hat, mit der Vergangenheit zu brechen.»

‹Nicht besonders originell, Charly. Hört ja nichts. Macht nichts. Hie und da was sagen, das beruhigt, weil es die Einsamkeit in kleine Kuchen einteilt. In Dosen, die man verträgt. Darauf kommt es an. Das beste Mittel zu leben ist zu vergessen. Aber nicht alle Leute können vergessen. Der da nicht. Ist auch ein Wiederkäuer. Alles Unverständliche, was die Leute tun, das ist der Dreck der Vergangenheit, den sie nicht vergessen können. Alle menschlichen Handlungen haben ein doppeltes Gesicht: von außen sind sie nützlich, vernünftig, aus Vorwand, aber von innen, da ist es das Gespenst der unvergessenen Dinge … Der reine Korkenzieher, so verdreht sitzt er da. Dabei so jung und kräftig. Geradezu lächerlich komm ich mir vor mit meinem Bart.›

«Peter Quirin, hören Sie mal, ich will Sie nicht länger quälen. Der Cerberus wird gleich erscheinen. Etwas muß ich Ihnen noch sagen. Die menschliche Seele ist keine mathematische Aufgabe. Aber es gibt doch Gesetze. Eines davon ist das von den negativen Vorzeichen. Und wenn ich eine Gleichung von Ihnen machen müßte, würde ich folgendes sagen: Sie klagen sich an, weil Sie die Valerie partout nicht sterben lassen wollen, weil Sie künstlich ihr Leben verlängern wollen, auch wenn es Ihnen weh tut dabei. Sie graben sie ja aus mit Ihrer Selbstbezichtigung. Und nun kommt das negative Vorzeichen. Nun kommt der Witz. Man tut Ihnen den Gefallen, man läßt die arme Frau auferstehen, weiterleben, man schafft ihr ein verlängertes Dasein in Aktenstücken und Menschenzeugnissen. Ja, man geht noch weiter. Man will sie Ihnen wirklich nochmals aus dem Boden hervorholen, sie Ihnen nochmals zeigen, Ihrem Schmerz nochmals zu einer Orgie verhelfen – und nun, nun kneifen sie aus. Das wollen Sie nun auch wieder nicht. Sie haben Angst, Angst vor der Vergangenheit, die Sie heraufbeschwören, Angst vor dem abgelegten Kleid einer armen Seele …»

‹Obacht, Charly, jetzt bist du vielleicht ein wenig zu weit gegangen. Jetzt kommt die faulige Stelle. Ein Chirurg darf nicht hasardieren. Gib acht, daß er nicht während der Operation wegsackt. Die Grenze der Tragfähigkeit ist jedenfalls erreicht. Olivengrün. Na, jetzt wäre es ganz schön, wenn er ein wenig zusammenklappte. Wenn er wenigstens mal von dem verdammten Stuhl aufstehen würde! Aha, Wasser. Schön, sauf mal, mein Junge!›

«Oha, da kommt der Kerkermeister mit den Schüsseln.»

‹Ihn jetzt allein lassen? Ist das gefährlich?›

«Peter, Sie haben einen Blödsinn gemacht. Aber eins haben Sie doch begriffen. Man kann den Kläger und den Angeklagten in derselben Brust haben, aber nicht auch noch den Richter dazu. Das wenigstens haben Sie gemerkt. Nur haben Sie sich an den falschen gewandt. Es gibt was Besseres als Dr. Odermatt, aber es ist auch teurer. Sie haben das Billigste gesucht, das es im Genre gibt. Aber das ist bekanntlich nicht immer das Beste!»

‹Sacré cochon, immer noch diese Witzeleien. Immer noch ein wenig Spiegelfechterei mit dem ‚esprit'. Eine Oktave zu tief, Charly!›

«Ich habe die Erlaubnis, wiederzukommen. Wollen Sie das?»

‹Eine Hand wie Leder. Eine gute Hand. Ein wenig feucht nun. Skizziert ja ein Lächeln. Na, also. Du dummer, blöder junger Aff!›

«Ja, ich bitte Sie darum.»

XIX

Er sieht so komisch aus in seinem quergestreiften veralteten Badetrikot, mit seinen herausgebuckelten Knien, seinem spitzen Panamahut und dem zerzausten struppigen Bart. Sein Körper ist ausgemergelt, unschön, die Haut bläßlich; die Schulterblätter stechen wie zwei spitze Gräten hervor, und das kleine, rührende Bäuchlein wölbt sich wie ein Kürbis. Nur sein Gesicht und seine Hände sind braun.

Aber er sitzt so gutmütig neben ihr unter der Trauerweide des kleinen Badeplatzes und bewegt seine großen, abstehenden Zehen lebhaft auf und nieder, kratzt sich ungeniert und plaudert drauflos. Zwischen den olivgrünen Zweigen hindurch schimmert die besonnte Seefläche wie Perlmutter.

Von Zeit zu Zeit schielt er zu Yvonne hinüber. Die Leinwandgurte des Liegestuhls zeichnet die Wirbelsäule, das Gesäß und die Oberschenkel des ruhenden Mädchenkörpers wie den schwungvoll geschriebenen Hauptstrich eines großen T. Die Arme hat sie lässig über den Kopf zurückgelegt, und Ziegler sieht das rotblonde Gekräusel der Achselhaare. Der Kopf ruht auf der rechten Wange; die Augen hat sie geschlossen, und die kleine Nase hat etwas rührend Schnupprig-Kindliches.

‹Wenn jemand in Trauer ist, sollte er nicht baden dürfen›, denkt er. ‹Baden ist das Gegenteil von Trauer. Baden ist Freude. Wie soll man in dem ockerfarbigen Trikot das kleine, traurige, schwarzgekleidete Mädchen noch erkennen können? Hast Glück gehabt, mon vieux, daß du das Zeitalter der freien Badesitten noch erleben durftest! Die können ja nicht wissen, was das für uns bedeutet.›

«Von der Kummerschen Sippe ist alles beim Mittagsschmaus», sagt er. «Fein. Sehr fein. Ein Idyll: ‹Nixe und Faun im Park›.»

Yvonne lächelt ihn ein wenig müde und dankbar an. ‹Ein Mensch›, denkt sie, ‹ein Mensch. Auch daß er so rührend komisch ist, gehört dazu. Ein richtiger Mensch kann nie komisch sein.›

«Sie können das nicht wissen, Won-won! Nie ist die Jugend mit einem erstaunlicheren Gesicht aus dem Dunkel der Generationen in das Sonnenlicht der Gegenwart gerückt. Keiner Generation wurde wohl, scheint mir, das Altern schwerer gemacht als der unseren. Ganz am Rande unseres Lebens sehen wir neues Kulturland aus dem Meere steigen. Wieviel unnützen Firlefanz haben wir mit uns herumgeschleppt! Ihr tragt Schuhe, Hemd und Hose, oder Schuhe, Kombination und Rock, drei Kleidungsstücke statt zehn. Eure Haut ist euer Gewand, euer Haar euer Hut. Kragen, Korsetts, Krawatten, Hosenträger, Weste, Manschetten, Ärmel, all das ist für euch verschwunden. Wie schön, wie einfach ist das Leben für euch geworden. Was ihr zum Leben braucht, tragt ihr im blauen Suitcase in der linken Hand. Ein paar Stahlröhren sind eure Möbel, ein Paddelboot euer Transportmittel. Ihr habt nichts mehr als euren Körper, aber was für ein prächtiges Ding habt ihr daraus gemacht. Die Haut ist glatt und braun, die Männer haben keine Roßhaarplantagen mehr auf der Brust, die Zähne, unsere Sorge, sind selbstverständlich weiß. Ein Leben von Wandern, Gehen, Springen, Baden. Alles, was wir kaum zu träumen wagten, ist euch Wirklichkeit geworden.»

Er wird ein wenig ironisch, pathetisch, ereifert sich. «Da gehen sie hin, nonchalant und sicher, dem Heute hingegeben, reinlich, ohne Beschwerde. Ihr schaut uns an wie vorweltliche Tiere – aber ihr versteht uns nicht. Ihr haßt uns nicht, wie wir unsere Väter gehaßt haben, aber ihr schaut über uns hinweg.»

Er hockt da wie ein grotesker, weiß und blau gestreifter Frosch im grünen Rasen, nahe dem plätschernden Ufer, nachdenklich und bekümmert. ‹Zwei Zeitalter, dieser Quirin und diese Valerie›, denkt er nebenbei. Und dann schaut er blinzelnd auf und sagt:

«Aber nun sagen Sie mir eines, Won-won: Warum lacht ihr nicht?»

Yvonne tut ihre Augen auf und schaut ihn groß an, verständnislos; sie hat zugehört, aber diese Frage versteht sie nicht.

«Ja, warum lacht ihr nicht? Ich seh' euch schon lachen, aber es ist ein Magazinlachen, pour la gage, weil es dazu gehört, aber fröhlich seid ihr nicht, nein, fröhlich seid ihr nicht, Gott bewahre! Ihr betreibt Spiel und Sport mit einem Ernst, mit einem Ernst ... Passen Sie mal auf, Yvonne. Wir sollten werden wie unsere Alten, klug, weise, geistig, humanistisch; aber wie wir jung waren, da haben wir gelacht, gelacht sag' ich Ihnen! Wir trugen Stehkragen, Manschetten und Galoschen,

Regenschirme und Kneifer und Hosenträger, aber wir haben gelacht. Nichts war uns heilig, nichts! On se fichait de tout, weil alles lächerlich war. Und ihr? Ihr nehmt alles so ernst, das Spiel, den Sport, den Tanz, selbst den Flirt. Ihr lacht, weil ihr weiße, schöne Zähne habt, die man zeigen muß, aber so richtig lachen seh' ich niemanden mehr unter euch. Wir hatten's nicht so gut wie ihr, aber wir lachten. Ihr habt's gut, aber ihr seid ernst.»

Yvonne denkt nach. ‹Er hat recht, wir sind ernst. Quirin ist ernst, ich bin ernst, alle sind wir ernst, alles nehmen wir ernst. Nur Musch war manchmal fröhlich, von einer uns unverständlichen, überlebten Fröhlichkeit.›

Sie reckt sich und spannt das Kinn in die Höhe. Und sie seufzt ein wenig. ‹Was weiß er schon›, denkt sie.

«Und worüber soll man denn lachen?»

«Über alles, was man ernst nimmt, Won-won.»

Auf einmal fällt ihr eine Träne über das untere Augenbord. Sie hat an ihre Mutter gedacht und an einen Blick, den sie und Quirin einmal über ein eisernes Gartentischchen hinweg tauschten, als Valerie sich lächelnd im Spiegel ihrer Puderdose betrachtete, leise ihre Nase betupfte und die Eurydike-Arie vor sich hinsummte. «Ach, ich habe sie verloren …»

Der rothaarige Faun hat das Tränchen auch gesehen, aber er blickt blinzelnd unter der Trauerweide hindurch auf die perlmutterfarbene Fläche des Sees …

Wie eine lilablaue Kulisse strebt die Mauer des Münsters im Mondschein aufwärts. Über dem dunklen Strich des Firstes geht es in den violetten Nachthimmel hinaus, in den Bereich der Sterne hinein. Der weite, gepflasterte Platz wird durch den diagonalen Schlagschatten in ein mächtiges und menschenleeres Zürcher Wappen verwandelt.

Yvonne ist mit gesenktem Kopf dicht an der Mauer stehengeblieben, im Strom der Wärme, die der Sandstein leise ausatmet. Langgezogenes Orgelspiel rinnt von den hohen Domfenstern hernieder, ganz leise, kaum hörbar, aber es hat ihren Schritt zu hemmen vermocht. Sie fühlt es beinahe körperlich, wie die Töne in ihrem Ohr anschlagen und wie sanfte Tropfen in sie hinabfallen.

Sie hört schlurfende und unsichere Schritte die Gasse herabkommen, ein Stock schlägt an die Pflastersteine, aber erst als sie aus dem schrägen Schatten herauskommt, kann Yvonne die alte, gebückte Frau erkennen. Sie ist so zusammengebogen, daß man ihr Gesicht nicht sehen kann. Sie ist schwarz gekleidet wie alle alten Frauen. Sie stellt sich neben Yvonne hin und dreht schwerfällig den Kopf aufwärts.

«Wie schön», sagt sie heiser, «wie schön! Es kann doch nicht sein, daß Gott die Menschen verlassen hat, solange es noch so etwas Schönes gibt.»

Yvonne macht nachdenklich «Ja» mit dem Kopf. Es fängt an, lauter zu rauschen von den Orgelpfeifen her, und dann ebbt es wieder ab.

«Vielleicht sind Sie auch so ein bemaltes Babi», sagt die alte Frau, «ich kann Sie nicht sehen. Aber wenn Sie so dastehen, dann sind Sie noch nicht verloren.»

Ach ja, einmal kommt es bei jedem, da ist man nur noch so ein schwarzer Mensch im festlosen Alltag. Ein Mädchen, das liebt, eine Frau, die gebiert, ein Mensch, der stirbt. Es sind keine Zutaten mehr da. Ein Körper, ein Stück lebenbehaftetes Fleisch, und es folgt den alten Gesetzen, und jeder sieht so aus wie am Morgen, wenn er aus dem Schlaf erwacht, in dem er hilflos war, und die Mächte der Erde sind über sein Gesicht hinweggegangen, ohne daß er etwas tun konnte, ihre Spuren zu verwischen.

«Ich habe fünf Buben auf der Welt», sagt die alte Frau, «und wo stehe ich jetzt? Hier neben Ihnen und horche der Orgel zu, wie Sie.»

Sie hört, was die Frau spricht. Und mehr. Sie begreift es. Sie merkt, daß das Leben, seine Schwermut und sein Geheimnis, seine Nüchternheit und die Abgründe, die unter dem Erdball sind, nicht in Worten von Mund zu Mund ausgesprochen werden, sondern daß die Leute nur Formeln haben, Tatbestände, die sie einander mitteilen; aber wer in ihre Gemeinschaft aufgenommen ist, versteht das Unaussprechliche, das hinter der Menschensprache liegt.

Und was diese Frau meint mit ihren fünf Buben, die sie geboren hat und die alle wieder ein eigenes Leben führen, menschenförmige Gefäße, in denen das Wissen und die Angst des Geschlechts niedergelagert sind, seine Verlassenheit und sein störrischer Optimismus – und daß sie nun beide, das alte Weib und das jungfräuliche Mädchen, in dieser lilablauen Nacht am warmen Gemäuer auf dem menschenleeren Platz stehen und der Musik lauschen, das alles spürt und begreift sie, und es umweht sie wie Gewölk einen Berggipfel, in flüchtigen, vergänglichen Formen, von denen jede wie eine Botschaft ist.

Sie hört eine Stimme, und in angenehmer Wiederhörenfreude erkennt sie, daß es ihre eigene ist, die sagt: «Musik zu hören macht einen besser, nicht wahr? Es lehrt einen, sich selbst zu verzeihen.» Sie weiß es nicht, niemand auf der Welt weiß es: Vor Jahren hat das einst Valerie zu Quirin gesagt, an einem Abend wie diesem, als sie durch ein sommersattes Feld gingen, und sie kannten sich erst wenige Wochen. Es war eines jener Worte gewesen, die das Verhältnis zweier Menschen entscheiden, eine Grundfarbe gleichsam, die das ganze Bild eines Menschen bestimmt. Valerie ist ein musikalischer Mensch, hatte Quirin begriffen, ganz unabhängig von ihrem Beruf, trotz ihres Berufes. Das war die Öffnung, durch die sie mit dem großen Raum des unkörperlichen Lebens in Verbindung war. Mochte es noch so kleinlich und geschäftig um sie herum zugehen, da war ein Fenster, das in die Unendlichkeit hinaussah, ein Fenster, durch das hinaus sie ihre Stimme ins Kreisen der Geister und Welten erschallen lassen konnte, ein Fenster, durch das ihr Botschaft kam von der unbegreiflichen Weite der Welt. Wer dieses Fenster hat, ist nicht mehr einsam zu jeder Stunde, durch es kommt ihm Trost und Verbundenheit von den Urstraßen der Gestirne. Das hatte er damals verstanden. Manchmal nachher hatte er es vergessen, aber wenn er sich daran erinnerte, dann war es wieder gut.

Und jetzt, da Yvonne ausspricht, was ihre Mutter einst gedacht hatte, da ist es, als hätte die Musik eine Nachricht geweckt, die in ihrem Blut bereitgelegen hatte.

Auf einmal hört das Spiel der Orgel auf. Aber es brummt noch eine Zeitlang in der Luft von den letzten Akkorden, und gerade diese sind es, die den größten Schauer in sich bergen. Weil die irdische Quelle, aus der sie flossen, versiegt ist, werden sie über den blassen Mauern des Domes, in den blauen Räumen der Nacht, zur Sphärenmusik, dem die alte, verbrauchte Frau und das junge Mädchen wie im Zweiklang nachlauschen.

Es ist leicht und unbeschwerlich, die steile, mondscheinbeschienene Gasse hinabzugehen. Yvonne hat die alte Frau hinter sich gelassen wie ein Traumgebilde, dem sie nie mehr begegnen wird. Sie hat ihre Hand durch den Ausschnitt ihrer Bluse geschoben, und sie fühlt die harte Rundung ihrer Brust, und unter der Beere ihres kleinen Fingers das Schlagen ihres Herzens.

Man muß ein tapferes Herz haben in dieser Welt, denn das Abenteuer des Menschen ist so groß, daß zaghafter Sinn es nicht bewältigen kann. Mit seinen Füßen schreitet er auf der dünnen Haut der Erdrinde, unter der die Abgründe sind, mit ihren giftigen Dämpfen und den Bildern der Finsternis, aber sein aufrechter Körper ragt in denselben Raum, in dem die Sterne kreisen, in dem die Sonne schwebt; um seine Stirne streichen die Weltenwinde und der Wechsel des Tages und der Nacht; an seine Ohren hämmert der Donner und orgeln die Meere – muß er da nicht ein tapferes Herz haben, um furchtlos den großen Weg seines Lebens zu gehen?

Etwas ist in ihm, das ihn trägt und furchtlos macht. Manchmal denkt er nicht daran, beschäftigt wie er ist. Aber in dieser Stunde fühlt es Yvonne. Irgendeine dünne Schale ist geborsten. ‹Mein ist mein Leben.› Die Barken, die den Fluß hinunterfuhren, waren leer. Was in deinem Blick liegt, werden sie tragen, Furcht oder Zuversicht.

Man muß den Kopf zurücklegen und ihn schütteln, wie es Yvonne jetzt im Gehen tut, und die dunklen Bilder zerstieben.

Sie muß an den lieben, grotesken Faun denken, der heute nachmittag neben ihr im Gras gekauert hat. «Vielleicht haben Sie recht, Won-won», hat er gesagt, «lieber ein klein wenig trauriger Ernst im Leben als unser Lachen, das hoffnungslos ist …»

XX

Es ist ganz plötzlich gekommen. So weit man die Ebene überblicken kann, ist der Horizont von bleifarbenen, sackförmigen Wolken umsäumt, und nur über dem kleinen zweisitzigen Wagen, der auf der gleißenden Straße, von den Windstößen geschüttelt dahinhaspelt, ist noch ein Stück weißblauen Himmels. Schwefelgelbes Sonnenlicht fällt auf die Felder, die fahlgrün und dürr sich über die Ebene ziehen. Von einer Straße her, die sie nicht sehen können, stieben Staubfahnen sichelförmig über die Baumgärten und schweben wie gebückte Gespenstergestalten über die Äcker. Die Windstöße sind heiß, aber sie wechseln mit völliger Stille, während der sich unter dem Armaturenbrett fade Benzindämpfe und der Geruch verbrannten Öls hervordrängen.

Yvonne sieht Kummer von der Seite her an. Er sieht, wie er so im Tennishemd mit offenem Kragen, aufgerollten Ärmeln und ohne Hut am Steuer sitzt, unnatürlich jugendlich aus. Sein Gesicht ist rot, und er hat einen starken, runden Nakken. Sein weißer Schnurrbart hat sich leicht gesträubt, und seine Spitzen zittern leise im Fahrwind.

«Wir kommen schon noch nach Hause. Dreißig Kilometer», sagt er, ohne die leicht eingekniffenen Augen von der endlosen Straße zu nehmen.

Der große Raum über der Landschaft schwärzt sich mehr und mehr, und von Zeit zu Zeit ist er von groben Paukenschlägen erfüllt, deren Echo nicht aufhören will und denen von andern Richtungen her harte, rollende Trommelwirbel antworten.

Yvonne hat ein doppeltes Bild von dem, was mit ihnen geschieht. Sie sieht den kleinen Wagen wie eine Ameise durch die weite, ausgedorrte Ebene krabbeln, aber die Straße, die Felder, die dunklen Hügel am Horizont sind nur ein schmaler, waagrechter Strich ganz unten am Bild, und darüber wölbt sich in riesenhaftem Bogen der Himmel. Sie sind wie auf dem Grund eines Meeres, von den Wirbeln und bewegten Massen gerade noch gestreift, die über ihnen in unerklärlicher Aufregung im Kampf miteinander sind, dessen Sinn ihnen unbegreiflich ist und in den sie, nebensächlich gleichsam, als ein zufälliges Opfer, nachlässig und ohne Aussicht auf Gehör, mit hineingerissen werden.

Nun ist es dunkel genug, daß man die Blitze sehen kann. An allen Stellen des weiten Umkreises fackeln sie über das Gewölbe hin. Wie aufgereizte Schlangen in heißen, moorigen Sümpfen schlagen sie mit ihren leuchtenden Leibern durch die Wolkenballen, und in den Schluchten, die sie geschlagen haben, stürzen die dicken Luftmassen mit Krachen und Knallen zusammen. Klagend trägt der Wind unerklärliche Schreie mit langen Lautschwänzen aus hellem, schrillem Diskant über die Ebene.

Sie kann den Motor nicht mehr hören, sein Geräusch geht unter im Atem des Sturmes, und es scheint eine unmenschliche Gewalt zu sein, die das kleine Gefährt vorwärtsschiebt wie ein herrenloses Boot im Strom.

Kummer stehen große, schillernde Schweißtropfen an der Schläfe, und sein Blick ist unstet und wie schläfrig geworden. Yvonne sitzt bewegungslos, zusammengekauert, mit verwildertem Haar in der Ecke, eine schwere Angst in der Brust. Der Wind hat ihre Bluse aufgerissen, und sie versucht sie mit der einen Hand zusammenzuhalten, während sie mit der andern Hand den dünnen schwarzen Rock, den die Windstöße fortwährend blähen, über die Knie zu ziehen sich bemüht. Es gelingt ihr nicht immer, und für den Bruchteil einer Sekunde sieht Kummer ihre zusammengepreßten Schenkel und die bloßgelegte Unterwäsche.

Die Baumgärten sind wie Familien auf der Flucht; der Wind stiebt über sie her, und sie können sich nicht aufrichten unter der Last ihrer gepeitschten Kronen. Das ganze Land zittert, als kollerten Felsblöcke vom Himmel darauf herab.

Es kann nicht regnen, nur weißer Staub, Heu und Blätter stieben in waagrechten, ununterbrochenen Zügen über die Straße, Vorboten des Aufbruchs aller Dinge.

Der Himmel über dem Horizont ist wie ein stahlblauer Vorhang, dessen wallende Falten in den Blitzen dunkelviolett und blaugrün aufschillern, während ein Orchester von klirrenden Zimbalen, lose bespannten Pauken und tonlosen Orgeln einen letzten Akt vorzubereiten scheint, dem der kleine Wagen, angstvoll, als käme er zu spät, entgegeneilt.

Längs der Straße flirren die Drähte. Auf einmal sieht Kummer, daß sich eine Telegraphenstange wie ein winkender Arm dicht vor ihnen über die Straße neigt. Die Bremstrommeln geben einen pfeifenden Laut von sich, das Gefährt dreht sich wie ein Boot, das von einer seitlichen Strömung erfaßt wird, die Windschutzscheibe zerspringt, die Splitter weißer Isolatorenköpfe, Glasstücke und die abgerissenen Enden von Kupferdrähten fallen auf sie herab, und dann ist es einen Augenblick ganz still, und sie hören die Luft rauschen und die Vögel im Sturme schreien.

«Es ist noch gut gegangen», sagt Kummer mit heiserer Stimme. Sein Gesicht ist blutlos, seine Wangen sind von violetten Äderchen durchzogen. «Hat es Ihnen etwas gemacht?»

Yvonne schüttelt den Kopf. Sie hält ihre Hand über der Magengrube und sie atmet hörbar, mit geschlossenen Augen.

In diesem Augenblick löst sich das Gewitter aus. Für die Dauer eines Herzschlages fühlen sie den Knall des Donners wie dicke Watteballen gegen ihre Ohren schlagen, und plötzlich ist alles grau und abgeschlossen um sie herum von niederprasselndem Hagel, und es schießt ein kleiner Strom von Wasser durch den Riß des Leinwandverdecks.

Kummer hat das Steuer nicht losgelassen. Er sieht einen roten Fleck auf seiner weißen Tennishose, und er fühlt, daß ihm von der linken Wange Blut heruntertropft. Er zieht sein Taschentuch aus der Brusttasche seines Hemdes und tupft auf die Wunde.

Wie er nach Yvonne schaut, sieht er, daß sie ihren Kopf auf das blaue Lederpolster zurückgelehnt hat; ihre Augen sind geschlossen, beide Hände liegen, mit dem Daumen nach auswärts, offen neben ihr, ein Teil der Bluse ist ihr über die Achsel gerutscht, der Saum des Hemdes wölbt sich über die Mitte der linken Brust, ihre Knie sind kraftlos geöffnet, und die leichte Seide des Rockes bildet dazwischen eine Girlande.

Weltuntergangseinsamkeit. Die Felder seitlich der Straße stehen schon unter Wasser. Der Schreck bekommt sein Recht. Kummer fühlt plötzlich, wie sein Herz, aufgeregt und flatternd, schweres, gleichsam geronnenes Blut zu pumpen beginnt. Das Ende des Lebens. Er möchte etwas sagen. Aber die Stimmbänder versagen ihm. Seine Ellbogen zittern. Es kommt ihm vor, als höre er Türen auf- und zuschlagen. Der Blutfleck an seiner Hose erinnert ihn an Geranienstöcke. ‹Du wirst es schon sehen, nie mehr wirst du so glücklich sein wie mit mir›, hört er Valerie sagen. Auf einem schmalen Bandstreifen, der dicht vor seinen Augen sich abwickelt, sieht er kleine Gestalten agieren. Sein Denken ist ein seltsames Ritardando, das alles in doppelter Weise geschehen läßt und in ihm das Gefühl erweckt, als hätte er diesen Unfall schon einmal erlebt. Er sieht die zersplitterte Windschutzscheibe vor sich und die Speichen des Steuerrades aus Hartgummi, und es kommt ihm alles so seltsam bekannt vor. Hinter dem Regenschleier ist das ferne Land seiner Jugend. Keine Möglichkeit, hindurchzudringen. Er ist ein grotesker älterer Herr, der auf einer Abendfahrt, nach dem Tennis, mit einem jungen Mädchen verunglückt. Er sitzt da, inmitten des prasselnden Regens, und um ihn herum sind Trümmer und Splitter. Er könnte auch tot sein. Jetzt, in dieser Sekunde, wäre es schon vorüber; er sähe alles um ihn herum nicht mehr. Die unabwendbare Tatsache wäre schon vollzogen. Vielleicht ist es schade, so rasch und unvermutet kann er es wahrscheinlich gar nicht mehr haben. Jetzt wäre er schon heimatlos wie ein Gedanke ohne Hirn.

Die Fetzen des Verdecks flattern im Wind. Aber er lebt. Alles, was noch kommt, ist geschenkt.

Yvonne schreit auf. Sie fühlt eine Hand, harte, zitternde Finger, die sich auf ihr Fleisch pressen. Dicht unter ihren Augen sieht sie einen roten Nacken mit kurzen, weißen Härchen. Sie sieht die Blutstropfen, die von seiner Wange über ihre Schenkel fallen. Sie keucht. Sie versucht sich der wilden Umklammerung zu entwinden.

Mit beiden Händen reißt sie an dem blutgeschwollenen Ohr, das dicht vor ihrer Brust ist, mit Nägeln, die sich mit Ekel und unaussprechlichem Haß in die Haut ritzen …

Dann sitzt der alte Herr neben ihr, den einen Arm auf dem Volant, die Stirne auf dem Handrücken, mit zerzaustem Haarbüschel an der Schläfe, die Zähne in die Unterlippe gegraben, heftig atmend und zitternd. Er schaut auf. An der verbogenen Nickelstange der Windschutzscheibe rinnen Tropfen hernieder, langsam, zögernd, vereinigen sich mit anderen und rollen dann rasch weiter. Sie glitzern in der Sonne. Der Regenbogen wölbt sich pathetisch über die Ebene.

«Wir müssen uns abschleppen lassen», sagt er mit heiserer Stimme.

XXI

Der Untersuchungsgefangene Peter Quirin liegt schlaflos in seiner dunklen Zelle.

Was ist, wenn der Mensch in sich hinabhorcht? Was ist? Blutpulse, Herzklopfen, Atem, der durch dunkle Lungen streicht? Gedanken? Sind Gedanken da? Es ist selten, daß der Gedanke die Form eines Wortes, eines Satzes hat. Da sind nur Farben, Bilder, Erinnerungen an Bilder, Echo von Worten, Gefühle, angenehme, unangenehme, Angst, Lust, Begierde, Angst. Die monotone Reihe von Sensationen, alt, wie wir sind, uns immer wieder ankurbelnd, bewegend, handeln lassend, Reflexe auslösend.

Der innere Mensch? Ein Bergwerk mit dunklen, verwirrten Gängen. Ferne Lichtschimmer. Ferne Stimmen. Echo. Schritte, die verhallen. Einsamkeit. Und das Raunen des vertrauten Blutes im Ohr. Das doppelte Ich neben uns. Dicht neben uns, manchmal in uns selbst drinnen, daß man nicht mehr weiß, muß man ich zu ihm sagen oder du.

Was der Mensch denkt, sind keine Monologe. Er denkt nicht in Worten, wie die meditierenden Einsiedler uns glauben lassen wollen. Das ist alles Schwindel. Worte sind etwas Neues, Modernes, wie die Technik. Das wahre Erlebnis des Menschen ist ohne Worte. Primitiv. Es gibt keine Worte für das absurde Abenteuer des Lebens. Das alles spielt sich ab zwischen dem Erschrecken des erwachten Menschen und der Erschütterung, die er verspürt, wenn die Dinge auf ihn eindringen. Er erwacht und er erschrickt, das ist das Leben des Menschen. Er gewöhnt sich an das Erschrecken. Auf einmal sagt etwas, ein anderer Mensch, zu ihm, das und das hast du gemacht und das ist gut und das ist nicht gut. Du wirst belohnt, du wirst bestraft. Und er schaut hin, und er stottert Worte, er hat es getan, er hat es nicht getan, er versteht nichts von allem. Um so schlimmer. Du weißt nichts davon, aber du hast es dennoch getan. Das mußt du mit dir ausmachen. Wir sehen es nur von außen. Du bist der Feind, du bist der Freund des Menschengeschlechts, und so verhalten wir uns dazu. Wir können nicht in dich hineinsehen. Die Sprache stimmt nicht, ist ungenau, konventionell, formelhaft. Aber wir haben keine andere als diese, uns genügt sie. Und nach ihren Gesetzen hast du gefehlt. Hast das getan, jenes.

Und Stimmen verhallen, Schritte verhallen. Du bleibst zurück. Es ist Dunkel um dich. Dunkelheit. Einsamkeit. Ratlosigkeit. Aber du lebst, gewiß lebst du. Dein Herz schlägt laut und angstvoll. Dein Atem geht. Du hörst. Du siehst. Du kennst die absurden Namen der Dinge. Du bist allein. Allein. Gottverlassen.

Gottverlassen? Oh, ja, wie schön müßte es sein, es wäre ein Gott da. Ein Gott. Ein mächtiges Wesen, bei dem alles aufgehoben ist, das alles weiß, das alles leitet, das alle Verantwortung von dir nimmt, alle Schuld, weil es weiß in seiner übermenschlichen Übersicht, daß du unschuldig bist, ein erschrecktes Tier im gleißenden Licht der Sonne. Gütig und verstehend. Mild. Ein Vater. Ein Vater der Menschen. Er kennt alles. Er will nichts von dir. Laß dich führen, gehen, sagt er. Ich will es schon ordnen. Es ist alles vorgesehen, schon längst, bevor du kamst. Du kannst die Ordnung nicht begreifen, denn du bist ein Teil davon. Nur einer, der darüber ist, kann sie verstehen. Erschrick nicht, wenn du erwachst; erschrick nicht, wenn du einschläfst. Kümmere dich nicht um die Zusammenhänge. Du kannst es nicht verstehen, es geht über deinen Horizont. Es sind Pläne da, mit dir, mit euch. Du bist nur Material, Baustein, du und die ganze Kugel der Erde.

Aber es sind Worte. Gott ist ein Wort. Zuflucht aus Angst, aus innerer Verlassenheit. Zuflucht. Wir haben es gemacht, das Wort, wir. Wir haben einen Raum erfunden, wo wir hinflüchten können. Gott ist ein Wort, nichts als ein Wort, ein Menschenwort. Hätten wir das Wort nicht, du wärest nicht. Du wärest Teil des Namenlosen, das um uns ist. Mit dem Wort haben wir dich geschaffen, wie wir alles andere geschaffen haben, den Tod, die Liebe, das Leben. Es ist nichts ohne Wort. Gott, ein gemurmeltes Wort in der Angst unseres Herzens.

Aber die Dinge sind, auch ohne Worte. Sie *sind*, verstehst du, sie sind. Sie waren da, bevor du kamst, sie werden sein, wenn du gehst. Immer. Ewig. Sind die Sterne erst, seit ein gutes Fernrohr sie entdeckte? Seit die Astronomen ihren Platz bestimmten, ihnen einen Namen gaben? Waren sie nicht schon vorher da, lange vorher? Im Raum? In der Zeit? Der Name, das Wort, es ist nichts. Es ist dein Erschrecken vor den Dingen. Es ist dein Schreckensruf. Dein Ausruf. Dein Anruf. Deine Beschwörung. Dein Besitzergreifen von ihnen. Du benennst sie, und du glaubst, sie gehören dir zu. Der Name, das Wort, das ist der Schock, den du verspürst, wenn deine Augen sie sehen, deine Ohren sie hören. Die Dinge haben keinen Namen. Der Name gehört nicht zu ihnen. Der Name gehört zu dir. Der Name ist das, was von dir zu den Dingen geht. Nicht das, was von ihnen zu dir kommt. Die Dinge sind ohne Namen. Denn wenn du stirbst und ihren Namen nicht mehr sagen kannst und keiner mehr da ist, der Menschenworte spricht, so werden sie trotzdem sein. Trotzdem, verstehst du? Ohne dich. Ohne den Namen, den du ihnen gegeben hast. Auch Gott. Auch Gott, begreifst du? Du hast einen Namen gefunden und ihn ausgesprochen, einen Laut des Schreckens, einen Laut der Verzweiflung, in deiner Einsamkeit. Und du hast gesagt: Gott. Du hättest etwas anderes sagen können, denn der Name ist nichts. Nicht das, was du Gott nennst, hat sich den Namen gegeben, sondern du, nur du. Der Name schafft nichts. Er ist nur das Echo, das die Dinge in dir wachrufen, die Erschütterung, die du von ihnen verspürst. Deine Reaktion auf sie. Du hast ‹Gott› gerufen. Dir ist der Name auf die Lippen gekommen. Einem der vielen unbegreiflichen Dinge der Erde hast du einen Namen gegeben. Dem Unbegreiflichsten aller Dinge. Dem Notwendigsten aller Dinge. Denn ohne Not gibst du keinen Namen. Und dieses war deine größte Not. Deine älteste Not. Deine richtige Not. Du sagtest ‹Vater›. Aber du meintest das, was dahinter ist. Den Vater des Vaters. Den Vater aller Väter. Du verstehst schon. Das, was hinter allem ist. Ganz zuhinterst. Am Anfang. Ganz am Anfang. Dort, wo du nichts mehr denken kannst.

Wie in dunklen Bergwerken gehen Schritte in der Nacht. Die langsamen Schritte der Wächter verhallen. Alles ist rundum abgeschlossen um die Gefangenen. Sie sind allein. Sie sind nicht frei. Aber das Geheimnis der Welt ist in ihnen, in jedem von ihnen.

Im Hofe plätschert der Regen. Nacht ist über dem Gebäude. Nacht ist um es herum. In allen Räumen ist Dunkelheit. Und in jedem Raum liegt ein Mensch und schläft oder wacht, wie Quirin, und murmelt leise Gespräche in die schwarze Muschel seiner Hand.

XXII

Der Fischer sammelt seine Netze ein, und von den vielen Tausenden von Fischen, die im Grunde sind, bleiben einige hangen. Er nimmt sie aus den Maschen und wirft sie in den Fischkasten, und dann sind sie tagelang in dem grünlich-dunklen Wasser, denn nun kommt die Helligkeit nur durch die kreisrunden Löcher, die in den Boden des Bootes gebohrt sind. Über kurz oder lang werden sie herausgenommen und getötet und verkauft und verspeist.

Die Glockentöne haben ein eigenes Leben. Auch wenn der Klöppel stillsteht, schweben sie noch über den Häusern, über den Baumkronen, werden gehört, verklingen und werden vergessen.

Zwischen zwei Pflastersteinen, an einer vergessenen Stelle des Hofes, wächst ein wenig Gras, eine kleine gelbe Blume; sie macht die Jahreszeiten mit, verkümmert, blüht wieder, jahrelang – aber in der Stadt, auf dem Quartierbüro, liegt schon ein säuberlich gezeichneter Tuschplan bereit, das ganze Quartier wird umgestaltet, alte Häuser werden niedergerissen, die Straße wird verbreitert und bekommt einen anderen Bogen, und eines Tages lösen Pickelhiebe die Pflastersteine voneinander und sie werden auf einen Haufen geschichtet, und das wilde Gras hat keinen Nährboden mehr und es geht zugrunde.

Die Bilanz der Städtischen Straßenbahn ist günstig. 25 Millionen Wagenkilometer wurden zurückgelegt, 97 Millionen Passagiere wurden befördert. Von Zeit zu Zeit sind die Wagen revisionsbedürftig, eine Feder droht zu brechen, ein Fenster wird locker, eine kleine Messingschraube an der Banklehne muß ersetzt werden. Ihr Kopf ist ganz blankgescheuert von den vielen Rücken, die sich daran gelehnt haben, allerhand Stoffe, prima Kammgarn, dicke Mantelstoffe, der feine Nerz eines Damenmantels. Aber, wie gesagt, die Messingschraube ist ausgeleiert durch das viele Rütteln des Wagens und das viele Anziehen. Sie wird herausgenommen und durch eine ganz neue mit scharfen Gewinden ersetzt. Die alte fliegt in einen Kasten, wo andere ausgediente Messingstücke liegen. Ein Alteisenhändler kauft das von der Stadt, und eines Tages wird alles eingeschmolzen. Die kleine Schraube hat aufgehört zu sein.

Charles Ziegler raucht eine Zigarette. Sie ist bald zu Ende. Er zerdrückt sie in der Aschenschale, die auf der Marmorplatte seines Hotelnachttischchens steht. Während er die Zigarette raucht, hat er ein paar angenehme erotische Gedanken gehabt, es ist Sonntag, und die Glocken schlagen in der Ferne, und einiges ist ihm über Quirin eingefallen, das berücksichtigt werden muß (‹Das Motorrad, woher hatte er das Geld für das Motorrad?›). Die Zigarette ist zerdrückt, sie ist nun kläglich und unschön und macht schon einer anderen Platz. Aber sie hat doch eine stolze Vergangenheit und eine weite Reise hinter sich, Zollbeamte haben sich mit ihr beschäftigt, und an der Börse in Amsterdam wurde der Tabak gehandelt, aus dem sie gemacht ist. Sie kommt von weit her, sie stammt aus einer Plantage, die einem gewissen Cyrill Romero y Balmas gehört, der vor dem Krieg einige Zeit in Europa war und der einmal ein Verhältnis mit einer lyrischen Soubrette am Zürcher Stadttheater hatte mit dem Künstlernamen Valerie Riva. Aber das ist schon sehr lange her, und er erinnert sich nicht mehr gut daran. Es muß noch irgendwo ein Photo von ihr vorhanden sein. Aber er hat jetzt keine Zeit nachzusehen, denn er ist Mitglied des Poloklubs, und er muß sich umziehen für das Spiel. Sein Haar ist ein wenig grau an der Schläfe, aber es steht ihm gut zu seinem dunklen Teint und zu seinem südamerikanischen Adlergesicht. Den Platinring zieht er doch besser aus zum Spiel.

Die kleinen Taschentücher taugen nichts, wenn man einen starken Schnupfen hat. Sofort, wenn sie feucht sind, ballen sie sich zu einer kleinen, unbrauchbaren Kugel zusammen. Aber Yvonne ist zu zerstreut und zu zerfahren, um es zu bemerken. Sie ist im Begriff, ins Bad zu steigen. Sie möchte untertauchen und sich ganz reinwaschen, denn sie hat einen Traum gehabt, in dem Kummers Hände ihr etwas angetan haben, und sie wehrte sich nicht dagegen und sie ließ es sich geschehen. Aber nun ist sie beschmutzt. Es ist etwas mühsam Aufrechterhaltenes zusammengebrochen, und es beginnt wiederum ein ganz neues Leben. Sie sieht alles anders, die Frauen, die Männer, ihre Mutter, Quirin. Aber außen ist alles gleich, der Milchmann läutet, und Madame Naef öffnet die Türe, und man hört sie verhandeln. Sie hat einen welschen Akzent in ihrem Schweizerdeutsch. Keine Seele kümmert sich um das, was in anderen Seelen vorgeht.

Die Spatzen trinken das gestaute Wasser aus verstopften Dachtraufen. Sie baden sich auch darin. Eine Amsel und eine Meise stoßen zu ihnen, und alle baden sie zusammen mit lebhaften Flatterbewegungen. Eine Welt für sich, einsam und ungestört. Unten beherbergt das Haus eine ganze Familie mit Kindern, Enkeln und Bedienung. Oben ist das Freibad für die Vögel. Kummer geht es nicht besonders gut. Er trägt einen bordeauxroten Hausrock, und alle meiden das Herrenzimmer. Die Schwiegersöhne betreiben das Geschäft nicht so, wie er es haben wollte. Es wird da ein wenig auf gut Glück gewirtschaftet. Diese Idee mit dem neuen Geschäftshaus. Wie alle älteren Herren sieht er in einem neuen Haus etwas, das nicht mehr für ihn bestimmt ist. Und dann die direkte Belieferung der Warenhäuser. Ach, aber er mag nicht immer intervenieren. Alles in allem ist es ihre Sache. Er tupft an seinem Ohr herum, das wieder blutet.

Die Angehörigen haben das Recht, die Friedhofsteine versetzen zu lassen. Der Friedhof selbst wird aus irgendeinem Grunde aufgehoben. Aber sie haben gar keine Lust, den Grabstein wegnehmen zu lassen, das macht nur Kosten, und ihre Großmutter werden sie sowieso nicht vergessen. Sie sind eine Uhrmacherfamilie, und sie stehen auf dem Friedhof von Sonvilliers. «Séline Grüninger», steht auf dem Grabstein, «Repose en Dieu 1839–1918». Eine achtzigjährige Frau. Sie hat den Siebzigerkrieg miterlebt und den Übertritt der Bourbaki-Armee. Sie hat Adhemar Schwitzgebel gekannt, den Leiter des sozialistischen Jurabundes, und den russischen Anarchisten Fürst Krapotkin, der anno 72 sich in Sonvilliers aufhielt. Sie hat auch noch den Weltkrieg erlebt. Allerdings war sie da schon ein wenig kindisch, und ihre einzige Freude war der Kirsch. Es ist dieselbe Frau, der sich Fahrkorporal Bachofen einmal annahm, als sie betrunken war. Sie ist bald nachher gestorben. Jetzt wird auch ihr Grabstein versetzt, und es stehen noch ein paar Knaben und Mädchen um das Grab und legen Dahlien darauf nieder, aber sie können sich nichts denken dabei. Und dann gehen sie und schauen noch einmal zurück, die Alten und die Jungen. Die Jungen haben die Großmutter gar nicht gekannt, und wenn sie nächstes Mal in der Gegend vorbeikommen, wird auch das Grab nicht mehr dort sein.

Aber die leichten asthmatischen Anfälle lassen nicht locker, und das Ohr blutet immer noch. Ach, kein Mensch kümmert sich um ihn, die Menschen sind gleichgültig zueinander wie Tiere. Aber er ist auch gleichgültig, hat ja gar keine Beziehung zu dem kleinen Schreihals Charley, der sein Enkel ist. Großvater, das riecht so nach Tod. Hatte mal zwei Hunde, der Rower und der Benno, und die spielten und schliefen und fraßen zusammen, gingen mit ihm auf die Jagd. Eines Morgens liegt der Benno im Garten unter einem blühenden Birnbaum und ist ein wenig aufgeschwollen, und eine Fliege sitzt auf seiner Nase, aber er rührt sich nicht, man kann mit dem Fuß an ihn stoßen – er ist tot. Der Rower kommt daher, schnuppert an seinem Kameraden, wedelt ein wenig mit seinem gestutzten Spanielschwänzchen und trottet fröhlich davon. So sind die Menschen zueinander. Eine scheinheilige Sache, das Leben. Imaginäre Dialoge vor dem Rasierspiegel mit Leuten, die den richtigen Wert von einem nicht anerkennen wollen. Ja und dann die dunkle Seite, die Reisen nach Paris und Barcelona, die Bordelle. Jedesmal, wenn er in diesen Städten ist, muß er hingehen, hinschleichen sozusagen. Gerade das Berufliche daran zieht ihn an, das berufsmäßig Unzüchtige. Für eine Stunde ein ausschweifender Mensch sein. Die Erleichterung ist einer Beichte gleichzusetzen. Das also ist das Weib. Man kann es betasten. Es ist ja so dumm und seine Liebesseufzer sind falsch. Und dann eine Viertelsekunde lang eine Synkope: das mit der kleinen Scheffer. Und die zynische Beruhigung: Sie wird nicht davon sprechen. Die Mädchen reden nie von so was.

Sie haben eine große Wolldecke gerollt und hinten am Rucksack aufgebunden. Sie werden in Scheunen übernachten, denn sie sind richtige Wandervögel. Sie ziehen über den Zürichberg, an den Greifensee und dann weiter ins Zürcher Oberland. Die eine heißt Camilla und ist Lehrmädchen bei Gebrüder Kuoni, Internationale Transporte, und die andere heißt Pia, und sie ist Lehrtochter bei Kummer & Co. Es ist das zweite Lehrjahr, und sie haben acht Tage Ferien. Und sie wandern um den Greifensee herum und kommen nach Fällanden, und dort trinken sie am Dorfbrunnen und tauchen ihre gebräunten Arme bis zum Ellbogen in das Wasser, um sich abzukühlen. Ein alter Mann geht mit einem Roß vorbei, und das ist geschirrt, aber die Zugstränge sind ihm aufgebunden. Das Roß trägt einen spitzen Strohhut mit Löchern für die Ohren, und der Mann raucht eine Pfeife und ist schon sehr alt und hat weiße Stoppeln am Kinn, und die Peitsche hängt ihm über die

Schulter. Das Pferd heißt Hansli und gehört dem Wachtmeister Bachofen, der mit ihm einmal über die Treppe hinauf in den Tanzsaal der «Krone» geritten ist. Der alte Mann ist sein Vater. Und wenn sie weiterziehen, so können sie den Bachofen Junior auf dem See draußen sehen, wie er die Netze einsammelt und die Fische aus den Maschen löst und sie in den Fischkasten wirft, wo es dunkel ist, mit einem grünlichen Schimmer aus den kreisrunden Löchern im Schiffsboden.

Die Delegierten der Strafrechtskommission hatten ihr Bankett im Bahnhofbuffet Olten, weil es so zentral liegt, ungefähr gleich weit entfernt von Bern, Basel und Zürich, nun haben sie sich getrennt, und die Zürcher Herren warten auf den Schnellzug. Der eine der Herren kauft bei dem fliegenden Händler auf dem Perron noch eine Brissago, und er probiert, ob der Halm gut gleitet. Er bezahlt und gibt dem Verkäufer mit der weißen Jacke noch ein Trinkgeld, und der sagt: «Danke dem Herrn» und wirft es in eine kleine Blechbüchse, und dann faßt seine fleischige rote Hand den Nickelgriff des fahrenden Buffets und fährt davon: «Kaffee, Sandwichs gefällig!» Es ist ihm einmal eine Träne auf diese Hand gefallen, als er ein junges Mädchen im Genfer Zug mit Kaffee bediente, aber er hat die Hand schon tausendmal gewaschen seither. Überhaupt wußte er gar nichts davon. Die Zürcher Herren der Strafrechtskommission entzünden im Coupé zweiter Klasse ihre Brissago und entfalten das Abendblatt, der Zug fängt leise an zu rollen. ‹Morgen früh den Avis an die Experten nicht vergessen›, denkt Dr. Odermatt, und er schreibt noch rasch unter dem 1. September in seinen Kalender: «Experten Quirin», und dann sucht er die Kolumne mit dem Bericht über die laufende Schwurgerichtssession.

Wie merkwürdig die Mütze des Mannes war mit den goldenen Buchstaben über dem Stirnband. In seinem Hintergrund wallte Musik in bauschenden Vorhängen vorüber, und er bewegt sich in einem Hain von marmornen Säulen und ist's zufrieden. Er hat einmal einen großen Ehrgeiz gehabt. Er war beim Chor und wollte Solist werden, Bariton. Aber er blieb im Chor, bis wirklich nichts mehr los war mit seiner Stimme. Dann sammelte er die Partituren ein und stellte die Notenständer zurecht, und jetzt steht er mit seiner Mütze am Eingang und verkauft Programmhefte, zerreißt Eintrittskarten und ruft, wenn die Konzerte zu Ende sind, die Nummern der

Wagen aus, die vorfahren sollen, wenn die Herrschaften unter dem Vordach warten. Den erfolgreichen Solisten bringt er die Blumensträuße auf das Podium, mit manchen von ihnen ist er per du. Seine Frau ist Garderobiere am Stadttheater, und sie hat im Ballett begonnen. In der «Fledermaus» war sie die Gesellschaftsdame am zweiten Tisch vorne rechts. Sie hat Valerie Riva noch gut gekannt. Nun hat sie graue Haare und ein etwas schwammiges Gesicht und klagt über Schmerzen in den Beinen.

Das Grab hat keinen Stein. Es hat eine Nummer. Ein Täfelchen aus Email und eine Nummer drauf. 2028. Der Hügel hat sich ein wenig gesenkt durch den Regen und durch den natürlichen Zusammenfall der Erde. Die Straßenbahnen fahren an dem eisernen Friedhofgitter vorbei. Das Betriebsergebnis war gut dieses Jahr. Fünfundzwanzig Millionen Wagenkilometer.

Die Töne der Glocken haben ein eigenes Leben. Auch wenn die Klöppel schon längst aufgehört haben zu schlagen, zittern sie noch über der Erde.

XXIII

Es sieht aus wie ein kleines Büro, das Ziegler in Quirins Zelle auf dem tannenen Tisch eingerichtet hat. Eine Ledermappe, Papiere, Notizblätter, Photos, Rechnungen. Er scheint sich ganz zu Hause zu fühlen. ‹Muß immer an meine alte Dame denken beim Wollenknäuelwinden. Zuerst ging's gut, wir hielten geduldig still und freuten uns, wie die Kugel in ihren runzeligen Händen immer größer ward und wie kunstvoll sich der Faden ordnete. Aber dann wurden wir nachlässig, die steif ausgestreckten Arme, die die Stränge straff gespannt hielten, wurden müde, nachlässig, senkten sich – und auf einmal war die Bescherung da, und wir wurden noch trotzig, fühlten uns gedemütigt, daß wir zu solchem Geschäft gebraucht wurden, schmissen alles hin, liefen davon. Und dann – ach, es tut weh, daran zu denken – beugt sich das Gesicht der bebrillten Dame über den Wirrwarr, sie sagt kein Wort des Tadels, nein, sie lächelt noch ein wenig an den gefältelten Mundwinkeln, als hätte sie das alles gewußt und wäre heimlich stolz, daß sie es nun doch allein vollbringen muß, und mit ihren behutsamen Greisenhänden, mit merkwürdig gespreizten Gichtfingern löst sie Lage um Lage, folgt geduldig den verzwickten Wegen der störrischen Wolle, vorsichtig, leise, beinahe zärtlich, und am Schluß kommt wirklich das Ende zum Vorschein und windet sich brav und folgsam um den Knäuel, und nichts mehr ist da, und sie blinzelt zu uns herüber in liebem, gutmütigem Großmutterspott.

Ach, jedesmal, wenn man einen Menschen anrührt, ist er ein unentwirrbarer Knäuel, und man ist hoffnungslos, obwohl man weiß, daß es einen Anfang hat und ein Ende. Aber Knoten durchschneiden gilt nicht bei diesem Spiel.

Nom de Dieu, in eine schöne Geschichte hab' ich mich da eingelassen. Und bin nicht mal sicher, ob es Menschenfreundlichkeit ist oder nicht nur Neugierde, das alte Laster.

‚Beschwerliche Jugend', hat er gesagt. Aber wie er es gesagt hat. Niemand kann es verstehen, so hat er es gesagt. Mit der hoffnungslosen Selbstüberhebung der Unglücklichen, der Verbitterten, die mit dem Schicksal schmollen. Die sich im Unglück wohlfühlen. C'est cela! Lieber unglücklich sein als entwirren. Lieber weiterwursteln als neu anfangen. Es hat zuviel in jedem Menschen, als daß man alles berichtigen, auf feste Füße stellen könnte. Es hat zu viel. Lieber vergessen. Lieber verdrängen. Natürlich. Aber eben, es geht nicht immer. Manchmal vergißt man das Falsche. Und wenn man dem wieder nachfischt, dann hängt noch ein ganzer Rattenkönig von anderem dran. Etwas, das man nicht sehen will. Da läßt man das, was man eigentlich wissen wollte, auch flattern.

C'est bien ça! Er kann die Gedächtnislücke vom 16. Juni ausfüllen, aber dann kommt das andere auch nach. Da ist nichts zu machen. Das fühlt er. Und davon will er nichts mehr wissen. Davor hat er Angst. Das hat er nun mühsam vergraben. Jahrelang. Aber nicht verdaut. Jahrelang? Aha. Etwa so lange, als er mit Valerie zusammen ist? Aufpassen, Charly, da steckt was drinnen. Die große Liebe, die alles auslöscht. Und wenn sie vorbei ist? Dann kommt's wieder. Also vor Valerie? Das muß man sich merken. Vor Valerie. Was ist da? Was wissen wir? Man sollte Träume haben. Aber nichts erhältlich. Die Photos da? Studentenbilder … Familienszenen im Garten. Aha, das ist die Veranda. … Das Bübchen, das ist er. Das ist die Mutter. Nochmals die Mutter. Vergilbtes Kodakzeug. … Aber sag' mal, Charly, gleicht die nicht wem? Natürlich, Valerie.

Ach, hätt' ich mich doch nicht damit eingelassen. Was geht mich das alles an! Und führt zu nichts …

‚Beschwerliche Jugend', was kann das schon heißen? Materielle Not war keine da. Dann natürlich Streit im Haus. Das wird schon stimmen. Den Eindruck macht er ganz. Wenn man nur direkte Auskünfte von ihm haben könnte. Aber er ist ja g'schämiger als ein Jüngferchen in diesen Sachen. Eine richtige Mimosa. Noli me tangere.

Und was sagt das Protokoll? Na, was wird es schon sagen? ‚… aus geordneten Familienverhältnissen.' Was denn sonst. Fehlte gerade noch, daß die Protokolle psychologische Meisterstücke sind!

Aber das wollen wir doch mal notieren: ‚Wie stand's zu Hause? Verhältnis von Vater und Mutter.'

Und weiter? Vorläufig nichts. Zuerst Auskünfte bekommen. Was habe ich da noch notiert? ‚Komisches Verhältnis zum Geld.' Wieso komisch? Aha, die Unterstützung durch Valerie. Aber das ist nicht alles.

Der fliehende Blick. Das Darüberhinweghuschen. Da ist das Protokoll ja voller Zahlen und Details: Natürlich, wo sich's um greifbare Dinge handelt, da sind sie zuverlässig und ausführlich. Kleines Erbteil nach dem Tod der Mutter. Vater zehn Jahre früher gestorben. Da scheint alles in Ordnung. Reicht über den Abschluß des Studiums hinaus. Dann die Stelle bei der Landestopographie. Nimmt Auftrag nach Finnland an. Rückkehr. Wieder Arbeit in Bern. Zürich. Begegnung mit Valerie. Lange Verdienstlücke. Da, Anfang dieses Jahres die letzte Obligation versilbert. Dann springt Valerie ein. Das ist ziemlich lückenlos … Immerhin. Immerhin. Das Motorrad ist eine ziemlich kostspielige Sache. Da muß man mal nachsehen, wann er es gekauft hat und womit. Na, hat keinen Sinn, zu spintisieren. Fragen. Fragen. Notieren: ‚Woher kommt das Motorrad?'›

*

‹Muß ich das alles sagen? Er ist lästig. Sie sollen mich in Ruhe lassen. Schlafen. Vergessen. Durch die Zeit dahindösen. Ich will nicht mehr. Ich kann nicht. Ich will keine Besuche mehr von ihm. Er foltert mich. Er stochert in mir herum. Ach, ein Tier sein! Problemlos. Ein zufriedener Hund, der zwischen den Menschen dahingeht, seinen eigenen Weg, und die Menschen sind ihm nur Staffage, Kulissen. Schnuppern, nach anderen Hunden Ausschau halten, fressen. Keine komplizierten Beziehungen zu der Mitwelt. Nur Freude oder Haß oder Gleichgültigkeit, nicht dieses Geflecht von Gefühlen und Empfindungen. Einfach sein. Stumm sein. Wie glücklich sind die Tiere, daß sie nicht lügen können. Was will er wissen? Wie's zu Hause war?›

«Es war normal, ganz normal, Herr Ziegler, zum Teufel noch einmal. Eine normale bürgerliche Haushaltung. Der Vater ehemaliger Chefingenieur. Zuletzt selbständiger Experte. Vertreter, wenn Sie wollen. Kleines Büro, zwei Angestellte. … Die Mutter? Sie haben ja gesehen, auch gestorben. Ja, beschwerliche Jugend. … Wieso? Muß das sein? Tut das was zur Sache?»

‹Soll mich in Ruhe lassen. Aber darauf kommt er immer wieder zurück. Läßt nicht nach.›

«Ja, mein Vater trank gern. Nicht gerade Alkoholiker. Aber trank gern. Hab' ihn ein paarmal sehr betrunken gesehen. … Ja, furchtbarer Eindruck für einen Sohn. Mußte ihn mal von der Bahn abholen, als Junge, am Gotthardzug. Irgendein Kongreß in Mailand. Sah ihn den Bahnsteig herunterkommen. Konnte kaum noch stehen, brachte ihn nach Hause, ja, Spießrutenlaufen. Etwa 14 Jahre alt war ich damals, ja.»

‹Ach, laß mich in Ruhe, alter Faun. Was hat denn das damit zu tun?›

«Nein, habe keinen Haß gegen Sie, aber ich möchte nicht davon reden, es ist mir peinlich, begreifen Sie das nicht? Ob ich darüber nachgedacht habe, warum mein Vater trank? Nein! Doch, ja, manchmal. Aber gehört das hierher, Herr Ziegler? Nein, ich rege mich nicht auf. Aber Sie stochern in mir herum, Sie sind rücksichtslos neugierig. Haben Sie noch nie getrunken? Und haben Sie immer gewußt, warum? Fragen Sie mal die ehrbaren Zweierliherren, warum sie in häßlichen Wirtschaften herumsitzen und die Kellnerinnen in die Schenkel kneifen? Wegen Familienverhältnissen? Natürlich wegen Familienverhältnissen, warum denn sonst? Die wenigsten aus Laster. Möglich, daß Sie recht haben. Familienverhältnisse heißt sehr oft Frau. Aber meine Mutter lassen wir wohl am besten aus dem Spiel. Warum über Tote reden?»

‹Wie er das sagt. Man muß die Toten ganz töten!›

«Ja, Sie haben schon recht. Streit im Haus. Schuld? Die Mutter sagte, weil der Vater trinkt.»

‹Ob's mir auch so vorkommt? Was meint er damit?›

«Ja, meine Mutter war ein wenig – wie soll ich das sagen? Nein, nicht hysterisch. Sehr eifersüchtig. Immer das Gefühl, sie werde nicht voll anerkannt. Auf eine Art ehrgeizig. Eifersüchtig auf ihren Platz.»

Es sagen! Alles sagen, bevor man stirbt! Ohne Geheimnis sterben. Der Mensch ist nicht zum Schweigen geboren. Sein Mund ist sein Fenster, das Fenster seiner Einsamkeit. Einmal im Leben alles sagen. Bis zum letzten Wort des Bekenntnisses gehen. Das größte Leiden des Menschen ist, schweigen zu müssen. Über das Dunkle und Dumpfe in sich Schweigen bewahren. Geheimnisse bewahren, die grimmig sind und brennen wie Säure. Wem ein Geheimnis am Herzen wuchert, und er spricht nicht davon, dem schwillt es an wie ein Krebsgeschwür. Nur seiner Lippen Wort sticht es auf. Der Sinn der Sprache ist Befreiung, Entfesselung von der Einsamkeit. ‹Schweigen ist Silber, Sprechen ist Gold›, hat Ziegler einmal zu ihm gesagt.

Da ist ein roter Teppich in seiner Vergangenheit, und auf dem kniet er. Er sieht sein eigenes, rundes, stumpfes Knie. Er darf nicht aufwärts blicken, denn vor ihm ist ein Loch. Ein gähnendes Loch, quadratisch hineingeschnitten in zweifingerdicken Panzerplattenstahl mit scharfen Rändern, glatt wie Spiegelglas. Und nüchtern liegt eine gelbe Enveloppe da, und sie enthält Geld. Geld, auf einem kleinen Raum konzentrierte Freiheit, die Wunder der Welt. Und es ist ganz kalt und still in ihm und um ihn herum. Sein Gehirn arbeitet langsam, verhalten, und sendet in regelmäßig abgewogenen Stößen just immer den Gedanken, dessen er bedarf. Nehmen. Zählen. Die Hälfte. Es hinlegen, wie es war. Einstecken. Horchen. Nicht die Nerven verlieren. Die schwere Tür schließen. Leise schließen. (Pneumatischer Effekt der entweichenden Luft.) Nicht zögern. Nicht zögern. Schließen. Den Riegel drehen. Noch ein wenig; bis es schnappt. Es hat eingeschnappt. Nur ein Schlüssel, nur ein komplizierter Schlüssel kann den Kassenschrank wieder öffnen. Vorbei! Unwiderruflich vorbei! Draußen! Das Geld ist draußen, in seiner Brusttasche. Aber auch er ist draußen. Ausgeschlossen. Ein ganz fremder Mensch. Ein Mensch, anders als die anderen. Ein Dieb. Ein Dieb. Kinder schreien auf der Straße. War das einmal? War das einmal? Er sieht sich selbst im Spiegelschrank, bleich und ernst. Das schuldlose Leben. Hat er etwas gesagt? Hat er gesprochen? Oder muß er es weiter tragen? Für sich behalten wie immer? …

«Sehen Sie, anfangen ist nicht so schwer, wie es scheint. Man nimmt den ersten besten Garnzipfel, den man erwischt, und zieht daran. Und langsam löst sich der Knäuel auf. Tout se tient dans la vie, voyez-vous? Darf ich Ihnen noch etwas sagen, bevor ich für heute gehe? So ziemlich das einzige, was ich weiß: Das Leben fängt weder bei der Schuld an, noch hört es bei der Schuld auf. Es gibt Leute, die behaupten, daß Schuld und Leben dasselbe seien. Ohne Schuld kein Leben, ohne Leben keine Schuld. Es sind keine jüngeren Leute, die das sagen …»

XXIV

Unabhängig von den Menschen, die sie geschaffen haben, führen die Dinge ein eigenes Leben. Einmal entbunden, gehen sie blindlings, mit geliehenen Kräften geladen, seelenlos ihren Weg. Die Menschen vertrauen ihre Botschaften den freien Räumen an, und dann eilen und fliehen sie und suchen und wandern, heimatlose Kinder. Und der, der die Botschaft sendet, kann nichts anderes tun als dasitzen und warten, ob er ihr genug von seiner Kraft übermittelt habe, daß sie das ferne Ziel erreiche. Und der, an den sie gerichtet ist, kann auch nichts anderes tun als warten und ahnen, denn die großen Räume trennen sie beide, und tausend Zufälle und Feinde lauern der armen, dünnen Botschaft auf, und es ist immer fraglich, ob ihr die große Reise gelingt.

Die kleinen Schalter mit den wackligen Schiebefenstern, den unbeteiligten Beamten und den Präzisionsapparaten aus Messing sind überall auf der Erde. Das sind die Bahnhöfe der Millionen von Botschaften, die die Kugel umkreisen.

Wenn es Nacht ist, summen die Drähte. Auch sie haben eine Geschichte. Sie sind fremdes Material in der Welt, die sie durchlaufen. Sie sind aus Maschinen geboren, zwischen Walzen hervorgepreßt, gleichmäßig, glänzend, aus Kupfer, ein Menschenprodukt ohne Fehl und Tadel. Sie sind die Kanäle, in denen die Worte durch die ländergroßen Wälder sickern, wo es raschelt und wühlt, stirbt und gebiert, über dem lautlosen Atem der Pflanzen und dem heißen der Tiere. Wie Madengänge durchschneiden sie die dunklen Blöcke der Urwälder.

Und dann werden sie in den großen Raum hinausgeschleudert, der über dem nächtlichen Meere ist, wo die Sterne flimmern und der Mond schaukelt, über die Urwälder der Wasser mit ihren schwebenden Bäumen und den lautlosen Tieren, wo kein Licht hinabdringt und keines Menschen Auge, nichts als der kalte, wesenlose Gruß der Gestirne.

Es geht rasch und lautlos vor sich wie ein Traum. Kaum ein Augenzwinkern lang, und schon ist es vorüber. Ein Blitz durch die Einsamkeit, und schon sind die Menschen wieder da mit ihren klugen Apparaten. Aber die schwarzen, kubischen Blökke sind keine Urwälder, es sind Schiffe, Häfen, Häuser, Städte, Kamine, Krane, Drähte, Masten, Schienen, Bahnhöfe, Remisen. Das sind keine Tiere, die fauchen und heulen, es sind

Lokomotiven und Sirenen, Räder und Dampfkessel. Aber auch über ihnen flimmern die Sterne und schaukelt der Mond, und auch ihnen gilt der kalte Gruß der Gestirne.

Und der uniformierte Telegraphenjunge befestigt die Klammern an seinem Hosensaum und steigt auf sein gelbes Rad. In seiner ledernen Tasche ruht die Botschaft, müde, geborgen nach ihrem Abenteuer. Sie wird heimkommen. Der Bursche steigt die breite Treppe zum Gebäude empor, der letzte Läufer der atemlosen Stafette. Es ist dieselbe Treppe, über die Yvonne Bachofen hat emporsteigen sehen. Der Bote sucht ein wenig herum, er kennt sich nicht aus. Dann findet er das Zimmer. Nr. 121. Und der Weibel bestätigt den Empfang. Und dann liegt die arme, kleine Botschaft, die sich am Äther gerieben hat, auf dem helleichenen Pult und sagt ihr Sprüchlein her: «pierre quirin, bolleystrasse 21 zurich – confirmons notre lettre 24 mai attendons votre décision stop gouvernement bolivien büro topographique.»

*

Die Schritte widerhallen laut in der leeren Wohnung. Die Zimmer sind beinahe leer, im Korridor stehen die Koffer. Die grünen Jalousien sind herabgelassen. Alles atmet die Vorstellung von Ende und Erledigung. Die Ecke, wo das große, leere Bett steht, ist nüchtern wie alle anderen Ecken der leeren Wohnung. Die Nägel, an denen die Schleifen hingen, sind herausgerissen, ein Stück der Tapete ist mitgekommen, der Gips ist sichtbar.

Yvonne trägt ihr blaues Tailleurkleid, die dunklen Handschuhe und die Baskenmütze. Sie steht am Fenster, und es ist eine jener peinlichen Minuten, die das Leben in den Gang der Dinge einschiebt, als hätte es Freude, uns seine Macht fühlen zu lassen. Wir stehen vor Eisenbahnzügen, die nicht abfahren wollen, wir warten im dunklen Parkett unerträglich lang auf eine Ouvertüre, die nicht beginnen will, wir stehen bei unserem Gepäckstapel und warten auf einen Wagen, der nicht kommt. Und wir sind hilflos und gefesselt. Es gibt keinen Ausweg. Ängstlich lauschen unsere Ohren nach einem Zeichen, nach einer Veränderung, wir gehen hin und her, all das scheint zu bedeuten, daß wir jetzt nicht denken wollen, sondern handeln, fortgetragen werden wollen von einer Handlung. Aber es scheint gerade die Absicht dieser tückischen Minuten zu sein, uns uns selbst zu bedenken zu geben, unserer Ungeduld und unserer Furcht zum Trotz.

Was macht das Leben eines Zimmers aus? Ein paar arme Gegenstände aus Holz, aus Textilfasern und Metall, ein wenig Wärme, ein wenig Licht, gerade genug, drei Holzkisten damit zu füllen. Das ist alles. Nur Ecken und Kanten sind die Dinge, gerade genug, daß das Leben seine Spinnfäden daran befestigen kann. Und wenn sie weg sind, bleibt ein Häufchen Staub, das ein Wischer beiseite schiebt.

*

Quirin sitzt da, und seine trockenen Hände streichen immer wieder die Falte des Telegramms glatt. Dr. Odermatt blickt ihm auf den struppigen Wirbel, wo die Haare ein wenig aufwärts stehen. Er hat als alter Kranzschütze die Gewohnheit, die Dinge anzuvisieren. Er drückt dabei das linke Auge zu, und dann pflegen die Gegenstände einen Ruck nach links zu tun und ganz still zu stehen. Sie sind dann in einem gewissen Sinne das Korn des Gewehrs, mit dem man das dahinterliegende Ziel fixiert. Im vorliegenden Falle fixiert er mit Quirins Wirbelhaaren die roten Augenbrauenbüschel Zieglers an, der ein wenig seitlich von Quirin sitzt, mit angestrengten Fältchen an den Augenwinkeln.

‹Diese Amateurknöpfe›, denkt Odermatt mit trägem Ingrimm, indem er Zieglers zerknittertes und ein wenig unzufriedenes Gesicht betrachtet, und dann kehrt sein Blick wieder auf die Stirne Quirins mit ihren merkwürdigen Jagdhundfalten zurück.

Aber die beiden reifen Männer sind trotzdem auf eine unausdrückbare Weise miteinander solidarisch, wenn sie sich auch nicht mögen. Sie merken es, weil dieser junge Mann zwischen ihnen sitzt und das Telegramm glattstreicht.

Dr. Odermatt fühlt etwas in sich wie einen Triumph. Es ist schwer zu sagen. Er hat den Dingen ihren amtlichen Lauf gelassen, ohne seelischen Einschlag. Er hat sich nicht dagegen gewehrt, daß der andere ein psychologisches Festfressen daraus gemacht hat, aber er hat da in Sachen Selbstbezichtigungen eine gewisse Erfahrung. Manchmal ist es dem menschlichen Seelchen am wohlsten, wenn die blinde, plumpe

Justizmaschine in Betrieb gesetzt wird, jenes Ungeheuer, das von der Zeit, die es frißt, im Gang gehalten wird.

Und jetzt blickt er auf Quirin. Es ist ein bißchen rührend und ein bißchen humoristisch. Wir alle haben schon einmal etwas Ähnliches erlebt. Ein junger Hund schnuppert am Randstein, und dann wird er vom Kotflügel des Hotelomnibusses erfaßt und auf die Seite geschleudert. Und dann liegt er da, mit bebenden Flanken, und ein Bächlein Blut fließt aus seinen Lefzen, ein miserables Päcklein Leben, das im Begriffe ist zu entfliehen. Und es bildet sich ein Kreis von Leuten um ihn, und irgendeiner beugt sich zu ihm herab und streichelt ihn, und siehe, das Hündchen steht auf, schüttelt sich, wedelt verlegen mit dem Schweif und trottet davon.

Quirin hat langsam aufgeschaut, und er hat ein neues Gesicht. Die Schwierigkeiten sind im Halbkreis angeordnet. Aber es ist eine Drehbühne. Langsam beginnt es im Hintergrund abzuwandern, leise beginnt es zu entgleiten. Irgendwo ist ein unterirdisches Rollen. Nebelvorhänge schweben in die Höhe. Ein Ausgang tut sich auf. Die Zeit ist weitergegangen, während er dasaß mit geschlossenen Lidern und in den Schacht hinabhorchte, wo die Gespenster hausen.

«Verstehen Sie das?» fragt Dr. Odermatt.

«Ich verstehe es, es handelt sich um meine Bewerbung bei der bolivianischen Landesvermessung. Den erwähnten Brief habe ich nie erhalten.»

Er sieht eine Hand. Es ist eine leichte, rundliche Frauenhand, keine junge Hand, und sie ist leer, und sie greift ins Leere. Sie greift nach ihm, der ins Dunkel zurückgleitet. Sie erreicht ihn nicht. Nur ein Stück Papier hat sie gefaßt, und sie zerknüllt es so, als hielte sie ihn damit. Wann je konnte man Menschen mit Papieren halten? Es tut weh, an Valerie zu denken und an den armen Brief mit der fremden Marke, den sie unterschlug. Die Männer kommen immer zu spät im Begreifen. Lange vor ihm hat sie die Zusammenhänge gesehen. Daß es Männer gibt, die nicht zu halten sind. Daß man ein junges und unverbrauchtes Weib sein muß, um wider den grimmen Feind zu kämpfen, wider das Phantom, dem die Männer hörig sind.

In der Zeit der Not ist die Schuld des Menschen Heimat. Er liebt sie, denn sie wird seines Lebens Sinn. Aber wenn die Not zu Ende ist, was soll er mit der Schuld? Und welche Verwendung hat er für die Furcht? In den vermauerten Gelassen seiner Seele waren sie die Gefährten seiner Einsamkeit, aber wenn der erste Stein aus dem Gemäuer bricht, dann zischt die Hoffnung hinein wie frische Luft in die Vakuumglocke.

Drei Männer sind im Zimmer, und alles soll sachlich, männlich bleiben. Quirin findet auch den Ton wieder, der im Umgang mit Männern gebräuchlich ist, jenen nüchternen und ein wenig verhaltenen Ton, mit dem sie ihre Abenteuer ausknobeln, ihr verrücktes und großhansiges Tun im Stil der Herren dieser Welt, diese bubenmäßige Herausforderung an alles, was da grausig droht und gruseln machen möchte.

«Man muß nun doch», sagt Quirin trocken, und er hat Männeraugen, die Iris zittert nicht, und die oberen Lider durchschneiden in flachem Bogen das Blau, «man muß nun doch zur Exhumation schreiten.»

Irgendwo in den Weltenfernen wimmert es, aber es ist eine Männerangelegenheit, und sie will nach Männerart erledigt sein, von Männern, die mit Pickeln in den gesenkten Grabhügel hineinhauen.

«Man muß nun nicht mehr», sagt Dr. Odermatt und zielt zu Ziegler hinüber. «Der Arzt hält seinen Befund aufrecht. Fräulein Scheffer hat ihren Verdacht widerrufen, und wenn Sie Ihre Selbstbezichtigung zurückziehen, ist alles erledigt, und Sie sind frei.»

«Sie müssen sofort nach La Paz telegraphieren», sagt Ziegler. ‹Reg dich nicht auf, Charly, wärst auch ohne den Fetzen Papier zum gleichen Resultat gekommen. Nur schade um die Pointe, die der alte Dachs dir wegschnappt.›

Ganz aus weiter Ferne, tief aus ihm heraus, kommt etwas zu Quirin zurück, das er vergessen hat. Der Wind der weiten Welt. Der Geruch von Meer und Wäldern. Möwen, die das Schiff umkreisen. Abreise, Atem, Abenteuer. Der läutende Singsang des Lebens.

Und die drei Männer fühlen es. Es ist wie eine stillschweigende Verschwörung.

XXV

Und dann hat Kummer es doch getan. Er hat seinen gelben, kurzen Sommerüberzieher angezogen und die grauen Handschuhe. Er hat das schwere Gartentor hinter sich zugeschlagen. Zuerst geht er den milchweißen Kandelabern nach. Ein älterer Herr, der seinen Abendspaziergang macht, und er genießt es, daß er noch so harmlos ist und daß er gemessen, ohne Wimpernzucken, allen ins Gesicht schauen kann, weil alles noch im reinen ist.

Aber dann biegt er in die Gassen ein, wo das herbstliche Mondlicht nicht mehr zum Pflaster herunterreicht, wo nur noch der obere Teil der Fassaden lilablau übertüncht ist und wo der Grund der engen Kanäle, in denen seine Schritte laut widerhallen und seine gelben Schuhe auffällig knarren, tief im Dunkel liegt.

Dann beginnt es. Das alte Spiel. Das Spiel mit den Schatten, die vor ihm auftauchen, die vor ihm wandeln und verschwinden. Ein kleines, senkrechtes Strichlein in der Ferne im Schein einer Laterne. Ein Mann oder eine Frau? Kommt sie mir entgegen, geht sie mir davon? Sein Schritt verlängert sich, wird hastig, fiebrig. Und dann ist es die Hüfte einer Frau. Die seltsame Rundung an der Flanke, die die Frau verrät. Und er schreitet aus, tapfer, erregt, die Zigarre schmeckt nicht, so im raschen Laufen, aber sie gibt Haltung, sie ist das letzte Zeichen, neben dem Stock mit dem Elfenbeingriff, des Herrn, der in seiner Vaterstadt promeniert. Eine Phantasie, eine Laune, nicht wahr? Das wäre noch schöner, könnte man nicht so in der Altstadt promenieren.

Und er kommt ihr wirklich näher. Seine Augen sind eingekniffen in der Dunkelheit, weil er so angestrengt schaut. Sie trägt einen dunklen Mantel, es wird eine Kellnerin sein oder ein Dienstmädchen, das heute Ausgang hat und in den «Gambrinus» geht. Oder vielleicht doch eine. Das wäre das beste. Es vereinfacht das ganze. Man muß nicht lange flunkern. Die Hauptsache ist, daß sie sofort versteht. Die Dirnen sind diskret, und nichts erstaunt sie.

Aber sie schaut zum Boden, als er sie überholt. Sie beachtet ihn nicht. Er merkt sofort, sie sucht keinen Mann. Sie hat wahrscheinlich schon einen. Einen jungen natürlich. Bierfuhrmann oder beim Tram. Sie hat kein Verständnis für ihn,

Konsul Kummer, der eine Dirne sucht und sich selbst demütigt im Dunkel der Nacht.

Stehenbleiben und umständlich eine neue Zigarre anzünden. Das gibt eine Berechtigung, ein Alibi. So warten, bis sie an ihm vorbei ist. Und ihr dann folgen. Elegant ist sie nicht, auch nicht gerade sauber. Aber tant pis.

Was will der freche Kerl, der da vorübergeht mit seinem hellen Regenmantel? Wettlaufen mit ihm? Der geniert sich wenigstens nicht. Eindeutig blickt er der Frau nach, überholt ihn, Kummer, spricht sie an. Warte, du wirst schön hereinfliegen! Die läßt dich abfahren! Aber nein, sie sprechen schon miteinander, er geht neben ihr her.

Kummer hört sie lachen. Das rauhe heisere Lachen kommuner Frauen, die rauchen und trinken. Natürlich, eine Hure. Keine Rede von einem Dienstmädchen. Gerade das, was er suchte. Aber eben, die Jungen, die genieren sich nicht mehr. Die gehen drauflos, und lächerlich machen sich die auch nicht mehr.

Er steht an der Ecke und sieht das Paar entschwinden. Er fühlt, er darf nur noch eine, zwei Sekunden hier stehen, dann muß er weitergehen, denn es ist einer hinter ihm, der ihn lächerlich macht, vor dem er sich schämen muß. Immer hat er den bei sich. Immer sagt der: ‹Du kannst doch nicht –›

Aber dann rafft er sich zusammen und geht mit neuem Mut den Weg zurück. Ein wenig befreit, gleichgültiger, ernüchterter. Aus seinem Mißerfolg zieht er eine gewisse Eitelkeit. So weit sind wir dann doch noch nicht, daß wir mit diesen Buben in Konkurrenz treten. So weit sind wir noch nicht.

Ein leichter Herbstdunst liegt über der Limmat. Der Geruch von Nebel, in den der Mond scheint. Der Asphalt ist glänzend, und die Tramschienen spiegeln sich blank im Licht der großen Lampen.

Er hätte den Wagen nehmen sollen. Es ist einfacher. Die Prostitution hat sich danach organisiert. Man braucht nur anzuhalten, und schon kommen sie an den Wagenschlag, setzen sich neben einen, mit hochgezogenen Knien, gleichgültig, aber gefällig.

Aber er muß das Abenteuer nach seiner Jugend Art erleben. Das ist der Sinn davon. Unbeschadet des Fortschritts und der Veränderung. Er muß der irrende Jüngling seiner Jugendjahre sein.

Und dann kreuzt ihn wieder eine Frau. Sie ist klein, ein bißchen korpulent, den Kragen ihres Mantels hat sie hochgeschlagen, und er verdeckt den unteren Teil ihres Gesichtes. Daß er immer so ernst und abweisend vor sich hinblicken muß! Daß ihm das leichte Lächeln an den Mundwinkeln nicht gelingt, das die Annäherung so erleichtert. Aber der ‹Andere› findet es grotesk. Es paßt nicht zu ihm, dem Herrn im Sommermäntelchen.

So kehrt er wieder um. Aber er mußte doch eine Zeitlang wie nachdenklich stillstehen, damit es nicht so auffällt. Dadurch hat die Frau wieder viel Vorsprung gewonnen, daß er tüchtig ausziehen muß und leicht in Schweiß und ein bißchen außer Atem gerät. Es ist grotesk, konstatiert der ‹Andere›, der die Zusammenhänge so intim durchschaut. Der ihn sieht und weiß, worum es sich handelt. Daß die Frau sich auf den Bettrand setzt und die Schuhe auszieht. Und keine Acht gibt auf die undezente Art, mit der sie die Beine kreuzt.

Er ist reich, er ist geachtet, sein Name gilt, aber er ist einsam. Er zieht auf Abenteuer los. Auf niedrige, phantasielose Abenteuer. Er sucht eine Lust, aber er glaubt selbst nicht daran. Es ist etwas anderes, das er sucht. Er fühlt es unbestimmt. Nicht das, was ihm das Mädchen geben kann, ist seine Wollust. Es ist etwas anderes. Er könnte es nicht sagen. Das Groteske reizt ihn. Eine bestimmte Anzahl von Umständen, die bewirken, daß er, Konsul Kummer, in einem schmutzigen, von weiblichen Gerüchen geschwängerten Zimmer sich mit einer Frau verbindet, die er vor zehn Minuten noch nicht gekannt hat. Und daß sie sogleich das Intimste zusammen vollbringen, was Menschen gegeben ist. Daß sie da in absurder Weise sich finden. Sich finden, um zusammen zu lästern, das ist die Wollust. Aber die Frau ist in einer Wirtschaft verschwunden, und er ist wieder allein in der spärlich begangenen Gasse, wo nur Männer sind, die alle das gleiche Ziel zu verfolgen scheinen, einsam und beharrlich.

Dann sieht er weit vorn ein schlankes Ding über die Gasse gehen. Sofort denkt er: ‹Das muß die Richtige sein›, und beginnt wieder rasch auszuschreiten. Die Zigarre hat er weggeworfen. Jetzt gilt es ernst. Er kann auch nicht rauchen, wenn seine Lungen so stark arbeiten müssen. Jetzt steht sie still. Sie scheint auf ihn zu warten. Na, also! Warum sich gleich so in Harnisch bringen! Er geht langsam an ihr vorbei. Sie ist bleich, und sie hat ruhige, freche Augen. Sie schaut ihm gerade ins Gesicht. Aber er kann sein starres, unbeteiligtes Gesicht nicht abtun. Er tut ein paar Schritte, dann steht er am Randstein still, sucht etwas in seiner Tasche, schaut sich um, sieht sie im Profil. Sie blickt an einem Haus empor. Er macht einen Schritt zu ihr hin, zieht die Zigarre aus dem Etui, beißt die Spitze ab, entzündet ein Streichholz, tut den ersten Zug und blickt nun eindeutig zu ihr hin. Sie wendet den Kopf. «Geh nach Hause, alter Esel», sagt sie mit ganz gewöhnlicher Stimme, ohne Zorn.

Er muß vor sich selbst tun, als hätte er nichts gehört. Er wandert würdevoll an ihr vorbei, den Blick geradeaus gerichtet. Aber er geht, geht, wagt nicht den Kopf ein bißchen zu drehen. Es ist kühl. Die Schultern tun ihm weh, der Nacken. Es ist ihm ein wenig leichter. So, als hätte er die Demütigung erwartet. Als sehe, jetzt, nachdem sie gefallen ist, alles anders aus. Aber der, der neben ihm geht, murmelt: ‹So weit ist es schon.› So weit ist seine Schuld schon sichtbar, daß man ihn ungestraft beschimpfen darf, wegen seines Alters beschimpfen darf. ‹Ich bin ja ein Greis.› Ein Paar geht an ihm vorbei. Die Frau ist die Frau von vorhin. Sie spricht mit dem Mann, der sie begleitet. Sie beachtet ihn gar nicht, sie hat ihre eigenen Sorgen.

Was soll er tun? Er hat Durst nach achtungsvollem Wesen und nach Gemütlichkeit. Er wird die Gasse hinuntergehen ins Café «Sierre». Er wird einen Dreier trinken und eine Portion Leberli essen. Und Frau Klaus wird ihm die Hand hinhalten, ohne Druck, und wird ihn begrüßen: «So, auch wieder einmal bei uns, Herr Konsul.»

Aber vor dem plätschernden Brunnen im Mondschein auf der Stüßihofstatt packt ihn die Verzweiflung. In muffigen Gemächern den Atem einer fremden Frau – so meilenweit fremd, daß kaum die Körper zueinander passen –, den Atem einer fremden Frau mit seinem eigenen mengen und ihr ferne sein, gleichgültig, sie hassen und verachten, das will er? Warum? Warum nur? Er hat ein Haus, er ist reich, er hat Kinder, die wieder Kinder haben, er ist am Erlöschen, den besten Teil hat er von sich gegeben, er ist ein jämmerlicher, nackter Popanz auf einer Frau, die ihn verachtet, die kein Hehl daraus macht, daß nicht das, was er ist, sie hingelegt hat, sondern das, was er auf sich trägt, Papiere im Sämischleder. Ach, er ist einsam,

einsam wie es nur alte Männer sein können, und Verzweiflung ist, was ihn treibt. Verzweiflung, die trostlos wie Hunde im Mondschein durch seine leere Nacht heult und winselt.

Da sieht er das Paar, barhäuptig und unverschlungen. Er steht im Schatten des Hauses, und sie gehen auf der andern Seite der Gasse im Mondlicht an ihm vorbei. Der Mann trägt ein helles Kleid, und seine Jacke fällt vorn auseinander. Das Mädchen hält seine Mütze in der Hand. Sie schauen sich nicht an, sie berühren sich nicht, sie gehen nebeneinander her, aber beide tragen das Kinn hoch, und daran sieht man, daß ihre Augen in die Ferne gerichtet sind, Horizonten zugewendet, die er nicht sehen kann. Ihre Schritte sind einander angeglichen, sie geben den gleichen Takt, den gleichen Klang. Sie gehen nicht, sie schreiten. Die Aura einer abgeschlossenen Welt umlagert sie. Sie schreiten an ihm vorbei, sie gehen über ihn hinweg.

Er hat sie sofort erkannt. Es ist Quirin, und das Mädchen ist Yvonne. Das Mädchen ist Yvonne, deren Schenkel er einmal berührt hat, die keuschen, zitternden Schenkel eines jungen Mädchens. Er weiß nicht, daß seine Hände einmal in ihren Traum hineingegriffen haben. Er weiß nur, daß einmal ein Mann ein Seil um einen Pfosten geschlungen hat, als er das Schiff am Horizont verschwinden sah. Er weiß nur, daß er einmal in einem andern Leben jung und unglücklich-glücklich gewesen ist und daß er nun draußen steht, ein älterer Herr in Panikstimmung, mit verbrauchten Lippen, die sich unter dem grauen Schnurrbart zu verbergen scheinen, wenn sie versuchen, den Namen Valeries auszusprechen.

Und dann öffnet sich schon die Tür, und Frau Klaus sagt mit süßem Wirtelachen: «Willkommen.»

XXVI

Es ist fast dunkel im Zimmer. Er steht an den Tisch gelehnt, und er fühlt die Hände Yvonnes, die sich an den Revers seiner Jacke festgeklammert haben, als wollten sie ihn zu sich herunterziehen. Ihre Stirne drückt sie gegen seine Brust, und er hört sie im Dunkeln flüstern. «Pierre», sagt sie, «Pierre», und ihre Stimme klingt, als wäre sie erstaunt. Als müßte sie selbst sich immer wieder Rechenschaft ablegen.

Seine Hände umfassen die zarte, gedrechselte Kugel ihres Schultergelenks, und er fühlt das Spiel ihrer Muskeln unter seinen Fingern. Sein Gesicht reibt sich langsam an ihrem Haar, und es ist ein feines, scharf riechendes Moos.

Der Schein der Straßenlaterne fällt anders durch die Ritzen dieser Jalousien, als er es gewohnt ist. Er sieht es deutlich, wie dieser selbe Lichtstrahl in dem leeren Zimmer über ihnen, mit seinem ausgeweideten, verlassenen Bett in der Ecke, sich an der Diele bricht, bis zur Ecke läuft und einen merkwürdigen Strich über die Kommode zieht, wo Valerie Hut und Handschuhe hinzulegen pflegte. Er sieht den Widerschein im Spiegel, der über der Kommode hängt, und er sieht weiter hinten im Dämmer des Glases die bunten goldbeschrifteten Schleifen, die über dem Bett hängen, und von dorther scheinen die kleinen geflüsterten Worte in den Raum zu fallen wie aus einem Fenster, das in eine andere, unwirkliche Welt hinüberführt.

Aber dort, wo in Valeries Zimmer der Spiegel war, hängt in Madame Naefs Zimmer die ‹Insel der Seligen›; die kleinen, weißen, opfernden Gestalten haben gerade noch genug Licht in sich, daß er sie durch Yvonnes Haar hindurch im Dunkel erkennen kann.

Es ist eine kurze Sekunde gefallen, und er erwacht wie aus einem Traum. Sein Mund formt wieder Worte, ganz von selbst; er fühlt vor sich Valeries Duft, ein wenig verändert, aber doch denselben Duft, der ihm jedesmal ein wenig verändert vorkam; seine Hände finden die Form ihres Körpers, und sie tun dieselben Liebkosungen, ungefragt, als führten sie eine Geste aus, die sie nie unterbrochen haben. Er fühlt die bekannte Festlichkeit des eigenen Leibes, die nicht aus unserer Macht kommt, dieses seltsame, menschliche Aufbrechen vor den Toren eines andern Seins.

Yvonne nimmt es hin, als wäre es ihr geschuldet. Sie läßt es auf sich herabfallen wie einen Blütenregen. Er kann es nicht sehen, und sie weiß es nicht, aber im Dunkel hat ihr Gesicht den ein wenig einfältigen Ausdruck einer tiefen Genugtuung. So, als wäre sie, allem zum Trotz, an einem Ziel angelangt. Als wäre es eine Vergeltung.

Viele dunkle und geheimnisvolle Stunden empfangen jetzt ihren Widerschein. Auf einmal weiß sie alles. Mit grausam-fraulicher Klarheit. Alles, die leeren Barken, der Brief, alles. Sie sieht Zieglers Faunkopf neben sich. ‹Was weiß er schon›, denkt sie.

Sie klammert sich an Quirins Rock. Sie fühlt unter den zitternden Lippen die glatte Haut seiner Brust, den bittern männlichen Geruch seiner Ausdünstung. Dort, wo ihr Mund liegt, hat sich sein Hemd ein wenig geöffnet, und es gibt keinen andern Weg, als sich dort hineinzuwühlen mit trockenen, gespannten Lippen, und das Herz schlägt laut, und ihr Atem geht, ein neuer Atem, der Atem einer Frau in der Nacht, jener Atem, den sie über der leeren Matratze von Valeries Bett gewittert hat. Man darf nicht loslassen. Nun ist sie da. Im Dunkel der Nacht ist sie an seinen Körper gelehnt, und ihre Finger lassen nicht mehr los. Das ist ihr Platz. «Pierre», sagt sie, und sie hört ihre eigene Stimme. Sie beißt sich auf die Lippen. Aber dann sagt sie es nochmals: «Pierre, du!»

Es ist, als neige sich der Zimmerboden unter ihr. Als stiege er langsam, wie auf der Planke eines Schiffs, dem Horizont zu. Aber es ist süß, so zu steigen. Sie weiß alles. Alles, alles. Alles, was nun kommen wird. Sie weiß. ‹Ja› sagt es in ihr, ‹ja, ja, ja.›

«Immer habe ich dich geliebt, Pierre. Immer. Ich habe es nicht immer gewußt. Aber dann, später, schon. Am deutlichsten am Montag. Wie du die Treppe heraufkamst, und ich stand bei den Koffern und wartete. Sag' etwas, Pierre. Sag' ein Wort.»

Er erschrickt. Er hat geschlafen. Wie manchmal ist er erwacht, und es flüsterte neben ihm: «Sag' etwas!» Und da ist auch das Herz. Das klopfende Herz. Ein anderes Herz, ein anderer Leib, dasselbe Blut. Er ist nicht fremd. Er ist nicht einsam. Aber er ist draußen. Das ist das pneumatische Geräusch des Kassenschranks und der kleine Klick des Schlosses. Und er ist draußen.

Er reißt die Augen auf. Nun ist er wieder ganz wach. In seiner Achselhöhle liegt Yvonne. Sie plaudert vor sich hin. Sie flüstert vor sich hin, wie für sich allein, im Dunkel der Nacht. Sie flüstert und flüstert. Ihre Hand liegt auf seiner Brust. Leise streicheln ihre Finger über seine Haut. Ganz leise. Und dazu plaudert sie.

«Und dann sagtest du: Es ist vorbei. Und ich wußte sofort, wie du das meintest. Und du lachtest. Ich habe dich lange nicht mehr lachen gesehen. Deine schönen Zähne. Ich habe sie schon so lange nicht mehr gesehen. Du hast so schöne Zähne. Du bist so sauber. So gepflegt. So frisch. Weißt du, ich habe einmal ein Fliederblatt gestreichelt. Das war auch so glatt und frisch wie du. Wie du da bist. Ich mußte es halten. Es wollte immer zurück. Fort von mir. Wie du. Hast mich lieb, Pierre? Nicht so, wie ich dich. Du hast die Frauen nicht lieb. Darum haben wir dich lieb.»

Er beugt sich zu ihr hinüber, um sie zu küssen. Er will ihr den Mund verschließen mit seinem Kuß. Eine alte Praxis. ‹Ach, warum muß ich immer denken.› Seine Stirn liegt auf ihrem Mund. Im Dunkeln ist da ein Mund, der ihn küßt. Die süße, zarte Haut eines Mädchens. «Won-won, Kleines», sagt er. «Won-won, schlaf, schlaf doch!»

Aber Yvonne flüstert weiter. Leise, kaum hörbar, dicht an seinem Ohr. «Du», sagt sie. «Du, mein Mann.» Ihre Augen sind weit offen. Es ist, als ob nicht sie spräche, sondern als ob es in ihr spräche. «Deine Jacke fiel vorn auseinander … und dann hast du den Schwan gefüttert … und dann fuhrst du los. Ich sah dich, wie du losfuhrst auf dem Motorrad. Ich stand hinter dem Fenster, im Hemd. Du warst so zärtlich-männlich mit deinem Motorrad. Wie mit einem Hund. Immer denkt man an Tiere, wenn man dich sieht. Du hast die Tiere gern. Und die Tiere haben dich gern. Das ist schön, ein Mann, der die Tiere gern hat. Ich bin dein Tierchen. Du mußt mich auch gern haben. Du Wolf. Du bist ein Wolf. Ein wilder, verrückter Wolf, ganz struppig.»

Ach, sich hinlegen. Daliegen und es gut sein lassen. «Won-won, schlaf! Schlaf, Kleines, Liebes!» ‹Es ist zuviel. Wie hungrig ich war. Ganz ausgehungert. Muß morgen nochmals zu Odermatt. Schlafen.›

«Du bist ein komischer Mensch. Kenne keinen, der so ist wie du. Wie bist du eigentlich? Du hast so etwas an dir. Schwer zu sagen, was. Machst nie recht mit. Man kommt dir nicht nahe. Warum bist du so? Hast mich gern, Pierre? Je t'aime, tu sais. Du kannst nicht wissen, wie. Immer hab ich dich lieb gehabt. Wußte es nur selbst nicht. Wollte es nicht haben. Ich weiß alles von dir. Mehr, als du glaubst.»

Sie ist wie in einem Rausch. Sie muß flüstern und murmeln. Als spräche sie für sich selbst. Vielleicht sollte sie nicht. Aber nicht sie spricht. Es flüstert in ihr. Das ist ihre Stunde. Sie ist befreit. Sie ist erlöst. Nicht mehr an das ‹andere› denken. Besonders nicht an das eine. Da tun sich Gänge auf, dunkle, schwarze Gänge. Aber man muß vorbeihuschen, rasch, rasch. Sie ist ein kleines Mädchen, eine kleine Frau. Irgendwo im Dunkel ist etwas, das droht. Etwas, das gefährlich ist, etwas, das man vermeiden muß. Sie fühlt es mit dem Instinkt des Weibchens, das sein Nest verteidigt.

Quirin liegt ganz regungslos. Er fühlt das feine Streicheln ihrer Hand. Er hört ihre Stimme flüstern. Er hört die kleine Stimme. Was sie sagt, hört er kaum, aber er versteht, was es bedeutet. Er versteht es mit zärtlicher Rührung.

«Weißt du noch», sagt sie, «weißt du noch», und kaum kann sie es sagen, so schlägt ihr Herz, «weißt du noch, wie du aufstandest und zur Türe gingst ...» Sie drückt mit ihrer Stirne gegen seine Rippen, seitlich, unter seinem Arm, und es ist kaum mehr verständlich, was sie murmelt.

«Ich habe dich gehört», sagt sie.

Dann ist es ganz still. Er liegt mit offenen Augen da. Man kann die Decke nicht sehen. Aber er sieht deutlich das Zimmer, das über ihnen ist. Das verlassene und trostlose Zimmer mit der leeren Bettlade in der Ecke, den weißen Gipswunden in der Tapete und den schrägen, gebrochenen Lichtstreifen, die von den Jalousiespalten her über die Decke und über die Wände laufen.

XXVII

«Vergiß nicht, ich bin in Trauer», sagt Yvonne und blickt mit großen, verschwimmenden Augen zu ihm auf, beziehungsvoll wie ein Komplize, aber schon zusagend.

«Auch ich bin in Trauer.» An seinen Wangen sind zwei rote, unregelmäßige Flecken, und dadurch bekommt sein Gesicht etwas Brutales, Abenteuerliches. Er steht vor ihr, in seinem hellen Kleid, und sein Hemd ist vorn ein wenig offen. «Komm», sagt er.

Die Töne des Saxophons schlagen ihnen entgegen, gleichmäßig, disharmonisch und voller schmerzlicher Synkopen. Ein Drahtbesen schlägt auf eine Trommel, und ein schwarzer Herr brüllt etwas durch das Mikrophon; es ist englisch und es paßt zu der Musik; Kastagnetten schlagen und ein Fagott weint. Die Saiten des Klaviers sind ohne Klang, man hört die Flageolett-Töne einer Geige und den schrillen Klang einer Flöte. Männerkehlen klagen langgezogen – langgezogen. Und vor dem roten Scheinwerfer schwelt der Rauch.

Sie stehen am Eingang, und eine alte Frau nimmt seinen Hut, Yvonnes Mantel. Und schon tanzen sie, leise, zaghaft, verlassen, im roten Licht. Vom Podium herab strömt es und schlägt es. Klage. Verzweiflung. Lachen. Einsam zwischen den Paaren, die ernst sind und wortlos wie Tote, tanzen sie. Yvonne schmiegt sich an ihn. Sie fühlt seinen Körper. Sie sucht ihn mit dem Wissen der jungen Frau. Ihre Finger streicheln über seinen Nacken, spielen mit den Härchen, die dort sind. Das Fagott kreischt unanständig. Sie zittert leise. Sie hat eine sanfte, kaum bemerkbare Bewegung in ihren Hüften, die neu ist. Immer atemloser wird die Musik. Sie fühlen ihre Hände nicht mehr. Sein Kopf liegt hart an ihrer Stirne. Der Duft ihres Haares ist ihm vertraut. Ihre Lippen bewegen sich, sie sprechen, aber es geht im Lärm unter.

Dann sieht sie über seine Schulter hinweg Ziegler. Er sitzt da, unter der vierkantigen Holzsäule, mit gesträubtem Bart, und spricht auf ein Mädchen ein, das neben ihm sitzt und lächelt.

«Ziegler ist da.»

Sie sind beide ein bißchen bleich geworden, und sie fühlen beide gleichzeitig das gemeinsame Erschrecken.

Das Mädchen sitzt da, vollkommen ahnungslos, und lächelt in das Getriebe hinein. Ziegler redet auf sie ein. Wie viele

Männer hat sie schon gehört! Plötzlich kommt es über sie. Sie fangen an zu reden. Was sie gedacht haben, Verrücktes, noch nie Gehörtes, neue Zusammenhänge. Sie reden sich in eine feurige Erregung hinein. Sie kennt das schon. Das ist Werbung. Sie schlagen das Rad.

In einer Lücke zwischen zwei tanzenden Paaren sieht er Quirin und Yvonne, Wange an Wange, wie traumverloren, und um sie herum ist – im Inferno des Orchesterlärms, sichtbar und unzweifelhaft – Stille.

Mitten im Satz hört er auf zu reden. Er hat plötzlich einen Geschmack wie von Messing im Gaumen. Er fühlt sich alt, klein, seitwärts am Rand des großen Lebens sitzend, das an ihm vorbeigeht und nicht die geringste Notiz von ihm nimmt. Ein schiefes und tiefes Fältchen in der Form eines Accent grave steht an seinem Augenwinkel als Überrest eines Lächelns, aber alle Intelligenz ist aus seinem Blick gewichen.

Er sieht die Mädchen und jungen Frauen im Tanz an seinem Tisch vorbeiwandern, er sieht das nervöse und lebensfreudige, kühne Muskelspiel ihrer Hüften, ihrer Gesäße, ihre engen und wie gebundenen Schritte, das ganze geheimnisvolle und aufreizende Wesen ihrer Unterleiber und die stillen, ausdruckslosen Gesichter, die mit leblosen, fernen Augen über die Schultern der Tänzer hinweg in die geschliffenen Glasscherben der Leuchter blicken.

‹Warum lachen sie nie?› denkt er seinen alten Gedanken. ‹Immer sind sie ernst und wie unbeteiligt.› Es muß etwas dahinter sein, etwas, das er nicht mehr kennt. Vielleicht lachen sie über seine intelligente Lustigkeit, wie er einst über die dramatische Romantik der Alten gelacht hat. ‹Vieux jeu!› Aber nein, sie lachen nicht über ihn, sie sehen über ihn hinweg, über ihn mit seinem Bart, seinen Hosenträgern und seiner Weste. Was tut er hier?

Die schwarzen Musiker grölen und schlagen auf ihre Instrumente. Unbezwingliche Lustigkeit scheint sie in ihren Späßen rhythmisch zu schütteln. Aber ihr Lachen zerschellt an der ernsten Indifferenz der weißen Rasse, und wenn man genau hinhört, so scheinen auch sie nicht an die Fröhlichkeit des Lebens zu glauben.

‹Mit den Händen arbeiten›, denkt Ziegler. ‹Mit den Händen muß man arbeiten, geduldig und leise vor sich hinpfeifend.

Was vorgeht im Gehirn, es hat keine Bedeutung, das sind die Schattenbilder einer Zauberlaterne.›

‹Ich bin ein wenig betrunken›, denkt Quirin, weil er alles so schmerzhaft nüchtern fühlt. Von diesem Tanzplatz aus sieht er sein Leben in einer merkwürdigen Verkürzung, so, als wäre er eben geboren und erwachte, den Arm um Yvonne gelegt, im Geheul des Jazzorchesters. Sein Blick gleitet von den blinkenden Gebissen der Musikanten hinüber zu Zieglers Gesicht, und es ist, als blättere er in einem anthropologischen Atlas. Aber man hat keine Zeit, einen Gedanken zu Ende zu denken. Unaufhörlich stapft der rücksichtslose Rhythmus dazwischen, und er fühlt wohl, was er sagt: ‹Einverstanden, das Leben ist maßlos traurig und zu Klage ist Grund. Aber wir sind mutig und verwegen, wir schütteln uns vor Lachen, wir drängen uns zusammen, wir atmen gegenseitig unsern Atem und den Geruch unseres menschlichen Schweißes, wir glitzern in fremdem, entliehenem Licht, aber denken ist nicht am Platz.›

Alle Menschen haben ein heulendes Kind in sich. Jenen geblähten, zitternden Mund eines schreienden Kindes, das keine Worte sagen kann, jenen krähenden Balg, der in Wartesälen und Straßenbahnen die Mütter in Verlegenheit bringt wie die leibhaftige Erbsünde. Aber in dieser Musik mag er krähen, hier ist sein Diskant am Platz, organisiert und eingefügt in das Geräusch der Instrumente. ‹Kräh' nur, kräh', was du kannst, kleiner Balg, hier bist du willkommen …›

Dann macht der Dirigent noch zwei kurze Bewegungen mit den spitzen Ellbogen, und alles bricht ab, als ob ein Buffet mit Geschirr zusammenstürze.

Ziegler sieht sie auf sich zukommen, und mit einer kühnen Abkürzung sagt er: «Auch da gibt's nichts zu lachen, pas, Yvonne?» ‹Ganz verändert. Ça y est. Logisch. Mußte ja kommen›, denkt er und zieht einen Stuhl herbei. Und – über ihre übereinandergeschlagenen Knie und über den Fuß blickend, der sich leise im Knöchel hin und her dreht: ‹Petite femme.›

Yvonne sieht das Mädchen an, das neben Ziegler sitzt, hausbacken und ordentlich. Sie betrachtet es nicht fremd, nicht feindlich, nicht neugierig, beinahe freundlich, als möchte sie sagen: ‹Du, ich weiß …›

Aber das ist nur eine Sekunde. Sie sitzt ganz still, ohne den Kopf zu drehen, und hört in die Geräusche hinein. Dicht vor ihr ist, wie der Schotte auf der Whiskyreklame (‹Say when man!›), Zieglers Gesicht. Sie schaut gerade in ihn hinein, und leise fragt sie: «Wo ist Pierre?»

Er versteht es falsch. Er versteht es aus seinem eigenen Gedankengang heraus.

«Er weiß es selbst noch nicht. Ici et ailleurs.»

Aber Yvonne hat gar nicht hingehört. So, wie sie gerade ist, steht sie auf, in ihrem schwarzen Kleid, ohne Hut. Sie hebt den schweren Plüschvorhang auseinander, ein Neger hält ihr die Tür, macht sich dünn und läßt sie vorbei. Sie eilt über die Straße, wo die Laternen sich im Asphalt spiegeln, unter den Bäumen hindurch und geht dem Seegeländer entlang, mit Herzklopfen, eine junge, angstvolle Frau. Der See ist ein flaches Becken, mit lilablauem Tau gefüllt, und es strömt frische, harte Luft über ihn hinweg. Und am Geländer, mit offener Jacke, steht Quirin und lockt den Schwan, der langsam, mit geblähtem Gefieder auf ihn zurudert.

«Pierre», sagt sie und stellt sich neben ihn. «Pierre, ich hatte auf einmal solche Angst ...»

Er schaut zum Schwan hinunter. «Kannst du das verstehen, Yvonne, die Sehnsucht nach einem Tier, nach einem einfachen, nackten Tier? Ein Pferd, ein volles, rundes Pferd, das dasteht ohne menschliche Spur an ihm. Das tut gut. Das macht gut. Das entfernt von allem ...»

«Ich kann alles verstehen, weil ich dich liebe.»

Er sagt nichts darauf. Sachte legt er seine Hand auf die ihre, die neben ihm, kindlich und rührend, auf dem eisernen Geländer liegt. Er spricht den Gedanken nicht aus, weil er ihr nicht weh tun möchte. Wie er ihn nie vor Valerie ausgesprochen hat. Und der Gedanke hat auch keine Form in ihrer Sprache. Es ist ein Männergedanke: ‹Und wie vieles kannst du nicht verstehen, w e i l du liebst.›

XXVIII

Die glasbedeckte Bahnhofhalle ist ein Wintergarten, ein Treibhaus, ein Terrarium, auf dessen grauem Grund die Menschen gehen wie Ameisen. Die bereitstehenden elektrischen Lokomotiven summen hell und unaufhörlich, als lüden sie durstig unsichtbare Kräfte in sich auf. Die bunten Plakate reihen sich den Mauern entlang, und um die kleinen Stehbuffets herum sind Dolden von hutbedeckten Männern, die ein Bierglas in der Hand halten, Stumpen rauchen und mit der Verkäuferin sprechen. Weit draußen, in einem eisernen Gestrüpp von Weichen, Signalmasten und Leitungsdrähten, verlieren sich perspektivisch die Geleise. Blaublusige Bahnbeamte, aufrecht wie Galionsfiguren, schweben auf elektrischen Rollwagen durch das Publikum, kleine Berge von Gepäck wie Beutestücke hinter sich. Die Hotelportiers mit ihren roten und blauen Mützen bilden eine farbige maskierte Gruppe, und die Kondukteure steuern mit zuverlässigen Schuhen und lackierten Ledertaschen zu den Diensträumen. Trockener Staub liegt auf dem Betonboden.

Die Invasionszüge der Ankommenden und die Gruppen der Wartenden sind zwei feindliche Welten, aber es geht nicht lange, und sie versöhnen sich mit Küssen, Händeschütteln und Austausch von Gepäckstücken, und die Phalanx der fremden Gesichter geht unter im Muster der Einheimischen. Dann hängt der ernste und beschnauzte Portier die Kette ein, wechselt die Tafeln, während die Züge leise keuchend von ihrem Abenteuer verschnaufen. Die Juchtenkoffer lassen sich mit Wohlbehagen von den Schultermuskeln der Dienstmänner schaukeln, die Familienväter sind und zuverlässig und von ihrer Seltenheit leben.

Die Leitung dieser Welt ist nicht sichtbar. Alles, was vorgeht, ist ein glückliches Zusammentreffen, aber aus der Atmosphäre von Wiedersehen und Abschied, Lachen und Weinen – von draußen heranlaufende Wellen, die Strandgut mitbringen und Angeschwemmtes wieder lösen und forttragen – entsteht eine besondere, gleichgültige und harte Welt, ein Bezirk, wo Entschlüsse zur Wahrheit werden, Abschiede zu Tatsachen und Wiedersehen zu Wirklichkeit. Was in Plänen und Hoffnungen und Befürchtungen Geisterzeug war, ungreifbar, im Innern von Köpfen an den Schädel geleuchtet, was die Herzen zusammenzog in Angst und weitete in Hoffnung und Erwartung, was in Briefen und Telegrammen Buchstabe war und Wort, Ahnung und Wunsch und Befürchtung und Phantasie, ein paar Tropfen Tinte und Druckerschwärze und ein wenig Papier, das knistert und so dünn ist, daß man es kaum fühlt zwischen den Fingerspitzen – hier wird es unwiderruflich Tatsache, eiserne Räder, die auf eisernen Schienen laufen, Türen, die zuschlagen oder sich öffnen, Münder, die sprechen und küssen und weinen, und eine kleine Scheibe mit einem grünen, schrägen Streifen in der Mitte, die abwinkt und einen Abschnitt macht in die Menschenschicksale. 18 Uhr 25. ‹Fertig – fertig!› Und der Bahnhofvorstand mit der roten Mütze nimmt den Signalstab unter den Arm und wandert in sein Büro zurück, während der Zug, sich selbst überlassen, draußen im eisernen Gestrüpp des Vorbahnhofs die Richtung sucht, in der er davonfahren will.

Der Mann trägt einen hellen, kamelhaarfarbigen Mantel und einen schwarzen, steifen Hut, den verschlafenen weißen Kragen eines Dritteklassereisenden, der über die Grenze kommt. Er hat das illusionslose und des Staunens unfähige Gesicht eines Mannes, dem man nichts mehr vormacht. Das Leben hat mit rücksichtslosen und täppischen Ohrfeigen seine Spuren darauf geschlagen. Aber er hält sein Gesicht hin und kassiert gut ein, wie die Boxer sagen. Man hat keine Lust zu sehen, was er schon gesehen hat. Einmal wohl hat er einen unsichtbaren Schlag von oben her über das linke Auge erhalten. Die Augenbraue ist noch ganz gesträubt davon, und das Auge steht ein bißchen aus der Achse. Aber dem Augapfel hat es nichts getan. Er blickt kalt und von Bereitschaft erfüllt unter dem Lid hervor, abwägend, den neuen Schlag erwartend, zum Zwinkern bereit, und auch bereit, sofort wieder scharf zuzuschauen. Die Gesichtshaut war einmal braun, wie sie bei Schwarzhaarigen ist, aber jetzt ist die braune Farbe verblaßt und trotzdem dunkler als die Haarborsten unter dem glatten Hutrand.

Das Gepäck steht neben ihm. Ein Suitcase und ein Handkoffer mit Blechbeschlägen aus rötlichem Fiber – und der gelbe, gute Mantel schreit ‹Verrat, Verrat!› und will Abstand haben von ihnen. Aber der Mann hört es nicht. Er schaut über den Bahnhofplatz und nestelt mit gelben Fingern eine Zigarette aus der großen Seitentasche.

*

Das kindische Vergnügen besteht darin, mit Quirin den gleichen Schritt zu halten. Es ist schön, in ihm eingehängt zu sein und den gleichen Schritt zu haben wie er. Yvonne paßt scharf auf und freut sich jedesmal, wenn ihre beiden Füße sich zu gleicher Zeit auf das Pflaster setzen. So ist die Richtung ihrer Blicke verschieden. Sie schaut an ihnen herab auf den Boden, und seine Augen suchen, alter Gewohnheit gemäß, den Horizont, den zerrissenen und verworrenen Horizont, den die Häuser der Stadt mit ihren Kaminen, Blitzableitern, Reklametafeln, Telephondrähten und Zinnengeländern am Himmel lassen.

Einen Augenblick stehen sie auf der Trottoirinsel, und die Taxis, die Lastwagen und die Straßenbahnen sind Kähne, die im Bogen an ihnen vorbeigleiten, unbekannten Zielen zu, die sie nichts angehen.

«Gib mir einen Kuß, Pierre», sagt Yvonne. Es muß schön sein, so am hellen Tage, inmitten der Welten Getriebe, auf einer Traminsel von ihm geküßt zu werden.

«Won-won, dummes Tierchen», sagt er und legt behutsam, ohne die Augen vom Horizont zu nehmen, seine Lippen auf das feine Schläfenhäutchen seitlich unter der dunkelblauen Mütze, unter dem es leise bebt und lebt von Äderchen und Pulsschlag.

Der trockene und zehrende Duft des Vorherbstes liegt in der abendlichen Luft. Die Sonne legt scharfe, präzise Schatten an die Fassaden der Häuser in der Höhe der dritten Stockwerke, und während oben im Goldglanz die Mücken ihren Zirkus in Bewegung halten, beginnen unten schon, im Verflimmern der Wärme, die kühlen Ströme und Wirbel der späteren Stunde. Der weiße Ballon der Bogenlampe über ihnen hängt rötlichglühend im Sonnenlicht; sie stehen unten an ihrem Fuße auf der kleinen Insel, dicht beieinander, als wollten sie vorsorgen gegen die Kühle und das unaufhaltsame Fließen der herbstlichen Zeit. Flugzeuge summen im blauen Himmel – eilige, goldplattierte Hummeln. Das Lastpferd der Speditionsfirma schüttelt sein Geschirr und wiehert mit einsamen tierischen Augen; sie tragen Kisten aus dem Bahnhof und lassen sie polternd auf die Wagenbrücke fallen, schnauzbärtige Männer mit Messingschildern an den Mützen.

Aber der weite Platz läßt keinen Blick in die Weite. Kulissen, diese Häuser aus den achtziger Jahren mit ihren Kyriatiden und den unzuverlässigen Rolljalousien, ihren Werkstätten für Zahnärzte und Schneider und Photographen. Auf den Rundbalkonen der Restaurants in der ersten Etage sitzen barhäuptige und hemdsärmelige Männer vor ihren Biergläsern, lebende Bilder hinter breiten Tafeln mit der Aufschrift «Hürlimann Sternbräu». Auf feinen Drahtgittern über den Dächern schreiben sie in großen schwarzen Blockbuchstaben mächtige Worte in den abendlichen Himmel: GUMMI-MAAG, HOTEL HABIS ROYAL, BALLY-SCHUHE, und darunter, schon im Schatten, fangen bläuliche Schriftzeichen zu zittern an, eilige Menetekel am Einbruch der Nacht: LEBENSVERSICHERUNG – ASSURANCE VIE.

«Komisch, Pierre», sagte Yvonne, als sie den Platz überschreiten, «immer landen wir am Bahnhof.» Sie mag es gern, wenn er lacht. Er bekommt dann zwei gute Falten am Kinn.

«Was du alles herausfindest, Won-won.»

Sie gehen dem schwarzen Bahnhofgebäude entlang. Lehrlinge, barhäuptig, in khakifarbenen Bürojacken, springen die breite Treppe herab, Bündel von Briefschaften unter dem Arm; die Commis Voyageurs steigen schräg daran empor, die Poste-restante-Briefe der Firma abzuholen und die Durchschläge der Orderbüchlein abzusenden. Die Ausläufer sitzen auf ihren Velos, die am Randstein stehen, den einen Fuß auf dem Trottoir und den andern auf dem Pedal. Sie haben goldene Buchstaben am Rockaufschlag, rauchen ihre ‹Parisiennes› und diskutieren zusammen den letzten Fußballmatch. Zwischen den rauschenden Fontänen dreht Alfred Escher eisern auf seinem Sockel dem Bahnhof den Rücken. Bei der Aerodrome-Haltestelle steht eine alte resolute Dame; sie steckt ein Bonbon in den gefältelten Mund und hört die Erklärung des teufelroten Schweizerhofportiers an, der ihr Gepäck bewacht. Die milchweißen Kandelaber aber fangen an zu zwinkern, und dann brennen sie endgültig. Sie haben beschlossen, daß es Abend ist.

Auf einmal fühlt Quirin Yvonnes Finger, die sich in seinen Unterarm krallen. Sie sind stehen geblieben. Yvonne ist wachsweiß. Er sieht sie an und folgt ihrem Blick.

Beim Taxameterstand steht ein Herr mit offenem gelbem Mantel und steifem schwarzem Hut. Er hat seine Zigarette nicht aus dem Mund genommen, während er spricht.

«Na denn also, fahren Sie zum Hotel Neptun», sagt er und schlägt die Tür zu. Das Verdeck ist herabgelassen, und als der Wagen davonfährt, sehen sie, wie er sich, an seiner Zigarette saugend, gegen das Rückenpolster lehnt.

«Mein Vater», sagt Yvonne ganz leise.

XXIX

Der faule gebeugte Rücken einer nackten Frau, die eine Zeitung liest. In der Luft, in der Dunkelheit, ein Zirpen wie von aufgeregten Schwalben, die um Turmluken flirren. Vereinzelte Regentropfen, die in das morgendliche, graue und verlassene Gewässer eines Bergsees fallen. Und das monotone Dröhnen von Rädern, die sich mit blanken Achsen in öltriefenden Lagern drehen. ... Es sind die zufälligen und beziehungslosen Bilder des Halbtraums.

Dann hört er Yvonnes leisen Atem neben sich, ihr geruhsames Schnurren mit den feinen, weißen Speichelbläschen an ihren Lippen. Ihr Atem ist der schmale Pfad, der ihn mit der Insel der wachen Welt verbindet, von der aus er – rückwärts und in sich hinabblickend – den Schacht seiner Träume überblicken kann.

Er liegt und wagt es nicht, die Augen zu öffnen, aus Angst, er möchte auch offenen Auges nichts anderes sehen als die dunklen Höhlen seines Schlafs. Geschlossene Augen sind immer eine Hoffnung. Die Hoffnung, daß es hell sei, wenn man sie öffnet. Eine Hoffnung, an die er nicht glaubt, aber die er nicht verlieren möchte. Und deshalb hält er die Augen geschlossen, krampfhaft, ganz wach, aber wie unter einem Zwang. ...

Und die Prozession geht weiter. Ein ruhiger Zug von Gestalten, die eine unerklärliche, gleichsam nebenseitige Gleichgültigkeit auf den Gesichtern tragen. Es ist die unüberbrückbare Entfernung, die zwischen den Lebenden und den Toten ist. Sie zeigen alle ihr Profil, als wollten sie damit zum Ausdruck bringen, wie anders gerichtet ihr Bestreben ist. Sie können ihr Gesicht nicht drehen, sie müssen geradeaus blicken, in eine undurchmeßbare Welt hinein, die sie mit Erstaunen und Ernst erfüllt.

Nein, die hellwimprige Sphinx seiner Nächte gehört nicht hierher. Aber sie ist doch da. Sie liegt, puppenhaft unschicklich, in irgendeiner Ecke, vergessen und nachlässig, und blickt unwegsam und starr mit ihm die Bilder an, die unter seinem Lid vorübergleiten.

Vicari. Wie war das doch? Ein Stadtschüler wie Quirin, Gespräche über Flugzeuge und Sekundarschülerinnen. Aber er ist schon ein Mann, reif, und manchmal, im Gespräch, gefriert sein Blick ein, und er schaut über die Jungen hinweg, und was er sagt, wird beiläufig und unaufmerksam, und sie, die andern, fühlen es: die geheimnisschwere Welt der Erwachsenen umwittert ihn. Jene Welt, wo es um ernste, brünstige und urständige Dinge geht, von Menschen, die atmend im Dunkel liegen, Brust an Brust, von nacktem Fleisch, vom Universum, dem lustverströmenden, des Weiblichen – «delle donne», wie er sagte. Und dann, eines Morgens, bei Schulbeginn, sagt Herr Schütz, der Lehrer, daß er nicht mehr kommen wird, daß er sich erschossen hat mit einer jener kleinen Flobertpistolen, die einschüssig sind und nur ganz kleine Bleikugeln versenden – aber mitten ins Herz, durch das Nachthemd hindurch, hat er getroffen. Und ihnen kam es vor, als gehöre das, ganz natürlich, zu jener Welt der Erwachsenen, der sie entgegenreiften. …

Und Egli. Ein bißchen verschroben und abseitig immer, dieser Englischprofessor, mit seinem Knebelbart und seinen sonderbaren, drahtigen Handbewegungen an der Wandtafel, seinen ärmlichen und hölzernen Schulwitzen, die von Klassengeneration zu Klassengeneration regelmäßig wiederkehrten. Aber am Samstag konnte man ihn, den Pedantischen, Korrekten, mit einem hellen, filzenen Berghut, in kurzen Hosen und schweren Bergschuhen, den Rucksack wie ein Schnekkenhaus auf dem Rücken, mit Seil und Pickel behangen, am Bahnhof Enge stehen sehen, der typische Alleingänger, einen Stumpen rauchend, den seine Lippen kaum annetzen. Und eines Tages ging er und kam nicht mehr zurück. Er stieg einen Sattel empor und verlor sich buchstäblich im Himmel, spurlos, nichts ließ er zurück als einen Kometenschweif von Legenden. Daß er ausgezogen sei, nach Italien niederstieg, sich seinen Bart wegrasieren ließ und ein neues Leben begann. Ein ganz neues, abenteuerliches Leben. Er, der Professor an der Stadtschule. Irgendwo, einsam, ein stummer Steinhauer in den Marmorbrüchen von Carrara. …

Und dann ist da noch einer. Der alte brüllende Dichterlöwe Hotze mit seinen gesträubten Haarbüscheln in den Nasenlöchern und seinem Charakterkopf. Eines Morgens fand man ihn, ihn und seine Frau, seine Geliebte, ähnlich jenem berühmten pompejanischen Paar, das der Aschenregen eingebettet hat, beide steif und kalt in der Umschlingung. Er hatte die üblichen Briefe geschrieben und den Gashahn geöffnet, und so war es ihr Tod. Aber Quirin kann nie vergessen, was er, der Achtzehnjährige, damals gedacht hat, als er es erfuhr: ‹Welche Dinge muß diese Frau in jener Nacht gehört haben! Dinge, am Rande des Lebens geflüstert, Dinge, die das Todesnahen auf des Menschen Lippen bringt, nie gehörte Menschenworte, zwischen Liebe und Tod gesprochen, die sie als letztes Geheimnis des alten, einsamen Menschenlöwen mit hinübernimmt, selbst schon eine sinkende Barke, mit letzter Offenbarung beladen.› …

‹Das ist der Föhn›, denkt er. Bis zum Rand ist das Tal mit lauer, unverrückbarer Luft gefüllt. Ein Aquarium, diese Stadt. Wellenloses, stilles Wasser über den Häusern, aber draußen geschehen Katastrophen, kosmische Seufzer, millionenalte Sternsysteme, die die Drehung wechseln.

‹Das Leben, ein Traum.› Ein Traum, in dem man schläft, erschrickt, erwacht, lacht, Dinge tut; in dem man sich einrichtet, als gelte es eine Ewigkeit zu träumen, und wo man die Gedanken hinwegscheucht, behend und verzweifelt, die an das Wachsein vor diesem Traume erinnern und an das Erwachen aus ihm.

Was tut er? Was tut er? Was hat er aus seinem Traum gemacht? Ach, ist er noch brauchbar zum Leben, er, der solches denkt? Einsam ist er! Plötzlich fühlt er es mit nie gesehener Deutlichkeit. Einsam, immer allein mit sich, mit seinem eigenen Denken. Einsam wie Valerie. Einsam, wie Valerie im Leben war und wie sie im Tode ist. Einsamer, als selbst sie je es wußte. Ach, daß es Morgen würde, Morgen mit Licht und Lärm! Wie einsam sie alle sind! Yvonne mit ihren Speichelbläschen am Mund, Ziegler mit seinem roten grotesken Bart und Kummer, der jugendliche Großvater. Einsamkeit, Urkrankheit der Welt! Einsam wie Vicari, Egli, Hotze. Einsam wie Bachofen mit seinem Pferd auf dem Acker, das einen Menschenstrohhut trägt und das mit zitternden Flanken die Treppe zum Tanzsaal emporstapft mit seinem Herrn auf dem Rücken als einem prächtigen General der Einsamkeit. …

«Pierre, Pierre!» Yvonnes Hand tastet im Dunkeln nach seinem Herz. Es ist eine zarte, kühle Hand, er fühlt den zagen Druck der Knöchelchen, die unter ihren Fingerbeeren sind. «Pierre, bist du wach?»

Er antwortet nicht. Es ist gut, ihre Stimme zu hören, die leise greifende Hand am Herzen zu fühlen. Sie ist ein Leidensgenosse, einer der vielen Leidensgenossen, die darüber wachen, daß er nicht aus seinem Traum erwache, daß er nicht hinausfalle aus dieser Welt, nicht in Verzweiflung hinübergleite in das furchtbare Wachen, das da, dicht am Bettrand, vorüberbraust wie ein Strom, heranspült, lockt. Denn alle stehen sie da, eine endlose Reihe, als warteten sie, als riefen sie: ‹Komm, komm doch endlich, wenn du wüßtest, erwache, wach auf!›

«Wie dein Herz schlägt, Pierre! Armer Pierre! Wach auf, wach auf!» flüstert Yvonne leise an seiner Achsel.

Und dann wagt er es, die Augen zu öffnen. Es tagt. Da sind die geliebten grauen Streifen zwischen den Latten der Jalousien. Die Spatzen zwitschern und machen einen Heidenlärm. Sie träumen lebhaft und unbesorgt ihr kleines Leben weiter.

XXX

Gewohnheitsmäßig studiert Scheffer die Affichen an den Anschlagsäulen. ‹Wüllner, immer noch … Vera Finetta, na, kennen wir doch. Dürfte jetzt auch schon um die 45 rum sein. Scheint doch allerhand los hier. Muß vielleicht trotzdem mal zu ‚Sicher wie Jold' … Und Cortot im November. Gute Sache. Schade, daß sich die Tournee anno 19 zerschlug. Gute Zeit damals, bei der germanophoben Welle …›

Und dann steht er am Ufergeländer und blickt westwärts, zum Uto hinüber. Zwei kleine Dampfschwalben plätschern geschäftig im Seebecken herum, mit Hupen und weißen Dampfballen über den Schornsteinen. Ein paar Fischer stehen am Landungssteg, arbeitslos und glücklich wie Schachspieler.

Aber er sieht das alles nicht. Seine Faust in der Tasche umschließt Geld, die letzten paar Fünfliber.

‹Werde meine Tournee beginnen müssen.› Seine kurze behaarte Hand zerdrückt einen Augenblick lang wie eine brutale Klammer seine glattrasierten Wangen und die Augenlider, als wollte er alles wegreißen, was auf seinem Gesichte liegt, das Unangenehme und die leise Angst. Aber dann sind seine Augen wieder frech und stechend und bereit, alles entgegenzunehmen, was sich ihnen bietet.

Schon lange hat er gelernt, sein Leben in ganz kurze Abschnitte einzuteilen. Nicht mit langen Perioden und weiten Flächen rechnet er. Das ist die Gewohnheit von Leuten, die Geld auf der Bank haben oder ein festes Einkommen. Für Kunden seinesgleichen gilt das Leben immer nur so lange, wie die Münze reicht, die ihre Faust umschließt. Er saugt an seiner Zigarette und genießt dieses grimme und tückische Gefühl der Stärke, das der Abenteurer dann empfindet, wenn er am Rande eines jener kurzen Abschnitte angelangt ist, wo er nicht mehr weiß, wie es weitergehen soll. Man wird leben, das ist gewiß, und um diese Gewißheit herum werden sich die Umstände gruppieren, wie sie es immer getan haben.

In früheren Jahren, ja, da war es so gewesen, daß Verzweiflung und Hoffnungslosigkeit Gewalt über ihn hatten. Da konnte es sein, daß er grimmiger Sorgen halber mitten in der Nacht erwachte, das Licht aufdrehte und die Münzen zählte, die auf der Marmorplatte des Nachttischchens lagen, und bis zum Morgengrauen Zuschauer des Reigens war, den die Schulden um ihn aufführten, die Miete, der Schneider und die vielen Darlehen, die zurückbezahlt werden mußten. Aber das Schrecklichste war das noch nicht. Was besonders quälte, war die Tatsache, daß er eben nur noch die paar Münzen besaß. Menschen seines Schlages erdrücken Schulden nicht, solange sie noch einen Geldschein in der Brieftasche tragen. Eine solche Note ist immer noch gemünzte Freiheit. Noch kann man seine Schritte hinlenken, wo man will. Noch sind manche Stunden sorgenlosen Müßigganges vor einem, noch ist alles hinausgeschoben, unwirklich; noch ist man von der unsichtbaren Schutzhülle geborgen, die das Geld um einen legt. Aber wenn es sich nur noch um Münzen handelt, wenn man die kleinen Posten, die ihren Wert bei weitem überschreiten (‹fünf Tage Hotelrechnung›), unmittelbar voraussieht, dann fängt es an, ernst zu werden. Dann entsteht jenes merkwürdige Gefühl in der Kehle, jene seltsame Luftverdünnung und Verlassenheit, jene Vorstellung des einsamen und häßlichen Hundes, der an der Straßenecke krepieren kann, und keiner nimmt davon Notiz. Seine Sache! Seine Verlassenheit. Sein intimes Geschäft mit der Vergänglichkeit.

‹Ist das nötig, daß ich zu dir aufs Grab trete, du? Das ist gut für die andern, nicht für mich. Ist ja alles eins, du arme, verrückte ‚Goldstimme'. Ja, das hat sie gehabt. Singen konnte sie. Und Ehrgeiz und keine Ruhe, bis der hinterste Knopf eingefußelt war. Und Mut, und immer bereit, das Schwerste zu versuchen. Vereiste Parkettreihen auftauen, das konnte sie. Tun, als merke sie nichts, wenn Kellerhauch um die Köpfe wehte. Langsam einen öden Saal mit Applaus möblieren, mit einem Seitenblick; den Kritiker kitzeln und ihn hinter sich herziehen wie einen Buben. Und los, immer los, immer mehr ins Fieber hinein von Akt zu Akt, daß man es knistern hörte vor Elektrizität. Bis ich selber anfing zu qualmen, ich alter Ofen …›

Keiner hat Valerie gekannt wie er. Unter all dem, was an Kulissenzauber und Scheinwerferglanz, Frou-Frou und Starallüren auf ihr lag, hat er allein sie erkannt. Hat nicht lange Federlesens mit ihr gemacht. ‹Nicht nötig vor mir, all dies! Ich wittere deine Herkunft und deine innere Maschine durch all den Plunder hindurch.› Vom ersten Augenblick an, damals in der Garderobe, als er die Idee hatte, sie für die brasilianische Tournee der Wiener zu engagieren, hat er innerlich du zu ihr gesagt, und ihren Augen sah er an, daß sie ihn verstand. Kinder sind sie beide aus der anonymen Tiefe des Volks, mit dem ewigen dunklen Schleier über ihnen, jenem zähen und wallenden Schleier, den nur wenige durchstoßen können, die aus der Tiefe kommen, jenem Schleier, der die Menschen in zwei Schichten trennt und der alle zu Brüdern und Verschwörern macht, die miteinander über oder unter ihm sind. Valerie ist dabei, wie eine erwachende Schmetterlingspuppe das zarte Gewebe zu durchstoßen. Noch hangen Teile des Gespinstes an ihr. ‹Na, ich werde dir helfen, kleine ‚Goldstimme', und mit dir werde ich selbst durch das Loch schlüpfen, in jenen Weltteil, wo es hell und sorglos ist und wo man nie mehr arm werden kann. Ach, wir werden ja immer Landstreicher sein, die abreisen und ihre schmutzigen Hemden im Kastenboden der Hotelzimmer zurücklassen. Aber das weiß niemand, nur du und ich und das Zimmermädchen, das sie an sich nimmt. Liebe? Darüber wollen wir nicht sprechen. Aus dem Schlamassel raus, endgültig und für immer. Das haben wir nötig, du und ich. Unsere Sorge, die Liebe!› Die Heirat war vielleicht ein Fehler. Na ja, es hatte sie halt erwischt, und wenn er sie für die paar Monate bis zur Deformation durch die Schwangerschaft noch spielen lassen wollte, ohne zu riskieren, daß sie auf der Bühne des Teatro Municipal in Rio während der ‹Fledermaus› Weinkrämpfe bekam, dann mußte er halt in Gottes Namen seinen Namen unter den Heiratskontrakt setzen – mit dem gleichen Schwung und der gleichen kniffligen Schwanzparaphe, wie er ihn unter seine Impresariokontrakte setzte.

‹Na und? Diese nachlässig hingesetzte und nie gelöschte Unterschrift ist doch jetzt noch was wert, sollte man glauben. Bitte schön, habe erfahren, meine Frau ist tot. Gewiß, getrennt, sechs Jahre mit Unterbruch, aber nie geschieden. Aus Berufsgründen getrennt. Bissel Nachernte halten, alter Aal!›

Es sieht nicht mehr so düster aus, und die Gegend bekommt wieder ein Gesicht. Da, in der Nähe des Geländers, ist er 1912 gestanden, in der kompakten Menge, während des Seenachtsfestes, als Wilhelm der Zweite, der deutsche Kaiser, auf dem Salondampfer «Helvetia», Eigentum der Zürcher Dampfbootgesellschaft, die Huldigung des Volkes entgegennahm. Nachher wurde ihm im «Baur au Lac» zusammen mit einem Kollegen Valerie vorgestellt. Scheffer hat es am andern Tag in der Zeitung gelesen, und das gab ihm ja die Idee. Sah schon die

Textreklame im ‹Diario do Rio› vor sich: ‹Valerie Riva, a qual Sua Majestade, o Imperador da Alemanha, Guilherme II, apresenton as suas hômenagens …›

Ein junges Mädchen kommt dem Ufer entlang, barhäuptig, mit engen Schritten, und die Sonne glitzert in ihrem Haar. Ihre linke Hand gleitet im Ausschreiten über das kühle eiserne Geländer, und ganz leise flüstert sie Worte vor sich hin.

Aber es steht ein Mann am Geländer, in gelbem Mantel und mit steifem Hut. Der Mantel ist geöffnet, und seine rechte Hand hat er in die Tasche seiner gestreiften Hose vergraben. Er raucht eine Zigarette und blickt über den See hinweg zum Aussichtsturm des Üetlibergs empor.

Es gibt keine Rettung als die Flucht. Flucht. Alarm. In den Kabinen des gefährdeten Schiffes klingen die Glocken. Alarm. Gefahr. Fliehen. Wieviel hat sie in diesen Wochen – eine junge Frau, die ihre Zukunft verteidigt – ins Vergessen hineingedrückt! Ach, sie fühlt es deutlich: dieses Vergessen ist, irgendwo in der Tiefe des Leibes, ein Sack, ein eigens dafür geschaffenes Organ, das der Mensch mit auf die Welt bringt und das er nicht braucht in den ersten Jahren seines Lebens. Aber dann, in den Zeiten der Not, wird es überladen, und es wird ein Geschwür daraus, mit gespannten, schmerzhaften Geweben, an die man nicht rühren darf, aus Furcht, der bittere Inhalt könnte ausbrechen und mit seinem Gift den ganzen Leib überschwemmen. Die schamvollen Szenen ihrer kindlichen Nächte beginnen langsam, wie urweltliche Tiere, ihre Häupter in der qualmenden Nebelschicht zu bewegen. Langsam kommen die leeren Barken den Fluß herunter. Leise säuselt es von warmen Winden hinter den Häusern. Im heißen Föhn knickt der Telegraphenmast. Die Gesichter gleiten vorüber, die merkwürdigen, weltabgewandten Gesichter. Bachofen, der die Treppe zum Bezirksgebäude emporstapft, Zieglers roter, gesträubter Bart, Kummer mit seinen Schweißtröpfchen auf der roten Stirne, das wesenlose Gesicht der alten Frau, mit der sie zusammen im Orgelklang gebadet hat.

Und dann ist es, trotz allem, jener gelbe Mann dort mit seiner Zigarette im Mundwinkel, der über den See hinausblickt.

Sie ist stehengeblieben. Es ist eine jener Sekunden, die im Leben zählen.

Und dann geschieht etwas in ihr. Sie sieht im gläsernen Licht des herbstlichen Morgens die Gloriole der Einsamkeit, die die Gestalt ihres Vaters umhüllt. Sie sieht ihn, eine alte, zerzauste Hyäne mit borstigem Fell und frechen Augen, scheu und mit eingesenktem Rückgrat, um den Leichnam ihrer Mutter streichen. Von weit her ist sie über die Erde gekommen, angelockt vom Geruch der Verwesung: sie ist getrabt und getrabt, ohne nach rechts und nach links zu schauen, mit offenen Nüstern, immer dem Odem des Endes nach, weil dies ihre Bestimmung ist, und keiner kann ihr helfen.

Yvonne steht vor ihm. Die Tränen tröpfeln ihr über die Wangen. Sie muß es tun, trotz der wilden Angst. Das Geschwür ist aufgesprungen. Es war kein Platz mehr darin. Fremder Duft umwittert ihren Vater, Ausdünstungen von fünfzig Jahren Weg über die Welt, bitter wie die Witterung eines Nachtasyls, und die Schläge des Lebens zeichnen die Züge seines Gesichtes, das sich ihr langsam zuwendet und sie erkennt. Wie einsam er ist! Er hat sich selbst so gehetzt, bis unwegsamer Abstand zwischen ihm und den Menschen war, bis er war, was er jetzt ist: eine einsame, in den dunklen Wüstennächten heiser bellende Hyäne, mit struppigem, angstgesträubtem Fell.

«Yvonne?»

Ihre Hand zittert, und sie möchte sie zurückziehen. Aber sie vergißt es. Ihr Vater hat große dunkle Säcke unter den Augen, und in den Ecken schimmert der Augapfel gelblich. Die Kanten seines Kragens sind gebrochen. Diese kleine Krawattennadel, ein gelblicher Diamant, hat er immer schon getragen. Sie sieht wie durch ein regenverwaschenes Fenster hindurch sein breites, maskenstarres Gesicht mit der einen gesträubten Augenbraue. Sie hört seine harte Berliner Stimme: «Was für ein Zufall? Ich bin seit gestern hier.»

‹Es ist nicht wahr›, denkt es in ihr, aber sie läßt es vorübergehen, denn sie fühlt, wie er da vor ihr steht, daß ihm das Leben soeben, in diesem Augenblick, die letzte Schicht vom Gesicht schält, unter dem das Greisenantlitz, einsam und stumpf, bereitlag.

XXXI

Ziegler steht, in Nachthemd und Hosen, zerzaust und mit schlafgeblähten Augensäcken, auf dem kleinen Hotelbalkon, und er blickt auf die breite morgendliche Straße hinunter.

Es ist ein ganz gewöhnlicher Tag, ein wenig herbstlich, ohne Sonne, aber mit viel Helligkeit. Die Nebel werden steigen, und die Sonne wird durchbrechen. Geräusch ist über der Straße, aber nicht übermäßig, eher ein gleichmäßiges Brausen, das hier in der Höhe schon leise und fern wirkt, wären nicht die hellen, besorgten Noten der Autohupen, die weit hintragen, in unregelmäßigen Abständen aufbellen, verklingen, sich antworten.

Auf allen Wegen gehen die Leute. Es ist erstaunlich, denkt er, daß sie nicht zusammenstoßen; aber wäre ihre Spur ein weißer Kreidestrich, so sähe man ihre vielverschlungenen Pfade, wie sie sich begegnen und umkreisen, wie sie die Straße überquert haben, wie sie vor Schaufenstern stehengeblieben sind; man sähe, wie sich ihre Wege kreuzten und daß ihre Spur eine seltsame geometrische Figur ist, wie jene der Schlittschuhläufer. Aber man sähe auch, wie jeder seine Spur beibehält von der Wiege bis zum Grabe und daß nie eine in die andere übergeht. Wohl laufen viele von ihnen minuten-, stunden-, jahrelang nebeneinander her, aber dann streben sie wieder auseinander, sei es, weil einer von ihnen stirbt, oder, weil andere Kräfte sie abzubeugen beginnen. Ein krauses Gewirr, der Menschen Spur auf dieser Welt, schwer zu lesen und kaum zu entwirren! Und doch ist es so wenig, was Menschen sich zu sagen haben. ‹Gib, gib›, sagen die Münder der einen, ‹Nimm›, flehen die der andern. ‹Ja›, sagen sie, ‹Nein›. Das ist alles, was sie sich zu sagen haben. Einsam und gesondert ist jedes Menschen Spur im Gewirr der andern. Auch wenn sie dicht nebeneinander hergehen, sie können sich nie vermengen. Jeder muß seinen eigenen Weg gehen, sein eigenes Leben zu Ende bringen. Ach ja, es ist wahr, Mütter gebären Kinder, stellen sie gleichsam neben sich auf den Weg, und eine Zeitlang geht die Fährte der gluckenden Henne um das Kleine herum, zärtlich und geschäftig, und die Spur ist anzuschauen wie ein dichter Garnknäuel. Aber eines Tages durchbricht des Jungen Spur in einer kleinen, harten Linie das wollene Nest, und weg, weit weg geht sie, gewiß mit Annäherungen, mit

Kurven der Rückkehr und Parallelen des Mitlaufens. Doch dann, eines Tages oder eines Nachts, bricht die Mutterspur ab, und das Kind geht allein weiter. ‹Gib›, sagt sein Mund, ‹Nimm›, fleht er, ‹Ja›, sagt er, ‹Nein›.

Die ewigen Bilder, die wiederkehren. Die Straße. Straße der Menschen. Sie wölbt sich nicht mit der Kugel der Erde. Sie ist ihre Tangente. Sie berührt die Erde nur an kurzer Stelle, aber sie geht darüber hinaus, pfeilgerade hinaus, hinaus in die blaue, klingende Ferne. Denn außerhalb der Erde ist alles Musik. Aber es ist eine stumme Musik, die nur klingen kann, wenn die Menschen Sehnsucht empfinden. Dann sind sie die Instrumente der Engel, die um die Erde kreisen. Ach, Charley, ist das vielleicht die Aufgabe der Erde, die stumme, unerlöste Musik des Gottes in den endlosen Räumen zum Klang zu bringen?

Da kauert der Mensch, ernst und braun, mit eingekniffenen Lippen, und formt Lehm mit seinen Händen. Und siehe, es ist Musik. Auf einmal fängt es an zu summen in ihm, trotz seiner geschlossenen Lippen, und der Gott, dessen Bild er formt, beginnt zu leben, lächelt und dehnt sich, selbst von Freude durchschauert, weil er unter den Händen des Menschen Gestalt gewinnt. Ach, die Menschen können nicht ohne die Götter leben, aber die Götter haben kein Wesen und können nicht groß und leiblich sein ohne der Menschen törichtes Tun.

Ach, eine Sekunde nur, eine kurze Sekunde einmal im Innern des Gottes sein, eingeschlossen in ihn, durch seine Augen sehen, mit seinen Ohren hören, sich selbst vergessen und Gott sein! In göttlicher Liebe und ohne Urteil …

Voyons, où en sommes-nous? Quirin läuft herum mit seinem Paß in der Tasche, und seine Augen sind weit fort, und in seinem Ohr ist das belfernde Meer, das sich an fernen Küsten bricht. Aber sein Arm ist um die zarte, zerbrechliche Mitte Yvonnes geschlungen, und des Mädchens Ohr liegt an seiner Brust. Sie hört das Rauschen der Bälge und das schwere, pumpende Herz. Sein Blut ist mit Gift und mit Süße geladen. Hernieder kommt es aus den dunklen Kammern seines Gehirns, wo die Bilder gemacht werden von der Ferne, von Straßen, die die Tangenten der Erde sind, die Sprungbretter, der Anlauf in das blaue, klingende Jenseits. Sein Herz zittert ob des Giftes im Blut, es flattert, dehnt und weitet sich und nimmt keine Notiz von des kleinen Mädchens Ohr, das seinen Pulsen lauscht.

Und Yvonne? Ach, ihre Welt ist klein geworden, weil sie liebt. Sie ist gerade der ausgesparte Raum, den Quirins Bild ausfüllt. Sein Atem ist das Brot, von dem sie lebt. Ein Hauch ist es nur, ein leichter, bitterer Hauch, der aus den Lungenbälgen kommt und aus dem süßvergifteten Blut. Wenn sie ihren dünnen, kindlichen Arm um den Torso des Mannes legt, der warm und glatt und hart ist, dann hat sie ihre Welt in den Armen. Aber sie weiß nicht, was sie in den Armen hat. Sie denkt nicht weiter darüber nach. Es ist der Mann, der Geliebte. Aber sie weiß nicht, daß es die ganze Kraft des Männergeschlechtes ist, das Abenteuer, die Unruhe und das Unbehagen. Sie weiß nichts von den Sternensystemen, die in seinem Innern kreisen und die das Abbild sind der stummen Unendlichkeiten, wo die Musik der Welten der Erlösung harrt. Sie weiß nicht, daß sie die Besessenheit der Männer leibhaftig zum Bettgenossen hat. Sie weiß nichts von den Speichern unerlöster, schwelender Kraft, die im Blut des Mannes hämmern …

Ziegler steht da, und er ist ein alternder Narr, aber es scheint ihm, er ist der einzige, der der stummen unterirdischen Weltmusik lauscht, die die andern nicht hören können, obschon sie ihrem Rhythmus folgen und die kleinen Fugen ihrer Melodie sind. Sein verzwacktes und verdrehtes Hirn feiert eine Gottesorgie. Er blickt auf seine Welt herab und er überblickt sie. Er sieht die Menschenspuren, und er ist der Magier, der die Hieroglyphen ihrer Wege entziffert mit ‹Gib› und ‹Nimm› und ‹Ja› und ‹Nein›. Er sieht auch die Blicke, die sie haben, ein paar Sekunden lang, alle sieben Jahre, wo sie in atemloser Stille sich selbst sehen, erschauernd, fragend. Warum? Warum? Und ihr: Es ist unmöglich, daß alles sinnlos ist. Erschreckte Äffchen, die durch die Gitterstäbe ihres Käfigs blikken, als zöge ferne, blendende Erinnerung durch ihr kleines, unfähiges Gehirn. …

Dann klingelt das Hoteltelephon. «Herr Scheffer ist da und Fräulein Scheffer. Sie möchten Sie sprechen.»

«Ich komme gleich hinunter», sagt er. Er hat dabei deutlich die Vision seiner eigenen kreideweißen Spur, die die Treppe herauf in sein Zimmer führt. Und er hat aufgehört, der liebe Gott zu sein.

XXXII

So ist das gekommen. Nach dem Essen fiel Kummer die kaum angerauchte Zigarre aus dem Mund, und unachtsam, so daß die kleine Mokkatasse umfiel, stürzte er mit dem Oberkörper über den Tisch, mit schrägem Mund und aufgestülpten Lippen. Irgend etwas Unerklärliches hat brutal zugehauen, hat ihm ganz unvorbereitet einen Schlag versetzt, daß er das Bewußtsein verlor.

Aber nun liegt er da und ist wieder zu sich gekommen. Er ist gesonnen, es ganz sachgemäß hinzunehmen. Einverstanden, er hat eins erwischt. Das Zimmer ist verdunkelt, und sie haben ihm einen eisgefüllten Kautschukbeutel auf das Herz gelegt, in der fernen dunklen Ecke tuschelt und raschelt es von gesteifter Schwesterntracht, und es klingelt von silbernen Löffelchen, die an Gläser anschlagen. Um das Zimmer herum ist, das fühlt er körperlich, eine ausgedehnte Zone des Schweigens, wo die Enkel nicht mehr hinkommen und wo die Erwachsenen übertrieben leise auf den Zehenspitzen über das gewichste Parkett schleichen.

Jetzt ist keine Gefahr. Der Blitz schlägt nicht zweimal hintereinander in denselben Baum. Etwas lange und heimlich Gefürchtetes ist eingetroffen, und nun ist ihm ein Abschnitt der Ruhe gegönnt. Solange er sich nicht bewegt, sorgsam mit seinem Atem umgeht und sein Herz langsam gegen den glitschigen Beutel schlägt, ist alles gut.

Kummer fühlt sich geborgen und merkwürdig glücklich in dem großen Ernst und der Gefaßtheit, mit denen er sich, sich selbst ein bißchen fremd, umhüllt und gegürtet hat.

So ist es denn soweit. Er ist eingetroffen am Rendezvous: Während der Länge eines Schattens sieht er sich selbst wie einen geweihten Kämpfer in eine menschengefüllte, totenstille Arena treten, und er fühlt aller Augen auf sich gerichtet.

«Wünschen Sie etwas, Herr Konsul?»

«Nein, nichts, danke.»

Fanfaren klingen in der Ferne, Umzüge und Volksgeschrei hinter der Szene. Und ein ‹Ah!› Ein erstauntes, bodenloses ‹Ah!› Sie sehen, was ihn erwartet, und sie sind erstaunt, unaussprechlich erstaunt aus der Tiefe ihrer Brust heraus. So haben sie es sich nicht vorgestellt. Gleich wird es hier sein. Er wird ihm entgegentreten. Man muß tun, als wüßte man. Von allen, die da sind, muß er der einzige sein, der ohne Erstaunen und ohne Grauen ist. Es ist sein großer Tag. Er schaut sich selbst. Er trägt ein hehres, ernstes, menschliches Gesicht. Jenes Gesicht, das er sich immer gewünscht hat. Das Gesicht Brutus'. ‹Gut, bei Philippi denn! …›

Ein Herr ist da, und es riecht nach Tabak. Er muß schon lange dagestanden haben, denn eben wendet er sich weg. Sein Kopf ist eingerahmt von den weißen Flügeln der Haube der Schwester, die vor ihm steht und mit ihm spricht.

Aber was hat diese wackere Zeitungsfrau hier zu suchen? Auf ihrem Damenvelo fährt sie die Rämistraße herunter. Um ihren verwitterten Südwester trägt sie ein schwarzes Band, auf dem in gelben Lettern der Name der Zeitung geschrieben ist. Aber sie hat Krampfadern; unter ihren Strümpfen sieht man deutlich die Binden, und dadurch bekommt sie unförmige, dicke Beine. So fährt sie die Rämistraße herunter, hinter Kummers Auto her. Was will sie von ihm? Er gibt Gas und will ihr entfliehen, aber sie saust mühelos hinter seinem prächtigen schwarz lackierten Wagen her, mit wächsernem, rötlich gesprenkeltem Gesicht. Doch am Bellevueplatz steht der Polizist mit dem funkelnden Metallknopf auf dem Helm, und seine weiß behandschuhte Hand gebietet Halt. ‹Sehen Sie nicht, halt!› gebietet er. Mein Gott, wie soll das enden? …

Die Gräser zittern und wanken im Wind, und ihre Spitzen zeichnen unsichtbare Kreise in der Luft. Und da liegt ja auch der Florentinerhut mit seinem breiten Rand und dem schmalen Samtband darauf. Ach, und das ist Valeries Fuß, ihr wippender Schuh und das runde Knie unter den Maschen ihres Strumpfes. Aber wo ist dein Gesicht, ich kann es nicht sehen. Immer kommt diese Zeitungsfrau dazwischen.

Daß die Fanfaren nicht schweigen können! Dieser immerwährende, unaufhörliche Tusch ermüdet auf die Länge. Und doch, vielleicht ist es besser, es gelle so weiter von entfesseltem Blech, damit zugedeckt werde, was darunter ist: das leise summende und zirpende Geräusch, kaum vernehmbar, aber immerwährend, von einer diskreten und hoffnungslosen Aufdringlichkeit. Immer war es da, zeigt es sich jetzt, immer, sein ganzes Leben hindurch hat es ihn begleitet, vom ersten Tag an, durch das ganze Abenteuer seines Lebens hindurch. Daß er es jemals vergessen konnte! Nun muß er lauschen, selbstverloren und gebannt; es geht eine unerklärliche Mitteilung von diesem

Raunen aus, es ist wie ein Flüstern, ein eiliges, aufgeregtes Flüstern, dicht an seinem Ohr, daß sein Mund sich kindisch und einfältig öffnet und die Augen starr zur Decke emporsehen. Doch dieses Geräusch hat noch eine andere Eigenschaft, die er jetzt angeregt immer wieder ausprobiert. Das leise Raunen leiht den Bildern, die kommen, eine Sprache. Er muß nur ein Bild rufen, und schon flüstert es, dem Plätschern eines Brunnens gleich, in gleichmäßigen Sätzen dicht an seinem Ohr. Es ist ein überraschendes Spiel. Niemand weiß davon, niemand …

‹… chéri liebling du tust mir weh was für ein starker mann du bist nein nur du gefällt er dir der jupe dein vater ist so streng aber du bist ja erwachsen kannst tun was du willst adieu adieu chéri bonne chance ich muß ich muß die rochambeau ist ein großes schiff viele prominente leute sind darauf sarah bernard sie ist krank aber sie spielt dennoch adieu adieu werde deine blumen ins Wasser stellen so bleiben sie immer frisch und dann komme ich zurück und es wird schon recht werden ich bin bißchen heiser wie nett dein freund ziegler war in paris wie gut er lacht nein er ist nicht schön aber gut zu den frauen er versteht die frauen er ist so menschlich adieu adieu liebling chéri nicht wollen wir weinen es muß es muß …›

«Nein, es ist keine unmittelbare Gefahr. Wenn die Kranken so liegen, so sind sie zufrieden und glücklich.»

In den amerikanischen Gefängnissen haben sie eine neue Methode. Die zum Tode Verurteilten werden in einen hohen, freistehenden Turm gesteckt, der auf einem öden flachen Land steht. Oben ist eine Plattform, wo die Gefangenen sich aufhalten dürfen. Es sind viele ähnliche Türme in der Gegend, und die Insassen können miteinander Signale wechseln. Lebt ihr noch? Lebt ihr noch? Der Wärter lebt unter ihnen, und er ist der Henker. In einer Nacht, in irgendeiner Nacht, wenn sie schlafen, wird er den Hahn öffnen und die giftigen Gase werden ausströmen und im Schlafe alle überraschen, schmerzlos, und wenn sie ohne Ahnung sind, denn es ist des neuen Gesetzes Wortlaut, daß es schmerzlos und in freiwilligem Schlaf geschehen muß. Es ist keine Zeit gesetzt. Es kann jahrelang dauern. Es muß geschehen, wenn alle schlafen. Und es kommt der Zeitpunkt, da alle schlafen, trotz der Wachen, die sie aufstellen. Denn sie stellen Wachen auf, jede Nacht, Wachen, die nichts zu tun haben, als nicht zu schlafen. Aber alle wissen es, trotzdem werden sie schlafen einmal, alle. Und so muß jeder auf eigene Rechnung wachen. Nicht schlafen, das ist alles. Nicht schlafen. Denn im Schlaf kommt es. Der leiseste Schlummer kann der Beginn des großen Schlafes sein. Aufpassen, nicht schlafen. Das Flüstern ist da, dich einzuschläfern. Vorsichtig, sei vorsichtig. Laß dich nicht überlisten …

Das sind die Augenblicke, wo der Patient erschreckt auffährt und die Krankenschwester auf leisen Filzsohlen an sein Bett kommt.

Es tut sich auf wie Gardinen hinter den geschlossenen Lidern. Geschäftige Arme sind da, die Vorhang um Vorhang beiseiteschieben, rasch, rasch, als könnten sie nicht warten, das Wunder zu zeigen, das sie bergen. Aber es sind ihrer so viele, durchschimmernde, bunte und weiße, silbern glitzernde, daß das Spiel lange dauert und nichts anderes bleibt, als in schauender Ungeduld zu liegen.

Ach, sie sind wie Akteure, dieser alte Chinese und dieser rothaarige Faun und das junge Mädchen mit seinen schmalen Schultern und seinen schmalen Hüften. ‹Was schaut sie mich so an mit ihren Augen und der verachtungsvoll geschürzten Lippe? Seht, ich bin ein alter Mann wie ihr. Nur sie, die Kleine, wird zurückbleiben. Nein, nein, daraus gibt es nichts. Sie hatte ein Safe beim Bankverein, und ich habe es ihr verwaltet. Gut und sicher verwaltet, da könnt ihr Gift drauf nehmen. 45'000 Franken. Das hat sie sich zusammengespart. Es ist alles geordnet. Das Kind bekommt es, die Kleine. Nichts zu holen für den Alten. Das habe ich schon richtig gemacht. Da gibt es keinen Rahm abzuschöpfen. Wie der Charley lacht! Alles für das Kind. Nichts für den Vater. Das Retourbillet nach Berlin allenfalls und die Hotelrechnung. Sie haßt mich, weiß schon. Aber später wird sie es begreifen, was ich ihr gerettet habe. Gute A-K-Obligationen der S.B.B. Ja, schauen Sie nur, soviel Sie wollen, Monsieur! Mag sein, daß wir traurige Philister sind, aber Vermögen verwalten, das können wir. Das ist gute schweizerische Tradition …›

Die Äste haben die Form eines Bären, und dahinter eilt der Vollmond durch Wolkengärten. So ist das nun, so? Daß der Mond eilt und daß in der Tiefe ein Flüstern ist? Ach, wenn das Frösteln da nicht wäre, das so schwach macht und einsam, als wäre man in Wolken gebettet, die einen kaum zu tragen vermögen.

Er öffnet die Augen. Er blickt die Steppdecke hinab, unter der er die Form seines eigenen Körpers sieht. Dämmerung ist ringsum. Irgendwo in der Ferne schimmert ein grüner Lampenschirm. Jetzt rufen dürfen. Eine Droschke möchte er haben, eine Droschke mit hohen, dünnen Rädern, und ganz im Fond möchte er sitzen, in Decken eingehüllt und den Quai entlangfahren, durch die Menschen der Stadt. Und auf einem Berg möchte er stehen und den Horizont absuchen und sich vergewissern, wie groß die Erde ist. Wie groß und feierlich und schön mit ihren Winden, die sie umkreisen.

«Wünschen Sie etwas, Herr Konsul?»

Er bewegt den Kopf nicht, der tief in den Kissen ruht. Er hört alles, was die Schwester sagt. Aber es macht ihm, wie vielen Kranken, eine merkwürdige Freude, sich leblos zu stellen, dieweil, ganz unten in der Tiefe, nur ihm gewiß, der Lebensfunken glüht, den er sorgsam behütet, sorgsam, wie sie als Buben des Sommerabends am Waldrand ihre Feuerchen hüteten.

XXXIII

Von den kleinen bunten Heften, den Prospekten und den Schiffskarten, geht ein unaufhaltsamer Strom in ihn hinüber. Quirins tastende Finger zittern wie elektrische Pole, wenn er die Blättchen dreht, von denen jedes eine Reiseetappe bezeichnet. Tief in seinem Körper, in der Nähe der Magengrube, fühlt er etwas wie einen luftleeren Raum, ein saugendes Vakuum, von dem aus es in reißenden Bahnen in die Weite geht. Er klemmt die Schulterblätter zusammen und läßt es in leichtem, wollüstigem Schmerz über seinen Rücken und die Hüften hinunterrieseln, und es knistert in den Nähten seiner Jacke.

Es hat sich von der Mutter auf Yvonne hinüber vererbt. Beide liebten sie diese Haltung seines Körpers nicht. Sie erinnert an den verhaltenen Atem einer zusammengedrückten Stahlfeder. Die Rockärmel werden mit einem Male zu kurz, und mit nackten Knöcheln liegen die Hände da, voll, gesund, mit starken Nägeln, runden Fingerspitzen und einer pulsenden Daumenmaus. Die Jacke fällt über der Brust auseinander, und über dem hinuntergerutschten Gürtel bauscht sich verwegen das Hemd. Alles in allem genommen ähnelt er ein wenig einem Insekt, das seine Larve verläßt. ‹Machst wieder den Hahnenkamm?› hat ihn Valerie immer gefragt, wenn er so über dem Hinterkopf die Haare sträubte und der Nacken übertrieben aus dem weichen Kragen herausragte, während er eigensinnig und verschlossen vor sich niedersah.

Aber ach, es war ihr nicht komisch zumute dabei. ‹Gefahr!› signalisierte das Herz, ‹Gefahr!› Das sind die Augenblicke, die gefährlichen Augenblicke in der Liebe einer Frau, dieses langsame Herausgleiten des Geliebten aus seinen Kleidern, aus ihren Armen, aus ihrer Nähe. Es ist nur ein leichtes Rutschen, dem Rieseln eines Sandhaufens vergleichbar, aber es sind unterirdische Mächte, die es auslösen. Zirpende Schwalben, die aufgeregt die laue Luft durchpfeilen, in der das Gewitter wartet, das ist dann das ängstliche Herz der liebenden Frau. Aber dann gibt es für sie schließlich doch nur eines: mit glitzernden Augen unter der Traufe warten, wie es vorübergehe.

«Pierre! Jetzt schon?»

Eine helle Strähne hängt Yvonne in der Stirne. Hinter Quirins Kopf stehen die Plakate der Reisebüros, blaue Vögel, die über Meere hinfahren, Palmen am Strande, zwischen denen die Dampfer in blendender Sonne vorübergleiten, junge, braune Mädchen, die weißgekleideten Herren an der Reling ein ‹Farewell› zurufen. (‹Daß sie so lachen können!›)

‹Seit Wochen ist es das erste Mal, daß er mich anblickt, daß er mir seine Seele zeigt›, denkt sie, wie Quirin von seinen Zetteln aufschaut. Nie, scheint ihr, hat sie dieses Gesicht an ihm gesehen. Ganz aus der Tiefe seiner Augen heraus blickt er sie an, nicht mehr zerstreut, sondern ganz gerade, direkt in ihre Augen hinein, fremd, ungewohnt, aber ganz offen, wie man nur blicken kann in einer Welt, die man zu verlassen sich anschickt. Gleichsam aus der Zukunft heraus, zurück in die Gegenwart, so blickt er sie an.

‹Er hat mich abgetan, er hat uns abgetan, Musch›, denkt sie, ‹das ist ja ein lachendes Kind, das nicht weiß, was es tut, grausam, ein Monstrum, ein Ungeheuer! Schau nur, wie besessen er ist, seine Hände zittern ja, gleich tritt er über mich hinweg, geht er durch mich hindurch. Ein Heuchler ist er, das hat er immer versteckt gehalten vor uns, vor dir und mir, Musch. Schläfrig war er, schläfrig hat er sich gestellt. Nun ist er aufgewacht. Hast du ihn je einmal so gesehen, Musch? So! Ein verrückt gewordener Mensch!›

Er strahlt eine rücksichtslose, brennende Freude aus, und sie umlagert ihn, wie ein unsichtbarer Panzer, durch den das Mädchen ihn nicht mehr erreichen kann. Sie sieht ihn an der Spitze seines Schiffes stehen, und zu beiden Seiten wölbt es sich in hohen Bogen von weißer Gischt und silbern glitzernden Wellen. Im Tonfilm hat Yvonne einmal ein solches Bild gesehen, und es tönte eine Musik dazu, aus Matrosengesang und Sphärenklang gemischt, in langsamen, fließenden Rhythmen, und die Möwen kreischten dazwischen, und ganz unten in der Ferne sank die Sonne ins Meer.

‹Die Welt ist so gut, die Welt ist so schön!› Es trottet ein Mädchen neben ihm her, aber was bedeutet das schon für das, was in ihm ist. Das große Leben beginnt erst. In seiner Brusttasche trägt er die Eintrittskarte dazu. Es ist alles bezahlt, bis hinüber. Gewiß, gewiß, es ist noch einiges zu erledigen, noch einiges zu tun, aber dann wird er reisen, und die Winde werden aus ihm herausfegen, was Modriges und Beschwerliches zurückblieb, welke Schleifen an rostigen Nägeln. Ade, ade, ihr alle. Kummer wird er wohl nicht mehr sehen. Auch er ist reisebereit. Ja, das kommt auch für ihn, aber später, später. Ein neues Leben fängt an. Das ist das Köstlichste, was Menschen kennen: ein neues Leben. Alles ist leicht und gerade. Erfüllt der Traum von Reinheit und Schuldlosigkeit, des Menschen Traum. Er pfeift die fünf ersten Takte der Fünften. Da, da, da, dah! Der ewige Rhythmus des neuen Beginns. Trompetensignale im All von Stern zu Stern. Ausschreiten und noch alles haben. Den jungen, flachen Körper. Den seligen Atem in der geweiteten Brust, die Arme, und keine Last zu schwer, und reingemacht im Innern, rein und neu, und ganz bereit für den Odem des neuen Lebens und die Winde der Welt. Er möchte schmerzhaft die Hände ringen von allem, was ihm hart zusetzt, von Botschaft und von Lockung, die über die Erde braust.

«Won-won, Kleines, du weißt nicht, was in mir ist. Du kannst es nicht wissen. Niemand kann es wissen!»

Er weiß nicht, was er tut, er weiß nicht, was er spricht. Es ist in ihm aufgebrochen, und es fließt und fließt, und er läßt es geschehen, ein seliger Aderlaß. Es ist ein grausames und besessenes In-Zungen-Reden.

«Das kommt nur einmal im Leben, daß alles klappt, daß man aufbrechen kann und alles hinter sich lassen. Das ist das große Verzeihen, das große Reinemachen, das das Leben den Menschen gewährt: Abreisen! Das ist seine Absolution. Das ist die Mystik der Bahnhöfe und der Schiffe und die unbestimmte Wollust der Lederkoffer, das ist die Glioriole der Eisenbahner und der Zollbeamten. Hast du's gemerkt, vorhin, im Reisebüro? Man spricht über einen breiten Tisch hinweg, es ist wie eine Barriere, und auf der andern Seite ist das neue Leben. Hast du's geschnuppert, wie es ist! Won-won, ich bin so verrückt glücklich. So verrückt ist das, daß ich reisen kann!»

Er hält ihren kindlichen, dünnen Oberarm und drückt sie an sich und redet im Gehen. Es tut ihr weh, aber es ist so schön. Sie ist ein armes, kleines Mädchen, und sie pickt die Brosamen auf, die von seinem Tische fallen, und dazu hat sie noch Mitleid mit ihm. Es gilt nicht ihr, sein harter Griff und sein Hindrängen an sie, sie weiß es, aber sie nimmt es hin, sie mag es nicht untersuchen. Er ist ihr junger Gott, und sie sitzt auf dem Trittbrett seines Sonnenwagens. Mag es sie herunterschleudern; solange es geht, wird sie sich an seine Knöchel klammern, und wenn sie fällt, so mögen die brennenden Räder über sie hinweggehen.

Warum weint sie nicht? Warum ist sie nicht traurig? Hat sie denn verstanden, daß dieser Männer Liebe eine Reise ist, die sie aufgeschoben haben?

XXXIV

Scheffer weiß es nicht, aber jeder Einheimische könnte es ihm sagen, daß es der Föhn ist. Er steht vor dem Spiegel. Die flachen Mulden an seinen Schläfen sind fahl, gelblich, und es zuckt leicht unter der verwitterten Haut. Die Augenwülste sind wie angeschwollen, und die mandelförmigen Blähungen unter seinen Augen sind so groß, daß die Augen nur wie mißtrauische Ratten unter den Brauen hervorsehen. In der Kehle hat er ein sparriges Gefühl, als drücke ein breiter Daumen in seinen Schlund. Sein Schlaf war dumpf und traumlos.

Während er sich wäscht und die lichten Haare zurechtscheitelt, fühlt er in sich den bekannten Zorn und den brennenden Grimm, denen er periodisch unterworfen ist. Er fühlt sich einsam, verfemt, ein scheuer, grauer, jämmerlicher Wolfshund, der außerhalb des menschlichen Kreises mit geduckter Hinterhand und eingeklemmtem Schwanz durch endlose Wüsten trottet und nur von Zeit zu Zeit sich den Rändern der menschlichen Herde nähert, zu spähen, ob ein Tier den Abstand zu den andern gelockert und sich in die Nähe seines Bezirkes verirrt hat. Indem er der Herde Feind ist, ist er auch ihr Wächter. Aber er ist allein und hat keinen seinesgleichen.

Er weiß nicht, was er will. Er hastet durch die morgendliche Stadt, an einem Milchmann vorbei, der seinen zweirädrigen Wagen auf den toten Tramgeleisen vor sich herschiebt, und er kreuzt einen blaublusigen Straßenarbeiter, der aus seinem dikken Hydranten die menschenleere Straße bespritzt. Die Luft ist klar, schwer, feucht, unwahrscheinlich durchsichtig. Die Sonne ist noch nicht aufgegangen; das Geschrei der Vögel verfolgt ihn auf seinem ganzen Weg. Hie und da fällt der Morgenstern einer Kastanie knallend auf den Asphalt und entläßt die gedrechselte Frucht.

Wieviele Städte der Erde kennt er um diese frühe Stunde, in der er ein Harun al Raschid, ein unerkannter Herrscher über die schlafenden Menschen und ihre Straßen, ist.

Er läutet zwei-, dreimal hintereinander rücksichtslos. Er wartet die Wirkung nicht ab und drückt weiter, mit dem gleichen Daumen, den er im Schlunde fühlt, so daß das Klingelzeichen unaufhörlich und frech in dem morgendlichen Korridor widerhallt.

Yvonne hat es zuerst gehört. Das Herz tut ihr weh vor kaltem Schreck, und sekundenlang sitzt sie aufrecht im Dämmer, mit zerzausten Haaren und schlaftrunkenem Gesicht.

«Pierre», sagt sie leise an seinem Ohr, und er öffnet die Augen. «Pierre, jemand läutet.»

Er schlägt die Decke zurück und stellt seine Füße sofort auf die kleine, dunkelrote Vorlage. Yvonne wird diesen Augenblick nie mehr vergessen.

«Das ist er. Mein Vater.»

Kaum hat er die Kette des Haustürschlosses gezogen, drängt Scheffer mit einer brutalen und geladenen Bewegung, die Quirin voll erwachen läßt, an ihm vorbei, daß er kaum Zeit hat, ihm die Treppen hinauf zu folgen.

Yvonne hat den chinesischen Kimono Valeries übergeworfen. Sie sitzt auf dem Bettrand mit aufeinandergepreßten Unterarmen, und ihre Hände schließen sich um die schmalen, weißen Ellbogengelenke.

Scheffer hat seinen runden Hut nicht vom Kopf genommen. Er drückt die Augen zusammen, um sich an die Dämmerung zu gewöhnen. Und sofort redet er.

«Sie Schwein», sagt er.

Quirin hat keinen andern Gedanken gehabt, als seine Schuhe anzuziehen. Er richtet sich mit gerötetem Gesicht auf und zieht die Gürtelschnalle über seinem Bauch zusammen. Yvonne sieht, wie die Muskeln an seinen Kiefern arbeiten.

«Es ist besser, Sie gehen», sagt er leise, mit Anstrengung und heiser.

Scheffer ist ganz nahe an ihn herangetreten, und Quirin sieht zum erstenmal sein Gesicht ganz von der Nähe, wie eine Großaufnahme. ‹Er hat Kognak getrunken›, denkt er.

«Sie haben meine Frau ausgebeutet, und nun kommt das Mädel dran. Haben wohl keine Ruhe, bis Sie das letzte Geld bekommen haben.»

Einen Augenblick lang sieht Quirin das Ganze, was nun geschieht, in sieben Zeilen unter der Rubrik «Unglücksfälle und Verbrechen» deutlich vor sich. «Drama in einer Pension an der Bolleystraße. Der Student Peter Quirin …» Er erinnert sich ganz flüchtig an seine alte Gewohnheit, auf solche Nachrichten hin das in der gleichen Kolonne, nicht weit darunter abgedruckte meteorologische Diagramm zu studieren. ‹Es muß Föhn sein heute›, schießt ihm durch den Kopf.

Yvonne hat hemmungslos, wie im Fieber, ganz hoch zu weinen begonnen. Es ist wie eine Erlösung. Zupacken, zuschlagen, sinnlos, ohne zu sehen wohin, rütteln, mit festgebissenen Zähnen. Männerarbeit. Es ist wie ein Element, in das er zurückgefunden hat.

Scheffers Körper ist gegen den Tisch geflogen, dort lehnt er einen Augenblick mit bleichem Gesicht, und dann rutscht er langsam, die Decke mit sich ziehend, ab, seinen steifen, schwarzen Hut unter sich erdrückend.

Es ist alles so unvermittelt und so rasch vor sich gegangen, daß Quirin sich einen Augenblick in der unwahrscheinlich süßen Vorstellung ertappt, alles sei geträumt, und daß er jetzt dann gleich, in diesem Augenblick, die Augen öffnen werde. Hintereinander blitzt in ihm irgendwo etwas von verschiedenen versöhnlichen Möglichkeiten auf. Er ist schuldlos, Scheffer ist ausgerutscht; seine eigenen Hände sind ja abgehackt, er konnte ihn gar nicht berührt haben; oder, wie im Kino, hat jemand, während sie einander gegenüberstanden, von hinten durch das Fenster hereingeschossen; oder der Plafond fällt jetzt gerade herunter und begräbt sie alle unter sich, so daß man nicht mehr herausfinden kann, was geschah.

Aber dann erkennt er deutlich, indem er auf den Mann blickt, der mit der Stirne auf dem Teppich liegt und eine leise Klage von sich gibt, daß unwiderruflich etwas geschehen ist, dessen Ablauf er noch nicht überblicken kann. Er ist mittendrin, wie auf einer Trottoirinsel, und es umkreist ihn, rasend, rasend.

Die Tür hat sich geöffnet, und Madame Naef steht da in einer Frisierhaube und einer grauen Flanelljacke; die beiden Mieter sind hinter ihr, Herr Gottschalk von der «Zürich-Unfall» und Monsieur Gosselin mit seinem welschen Schnäuzchen von der «Eidgenössischen». Das Licht brennt hinter ihnen im Korridor, und zu dritt betrachten sie die hochdramatische Szene, die vor ihnen zu einem lebenden Bild erstarrt.

Madame Naef kreischt natürlich sofort hysterisch auf. «Hilfe, Hilfe», ruft sie und hat vollständig die Fassung verloren. Herr Gottschalk, in Hosen und Nachthemd, kniet neben Scheffer nieder, aber er kann es sich nicht verwehren, daß seine Augen sekundenlang in den Brustausschnitt von Yvonnes Hemd hinüberirren, die sich bemüht, ihren Vater aufzurichten.

Eine kleine, kindliche Brust führt dort, in einem weiß durchschimmerten Raum, ein rosiges und rührendes Dasein.

Quirin hat sein Taschentuch aus der Hosentasche gezogen, er schneuzt sich, und es kommt ein wenig Blut herunter.

Er legt leise seinen Arm um Yvonnes Schultern und will sie wegziehen. Aber er kennt dieses Gesicht nicht mehr, das sie ihm zuwendet. Es ist ein irres und beziehungsloses Gesicht im Zwielicht dieses Morgens, nicht mehr das Gesicht eines jungen Mädchens. Die Zeit hat einen Ruck getan, und sie hat da und dort ein bißchen Blähung unter die Haut gelegt und anderswo ein bißchen Material hinweggenommen. Auf einmal weiß er: Es ist Valeries Gesicht, ihr Gesicht der bösen Tage.

«Geh fort», schreit Yvonne, «geh weg, geh fort! Wie ein Tier hast du geschlagen! Wie ein Tier auf den alten Mann! Tier! Oh, was für ein Tier bist du!»

«Höre, Yvonne …»

«Er hat recht, er hat recht! Du bist ein Egoist, geh, du vernichtest unsere Familie, du verlässt mich, du schlägst meinen Vater, und» – sie hat eine eigensinnige Stirne, etwas Verbohrtes, Hämisches ist darauf, während sie wie tückisch auf das zerwühlte Bett in der Ecke blickt – «du hast meine Mutter getötet. Er hat meine Mutter getötet! Er hat meine Mutter getötet! Er hat meine Mutter getötet!»

Quirin schaut Monsieur Gosselin ins Gesicht. Der zwinkert mit einem Auge und macht mit dem Kopf eine schräge Bewegung nach der Tür. Trotz dem Ernst ist etwas Spitzbübisches, beinahe Humoristisches in dieser Bewegung. Er ist eine Art Wegweiser an einer schwierigen Wendung.

‹Der einzige Normale hier›, fährt es Quirin durch den Kopf, während er, zum zweiten Mal innert zehn Minuten, die Kette am Schloß zieht und zum letzten Male in seinem Leben diese Tür öffnet.

XXXV

Da gibt es nichts anderes als wandern. Marschieren, Luft fressen, sie verbrauchen und das Verbrauchte von sich stoßen. Ausschreiten und es an sich vorbeigleiten lassen von morgendlichen Häusern, Gartenzäunen, Straßenlaternen, Reklameschildern. Da ist man nichts als sich selbst, ein runder Mensch mit allen seinen Gliedern, seinem Herzen, seinen Lungen, seiner Verdauung, ein runder Mensch im herbstlichen Morgen. Er denkt nicht, er wandert, tut nichts als Schritt auf Schritt setzen, und es geht pfeilgerade in die Weite hinein.

Beim Milchbuck sieht Quirin die Nebel des Glattals über die Wiesen streichen. Schon haben die Wälder die Farbe eines edlen Orchesters mit dunklen Kontrabässen, hellackierten Geigen, alten Cellos und gelben Blechtrompeten. Ach, er wird nun durch diese herbstliche Musik hindurchschreiten, die hier am Eingang seines Weges gelagert ist, und es wird bis weit in die Ferne hinein, wo die blauen und violetten Hügel sind, solche musizierende Wäldchen geben, und er wird daran vorbeigehen, durch das ganze Orchester hindurch, hinauf auf die große Bühne der flachen Scheibe Welt, die dann beginnt und sich vor ihm auftut. Ein armer Mensch, der nichts besitzt, als was er auf dem Leibe trägt, sein Hemd, seine Kleider und seine Eintrittskarten für das Meer. Und er wird wandern, bis er an das Meer kommt, fort, weit fort.

Er fühlt unerschöpfliche Vorräte an Kräften in seinen Schenkeln und in seinen Kniekehlen, und er genießt jedes Aufsetzen seines Fußes auf die Straße wie einen Flügelschlag. Zuerst hat er seinen Hut ausgezogen und zusammengeknüllt in seine Rocktasche gesteckt, und dann hat er noch seine Jacke über den Arm gelegt. Er hat sich ganz der Lust des Wanderns hingegeben. Er macht sein einziges wichtiges Geschäft daraus. Er fühlt sich aufgenommen. Er paßt hinein, zwanglos und wie erwartet, auf die lange, einsame Straße, auf die schräg die Sonne zu scheinen beginnt. Ein Apfel liegt auf dem blanken Asphalt, er ist ein wenig gequetscht vom Fall und noch nicht ganz reif. Aber sie haben ihn ihm hingelegt: Da iß, du gehörst zu uns. Er blickt zurück und sieht in der Ferne, am Ende der Stadt, die erste blaue Straßenbahn herandösen, winzig klein, aber sie erreicht ihn nicht mehr, er ist weg, weit weg, er ist rechtzeitig dem beginnenden Betrieb entronnen.

Noch nie, glaubt er, war ihm so leicht zumute. Es ist so, als hätte er große Entschlüsse gefaßt, oder vielmehr, als wären große Entschlüsse für ihn gefaßt worden, denn er weiß nichts davon. Als hätte der liebe Gott sich seiner erinnert und seine Affäre in die Hand genommen. Als hätte er gesagt: ‹Geh weiter, weiter, ich will schon alles ordnen. Es mußte ja mal zu einem Ende kommen. Nun ist es da, nein, es ist schon vorbei. Das war die letzte Probe, und nun hast du Ferien, nun ziehe los, sei ein einfacher Mensch, sei du endlich du!›

Es weht ein wenig kühl in die Achselhöhlen hinein, und ihn fröstelt leicht. Aber auch das ist gut. Es ist gerade so viel, um sich des eigenen Umrisses bewußt zu werden. Es säuselt um ihn, als wäre er ein Baum im flachen Land, und wenn man genau in die Luft schnuppert, so ist darin etwas wie ein Versprechen von Ländern, über die sie hinweggezogen ist, und von Meeren, die sie geboren haben.

‹Weißt du, ich bereue nichts. Ich bereue nichts, nichts!› Wie manchmal hat ihm Valerie diesen frauendummen Satz gesagt, wenn sie im Dunkeln nebeneinanderlagen und das vergangene Leben an ihr vorbeirollte, mit seinen Dingen, die sie begangen, und jenen, die sie unterlassen hat.

Er hat die Jacke über seine Schulter gehängt, und dabei fühlte er einen Augenblick lang seine eigene Hand auf seinem Schultergelenk. Es war, als hätte ihm jemand auf die Schulter geklopft, begütigend und wie als Antwort. Und so, im Gehen, löst es sich auf einmal aus, und es ist einfach, banal wie ein gestickter Sinnspruch über einem Kanapee. Es kommen ihm keine Worte, und es formt sich kein Gedanke, und dennoch fühlt er es deutlich wie eine Art Auszeichnung: Durch die ganze Verwirrung hindurch, ob Recht oder Unrecht, sich selber sein, zu sich selber halten, das ist des armen Wurmes Würde, und es ist mehr als rein und schuldlos sein. Es ist das Leben selbst. Sein menschlicher Inhalt …

Schon in der Ferne beginnen die Autohupen zu warnen, und dann rasen sie an ihm vorbei, und die Gesichter der Lenker sind starr auf die Straße gerichtet. Wenn sie auf seiner Höhe sind, ist er schon Vergangenheit. Er sieht sie neidlos vorüberfahren. Nichts eilt mehr, das fühlt er nun, nichts, gar nichts. Heute und morgen und in Jahren: nichts. So ist es gut, alt zu werden. Ohne Selbstverachtung und in Treue zu dem armen Geschöpf, das man ist.

Auf einmal weiß er es. Den Greifensee muß er sehen. Bachofen. Keinen Menschen auf der Welt versteht er nun so gut wie ihn.

Und dann ist da eine Stimme, die er wieder hören soll, die kleine, zarte, unwirkliche Stimme, die ihm in einer blauen, milden Nacht der Schwermut und der Verzweiflung über den See zugerufen hat, von der dunklen Ferne her, die nun ihre Heimat ist. Er muß es ihr sagen. Er muß sie ihr zu Füßen legen, seine winzige Beute, denn es hat sich nochmals alles geändert, die langen Jahre, und alles, was darin war, es ist in ein neues Licht gerückt worden, und es kommt in einen andern Zusammenhang hinein. Denn daß es in ihn eingegangen ist, daß er es gefunden hat, kommt es nicht auch ein wenig von ihr, von ihrem frauendummen Sätzchen ‹Ich bereue nichts, ich bereue nichts›?

Auch ich bereue nichts, Valerie, weißt du. Ich habe verstanden. Unter vielen Schmerzen gebiert der Mensch sich selbst. Wie ein richtiger Erzieher muß uns der liebe Gott entlassen, damit wir schuldig werden, weil wir nur über die Schuld zu ihm zurückkommen können. Ich habe es so gut verstanden, Valerie, so gut.

Und weißt du, die andern kommen auch einmal an die Reihe mit Verstehen. Man muß nur hoffen, weißt du, daß es nicht erst in der letzten Sekunde sei …

XXXVI

Zwei halbhohe Wändchen aus mattem Glas unterteilen den kleinen Raum in drei kleine Nischen. Scheffer, mit seinem Leukoplastpflaster auf der Wange, sitzt schwer auf dem müden schwarzen Wachstuch der Polsterbank, die weiße Marmorplatte des gußeisernen Tischchens vor sich, Ziegler und Yvonne gegenüber. Links und rechts von seinem Kopf sind zwei Holzkonsölchen an die Tapete genagelt; ultramarinfarbene Glasvasen stehen darauf, und es steckt künstliches Gras in ihnen. Über dem vergoldeten Gipsrahmen des Spiegels spannt sich ein chinesischer Fächer. An der Wand hängen drei Täfelchen mit der Aufschrift «Glacé», «Eiscafé» und «Man ist gebeten, hier nicht zu rauchen».

Vom Laden her strömt der Geruch von warmem Patisserieteig, Schokolade und Mandeln. Hie und da hört man die gläserne Eingangstür gehen, die hohe und falsche Stimme der Verkäuferin, den Klang eines Tellers, der abgestellt wird, und durch den Schacht des kleinen Warenaufzugs herauf ein fernes Rumoren aus der Backstube.

«Charmant, diese kleinen Erfrischungsräume», sagt Ziegler, «Refugien des mittleren Tages. Haben den Weltkrieg überdauert.»

Aber während er die monotone und unangenehm präzise Darstellung der Ereignisse mit anhört, die ihm Scheffer gibt, dieweil Yvonne stumm und blaß dabeisitzt, ein wenig wie eine Patientin, über deren Schicksal zwei Ärzte ihr Konzilium halten, fühlt Ziegler plötzlich, daß er mit seinen Gedanken nur eine kleine Kapriole zu machen braucht, um sich selbst und die beiden andern in eine andere Welt hinüberwechseln zu lassen.

Jeder Amateurphotograph weiß das. Wenn man die Negative, die entwickelten Kodakfilme gegen einen dunklen Hintergrund hält und schräg darüber hinwegblickt, so zeigen sie unter einem bestimmten Gesichtswinkel ihr richtiges Bild, so, wie es aussieht, wenn sie auf Papier kopiert werden. Doch dann braucht es nur eine ganz kleine Bewegung der Hand, die das Zelluloidblättchen hält, und alles fällt in die geheimnisvolle und groteske Welt des Negativs zurück. Die Gesichter werden schwarz und haben weiße Augen, die weißhaarigen Herren tragen lichte Sommeranzüge, während die Damen in eindrucksvolles Schwarz gekleidet sind; winterliche Bäume recken ihre Zweige und Blätter vor einem samtschwarzen, düsteren Himmel. Alles wird wieder ein gespensterhafter Abklatsch der wirklichen Welt, die dunkle, jenseitige Schwester der harmlosen Amateurphotographie.

«Nein, Monsieur Scheffer, von einer Klage kann doch im Ernst keine Rede sein», sagt Ziegler, «schließlich haben Sie zuerst was gesagt.» Dabei schaut er zu Yvonne hinüber, die vor sich hinsieht, als hätte sie nichts gehört.

Da ist er, Ziegler, von irgendwo herkommend, in diesem Raume, er sieht seine Hände vor sich und, wenn er abwärts schielt, das rote Gestrüpp seines Bartes, den rauhen Stoff seines Kleides. Es ist ihm, als hätte er sich in seinen eigenen Körper versteckt und spähte aus ihm heraus in eine fremde Welt. Da sitzen ja auch die beiden andern, und auch sie blicken mit angstvollen, mißtrauischen und bekümmerten Augen in den Raum hinaus, und es erscheint immer deutlicher, als verfolgten sie alle neben dem offensichtlichen Zweck dieser Zusammenkunft noch einen andern, ihnen selbst unbekannten. Er ist ihm selbst noch nie so bewußt geworden wie in diesem Augenblick. Sie haben einen weiten und vielgewundenen Weg getan, um sich hier für eine kurze Stunde zusammenzufinden. Aber es ist ein Vorwand. Ganz sachte neigt sich das Blättchen ein wenig, und unter der natürlichen und banalen Oberfläche erscheint fluoreszierend der Schimmer einer anderen Welt mit anderen Gesetzen und anderen Zwecken. Und derweil sie bewegungslos da sind, verblaßt ihr äußeres Bild mehr und mehr, während hinter ihnen, als wären sie immer dort gewesen und hätten auf sie gewartet, andere Landschaften sich auftun, in denen sie selbst sich nun bewegen, als wäre dies eine bekannte Heimat, in die sie zurückgefunden haben, als wären sie nie abwesend gewesen. Als wäre alles, was sie im Diesseits des Bildes taten, ein zerstreutes und nebensächliches Tun mit Gesetzen, die sie nicht wollten und die nur für die kurze Spanne ihres diesseitigen Gastspiels Geltung haben. Aber jetzt sind sie wieder frei, und es tut sich in merkwürdiger Klarheit dar, wie sie gefesselt waren.

Was sie sich zulegten auf dieser Welt, ihre angstvollen und bekümmerten Gesichter, ihre Hände, die nach den Körpern der andern und ihren Gütern greifen, leise löst es sich von ihnen, Schicht auf Schicht.

Sie sind Boten mit merkwürdigen und ihnen unverständlichen Aufgaben; sie gehen in Verkleidungen umher und erfüllen, was ihnen auferlegt wurde. Aber nun sitzen sie da und rasten und blicken sich ratlos an, und es ist, als ob sie sich unklar ihrer gemeinsamen Herkunft erinnerten und sich zurücksehnten. Doch es ist noch nicht zu Ende, noch nicht erfüllt, und sie werden aufstehen von diesem marmornen Tisch und weitereilen und ihre Rolle, deren Sinn ihnen verschleiert ist, zu Ende spielen.

‹Der liebe Gott hat Refugien, geistige Tankstellen gleichsam, an den Weg der hastenden Pilger gestellt, damit sie ruhen können und neue Kraft aufladen. Aber manche von ihnen sind so atemlos und aufgeregt mit ihrem Leben beschäftigt, daß sie an den Bildern der Maler vorbeieilen und die Gedichte, die ihnen in die Hand gespielt werden, zerstreut überblättern und daß sie nicht den geruhsamen Schattenwind spüren, der aus den offenen Kirchentüren, mit Orgelklängen geschwängert, herausströmt. Sie sehen nicht die Wegzeichen der silbernen Pappeln auf ihrer Straße. Sie haben vergessen, daß alles, was sie haben, geliehen ist, ihr armer Leib und seine Lust, der rasche Wagen, mit dem sie, Eichhörnchen gleich im Drehgitter, über die Erde rasen, und auch die Macht, mit der sie wie verblendete Beamte, des Kaisers vergessend, mit den andern umspringen. Ach, keiner ist so mächtig auf dieser Welt, als daß er nicht des Mitleids seines ärmsten Bruders bedürftig wäre!›

Auf einmal sieht er die Frau, um derentwillen sie an diesem Tische sitzen. ‹Ach, ihr danke ich es, wenn mir in dieser Sekunde das Abenteuer des Lebens greifbar wird. Auch er vielleicht, Quirin, mein jüngerer Bruder!›

«Man darf Pierre nicht am Reisen hindern», hört er Valerie sagen, mit ihrer tiefen, ein wenig heiseren Stimme.

Er schaut auf, und sofort sind alle Konturen wieder scharf, präzis. Es ist Yvonne, die gesprochen hat. Scheffer sitzt da, mißtrauisch, aufmerksam, alt. Sein Mund ist ein wenig geöffnet. Er sieht aus, als nehme er an einer Verschwörung teil, die er nicht versteht.

‹Wo sind die Gespenster›, denkt Ziegler, ‹auf dem dunklen Negativ oder auf dem freundlichen Amateurphoto?›

XXXVII

«Schwester Hedy», sagte die junge Frau Kummer zu mir, «der Herr Professor sagt, es besteht keine unmittelbare Gefahr, und deshalb gehen wir heute aus. Nicht wahr, Sie bleiben bei ihm? Man kann ihn ja auf die Veranda hinausstoßen, es ist so warm und sonnig, und das hat er gern, so auf der Südveranda zu sitzen und gegen den See zu sehen.»

Ich sagte also munter zu unserem Patienten: «So, Herr Konsul, jetzt sitzen wir zusammen ans Sünneli», und er nickt unbeholfen, wie er es tut, seit er den Schlag gehabt hat, und ich stoße den Rollwagen sorgfältig über die Schwelle und legte ihm die karierte Kamelhaardecke über die Knie und stelle ihn ganz nahe an das Geländer, damit er über die Rotbuchen hinaus gegen die Berge sehen kann, die heute besonders schön aussehen, gerade wie Inseln, die einem großen Meer vorgelagert sind, und das große Meer ist der Himmel selbst.

Und so sitzt er dann ganz still da und schaut regungslos in den Herbstnachmittag hinaus, und ich sitze ein wenig hinter ihm auf dem Korbstuhl und schäffele ein wenig an meiner Näharbeit. Von Zeit zu Zeit schaue ich zu ihm hinüber und frage ihn, ob er etwas wünscht, aber er gibt nur mit seiner bleich gewordenen Krankenhand ein freundliches und beschwichtigendes Zeichen, daß er nichts nötig hat.

Ich schaue ihn manchmal ein bißchen verstohlen an und denke, was für ein Armer er doch ist, trotz seinem Reichtum, und alle kennen ihn ja, und er ist eine Persönlichkeit, weil er Konsul ist, und besonders in Handelskreisen. Aber ich habe schon zu viele große Herren gesehen, die man päppeln muß wie kleine Kinder und die launisch und hässig sind. Aber Herr Konsul war immer ein lieber und verständiger Herr und hat mir nie besondere Schwierigkeiten gemacht.

Trotz seinem Schlägli hat er immer noch einen schönen Kopf, ja er schien mir fast noch schöner als in seinen gesunden Tagen, weil halt die Krankheit die Leute vergeistigt und sie Gott näherbringt. Und er dauerte mich, wie über seinen Kopf, der doch so wie von einem römischen Kaiser aussah, der zahme Wind in seinen Haaren spielte und ihn ein bißchen zerzauste, obschon ich ihn kurz vorher frisiert hatte und er gar keine Beachtung davon zu nehmen schien, er, der doch sonst immer so ein säuberlicher Herr gewesen ist, so richtig etepetete. Aber so geht es ja immer, wenn sie krank und am Sterben sind, dann fällt alles von ihnen ab, und sie machen Flecken auf den Kleidern und werden überhaupt unachtsam und unsorgfältig.

Nach einer geraumen Weile fängt er plötzlich zu sprechen an, ein bißchen schwerfällig, und eigentlich spricht er nur so murmelnd vor sich hin, ohne den Kopf zu drehen, aber durch die lange Gewohnheit habe ich doch alles verstanden.

«Schwester Hedy», sagt er, «haben Sie gern Sauser?»

«Ja», sag' ich, «bei uns zu Hause ist jetzt gerade Wümmet, und das ist allemal ein großes Fest.»

«Ja», sagt er, «dann stecken sie Asternsträußchen in die Spundlöcher der roten Fässer, und vor dem Wagen sind vier so breite, kräftige Rosse und haben einen frisierten Mähnenschopf über der Stirne, und sie haben so dicke, runde Bäuche und ganz sauber geputztes Messinggeschirr.»

Dann schwieg er wieder ein wenig, offenbar dachte er nach und verfolgte ein Bild, das in ihm war.

«Jetzt im Herbst ist es überhaupt schön auf dem Land», sagt er, «da sieht man so Räuchlein über die Äcker streichen, die kommen von den Feuerchen her, die sie aus den Kartoffelstauden machen. Und auf den Stoppeläckern sieht man die Raben ganz langsam, halb fliegend über die Schollen hüpfen. Haben Sie das auch schon gesehen, Schwester Hedy, wenn sie den Schnabel auftun und ‹kräh› machen, dann ist es wie ein rosarotes Trichterchen. Und auf den Feldwegen sieht man trächtige Kühe ganz langsam daherkommen, so bedächtig, wissen Sie, setzen ein Huf vor den anderen, und ihre Ranzen wanken so, wie wenn es Hängematten wären, die sie zwischen ihren Beinen aufgehängt haben und in denen sie ihr Junges tragen.»

Ich wunderte mich ein wenig, wie der Herr Konsul, so ein ernster Geschäftsherr, das so sagt, und es dünkt mich schön, aber es gefällt mir eigentlich nicht und beunruhigt mich ein wenig, denn es ist im allgemeinen kein gutes Zeichen, wenn die Patienten so friedlich und verklärt werden. Man sieht dann, sie leben eigentlich in der Erinnerung, und deshalb kommt ihnen auch jede gegenwärtige Minute so köstlich vor, weil sie mit soviel Bildern aus der Vergangenheit angefüllt ist. Aber anderseits ist es ja so schon richtig, so sollte man leben, daß einem jede Minute wie etwas Kostbares und Schönes vorkommt. Man kann es ja etwa beobachten, wie die Leute sich erst auf das Ende hin besinnen, wie schön es eigentlich ist und wie gut sie es hätten haben können, wären sie nur hie und da ein bißchen besinnlich gewesen und nicht so aufgeregt und in Anspruch genommen von dem, was sie gerade beschäftigte. Meistens handelt es sich ja doch nur um Geld, und das kann man ja nicht mitnehmen.

Aber was das anbelangt, so sollte ich vom Herrn Konsul noch einiges zu hören bekommen diesen Nachmittag, wo wir zwei ganz allein auf der Südveranda saßen.

«Wissen Sie, Schwester Hedy», sagte er nach einiger Zeit, «die Leute haben so die Gewohnheit zu sagen, das Leben sei kurz. Aber das ist gar nicht wahr. Es ist lang, erschreckend lang. Wenn man alt ist, sieht man erst, wie lang es ist. Man denkt gar nicht, was alles darin Platz hat, so in jeder Minute. Es ist ein langes, tüchtiges Stück, wissen Sie, und es lohnt sich schon, sich darin breit und bequem einzurichten, nicht einfach so flüchtig und provisorisch, wie wir es oft tun.» Während er das sagte, nickte er ein paarmal mit dem Kopf, und er machte ein Gesicht dazu, als könnte ich das ja doch nicht verstehen, aber ich habe ganz gut verstanden, wie er es meint.

Es war ganz still, und man hört nur vom Bahnhof Enge her einen Zug einfahren. Das muß es dem Herrn Konsul wohl eingegeben haben, daß er sagte: «Das ist auch schön, wenn man so als Sekundarschüler im Herbst gewandert ist und manchmal am Bord neben den Eisenbahnschienen in der Sonne lag, und manchmal ist dann ein Zug vorbeigefahren und ein Kohlweißling, der sich auf einer warmen Holzschwelle niedergelassen hat, hat keine Zeit mehr gefunden aufzufliegen, aber wenn der Zug vorbei war, dann saß er immer noch unversehrt da, und dann flog er auf und auf die Wiese hinüber.»

Ganz merkwürdig und so rührend kam mir das vor, daß der Herr Konsul solche Sachen sagte, und ich mußte in einem fort denken, wie man sich doch in den Leuten täuschen kann, und vielleicht ist der Herr Konsul immer ein wenig so gewesen, innerlich, und niemand hat es gewußt. Oder vielleicht war er als Jüngling poetisch veranlagt, und nun kommt es nochmals zum Vorschein.

Dann war es wieder eine Zeitlang ruhig, und es sah aus, als ob der Herr Konsul schliefe. Aber etwas an seinem Gesicht gefiel mir nicht, und deshalb stand ich auf und schaute nach ihm, aber es schien alles normal und auch der Puls den Umständen angemessen.

Er fing wieder an, vor sich hinzureden, und auf einmal sagte er: «Schwester Hedy, wollen Sie mir einen Dienst erweisen?»

«Natürlich, Herr Konsul», sagte ich.

«Dann gehen Sie», sagte er, «hinein ins Schlafzimmer und holen Sie mir den Schlüsselbund aus der Schublade des Nachttischchens.» Ich fand die Schlüssel sofort und brachte sie ihm heraus.

«Jetzt», sagte Herr Kummer, «müssen Sie ins Herrenzimmer hinuntersteigen und am Pult die rechte Seitentüre öffnen. Dort, in der untersten Schublade, ist ein gelbes Kuvert, und da steht drauf ‹Privat›, und das bringen Sie mir.»

Ich tat, wie er mich geheißen, und fand wirklich den Umschlag, es war eigentlich ein richtiges kleines Paket, und brachte es herauf. Es schien mir, Herr Konsul hatte mich mit großer Spannung erwartet, und als ich ihm das Päckchen auf die Knie legte, schien er ganz aufgeregt, und er dauerte mich.

«Jetzt müssen wir ein Feuerchen auf dem Verandaboden machen», sagte er. Ich wandte ein, ob es nicht einfach wäre, es in der Heizung unten zu verbrennen, aber er wurde ganz herrisch und erregt, und so holte ich ein Kuchenblech herauf und stellte es vor seinen Stuhl. «Und nun müssen Sie das verbrennen, aber Sie dürfen nicht sehen, was es ist.»

Zuerst gab er mir einige Briefböglein aus farbigem Papier und dann eines nach dem andern, immer mehr. Und dann kamen Photographien daran, die er mir verkehrt reichte, in Postkartenformat, und die ich gerade so ins Feuer legte, ohne sie anzusehen. Durch einen Zufall wurde eine von ihnen gedreht, und ich erschrak wirklich und mußte mich furchtbar zusammennehmen, damit er nicht merkte, daß ich sie gesehen hatte. Es kam noch ein ganzes Bündelchen nach, aber nachdem ich wußte, worum es sich handelte, gab ich natürlich sehr acht, daß ich keines mehr umkehrte. Endlich war alles verbrannt, auch das Kuvert, und ich zerdrückte die verkohlten Postkarten noch extra, da man darauf noch etwas erkennen konnte.

Der Herr Konsul schien sichtbar erleichtert, als alles zu Ende war. Offenbar hatte ihn das noch die ganze Zeit über geplagt, und er hatte gefürchtet, man könnte das finden – nachher. Nun, für mich ist ja das nichts Neues. Ich weiß schon, daß manche vornehme Herren so ein geheimes Kästchen haben, wo sie wüste und verbotene Sachen darin aufbewahren, was sie dann foltert, wenn sie nicht mehr im vollen Besitz ihrer Kräfte sind. Aber anderseits mußte ich auch wieder denken, was ist das nun für ein Leben, wo die Menschen, wenn sie sich dem Tode nähern, sich mit solchen Sachen beschäftigen müssen, statt daß sie auf ein sauberes Leben zurückblicken können und sich fassen für den hehren Augenblick, wo sie zu Gott eingehen.

Man könnte sagen, daß der Herr Konsul nun ganz entspannt war, wie eine Art Bogen, wenn der Pfeil abgeschossen ist und die Saite dann noch ein bißchen nachzittert. Aber ich merkte deutlich, daß er jetzt seinen Geist ganz den höheren Dingen zuwenden konnte, und so wagte ich es denn, ihn ein wenig auszuhorchen und mit ihm von Gott zu reden. Er ging, wie es schien, ganz gerne darauf ein.

«Ja», sagte er unter anderem, «es gibt Zeiten, wo man meint, es ist keine Ruhe möglich ohne Geld. Aber glauben Sie mir, Schwester Hedy, auch die wohlhabenden Leute haben manchmal Heimweh nach etwas anderem.» Er wurde richtig gesprächig, so wie Frauen, wenn sie Kaffee getrunken haben. «Wissen Sie», meinte er, «was man sucht, ist Sicherheit und Halt, und das gibt einem ja in gewissem Sinne der Reichtum, aber eben …»

«Sicherheit, Herr Konsul, ist meiner Ansicht nach nur im Glauben, bei Gott», sagte ich.

Er sagte nichts mehr, aber er nickte einmal vor sich hin.

Dann blieben wir wieder eine Zeitlang ganz ruhig. Ich nahm meine Häkelarbeit wieder auf, aber dann erinnerte ich mich an das Aschehäufchen und wollte es wegtun, doch wie durch Zauberei hatte es der zarte Wind weggeblasen, und alles war leer.

Der Herr Konsul war eingeschlafen, und ich ließ ein wenig den Storen herunter, damit ihn die Sonne nicht stören sollte, denn sie stand jetzt schon ganz schräg und fiel ihm gerade auf die weißen Härchen, weil ihm der Kopf ein wenig nach vorn gefallen war.

Da ich der Ansicht bin, man könne in dem Gespräch von heute nachmittag so richtig das Walten Gottes herausfühlen, habe ich während der Nachtwache alles zur eigenen Erbauung aufgeschrieben, und ich würde es gerne den Angehörigen später einmal zum Trost vorlesen, aber das darf ich ja nicht, weil es ein Geheimnis enthält, das der Herr Konsul eben vor seinen Angehörigen bewahren wollte.

Hedy Riggli, Krankenschwester

XXXVIII

Zuerst geht es im Schritt die Straße entlang. An einem steilen Straßenbord sagt Bachofen: «Komm, Peter!» Die Pferde tun langsame, verhaltene Galoppsprünge, die Kruppen glänzen und schaffen im Licht, und es riecht nach Leder und sattem Pferdeleib; zwischen den Schenkeln atmen und rollen die kräftigen Roßkörper, der Sattel knarrt leise und rhythmisch, und sie müssen sich über die Mähnen bücken, wie sie am Waldrand unter den Bäumen hindurchreiten. Daran schließt sich ein sanfter Galopp auf dem tannennadelbesäten Waldweg, bis es wieder aus den Stämmen hinausgeht über eine Lichtung, die viereckig wie ein Saal zwischen den Tannen liegt. Der Feldweg geht mitten hindurch. Und dann ziehen sie im Schritt die steile Straße hinab, wo zwischen den Obstbäumen hindurch der See glänzt.

Ach, und wie ist das schön, dann ruhig und ein bißchen ermattet dazusitzen, mit aufgestützten Ellbogen vor dem grauen, rissigen Holztisch, und gleichgerichtet auf das Wasser hinauszusehen.

Der Rauch von Bachofens Stumpen bahnt sich einen Weg zwischen den Blättern der Reblaube hindurch, dem schrägen Sonnensträßchen nach, das von oben in das grüne Dämmern hineinführt.

Was hinter der Wirtschaft kollert, das sind die Kegelbahnen; ferne Gewehrschüsse widerhallen in unregelmäßigen Abständen im Walde, und über das Wasser schiefern verwischt die vereinzelten Takte einer Blechmusik. Keine Menschen sind zu sehen, aber der Sonntag, der schweizerische Sonntag, liegt in der Luft. Er liegt auch neben ihnen auf der Bank in Bachofens schwarzem Filzhut.

Man ist nur noch ein kleines, ganz dünnes Blättchen von Bewußtsein, allen Strahlen und Strömen ausgesetzt, ein Gräslein, das sich in der Sonne spiegelt, der durchsichtige Flügel eines Insektes. Und es tröpfelt im Raume wie von vereinzelten geruhsamen Noten, und nichts hat mehr Eile, und nichts ist von Belang.

«Bringen Sie uns ein Möstli, schönes Kind!»

Der ‹Hansli› wiehert leise und man hört die beiden Pferde, die an der eisernen Stange vor dem Hause angebunden sind, scharren und die Zäume schütteln.

Wie ist es einfach, zu leben. Man muß ja nur da sein und nichts anderes, nur da. Wie die Pferde, wie die Reblaube, wie der See, nur da und sich leben lassen.

«Jetzt siehst du dann Land und Leute. Ein Kollege von uns im Turnverein ist auch ausgewandert, schon zwölf Jahre ist er in New York als Melker. Zu Weihnacht haben wir ihn zum Ehrenmitglied ernannt. Du, der hat geheult, wie er den Brief bekam, da bin ich ganz sicher. Geheult vor Rührung, daß wir noch an ihn denken in der Heimat.»

Die Sonne hat dich aufgesogen, wie ein Regen, der über die Erde fiel, und das bist ja du, dieser klare, flimmernde Atem des herbstlichen Tages. Ein wenig säuselt der Wind in den Halmen und die späten Hummeln brummen herum, und was bleibt noch von einem Menschen und seinen dunklen Geheimnissen?

Die Sonne hat ihn aufgeatmet, und er zerstäubt, und was er war, ist weniger denn eine Welle, die langsam und träge im Ufersand verläuft.

«Weißt, Peter, ein toter Mensch ist toter als ein Stein. Wie sie mir telephoniert haben vom Vater seinem Unglück und daß die Lokomotive den Wagen und den Gaul total in Fetzen zerschlagen hat, da hat gerade ein Rind gekalbert, die erste Geburt, saumäßig schwer. Und bevor ich das Leiterwägelchen hab' anspannen können, um ihn heimzuholen, da mußte ich zuerst zwei Nachbarn suchen, die bei der kalbernden Kuh blieben. Und wie wir ihn zu Hause liegen hatten, da mußten wir halt trotzdem wieder fort, das Emd hereinzubringen, das muß halt auch sein. Das kommt euch unverständlich vor in der Stadt, aber es muß halt sein. Es geht alles weiter. Im Gegenteil, man muß noch mehr dahinter, weil einer fehlt.»

‹Ach, ich kann alles verstehen, heute, alles, und ich bin fast nicht da und – auf eine andere Weise wieder ganz da, wie die Pappel da draußen und das Rebstöckli. Man kann es ja gar nicht beschreiben, wie das ist. Gleichsam doppelt ist man. Ganz fest, zum Anlangen fest sitzt man da, ohne Erstaunen und selbstverständlich wie alle Kreatur, aber es ist nicht mehr wichtig, ob man ich heißt oder Quirin oder Hansli oder Baum oder See. Man zweifelt nicht an seiner eigenen Existenz, aber es ist nicht ganz sicher, ob man sie selber ist und nicht einfach ganz unbestimmt ein ‚es'. Man lebt einfach. Es lebt einfach in uns, aber es könnte ebensogut in einem andern sein, und man wäre nicht erstaunt, nicht unglücklich deswegen. Fühlst du, wie ich dir nah bin, so?›

«Das ist ein schwieriges Gewerbe, das Bauerngewerbe, und man muß krüppeln vom Morgen bis zum Abend, und rechnen. Aber auf das kommt's gar nicht an. Man lebt doch derweil, auf das kommt es an. Glaub' mir, Peter, auf das kommt es an, immer und überall auf der Welt, bei den Negern und in Amerika und bei uns.»

‹Was bist du für eine treue, aufrechte Seele!›

«Du bist halt noch nicht fertig, Peter. Du hast es noch nicht erblickt, wie es eigentlich ist. Du weißt noch nicht, was du willst. Und wenn man das nicht weiß, so will man halt einfach fort, nur fort, und denkt, so muß es anders kommen. Geh du nur, das ist schon recht, aber du wirst sehen, Peter, sich selber läuft man nicht davon, sich selber nimmt man überallhin.»

«Du hast ja auch deine verrückten Seiten, Heiri. Du reitest mit dem Gaul in die Tanzsäle und frissest Gläser. Meinst, das ist zufällig? Weißt, was das ist? Das ist das Verrückte im Menschen, das, was keinen Zweck hat und ohne das unsereiner nicht leben kann. Man lehnt sich dagegen auf, daß alles so nach Programm geht, so vorgezeichnet, von der Wiege bis zum Grabe!»

«Ja, und was ist dann schon dabei? Was ist das, wenn ein Gaul Temperament hat? Das ist das, was er zuviel hat an Kraft, was ihn über die andern Gäule hinaushebt. Du, nur solche kann man gebrauchen, wenn es gilt, einen Karren aus dem Dreck zu ziehen.»

Eine kurze Zeit hat er sich einbilden können, es sei irgendein Gespräch und es gehe ihn weiter nichts an und es hätte ebensogut unausgesprochen bleiben können. Aber auf einmal merkt er, daß von irgendwoher ein Hauch über den Spiegel geglitten ist, in dem die Landschaft sonntägelt. Da döst man vor sich hin, wohlig und ein wenig müde, und es ist wie ein Fest, alles ist Freude und Ruhe, und man läßt es sich wohl sein. Und dann dreht man ein klein bißchen den Kopf und lauscht dem freudigen Schauer nach, und dann merkt man plötzlich: fertig, es ist vorbei.

Es ist ihm eine Mücke ins Mostglas gefallen; mit dem Stiel des Zweigleins, das er zwischen den Zähnen gehalten hat, fischt er sie heraus und legt sie auf den breiten, gerundeten

Rand des Glases, und dann zeichnet er mit dem nassen Stielchen einen feuchten Kreis auf den Holztisch.

«Stimmt etwas nicht, Peter?»

Er betrachtet die Mücke. Es ist ihr gelungen, ein Stückchen weiter zu kriechen, an der Wand des Glases entlang, und die Lache, in der sie gelegen hat, hinter sich zu lassen, und schon sieht man die Beinchen, die trocken sind und sich in die freie Luft hinausrecken.

Immer denkt es in den Menschen, an jeder Stelle ihres Lebens, bei Tag und bei Nacht. Nur sind sie nicht immer dabei. Nur von Zeit zu Zeit werden sie zugelassen und sind Gast und Zuschauer an dem Spiel, das da ununterbrochen in ihnen aufgeführt wird. Nicht immer ist es schön, aus der sonntäglichen Landschaft hereinzukommen und sehen zu müssen, was da inzwischen, während man sich's gut sein ließ, mit dem Pferd über Waldwege ritt, sein Möstchen trank in der Reblaube, vor sich ging.

Ach, da sind sie ja alle wieder beisammen, gespenstisch und lautlos, und schauen ihn an, ihn, der die Türe aufgestoßen hat, daß das Licht in schrägen Strahlen in die Dunkelkammer fällt. Sie haben gewartet auf ihn, mit Anklagen auf den Lippen, der alte Mann, der im Fallen das Tischtuch zu Boden riß, das junge Mädchen in seinem chinesischen Kimono, und ganz hinten die hellwimperige Frau mit ihren großen Schneidezähnen und ihren nackten Schenkeln, die Sphinx seiner Nächte. Ach nein, das gibt es nicht, die Türe zuschlagen und hinauseilen in den herbstlichen Tag, wo in den Johannisfäden Valerie in der warmen Sonne glitzert. Das gibt es nicht. Da gibt es nichts als eintreten, die Türe hinter sich zuziehen und es erledigen …

Die Mücke ist ganz trocken. Sie stellt es mit Erstaunen und Genugtuung fest. Sie läßt die Flügel ein paar Sekunden lang versuchsweise wie Propellerchen in der Sonne zittern, und dann fliegt sie von ihrem nassen Abenteuer davon.

«Wir müssen aufbrechen, Heinrich», sagte Quirin, «ich muß den Abendzug noch erwischen.»

«Gut, Peter, aber zum Abschied nehmen wir noch ein Möstli, du alter Spinner!»

XXXIX

‹Wie eine Geburt ist das, Charly, wenn man oben durch das Hemd herausschlüpft. Täglich wird so der Mensch neu geboren. Was für ein Maul du heute wieder hast, der reinste Buschmann. Tant pis! Und regnen tut es auch. Fini! Eigentlich ganz schön. Ja so, muß dann noch rasch zu Kummer hinüber und ihm die hundert Franken anbieten. Weiß ja genau, daß er sie nicht annimmt, alter Zyniker. Fein ist das, warten mit Rückzahlen, bis die Leute einen Schlag bekommen. Schlechtes System das, seine Freunde in Gläubiger verwandeln, gibt einen Charakter wie der Hund eines Wirts. Na, vielleicht können wir es trotzdem machen. Teufel, wo ist das Druckfehlermanuskript? Aha, da. Dünn genug für ein paar Monate Arbeit. – Wo ist der Brief? – Wo sind die Socken? (Feine Singstimme heute!) Wo ist die Gillette, die nie gebrauchte? (Immer diese alte Verlockung, sich den Bart abnehmen zu lassen!) Her, her! On part, on part mes amis! Fertig mit Flanieren. Wir gehen zur alten Dame zurück. Fertig mit Zwingli, es lebe Calvin! Gehen auf das Vorderdeck des geliebten Dampfbootes ‚Helvetia'. Ja, die Bücher müssen auch noch auf die Zentralbibliothek. Und eine Postkarte an Odermatt, zum Adieusagen und Fuxen. Alles? Ich glaub'. Schade, daß man bei dem Sauregen nicht auf den Balkon kann und heruntergucken.›

«Herein!» ‹Aha, jetzt wird es wohl kommen.›

«Grüß Sie Gott, Sie rassiges Kind! Was, das Haustelephon geht nicht? Schöne Geschichte! Aber ja, aber ja, er soll raufkommen, selbstverständlich.»

‹So, Charly, das muß nun auch noch erledigt werden. Bien. On verra!›

«Herein! Entrez!» ‹Wie der aussieht. Der platzt ja vor Energie. Aber noch ganz chic, daß er kommt. Hab's auch nicht anders erwartet. Eine der ewigen Situationen der Weltliteratur. Goethe in Sesenheim. Byron und Lady Muriel. Napoleon in Malmaison.›

«Bonjour, mon ami. Danke, Mister Quirin. Sie sehen, ich reise ebenfalls, wie alle, um nicht aufzufallen, natürlich. Die Akteure der kleinen Komödie verlassen fluchtartig den Schauplatz ihrer Taten. Na, nehmen Sie mal Platz, ich will's Ihnen erklären.»

‹Das ärgert ihn, daß ich so Sprüche mache, sowieso. Aber es ist ganz gut, Charly, es nimmt der Situation das Tragische.›

«Zigaretten stehen da. Ja, natürlich, alle reisen. Hat sich da eine kleine Versammlung an der armen Valerie Grab zusammengefunden, und jetzt gehen sie wieder nach allerlei Kapriolen und Zeremonien auseinander. Das ist natürlich. Das ist immer so.»

‹Wirst halt Geduld haben müssen. Ach, wie der noch jung ist. Komm' mir vor wie eine Krankenschwester, die man einem verrückt gewordenen Lokomotivführer auf die Maschine mitgegeben hat.›

«Na ja, Sie sehen es ja, Quirin, alle reisen ab, Sie, ich, der arme Kummer, Scheffer, Yvonne, und zurück bleibt – nom de Dieu, lassen Sie mich doch ausreden. Also ja, Yvonne ist vorgestern mit dem alten Chinesen verreist, Richtung Norden, Adresse unbekannt.»

‹Da schaust du. Mißtrauisch, unzufrieden und ein klein bißchen – na, wie soll man sagen? Klischee: Saukerl, der das Mädel sitzenläßt, das er verführt hat, und wie im Kino: aufspringen, alles liegen lassen, nachreisen, gutmachen. Die Pflicht und die Ehre vor allem!›

«Nein, wirklich, ich weiß keine Adresse. Und die beiden wissen sie wohl selbst noch nicht. Kein Bericht? Oh, doch. Warten Sie mal einen Augenblick. Muß da beim Gilletteapparat liegen. Wozu braucht der eine Gillette, werden Sie fragen. Da. Das hat mir die Kleine vorgestern für Sie gegeben.»

‹Na, mach' es schon auf, es wird den Kopf nicht kosten. Wie das malmt unter seinen Backen.›

«Ja, ich will es gerne lesen, wenn Sie gestatten.»

‹Peter, Lieber, ich bin gereist mit meinem Vater. Ich habe Musch verstehen gelernt.

Wenn es eine Fortsetzung geben kann, nur auf diesem Umweg. Gute Reise, Pierrot.

Yvonne.›

‹Was die für einen Krach macht im Gang draußen, mit ihren Kesseln! – Mon Dieu, elle a du courage, la petite. Sind ein bißchen humorlos, diese Generation, aber an Enthusiasmus fehlt es ihnen nicht.›

«W a s wollen Sie? Nachreisen? Exzellente Idee! Erstens wohin und zweitens warum? Aussprechen? Nein, Mister Quirin, das wollen Sie nicht! Das bilden Sie sich bloß ein! Was Sie wollen, das ist Bolivien. Fort – le large. Und daß Sie das müssen, das haben nun schließlich um des lieben Herrgotts willen alle verstanden, die um Sie herum sind. Valerie, ich, Dr. Odermatt und auch die Kleine. ‹Man muß Pierre nicht am Reisen hindern›, das ist das einzige, was sie immer wieder gesagt hat. Und jetzt verderben Sie ihr doch den Effekt nicht. Das ist doch ihre Art, Ihnen zu zeigen, wie sie Sie versteht und wie sie Sie liebt.»

‹Fein, das, Charly, ein jugendlicher Wettkampf der Generosität. Das ist nochmals Valerie. Ihre Botschaft über das Grab hinaus. Die Kleine hat sich an der Mutter inspiriert. Und wenn er erst noch alles wüßte!›

«Ja, so reisen Sie doch, hauen Sie ab, imbécile!»

‹Na, schau ihn mal an. Schau ihn an, Charly. Die goldenen Pforten des Lebens tun sich auf. Der zittert ja und ist ahnungslos.›

«Nein, Ehrenwort, ich weiß keine Adresse. Aber Yvonne hat meine. Und die können Sie schließlich auch erfahren, damit der Faden nicht ganz abbricht. Sie sehen, ich bin der liebe Gott, zwar nicht der große, sondern ein ganz kleiner, so eine Art Nebengott, für den Hausgebrauch.»

‹Wie die Kleine sich das ausgedacht hat in ihrem Spatzengehirn. Richtige Romantik, wie zu Großmutters Zeiten. Darf es nicht wissen, bis er drüben ist. Und auch der Alte nicht. Direkt raffiniert ist das. Merkst du was, Charly? Wenn die Leute so niedrig sind, so ist es nur deshalb, weil sie so wenig Gelegenheit haben, Opfer zu bringen. Eigentlich wollten sie ja alle das: groß und generös sein. Aber das ist ein Luxus und eine Gnade.›

«Also, wo schiffen Sie sich ein? Amsterdam? Fein. Vergessen Sie nicht, sich die Synagoge der portugiesischen Juden anzuschauen. Es lohnt sich. – Kommen Sie zum Apéro ins ‹Odeon›? Ich muß noch fertig packen. Bon. Bon. Au revoir. Auf revoir!»

‹Gott sei Dank. War nicht einfach. Eine richtige Verschwörung. Eine Verschwörung der Generosität. Aber ich verstehe dich gut, petite Won-won. Das tut gut, was? Man wächst dabei. Man wird doppelt. Sich und das andere. Das kann man wirklich sagen in diesem Fall. Ah, toujours tes ‚mots', salaud! Dabei ist es doch eigentlich verflucht ernst. Vielleicht weiß sie gar nicht, wie ernst das ist. Will mit der Liebe ihrer Mutter wetteifern.›

XL

Wie immer am Morgen zieht eine lange Karawane blankgeputzter Autos die Rämistraße hinunter; es sind die frisch rasierten Geschäftsherren, die ins Büro fahren. Wie immer um diese Zeit ist auch die wackere Zeitungsfrau mit ihren Krampfadern, die Konsul Kummer während seiner Krankheit so unangenehm verfolgte, mit ihrem Velo in die vornehme Kolonne eingegliedert. Ihr selbst ist es natürlich nicht besonders ums Lachen, denn sie ist schon seit fünf Uhr morgens unterwegs, um die Zeitungen zu verteilen, und die Herren, die jetzt vom Frühstückstisch her über die neuesten Ereignisse orientiert sind, wissen nicht, daß sie sie aus den rissigen Händen dieser Frau erhalten haben. Je nachdem, ob die Aussichten der Exportlage rosiger sind oder sich verschlimmert haben, würde sie ihnen sonst als eine brave Fee oder als eine widerwärtige Parze erscheinen.

Die kleinen Schulbuben haben es jetzt auch nicht besonders schön, denn es ist der Augenblick, wo der Lehrer ins Zimmer tritt und ohne viel Federlesens das Fenster schließt und die Rechenstunde beginnt; eine beträchtliche Vorahnung der wirklichen Welt geht über die runden Köpfe hin, sie möchten gerne erwachsen sein, um diesem lästigen Zeug zu entfliehen. Sie wissen ja nicht, was sie erwartet und daß immer mehr Leute in ihr Leben treten werden, die das Fenster schließen und ihnen Rechenaufgaben stellen.

«Nein, der Wagen ist natürlich nicht mehr neu. Aber er ist nicht strapaziert worden, er hat einem Herrenfahrer gehört, dem Herrn Konsul Kummer. Ein einziges Mal hat er einen Unfall gehabt, bei einem Gewitter im Sommer. Es ist eine Telegraphenstange auf ihn herabgefallen. Ich habe ihn selber abgeschleppt. Die Achse war ein wenig verbogen. Aber alles wurde wieder tadellos hergestellt, die Kasko hat alles bezahlt. Der Wagen hat garantiert keine dreißigtausend Kilometer, er ist halb geschenkt für den Preis. Ja, machen Sie, was Sie wollen.» Nun, der Interessent will es sich noch ein bißchen überlegen. Er drückt angelegentlich auf das Lederpolster: Es ist noch gut. Den kleinen Blutfleck hat er gar nicht beachtet.

Die patentierten Ochsnerkübel, eine Sehenswürdigkeit der Stadt, stehen mit halboffenen Mäulern vor den Haustüren und den Gartenzäunen wartend auf den Trottoirs. Sie sind angewidert und möchten entleert werden, nachdem sie mit ihresgleichen eine lange Nacht auf der Straße verbracht haben; sie möchten in die heimeligen Küchen zurückkehren, wo sie nicht die wehrlosen und resignierten Opfer der Hundesitten sind.

Der Genferzug ist überfüllt, aber Ziegler ist zufrieden. Er hat sofort Anschluß gefunden. Eine gewisse Frau Bernasconi – sie hat kleine, rote Hände, denen man den Umgang mit Geld, Biergläsern und Spielkarten ansieht – ist im Begriff, ihm ihre Lebensgeschichte zu erzählen. Sie hat in Zürich ein Speiserestaurant geführt, aber jetzt ist ihr Mann an einem Glühwein gestorben, den er zur Bekämpfung der Grippe eingenommen hat. «Er war sowieso schon ein bißchen blöd, wissen Sie, aber herzensgut.» Jetzt kann sie eine Arbeiterwirtschaft in Olten übernehmen.

Kummer schaut zuerst ein bißchen mißtrauisch um sich, ob nicht grad die Schwester Hedy herum ist, und dann legt er das Briefböglein vor sich zurecht und beginnt mit seiner gesunden Hand schwerfällig zu schreiben. «Titl. Tobias-Versand, Wien», schreibt er und vergewissert sich nochmals in der Zeitung, ob die Adresse richtig ist. «Unter höfl. Bezugnahme auf Ihr Inserat im ‹Neuen Wiener Journal›, betr. Akt- und Gruppenaufnahmen, teile Ihnen mit, daß ich mich für meine wissenschaftlichen Studien für solche interessiere und erbitte mir Ihren Prospekt. Den Antwortkupon lege ich bei. Hochachtungsvoll.» Er sinnt einen Augenblick nach, und dann setzt er noch hin: «H.K. 64, postlagernd Hauptpost Zürich.» Die Schwierigkeit wird sein, die Antwort abzuholen, aber Schwester Hedy, die brave Seele, kann es schließlich besorgen.

Der kleinen Mücke, die sich so tapfer und mit viel Energie aus Quirins Mostglas gerettet hat, ist es nicht besonders gut gegangen. Sie hat sich am rauhen Sandputz des Gemäuers an einem Spinnenfaden verfangen, und richtig ist auch schon ein Spatz gekommen und hat sie herausgepickt.

Die Alkoholverwaltung zahlt Fr. 1.75 für den Liter Schnaps. Aber vier Liter darf man für sich behalten, als Eigenverbrauch. Selber trinkt man ihn ja nicht allen, aber man braucht immer etwas als Medizin für die Kühe oder das Pferd. Und da geht rasch ein halber Liter drauf. Die Süßmostaktion hat im übrigen gute Früchte gezeitigt, man muß nicht mehr all das Obst verschnapsen, wenn man nicht weiß, wohin damit. Man kann es dem Verband zum Tarifpreis abgeben, und der preßt es kalt und konserviert es bei niedriger Temperatur über zwei Jahre, und der Verkaufspreis ist jetzt 35 Rappen der Liter. Bachofen denkt über all das nach, während er unter den Birnbäumen die Emballagesäcke ausbreitet, in möglichst dicken Lagen, denn sie sind sehr heikel in der Obstverwertungsgenossenschaft, und die Sorgfalt lohnt sich. Es ist trotzdem jedesmal ein feierlicher Moment, wenn der trächtige Baum seine Früchte herabregnen läßt, und es belohnt einen doch für manches Krüppeln das ganze Jahr hindurch. Wenn nur die Hypothekenzinsen endlich einmal etwas heruntergingen!

Einmal ist ein Elefant durch den Urwald getrottet, und in seinen Stoßzähnen ruhten unsichtbar allerlei Skulpturen und Kugeln. Eine dieser Kugeln rollt nun unter einer Gasflamme über einen grünbeschlagenen Tisch. Wenn sie ein wenig ausruht, dann kreidet der Mann, dessen Spielball sie ist, die Spitze seines Stockes ein, zielt bedächtig und jagt sie wieder um den Tisch herum. Ihr Herr, der sie eine Stunde zu seinem Vergnügen gepachtet hat, sieht aus wie ein alter Chinese. Man sieht, er hat vom Leben verschiedene Schläge über das Gesicht erhalten, aber jetzt geht es ihm ganz gut. Die größten Komplikationen sind vorüber, und wenn das Mädel das Kind haben will…

In den Anlagen vor dem Bezirksgebäude gibt es irgendwo ein Fliederblatt, das einmal von einem jungen Mädchen gestreichelt wurde. Obwohl es ein fleischiges und wohlansehnliches Blatt geworden ist, ist es nun auf dem Aussterbeetat. Yvonne denkt noch manchmal an dieses Blatt und auch an die alte, unbekannte Frau mit ihren fünf Buben, die einmal in einer Nacht mit ihr an der Mauer des Münsters gestanden und der Orgel gelauscht hat. Aber sie denkt doch nur so nebenbei daran, denn sie hat jetzt allerlei anderes zu überlegen. Auch die kleine Erbschaft brachte ihr ungewohnte Sorgen. Aber sie wird Zieglers Rat befolgen und das Geld in der Schweiz liegen lassen, weil man ja doch nicht weiß, wie es in Berlin wird.

Monsieur Gosselin studiert beim Kaffeetrinken das Tagblatt. Er sucht ein Zimmer. Er und Herr Gottschalk haben miteinander Streit bekommen eines Mädchens wegen, das sie eines Abends im Dancing bei der Negerkapelle kennengelernt haben. Jeder wollte sie dem andern zuschieben, denn das Unternehmen fiel unglücklicherweise in die letzte Woche des Monats, und das Mädchen war neben seiner schamlosen Geldgier von einer dämonischen Dummheit, und dadurch hat nun Madame Naef auch wieder ihre Sorgen. Nachdem Quirin abgedampft ist, geht nun auch Herr Gosselin fort, und der Einzüger für das Elektrische war schon zweimal da, und wenn sie morgen nicht bezahlt, wird der Strom abgestellt, und sie wird nicht einmal mehr den «Tages-Anzeiger» lesen können im Bett. Es handelt sich um Fr. 12.40, aber sie hat es jetzt einfach nicht, und bis zum Fünfzehnten, wo Gosselin auszieht, sind es noch zwei Tage, natürlich, heute ist ja der Dreizehnte. Und die Inserate kosten auch Geld. Quelle vie, mon Dieu, quelle vie!

Die Postverwaltung behauptet, daß täglich ungefähr eine halbe Million Briefe ankommen und ebensoviele fortgehen. Vierhunderttausend dieser Briefe enden mit der Versicherung ‹Hochachtungsvoll›. Also ergießt sich täglich ein Strom von einer Million von Hochachtungen über die Stadt und in die Häuser. Es ist ein kontinuierlicher, nie versiegender Strom, wie Wasser, Gas oder Elektrizität, und es ist daraus ersichtlich, daß diese Hochachtungen zum täglichen Bedürfnis des Menschengeschlechts gehören wie Baden, Essen und das Licht. Nur die Behörden verzichten auf das ‹Hochachtungsvoll›, und sie haben nichts dagegen einzuwenden, daß man es auch so hält. Es steht unten auf ihren Formularen. So schreibt Herr Rüegg einfach in die vorgedruckte Linie die Nummer des Grabes und muß sich nicht mit Höflichkeitsformeln abgeben. In der Bewilligung des Bestattungswesens für die Erstellung eines Grabsteins ist alles schon vorgedruckt, wobei auf den umstehenden Auszug aus dem Reglement des Friedhofwesens aufmerksam gemacht wird. Es handelt sich um das Grab Nr. 2028 der Frau Scheffer, Marie, Valerina.

«Amsterdam, dritte, einfach.» Der Beamte nimmt ohne Erstaunen das Billett vom Gestell herunter, sagt den Preis, und Quirin zahlt. Der neue Koffer steht neben ihm. Auf einmal merkt er, es ist Wirklichkeit. Wie er das schwere Gepäckstück aufhebt und den schwarzen Panzerplatten der Eisenbahnwagen entlangträgt, erlebt er jenen Augenblick der Entzauberung, durch den alle unsere Unternehmungen hindurchmüssen, wo die Härte und das Gewicht der Dinge erscheint, wo die Wünsche Gegenwart werden und wo aber gleichzeitig das Gewesene anfängt, sich mit dem zarten Schleier des Rätselhaften, Fraglichen und Geheimnisvollen zu umhüllen. Während er mit seiner Last den hohen Tritt zum Wagen hinaufsteigt und mechanisch die weißen Emailtäfelchen an der Türe liest, «Offen» und «Zu» und «Nicht öffnen, bevor der Zug hält», hat er ganz flüchtig etwas wie einen Einblick in den Kunstgriff des Lebens, das gleichsam unter unseren Augen jedes Tröpfchen Gegenwart in Ewigkeit verwandelt.

Sieben Tage

MONTAG

I

Der ruhige und gleichmäßige Schwung, mit dem der Gotthardzug von Göschenen her durch die Nacht gefahren war, verzögerte sich zuerst unmerklich, dann wurde er stoßweise unterbrochen, und auf einmal stand die Wagenreihe mit leisem Klirren still.

Es herrschte plötzlich Stille; offenbar schauten sich die Reisenden betroffen an, und man hörte sekundenlang den Regen auf das Wagendach herniederprasseln. Ganz vorn bei der Maschine wurden undeutliche Stimmen laut und Türen wurden aufgerissen.

Ich hatte die Augen aufgeschlagen, aber es war noch dunkel um mich herum. Der Geruch von Kautschuk und Tabak erinnerte mich daran, daß ich mir meinen alten Regenmantel über das Gesicht gehängt hatte. Mit trockenem Munde machte ich zwei, drei schluckende Bewegungen und schickte mich an weiterzuschlafen, als ich plötzlich fühlte, daß mir das wichtigste Element meines Schlafes, das leise Schaukeln des dahingleitenden Zuges, abhanden gekommen war. Außerdem machte sich ein ärgerliches und unangenehmes Gefühl bemerkbar. Ich hatte in Chiasso, nach der Zollrevision, zwei große Gläser Cognac mit der Absicht getrunken, bis Zürich durchzuschlafen, und nun fühlte ich, daß ich davon ein wenig benommen war.

Um mich herum begann ein hastiges und aufgeregtes Getue, jemand beugte sich über mich, um seinen Koffer aus dem Gepäcknetz herunterzuholen, und an der Kälte an meinen Beinen spürte ich, daß offenbar die Fenster heruntergelassen worden waren. Ich blieb noch einige Sekunden regungslos unter dem Regenmantel, so wie man am frühen Morgen eines ereignisvollen Tages auf dem Bettrand sitzt.

‹Gut also, da wären wir›, dachte ich und strich mir gewohnheitsmäßig die Haare über die lichte Stelle auf meiner Schädelkuppe. Dann schob ich den Mantel entschlossen beiseite und streckte mit leichtem Schmerzgefühl die Beine starr von mir. Das Licht der Glühlampe blendete mich, und ich hatte den Eindruck, als genössen die Mitreisenden hämisch und mit Schadenfreude das unschöne Schauspiel meines Erwachens.

Aber es nahm niemand von mir Notiz. Ich sah noch einen Mann mit hochgeschlagenem Mantelkragen, den Koffer wie einen Prellbock vor seinem Bauch haltend, der Türe zugehen, und dann war ich offenbar schon allein.

Ich blickte durch das offene Fenster hinaus. Eine einsame Bogenlampe schaukelte im Regen, und die Schienen spiegelten das Licht wider. Dicker, gleichmäßiger Regen prasselte unaufhörlich herab. Auf dieser Seite des Zuges war kein Mensch zu sehen, und rings um das bißchen Licht war tiefe, undurchdringliche Nacht, die bis zum Überlaufen mit dem Brausen einer Sintflut angefüllt schien.

‹Das kann doch nicht Zürich sein›, dachte ich, und dann sah ich dicht unter mir die Kappe eines uniformierten Mannes auftauchen, der eine rote Laterne schwenkte.

«Wo sind wir», rief ich hinunter, aber ich erhielt keine Antwort, denn der andere hastete wortlos vorbei, und bald sah ich nichts mehr von ihm als das schwankende Licht, das sich weit weg in den eisernen Platten der Wagen spiegelte. Ich lehnte mich zurück, schloß die Augen wieder, und es war mir alles gleich.

«He, Sie, aussteigen, die Linie ist unterbrochen!»

Der rötliche Schnurrbart des Kondukteurs zitterte vor Wichtigkeit, aber ich hatte keine Zeit, meine Frage an ihn zu richten, denn als ich mich umwandte, sah ich eben noch seine schwarze Ledertasche mit den großen Nickelzahlen hinter der Türe verschwinden. Es war, als ob mir alle Menschen den Rücken zuwendeten.

Ich lehnte mich auf der anderen Seite des Abteils hinaus, und da sah ich der Wagenreihe entlang den Gänsemarsch einer langen Kolonne gepäckbeladener Reisender, die wie Larven dem Kopfende des Zuges zustrebten und weit vorn, wo hinter dem Regenschleier ein paar Lichter brannten, mit langen, hüpfenden Schritten die Geleise übersprangen. Mit einem Mal setzte auch der feinere Teil meines Gehörs wieder ein, und ich konnte Stimmen unterscheiden. Es schienen fröhliche Leute darunter zu sein, denn ich hörte einen Betrunkenen grölen, und eine Frauenstimme machte sich kreischend bemerkbar. Als ich den Gürtel des Mantels zuschnallte, den Kragen hochstülpte und, in beiden Fäusten die Handgriffe der Koffer, das Trittbrett hinunterstieg, war mir etwas besser. Ich räusperte mich, spuckte ein paarmal energisch aus und schloß mich der Kolonne der Mitreisenden an, die, wie ich, auf einmal merkten, daß es eine besondere Art von Regen war, der auf uns herniederging. Nach einigen Schritten schon fühlte ich, wie von den Knien abwärts meine Hosen vor Nässe an den Waden klebten und wie bei jedem Schritt meine Schuhe gluckten. Von meinem Hutrand ging dicht vor meinen Augen ein Miniaturwasserfall nieder.

Dann kam auch ich an jene Stelle, wo man hüpfend die Geleise und tiefe Wasserlachen überspringen mußte, und ganz flüchtig stellte ich mir einen andern soeben erwachten Reisenden vor, der mich als gebückte Silhouette in großen Sätzen an dem schwachen Lichte der kleinen Station vorbeieilen sähe. Wir überschritten, bei einer Tafel, auf der das Wort ‹Flüelen› stand, einen glitschigen, langen Landungssteg, und es stand ein Mann dort, der fortwährend den einen Satz ausrief: «Die Reisenden nach Zürich werden per Schiff über Luzern umgeleitet.» Ich wartete ungeduldig darauf, daß sich der Schleier, der mich umhüllte, endlich hebe. Ich bekam das Gefühl nicht los, es werde ein unkorrektes Spiel mit mir getrieben, daß man mich in einem gänzlich unvorbereiteten Augenblick überrascht und in ein Ereignis hineingetrieben habe, das mich nichts angehe. Die Schultergelenke schmerzten mich, und ich hatte die lästige Vorstellung, ich müsse meine Schuhe verlieren, deren Schnürsenkel sich gelöst hatten. Ich blickte mit Verwunderung und leisem Grauen an mir herab, als gehörte das, was ich sehen konnte, nicht mir selbst an.

Die kurze Stauung, die auf der schmalen Passerelle entstand, die vom Landungssteg zum Schiff hinüberging, benutzte ich, um meine Koffer niederzustellen. Mit großer Anstrengung versuchte ich die Stimmen und Geräusche, die in der Dunkelheit um mich herum waren, zu enträtseln, aber ein stechender Schmerz im Kopf, unterhalb der Stirne, in der Nähe der Nasenwurzel, machte sich immer auffälliger bemerkbar. Dicht vor mir mußte ein großer Mann in einem Lodenmantel stehen. Durch das langsame schiebende Nachdrängen derer, die hinter mir waren, wurde ich fortwährend gegen seinen Rücken gepreßt. Der Stoff schien völlig aufgeweicht und dünstete einen unangenehmen Körpergeruch aus.

Von Zeit zu Zeit gab die Schiffsirene einen heulenden Laut von sich, in dessen Verhallen sich das eintönige Rauschen des Regens mischte. Vorn brannte irgendwo eine rote Laterne, und mit ganz kleinen Schritten bewegten wir uns auf sie zu. Dann gab es einen kleinen Schub, der Mann im Lodenmantel trat ein bißchen zur Seite, und schließlich spürte ich unter den Füßen die glitschigen Planken des Schiffs.

Wie Auswanderer im Zwischendeck saßen die Leute in dichten Knäueln auf ihren Koffern herum. Es herrschte unter ihnen jene merkwürdig gehobene Stimmung, die mich an die lustvolle Schwatzhaftigkeit einer Schulklasse erinnerte, der der Abwart die Krankheit des Lehrers gemeldet hat. Aber ich nahm keinen Anteil daran, denn das riesenhafte Bedürfnis nach Schlaf und Sich-fallen-Lassen hatte wieder von mir Besitz ergriffen. Ich legte die beiden flachen Koffer aufeinander, setzte mich darauf und schloß die Augen, als wäre dies das Wichtigste: den Schlaf fortzusetzen. Die Eisenplatte, an die ich mich lehnte, strömte eine starke Wärme aus. Auf einmal begannen die Maschinen zu laufen, und im leisen Zittern des Schiffkörpers fand ich auch jenes Schaukeln wieder, das der wichtigste Bestandteil meines Schlafes gewesen war.

Doch im langsamen Hinabfallen in den Schlummer kamen mir nun die verspätet erwachten Bilder, die sich unter dem Schleier der Müdigkeit zu regen begonnen hatten, just zu ungelegener Zeit entgegen, und wie ich auf dem Punkte des Entschlafens war, wurde mein Gehör mit einem Male und endgültig überwach, und es ward mir bewußt, daß ich auch eine Sprache wiederfand, die ich während fünfzehn Jahren vergessen hatte.

«Der Eisenbahndamm bei Sisikon ist gebrochen», hörte ich eine Männerstimme in Zürcher Dialekt sagen.

«Jesses, was denken auch die zu Hause, wenn wir nicht kommen. Die denken sicher, wir sind abgestürzt.» Es mußte ein energisches Mädchen sein, das dies sagte.

«Die rufen auf dem Bahnhof schon aus, weshalb Verspätung ist.»

«Meinst du? Das ist ja verrückt, was uns passiert.»

«Ja, tu jetzt nur nicht noch gerade so! Hast du noch etwas im Rucksack?»

Es verlor sich in Rascheln und geschäftigem Tun. Ich konnte feststellen, daß eine Beschleunigung in der Gangart des Schiffes eingetreten war. Deutlich vernahm ich durch das Stimmengemurmel hindurch das Stampfen und Summen der Maschinen, das Rauschen des Wassers, das mit immer größerer Geschwindigkeit am Schiffsrumpf vorbeistrich. Dann weinte ein kleines Kind, und mit einem Mal war auch die Handharmonika da, die mit lauten Akkorden anhub ‹Vo Luzern uf Wäggis zue …›.

Ich richtete mich wieder auf, denn jetzt erst wurde es mir wahr und bewußt, daß ich wieder in der Heimat war. Ich blickte umher, über die Gesichter hin, den Gestalten entlang. Die internationalen Reisenden waren vermischt mit den einheimischen Sonntagsausflüglern; es war das vertraute Bild meiner jugendlichen Sonntage, wo die Turnvereine inmitten der Cookreisenden ihr verwegenes und schweizerisches Wesen trieben.

Ich erhob mich und drängte mich durch die Gruppen hindurch, und dann stand ich unter dem traufenden Vordach der Kajüte und schaute in das Schwarze hinein, durch das der Dampfer auf den heftig bewegten Wellen dahinschaukelte. Regelmäßig hob und senkte sich die Nase des Schiffes, und jedes Heben und Sinken war wie ein Atemzug in meiner Brust. Mein Herz begann heftiger zu schlagen, und vor Aufregung mußte ich husten. Die Sirene hupte immer wieder in die Dunkelheit hinein, halb drohend, halb angstvoll, und aus den umliegenden Talkesseln kam das Echo durch den rauschenden Regen zurück. Eine Erinnerung an die Konfirmationsstunde tauchte in mir auf, an jene Geschichte, wo davon die Rede ist, daß Dunkelheit über den Wassern schwebte, bevor Gott das erste Wort sprach.

‹Nur wenige werden mich noch kennen›, dachte ich. ‹Die langen Jahre haben ihre Tarnkappe über mich gestülpt. Unerkannt werde ich unter ihnen gehen. Unerkannt und ganz allein. Es paßt gut, daß ich in dieser Sturmnacht zurückkehre. Wenn die Wasser sich verzogen haben, werde ich plötzlich da sein. Kein Mensch hat mich kommen sehen. Es wird sein, als sei ich in einer Wolke zurückgekehrt.›

Ich fühlte jenes leise Zittern in mir, in der Nähe der Magengrube, das ich all die Jahre hindurch jedesmal verspürt hatte, wenn ich an diesen Augenblick dachte, der nun mit einem Mal, ich wußte selbst nicht mehr wie, Wirklichkeit geworden war. Es kostete mich große Mühe, einen warmen

Ansturm von innen her, der mich jeden Augenblick zu übermannen drohte, zu meistern, und ich konnte der Versuchung nicht widerstehen, mir selber, während mir der Regen ins Gesicht sprühte, in kindlicher und spielerischer Weise zuzuflüstern: ‹Du mußt ruhig sein. Ganz ruhig. Je ruhiger du bist, je überlegter und gemessener, um so besser wird es sein, um so größer.›

Ich hatte das Gefühl, ich dürfe den Gedanken nicht zu Ende denken, denn es könnte dann sein, daß ich mir damit einen Schaden anrichte, einen Finger zerbräche oder einen Zahn zermalmte.

Ich achtete nicht mehr darauf, daß ich schutzlos im Regen stand. Das Wasser rieselte an mir herab, und das Licht des Kabinenfensters spiegelte sich in meinem Mantel. Aber ich hatte das Gefühl, die Nässe müsse sogleich verdampfen, soviel Hitze spürte ich in mir. Das Blut klopfte mir an der Schläfe, und ich wußte nicht mehr, woher das Rauschen kam, das diese Nacht erfüllte.

Zum ersten Mal nach vielen Jahren widerstand ich der Versuchung nicht mehr. Mir schien auf einmal, als wäre dies der Sinn der entfesselten Nacht, daß ich mich ungestört und hemmungslos diesem verbotenen Gefühl hingeben dürfe.

Ich sah mich selbst, zurückkehrend, aber ich war auf eine merkwürdige Art gewachsen, und ich hatte jenes entschlossene Gesicht, in das die langen Jahre des kalten und gebändigten Aufschubs eingegraben waren und mit dem ich nach den Verwüstungen dieser Nacht biblisch unter sie trat und Gericht hielt. Das kleine Kind fing wieder an, kläglich zu weinen, und pünktlich setzte auch die Handorgel wieder ein. Aber das alles war nun nur so nebenbei, denn die großen Geräusche blieben das Brausen des windgepeitschten Regens, das Rauschen der Wasser dem Schiffsleib entlang und das dumpfe Stoßen der Schiffsmaschine.

Es wird über sie hinwegspülen, und im Zurückgleiten der Wellen wird man die entseelten Leiber im Sand liegen sehen. Endlich, endlich. Es war Wirklichkeit geworden, was ich mir in den einsamen Jahren wunderkräftiger Verbitterung immer wieder gewünscht hatte.

Mit der Zeit gewannen aber auch die milderen Bilder in der Müdigkeit wieder Gestalt. Ich sah die hellgrüne Zimmerlinde in der Wohnung meiner Mutter, so, wie ich sie zum letzten Male gesehen hatte, an jenem Morgen. Ich sah ihre kindlich-pathetischen Zweige, die flachen Blätter, die sie wie offene Hände dem Lichte zuwendete, sehnsüchtig und auch ein bißchen hoffnungslos, und zu der versprengten Tanne hinübergrüßte, die vom ganzen Wäldchen des Wolfbachtobels allein in ihrem Gärtchen an der Hundskehre zurückgeblieben war.

Ich erinnere mich nicht mehr daran, wie ich zu meinem Platz an die heiße Platte beim Kamin zurückkehrte. Als ich erwachte, standen die Reisenden, zu einer langen Schlange geordnet, vor dem Ausgang. Die Maschinen schwiegen, das angeseilte Schiff schaukelte leise, und das Wellblechhäuschen am Quai war hell erleuchtet. Im Bahnhof Luzern stand der Zug schon bereit, und als ich mich von neuem in die Ecke des Abteils setzte, hatte ich Mühe, die nächtliche Schiffahrt nicht als ein traumhaftes Einschiebsel zu empfinden.

Langsam und vorsichtig rollte der Zug durch die Nacht. Die erleuchteten Fenster schleiften ihren goldenen Schleier, auf dem mein Schattenriß eingestickt war, den Bahndamm entlang. Es schien, als ob sich ganz in der Ferne der Horizont schon ein wenig zu lichten begänne.

Als Jünglinge hatten wir oft dieses Spiel getrieben: fremd durch die eigene Vaterstadt zu gehen. In dieser Nacht vom Sonntag auf den Montag wurde es auf unwahrscheinliche Weise Ernst.

Der ganze Bahnhofplatz war menschenleer. Der Regen hatte aufgehört, und ein leiser, kühler Wind fuhr über das Pflaster. Die wenigen Taxameter wurden von den Reisenden des verspäteten Zuges gestürmt, aber ich konnte mich an dem Kampf nicht beteiligen. Ich nahm gleichsam nur so nebenbei von ihm Notiz, denn eine unbeschreibliche Erregung hatte von mir Besitz genommen. Ich stand da und blickte über den kahlen, dunklen Platz hin. Natürlich, alles hatte sich ein wenig verändert, sie hatten den Bahnhof sihlwärts verlegt, und ihm gegenüber standen neue gläserne Gebäude, die ich nicht kannte. Aber wie ich der Fassade des alten Bahnhofgebäudes entlangblickte, da sah ich, daß es noch dieselben schwarzen Sandsteine waren, die auf meinen Auszug herabgeblickt hatten. Von dem Boden, auf dem ich stand, ging ein seltsames, wie magnetisches Gefühl aus; ich fühlte, er ging unter meinen

Fußballen hinweg, in die Stadt hinein, zu den Stätten meiner Jugend, und zu all denen, die ich gekannt hatte.

Ich nahm meine beiden Koffer auf und wanderte in die Bahnhofhalle zurück, wie noch einmal in den Schatten und den Schutz der Fremde. Der Beamte gab mir den Schein, und dann war ich einfach irgendein Mann, der, unbeschwert und ohne Gepäck, die Hände in den Taschen vergraben, mit hochgeschlagenem Mantelkragen, den Bahnhof verließ, als hätte er ihn für eine kurze Besorgung betreten und es wären nicht fünfzehn Jahre verflossen, seit er den großen Torbogen in umgekehrter Richtung durchschritten hatte.

Die Reisenden hatten sich verlaufen. Die Bahnhofstraße lag im milchigen Licht ihrer Lampen da wie ein aufgeräumter Korridor, und der alte Escher auf seinem Sockel schaute mir lange nach, wie ich mitten auf dem Asphalt, zwischen den glänzenden Tramschienen, seewärts zog.

Ich konnte den Mund nicht schließen, so bedrängte mich mein Atem, und meine Augen, die an der Überfülle all dessen, was sie sahen, nicht genug bekommen konnten, glitten den Gegenständen der begrenzten Umwelt entlang, tastend, ungeschickt und aufgeregt wie Kinder, die an der Weihnachtsbescherung die Geschenkpakete aufreißen. Die Blätter der Linden schauerten feucht im Lichte der Laternen. Fremdartig und vertraut begleiteten mich die Anschriften über den lichtlosen Schaufenstern. In der Ferne überschritt ein Mann die Straße, ich bekam ein unvernünftiges Herzklopfen, und es stellte sich ein alter, längst vergessener Reflex wieder ein. Mein Schritt stockte sekundenlang, und mit zugekniffenen Augen suchte ich zu erkennen, wer es sei, bis ich mich, so wie man aus einem bösen Traum erwacht, erleichtert daran erinnerte, daß dies ja nicht mehr nötig war. Aber es hatten die ersten Schritte in der Stadt genügt, um all das wieder zu erwecken, was fünfzehn Jahre geschlafen hatte.

Es kam mir auch ganz von selbst wieder eine kleine Melodie in den Mund, die ich leise vor mich hinpfiff, und auf einmal merkte ich, während ich an der starren Fassade des Warenhauses emporsah, die sich weit oben im Dämmer verlor, daß ich mich anstrengte, die Worte zu den paar Noten zu finden. Es mußten traurige Worte sein, denn schon machte sich im Herzen etwas Schweres zum Aufbruch bereit. Und wirklich, auf einmal waren die paar dummen Worte wieder da, die mich

Angeline gelehrt hatte, und ich sah mich selbst in meinem alten Regenmantel die menschenleere, nächtliche Bahnhofstraße hinaufwandern, und ganz leise sang es eine Stimme:

‹... et le poète s'en va
seul à travers le monde.›

Das ‹le monde› ist ein Mißton, gedehnt, lang, lang und leicht klagend, aber doch verhalten, wie in Stolz und Einsamkeit. Es war ein seltsamer Kontrast zu dem männlichen Bild des Vierzigers, das mir die großen Spiegelscheiben der Schaufenster zurückwarfen.

Die Veränderung der Städte besteht darin, daß sie in ihrem Aussehen jünger werden, daß neue Bauten an der Stelle stehen, wo alte waren. Aber fünfzehn Jahre sind wenig. Ich ging dahin mit langsamen und auf eine Weise wollüstigen Schritten, ganz anders, als je ich durch andere Städte gewandert war. Trotz der Müdigkeit empfand ich jedes Aufsetzen des Fußes wie ein Besitzergreifen und das Echo meiner Schritte wie den Pendelschlag einer Uhr, die lange Jahre stillgestanden hatte.

Wie es genau war, kann ich nicht sagen. Es war wie ein Überfall. Bevor es in mich eingegangen war, fühlte ich den Schwindel, jenes Gefühl einer vollkommenen Aushöhlung. Meine Arme und meine Hände zitterten wie im Schüttelfrost, und in der Herzgrube entstand ein Schmerz, als stäche ein harter, stumpfer Gegenstand zwischen meine Rippen. Über das Gesicht legte es sich wie eine dicke Packung heißer Watte, und meine Augen schauten, schauten, während ich mit den Zähnen auf die Unterlippe biß.

Es war eine ganz gewöhnliche Emailplatte, inmitten einer großen Zahl anderer Tafeln, die die Mauer neben der Haustüre bedeckten, nicht größer und nicht auffälliger als die andern. «Dr. jur. A. Gerteis» stand darauf, und darunter «Rechtsanwalt, 2. Stock, Lift.»

Ich blickte an der Fassade des Hauses empor und suchte zu erraten, hinter welchem Fenster er nun wäre, aber dann erinnerte ich mich daran, daß er hier offenbar nur seine Kanzlei hatte. Aber das war eine ganz flüchtige und oberflächliche Überlegung, denn inwendig fing das klagende und disharmonische Leitmotiv der vergangenen Jahre mit erneuter Kraft an zu schwingen. Schon einmal in dieser Nacht war es dagewesen, aber gleichsam nur andeutungsweise und ohne Zusammenhang.

Ich trat nahe an die Tafel heran und las sie nochmals ganz genau, Buchstabe um Buchstabe, während es in mir wie von höllischen Orchestern spielte. Es gab keine Worte, es war wie das Rauschen des Regens auf dem nächtlichen See, und ein Luftzug, der scharf an mir vorbeistrich. Ich sah die bekümmerten Augen meiner Mutter, ihre angstvollen Fragen, und dann erschien, so wie ich es im Gedächtnis hatte, sein Gesicht, sein über die Akten geneigtes Gesicht. Es war nichts darin zu sehen von Gedanken und Leidenschaften, so weltmännisch war es, nur Langweile und schlecht verhehlte Ungeduld. Wir standen da, vor ihm, wie der letzte versprengte Bruchteil einer Familie, und wir hatten ein Leid, eine Klage vorzubringen, und wir erwarteten etwas von ihm, eine Art Wunder, ein Wort, ein menschliches Wort. Aber was wir sahen, war nur das krampfhafte Suchen der Augen, die durch das Fenster blickten: ‹Wie bringe ich sie los?›

Ich lehnte mich unter dem Haustor an den Türbalken und blickte auf die Straße hinaus. Mir schien, es sei etwas heller geworden in der Zwischenzeit. Da fühlte ich auf einmal, daß die Krise vorbei war. Alles war vollkommen ruhig in mir, nicht das leiseste Zittern war mehr da. Aber in mich hinab fühlte ich es rieseln wie ein ganz leises, wollüstiges Gefühl, daß ich die Augen ganz fest schließen mußte. Ich war wie der Verwalter eines ungeheuren Reichtums, der sich durch Jahre hindurch gehäuft und gestapelt hatte. Ich hatte nichts als das. Ich hatte nichts mitgebracht als das. Aber das ganz, ganz, bis zur Überfülle.

Langsam war ich weitergewandert. Ich hatte kein Ziel mehr in dieser Nacht, ich überließ mich willig, gleichgültig und gutmütig meinen eigenen Schritten. Der Rennweg stieg immer noch so leicht und verführerisch an und führte dem Lindenhof zu. Der Brunnen plätscherte auffällig in der Nacht, mit leichtem Seufzen begann der St. Peter eine Stunde zu schlagen. Langsam stieg ich die Stufen der engen Gasse empor, mir selber fremd und müde, aber ohne Erstaunen. Dann war ich schon unter den Linden und schritt der Balustrade zu.

Müde glommen die Lichter über der Limmat. Hinter dem Zürichberg war ein Streifen Helligkeit. Unten floß der Fluß vorbei, lautlos, und vermochte nicht die Lichter zu löschen, die in seinem Wasser flackerten. Im leisen Morgenwind rieben sich die Blätter aneinander. Das Orchesterchen, das müde Orchesterchen meines Denkens versuchte noch ein paar Melodien, aber es wurde nichts Rechtes mehr daraus, denn die Müdigkeit grub wie ein stupider Holzwurm ihren Weg in mir und sägte und bohrte immer neues Material hinweg. Offenbar war die Absicht, mich ganz zu unterhöhlen, immer mehr und mehr von mir hinwegzunehmen, bis ich auf eine der Bänke niedersinken und friedlich im Rauschen der Linden entschlafen würde.

Und das muß tatsächlich eingetreten sein. Das laute Gezwitscher von Vögeln, die vor meiner Bank ein ungeniertes und geschäftiges Treiben vollführten, weckte mich auf.

Noch war das Licht zag, zerstreut und ohne Mittelpunkt, so wie es vor Sonnenaufgang ist, aber doch schon genügend, um aus den Lindenblättern fahlgrün leuchtende Scheiben zu machen, deren Widerschein auf meine Hände fiel. Ich war in der Nacht gekommen, angeschwemmt gleichsam, und dieses Licht, das durch die Lindenblätter schimmerte und mich traf, war das erste Licht meiner Heimat. Die ganze lange Reise dieser bewegten Nacht erschien mir wie ein Traum, aus dem ich fröstelnd, mitten im Herzen meiner Stadt erwachte. Hinter mir plätscherte – und dort schien noch die Zone der Nacht zu sein – der alte achteckige Brunnen. Das Bild der rechtsufrigen Stadt tauchte als eine nebelhafte Vision deutlicher und deutlicher, mit immer weiteren Sichten aus dem Rahmen, den die niedere Steinmauer, die Stämme der Linden und ihre Kronen bildeten, gewann an Tiefe und Raum, und auf einmal tauschten die Türme der Stadt einen lang anhaltenden Glockengruß miteinander aus, als verkündeten sie geschäftig und geschwätzig ein Zeitresultat, das sie, in alle Himmelsrichtungen verstreut, unabhängig voneinander gefunden hatten.

Dann machte ich mich auf den Heimweg, ganz selbstverständlich und ohne Zögern, als wäre ich nur eine Nacht dem Hause meiner Mutter ferngeblieben und kehrte nun heim im frühen Lichte. Ich stieg die Gasse hinunter und fand unten schon das morgendlich bewegte Leben der Stadt. «Verreckt, hat das gewindet diese Nacht», sagte der Straßenkehrer zu mir, der gebrochene Zweige und Fensterscherben zusammenfegte. «Der Gotthardzug hat sechs Stunden Verspätung gehabt, bei Sisikon hat es das Bahngeleise weggeschwemmt.»

«Ich weiß, ich war im Zug», sagte ich, indem ich ihm das zerknitterte Zigarettenpäckchen hinhielt.

«Danke höflich», sagte er und bot mir das brennende Zündhölzchen dar, mit dem er seine Parisienne angesteckt hatte. «Dann haben Sie aber auch nicht viel gepfust diese Nacht!»

«Es reicht gerade», lachte ich im Davongehen.

Fröhlich kräuselte sich der Rauch über seinem braunen Straßenwärterhut, während er mit unternehmungslustiger Gebärde, wie ein Schnitter, seinen Besen schwang.

Über die Münsterbrücke hinweg, auf meinem alten täglichen Arbeitsweg, sah ich die erste blaue Straßenbahn auftauchen, und es gab mir einen leichten Schreck. Das hatte ich, weiß Gott, ganz vergessen, daß sie diese Tramwagen haben, die die Wappenfarbe fortwährend festlich durch die Straßen führen. Ich stieg die Münstertreppe empor. Der westliche Turm des Großmünsters war in ein wundervolles Holzgerüst eingekleidet. Wie ein gepflasterter Paß wölbte sich die Kirchgasse, menschenleer, zwischen den geschlossenen Rolladen der Buchhandlungen, dem Horizont entgegen. Vom Zürichberg her fiel bereits der erste rötliche Strahl der Sonne herein. Dann stand ich vor dem Haus. Mit einer selbstverständlichen Bewegung zog ich den Schlüsselbund aus der Tasche, an dem, seit fünfzehn Jahren unbenützt, der Hausschlüssel hing.

Das Treppenhaus war kirchenstill. Die Stufen knarrten unter meinen Tritten. Es roch nach Wichse (richtig, am Samstag putzen sie), und die Messingleisten zeigten an den Rändern noch Spuren von Sigolin.

Hinter der Glastüre im zweiten Stock hörte ich etwas rumoren. Mein Herz schlug hart und stoßweise. Ich sah den wohlvertrauten Lichtschimmer, der aus der Küche in den dämmrigen Korridor fiel. Ich steckte den Schlüssel ins Schloß und trat leise ein. Es roch nach Kaffee.

Sachte stieß ich die Küchentüre auf. Den schwarzen Schal kannte ich noch. Eine ganz alte Frau wandte mir langsam ihr Gesicht zu. Der Mund war ganz schief und zeigte das Innere einer bläulichen Lippe. Der Teller glitt langsam aus ihren Händen, tanzte zweimal und blieb unzerbrochen im Schüttstein liegen.

«Sch… sch… arl», sagte sie mit schwerer Zunge, während ich den Kopf der kleinen alten Frau mit seiner rötlichen Glatze verhalten und vorsichtig gegen mich drückte und dabei auf ihre knochigen und faltigen Finger hinabsah, die, mit einer Bewegung, wie sie ganz junge Mädchen haben, wenn sie sich an ihren Liebhaber lehnen, ungeschickt über den gelben Stoff meines Mantels streichelten.

II

«Das Velo für Fräulein Abenthür», ruft der Patron in die dunkle Werkstatt hinein, in deren Türe das barhäuptige Mädchen steht. Der Lehrling zieht das grüne Damenfahrrad aus der Reihe der anderen und schiebt es, die Hand auf dem Sattel, dem Ausgang zu. Es ist ein schönes Velo, die Lenkstange vielleicht ein bißchen hoch und das ganze Gefährt ein wenig stelzig, aber nicht ohne Grazie.

Die Fahrerin macht einen schönen Bogen in den Hirschengraben hinein, der Wind bläht das leichte Röckchen über den Knien, und sie streicht es mit einer gemächlichen Bewegung zurück. Der morgendliche Stoßverkehr ist vorbei, und die Straßen zeigen das normale und beinahe schläfrige Aussehen der ersten Wochenstunden. Es hatte in der Nacht stark geregnet, aber jetzt bereitet sich ein klarer Frühherbsttag vor. Der Zeitungsverkäufer auf dem Leonhardplatz trägt eine Tafel auf dem Bauche mit der Aufschrift: «Das Unwetter in der Innerschweiz. Dammbruch bei Sisikon.» Das junge Mädchen nimmt im Vorbeifahren Kenntnis davon. Ernst und mit leisem Wiegen tritt es in die Pedale, mit geradem Nacken und ohne zur Seite zu sehen.

Von einem Baugerüst herunter rufen ihr ein paar weißgekleidete Handwerker etwas zu, und sie schaut lachend hinauf, ohne die Hände vom Griff zu nehmen. Im Blau des Himmels sind große, dunkle Ballen und kleine, weiße Wölkchen unregelmäßig verteilt. In der Biegung unterhalb des Drahtschmidli schillert das reißende und hohe Wasser der Limmat stahlschwarz und abgründig, doch es sind vom Widerschein des Himmels ein paar blaue und lichte Flecken darin. Der Fahrwind bringt ihr weißes Blüschen zum Flattern und streicht leise unter ihren kindlichen braunen Armen vorbei.

Unterhalb Wipkingen führt der Dammweg dicht am Flusse entlang. Die Blätter der Pappeln flirren im Wind. Der weite Wiesengrund jenseits der Limmat dunstet sichtbar die Nässe der vergangenen Nacht aus. Die Kamine der Stadt senden in großen Bogen hohe Rauchfahnen talabwärts. Jenseits der Ebene steht der Üetliberg schartig und dunkel vor dem bewegten Himmel.

Mit weit geöffneten Augen fährt das Mädchen den schmalen Weg entlang; von Zeit zu Zeit läßt es die Lenkstange los und blickt, ohne mit dem Treten einzuhalten, gegen die Stadt zurück. Aber das Flimmern der Sonne und der Widerschein des unsichtbaren Sees sind so stark, daß nichts deutlich zu erkennen ist; nur ein hoher Raum, mit gleißendem Licht angefüllt, und an seinem unteren Ende die sandfarbenen Würfelchen des Häusermeers.

Am Eingang des Wäldchens steigt Helen ab und stößt ihr Rad über den nassen Waldweg. Über ihr sind die kühlen, gründurchleuchteten Kuppelräume des Laubwaldes. Wie zwischen den Kolonnaden eines Kreuzganges hindurch sieht sie hinter den Stämmen den Fluß gletscherfarben, mit leisem Rauschen und großer Wucht, vorübergleiten. Nur in ganz zarten und dünnen Fäden sickert da und dort Sonne in den stillen Raum, aber wo sie hinfällt, da glitzert es golden und grün auf. Mit verhaltenen Schritten geht das junge Mädchen auf dem schmalen Weg, und das Summen der Mücken und Waldbienen wird immer deutlicher, und allmählich schließen sich die Geräusche der Stille zu einer leisen, einheitlichen Melodie zusammen.

Helen blickt über den Fluß hinaus, und in seinem pausenlosen Dahingleiten ist es wie angedeutet, daß etwas ohne Anfang und ohne Ende sei, daß er sie grüße im Vorüberrauschen und sie hinnehme wie die Birken und alles andere lautlose Schicksal, das an seinem Ufer die Zeit über sich ergehen läßt.

Wenn sie in den vergangenen Wochen in ihrer schwarzen Schürze vor den kleinen Schemeln kniete, auf die die Kunden ihre Füße gestellt hatten, wenn sie auf der Leiter stand und die weißen, aufeinandergetürmten Kartonschachteln in den Armen balancierte oder wenn sie mit dem Chef der Reparaturabteilung zu rechten hatte, dann war in der tiefen Mutlosigkeit und dem Gefühl, daß dies nun ihr Leben sei und daß es so, überraschungslos, zu Ende gehen werde, der Ausblick auf die Einsamkeit dieses ersten Ferienmorgens wie eine milde Verheißung immer im Hintergrund gewesen. Aber daß es nun

Wirklichkeit ist, daß sie nun um sich die dichte, gerundete Schicht der reinen Luft und des summenden Raumes fühlt, daß sie wie in der Hütte einer gläsernen Kugel steht, um die sich die grünschimmernden Blätter des Laubwaldes wie eine Schale legen, und daß sie leicht und ganz allein mit sich und doch wieder auf eine freudvolle und milde Art im ganzen verloren hier atmen darf, daß alles, was sie im Rundblick ihrer Augen erfassen kann, Überfülle und Geschenk ist und wie sachter Regen auf sie herabfällt, entzündet in ihr einen sachten Glücksrausch, so daß auch sie, wie die Birken, leise zittert von dem nichtgewußten Reichtum, den sie nun wieder in sich fühlt.

Sie lehnt das Rad an einen Stamm, tritt aus den Bäumen und steigt über das Uferbord auf den weißen Kieselstrand hinunter. Mit hochgezogenen Knien, um die sie die Arme schlingt, setzt sie sich dicht ans Wasser. Sie hebt den Kopf und sieht über den Rand des Baldachins, den die Buchen über sie spannen, in den Himmel. In zager Erschütterung fühlt sie die Nähe des Lebens und die Verwandtschaft, die ihr leise pulsendes Blut mit dem dahinfließenden Strom und der erwartungsvollen Stille des Waldes hat.

Auf einmal hört sie oben am Weg unbekümmerte und laute Schritte, die gemächlich näher kommen und dann unvermittelt innehalten. Die Klingel ihres Rades schlägt an. Sie wendet den Kopf und sieht oben an der Böschung den kleinen Knaben, der sich an der Lenkstange des Velos zu schaffen macht. Er hat sie auch gesehen und lacht herunter. «Salü, was machst du?» ruft er.

«Salü», winkt sie hinauf.

Er ist hemdärmlig und trägt ein kleines Rucksäckchen auf dem Rücken. Die hellen Haare stehen ihm tief in die Stirne, und am Wirbel bilden sie einen struppigen Schopf. Langsam kommt er über das Bord hinunter, stellt sich neben das Mädchen.

«Glatt», sagt er und wirft einen Stein ins Wasser.

Das Mädchen nickt. «Wie kommst du daher?» fragt sie.

«So», erklärt er achselzuckend, «und du?»

«Mit dem Velo.»

«Aha», sagt er.

«Wie heißest?»

«Uli Meidenholz. Und du?»

«Helen.»

«Meine Großmutter heißt auch Helene. Willst du ringen mit mir?»

«Kannst denken, du Knirps.»

«Nix Knirps!» Er schaut ihr ernsthaft ins Gesicht. «Bist alt?»

«Sowieso, achtzehn.»

Es ist unverhohlene Enttäuschung in seinem Gesicht zu lesen. «Ich bin siebeneinhalb. Tschau, ich geh.»

«Nein, bleib!» Ihre Augen gleiten an ihm herunter. «Bist davongelaufen?» fragt sie dann leise. Er stülpt die Unterlippen vor, schaut schräg seitwärts auf den Boden und zuckt die Achseln. «Setz dich da her.» Aber schon hat er, wie ein junges Tier, einen Satz getan und klettert die Böschung hinauf. Das Mädchen ist in ein paar Sprüngen bei ihm. «Tu nicht so dumm, da, komm her.»

Er läßt sich auf den alten Platz zurückführen, und jetzt sieht sie sein Stadtgesicht, jenes Gesicht, das er wohl bei sich zu Hause hat, klein, ganz klein und bleich.

«So komm. Kannst nachher Velo fahren. Aber jetzt bleibst du da.»

Er mault ein bißchen, und dann sitzt er steif und gar nicht mehr aufgeschlossen neben dem Mädchen. Nach einiger Zeit macht er mit dem Kopf eine Bewegung in der Richtung des Fahrrads und fragt, offenbar in der Absicht, seinen guten Willen zu bekunden: «Was für eine Marke ist es?»

«Torpedo.»

«Ist es ein Halbrenner?»

«Nein, ein Damenvelo.»

Er schweigt ein bißchen, dann sagt er: «Warum haben die Mädchen ein anderes Velo als die Buben?»

«Ich weiß nicht. Wegen dem Rock wahrscheinlich.»

«Aha.»

Zwei Enten schwimmen in der Mitte des Stromes quakend vorüber, und von weit her tönt die Hupe eines Autos.

«Warum bist fortgelaufen?»

«So.»

«Was, so?»

Er schleudert einen Stein gegen die Enten hin, die gemächlich davonrudern. «Wollen wir ein Feuer machen? Ich hab Zündhölzer», fragt er.

«Gut, machen wir ein Feuer, aber zuerst wollen wir Wasser stampfen.»

«Au ja, fein.» Er hat im Nu seine Füße nackt, und dann waten sie zusammen, dicht am Ufer entlang, über die glatten Steine durch das kalte Wasser. Sie hält die kleine, schmutzige Knabenhand in der ihren; sie ist lebendig und krustig wie ein Krebs. Er macht große, weite Augen und wird ganz aufgeregt, schnaubt wie ein junges Pferd, stampft und spritzt mit den Füßen. Mit einem Male beginnt er laut zu grölen. «Hö, hö», macht er, «werf dich grad um», und dabei versucht er das Mädchen zu sich herüberzuziehen. Aber auf einmal fühlt er, wie sie ihn hochhebt, ihn in die Arme nimmt und dem Ufer zurennt. Er wehrt sich nicht und liegt ganz still, das Gesicht auf ihrer Achsel, und benützt die Gelegenheit, seine Nase an ihrer Schulter zu trocknen.

«So, jetzt zieh die Schuhe wieder an, und dann gehen wir Holz suchen.»

Er gehorcht eifrig und schaut ihr zu, wie sie die Strümpfe spannt, unter den Knien anzieht, rollt und sich energisch die Halbschuhe schnürt.

«Du bist eine Glatte», sagt er.

«So, jetzt nicht so dummes Zeug geschwatzt, Holz suchen, Herr Meidenholz.»

«Hö. Herr Meidenholz.» Das scheint ihn furchtbar zu belustigen. Geschäftig wie ein junger Hund beginnt er die trokkenen Reiser zu sammeln, die auf den gebleichten Kieseln herumliegen. Dann brennt das kleine Feuer zwischen ihnen, und das Räuchlein steigt in krausen Schwaden hoch und über den Fluß. Helen liegt mit verschränkten Armen auf den Kieseln und blickt unter den Wimpern hervor auf die schimmernde Wasserfläche. Dann beobachtet sie den kleinen Mann, der bei dem Feuer kauert und aus Leibeskräften hineinbläst, erregt, wie die Knaben sind, wenn sie mit dem Feuer spielen. Wie ein kleiner Spanielhund ist er, wichtig und geschäftig, drollig, drall und traurig. Man hat Lust, ihn in den Arm zu nehmen und seine Haare zu kraueln. Sie sieht ihm nach, wie er an den Strand hinunterläuft, hin und her rennt mit seinen dünnen Beinchen und seinem schmalen Körperchen, und es würgt sie ein bißchen im Hals.

Dann brechen sie auf, und er träbelt in seiner aufgeregten Art neben ihr her, mit seinen Hündchenaugen, in denen der

Stolz über der Herrin Pracht und sein Wunsch, ihr wohlzugefallen, zu lesen ist. Kurz vor Höngg, wo es schon nach Stadt riecht, halten sie ein bißchen an, und er fragt noch einmal: «Muß ich heim?»

Helen sucht in seinem geheimnisvollen Kindergesicht zu lesen. Sie hat das schmerzlich-weiche Gefühl wieder, das sie vorhin, bei der Feuerstelle, im Halse würgte. «Natürlich mußt du heim. Die suchen dich doch. Wohin willst denn sonst!»

Er blinzelt zu ihr auf und schaut sie hartnäckig an, mit großen Augen. Seine Hand spielt an der Veloklingel herum, und seine Sandalen scharren im Sande. «Mit dir», sagt er.

Das junge Mädchen streichelt seinen Nacken, und sie schaut dabei über ihn hinweg in die Ebene hinaus, in die hinein die Straßen der beginnenden Stadt wie sandige Hände ihre Finger ausstrecken. «Zu mir kannst du nicht kommen. Willst du denn nicht heim?»

«Nein, nicht heim.»

«Warum denn nicht?»

«So!»

«So, jetzt hör mal. Kennst du niemanden sonst?

«Die Großmutter.»

«Gut, dann gehen wir zu Großmutter. Wie heißt denn die Großmutter?»

«Helene.»

«Und wie noch.»

«Weiß nicht. Einfach Großmutter Helene.»

«Wo wohnt sie?»

«An der Kirchgasse. Sie hat ein schiefes Maul.» Er macht es ihr vor. «Sie kann nicht gut reden, und sie hat eine Glatze wie der Vater.»

Beim Schaffhauserplatz darf er sich auf den Gepäckträger setzen, und in sanftem Freilauf rollen sie stadtwärts.

«Ist es da?»

«Ja, da», sagt er zaghaft.

Sie steigen miteinander, Hand in Hand, die Treppe empor, und die Nägel seiner Sandalen klappern auf den blankgeputzten Messingleisten. Das Mädchen läutet, sie hören Schritte, und die Glastüre wird geöffnet.

Ein hoher Mann steht da, mit braunem Gesicht, in Hemd und Hosen, das lichte Haar zerzaust, in der Hand hält er, in einen Wollappen gewickelt, einen großen Armeerevolver.

Der Kleine blickt zu ihm auf, mit offenem Mund, und Helen fühlt, wie seine trockene Hand sich fest um die ihre schließt. «Sind wir falsch?» fragt sie zu ihm herunter. «Ich bringe den Uli Meidenholz, er will zu seiner Großmutter.»

Der Mann ist ein bißchen verschlafen, wie es Helen scheint. Er schaut die beiden mit hellen und wie glimmenden, fremden Augen an. Er hat es nicht eilig mit Antworten.

Am Lockern der Knabenhand merkt das Mädchen, daß sie doch richtig sein müssen. Hinter der Küchentüre taucht eine kleine alte Frau auf, mit einem schiefen Mund.

«Salü», ruft der Knabe. «Salü, Großmutter.» Das Gesicht der alten Frau fältelt und kräuselt sich, und an ihren Augen merkt Helene, daß es ein Lächeln ist. Sie kann nicht verstehen, was sie sagt, aber Uli ist sofort im Bild. «Bei dir essen», sagt er. Dann zieht er an Helens Hand. «Die muß auch dableiben!» Die alte Frau blickt zu dem braunen Mann auf und sagt mit schwerer Zunge einen Satz, und da kauert der sich nieder, so daß seine Augen auf derselben Höhe mit denen des Knaben sind. «Grüezi, Uli», sagt er, «ich bin dein Onkel.»

Ein Luftzug öffnet langsam die Türe hinter der alten Frau. Man sieht dort in ein tiefes Zimmer hinein und eine Reihe Fenster, durch die die Mittagssonne voll auf die zartgrünen und durchsichtigen Blätter einer Zimmerlinde fällt. Das Ganze bildet den Hintergrund eines Bildes, und Helen empfängt davon, ihr kaum bewußt, für den Bruchteil einer Sekunde wie einen Einblick in das Innere einer Familie. Aber trotz der Lieblichkeit des Bildes fühlt sie etwas Beängstigendes. Wie übereinandergelegt und einander durchschimmernd sieht sie das kummervolle Gesichtchen des kleinen Uli, das der alten Frau, in das der Blitz hineingefahren ist, und jenes des Mannes mit den zerzausten Haaren und den glimmenden Augen. Sie stehen am Ufer eines gletscherfarbenen Flusses, ratlos und klein.

«Adieu, Uli, ich muß jetzt gehen.» Der Knabe hebt sein verkrümeltes Gesichtchen zu ihr auf. Plötzlich umschließen seine mageren Ärmchen ihre Hüften. Er drückt sein Gesicht gegen ihr Blüschen, und sie hören ein glucksendes Geräusch. Am Zittern der Schultern sehen sie, daß er weint, leidenschaftlich und hemmungslos.

«Bleiben Sie doch da zum Essen», sagt der Mann.

«Es wird wohl das beste sein», sagt sie und streichelt mit zärtlichen und ungeschickten Händen dem Bübchen über den

Kopf. Inwendig hat sie ein Gefühl, als studiere sie der Melodie nach, die der Gesang dieses Morgens ist.

«Wir heißen alle drei Meidenholz», sagt der Mann.

III

Kahn steht in seinem weißen Labormantel am Fensterkreuz und blickt auf die Stadt hinab. Im Industriequartier zischt die Mittagsstunde aus den Fabriksirenen, aber er hört nichts, er sieht es nur. Lautlos ruht hinter der dicken Spiegelscheibe das bewegte Bild der Stadt in der Tiefe.

Seit Jahren ist diese mittägliche Stunde am Fenster seines Zimmers die immer wieder von neuem erbangte Freude. In wissendem Genießen wandern seine Augen über das breite gemuldete Tal, das seine Heimat und seit Jahren seine zehrende, beinahe schmerzliche Leidenschaft ist. Als wären es die Wände eines vertrauten Zimmers, umtasten seine Blicke den weiten Rundhorizont, gleiten, als läse er eine Schriftzeile, limmatabwärts.

Es beginnt mit dem silbernen Gleißen im Süden, im Raume über dem Seebecken. Von dort her brechen das Leben und die Schönheit herein und bahnen sich mit dem Fluß einen Weg durch die Stadt. Erlöst und verheißungsvoll öffnet sie sich, dem Ernst der Berge entfesselt, und wird eine frohe Bastion, eine festliche und geschäftige Ansammlung zwischen der männlichen Scharte des Utos und den weiblichen Hügeln des Zürichbergs. Vom grünen Kern des Lindenhofs, dort, wo der menschliche Entschluß, eine Stadt zu bauen, in den sandsteinernen Kirchen zum Himmel wächst, breitet sie sich aus, in sanftem Wellenschlag, die Hänge hinan und in breitem Fließen, nordwärts, das offene Tal der Limmat hinunter.

Er kann sich nicht helfen. Jedesmal kommt der Augenblick, wo er es in Stolz und Zärtlichkeit in sich erschauern fühlt, daß er dieser Gemeinschaft angehört, immer mehr und trotz allem. Überall, wohin er blickt, ist er, ist ein Stück von ihm. Wie mit Fähnchen über den Plan der Stadt verteilt, sieht er die Stellen, wo seine Freunde wohnen, die Kameraden, die Feinde. Er ist mit ihnen, er beugt sich über sie, er geht ihre Wege.

Immer sieht er jenes graue Heftchen vor sich, das den Lehrern der Kantonsschule ausgeteilt worden war und in das das

Schicksal in alphabetischer Reihenfolge ihre Namen hineingedruckt hatte. Als wären sie die unterlegten Texte einer kinematographischen Großaufnahme, stellt sich zu jedem Namen, lebensnah, ein Kopf und dann, in einer rasch entgleitenden Perspektive, die Gestalt und der Weg ein, den ein jeder von ihnen ging. Wie eine Litanei ist es, und jeder von ihnen kennt sie auswendig, und wenn sie ihre Klassenzusammenkünfte haben, so nehmen sie einander die Fortsetzung aus dem Munde, und es klingt wie ein Gedicht.

Aadank, Abenthür, Cerini,
Dankwart, Geiser, Gerteis, Kahn,
Meidenholz, Möckli, Obrist, Quirin,
Reimar, Widmer, Weidmann, Zindler.

Nichts mehr hält sie zusammen als dieser Vierzeiler. Jeder ist seinen Weg gegangen. Aus dem Teig ihrer Klasse ist längst Brot geworden, das den Alltag nährt oder in Krumen zerfällt. Ist das sein Amt, namenloser Verwalter und Bewahrer ihrer jugendlichen Bildnisse zu bleiben, so lange, bis auch er stirbt?

Aber heute treffen ihn diese Namen wie ein seufzendes Aufrauschen in der Zeit. Sie treffen ihn auf eine unerwartete Weise, wie das Anklingen loser Saiten eines alten Klaviers, über dessen Tasten seit Jahren keine Finger mehr geglitten sind. Mit zugekniffenen Augen blickt er durch seinen Zwicker hindurch – immer derselbe seit 1910 –, über die tiefen Ackerfurchen hinweg, die die Straßen und Gassen zwischen den Dächern ziehen. Er lehnt die Stirne auf den Rücken seiner Hand, die auf dem Fenstergriff liegt, und immer wieder zieht sein Blick über das ausgebreitete Bild, von links nach rechts, in der Richtung einer Schriftzeile, in der Richtung des fließenden Stromes, als wäre der Vierzeiler ihrer Namen in dunkler Schrift, als ein geheimnisvolles Poem, in den silbern glitzernden Raum über der Stadt geschrieben.

Natürlich war sie es gewesen. Das aschblonde und leicht gekräuselte Haar der Frau war in seinem Schnitt der Mode gefolgt, und es war auf dem Punkt, wo unsichtbare silberne Strähnen ihm den verblichenen und matten Glanz der Goldschnitte alter Bücher verliehen, aber noch hatte sie jenen sprichwörtlichen Schimmer von Milch und Blut, wenn auch das kleine Kinn ein bißchen voller, verschlossener und gefährlicher geworden war.

Er kann, wenn er so am Fenster steht, mit dem Daumen seiner aufgestützten Hand jene Fläche im Stadtbild vor ihm verdecken, auf der sich alles abgespielt hat. Im herbstlichen Mittagslichte wird, wenn er scharf hinschaut, jedes Gebäude deutlich sichtbar, als erblicke er es im schimmernden Lichtkreis seines Mikroskops.

Er kann an der Frauenmünsterpost jenes Fenster herausfinden, hinter dem Meidenholz an seinem Morseapparat gesessen hat, er sieht den breiten, asphaltierten Platz vor dem Stadthaus, den der junge Telegraphenbeamte täglich überschritt und auf dem seine Begegnung mit Angeline stattgefunden hat. Er kann seinen Weg über die Münsterbrücke verfolgen, am Helmhaus und am Großmünster vorbei, bis zu seiner Wohnung an der Kirchgasse. Gleich daneben, etwas herwärts, war ja auch der graue Würfel des Obergerichts. Angelines Zimmer kann er nicht sehen von hier aus. Die Platanen der Stadelhoferanlage verdecken das Haus.

Er wendet sich ins Zimmer zurück und tut ein paar nachdenkliche Schritte über den dicken Teppich. Es herrscht vollständige Stille im Raume. Es ist jener Augenblick in seinem Tag, wo sein Denken, unter der Schicht einer leichten Müdigkeit, ganz hell arbeitet und er damit spielerisch schalten und es handhaben kann wie ein einwandfrei funktionierendes Präzisionsinstrument.

Es ist dann alles wie neu. Was er weiß und was er gelernt hat, ist so gut gelagert, daß es keinen Platz wegnimmt und wie vergessen ist. Er steht am Scheitelpunkt einer breiten, gepflasterten Straße. Er kann zurückblicken und vorwärts, auf beiden Seiten senkt sie sich in eine klare und übersichtliche Gegend hinab. Aber diese Landschaft ist kein Raum. Sie ist die Zeit, und die Straße, seine Lebensstraße, ist der Weg, der durch sie führt, und über sie hinzublicken ist ein volles und mildes Glück. Als junger Student empfand er Angst vor dem Augenblick, wo er, wie er es von andern gehört hatte, würde sagen können: ‹Vor zwanzig Jahren.› Und nun ist dieser Augenblick gekommen. Er wird bald das vierzigste Altersjahr erreichen, und er kann sagen: ‹Vor zwanzig Jahren.› Er kann es sagen als Arzt, der er geworden ist, er kann es ruhig sagen als sein eigener Arzt. Er kann sich nach vorn wenden und das andere

Stück überblicken, abschätzend, in diagnostischer Weise, und es mögen gut noch einmal zwanzig Jahre sein.

Die Stadt ist seine Hülle, sie ist ein Teil von ihm, und daß sie gewachsen ist von Jahr zu Jahr, daß sie sich gedehnt hat, das ist er selbst. Jedes Haus, das in ihr entstanden ist, und jeder Zuwachs an der Zahl ihrer Bevölkerung ist wie ein Reifen seiner eigenen Kraft. Aus ihr strömt es ihm zu wie Fülle. Wenn er auf seiner Station ist und die Patienten der Poliklinik kommen, einer nach dem andern, aus dem Reservoir der Stadt zu ihm herauf, so kann er ihre Krankheiten und ihre Leiden mit jener unpersönlichen Liebe behandeln, mit der ein Gärtner seine Rosen beschneidet. Gewiß, es ist Elend und es sind Schmerzen, die ihm dargeboten werden, aber er weiß es, seine Patienten fühlen es: Seine Art, ihre Krankheiten zu behandeln, ruht auf der Grundlage der Gemeinsamkeit ihres Zustandes als Mensch, der die Wehleidigkeit ausschließt. So als sagten die Gesten, mit denen er ihr Fleisch betastet, drückt, dehnt, schneidet: ‹Das gehört mit zu dem schönen Abenteuer Leben, in das wir aufgebrochen sind; es ist nicht Aufhebens davon zu machen.› Er hat alle gefährlichen Stadien seines Berufes durchlaufen: den Ekel, die Verzweiflung, die Hartherzigkeit und das schmerzhafte Mitleid. Aber jetzt hat er sich eingereiht. Jetzt ist seine Tätigkeit jene ruhige und selbstverständliche Funktion geworden, die in ihrem hastlosen Ablauf das Maximum von Wirksamkeit gewährleistet. Er hat Wurzel gefaßt. Es ist manchmal körperlich, beinahe lustvoll schmerzhaft, daß er mit jedem entlassenen Patienten sein Blut in einer neuen Ader der Stadt fließen fühlt. Jeder, den er berührt hat, trägt einen Teil von ihm in eines der vielen Häuser, die hinter der dicken Spiegelscheibe liegen. Er sucht in der Patientenkartothek nach ihrem Namen, und während er liest: ‹Lapassat, Angeline, geb. 1898› beginnt er nachzurechnen. Sie ist heute achtunddreißig Jahre alt, damals also war sie knapp zweiundzwanzig gewesen.

Deutlich sieht er Meidenholz vor sich, wie er damals zu ihm, dem jungen Assistenten, auf sein Zimmer ins Kantonsspital gekommen war mit gehetzten Augen, und wie sie die ganze Nacht hindurch beraten haben, bis sie auf einmal hinter den Fenstern die Vögel zwitschern hörten und es Morgen war und Meidenholz zum Frühdienst mußte. Er sieht sich noch, die bronzene Schale des gefüllten Aschenbechers in der Hand, am geöffneten Fenster stehen und auf Meidenholz hinunterblicken, der im Morgendämmer die breite Mittelallee hinabging, nachdenklich, mit gesenktem Kopf, und er glaubt noch jetzt den in der Morgenstille nachhallenden Ton zu hören, mit der das schwere, schmiedeeiserne Gartentor ins Schloß fiel, hinter dem sein Kamerad in den dunklen Teil seines Lebens aufbrach.

Er sieht auf das Telephon hinunter, das auf seinem Schreibtisch steht, und wirklich fängt der nickelne Klöppel an, sich zu bewegen.

Er ist zu geschult mit den unerklärlichen Erfahrungen des Alltags, zu vertraut mit den Mitteln, mit denen Ereignisse sich anzumelden pflegen, um in dieser Stunde erstaunt zu sein, als er, wie durch den Zeitraum von fünfzehn Jahren hindurch und wie unmittelbar nach dem Zuschlagen der eisernen Gittertüre, eine heisere Stimme mit fremdem Akzent durch den Apparat sprechen hört:

«Hallo, Kahn, bist du da? Hier ist Meidenholz.»

IV

In der Art, wie er ausschreitet, den Kopf trägt und die Arme bewegt, macht Cerini noch ganz den Eindruck eines Mannes, der von seiner ordentlichen Beschäftigung kommt und ein unmittelbares Ziel vor Augen hat. Als er aus der Gasse heraustritt, empfängt ihn feuchter Wind. Die Lampen schaukeln leise im Nebel, und die beleuchteten Flächen der Häuser und die Kirche schaukeln im gleichen Rhythmus mit ihnen.

Mit geöffnetem Mantel, den Hut, wie es sich gehört, ein wenig aus dem Gesicht geschoben, schreitet er den beleuchteten Mauern entlang und achtet seines gewinkelten Schattens nicht, der ihn, als wollte er sich bemerkbar machen, begleitet und jedesmal, wenn er eine Laterne passiert, geschäftig umtanzt. Über dem runden, ausrasierten Nacken staut sich, unter dem Hutrand hervor, ein wirrer Haufen krausen Haares, seine Wangen sind forsch gerötet, und zufrieden ist auch seine fleischige Nase. Seine Augen sind leicht zusammengekniffen in die Weite gerichtet und wie geleitet von den Schnüren der Bogenlampen, die in gleichmäßigen Abständen über der Straßenmitte hängen.

Als er die Tür des alkoholfreien Restaurants aufstößt, sitzt das alte Fräulein schon in seinem Kassenverschlag, wie ein Pfarrer in seinem Beichtstuhl. Sie schaut schräg hinter ihrer stählernen Brille zu ihm herauf und nickt ein wenig. «Dort hinten sitzt er», sagt sie, und heftet den «Kämpfer» in den Zeitungshalter.

Er drängt sich an den dicken Mantelbäuchen der vollbehängten Kleiderständer vorbei und entdeckt den Vater an ihrem gewohnten Tisch, aber vor ihm, auf der eisglatten Fläche des Wachstuches, stehen nur eine Wasserkaraffe und, melancholisch umgestülpt in einem weißen Teller, drei Gläser.

«Salü», sagt er, indem er seinen Mantel im Genick packt, aufhängt und mit artistischem Handgelenkschwung den Hut über den Haken zwirbelt.

Der alte Mann schaut komplizenhaft zu ihm auf und nickt. Er ist klein, schäbig, säuberlich und alt, aber von dem Großen, Lockigen und Breitschultrigen geht ein Abglanz auf ihn über, in dem er sich wohl und geborgen fühlt, und auch ein wenig stolz.

«So, hopp Resi, wir haben Hunger.» Die Saaltochter mit ihrem Madonnenscheitel, dem pausbackigen Krankenschwesterngesicht und den furchtbar breiten Hüften kommt elastisch, reserviert und mit einem Anflug frauenvereinlicher Mütterlichkeit zu den beiden Männern.

«Zwei Kaffee dunkelbraun, eine Portion Rösti und eine Portion Reibkäs», kommandiert Cerini gewandt und kennerisch, während er nach rückwärts greift und aus der Seitentasche seines Mantels ein Päckchen hervorgrübelt. Er entwikkelt sorgfältig das Papier und legt den Fleischkäse neben sich auf den Wachstuchbelag.

Großzügig überschüttet er den Röstihaufen mit der ganzen Portion geriebenen Käses und mischt das Ganze mit Gabel und Messer, nicht schlechter, als sein Cousin Viktor im Restaurant Boller den Salat der Zünfter mischt.

«Nimm doch, nimm nur», sagt er, indem er mit der eigenen Gabel, den Handrücken nach oben, den kleinen Finger kunstgerecht ausgestreckt, in die Rösti sticht.

Wie alle Leute, denen der Ernst des Essens bewußt ist, schweigen sie zu ihrer Mahlzeit. Die Art, wie Cerini den Fleischkäse in zwei gleich große Plättchen zerschneidet, von denen er das eine auf der flachen Klinge des Messers seinem

Vater auf das Röstiberglein hinüberlegt, entbehrt einer gewissen Feierlichkeit nicht, und mit gemütvollem Wohlgefallen sieht er, kauend, die Ellbogen breit aufgestützt, dem leicht zitternden und jungmädchenhaft errötenden alten Manne zu, wie er das Stückchen auf den Tellerrand schiebt, um es bis zum Schluß aufzubewahren.

Dann trinken sie, sich über die Tassenränder hinweg mit gastronomischem Wohlbehagen in die Augen schauend, den heißen, ungezuckerten Kaffee.

«Nimmst noch eine Tasse?»

«Nein, nein, ich hab genug.»

«Dummes Zeug. Resi, noch eine Tasse Kaffee.»

Es steigt in ihnen beiden ein sattes Wohlbehagen auf. Gewissenhaft kratzen sie die letzten Scheibchen der Kartoffeln und die Brotkrumen zusammen, die neben dem Teller liegen.

«Gib nur, die eß ich», sagt der alte Mann und steckt die dünnen Reste der Fleischkäskruste in den zahnlosen Mund. Cerini lehnt sich zurück und wickelt zwei Stumpen aus einem Zeitungspapier, das er in der Brusttasche getragen hat. Fachmännisch und mit der gleichen drehenden Bewegung betrachten sie das Kraut und suchen das richtige Ende; genießerisch und sorgfältig entzünden sie es.

«Habe den Kläubi gesehen beim Stempeln», sagt Cerini. «Ich kann das Tischchen beim Globus haben. Rasierklingen, Hühneraugenmittel und Krawattenhalter. Aber nur mit Kippe. 25 Prozent Rebbach will der Gauner.»

«Nimmst es?»

«Ja, sowieso. Drei Stutz verdient man ja trotzdem.»

«Ich hab auch noch etwas», macht der alte Mann und kramt sein Päckchen aus der Seitentasche. «Kannst es haben.» Cerini breitet es sachgemäß vor sich aus. Es ist eine Brosche aus Alpaka, eine liegende Venus darstellend, ein schmaler Goldring mit einem winzigen Rubinsteinchen und eine Uhr aus Nickel.

«Die Uhr geht. Ich hab sie wieder gemacht.» Der alte Mann lacht dazu. «Mit dem Taschenmesser.»

«Chaibe Hund», sagt der Junge ernsthaft und hält sie an sein Ohr. Sie tickt wirklich. Es ist zwar ein merkwürdig zittriges Ticken, und es kann auch vom bloßen Rütteln kommen, aber immerhin, wenn sie nur so lange geht, bis sie verkauft ist.

«Ich habe alles vom Lauffer, von dem Kundi, weißt du. Sie wollten ihm keinen Güggs mehr geben beim Aadank. Einen Stutz habe ich dafür bezahlt.»

Sie dösen ein bißchen vor sich hin. «Du, dem Aadank seinem Jungen geht es jetzt sehr gut. Der ist Prokurist geworden beim Nestlé oder so etwas. Der schickt seinem Alten jeden Monat fünfzig Stutz.»

«So, Prokurist? Der ist doch mit mir in die Schule gegangen. So ein Stiller war das, unbeliebt, ein Schanzpfosten, der nie spicken ließ.» Seine Blicke bekommen etwas Ernstes und er blickt in das Jugendland zurück mit den Augen gefangener Äffchen, die über den Zoobesucher wegschauen.

«Du, weißt du, wen ich heute gesehen habe? Weißt wen? Ich komme gerade über die Unteren Zäune herauf, und da kommt einer herab in einem glatten Regenmantel, wie im Kino. Weißt wer? Der Kari!»

«Wer?»

«Kari Meidenholz.»

«Du bist ja verrückt, das kann doch nicht sein.»

«Er hat mich auch gekannt. Aber er hat geglaubt, ich kenne ihn nicht.»

«Ein armer Teufel. Aber wenn er zurück ist, dann hat er Bollen gemacht, kannst sicher sein.»

Cerini reibt sich nachdenklich das Kinn. «Du, das gefällt mir gar nicht, daß der da ist. Das gibt Kritz. Der ist verrückt. Der hat etwas vor. Ich habe ihn angetroffen damals. Weißt, was er mir damals gesagt hat? Das wird alles bezahlt, hat er gesagt. Weißt sternenruhig, wie es der Friedel gesagt hat, als er den Alten erschoß.»

Sie sitzen da, und es dräut über ihnen von den Wolken des Rauchzeugs. Cerini saugt an seinem Stummel herum, den er nun so hält, daß der Kranz seiner Fingernägel seine Lippen berührt und der Stumpen in der hohlen Birne seiner Hand glimmt.

Auf einmal sieht er, daß sein Vater ihm gegenüber leicht eingeschlafen ist. Er sagt nichts mehr und übersieht das Häuflein schlafender Mensch mit einem gutmütigen, männlich zärtlichen Blick.

Am Buffet klappern die Teller. Das Lokal hat sich gelichtet. Die Serviertöchter fahren mit feuchten Lappen über die Wachstücher, und das alte Fräulein in seinem Beichtstuhl macht Kasse. Cerini greift mit seiner Hand oben am Nacken in seinen Rockkragen hinein und kratzt sich bedächtig und wollüstig den Rücken durch das Sporthemd hindurch. Jetzt kommt es dann. Er muß aufpassen. Es ist zu ruhig um ihn herum. Die Menschen gehen in ihre Wohnungen, und sie bleiben allein zurück. Er wird den Vater in die Herberge bringen und zu Aline gehen. «Sauerei» murmelt er leise.

Hinten sitzen die Serviertöchter in ihren blaugestärkten Waschkleidern bereits um die große Kaffeekanne herum und essen die übriggebliebenen Wähen auf. Vorn haben sie bereits begonnen abzulöschen. Nur Fidler, der Hausierer, sitzt noch in Mantel und Hut an seiner Tischecke und redet mit hochgezogenen Augenbrauen unverständliches Zeug ins Leere hinein.

Cerini kratzt sich an der Schläfe. Er hat Angst vor diesen Minuten, wo er gleichsam vergessen am Wege sitzt, und die andern gehen vorüber und haben ihr Ziel. Wenn er kein Ziel hat, ist er verloren. Dann kommt es wieder. Dann ist da einfach ein Loch. Da kann der Pfarrer Göri lang plärren. Es ist einfach ein Loch, schwarz, und es gähnt einen an, und es kommt ein Wind daraus hervor, der leise pfeift und riecht wie Aas, ein bißchen süßlich, wie eine Wasserleiche. Einmal wird der alte Mann da sterben. Und dann? Was ist dann? Dann hockt er da wie eine faule Zwetschge. Dann hat er niemanden mehr. Solang noch jemand da ist, der das gleiche Blut hat, ist alles nicht so schlimm. Dann ist man noch irgendwo zu Hause. Da gehört man noch irgendwo hin, und wenn er nur so ein Häufchen Elend ist wie der schlafende Alte da. Da steht man an der Bahnhofbrücke, hinter dem kleinen Klapptischchen, und schwatzt an die Leute hin und macht Krampf, damit sie Rasierklingen kaufen, die man bei der EPA geholt und umgepackt hat. Und der Schlaumeier, der die Verpackung liefert, will noch 25 % Rebbach …

«Komm Vater, wir gehen.» Er rüttelt ihn sanft.

Der Alte ist sofort ganz wach, blinzelt schlau. «Bin ich eingeschlafen?»

«Hör, wir gehen noch ein Becherchen trinken in den ‹Drei Meeren›», sagt Cerini, «dann schläfst du gut.»

«Ich hätt lieber einen Schnaps.»

«Ich auch.»

V

Jeder Ton, der von der Straße heraufkam, war ein Gruß aus einer bekannten Welt. Ich lag da und ließ es an meine Ohren schlagen von Klappern, Kreischen, Knirschen, Knallen und Quietschen. Wenn die schweren Lastwagen die Paßhöhe der Kirchgasse überschritten haben, dann ziehen die Fuhrleute die Bremse an, gerade so viel, daß die Räder nicht blockiert werden. Der Hinterwagen beginnt dann ein wenig zu schleudern und sich so lange zu drehen, bis die eisenbeschlagenen Radkränze an den Randsteinen Führung gefunden haben, und dann gehen die Rosse mit stotzigen Vorderbeinen, schön gekrümmtem Hals zwischen den lockeren Zugstrangen leise schaukelnd und ein wenig rutschend die Gasse hinab. Das alles sah ich deutlich vor mir. Aber als ich die Augen aufschlug, erschrak ich, denn ich blickte in eine tiefe Dunkelheit hinein. Ich preßte die Lider von neuem zusammen, und mit klopfendem Herzen begann ich nochmals langsam zu blinzeln, und da sah ich, wie das Licht durch die Jalousien hereinschimmerte und eine Ansammlung von vielen weißen Gegenständen traf und grün anhauchte: die Marmorplatte der Waschkommode, das Handtuch, das seitlich an seinem Stänglein hing, das Porzellan des Waschgeschirrs, das Email des Kübels, den Tüll der Gardine und den Hügel des Federbettes vor mir, an dem sich mein stachliges Kinn schurrend rieb. Hatte ich meinen ersten Augenaufschlag nur geträumt?

Ein wenig später saß ich in Hemd und Hosen auf dem Rand meines Bettes und putzte an meinem Revolver herum, den ich unten am Kastenfuß an seinem alten Platz gefunden hatte. Eine merkwürdige Scheu ließ es mich aufschieben, die Türe zu öffnen und der Mutter guten Tag zu sagen. Ich hörte sie wohl in der Wohnung herumhantieren, und es roch schon deutlich nach Kalbsbraten.

Ich saß im Dämmer und entfettete mit dem Wollappen das bläuliche Eisen, und ein merkwürdiges Gefühl umwehte mich. Mein Leben erschien mir wie ein schlecht zusammengefügter Bau, und es durchzog ihn wie ein leichtes Wanken und feines Knistern ein Gefühl, das alle jene kennen, die schon in Erdbebengebieten gelebt haben. Ich sah diese lange Reise, die fünfzehn Jahre in der Fremde, in einer sonderbaren Verkürzung, wie einen weit in der Ferne zusammenlaufenden Trichter, an dessen Mündung ich nun, nüchtern und schwunglos, mit meiner absurden Beschäftigung saß.

Auf einmal schlug draußen die Klingel an, und ungefragt fand mein Körper nach den vielen Jahren jenen Hechtsprung wieder, der mir als Jüngling immer erlaubt hatte, der erste an der Korridortüre zu sein. Ich muß die beiden sehr erschreckt haben, als ich mit meinem Revolver in der Hand vor ihnen stand.

Ich sah auf sie herab, das Mädchen erklärte etwas, ich hörte es nicht. Was ich spürte, war der Geruch, der Geruch von heimatlicher Jugend, der zu mir emporstieg und den ich einatmete. Die Begegnung mit Jugend ist immer ein süß-bitterliches Erlebnis, wenn man das vierzigste Altersjahr überschritten hat. Das junge Fräulein und der Knabe waren in der Art, wie sie dastanden und mich in einer ein wenig rückhältigen und nicht so leicht zu verblüffenden, direkten Art anschauten, ein bißchen nüchtern, aber nicht bösartig, ein richtiges Zürcher Bodenprodukt. Ich muß noch müder gewesen sein, als ich dachte, denn anders kann ich mir die sonderbare Weichheit, die ich bei ihrem Anblick in mir fühlte, nicht erklären. Ich muß einen sehr mürrischen und unangenehmen Eindruck auf sie gemacht haben während des Essens. Fortwährend hatte ich die Vorstellung, es sei mir die Befugnis über mich selbst entrissen worden und es geschähen mit mir, wie gestern, Dinge und Entscheidungen, auf die ich keinen Einfluß hatte. Ich schaute meinen Neffen Uli an, den Sohn des verfeindeten Bruders, die alte Mutter in ihrer mühsam verhaltenen Aufregung, das junge Mädchen. Ich aß von dem Kalbsbraten, trank ein Glas Chianti und fühlte fortwährend ein leises Frösteln in mir, wie die Ankündigung einer Krankheit. Ich dachte an mein Erwachen, an die Sekunde Dunkelheit, in die ich mit offenen Augen hineingeblickt hatte, und hörte das leise Rascheln und Knistern, als bereite sich unter mir, in der Tiefe, Unheil vor, dem ich, halb wach und wie gelähmt, machtlos entgegenblicken müßte. ‹Vielleicht bekomme ich wieder einen Malariaanfall›, dachte ich. Aber ich begriff, daß es nichts Körperliches war. Es mußte der brüske Übergang sein aus dem Schaukeln des Zuges, des Schiffes und des Schlafes in das friedliche, unbewegliche Zimmer hinein mit seiner Linde und der gleißenden Sonne, die mir weh tat in den Augen. Der Übergang vielleicht aus dem bewegten Leben der vergangenen Jahre in das stille und lautlose Verharren in dieser Wohnung, die all die Zeit über auf mich gewartet hatte.

Auf einmal kam mir der Name des Mädchens zum Bewußtsein und gab mir das Stichwort zu unserem alten Klassencouplet:

«Aadank, Abenthür, Cerini,
Dankwart ...»

Daß ich das vergessen konnte! «Die Völker haben ihre Nationalhymne, an die sie sich in ihren großen und schweren Augenblicken erinnern», hörte ich deutlich Kahns Rede an der Klassenkneipe, «wir aber haben nur den prosaischen Rhythmus unserer Namen, eine schwankende Hängebrücke über den reißenden Strom der Zeit.»

Dann stand ich auch schon am Wandapparat im Korridor.

«Ich habe merkwürdigerweise gerade jetzt an dich gedacht», klöpfelte es an das Metallplättchen des Hörers. Kahns Stimme war ein bißchen älter geworden, gedehnter; die meine mußte ihm merkwürdig vorkommen, denn die Erregung machte mich heiser, und ich kam fortwährend ins Holländische hinein.

«Seit wann?» fragte er.

«Seit heute früh.»

«Kommst du herauf?»

In diesem Augenblick erinnerte ich mich an die dunkle Sekunde bei meinem Erwachen, und auf einmal war mir, als hätte unser Gespräch den Charakter einer Vereinbarung zwischen Arzt und Patient und als wäre es im Zusammenhang mit dem Knirschen und Wanken, das den ganzen Morgen über mir gewesen war.

«Heute habe ich noch keine Zeit», sagte ich, «aber morgen, morgen vormittag komme ich.»

Es war kein Zweifel mehr möglich, die Fremde lag wie eine dicke Schicht um mich. Damit ist es nicht getan, daß man Tausende von Kilometern durchfährt. Wohl war alles vertraut, bekannt, ich konnte es sehen, berühren, benennen. Ich ging in der Wohnung herum, besah die Photographien, setzte mich auf die Ofenbank, befühlte die glatten, kühlen Kacheln, streichelte die Blätter der Linde, schaute aus dem Fenster, sah die Kantonsschüler in lockeren Gruppen die Kirchgasse heraufkommen und die Handelsschülerinnen hinabtraben, aber ich merkte, das alles war nur meinem Gedächtnis bekannt, meinem Körper war es fremd. Das waren nicht mehr dieselben Hände, die die Türen öffneten, nicht mehr dieselben Augen, die die Mutter betrachteten, nicht mehr dieselben Füße, die über die knarrende Diele der großen Stube gingen. Denen war alles fremd, neu. Es mußte wohl wahr sein, daß in sieben Jahren jede Zelle unseres Körpers ganz ersetzt wird. Und ich war ja zweimal sieben Jahre fort gewesen, kam zurück mit einem zweimal vollständig neu ersetzten Körper. Es war noch wie ein Wunder, daß ich durch all den Abbau und Umbau hindurch die Erinnerung bewahrt hatte, und es kam mir vor wie ein Gleichnis dafür, daß alles Leibliche wechselt und vergeht und nur das Unfaßbare, die Erinnerung, Bestand hat in der Zeit.

Als das Mädchen und der kleine Uli gegangen waren, machte auch ich mich zum Ausgehen bereit, obschon alles in mir sich mit einem Mal dagegen sträubte vor dem, was ich vorhatte. Aber es war ja seit Monaten als mühsam gebremste Unruhe in mir bereitgelegen, und nun mußte es also geschehen.

Es war noch derselbe dicke rote Perserteppich, der hinter der eisernen Gittertüre über die breiten Stufen in die kühlen und stillen Tresorräume der Bank hinabführte. Das Ganze sah aus wie der Eingang in eine totenstille, beinahe sakrale Unterwelt. Noch immer brannte das grünbeschirmte Lämpchen auf dem roten Mahagonipult, hinter dem der uniformierte Beamte saß, bei dem die Legitimationsformalitäten stattzufinden hatten. Mir kam es vor, als hätte die kleine Stehlampe fünfzehn Jahre ununterbrochen gebrannt und auf mich gewartet.

Sorgfältig und achtsam, so wie eine Mutter ihr Kind zur Taufe trägt, hielt der Mann den blechernen Kasten, den er aus dem stählernen Tresorschrank gezogen hatte. Er stellte ihn auf den Tisch in der engen Kabine und schloß behutsam die Türe hinter mir. Ich riegelte sie ab und wischte mir den Schweiß von der Stirne.

Eine ganze Weile saß ich da und wagte es nicht, den Deckel zu heben. Seit Jahren war das alles im Dunkel regungslos wie in einem Grab gelegen, und jetzt würde der erste Lichtstrahl wieder darauf fallen. Wäre ich nicht zurückgekehrt, so hätte es zweifellos Kahn öffnen müssen. Aber jetzt war ich selbst da, wie ein ruheloses Gespenst, das durch die Jahre hindurch zum Schauplatz seines früheren Lebens zurückkehrt.

Auch meine Schrift hat sich verändert. Ich las die Aufschriften auf den gelben Umschlägen, die Geheimzeichen, deren Bedeutung ich vergessen hatte. In der Art, wie die Papiere gefaltet, gebündelt und aufeinandergelegt waren, fühlte und erlebte ich von neuem die Entschlossenheit wieder, die mich damals durchschauert hatte, als ich ein ganz neues Leben hatte beginnen wollen. Ich sah mich selbst, den schmächtigen und ernsten Jüngling, in derselben Kabine Angelines Briefe, die Prozeßakten und die Photographien ordnen, einsam, aus der menschlichen Gesellschaft ausgestoßen, streng, hart, abgemagert und mit brennenden, trockenen Augen. Aber es war mir nun, als wäre ich es nicht selbst gewesen, sondern ein törichter jüngerer Bruder von mir, über den mich Mitleid erfüllte, weil ich ihn so dahinziehen sah, mit ein wenig Geld in der Tasche, über das Meer, unter die fremden Männer. Was nimmt ein junger Mensch für große Schlücke aus dem Leidenskelch, den sie ihm reichen! Noch kennt er den Geschmack des bitteren Getränkes nicht, noch kennt er nicht die List der Erfahrenen, die vorsichtig davon nippen und auch wieder ausspucken können, wenn es ihnen auf der Zunge brennt. Töricht und besessen, wie ein Ausgedursteter trinkt er in großen Zügen alles in sich hinab, alles, alles, damit es ihn verbrenne und verzehre. Und weiß nicht, daß er der einzige ist, der es ohne Mogeln tut. Er liegt wach in den Nächten und kümmert sich, und die Angst schläft bei ihm, dicht an seinen zitternden Leib geschmiegt. Da haben sie durch Jahre hindurch Saat in ihn gestreut, Gewissen, Ehre, Vaterland, und nun, in seinen Nächten, geht sie auf, wuchert, ein dichtes, dorniges, fremdes Gestrüpp, in dem er sich nicht mehr zurechtfindet, in dem er flattert und piepst wie ein armer gefangener Vogel.

Immer heftiger schlug mein Herz. Meine Hände zitterten. Ich legte meine Stirne auf den Papierhaufen, schloß die Augen und übersah die vergangenen Jahre, aus denen ich mit leerem, fremdem Herzen zurückgekommen war. Ich hörte in der Nebenkabine das Rascheln von Papier, das Klirren einer Schere und das Geräusch von Papier, das zerschnitten wurde. Aber während dort einer den Ertrag seines Reichtums von seinen Kapitalien trennte, war mein ganzer Schatz ein Bündel alter

Papiere, in denen die Demütigungen meiner Jugend aufgestapelt waren.

Mit heißen Augen trat ich auf die Straße. Die Trambahnen fuhren vorbei, blau, festlich, klingelnd; die Schritte der Fußgänger klangen auf dem Asphalt, Automobile schurrten vorüber, aber ich war abgetrennt von allem und wie taub. Ich kam aus einer Unterwelt empor in das vergehende Licht des Abends, ohne Botschaft, als hätte ich einen Blick tun können in die gähnende Leere meines verpfuschten Lebens. Ich war ein Fremder unter ihnen, sie hatten mich vergessen.

Ich stand an einer Tramhaltestelle, um nicht aufzufallen, und lehnte mich an einen Baum, dicht, daß beide Schulterblätter auflagen, und gläsern, lautlos floß die Straße an mir vorbei. Einsamkeit regnete auf mich herab, unaussprechlich, jammervoll. Knaben trabten pfeifend an mir vorüber, und ich schaute ihnen zärtlich nach. ‹Sie wissen es noch nicht.›

Ein herbstlicher Wind begann aufzubrechen und durch die Linden der Bahnhofstraße zu schauern. Frühwelke Blätter beschrieben ihre verzweiflungsvollen Arabesken zwischen den Häusern. Die Geräusche der Straße bildeten den Hintergrund vor den gemurmelten Monologen. Schleier und Bänder von grauem Nichts woben durch die dunkle und brodelnde Welt, die inwendig, hinter meinen Lidern war. Unter mir fiel es hinweg in neblige Tiefen hinein. Ich hörte die Sirene des Schiffes auf dem nächtlichen See heulen, und unabsehbar kamen Wellenberge auf mich zu mit weißen Kämmen, die in sich selbst zusammenstürzten. Atem von Auflösung und trostlosem Ende wehte mich an. Nur mit den letzten Flächen meines Denkens ragte ich noch in eine geordnete Welt hinein, während mein Herz immer härter vom Druck einer chaotischen Unterwelt bedrängt wurde.

Ich fühlte, daß ich wanderte, aber ziellos und ohne Verbindung mit dem, was außerhalb von mir geschah. Deutlicher und erschreckender nahm jenes Gefühl von mir Besitz, als wäre ich eine Arche, die steuerlos über der Sintflut trieb. Ich war nach Hause gekommen, doch die Heimat war nicht mehr. Wohl waren die zitternden Hände einer alten Frau da, die über den gelblichen Stoff meines Regenmantels strichen, wohl klangen Stimmen zu mir her, aus Mündern und aus dem Hartgummitrichter eines Apparates, aber sie kamen nicht zu mir hin, nicht bis zu der Stelle, wo mein Ich lag wie eine geheime Wunde.

Ich bewegte mich fort, aber es war, als würde ich auf einer runden Scheibe durch die Stadt geschoben. Ich selbst ruhte, und die Denkmäler, die Brunnen, die Perspektiven der Straßen, die Kolonnen der Autos und die Straßenbahnen umkreisten mich, verschoben sich, hielten, wanderten ab. Am Ende dunkler Gassen taten sich Plätze auf, drehten, verengten sich, Häuser neigten sich oben zusammen, fielen auseinander, Aussicht auf phantastische Wolkenberge freigebend, Wäsche flatterte im Winde, Rosen entblätterten hinter hölzernen Staketen, Kübel rollten über den Weg, Pferde happten mit gehässig zurückgelegten Ohren und aufgestülpten Lippen nach mir, Gemüsekörbe wurden über den Asphalt gezogen, mechanische Leitern wuchsen zum Himmel, und der Fluß strich dahin, zwischen gußeisernen Geländern, zart auf seine Wasserhaut gesetzte Schwäne mit sich führend. Die Anschriften der Kinos begannen aufzuglühen, vollkommen unverständliche Namen wetteiferten mit den Anzeigen preiswerter Lebensmittel, Hinterstraßen umkreisten kleine Gärtchen von klösterlicher Einsamkeit, in denen gipserne Statuen gebrochene Arme in den Schatten kärglicher Tannen reckten, Glockenschläge flatterten im Winde, Tauben gurrten auf den Gesimsen blinder Fenster, aus den offenen Ladentüren strömten die Gerüche von Leder, Käse, modrigem Tuch, Tabak. Aufflammende Laternen kämpften gegen die hereinsickernde Dunkelheit, und das große Wandern des endenden Tages begann. Aus den dämmernden Gassen wurden die großen Straßen mit immer dichteren Menschenkolonnen gespeist, und sie gliederten mich ein, und ich ging mit ihnen.

Verschwenderisch schütteten die Schaufenster das Licht über unsern Weg und ließen keine Lücke wortlosen Dunkels mehr. Wir mußten es über uns ergehen lassen, daß sie Pelzmäntel auf unsern Weg streuten und Photographenapparate und Schalen mit Blumen. Alles war da zum Greifen nah, nur durch dünne Glaswände von unsern Wünschen getrennt. Mit gleißenden Harpunen und Pfeilen zielten Apotheken und Gaststätten und Banken nach uns, aber wir wanderten gelassen unter dem Regen ihrer Geschosse dahin, im schützenden Panzer unserer Gesundheit, unserer Genügsamkeit und unserer Armut. Wie Fakire standen die Kandelaber mit erhobenen Fackeln auf den Brücken und wiesen uns den Weg über den Fluß, bis uns uniformierte Männer in weißen Handschuhen

Halt geboten, damit die lackierten Wagen müder Generaldirektoren nach Hause summen konnten. Der soziale Friede des geordneten Verkehrs lehrte uns bescheiden und zufrieden sein.

Ich schaute den wächsernen Puppen hinter den Schaufenstern in die kalten Augen. Während das Getriebe langsam abzuflauen begann, standen sie unter den lautlosen Duschen von Licht, das pausenlos auf sie herniederrieselte, modisch bekleidete Töchter Lots, und blickten traumverloren und mit zögernd erhobenen Händen durch mich hindurch in das sündige Gomorra, das sich hinter mir im Dunst des Abends verlor.

Die Häuser im Niederdorf waren so schmal, daß sie die beleuchteten Buchstaben der Anschriften in chinesischer Weise übereinander türmen mußten. Vom «Türken», von der «Gans», von den «Drei Meeren», vom «Hirschen» erzählten die beleuchteten Obelisken. Ich ging zwischen ihnen, die sich leicht über mich beugten, und ich fühlte die Geborgenheit des Heimatlosen in engen Hafengassen. Wenn sich die Türen der Wirtschaften öffneten, bahnten sich mühsam, aber siegreich die Melodien der Handharmoniken einen Weg durch den Qualm, in dem die Männer ihre Sorgen des blauen Montags einwattieren.

Ich kannte sie sofort. Das Schiff schaukelte lebhaft über der Türe, als sie aus den «Drei Meeren» kamen. Der Alte torkelte und lächelte. Cerini hatte ihm den Arm um den Rumpf gelegt, und er trug ihn beinahe. Immer noch hatte er die alte verwegene Italienerlocke auf der Stirne, jenes krause Gebüsch, das ihn in der Schule als Außenseiter klassiert hatte und an dem er hing wie ein Malabar an seinem Fetisch. Er hatte sie offenbar glücklich durch alle die Jahre hindurchgebracht, aber er war fester geworden, feister, und es war alles von ihm abgefallen, was eine höhere Schule einem anhängen kann, das einem nicht zugehört. Prächtig, als wäre er eben ausgeschifft, kam er daher. «Da bist du ja», sagte er. «Bereits signalisiert», machte er und blinzelte zärtlich auf den Alten herunter, dem eine klägliche graue Strähne über der Stirne hing. «Jetzt geht's los, Herrgott, jetzt geht's los. Verdammter Meidi, den bringst du gut.»

Und dann bahnten wir uns einen Weg durch die männerbefrachteten Tische der Wirtschaft «Zu den Drei Meeren».

DIENSTAG

I

Es ist immer etwas Unbegreifliches um das Verschwinden der Dunkelheit aus einem Raum. Allmählich treten die Decke, die Ecken, die Wände, der Fußboden aus dem Dämmer hervor, und dort, wo früher formlose und verblasene Schwärze war, entsteht ein blasses, doch festes und begrenztes Gefüge. Bewegungslos und wie künstlich streckt die Palme die geschliffenen Sensen ihrer Blätter in das Zimmer. Wie dunkle und strenge Kulissen rahmen die Vorhänge das graue Fenster ein. Hinter der halboffenen Kastentüre hängen die Kleider mit vielen senkrechten Falten tot auf ihren Bügeln. Leblos liegt die Wäsche der jungen Frau über dem Stuhl, unter dem die Halbschuhe entleert, mit einander zugekehrten Spitzen stehen. Ein unfühlbarer Luftzug bewegt den Saum des bunten Lampenschirms, der wie ein drohender Blumenkelch über dem Tische hängt.

Ganz in der Ecke, zusammengekauert auf der niederen Couch, mit angezogenen Knien, liegt Angeline. Die leicht gekräuselten Haare hängen ihr über das Gesicht und bewegen sich leise in ihrem Atem. Sie hat die Steppdecke bis unter die Achsel gezogen, und ihr weißer Arm mit seiner bewegungslosen, halbgeöffneten Hand liegt auf den wattierten Pölsterchen des roten Damasts wie ein wächsernes Schaustück im anatomischen Kabinett eines Panoptikums. Sie hört im Halbschlaf, von der Straße herauf, das Rattern des Traktors, das Anschlagen der Glocke und das Geräusch der blechernen Kübel, die die Männer mit einer professionellen Bewegung einhaken, stülpen, entleeren, lösen und mit großem Schwung und Lärm niederstellen.

Sie blinzelt ihrem leblosen Arm entlang. ‹Dienstag›, denkt sie, ‹sieben Uhr. Hab ich den Kübel hinausgestellt? Ja. Gut. Noch ein bißchen schlafen.›

Sie ist noch sehr träge, aber sie fühlt, wie sie gegen ihren Willen langsam ins Wachsein hineingleitet. Es ist nichts zu machen. Immer mehr Schlaf nimmt das Licht von ihren Lidern, immer leichter und ungeduldiger werden sie, bis es zuletzt ihren ganzen Willen braucht, um die Augen geschlossen halten zu können. Mit sachten Fingern tastet sie nach ihren Augenwinkeln. Deutlich fühlt sie dort die feinen Kerben, die das listige Nachdenken, das Weinen und das Lachen zurückgelassen haben. Auch am Kinnbein zwischen den leicht gerundeten Pölsterchen findet sie eine zarte Rinne. Wie jeden Morgen prüft sie, noch halb im Schlaf, die Substanz ihres Körpers.

Bewegungslos liegt sie da, ein Knäuel von Daunen, Tüchern und schlafsattem Körper, das morgendliche Dinge denkt. ‹Es wird kühler. Ich muß einen warmen Herbstmantel haben. Etwas Dunkleres eher, knapp anliegend, mit breitem Revers.› Sie hat die Vision eines neuen Hutes. Er ist klein, schwarz, mit einer weißen Garnitur vorn. Der Rand geht über der Stirne in die Höhe. Es sieht gut aus. Distinguiert und ein wenig verwegen. ‹Die Rechnung von Laurens muß heute bezahlt werden. Die Hälfte wenigstens. Können noch etwas warten für den Rest.›

Nun ist es schon so hell, daß sie die Puppe und den Teddybären sehen kann, die an der gegenüberliegenden Wand, auf der kleinen Bücherkonsole vor Dumas' «Kameliendame», Pierre Louys'«Aphrodite» und Fuchs' «Sittengeschichte» ihre jahrealte Gruppe bilden.

Sie umkreist mit halbhellen Gedanken etwas, das sie vergessen, nicht wissen möchte. ‹Diese Dinge existieren nicht, wenn man nicht daran denkt›, ist ein Lieblingsausspruch von ihr. Es kommt ihr vor, als ob ihr Erwachen nicht dem Lärm der Kübelmänner zuzuschreiben sei, sondern einem sachten, unheimlichen Vorgang in ihr.

Es ist wie ein leiser Wind von Schmerz, der durch ihren Körper weht, ein Wind, der anschwillt, säuselt, vergeht. Von weit her fühlt sie ihn kommen, und dann ist er schon da und durchfährt sie; aber sie kann nicht sagen, wo er sie trifft. Er durchschauert sie, und dann ist er weg. Er ist unheimlich, er geht bis auf die Knochen, und nie bis jetzt hat sie gefühlt, daß sie unter ihrem zarten rosigen Fleisch Knochen hat.

Mit der Spitze ihrer Zunge fährt sie den Schleimhäuten unter der Oberlippe entlang. Es ist dort eine kleine Erhöhung, etwas Fremdes, das in die Masse ihres Fleisches eingebettet ist und sie leicht spannt, stört. Sie sieht einen Augenblick Dr. Kahns Gesicht vor sich, wie er sich in seinem weißen Kittel über sie beugte, und sie denkt an das verschlossene Gesicht, das er machte, als er ihr die Blutprobe entnahm. Ach, man muß nicht daran denken. Diese Dinge sind nicht, wenn man nicht daran denkt.

Sie rutscht von der Couch herunter, tastet mit ihren schönen weißen Füßen nach den hellblauen Pantöffelchen, die bereitstehen, tritt ans Fenster, zieht die Vorhänge auseinander, stößt die Jalousien auf.

Milchglasfarbenes Licht liegt über der Straße, mit Spuren aufsteigenden Nebels darin. Feuchte, frische Luft strömt herein und hat ein wenig den Geruch von Rauch. Sie blickt sich im Raume um, und sie empfindet die nüchterne Unbeweglichkeit aller Gegenstände. Sie fröstelt.

Sie besieht rasch ihr schlafgedunsenes Gesicht im Spiegel, listig und nicht ohne Humor, und dann beginnt sie sich anzukleiden. Sie nimmt von der Stuhllehne ein rosarotes, formloses Gebilde, mit dem sie sich energisch umgürtet. Rasch wachsen die Strümpfe über Waden und Knie den baumelnden Fangarmen der Strumpfhalter entgegen, die nach ihnen schnappen, sie festhalten und straff nach oben ziehen. Sie schlüpft in einen orangefarbenen Bademantel aus dickem Frottiertuch, dessen Ärmel sie zurückstülpt, weil sie ihr über die Hände fallen. Dann sieht sie unter den hellen Wimpern hervor ihrem Spiegelbild in die blauen Augen, während ihre Hände lebhaft und geschickt die weiße Salbe über den Wangen zerstreichen.

Sie kämmt sich noch immer mit der gleichen Geste, wie sie es bei den Schwestern in Fribourg gelernt hat, wirft den Schopf der Haare nach vorn, während sie mit den Zähnen des Kammes vom Nacken aufwärts über den Hinterkopf fährt. Dann schüttelt sie das Ganze zurück, legt die niedere, breite Stirne frei und strählt die Haare nach hinten, scheitelt sie, rollt die Enden zu einer blonden Kordel um den Kopf, wischt sich die Crème von der Haut, bürstet die Zähne und klopft die nasse Zahnbürste mit einer zwanzig Jahre alten Bewegung auf dem Handtuch aus.

Sie prüft noch einmal das Wetter und entschließt sich für den blauen Tailleur. Vor der Türe findet sie den kleinen Topf mit Milch; sie steckt den elektrischen Kocher an, macht die Tasse bereit, greift hinter den Vorhang und nimmt das Pariserbrötchen und den Unterteller mit Butter vom Fenstergesims. Dann ist jener Augenblick da, wo sie, mit aufgestützten Ellenbogen, der Tasse langsam das heiße Getränk entschlürft, während ihre Augen starr und leblos über deren Rand hinaus in eine vage Ferne blicken.

Sie greift nach ihrer Handtasche, die neben ihr liegt, findet den Brief, entfaltet ihn, liest. Die Banque de Fribourg bestätigt ihr den Empfang des Hypothekarzinses sowie der Amortisationsquote. Sie rechnet nach. Die zweite Hypothek ist nun nicht mehr erheblich. Noch anderthalb Jahre, und sie wird völlig getilgt sein.

Natürlich, es ist nur ein kleines Schuldenbauerngütchen, aber nun gehört es ihr. Solange der Vater lebt, wird er es noch bewirtschaften, und später wird man dann sehen. Sie kann es selbst bewohnen. Möbel für die beiden obern Zimmer hat sie. Im Sommer kann man es vermieten. Echallens liegt ganz günstig, Narzissenfelder und so. Vielleicht wird es dann auch Gliot übernehmen. Der hat ja schon ein paarmal gefragt. Für ihn wäre es natürlich günstig.

Sie seufzt leise, befriedigt. So weit wäre sie also. Sie hat es geschafft. Es war doch nicht vergeblich, der ganze Dreck, die Mühe, die Angst. Jetzt schert sie sich einen Teufel darum, was die Leute sagen. Jetzt lacht sie. Nicht reich ist sie, aber wenigstens unabhängig. Sie hat ein Stück Boden, ein Haus, eine Kuh, Gemüse. Das Gemüse kann sie noch ausbauen, das Hotel Gouret beliefern. Sie wird durch die Beete gehen, eine große Schürze anhaben, einen breiten Florentinerhut auf dem Kopf, die Gießkanne in der Hand. Auf dem Wege von Echallens nach Claret werden sich die Bauern mit den Ellenbogen anstoßen, wenn sie über die Ebene hin ihren hellen Strohhut in der Sonne leuchten sehen. Sie hat es geschafft. Verdammte Kleine. Die weiß, was sie will. Ist doch eine richtige Fribourgerin geblieben, die auf ihren Boden zurückkehrt. Eine Bäuerin wie wir. Wie der Notar geschaut hat, als sie die Banknoten auf den Tisch legte und der Vater das Höfchen auf ihren Namen überschreiben ließ! ‹Verdammte Kleine›, hat er gedacht. Deutlich konnte sie ihm das vom Gesichte lesen.

Einverstanden, sie hat durch den Dreck hindurchmüssen. Aber wer hat nun letzten Endes recht? Wer? Sie, die kleine Angeline Lapassat, mit ihrer Idee hinter dem Kopf! Was ist das schon alles. Sie sind über sie hinweggegangen, aber sie sind zerstoben und gestorben, und was bleibt, ist der kleine Weidenhof.

Sie hat Zeit. In ein, zwei Jahren wird es soweit sein. Dann verkauft sie das Zigarrengeschäft und – adieu!

Sie steht auf, nimmt den Schwamm von der Toilette und beginnt, die Blätter der Palme abzuwaschen, sacht, eines nach dem andern. Dann gießt sie aus dem Glas ein bißchen Wasser in die trockene Erde des Topfes.

Beim Stadelhoferbahnhof fährt der Zug sieben Uhr vierzig ein.

Sie legt den Brief in die Schublade der Kommode, auf das Bündel der andern, unter die Strümpfe, schließt sie ab, bettet die Couch, zieht den Hut an, steht noch einen Augenblick an der Türe, das Ganze überblickend.

Sie ist eine kleine, adrette Frau, mit blondem, leicht gekräuseltem Haar, das den matten Glanz der Goldschnitte alter Bücher hat.

An der Haustüre vorbei ziehen die Kolonnen der Vorörtler, die den Pendelzug verlassen haben. Wortlos wandern die dunklen Gestalten durch den hellen Morgen. Im Torbogen der Haustüre steht die bronzene Göttin der Fruchtbarkeit in ihrer Nische. Während Angeline die Handschuhe anzieht, schaut sie zu ihr auf. Nie wird sie es erleben, daß die Statue ihre Geste beendet. Immer wird sie dastehen mit halboffenen Händen, und nie wird sie wissen, führt sie die Hand, Vorsicht gebietend, zum Mund, oder will sie abwärts weisen, wo in ihrem Schoß die bronzenen Früchte der Verteilung harren.

Langsam schreitet sie die Stufen hinab, und dann ist sie eingereiht in die Kolonne der frühen Fußgänger. Sie geht mit Vorliebe unter den Männern, denn die kennt sie. Sie schaut sie an, abschätzend, mit Augenlidern, die leicht das Blau ihrer Augen streifen, mütterlich beinahe.

II

Wenn sich die Uhrzeiger jenem ominösen Winkel von 45° bei acht nähern, dann beginnen die blankgewichsten, wohlaufgeräumten und so harmlos aussehenden Kanzleien des Stadthauses unvermutet ihre Saugkraft zu entwickeln. Sie erstreckt ihre Wirkung bis weit über den Platz hinaus und macht aus der Masse der ameisengleich herbeieilenden

Kanzlisten ein fächerförmiges Gebilde, das am eichenen Haupttor wie durch ein Ventil angesogen und in die große Schalterhalle des Erdgeschosses entleert wird, von wo aus sich das Träppeln ihrer Schritte über die sandsteinernen Stufen der gotischen Treppenaufgänge und die roten Fliesen der Korridore verteilt.

‹Fünf Minuten früher aus dem Nest, und sie brauchten nicht zu rennen›, denkt Reimar, der Adjunkt des Sozialwesens, gewohnheitsmäßig, wie er am Fenster steht und sein schwarzes Lüsterjäckchen anzieht. Diese fünf Minuten, die er früher ist als die andern und die ihm die demütigende Fortbewegungsart des Rennens ersparen, gehen durch sein ganzes Leben. Er hat daraus sein System gemacht, und sie haben ihm den abwägenden und kühlen Blick seiner dunkeln Augen gegeben, durch den er gewöhnlich in den Reihen seiner Mitbewerber aufzufallen pflegte. Er setzt sich gemächlich, mit aufgestützten Ellbogen und gefalteten Händen vor sein Pult, zieht dann die Uhr, wendet langsam das Gesicht der Türe zu. Und wirklich, in diesem Augenblick erscheint auch schon der Weibel Wiederkehr.

«Guten Tag, Herr Doktor», sagt er, legt das Bündel Briefe auf den Tisch und geht zum Thermometer ans Fenster. «Ist es warm genug?» fragt er und dreht an der Zentralheizung herum.

Aber Reimar achtet nicht mehr auf ihn. Er hat sein kleines Federmesserchen geöffnet und beginnt systematisch die Couverts aufzuschneiden. Er schneidet sie auf, eines nach dem andern, und legt sie wieder hin, ohne den Inhalt herauszunehmen. Wie jeden Morgen empfindet er die sacht elektrisierende Wirkung dieses Vorgangs. Die Briefe sind an das Sozialamt der Stadt gerichtet, und er öffnet sie, er darf sie öffnen, er ist gewissermaßen ‹die Stadt›.

Für eine kurze Weile ist es beinahe ganz still im Raum. Nur hie und da raschelt ein wenig Papier, knackt die Heizung. Eifrig, aber nicht ohne Würde, neigt er sich über die Platte. Wie eine schöne schwarze Bärenraupe legt sich sein Haar, vom Halse her aufwärts, über seinen Schädel ohne Hinterkopf und endet in einer sauberen, dichten Bürste über der gelblichen Stirne.

Auf einmal lächelt er, und sorgfältig, Wort für Wort, liest er die Verordnung durch:

Verbot der öffentlichen Ausstellung und Anpreisung von antikonzeptionellen Mitteln

1 Es wird folgende Polizeivorschrift erlassen: «Das öffentliche Ausstellen von die Schwangerschaft verhütenden Mitteln wie Präservative in Schaufenstern und Auslagen jeder Art sowie das Aufstellen von Automaten zum Verkauf solcher Mittel in Wirtschaften, Cafés, Konzert- und Tanzlokalen, Kinos, Ladenlokalen und den dazugehörenden Zugängen, Durchgängen, Aborten usw. sowie auf öffentlichem Grunde ist untersagt. Die Bestimmungen der allgemeinen Polizeivorschrift finden Anwendung.

2 Diese Vorschrift tritt am Tage nach ihrer erstmaligen Bekanntmachung im städtischen Amtsblatt in Kraft. Die Polizeidirektion des Kantons Zürich hat am 6. Sept. vorstehender Polizeivorschrift gemäß § 74 des Gemeindegesetzes die Genehmigung erteilt.

Zürich, den 10. September. Der Stadtrat.

Er sieht sich selbst, wie er vor dem Sanitätsgeschäft steht und wie er sich geschworen hat, dem Unfug ein Ende zu machen. Da stellen sie Badeschwämme aus, Bruchbänder, Fußstützen, Kinderbälle, lustige Schwimmfiguren für das Strandbad, und daneben diese Sauerei. Er denkt sich aus, wie das Meieli davorsteht und die Aufschrift liest: ‹Für den Herrn›, und es treibt ihm die Röte ins Gesicht.

Und wie dann der Kampf losging, unterirdisch, zäh. Er sieht sich noch, wie er zu Hause sitzt, im strahlenden Sonnenschein, im Garten, und an seiner Eingabe herumknorkst. Er erinnert sich noch an die Kommissionssitzung und an den blöden weltanschaulichen Einwand, den die sozialdemokratischen Mitglieder gemacht haben, wie sie da in großen Worten redeten von moderner Ethik und dergleichen Geschmäus. Und wie er dann nach seiner Abfuhr Fühlung genommen hatte mit dem Parteivorstand, mit den Christlich-Sozialen, der evangelischen Volkspartei, den Kreisen um den Frauenverein, und wie dann im Gemeinderat die Interpellation von Dr. Popp kam und wie sie dann wieder zurückgezogen wurde, weil sie sich inzwischen geeinigt hatten und quasi ein Tausch stattfand gegen die ‹Vorschrift für die Benützung von Brandmauern für Reklamezwecke›, die den Heimatschützlern am

Herzen lag und für die sie die Roten mobilisiert hatten, die aus irgendwelchen antikapitalistischen Gründen da mitmachten. Während er mit Daumen und Zeigefinger der linken Hand über den kräftigen Schnurrbart fährt, so daß in der Mitte ein Scheitelchen entsteht und ein Stück der roten, optimistischen Lippe frei wird, denkt er: ‹So, und jetzt kommen dann die ‚Salons de Couture' dran, diese verkappten Puffs – und dann rücken wir der Automobil-Prostitution auf den Leib.› Eine warme Welle steigt in ihm hoch. Er lehnt sich ein bißchen zurück, fährt mit der Hand über die gleichmäßige seidige Bürstenfläche der Haare, steht auf und blickt an den gotischen Säulchen vorbei durch das Fenster, über den Fluß hinaus. Die Möwen kreisen in großen Spiralen über dem Wasser, kommen ganz nahe bis an die Scheiben, stieben aufgeregt kreischend und scharf luchsend davon. Ein blasser Sonnenstrahl fällt auf das blankgewichste Linoleum, und der prosaische grüne Porzellanschirm der Stehlampe flimmert auf wie ein Smaragd. Kantig und rechteckig stehen die hellen Eichenmöbel im Licht. Sein Gefühl hat keinen Namen. Die Möwen kreisen hinter den sauberen Scheiben über der lebenden Stadt. Aber hinter den Fassaden der Häuser ist ein Gewimmel von Habgier, Trunksucht, Unzucht, von all den niederen Dingen, die an der Menschheit zehren und es immer und immer wieder hinausschieben, daß sie jenen idealen Zustand erreicht, den wir alle in unserer Brust herumtragen und ohne dessen Vorstellung wir nicht leben könnten, weil wir kein Ziel vor den Augen hätten. Seine Einsicht, eben jene fünf Minuten, haben es gefügt, daß er hier, an dieser Stelle, sitzen darf und tätig eingreifen in die Geschicke dieser Stadt. Es ist Kleinarbeit, aber man sieht es ja, hinter der kleinsten Verordnung stehen die Prinzipien und stoßen die Weltanschauungen aufeinander, und immer geht es schließlich ums Ganze. Auf der einen Seite sind die Triebe und die Instinkte und auf der andern Seite die Vernunft, die Entsagung, die Strenge – kurz: Gott.

Wohlgefügt und sinnvoll verzahnt sieht er die Organe des Landes. Volkes Stimme ist Gottes Stimme. Wenn das Volk ihn und seinesgleichen auf ihre Plätze ruft, so weiß es nicht, daß es, oft gegen die eigene Verblendung, einer höhern Einsicht gehorcht, in seinem dumpfen, uneingestandenen Drange nach Reinheit und Erlösung.

Natürlich, die Bandagisten, die Gummiwarenhändler und die Coiffeure werden noch ein wenig Stank machen mit Eingaben und der Berufung auf die Gewerbefreiheit, und vielleicht ist es auch nicht ganz korrekt und kann nicht auf städtischem Gebiet allein geregelt werden. Inzwischen wird man aber dafür sorgen, daß der Vorschrift Nachachtung verschafft wird und daß die Töchter senkrechter Bürger ohne Not die Schaufenster betrachten können.

Tänzelnd kommt das Schimmelpaar einer Hochzeitskutsche über die Brücke. Verhaltenen Schrittes biegen sie in den Platz, und die drei Kutschen rangieren vor dem Tor des Stadthauses. Er sieht gerade noch das Bräutchen mit gerafftem Rock dem Coupé entsteigen, und dann kehrt er zum Pult zurück, nimmt den großen Rotstift, macht ein geheimnisvolles Zeichen an den Rand der Verfügung, drückt wuchtig auf den Holzgriff des mechanischen Datumstempels. ‹Antikonzeptionelle Mittel anpreisen, das fehlte gerade noch!›

Er wendet sich wieder den Akten zu, blättert darin, es liegt offenbar nichts Dringliches vor. Weil er die Unterschrift Kahns erkannt hat, nimmt er das Schriftstück heraus, lehnt sich in dem leicht wippenden Stuhl zurück, liest.

Es ist der Bericht des Dermatologischen Instituts über den Fall einer luetischen Ansteckung der Privatamme Köster, Anneliese, geb. 1902, durch den Säugling Meier, Fritz, geb. 18. 8. 1934. Es handelt sich offenbar um eine Nachlässigkeit bei der Untersuchung des Neugeborenen, die Blutprobe wurde gemacht, aber es scheint eine Verwechslung stattgefunden zu haben. Die Primäraffekte der Amme sind eindeutig. Ihr Mann, ein arbeitsloser Möbelschreiner, ist mit seinem Fall bei der Gewerkschaft vorstellig geworden. Die hat ihm einen Anwalt zur Verfügung gestellt; der klagt. Die Frau, ihre Familie sind in ihrer Existenz bedroht. Während der Behandlung wird die Milchproduktion zum Stillstand kommen, und eine neue Bewilligung kommt nicht mehr in Frage. Die Krankenkasse macht Schwierigkeiten, verlangt die Untersuchung des Mannes, der offenbar seine Arbeitslosigkeit auch nicht wie ein Mönch zugebracht hat, zitiert dessen Verkehr mit einer gewissen Glättli, die allerdings kontrolliert wurde, aber im Jahre 1933 eine Merkurbehandlung durchmachte. Medizinisch ist es ein gefahrloser Zwischenfall, sozial eine schwere Angelegenheit, juristisch verwickelt. Reimar nimmt den Hörer von der Gabel. «Geben Sie mir das Dermatologische Institut, Dr. Kahn!»

«Hier Reimar. Kahn? Salü. Wie geht es dir?... Du hör mal, ich lese da gerade deinen Bericht über den Fall Köster. Schöne Sauerei das. Seid ihr eurer Sache sicher? ... Ich meine, ist es der Meier, Fritz, nicht die Glättli?»

Er lehnt sich zurück, blickt zur Decke, macht «hm», «ja», «sowieso» ins Telephon hinein, «aha».

«Für uns ist das Ganze eine Verantwortungsfrage», sagt er. «Nach eurem Bericht liegt der Fehler ... Nein, die Mutter mußte man nicht darauf hin prüfen, aber das Kind ... Ja, wir holen halt noch eine Expertise ein.»

Einen Augenblick lang wird ihm bewußt, daß sie über Menschenmaterial verhandeln, über den Säugling Meier, Fritz, die Frau Köster, Anneliese, über den Köster, Gustav, über die Glättli, Sonia, und daß es noch ein bißchen weitergeht, daß der Anwalt der Versicherungsgesellschaft, der städtische Rechtskonsulent, das Sanitätsdepartement damit zu tun haben werden. Wohlgefügt und sinnvoll verzahnt sind die Organe des Landes, das sieht man wieder, eine Sortiermaschine, die sondert und siebt, bis alles geordnet in den Dossiers liegt. Und jetzt ist ihre Generation am Ruder, die Vierzigjährigen, Jahrgang 1895.

«W e r ist da? Meidenholz? Der Meidi? Was will denn der ... Hast du ihn schon gesehen? ... So, jetzt dann? Von mir brauchst du ihn nicht grüßen zu lassen ... Ach, ihr mit euerem ‹jüdischen Herz›! ... Billig ist das, billig ... Soll machen, daß er wieder hingeht, wo er hergekommen ist.»

Mit dem Rotstift schreibt er eine große Bemerkung auf den aufgeschlagenen Kalenderblock, ‹M'holz Militärpflicht-Ersatz›, schreibt er hin und fügt ein großes Fragezeichen an.

«Wie du meinst. Gut. Gut. Also, adieu.»

«Was wollen Sie?» fragt er den Weibel Wiederkehr, der mit seinem leicht rebellischen Gesicht unter der Türe erscheint.

«Ihre Tochter war unten, das Meieli. Sie läßt Ihnen ausrichten, sie kommt nicht zum Mittagessen. Sie macht mit Fräulein Abenthür eine Velotour nach Regensberg.»

«Naatürlich», sagt Reimar mit übertrieben langem ‹a›, «Schlachtenbummeln im Manövergebiet. Mögen Sie sich noch erinnern, Wiederkehr, in Dielsdorf hatten wir auch einmal Kantonnement.»

«Zu Befehl, Herr Hauptmann», sagt der Weibel Wiederkehr, und innerlich denkt er das unschöne Wort ‹Schafseckel›.

III

Wir trafen uns unten an der Parterreloge des Instituts. Kahn redete, angetan mit seinem weißen Mantel, durch den kleinen Schalter auf einen bemützten Mann ein. Zwischenhinein wandte er einmal zufällig den Kopf, sah mich in meinem Regenmantel ein paar Schritte von ihm wartend stehen, mich erkennend leuchteten seine Augen hinter dem Zwicker auf, er nickte mir zu, fuhr aber fort, dem respektvoll an seinem Munde Hängenden etwas auseinanderzusetzen. Sein ganzes Wesen atmete eine gewisse Autorität aus und schüchterte mich ein. Die Zeit war da vorbeigegangen, und was ich zuerst an ihm bemerkte, war ein Niederschlag von Erfahrung und Sicherheit, der an ihm haftengeblieben war. Auch befremdete es mich ein bißchen, daß er seine Erklärung nicht unterbrochen hatte und nicht sofort auf seine frühere impulsive und unbekümmerte Art auf mich zugekommen war, so wie ich es mir vorgestellt hatte. «Ich bin gleich fertig, Meidi», sagte er, indem er sich nochmals mir zuwandte, als hätte er gefühlt, was ich dachte. Dann mochte es doch noch einige Minuten gegangen sein, während denen der Portier ihm Rede und Antwort stand.

«So, nun bin ich soweit. Willst du kommen», sagte er, indem er dem Lift zuschritt.

Er machte sich, wie mir schien, viel zu angelegentlich und pedantisch an der Lifttüre zu schaffen, während wir, eng beieinander und ohne uns anzuschauen, aufwärts glitten in eine höhere Region, in der wir vielleicht beide unsere Jugendzeit wiederzufinden hofften. Die paar Sekunden des Aufwärtssteigens mochten uns beiden gleich peinlich gewesen sein.

Wir gingen nebeneinander den hohen, unangenehm hellen Fenstern des Spitalkorridors entlang, es roch nach Karbol, und er hatte jenen raschen und anführerhaften Schritt, den die Ärzte bei ihrem Rundgang durch die Anstalt, gefolgt vom Kometenschweif der Assistenten und Schwestern, anzuschlagen pflegen. Und wirklich standen auch hie und da ein paar Krankenpflegerinnen bereit, denen er mit einer merkwürdig hellen und ein bißchen befehlshaberischen Stimme Anordnungen gab und Fragen stellte und die in jener charakteristischen halb demütigen, halb spießgesellenhaft-vertrauten Art vor ihm standen und ihm Antwort gaben.

Ganz hinten im Gang, wo es schon wieder mehr einen privaten Eindruck machte, bog er um eine Ecke und öffnete eine Tür, auf der sein Name stand.

Kaum war sie geschlossen, sagte er: «Also Meidi, komm, setz dich. Rauchst du eine Zigarette?»

Ich war so betreten, daß ich zuerst ans Fenster ging und sagte: «Eine wunderbare Aussicht hast du von hier oben», und beide schauten wir einen Augenblick auf die Stadt hinab, mit deren Rauchwolken die Sonne im Kampf lag.

«So, leg ab», sagte er und stellte mir einen Stuhl zurecht, und erst jetzt blickten wir uns in die Augen. Man könnte wohl am besten sagen, er sei eine Art Geier geworden, aber nicht ein prächtiger, wilder Geier, sondern ein Käfiggeier aus dem zoologischen Garten mit matten und spärlichen Federn und einem hautigen Hals.

Wir dachten sicher beide gleichzeitig an jene Nacht vor der Katastrophe, nach der ich ihn im Morgendämmer verlassen hatte, und es stellte sich jetzt erst so richtig heraus, daß fünfzehn Jahre inzwischen vergangen waren.

«Du kommst direkt von Surabaya? Immer noch bei der Kabelgesellschaft?» fragte er.

«Ja», sagte ich, «das übliche halbe Jahr Urlaub nach fünf Jahren. Aber das ist der erste, den ich in Europa verbringe.»

«Hast du schon jemand von den anderen gesehen?»

«Cerini», sagte ich. «Ich habe mit ihm und seinem Vater gestern abend in den ‹Drei Meeren› einen Liter getrunken.»

«Cerini? Den habe ich schon mindestens vier Jahre nicht mehr gesehen. Was macht er denn?»

‹Komisch›, dachte ich, ‹daß ich, der Zurückkehrende, nach so langer Zeit ihm Nachricht bringen soll von einem, der mit ihm in derselben Stadt lebt.› Auf einmal fiel mir unsere alte Formel wieder ein. «R», sagte ich. Er schaute mich an, überlegte einen Augenblick, lächelte; verstand, daß es unsere alte Geheimsprache war. ‹R› bedeutete ‹raté›, gescheitert. Wir wandten sie an, wenn wir von einem Gestrandeten redeten. Vielleicht war es eben Cerini gewesen, den wir als ersten damit bezeichnet hatten. Aber auf einmal dachte ich, daß sie diese Formel wohl auch auf mich angewendet hatten, im Gespräch unter sich, Reimar, Dankwart, Gerteis.

Er mußte meinem Gedankengang gefolgt haben. «Selbstverständlich kannst du jetzt nicht erzählen», sagte er. «Das kann man nie in solchen Fällen.»

Natürlich, er war es. Aber auf eine gewisse Art war er es auch wieder nicht. Es hat etwas eigentümlich Erschütterndes, nach so langer Zeit wieder einem Menschen gegenüberzutreten. Das, was ich von ihm gekannt hatte, war alles noch da, aber nun sah ich, daß ich ihn in einem unvollendeten Zustand gesehen hatte, der nur die Vorbereitung gewesen war für seine jetzige Gestalt, die gleichsam hinter der früheren bereitgelegen hatte. Wenn ich mit ihm redete, sprach ich mit zwei Menschen, mit einem fremden, neuen, der neue Wendungen und auch eine neue Stimme hatte, aber dazwischen klangen dann, beinahe musikalisch mochte man es empfinden, Motive, Tonfälle und Rhythmen aus jener früheren Zeit an.

Ich betrachtete Kahn, der vor mir, ganz nah, auf seinem Stuhle saß und der mich anschaute wie ich ihn. Die ganze Zeit über hatte ich das Gefühl, als müßte ich sein gegenwärtiges Bild ungeduldig, wie etwas Lästiges und nicht Ernstzunehmendes wegwischen, bis sich dann die Erkenntnis, dies sei nun eben einmal Kahn, ein bißchen schmerzlich bemerkbar machte. «Hast du Pläne?»

Ich sah mich selbst auf dem Deck des Dampfers stehen in der regendurchströmten Nacht und fühlte, wie es sich unter mir leise hob und senkte. Ich sah mich in der Kabine des Tresorraumes, über die erwachten Papiere gebeugt, und ich sah mich in der Wirtschaft ‹Zu den Drei Meeren› an der Tischecke sitzen, an der Zigarette saugend, die beiden Cerini nahe vor mir, und in die wattedicken Rauchschwaden blickend, und dann drehte ich ihm meinen Blick zu. «Pläne», wiederholte ich, «Pläne? In einem Leben wie dem meinen gibt es nur noch einen Plan.» Ich fühlte, wie auf dieses Stichwort hin mein Herz heftig und wie freudig aufgeregt zu schlagen begann. Etwas wie eine ungeheuerliche Dankbarkeit wurde in mir wach, daß es noch etwas in mir gebe, das in mir drückte und drängte wie eine zusammengepreßte Uhrfeder.

Endlich fand ich meine Frage. «Was ist mit Angeline geschehen?»

Ich sah, daß er ein merkwürdiges Gesicht machte. Vielleicht mochte er geglaubt haben, ich würde zurückkommen und hätte in der langen Zwischenzeit alles unter den Tisch gewischt mit einer nachlässigen Ärmelbewegung. Daß ich genau dort anknüpfte, wo alles liegengeblieben war, erschreckte ihn offenbar, und ich genoß sein Erschrecken wie einen Schatten, den ich vorauswarf, wie einen Vorschuß.

Er wollte es nachlässig sagen, nebenbei, belanglos, aber es mißlang ihm gründlich. Seine Stimme hatte eine gräuliche Farbe.

«Sie hat ein Geschäft, einen Laden, einen kleinen Zigarrenladen.»

Ich mußte laut herauslachen. Einen Zigarrenladen hatte sie! Einen Zigarrenladen? Das war das ganze Ende! Daß sie hinter einem Korpus stand, daß sie die Kurbel einer Registrierkasse drehte, Streichhölzer zu den Zigarettenpäckli dreingab. ‹Danke dem Herrn!› ‹Auf Wiedersehen dem Herrn.› Mein Lachen dauerte so lange an, bis sich durch den übertriebenen Lärm etwas anderes in mir zu Worte melden konnte. Etwas Unerwartetes.

Wir lagen im Gras. Wir waren am Birkenbäumchen gewesen, hatten es berührt, gestreichelt, wie es der Ritus unserer Liebe wollte. Die Libellen über uns machten ihre schwierigen Stillstehversuche in der Luft, bewegten mit mikroskopischer Schnelligkeit die Flügel, die anzusehen waren wie durchsichtige Propeller, und schienen wie fasziniert von den offenen Kelchen der Glockenblumen. Wir lagen auf dem Rücken, nebeneinander, und blickten in die schwindelerregende Tiefe des Himmelblaus über uns. ‹Ich wollte›, sagte Angeline, ‹ich wollte eine bedeutende Frau werden. Die Frau eines großen Mannes, eine königliche Frau, eine mächtige Frau. Eine Frau, die in der Geschichte vorkommt!› Und ich: ‹Das wirst du werden. Du hast so etwas an dir. Eine ungeheuere Macht. Etwas, mit dem du die anderen zwingst. Ich sehe große Dinge für dich voraus. Wirst du mich nicht vergessen, wenn du groß und strahlend bist?› Und sie lächelt, schließt die Augen, läßt es geschehen, daß ich ihre Stirne, ihre Brust küsse, die sich ganz leise hebt und senkt, und ich nicht weiß, von welcher Art die Erregung ist, die ich in ihr fühle: von jener, die meine Liebkosungen ihr geben, oder jener der hohen Wünsche, die sie von innen her spannen.

Ich habe das häßliche Wort während der langen Jahre oft leise in der Nacht vor mich hingesprochen, und es war eingehüllt in heißen Atem von jenen Dämpfen, die unvergessene Demütigungen in uns erzeugen. Ich war über diesem Worte zu einem Manne geworden, wie viele andere Männer. Es tat mir wohl, dieses Wort sagen zu können, und es drängte sich auch jetzt auf meine Lippen.

«Armes Luder», sagte ich.

«Kannst du das wirklich alles nicht vergessen?» fragte Kahn leise, und dabei hatte er nun endlich seine guten Augen wieder, die Augen jener Nacht, in der ich sprechen konnte und alles niederlegen vor ihm.

Ich blickte durch das Fenster über die Stadt hinaus, auf die dunkle Scharte des Utos jenseits.

«Du solltest wissen, was das ist: Demütigungen erleben. Ihr erlebt jetzt ja auch genug.» Er verstand mich gut. «Die Demütigung ist nur dann schlimm», sagte er mit der wohlbekannten Art, Sentenzen zu formulieren, «wenn man sie sich selbst zu eigen macht. Für die Demütigung braucht es nicht zwei, sondern nur einen.»

In diesem Augenblick erlebte ich das Phänomen vom Montagmorgen wieder. Ich blickte Kahn an, seine Geiernase, die ungefaßten Ränder seines altmodischen Zwickers, und plötzlich war es, als würde das Licht herabgemildert, eine, zwei Sekunden, beinahe bis zur völligen Dunkelheit, und wieder setzte mein Herzschlag angstvoll aus. Dann war es schon vorbei. «Ich möchte mich von dir untersuchen lassen», sagte ich. ‹Also doch›, sagte etwas in mir, und ich dachte an unser telephonisches Gespräch, das mir wie eine Abmachung zwischen Amt und Patient erschienen war. «Ich habe Störungen, Sehstörungen.»

«Ich gebe dir ein Wort mit an Professor Fischer von der Augenklinik.» Er zögerte ein wenig, dann fügte er sachlich, mit ärztlicher Stimme hinzu: «Soll ich dir eine Blutprobe machen?» Mir war, als hätte ich schon lange auf diese Frage gewartet.

Als ich an dem schnauzbärtigen Portier, der schreibend hinter dem kleinen offenen Schalter saß, vorbeiging, befühlte ich durch den Stoff hindurch das Leukoplastpflaster in der Ellbogenbeuge. Es war mir ein bißchen schlecht.

IV

Am rechten Straßenbord halten die Wagen der Mitrailleurabteilung, die Mannschaften sind abgesessen, stehen herum, haben sich ihrer Helme entledigt, und ihre runden Köpfe schimmern in der Sonne. Ein Dunst, aus Schweiß und Staub gemischt, flimmert über den Kruppen der Pferde. Die ganze mittägliche Straße, über hundert Meter lang, ist von Männlichkeit angefüllt, vom gekräuselten Rauch der Stumpen und Zigaretten, von Gelächter, Späßen, Diskussionen. Sie haben die Kragen geöffnet, und ihre Hälse glitzern schweißbeschlagen. Einer Hecke entlang stehen, den Rücken der Straße zugekehrt, die Soldaten, die ausgetreten sind. Die Pferde schütteln die Mähnen und nicken mit den Köpfen, daß die Kummete und das Geschirr rasseln. Die Fahrer kommen mit triefenden Tränkeimern vom Brunnen her, der abseits der Straße, zwischen zwei großen Kastanienbäumen, vor dem Gasthaus steht. Die Pferde schnauben, wenn sie sie kommen sehen, legen die Ohren nach vorn, machen rührend bettelnde Augen. Der Hufschmied geht mit seinem Hämmerchen der Kolonne entlang, hebt die Hufe der Pferde – «He, du, tu nicht so dumm!» –, entfernt die Schottersteine, die sich in den Eisen festgeklemmt haben. An der Spitze der Abteilung stehen die Unteroffiziere in Reih und Glied, die Karten in der Hand, und studieren an der Aufklärung der ‹Lage› herum, die ihnen der Hauptmann Widmer gibt.

Auf den Feldern stehen die Bauern, auf ihre Harke gestützt, und schauen dem militärischen Treiben zu, das sich im zitternden Glast des Mittags abspielt.

«Da vorn sind Soldaten», sagt Helen. «Wir wollen warten, ich fahre nicht gern an Soldaten vorbei.»

«Ich auch nicht», sagt Meieli, und mit einem kurzen Sprung stehen die Mädchen neben ihren Rädern, stoßen sie an den Wegrand, lehnen sie an den Apfelbaum und setzen sich ins Gras.

Ein Nachzügler der Kolonne reitet im Schritt an ihnen vorbei. «So wollte ich es auch haben», macht er vom Pferde herunter, unter dem Pilz seines Stahlhelms hervor.

Helen schaut auf das Gras hinab, antwortet nicht, kramt in ihrem Rucksack herum. Aber Meieli, mit ihren dunkeln, zusammengewachsenen Augenbrauen, schaut ohne Scheu gemütlich zu ihm auf, während sie die Hände über ihren angezogenen Knien verschränkt.

«Auf dich hat er es abgesehen», sagt sie ungeniert mit schiefem Mundwinkel und sieht dem Korporal lachend in das verkniffene und verschwitzte Gesicht. Der macht: «Tschau mitenand», und haut es in stotzigem Trab davon, daß ihm die kleine Ledertasche komisch im Kreuz baumelt.

Der Ton einer Trillerpfeife kommt mit beträchtlicher Verspätung bei ihnen an. Weit vorn an der Straße sehen sie die Bewegung von Stahlhelmen, die über den Kopf gestülpt werden, Reitern, die sich in den Sattel schwingen, die behandschuhten Hände der Offiziere, senkrecht emporgehalten, die roten Hände der Fahrer, an deren Gelenken die kurzstieligen Knüppelpeitschen baumeln. Sie hören das Knallen von Absätzen, die aneinander geschlagen werden, Befehle, die der Abteilung entlang wandern, und dann setzt sich die Kolonne mit knarrenden Achsen in Bewegung, zuerst im Schritt und kurz darauf in wippendem Trab, und schon verdeckt ein kleiner Staubschleier den kreuzweise mit Lederriemen bespannten Rücken der Soldaten des hintersten Wagens. Ein paar Liedfetzen aus männlichen Kehlen kommen noch über die Wiesen zu ihnen her, und dann kochen die Äpfel wieder friedlich ihre sauren Säfte über den Köpfen der Mädchen in der sonnigen Ruhe des frühherbstlichen Mittags.

Helen lehnt sich im Sitzen an die rissige Rinde des Baumstamms und blickt durch die dunkelgrünen Blätter hindurch ins Blaue hinein. Sie ist ein bißchen bleich um die Nase herum, und ihre Augen sind verschleiert. Während des Fahrens hat sie es vergessen, aber jetzt drängt es wieder auf sie ein, heftig und unvermutet. Sie überblickt das, was ihr seit gestern geschehen ist, mit leichtem Schauer, und sie erinnert sich, so war es damals, als sie sich in den Klassenlehrer verliebte.

«Ist dir nicht wohl?» fragt Meieli.

Helen schüttelt den Kopf, schließt die Augen, seufzt, ein bißchen komisch.

«Mich hat's», sagt sie.

«Du lieber Himmel, ist es nur das? Hat er dir ein Abschiedsmüntschi gegeben, der blonde Skikönig, als Rayonchef verkleidet?»

Helen lacht ein wenig. «O der – wenn du wüßtest.»

«Schon wieder ein neuer?»

Immer ist er so dagesessen, während des Essens, und hat mit blinden Augen um sich geblickt und hatte so einen merkwürdigen Geruch an sich, von Salz und Sand, und eine Falte vom Nasenflügel über die Mundwinkel hinab, und ganz ruhige braune Hände, außen hart wie Bretter, aber das Innere davon war heller, weicher, faltiger, und ein ganz klein wenig rührend und ungeschickt. Was haben wohl seine Augen schon alles gesehen, mußte sie in einem fort denken. Er ist viel älter als sie und gewiß ein richtiger Mann. Aber sie kann sich nicht helfen, sie hat Mitleid mit ihm. Er ist so kräftig und ruhig, aber er tut ihr leid. Sie mochte ihm etwas sagen, irgend etwas, eine gute Botschaft, daß sie ihn versteht, daß sie sieht, daß er ein Gehetzter ist mit seinem Revolver unter der Türe, und daß er doch alles lassen soll und sie anschauen, ihr in die Augen schauen, sich zu ihr niederbeugen, sie seitlich an ihren Armen festhalten, wie er es mit dem kleinen Uli getan hat. «Da, iß», sagte Meieli und streckt ihr das geschälte Ei hin. Ganz langsam reibt Helen ihren Hinterkopf an der rauhen Borke des Apfelbaumes. Es ist so ruhig, daß man den Brunnen plätschern hört, der abseits der Straße zwischen den zwei großen Kastanienbäumen vor dem Gasthaus steht.

*

Um dieselbe Stunde sitzt der Knabe Uli Meidenholz auf dem Betonboden des kleinen Küchenbalkons, der auf den Hof hinausgeht. Seine Beine hat er zwischen dem Gitter hinausgeschoben, und sie baumeln ins Leere. Seine Fäustchen umklammern die eisernen Rundstäbe, zwischen die er sein kleines Gesicht geklemmt hat.

Er ist für seine Flucht bestraft worden und mußte in der Küche essen. Sein Teller steht leer auf dem tannenen Küchentisch. Die andern sind im sonnigen Eßzimmer und halten ihr Mahl. Er hat die Balkontüre hinter sich geschlossen; so hört er das Klappern der Bestecke nicht mehr und das Gemurmel ihrer erwachsenen Stimmen.

Der Balkon ist auf der schattigen Hofseite. Überall sieht er in Küchen hinein, in denen Dienstmädchen hantieren, aber sonst ist es ganz ruhig. Die Schreinerwerkstatt und die Lichtpausanstalt sind geschlossen, nur an der Garage steht ein Mann im blauen Übergewand und spritzt ein schwarzlackiertes Auto ab. Das weiße Spitzerhündchen von Frau Teucher schnuppert zimperlich, durch seine Herrin vom Parterrefenster aus überwacht, am Spritzenhäuschen herum. Auch das staubige Buchsbäumchen steht wie schlafend in der dumpfen und geheimnisvollen Mittagstunde, die so verlassen ist wie ihre mitternächtliche Schwester.

Weit über die Häuser hin zieht sich der blaue herbstliche Himmel. Von Zeit zu Zeit hört Uli das Klingeln einer Straßenbahn in der Ferne. Die Handtücher und die Höschen der kleinen Schwester hängen bewegungslos am seitlichen Geländer.

In der Nacht hat er ein bißchen geweint und an das Mädchen Helen gedacht, nicht lange und nicht viel, denn der Schlaf war schon in seinen Tränchen. Und heute ist nun wieder ein Tag. Die Familie hat es unter sich abgemacht, mit ihm kein Wort zu sprechen. So ist er allein auf sich gestellt, und das gefällt ihm eigentlich ganz gut.

Seine Beine schaukeln leise im freien Raum unter dem Balkon; am Knie hat er ein Loch, und er sieht dort seine verschorfte Haut. Leise summt er ein wenig vor sich hin, sieht einer Ameise nach, die zwischen seinen geöffneten Schenkeln hindurchwandert; offenbar hat sie Besorgungen gemacht und sich verspätet.

Er dreht ein bißchen den Kopf und buchstabiert an der großen Tafel herum, die über der Automobilwerkstatt angebracht ist. ‹Limmat-Garage›, liest er, wobei er das zweite ‹g› ausspricht wie das erste. Zwei, drei Mal liest er das Wort hintereinander, leise singend und ein wenig mit dem Oberkörper wippend. Aber es gibt nichts Richtiges daraus. Da beginnt er von hinten zu lesen: ‹Egarag tammil.› Zuerst geht es ein bißchen schwer, aber dann eignet er es sich schon ganz gut an. «Egarag tammil.» Mühelos entsteht ein monotoner Rhythmus daraus, ein gleichförmiger, eintöniger Singsang:

«Egarag tammil
E-garag tamm-mil«

Sachte bewegt er, während seine Beine über der Tiefe baumeln, seine Hände die runden Gitterstäbe umklammern, zwischen denen seine Bubenblicke in die Ferne spähen, den Oberkörper hin und her und singt leise das geheimnisvolle zauberhafte Lied:

«Egarag tammil
Egarag tammil»

In weiter Ferne steigt es auf wie Staubwolken unter den Hufen galoppierender Pferde. ‹Hö, hö›, rufen die Reiter. ‹Hö, hö, Uli Meidenholz›, und sie sprengen heran, sprengen aus dem Durchgang in den Hof und halten die Flinten hoch, so wie er es auf dem Tonhalleplatz gesehen hat, wenn am Sechseläuten die Beduinen um den brennenden Scheiterhaufen stieben. Aber sie umkreisen nur das kleine Spritzenhäuschen und rangieren ihre Pferde vor dem kleinen Tor.

«Egarag tammil
Egarag tammil»

Den Häuserfassaden entlang beginnt es von gleißenden Teppichen herniederzurollen, lauter und lauter singt er sein Kauderwelsch, lebhafter und lebhafter bewegt er sein Körperchen wie in einer Ekstase hin und her. Es ist eine süße Wollust, das geheimnisvolle Wort auszusprechen, aber es ist auch auf eine unaussprechliche Art traurig und wie verwegen in der Einsamkeit des mittäglichen Hofes. Keiner kann ihn verstehen, wenn er ‹Egarag tammil› sagt, aber er versteht den Sinn dieser Worte, sie sind ihm vertraut von früher her, als er noch ein Reiter war, der um das Feuer sprengte.

«Egarag tammil!» ruft er laut und zornig in den Hof hinunter, so daß Frau Teuchers Hündchen erschreckt zusammenfährt und mit eingeklemmtem Schwanz zu ihm heraufbellt.

Auf einmal hält er mit seinem Singsang still und denkt nichts als das: ‹Ich.› Einige Male hintereinander denkt er nichts als ‹Ich›, blickt auf seine Knie herunter mit ihrem Loch in dem handgestrickten Strumpf, auf seine Fäustchen, die die Gitterstäbe halten, und dann sagt er vor sich hin: «Ich, Egarag tammil», bis von neuem das Pendeln über ihn kommt, und er es nicht mehr aushalten kann und er eintönig, beinahe klagend das seltsame Lied singen muß:

«Egarag tammil
Egarag tammil»

Nun sitzen auch die Dienstmädchen mit aufgestützten Ellenbogen an ihren Küchentischen, der Chauffeur hat seinen triefenden Wagen stehengelassen, das Hündchen ist nach Hause getrippelt, und die Reiter sind verschwunden. Nüchtern, in einer Stille, die nur vom Geklapper der Teller unterbrochen wird, liegt der Hof, halb besonnt, da.

Ein Zitronenfalter kommt aus dem Durchgang von der Straße her angetaumelt, umkreist das Buchsbäumchen und windet sich, erschreckt von der Wüste, in die er geraten ist, mühsam den sonnseitigen Häusermauern entlang empor, von niemandem gefolgt als von den blauen Augen des kleinen Uli Meidenholz, der immer noch leise schaukelnd sein Liedchen singt. Nachdem er es einige hundert Male gesungen und geschaukelt hat, tut sich endlich seine Wunderkraft kund, und selig fühlt er, wie die Tränen der kindlichen Einsamkeit über seine Wangen herunterkollern.

*

Gegen den Abend erreicht der Wagen des Rechtsanwalts Gerteis von Bern her die Stadt. Unter den Lidern hervor überblickt er die dunstige Route, die Biegung, den bleiernen Glanz des Belages. Die Hände liegen am Steuer, und unter den Füßen federt wie lebend das Gas. Im Gefährt ist es schwarz, die Kabine führt summende Ruhe als Fracht, und die Landschaft, japanischer Art gleich, auf lila Bänder gestickt, rollt hinter den Scheiben sich ab. Wie ein Boot in der Strömung zerteilt der besessene Wagen die Luft, und bescheiden und schläfrig verliert sich im Dämmer die Gegend und blinzelt mit zwinkernden Lichtern ihm gleichgültig nach. Doch verlockt ihn das Rotlicht des erbärmlichen Kleppers, der plötzlich im Blickfeld erscheint, dann bedrängen die Zehen instinkthaft und enger den lebenden Puls des Motors, der beflissen und summend den Wunsch des Beherrschers in Schnelligkeit wandelt. Just immer zur gleichen Sekunde erscheinen im Halbrund der Kurve Lichter begegnender Wagen, verwandeln das Ganze in Mathematik, in die erregende Frage, ob er noch vorbeikommt, bevor ihn die anderen kreuzen. Die Schnelligkeit dreier Wagen, die Breite der Straße: bekannte Faktoren; die Kurven verdeckende Häuser, betrunkene Vaganten und einsame Radler, die Laune und Herrschaft der Nerven und alles, was flüchtig bereitet im Dunkel der Menschen sich tut: die gefährlichen X der schnellen Berechnung. Doch während er alles ganz richtig vollführt, die Ohren das Summen der Kolben bewachen und prüfen, die Hände die Hebel bedienen, das Steuerrad führen und wenden und heikle Entschließung vorsichtig in Wägen sich wandelt, er laut in der stillen Kabine Beschimpfungen murmelt, rollt ruhlos das Filmband des innern Lebens, aufleuchtend und schimmernd, verdämmernd und zitternd, dicht hinter der Stirne vorüber, krause Visionen, doch zielvoll gerichtet, beleuchtet im Stadium des Werdens, versinkend, bevor sie geworden. Er schielt nach der seitlichen Scheibe, betrachtet sein Bild im Profil, die berühmten drei flächlichen Bogen der Stirne, der Nase, des Kinns und das rosige Öhrchen, ein bißchen verkrümelt, und, dicht an den Schädel sich schmiegend, das kräuselnde Schwarzhaar in bläulichen Wellen. Heroisch, fast römisch, so sieht er sich insgeheim, trotz Karikaturen und Neidern. Die Säume der inneren Straße begleiten wie Markungen, Saldi von Konten, die Depots der Aktien, das Budget des Monats, Stafetten zum Ziel auf der Fahrt durch die Nächte. ‹Bin müde, bin müde. Dem schläfernden Rhythmus des Wagens entrinnen! Noch fünfzehn Minuten, dann kommt die Passage, der Durchgang bei Schlieren. Man sollte nicht nächtlich so einsam im Wagen … Es herbstelt, es dunkelt zu früh, und die Augen …›

‹Gib Gas, gib Gas!› Zwei Karussellen gleich dreht rechts und links das dunkle Land wie flache Scheiben, rascher kreisend, Baumgärten, Telegraphenmaste, einsame Höfe, Schotterhaufen, dem hellen Trichter seiner Lichter zu. Das Summen der Maschine, bienenemsig, heller, untermalt die stummen Bilder seines innern Films mit dem geheimen Leitmotiv. Nun ist er mittendrin, die Menschen achten auf sein Wort, die kleine Fahrt ist nun zu Ende. Nicht mehr muß er im Rücksichtnehmen, Drehen, Wenden Zeit verlieren, kleiner Leute kleine Dinge deichseln. Am Saum der Bäume fängt das Dunkel an, sich rosarot zu färben; bunte, lichtgefüllte Röhren winden sich zu Namen; plötzlich gähnt der Tunnel, weißgekachelt, die Passage, festlich wie ein Tor zur Stadt. Jetzt kommt das letzte Straßenstück im Lilalicht der Kandelaber, triumphhaft aufgereiht; er braust hindurch. Erfolg, Erfolg, das Lied der armen Seele. Ach, keiner weiß, wie all das brennt, wenn einer vorwärts will und schielen muß und zielen, rechnen. Bogenlampen schaukeln über dem Asphalt. Der sachte Dunst des Nebels nimmt sich seinen Teil vom Licht, baut Milchglasscheiben an den Straßenrand, verhüllt die Kammern, wo das stille Land die Schrebergärten hütet, kleiner Leute Sommerparadies. Und da ist auch das erste Tram. Abbremsen.

Während, verlangsamt, der Wagen sich in Schaufenstern spiegelt, die Leute mit müden Gesichtern vom Trottoir herunter ihn anstarren, bedenkt er das Nächste, sein Festchen, die Gäste zu Hause. Jetzt kann er, ein bißchen müde vom Rhythmus des Fahrens, sich sagen: im vierzigsten Jahr. Ganz langsam verebbt sich der Singsang des Films; mit Hupen und Rechnen im Wenden und Stoppen durchkreuzt er die Plätze und steuert sein gläsernes, stilles Kabinchen im lebenden Tumult der leuchtenden Straße, bis über der Venus des Kühlers die Tore des Gartens sich öffnen und, haltend, die Räder die Schwungkraft im Kiese verknirschen.

V

Der Rauch der Zigarren kann sich nicht gemütlich und ungestört den Arabesken hingeben, die er um den Muranoleuchter aus bläulichem Glas bilden möchte, denn die Gespräche bringen die Luft durcheinander und stören seine beschaulichen Kreise. Auf der Glasplatte des eichenen Diplomatenschreibtisches, der schräg und schwer in das Zimmer hineinragt, steht ein bronzener Stier, in dessen Flanken sich das Licht spiegelt. Ein schmalhüftiger Matador mit federnden Waden zielt mit dem Degen nach dem Nacken des Tieres, und die wippende Spitze hat nur noch eine kurze Spanne zu durchlaufen. Unbeachtet steht die Gruppe im Mittelpunkt der Arena, den die paar Gäste bilden. Die Stelle ihrer Zusammenkunft ist auf 8° 33' 9" östlicher Länge von Greenwich und 47° 51' 36" nördlicher Breite. Es ist ein Ort, genannt «Villa Meraviglia», Felchenweg 12, Katasterblatt Nr. 4216. Der teppichbelegte Boden, auf dem sich die Gäste bewegen, ist 493.2 m ü.M. Es ist Dienstag, 11. September, und genau 21 Uhr 34 Minuten. Das Wetter war heute leicht dunstig, gegen Mittag brach die Sonne durch, seit dem Abend geht ein leichter Wind mittlerer Stärke, Richtung WNW und streicht über die Büsche des Gartens. Der Mond befindet sich seit drei Tagen im Zunehmen, Saturn steht in

Opposition im Zeichen der Jungfrau. Felix und Regula sind die Heiligen des Tages. Der Gastgeber, Dr. Arthur Gerteis, ist am Sonntag, den 9. September, vormittags 5 Uhr 30 in das einundvierzigste Altersjahr getreten, aber infolge des sonntäglichen Golfspiels und der gestrigen Generalversammlung der Abfallverwertungs-A.G. wurde das Festchen auf heute verschoben, wo also der Gastgeber bereits 40 Jahre, 2 Tage, 16 Stunden und 4 Minuten alt ist. Sein Gesundheitszustand muß als gut bezeichnet werden. Außer dem einen linken unteren Molar besitzt er noch sämtliche Zähne. In der Gegend des Os occiputale machen sich Anzeichen von Haarausfall bemerkbar. In seinem eher gedrungenen Körper befinden sich Herz, Lunge und Verdauungsorgane in guter Ordnung. Eine leichte Fettanlagerung an der Bauchplatte wird erfolgreich durch mäßigen Sport, wie Tennis, Golfspiel und Schlittschuhlaufen, bekämpft. Durch das viele Sitzen im Auto hat sein Gesäß etwas von seiner Straffheit eingebüßt. Laut amtlicher Publikation im Steuerregister besaß er per 31. Dezember 1933 ein deklariertes Vermögen von Fr. 204'000.– und ein Einkommen von Fr. 27'000.–. Dem Handelsregister zufolge ist er Verwaltungsrat der «Sevana» Holding A.G. Baden, der «Meraviglia» Cinema-Aktiengesellschaft, der Dachmaterialien-Handels-A.G., der Abfallverwertungs-A.G., der A.G. für Verwertung der Vasicek-Patente, der Freuler-Kapok-A.G., ferner ist er Sekretär der Liga Blumen Importierender Firmen, und, was allerdings nicht im Handelsregister steht, stiller und alleiniger Kommanditär des Zigarrengeschäftes Angeline Lapassat. Er ist Mitglied des Vereins Zürcher Rechtsanwälte, der Zürcher Kunstgesellschaft, des Zürcher Theatervereins, des Touring-Clubs, der Gemeinnützigen Gesellschaft des Kantons Zürich, des Golf-Clubs, der Lawn Tennis Association. Er hat augenblicklich 42 pendente Rechtsfälle.

Hinter dem Rücken der Gäste hat das Zimmermädchen Erna Hofmann, geboren 1912 in Ebnat-Kappel, leise die gläserne Schiebetüre zum Eßzimmer geschlossen, und sie beginnt den Tisch abzuräumen. Für sie sieht die Einladung so aus: Sie steht mit dem weißen Schürzchen und einem Häubchen, wie es die Zimmermädchen im Theater tragen, an der Tür und nimmt den Herrschaften die Mäntel ab. Sie sieht den gewichtigen Blick, den die Herren, bevor sie in die Halle treten, in den Spiegel werfen und mit dem sie gleichsam das

Straffe, Männliche noch rasch überprüfen. Sie sieht die Damen, wie sie sich ganz nah an den Spiegel drängen, als wollten sie ihr eigenes Spiegelbild küssen, ein bißchen zurücktreten, sich leicht drehen, mit spitzen Fingern an der Hüfte herumzupfen. Erna lächelt dann freundlich, öffnet die Türe, macht sich dünn, läßt die anderen vorbeigehen. Während dieser einen Sekunde ist sie sicherer als die Gäste. Sie freut sich, daß sie beruflich, und deshalb beinahe unbeachtet, der Veranstaltung beiwohnen kann. Ein wenig erlebt sie es so, wie wenn sie es ihrer Freundin Marie Steiner erzählen müßte, die Serviertochter in einer Konditorei in Zug ist und ihr von Zeit zu Zeit eine Zuger Kirschtorte schickt. Der unangenehme Teil besteht darin, daß sie servieren muß. Das tut sie nicht gern. Während sie zwischen den Gästen hindurch die Platte anbietet, hat sie das Gefühl, daß sie dann ganz in der Nähe, von der Seite her, durch die Zulangenden eingehend gemustert werde. Anderseits aber hat sie manchmal die Vorstellung, als sei sie der einzige unbeteiligte Zuschauer eines merkwürdigen Schaustücks, das vor ihr aufgeführt wird, und sie kann sich dann des sie belustigenden Gedankens nicht erwehren, daß die paar Herren und Damen ihretwegen so vornehm sind, als gelte es, gerade ihr zu zeigen, wie es in den höheren Klassen zu- und hergeht.

Kahn bekommt jedesmal hinter seinem Zwicker einen Tick, wenn Gerteis am Knopf des kostbaren Radioapparates zu drehen beginnt. Der Hausherr senkt dann lauschend den Kopf, bis er die richtige Welle, die passende musikalische Untermalung gefunden hat, dann wendet er sich befriedigt und ein bißchen so, als wäre er der Erfinder des tyrannischen Instruments, den Gästen zu. Das Bild ist richtig. Genau so, wie er es sich vorstellt oder wie es sich das Zimmermädchen Erna sich nicht besser wünschen kann.

Ihm kommt es immer vor wie ein Wunder, wie sich langsam, auf theatralische Weise, das Bild seiner Umgebung gewandelt hat, wie aus dem Eßzimmer des Versicherungsinspektors Gerteis an der Morgartenstraße, auf dessen grünem Peluche-Sofa, vor dem runden Tisch, der Sekundarschüler Arthur seine Aufgaben löste, im Laufe der Jahre dieses Herrenzimmer geworden ist. Was er empfindet, darf er nicht zeigen. Er geht, trotz seiner zielbewußten Sicherheit, gleichsam auf den Zehenspitzen in seinem Haus herum. Die Selbstverständlichkeit, mit der seine Gäste die Teppiche betreten, auf den Armlehnen seiner Klubsessel sitzen, aus seinen Tellern essen, erscheint ihm ein wenig ruchlos.

Der ehemalige russische Oberst Karasow emigrierte, politischer Gründe halber, im Jahre 1910 nach der Schweiz, richtete sich ganz bescheiden und demokratisch ein, ließ seinen Sohn Sascha die Zürcher Sekundarschule besuchen. Am 14. Oktober 1911 wurde das Bild geboren, nach dessen Verwirklichung sich der Knabe Arthur, der in dem Rechtsanwalt Gerteis zurückgeblieben ist, unablässig gesehnt hat. Dieser 14. Oktober war die Knabeneinladung zu Saschas elftem Geburtstag. Ein Zimmermädchen nahm ihnen die Mützen ab. Der Oberst, mit seinem schwarzen Bocksbärtchen, hieß die verschüchterten und linkischen Knaben willkommen. Er saß hinter einem mächtigen dunkeleichenen Diplomatenschreibtisch, auf dessen gläserner Platte eine Bronzegruppe stand. Krumme, goldverzierte Kosakensäbel hingen an den Wänden, alte Meßgewänder und die runden, lederbespannten Schilde exotischer Krieger. Bücher, einheitlich in rotes Leder gebunden, bildeten den Hintergrund zu der vornehmen Gestalt des Obersten. Von einer geheimen Krankheit angesteckt, verließ der Sekundarschüler Gerteis die Wohnung. Niemand wußte es. Er selbst vielleicht auch nicht. Von diesem Tage an rauschte es über seinem Haupte von den Flügelschlägen eines höheren Lebens, und alles, die Wohnung seiner Eltern, die Schule, die Kameraden, nahmen die Gestalt des Provisorischen, Flüchtigen, Vorübergehenden an, das nicht für ihn war, das er verlassen wollte, das er bereits verlassen hatte. Vielleicht hat er das alles schon längst vergessen. Aber beharrlich und unbeirrbar ist ein knabenhafter und regsamer Bühnenmeister in ihm zurückgeblieben, unter dessen Anordnung Wände emporgezogen und durch andere ersetzt, Möbel hereingetragen, Teppiche aufgerollt, Gardinen gehängt und Lampen montiert werden. Von Szene zu Szene näherte sich das Bild dem Raum, in dem der russische Oberst Karasow die Knaben empfangen hat. Und jetzt ist es soweit.

Auf spanische Art das blauschwarze Haar in der Mitte gescheitelt, sitzt Frau Annie Dankwart unter dem grellgelben Pilz der Stehlampe, eine Photographie aus der Illustrierten «Dame». Sie sitzt. Sie lächelt. Es scheint, als verdecke der elfenbeinfarbene Hals ein präzises und gut unterhaltenes Kugelgelenk, auf dem sich das Köpfchen mühelos spielend drehen und wenden läßt. Dankwart steht neben ihr, die Hände in den Hosentaschen, die angerauchte Zigarre lose zwischen den Lippen aufgehängt, und mustert die Rücken der aufgereihten Bände hinter den Spiegelscheiben des Bibliothekschrankes. Vom aufsteigenden Rauch ist sein linkes Auge leicht eingekniffen. ‹Sechs Jahre New York City›, sagt seine Haltung, ‹Well›, sagen seine Halbschuhe. Aber darunter ist er zweifellos der Tößtaler geblieben, mit dem runden und zuverlässigen Winterthurer Kopf und den mißtrauischen Fältchen unter den Augen.

Neben ihm steht, blondgekrönt, mit strammem Bauch, tüchtigen Lenden und Armen, die zum Kübeltragen berechnet sind, Frau Hanni Zindler. Sie hat ein ganz reines, frauliches Profil, so wie man sich Elsi, die seltsame Magd, vorstellt, und wenn sie redet, hört man ein berneroberländisches Schwingfest, die beiden Villmergerkriege und die Abschüttelung der Franzosenherrschaft aus ihrer Stimme.

‹In den Rauchzimmern der Oberseedampfer, den Hallen der Hotels, in den Empfangsräumen der Gesandtschaften, in den Salonwagen der großen Eisenbahnlinien, zwischen den Kulissen der Filmstudios, in unzähligen Häusern kommen die Leute auf diese Weise zusammen›, denkt Kahn, der hinter der Gruppe auf dem Fenstersims hockt. ‹Sie haben gebadet, sie tragen frische Wäsche auf dem Leibe, sie gehen herum mit eingezogenem Bauch, und ein jeder peilt mit den Blicken die andern an, festzustellen, wo er und wo die anderen stehen. Generale, die im Weltkrieg Millionenheere geführt haben, werden in ihrem Alter von den hängenden Spitzen ihres Schnurrbarts am Trinken der Bouillon verhindert, Bankverwaltungsräte diskutieren mit ihren Chauffeuren die Benzinrechnung, die Inhaber von Großschlächtereien erhalten von ihrem Arzt vegetarische Diät vorgeschrieben, Regierungsräte spielen im Bad mit schwimmenden Seifen, Gefängnisdirektoren verweigern ihren studierenden Söhnen die Anschaffung eines Motorrades, philatelistische Könige betrachten durch die Lupe die Verschiedenheit zweier Briefmarken, Parlamentspräsidenten trocknen in der gekachelten Einsamkeit der Toiletten ihre Hände an feuchten Handtüchern ab, aber immer, irgendeinmal, stehen sie so in Gruppen beieinander und bilden

den Standard, den Urmeter für die lebenden Bilder der bessern Gesellschaft.›

«Ich würde jetzt verkaufen», sagt Zindler zu Gerteis. «Die Brüsseler Konferenz ist gescheitert. Der Kontinent fängt an, englischen Zucker zu konsumieren. Du kommst noch gerade glatt heraus, wenn du den Dezember-Kontrakt realisierst.»

Sie stehen vor dem Radioapparat, der leise ersterbend von London her in das Zimmer summt: ‹I am so happy to-day.› Zindler hat sein kleines Notizbuch in der Hand und macht mit dem starken Nagel seines Zeigefingers eine Kerbe unter Gerteis' Position.

«Kupfer würde ich noch halten bis vor die Saarabstimmung. Die Deutschen kaufen.»

«Also gut, gib mal 2000 Sack. Für den Rest will ich noch zwei Tage zuwarten. Willst du telephonieren?»

Zindlers Augen sind blau und ausdruckslos wie Manschettenknöpfe. Er ähnelt ein wenig dem zielbewußten Mann auf den Reklamebildern englischer Regenmantelfirmen. Er hat die laute Stimme der Skifahrer, kräftige und wendige Schultern, und man fühlt, wenn man ihn ansieht, daß er mit Schußfahrten und geschickten Schwüngen dem Leben gewachsen ist.

«Laß nur, ich weiß Bescheid», sagt er, öffnet die Tür und geht hinaus. Die schwach erleuchtete Halle geht durch zwei Stockwerke des Hauses hindurch. Er bleibt einen Augenblick unschlüssig stehen. Ganz oben, in dem farbigen, nach Osten gewandten Fenster, ist ein kleiner Flügel offen, die Nachtluft strömt leise herein. Zindler überlegt sich den Text der Depesche, die er aufgeben will, und genau in dieser Sekunde geschieht es. Das ist ihm schon einmal vorgekommen, als Jüngling. Er stand bis zu den Badhosen im Uferwasser, die Sonne brannte auf ihn hernieder, das Schilf rauschte um ihn herum, mit kräftigen Armen schob er das Boot vor sich her, um es aus der kleinen Bucht herauszubringen. Mit halboffenem Munde, ein wenig töricht wandte er den Kopf. «Hä?» fragte er. Es war ganz still um ihn, nur eine Libelle flirrte über den Schilfspitzen. Er sprang aus dem Wasser auf den Uferweg, blickte nach beiden Seiten. Alles lag harmlos in der Sonne da, leise neigten sich die Lanzen des Schilfes dem Ufer zu, und zwischen ihren Rohren plätscherte das Wasser. Mit heftig klopfendem, angstvollem Herzen stand er auf dem Uferweg.

Und jetzt, in dieser Sekunde ist es genau gleich. Er steht in der lautlosen, schwach erleuchteten Halle. Es ist ihm eine Botschaft gekommen. Er weiß nicht woher, er weiß nicht, was sie bedeutet. Sie hat keine Worte. Sie hat keinen Sinn. Er schüttelt leise mit ausdruckslosen Augen den Kopf, tritt an den Apparat, hängt den Hörer ab, horcht lange wie gebannt auf den Summton, als könnte ihm durch ihn Aufklärung aus den Sphären kommen, zögert, kann sich nicht entschließen. Es ist, als sei ein feiner Schleier über ihn geworfen worden. Er empfindet etwas wie ‹So kann es nicht weitergehen›. Dann runzelt er die Brauen und beginnt energisch, die Nummernscheibe zu drehen.

Die Köchin Margarethe Fenner, geboren 1893 in Niederhöchststetten, geschieden von Balthasar Wildbolz, der ein Schuft ist, sieht es so: Eigentlich hätte sie heute ihren Ausgang, aber sie mußte ihn auf den Mittwoch verlegen, weil der Herr Doktor ein paar Leute eingeladen hat, indem am Sonntag sein vierzigster Geburtstag war. Aber da er am Sonntag immer Golf spielen geht und nachher bei Frau Geißler zu Nacht ißt, hat er die Einladung auf Dienstag verschoben. Das Menu ist das gewöhnliche bei solchen Gelegenheiten: Mock-turtle-Suppe, blaue Forellen, gebratene Güggeli, eine Coupe von Huguenin. Das Moderne daran ist die Grapefruit, die vor allem anderen serviert wird. Hoffentlich geht es nicht zu lange. Die Wienerli mit Meerrettich und das Bier, die um Mitternacht aufgetragen werden, kann dann Erna anbieten. Sie geht nachher aufs Zimmer, die Beine tun ihr wieder weh.

Im Herrenzimmer hat unterdessen Kahn hinterrücks den leise maulenden Radio abgestellt. Gerteis blickt fragend zu ihm herüber. Wie um sich zu rechtfertigen, nimmt Kahn das Likörgläschen vom Taburett und tritt in die Mitte des roten Teppichs. Er sieht aus wie ein Geier mit seinem hautigen Hals.

«Er will eine Rede halten», sagt Hanni Zindler und setzt sich bequem, mit offenen Beinen, hinter den Schreibtisch; sie sieht aus wie die Kassendame in einem Café.

«Liebe Freunde», sagt Kahn, «solche Anlässe, solche Geburtstage selbst haben keinen eigenen Wert. Sie sind Peilungspunkte, Hilfsmittel. Ihr Sinn ist: künstlich ein Datum mit einer Erinnerung zu verbinden, damit nachher, später, besser gemessen werden kann, damit der Vergangenheit die erschreckende Einförmigkeit des Zeitablaufs genommen werde.»

In diesem Moment kommt Zindler zurück. Auf seiner Stirne steht geschrieben, daß es so nicht mehr weitergehen kann.

«Ist dir nicht wohl, Boby?» fragt Frau Zindler hinter dem Pult hervor.

«Prima», sagt er mit seiner lauten Skifahrerstimme und ist ein bißchen weiß an den Nasenflügeln.

«Dann fahren Sie weiter, Sie Salonbolschewist», sagt Frau Zindler autoritär und lehnt sich wieder zurück. «Darauf wollte ich gerade kommen», sagt lachend Kahn. «Auf das, was die Zeit aus uns gemacht hat. Ich kannte ein Mädchen, das anno 18 in der Pension Kalbermatten an der Junkerngasse zu Bern in Reformrock und Sandalen mit schweren Gewissensnöten kämpfende Studenten zur Dienstverweigerung ermutigt hat.»

«Damals wog ich 52 Kilo, jetzt 75. Der Substanzzuwachs war zweifellos bürgerlicher Herkunft», ruft Frau Zindler hinter der Torerogruppe hervor.

«Eine nicht uninteressante Beziehung zwischen Geist und Fleisch! Aber weiter. Ich kannte den Handelsschüler Emil Dankwart, der jeden Morgen von Oberwinterthur nach Zürich fuhr, mit seiner Mappe unter dem Arm, Brot kauend. Er ist inzwischen ein zürcherischer Ford geworden.»

Dankwart grinst. Seine Schuhe sagen ‹Well›.

«Ich habe den Sohn des Konsumverwalters Zindler gekannt, ein stilles asthmatisches Bürschchen, ein richtiger Drückeberger, in günstiger letzter Position auf der alphabetischen Klassenliste. Auf einmal, im Militärdienst, ist ihm ein Knopf aufgegangen, er wird ein berühmter Skifahrer und der raffinierteste Terminhändler des Platzes.»

«Und ich», sagt Dankwart endlich, «habe den Sohn des Posamenteriewarenhändlers Kahn an der Langgasse gekannt, und er wurde der berühmteste Schnörri der Neuzeit.»

«Aadankabenthürcerini
Dankwartgeisergerteiskahn»,

zitiert Gerteis.

«Meidenholzmöckliobristquirin
Reimanwidmerweidmannzindler»,

fährt Kahn ernsthaft weiter.

«Well, und nun kommt das mit der schwankenden Hängebrücke über den brausenden Strom der Zeit», grinst Dankwart.

«Nein, nun kommt das Geburtstagskind», sagt Kahn. «Gerteis ist uns allen vorangegangen. Der erste Vierziger in der Reihe. Der Mutigste. Er ist entschlossen in die Quarantäne getreten. Mit dem vierzigsten Jahre fangen die Rufe eines anderen Lebens an, deutlicher zu werden. Bis vierzig währt die Illusion vom eigenen Willen, aber von vierzig an kommt das Fabrikationsgeheimnis zum Durchbruch, das Kennzeichen der Serie.»

«A propos, wann haben wir die Klassenzusammenkunft», fragt Gerteis.

Kahn schaut ihn an. «Es ist wieder einer aufgetaucht. Aber es wird vielleicht schwer sein, ihn einzuladen.»

Gerteis weiß sofort, um wen es sich handelt. Er ist ein wenig blaß geworden, und seine Augen nehmen jenen verschleierten Ausdruck an, den sie bekommen, wenn der Anwalt der Gegenpartei ein unerwartetes Argument in den Prozeß wirft.

Ahnungslos lächelnd sitzt Frau Dankwart mit ihrem spanischen Scheitel unter dem Lampenschirm und schaut zu den vier Männern hinüber. ‹Wie Richter sehen sie auf einmal aus›, denkt sie, über ihren Köpfen schillern, vielfach gewunden und prunkvoll, die Arme des Muranoleuchters. Hanni Zindler ist ihr verändertes Wesen auch aufgefallen.

«Für wen sind die Schlangen,
die über den Häuptern euch zischeln…»,

zitiert sie ihren Pensionats-Racine.

«Für Meidi», ruft Kahn zu ihr hinüber.

«Danke für Obst», sagt Gerteis grob.

«So darf man nicht sein», sagt Kahn. «Wir sind alle eines Alters und haben nur die, die mit uns in der Reihe sind. Mit den andern, die vor uns gehen, und jenen, die nachkommen, verbindet uns weniger.»

«R», sagt Gerteis nur.

Kahn schaut ihm in die Augen. «Wenn ihn das Gericht freigesprochen hat, so haben wir kein Recht … Er hat seine Stelle verloren, ist ausgewandert, und wenn er nun nach so langer

Zeit zurückkommt … So darf man nicht sein», sagt er nochmals bekümmert. «Du weißt ja, weshalb er es getan hat.»

Frau Fenner sitzt auf dem Bettrand und reibt sich die Waden. Das Zimmermädchen Erna Hofmann sitzt am Küchentisch und betrachtet die Photographie von Lilian Harvey, die sie in der abgeräumten Zigarettenschachtel Zindlers gefunden hat.

Der Matador zielt unentwegt nach dem Nacken des bronzenen Stiers. Würde er zustoßen, durch das Tier, die Pultplatte, den Teppich und die ganze dunkle Erde hindurch, so käme er bei 47° 51' 36" südlicher Breite und 171° 26' 51" östlicher Länge von Greenwich heraus, wo ein Neuseeländer an der Sonne hockt und einen Fisch brät.

MITTWOCH

I

Wir beobachteten einander, die Stadt und ich. Ich ging in ihr herum, und sie ging um mich herum. Beide versteckten wir etwas voreinander, beide hatten wir ein Geheimnis. Ich gefiel ihr nicht. Sie blickte mich von den Türmen herab, zwischen den halbgeschlossenen Jalousien der Häuser hindurch mißtrauisch an, während ich deutlich fühlte, daß auch sie mir etwas verbarg, daß etwas zwischen ihr und mir war, das ich nicht kannte. Sie machte ein Gesicht, als wäre ich ein fremdes Gift in ihren Adern, und sie hätte noch nicht heraus, wie ich unschädlich zu machen wäre. Ich fühlte es selbst, daß es so war. Ich zirkulierte in ihren Adern, wurde mit dem Verkehr das Limmatquai hinuntergespült, die Bahnhofstraße hinauf, unauffällig und eingegliedert überquerte ich mit andern Fußgängern die Plätze, war ein Teil des Flusses, der den Grundmauern der Banken und Kirchen entlangfloß, dann aber, an irgendeiner Ecke, tat es sich kund, daß ich fremd war, ziellos, und an keine der Stellen hingehörte, an die ich angeschwemmt worden war und wo die andern aufgesogen wurden. Ich blieb stehen, ging zurück, suchte einen andern Anschluß.

Ich war lieber überall als zu Hause. Ich fühlte, wie die Mutter darauf wartete, daß ich mich endlich in der ruhigen Stube zu ihr setze und ihr die Stunde gebe, auf die sie fünfzehn Jahre gewartet hatte: die Stunde, wo ich zu erzählen beginnen würde. Sie war geduldig, sie sagte nichts, sie fragte nichts. Sie verbarg ihre Ungeduld unter ihrer körperlichen Unbehilflichkeit, aber ich wußte, wie es immer alle Mitglieder einer Familie voneinander wissen, daß sie nachts nicht schlief. Sie sorgte sich, sie beobachtete mich, angstvoll und mißtrauisch, ein bißchen wie die Stadt, in der ich herumging. Ich sah sie mit ihrem armen und verknorrten Körper zwischen den Leintüchern liegen, den warmen, mageren Altweiberkopf zwischen die Kissen gebettet, von schwerem, zitterndem Blut durchpulst, und darüber nachdenken, was war, was sein würde. Ich sah das alles, es zerriß mir das Herz, und ich konnte nichts tun. Ich fühlte, wie es gut sein würde, wie es mich befreien und versöhnen würde;

es war dicht vor mir, greifbar nahe, aber ich mußte es stumm und töricht mit ansehen, ein Tantalus der Gefühle, ein Gefangener in der Zwangsjacke seines Schicksals. Wir haben das immer gehabt in unserer Familie.

Es gab ein Antlitz, das mich verfolgte. Es war jenes des Mannes, der im Jahre 1917 auf der Bahnhofbrücke stand, als das Regiment 27, vom Aktivdienst kommend, mit fliegenden Fahnen und blinkender Blechmusik seinen Einzug in die Stadt hielt. Er hatte einen Stumpen im Mund, an dem er aufgeregt saugte. Sein Hut war ihm ein wenig zu klein und saß ihm auf dem Hinterkopf, der vordere Rand war herabgekrempelt. Den Kopf gereckt, stand er auf dem Randstein, in der Reihe der Zuschauer. Mit allen Fibern, kindisch beinahe, aufgeregt und ganz bei der Sache, genoß er das militärische Schauspiel, gehoben, bewegt, ein Kenner, von Erinnerungen durchschauert wie ein alter Schlachtengaul. «Hut ab», riefen sie hinten, als die Fahne vorbeigetragen wurde. Er hörte es nicht. Er hatte es ganz vergessen. Er sah ein bißchen läppisch aus in seiner Selbstvergessenheit. Er schnaufte den Anblick der feldgrauen Kolonnen in sich hinein. Da schlug ihm jemand den Hut vom Kopfe. Man sah, daß er spärliches Haar hatte und ein paar Schweißtröpfchen auf der Stirne. Er verstand nicht sogleich, was los war. Er kam von seiner armen Selbstvergessenheit zurück und sah in lachende und aufbegehrende Gesichter. Er hob den Hut auf, fuhr mit seinen braunen, bäuerlichen Händen über den staubigen Rand, klopfte ihn am Knie ab, schaute sich um. Er war ganz bleich und seine Nasenflügel zitterten. «So, jetzt aber», sagte er, und suchte nach dem Angreifer. Man fühlte, er war ganz bis unter die Haut mit Kräften geladen. Er möchte losschnellen, sich entladen. Keiner würde ihm widerstehen. Er hatte jene Kraft in sich, die Hufeisen zerbricht. Aber gegen wen, gegen wen sollte er sich wenden? «So, jetzt aber», sagte er nochmals und blickte umher, aber keiner achtete auf ihn, alle blickten gebannt, auf den Zehenspitzen, nach der militärischen Kolonne. Er war ganz einsam und unbeachtet mit seiner aufgewühlten Kraft, mit seiner Demütigung, mit seinem ungestillten Sühnebedürfnis.

Das Gesicht dieses Mannes war mein Gesicht.

Ich saß mit meinem Leukoplastpflästerchen in der Ellbogenbeuge auf der Bank vor der Polytechnikumterrasse, eine Stunde vielleicht, und blickte über die Dächer hin. ‹Was willst du denn eigentlich›, fragte ich mich. Weiße, hauchzarte Rauchwolken kräuselten über den nahen Dächern. Die Autos krochen über die Straße, hielten, wendeten, kreuzten sich, genau wie Pantoffeltierchen unter dem Mikroskop. Die wandernden Pünktlein waren Menschen, und jeder trug in seinem oberen Teil die ganze Welt mit sich herum. Deutlich konnte ich die weißen Schwäne auf dem dunklen Wasser der Limmat sehen. Sie führten miteinander Reigen auf und Spiele mit undurchsichtigen Regeln. Ich war mit einem Mal auf eine unerwartete Weise müde, und beinahe hätte ich gewünscht, daß jetzt, in dieser Sekunde, das Dunkel für immer über meine Augen sich senke. Sie haben dich vergessen, und deshalb bist du tot, denn wir leben nur, wenn andere unser gedenken. Vor fünfzehn Jahren bist du gestorben. Armes Gespenst, es nützt nichts, mit den Ketten zu rasseln. Mußte ich den langen Weg aus keinem anderen Grund zurücklegen, als um noch einmal abzumessen, wie weit weg ich von ihnen war?

Ich stieg die Schienhutgasse hinab, verlor mich in den schattigen Korridoren der Altstadtgassen und schritt über die Schwelle der Wirtschaft «Zu den Drei Meeren».

Cerini saß hinter seinem Tisch, kramte in seiner mächtigen Brieftasche – wie alle armen Leute hatte er eine mit Papieren vollgepfropfte Brieftasche –, breitete amtliche Mitteilungen vor sich aus, weiße Zahlungsbefehle, gelbe Pfändungsurkunden, rote Steigerungsanzeigen, und machte mit einem lächerlichen Bleistiftstummel methodische Notizen zu den einzelnen Zahlen. Es sah wirklich aus wie ein kindliches Unterfangen.

«Salü», sagte er. Ich empfand es wohltätig, daß ich wenigstens in seinem Weltbild ohne Erstaunen meinen Platz hatte.

«Sie wollen den Alten versorgen», erklärte er mir. «Sie wollen ihn versenken, die Sauhunde. Weißt du, wer dahintersteckt? Der Reimar, der Stündeler, das Kalb.»

Ich sah die Zeit vor mir, da ich durch die Stadt hetzte, den Betrag von Fr. 68.40 nebst Kosten aufzutreiben, die Lohnpfändung abzuwehren. Es handelte sich um das Grammophon, das ich Angeline geschenkt hatte. Eine abreisende Freundin hatte ihr zwei Platten zurückgelassen, und da schenkte ich ihr das Grammophon dazu, das ich auf Abzahlung erworben hatte. Die eine der Platten spielte das Lied «C'est le plus joli rêve». So hatte es angefangen. Nachher war ich, den Mantel vollgestopft mit Fuchsfellen, zu ihr gekommen. Es waren gegerbte

Felle, unbearbeitet, die ich dem Präparator Hirsbrunner, der bei uns im Höfchen seine Kürschnerei betrieb, vom Lager genommen hatte. Es kam nie aus, denn der alte Mann hatte keine Ordnung.

Am Mittwoch stehe er beim Globus an der Bahnhofbrücke, erklärte mir Cerini. Ob ich dann ein paarmal vorbeikommen und ein Päcklein Rasierklingen kaufen wolle. Selbstverständlich gebe er mir das Geld nachher wieder zurück. Es sei nur wegen den Leuten, weil keiner der erste sein wolle.

Das wolle ich gern, sagte ich. Ob ich ihm vielleicht jetzt etwas Geld geben dürfe? Er schaute mich an, legte seine Zigarette weg. «Jä soo», sagte er. Ich schob ihm unter der Tischplatte eine Zwanzigfranken-Note zu. Er steckte sie zusammengefaltet in die Westentasche (‹Wozu hat er die Brieftasche?› dachte ich). «Und?» fragte er und blickte mir in die Augen. «Nichts», sagte ich, «so, für den Alten.»

Er drehte sich auf seinem Sitz wie ein Bankdirektor auf seinem Drehstuhl. «Miggeli, komm einmal da her», rief er zu der Kellnerin hinüber. «Was habt ihr zu spachteln?»

«Es gibt Suppe, Kalbsbraten mit Kartoffelsalat und Hörnli.»

«Gut, ich nehme das Menu, und einen halben Hallauer.»

Über seinem Kopfe hing ein Schiff. Es war ein schönes, handgefertigtes Modell. Als Kapitän war leider nur eine Mickymaus da. Sie hatte den Kopf leicht gedreht und winkte mit einem roten Fähnchen auf den schmausenden Krauskopf herunter.

Ob ich schon jemand von den anderen gesehen habe, fragte Cerini zwischenhinein. Außer Kahn niemand, sagte ich. Es schien ihn nicht besonders zu interessieren.

Ob er Gerteis einmal gesehen habe, fragte ich.

«Den kannst du jeden Tag sehen, wenn er ins Geschäft fährt. Ein windiger Bruder. Ich war mal Kassier am Fußballplatz der Grasshoppers. Plötzlich, wer steht vor dem Schalter? Gerteis. ‹Zwei Logen›, sagt er, lugt mich an, aber tut nicht dergleichen. Ein Aufschneider, ein Krampfbruder.»

In diesem Augenblick begann das Schiff über Cerinis Kopf sich ganz langsam zu drehen. Es hing an einem dünnen Faden von der Decke herab. Es drehte sich langsam von Himmelsrichtung zu Himmelsrichtung, und die glattpolierte Frauenfigur an der Spitze hob ihre Brüste den Winden entgegen. Ich folgte so aufmerksam und gefesselt diesem Vorgang, daß ich Cerinis Worte nicht mehr hörte. In vielen Häfen der Welt habe ich dieses ans Herz greifende Manöver beobachten können, wenn das Schiff, von den Schleppern verlassen, wie zögernd die Richtung sucht, die Segel eines nach dem andern emporschnellen wie weiße Grüße, und das Schiff dann seinen Weg wählt über den Meeren. Wer es einmal gehört hat, wie die großen Winde der Weite das Tauwerk mit jenem Rhythmus erfüllen, der über den Wassern, unter den singenden Himmeln der Ausreise, heimisch ist, der ist für immer dem Zauber der ausfahrenden Schiffe verfallen.

Ich muß Cerini dann ziemlich rasch verlassen haben, denn von Zeit zu Zeit tauchte, indem ich dahinschritt und der Frau über die Meere folgte, ein Bild der Straßen und der Stadt auf, das Geländer, an dem ich dem Fluß entlangschritt und das unter meinen Handballen abrollte wie ein Drahtseil, die Kornhausbrücke, deren Bogen zwei niedere und geduckte Städtchen verband, aber alles so fern und unbedeutend, als wären es Traumbilder. Wenn ich um mich blickte, Leute sah, Häuser, Kinder, Bäume, so schien es, als seien sie von mir abgewandt, als wäre ich unsichtbar und müßte ich über die Mittel nachsinnen, durch die mein wesenloses Dasein wieder mit greifbarem Stoff ausgefüllt würde.

Mir waren keine Fristen gesetzt. Ich war erst zwei Tage zu Hause. Meinen Mitteln nach konnte ich noch lange beschäftigungslos in der Heimat weilen; aber von dem Augenblick an, da ich die Grenze überschritten hatte, war ich wie getrieben und setzte dem Aufschubheischenden in mir ein erbittertes Nein entgegen. Die Zeit floß zäh und zögernd mit mir dahin, von Minute zu Minute, und gönnte mir nur kurze Spannen der Flucht. Ich saß da, ein übersättigter Zeitfresser, fühlte, ich mußte da hindurch, und niemand würde es wegräumen für mich.

Ich hatte einen jener nebenseitigen Wege eingeschlagen, wie sie sich, nur den Einheimischen bekannt, durch alle Städte schlängeln. Unter der Aufschrift «Für Unberechtigte verboten» führte ein Torgang in einen Hof hinein, den Lichtschacht, den vier hinterseitige Häuserfronten miteinander bildeten. Man konnte mitten hindurchgehen, und auf der anderen Seite führte ein gleicher Torgang auf eine neue Straße hinaus. Man überquert sie, und wieder geht es durch einen Schacht in ein neues

Hofgeviert hinein. Ich schritt langsam dahin und sah jedesmal, wenn ich in einen neuen Hof kam, auf der anderen Seite den Durchgang, und durch diesen hindurch schon wieder den Eingang in einen neuen, fast so wie man im Traume die Dinge ineinandergeschachtelt sieht. Traumhaft und still war auch die Innenseite der Höfe, die, in Schatten- und Sonnenseite geteilt, dalagen wie verlassene Arenen. Leise klapperndes Leben tat sich nur auf den Balkonen und Veranden kund. In einem der Höfe war ein kleiner Knabe, der einen Ball am Hause emporwarf, und eine Frau am offenen Fenster fing ihn auf und warf ihn zurück, hoch im Bogen über die Köpfe von vier kleinen Mädchen hinweg, die sich verkleidet hatten. Alle vier hatten sie helle Bänder rund um die Stirne geknüpft, so daß es aussah, als trügen sie Diademe; aus Vorhangspitzen hatten sie sich kleine Mäntel verfertigt, die ihnen fremdartig von den Schultern hingen, und in den Armen trugen sie Puppen, die in denselben Stoff eingewickelt waren. Jedesmal, wenn der Ball von ihm wegflog oder in schönem Bogen zu ihm zurückkam, machte der Knabe mit großen Augen ein Gesicht, als besäße er übermenschliche Macht, denn dieser Ball war er nun selbst; der Schwere enthoben, flog er über das, wie er meinte, beschränkte Gebaren des Mädchengeschlechtes hinweg.

Ich durchquerte noch ein Höfchen, und dann kam ich in eines, in dem ein Spritzenhäuschen stand. Hoch oben über mir sah ich einen Knaben hinter dem Gitter eines Balkongeländers sitzen, seine Beine baumelten rhythmisch in der blauen Luft, und dazu sang er ein knabenhaftes Kauderwelsch, und auf einmal erkannte ich, daß es Uli war und daß ich unter der Wohnung meines Bruders stand.

Ich blieb im Schatten des Torbogens stehen, ein kleines Spitzerhündchen strich an mir vorbei, mir war, als hörte ich in des Kleinen Gesang mein eigenes Lied, und es war ein nutzloses, törichtes Unterfangen. ‹Et le poète s'en va, seul à travers le monde.›

Hinter dem runden Kopf des Knaben tauchte des Mädchens Gesicht auf, das ihn gebracht hatte. Ich hatte sie kaum beachtet, und nun sann ich über ihren Namen nach. Ich rief mir ihr ernstes, ein wenig verschlossenes Gesicht in Erinnerung, und es fiel mir auf, wie sie mich angesehen hatte. Wie war nur der Name des Mädchens gewesen? Er hatte etwas Bekanntes, Vertrautes gehabt, das von der Jugendzeit herüberwehte. Ich hatte den Eindruck, daß wir beide, der Knabe dort oben auf seinem Balkönchen und ich hier unten im Schacht des Durchgangs, über dasselbe nachsännen und daß ich seine Zukunft und er meine Vergangenheit sei, und dieses Mädchen, dessen Name ich nicht finden konnte, stände zwischen uns und hielte uns an den Händen, als die Verkörperung der Zeit, die zwischen uns lag. Und dann, in einer zagen Erschütterung, kam mir der Name: «Abenthür». Es war einer jener Augenblicke, wo man wie einen Einblick gewinnt in die geheime Ordnung der Dinge, wo man sieht, wie sich alles verzahnt und zueinander gehört in geheimnisvoller Weise.

Ein wilder, weinerlich-zorniger Schrei, in einer unbekannten kindlichen Sprache ausgestoßen, kam von oben herunter, das Hündchen antwortete bellend darauf und stob eingeklemmten Schwanzes davon. Behutsam zog ich mich in das Dunkel des Durchgangs zurück.

Etwas Zerrendes, Bettelndes umwehte mich. Ich ging dahin und hörte meinen Schritten nach, und mir war, als liefe jemand mit leeren, bittenden Händen hinter mir her, als ob ich nicht selbst ein Bettler wäre, als ob ich selbst noch etwas zu verschenken hätte.

Dann, als ich auf die offene Straße hinaustrat – die kleine Wunde am Ellbogengelenk machte sich ein wenig bemerkbar –, hatte ich die erste ernsthafte Störung. Es war, wie wenn das Licht herabgemildert würde. Ich stand still, tastete mit der Hand nach der Sandsteinmauer eines Hauses, klopfenden Herzens, erschreckt, und ließ es von Dunkelheit in mich hineinfließen. Ich zitterte. ‹Ich bin erblindet›, dachte ich. Ich sah ein fahles Licht vor meinen Augen und starrte hinein. Vielleicht ist es das letzte Mal, daß ich es sehe. Das letzte Mal durch all die Millionen Jahre hindurch, und ich würde versinken in jene Welt des Dunkels, die im Innern aller Dinge ist, wenn sie noch so friedlich in der Sonne liegen, und es in nichts verraten, daß sie Höhlungen sind, in denen die andere Seite unseres Lebens haust.

Ich hörte die Stimme eines jungen Mannes neben mir. «Ist Ihnen nicht gut», fragte er. Ich muß wohl sehr blaß an der Mauer gelehnt haben, und ich fühlte, daß meine Stirne feucht vor Schweiß war.

«Nein, es geht schon wieder», sagte ich, «bitte lassen Sie nur – oder könnten Sie mich zur nächsten Taxameterstation führen?» ‹Wir treiben Schindluder mit dem Leben›, dachte ich. Es hatte sich noch jemand zu uns gesellt, sie stützten meine Ellbogen und führten mich zwischen ihnen.

Ich tastete mich langsam die messingbeschlagene Treppe empor, und es war eine merkwürdige Wiederholung meiner Heimkehr. «Mir ist nicht ganz wohl», sagte ich zu meiner Mutter und bedeckte mit meiner Hand die Augen. «Bitte, mach dunkel im Zimmer, ich will mich niederlegen.»

Es fiel ihr nicht auf, von welcher Art meine Krankheit war. Ich fand mich in meinem Zimmer ohne weiteres zurecht. «Ich muß mich einfach hinlegen», sagte ich, «und wenn ich heute abend nicht herauskomme, laß mich einfach schlafen – nein, nein, keinen Doktor, ich kenne das schon. Das bekommt man in den Tropen!»

Ich hörte das Geräusch ihrer Schritte, das Rascheln ihrer Kleider, ich sah ihr besorgtes Gesicht so deutlich vor mir, wie ich es in den fünfzehn Jahren gesehen hatte. Ich hörte, wie sie die Jalousien schloß, das Bett abdeckte, fühlte ihre rauhe Hand einen Augenblick auf meinem Handrücken, und dann hörte ich, wie die Tür ins Schloß fiel.

Das Bett war eine kühle Wolke, die mit mir durch die Nacht fuhr. Meine Hände lagen seitlich von mir, offen, und unter ihren Ballen strich es wie sanfte, tragende Luft dahin.

*

War es schon dunkel in der Welt? Ich wagte nicht, die Augen zu öffnen. Ich wartete darauf, bis die Großmünsterglocke anschlüge. Ich hatte geschlafen, traumlos, ruhig, geborgen in das Dunkel eingebettet, wie in eine Heimat, in die ich zurückgefunden hatte.

Manchmal erschien mir, als hörte ich etwas vor der Tür, und es machte mich froh. Ich tastete nach dem Pflaster an meinem Arm, spielte daran, riß es schließlich weg. Es floß ein bißchen Blut, ich fühlte es warm, klebrig. Ich klebte das Pflaster wieder auf, legte den Arm über meinen Mund, schmeckte an dem Blut, leckte daran. Es war fad und geruchlos. Aber es kam von mir, daran war kein Zweifel.

Ich hatte keine Angst mehr. Ich fühlte die Berührung der Luft an meinem Gesicht, und ich konnte so, ohne mich zu bewegen, meine Züge feststellen. Sie waren nicht so hoheitsvoll und gelassen, wie ich es gerne gewollt hätte. Es waren müde Züge, aber müde ohne Frieden. ‹Wir treiben Schindluder mit dem Leben›, mußte ich immer wieder denken.

Dann schlug die Glocke. Mein Herz klopfte, während ich zählte, als hinge von dieser Stunde, die wir auf unserer Fahrt durch die Welten erreicht hatten, mein Schicksal ab. Es war natürlich die Hoffnung dabei, daß ich, wenn es dunkel war, ungestraft, ohne gedemütigt zu werden die Augen würde öffnen können, und es wäre schwarz um mich, wie um alle auf unserer westlichen Hälfte. Es schlug vier Mal. Ich konnte es wagen.

Das Licht einer Straßenlaterne spiegelte im Gitterwerk der Vorhänge. Ich hatte nasse Augen.

Ich sah Helen Abenthürs Gesicht vor mir, die rührend braunen, ein wenig zerkratzten Arme. ‹Wenn ich nicht mehr sehen soll, mit deinen Augen möchte ich sehen›, dachte ich und entschlief mit einem tiefen Seufzer.

Es sah furchtbar aus, als ich am Morgen blutbesudelt erwachte. Aber ich konnte es der Mutter erklären. Sie kam ins Zimmer, als ich schon angekleidet war. Sie machte einen sehr alten und verwachten Eindruck mit ihren kleinen, rötlich unterlaufenen Augen hinter der Brille. Sie sagte nicht viel, wie sie es seit ihrem Anfall offenbar vermied, mit der Sprache umzugehen. Es lag etwas Rührendes darin, wenn sie stumm und schwerfällig ihren Geschäften nachging und es dann jedesmal ersichtlich wurde, daß sie alles bedacht und erwogen hatte. Es wurde ein ganz festlicher Morgen daraus, mit Eiern auf dem Frühstückstisch und Schinken und etwas, das ich ganz vergessen hatte, Rösti.

Als ich ging, hielt sie mir die Türe, und ich mußte es vermeiden, auf ihren gelichteten Scheitel herabzusehen, weil es mich auf diesen Anblick hin jedesmal im Hals würgte.

Noch immer standen die beiden farbigen Pokale, der eine rot, der andere blau, auf dem kunstvollen Teppich von verschiedenartigem Kräutertee im Schaufenster der Drogerie. Ich betrachtete alles eine kurze Zeit, dann wandte ich mich der Haustür zu, in deren Nische noch immer die bronzene Göttin stand, die die eine Hand zum Munde führte und mit der anderen auf die Früchte in ihrem Schoß deutete. Ich trat durch die Tür und begann langsam, die ausgedellten Stufen emporzusteigen. Oben war der Schacht durch dicke Glasscheiben gegen den Himmel abgeschlossen, und ein diffuses Licht strich an den schräg aufsteigenden Galerien der Treppen vorbei.

Dann stand ich vor der Tür; ich dachte daran, wie manchmal sie sich meinethalben in ihren Angeln gedreht hatte, zögernd oder rasch, weit oder nur zu einem schmalen Spalt, wie damals, als Angeline mir zwischen Tür und Angel die Mitteilung zugeflüstert hatte, es sei Haussuchung bei ihr.

Ich griff mit einer gewohnheitsmäßigen Bewegung nach dem Schlüssel in meiner Tasche – ich hatte ihn im Tresorfach gefunden – und steckte ihn geräuschlos ins Schloß, und es war der zweite Schlüssel nach fünfzehn Jahren, der paßte. Ich öffnete langsam die Türe und blickte in das halbverdunkelte Zimmer hinein. Das erste, was mir auffiel, war jene Geruchsmischung von «Quelques fleurs» und Angelines warmer, weiblicher Körperlichkeit. Dann erkannte ich auch den großen Fayencekübel wieder, in dem die Palme stand, die Couch mit der Steppdecke aus rotem Damast in der Ecke, und vor allem das kleine Büchergestell mit der «Kameliendame» und Pierre Louys' «Aphrodite». Ich zog leise die Türe hinter mir zu und stand in Hut und Mantel auf dem roten Teppich. Es war totenstill um mich. (‹Das Hündchen Missi ist gestorben›, dachte ich.) Langsam drehte ich den Kopf hin und her, bis mir meine eigene Bewegung im Spiegel auffiel und mein eigenes Bild das erste war, das ich betrachtete, das Bild eines großen Mannes in schlechter Haltung, durch das hindurch, wie eine blasse Röntgenaufnahme, der schmächtige Schatten des Jünglings schimmerte, der ich gewesen war. Genau so, in Mantel und Hut, war ich damals an dieser Stelle im Zimmer gestanden, am Abend jenes ersten Tages, bis Angeline sagte: «Legen Sie doch ab.»

Ich ging zwei Schritte ins Zimmer hinein und stand unschlüssig still. Was wollte ich? Was wollte ich eigentlich? Ich mußte immer wieder nach dem großen Spiegel sehen. Mein Gesicht hatte etwas Wächsernes. Aber auch der Geruch in diesem Raume erinnerte an Wachs, an Abgestandenes, an ein Rendezvous von Gespenstern. Wir waren zu dritt, mein Spiegelbild, Angelines körperlose Gegenwart und ich selbst, der Jüngling, der in dem Manne zurückgeblieben war und dessen Bild mich aus dem Spiegel anstarrte.

Ich ging auf den Zehenspitzen langsam im Raume umher und wagte nicht, etwas von den Gegenständen zu berühren.

Auf einmal kam mir eine Erinnerung. Ich trat an das kleine Büchergestell, nahm die «Kameliendame» herunter, schlug die Titelseite auf, die willig auseinanderfiel. «25. Sept. 1918» stand darauf, und darunter, von mir geschrieben: «Karl Meidenholz». Ich legte das offene Buch auf den Tisch unter die Lampe, ging zur Türe, überblickte das Ganze noch einmal, und dann stieg ich langsam, beinahe körperlos, wie in einem Traum die Spirale des Stufenweges hinab, die sich um die Lichtsäule des Treppenhauses wand.

*

Es war mir keine Frist gesetzt, aber in mir war etwas, das mir sagte, es eile, es eile, ich hätte keine Zeit zu verlieren. Ich stand am Bellevueplatz und schaute den Leuten zu und den Gefährten, die in dem nüchternen und lautlustigen Morgen den Rhythmus ihres Tages gefunden hatten. Ich konnte mich nicht in ihn hineinfinden. Es hing an mir herab wie die Fäden fremder Bezirke, locker und fein, aber es trennte mich von ihnen, und die Stadt fühlte es, und ich fühlte es. Es war, als drängte alles in mir einer Entscheidung zu, als müßte es sich nun offenbaren, ob ich vom Geschlechte der anderen sei oder verdammt, als Gespenst zwischen ihnen zu leben. Das hatte es doch auch einmal für mich gegeben, daß die Straßen unter meinen Schritten sangen, daß ich eingespannt in die Maschen der Blicke war, die die Menschen empfangen und geben. Wo anders kann denn ein Mensch zu Hause sein als unter seinesgleichen?

Ich ging über die Brücke, blickte gegen den See hinauf in den Tüllschleier hinein, der glatt und gleichmäßig über seinem Becken hing und dessen ausgefranstes unteres Ende die Wasserhaut leicht berührte, im leisen Hin- und Herschwanken kräuselte. Beim Musikpavillon der Stadthausanlagen dachte ich an jenen Sonntagmorgen, als ich mit Angeline unter den Klängen der «Lohengrin»-Ouverture hin- und herspaziert war, die Männer trugen Strohhüte und die kniekurzen Röcke waren Mode, und über den Köpfen der Zuhörer, in den hohlen Kronen der Bäume, klang die Musik wider wie im Bauch einer Geige.

Dann stand ich vor der Haustür, an der seine Emailtafel angebracht ist. Nach alter Knabengewohnheit schloß ich die

Augen, während der Lift mit mir in die Höhe fuhr. In der Wand aus mattem Glas war ein Schalter ausgespart. Ein junges Mädchen schaute mich hinter seiner Hornbrille hervor an.

«Sie wünschen?» fragte sie.

«Ich möchte Dr. Gerteis sprechen.»

«Der Herr Doktor ist auf dem Gericht, können Sie vielleicht am Nachmittag nochmals kommen?»

«Gut, dann komme ich am Nachmittag wieder.»

«Wen darf ich anmelden?»

«Meidenholz ist mein Name», sagte ich.

Ich ging die Bahnhofstraße hinunter, denselben Weg, den ich in der ersten Nacht heraufgekommen war. Eine Art vernünftiger Lieber Gott, schaute mir Alfred Escher entgegen. Ich dachte, daß ich beide nicht getroffen hatte, und war froh über den Aufschub. Aber es meldete sich sogleich wieder, daß Eile Not tat, daß ich nicht mehr länger aufschieben sollte, daß es der Erledigung harrte. Beim Eingang zum Platzspitz-Park wußte ich auf einmal, woher es kam. Es hing mit der kleinen Wunde an meiner Ellbogenbeuge zusammen.

Ich setze mich auf eine Bank, die Elfuhrglocken schlugen an und behaupteten ihr altmodisches Konzert über den Geräuschen der Stadt. Unter den ausladenden Ästen der Bäume floß die Limmat vorüber, blauschwarz, blankgescheuert und gebukkelt wie ein alter Harnisch. Auf der gleichen Bank mit mir saß noch ein Mann, barhäuptig, mit offenen Knien, gekrümmtem Rücken, die Ellbogen auf die Schenkel gestützt. Er schielte ein paarmal zu mir hinüber, nickte nachdenklich dem davoneilenden Wasser nach. Sein Kleid hatte jene merkwürdige rötlich-lilablasse Farbe, die das Merkmal des Nachsommers der Konfektionskleider ist.

«Hat der Herr vielleicht eine Zigarette», sagte er, «ich will sie gerne bezahlen.» Er hielt mir ein Fünfrappenstück hin.

«Lassen Sie doch», sagte ich und entzündete das Streichholz.

Es war eine konfuse Geschichte von seiner Frau, die Amme war und ein Geschwür an der Brust bekommen hatte, und daß die Krankenkasse Geschichten mache und er sich auch noch untersuchen lassen mußte. Die Gewerkschaft hat einen Anwalt gestellt, aber der Doktor hat gesagt, man muß das Ergebnis der Untersuchung abwarten.

Ich fühlte, es war eine reine Zeremonie, er redete so daher, schaute aufs Wasser hinaus, und ich sollte nichts anderes tun als zuhören. Es würde mir auch guttun, wenn ich ein wenig zu jemandem sprechen könnte, dachte ich, und überblickte den verworrenen Knäuel in mir. Ich legte meinen Oberarm auf die Banklehne, drehte mich ein wenig, um hinter dem Rücken des Mannes die Allee hinabzuschauen, und da sah ich das Mädchen Helen barhäuptig, in seinem kurzärmligen weißen Blüschen unter den Bäumen daherkommen. Ein junger Mann, den zusammengeknäuelten Regenmantel über die Schulter geworfen, ging neben ihr. Ich bewegte mich nicht, aber inwendig rieselte es mir warm und süß-schmerzlich durch den Leib, und ich mußte ein bißchen an der Unterlippe nagen. Sie schaute zu ihrem Begleiter auf und hatte ein ganz anderes Gesicht als jenes, das ich an ihr kannte. Sie redeten laut, unbekümmert und lachend zusammen. ‹Wir treiben Schindluder mit dem schönen Leben›, dachte ich nochmals und blickte ihr immer auf die Augen, von denen ich gewünscht hätte, daß sie für mich sähen, wenn ich erblindete.

Da bemerkte sie mich, und ihr Gesicht bekam sogleich das Geraffte, Aufmerksame, das sie bei unserer ersten Begegnung gehabt hatte, als trete sie in einen Bezirk ein, wo es ernst zugehe und wo man auf der Hut sein müsse.

Sie kam ohne weiteres auf mich zu. Der Mann neben mir hörte auf zu reden, blickte sich um und sagte: «Aha!»

«Wie geht's dem Uli», rief sie, während ihr Begleiter im Hintergrund stehenblieb.

Sie war nicht besonders erstaunt, daß ich nicht sogleich antwortete. Sie hielt ganz tapfer, fast mit einer leisen Herausforderung meinen Blick aus, während ich fortwährend denken mußte: ‹Mit deinen Augen möchte ich die Welt sehen.› Aber dann sah ich, daß es über ihrer Stirne, von der Schläfe her, in einer sanften Röte heraufzog.

«Er sitzt auf dem Balkon und baumelt mit den Beinen in der Luft herum», sagte ich.

«Ein liebes armes Bübli», sagte sie, «sie haben ihn so am Arm gezerrt, als ich ihn nach Hause brachte.»

«Wer hat ihn gezerrt? Ich meine, der Mann oder die Frau?»

«Die Frau», sagte sie und schaute mir dabei in die Augen, als hätte sie etwas anderes gesagt, etwas, das uns anging.

«Warten Sie einen Augenblick», rief sie, ging auf den wartenden jungen Mann zu, und dann kam sie schon wieder zurück, während der lachend und mit der Hand eine grußartige Arabeske über dem Kopf skizzierend mit langen Schritten davonstelzte.

Wir gingen den Baumgang hinab, dem Ausgang zu. Alle Blätter waren feucht, die Luft roch herbstlich, war ganz klar und wie geschwängert von den Säften der Reife. Ich blickte auf das Mädchen neben mir, sah, wie unter dem blauen Tuch des Rockes seine Schritte zustande kamen, spielend, ein Gedanke beinahe. Ich sah den bloßen Hals, die bräunlichen, zerkratzten Arme, das Zittern der Brust. Jeder Schritt, den ich tat, war schwer mit der Last meiner Jahre beladen. Sie schaute gerade vor sich hin, mit ruhigen Wimpern und Lidern, ihre Lippen waren trocken, ein bißchen spröde, und nirgends war ein Geheimnis. Ich sah, wie der kleine Uli seine Ärmchen um ihre Hüfte gelegt und seine Stirne gegen ihr Blüschen gedrückt hatte, um zu weinen, mein kleiner Bruder in der Zeit.

«Bleiben Sie noch lange hier», fragte das Mädchen.

«Ich weiß es nicht», sagte ich.

«Es muß Ihnen merkwürdig vorkommen, nach so vielen Jahren?»

«Es ist nicht schön», sagte ich.

«Das kommt schon wieder», meinte sie und wandte mir ihr Gesicht zu. «Man sieht es Ihnen übrigens an!» Es war wieder jenes Herausfordernde in ihren Augen, die nicht locker ließen mit Herschauen. ‹Ach du›, dachte ich und drückte mir den Knöchel des Handgelenks hinter dem Rücken.

«Ich habe Ihren Vater gekannt, er ging mit mir in die Schule.»

«Aber Sie wissen, daß er gestorben ist?»

Ich hatte nie eine besondere Beziehung zu Abenthür gehabt. Er saß immer in der vordersten Bank am Fenster, gerade dem Katheder gegenüber. Ich sah nur seinen gebogenen Rükken. Er hatte etwas Ungelenkes an sich. Aber jetzt bekam er plötzlich die unvergeßliche Pathetik des letzten Bildes, wenn ich daran dachte, wie er mit der Mappe unter dem Arm, ohne Hut, proletarisch, immer mit einem roten Ausschlag auf der blassen Gesichtshaut, jeden Morgen von Wiedikon her gekommen war, still und unbedeutend, und es lag nun in seinen Augen jenes Eindringliche, jener Wunsch, etwas zu sagen, das der Mund nicht sagen kann und das alle Toten in unserer Erinnerung haben.

«Ich bin bei Bally», sagte Helen, «und jetzt habe ich Ferien bis zum 26. Am Montag fahre ich für acht Tage nach Riccione, hundertfünf Franken, alles inbegriffen.» Sie zog aufgeregt das Blüschen herunter. «Sie können sich nicht vorstellen, wie ich mich freue.»

Wir gingen den Tuffsteinbalustraden vor dem östlichen Bahnhofausgang entlang, und die Straße machte sich zurecht für den mittäglichen Stoßverkehr. Lange Kolonnen blauer Straßenbahnwagen standen bereit und stießen sich ungeduldig an, die Zeitungsverkäufer hängten sich das Aushängeschild vor der Brust zurecht, die Verkehrspolizisten zogen sich ihre weißen Handschuhe an, die Straßenarbeiter legten die Rechen auf die vollen Handwagen.

Vor der Globusterrasse beim Brückengeländer war ein kleiner Auflauf. Ein krausköpfiger Mann stand dort auf einer Kiste, barhäuptig, hemdärmlig, mit zurückgekrempelten Manschetten, und zerschnitt Haare mit einer Rasierklinge. «Der Fachmann macht das so», sagte er. «Er nimmt die Klinge in die Hand, spannt sie zwischen Daumen und Zeigefinger. So prüft er die Elastizität. Sie sehen, wie weit ich sie biegen kann, wie elastisch sie ist. Dann drückt er zusammen, bis die Klinge zerbricht. Und so prüft man sie.» Er nahm eine Lupe aus Messing dicht vor die Augen, und die Zuschauer konnten sehen, wie er, gewandt und blitzschnell, die Bruchstelle prüfte. «Alles in Ordnung», sagte er.

«Also, wer nimmt ein Päckchen? Sie, der Herr?»

Ich reichte ihm den Franken über die Köpfe der Leute hinweg, die mich prüfend anschauten.

«Danke dem Herrn. Noch jemand. Die beste, die billigste Klinge der Welt. Sie, Madame?»

Helen schaute mich an. «Sie kennen ihn?» fragte sie, «er hat so gezwinkert.»

«Es ist Cerini», sagte ich, «er ging mit uns zur Schule.»

Dicht unter mir sah ich die winzige Erdkarte ihrer blaugesprenkelten Augen. Die Leute drängten hinter uns, und wir standen so nahe beisammen, daß ich den bitter-herben Geruch spürte, der um das Mädchen war. Der Herbstdunst wallte lautlos in der durchbrechenden Sonne, und in der Gischt der Schleuse unter dem gedeckten Brückchen wechselten die

Wassertropfen vom Silber ins Gold hinüber. Während sie mich noch immer regungslos anblickte, bedeckte ich einen Augenblick lang mit meinen Fingern den Rücken ihrer kindlichen Hand.

*

«Herr Dr. Gerteis ist grad beschäftigt», sagte das bebrillte Fräulein hinter seinem Schalter hervor. «Wollen Sie einen Augenblick Platz nehmen?»

Es saß schon ein anderer Mann auf der Bank. Er schwitzte und fuhr sich fortwährend mit seinem Taschentuch über den Kopf und seine Nackenwülste. Ich setzte mich, langte ein Heftchen vom Tisch und blätterte darin, aber ohne etwas zu sehen. Hinter der Mattglasscheibe hervor klang fortwährend gedämpft das Klappern der Schreibmaschine und das laute, harte Sprechen des Fräuleins, das den Telephonapparat bediente. Ich hörte sie sagen: «Ja, er ist da», und dann kam sie an den Schalter und streckte den Kopf heraus. «Darf ich bitten, Herr Meidenholz?» Ich folgte ihr, den Hut in der Hand, sie öffnete die Türe und sagte: «Bitte.»

Gerteis saß, das Licht des Fensters in seinem Rücken, hinter dem Schreibtisch. Er hatte sich fast nicht verändert.

«Willst du Platz nehmen», sagte er und deutete auf eine Art Beichtstuhl, der seitlich von seinem Pult stand.

«Wie geht es dir, Meidi? Seit wann bist du zurück?» Ich sagte kein Wort. Ich saß da und hielt meinen Hut auf dem Knie und schaute ihn an. Eine ganz unerwartete Ruhe war über mich gekommen. Ich suchte Fühlung am Rückenpolster und stützte fest meine Ellbogen auf die Armlehnen. Er machte jene bekannten ordnenden Bewegungen in den Papieren, die auf seiner Tischplatte lagen, riß eine Schublade auf, schloß sie wieder. Ich horchte einer Tramklingel nach, die von der Straße herauftönte.

«Womit kann ich dir dienlich sein?» Er lehnte sich zurück. Einige Kräuselchen seiner Haare zeichneten sich auf den straffgezogenen Vorhängen des Fensters ab. Ich schwieg. Es tat mir wohl, zu schweigen und ihn anzuschauen.

«Du mußt mich schon entschuldigen, wenn ich dich bitte zu sprechen. Ich habe noch zu tun. Es wartet noch ein Klient. Willst du eine Zigarette?»

Ich schaute über die angebotene Silberschachtel hinweg in sein Gesicht; einen nach dem andern nahm ich seine Züge vor, die gewölbte Stirne, die Nase, das Kinn. Immer tiefer und bequemer setzte ich mich in den Sessel. Zuletzt lehnte ich den Kopf zurück, um ganz regungslos bleiben zu können. Dann zog ich das gelbe Kuvert aus dem Mantel und legte es auf die Pultecke.

«Ich möchte, daß du mich rehabilitierst», sagte ich.

«Ich soll ein Wiederaufnahmeverfahren einleiten für deinen Prozeß? Aber du wurdest ja freigesprochen!»

«Du sollst hingehen auf die Postverwaltung, auf die Direktion, und ihnen erklären, daß deine Aussagen – unvollständig waren. Die Motive …»

Ich fühlte, von dem Augenblick an, da ich zu reden begonnen hatte, war ich der Schwächere. Er fand natürlich sofort die Wendung in seinem Advokatenjargon, an der das wirkliche Leben sich wundstößt. «Ich habe an meinen Angaben in deinem Prozeß nichts hinzuzufügen.»

«Du hast nichts hinzuzufügen? Du hast nichts hinzuzufügen? Auch jetzt noch nicht? Du hast nicht hinzuzufügen, daß du mit deiner Klientin ein Verhältnis hattest? Du hast nicht hinzuzufügen, daß du Aktenstücke entfernt hast? Du hast nicht hinzuzufügen, daß du wußtest, in wessen Auftrag deine Klientin handelte? Du –»

«Das alles», sagte er, «hast du mir vor fünfzehn Jahren schon einmal vorgeworfen. Damals konnte ich es verstehen, weil du unter dem Eindruck deiner Entlassung standest.»

Alles zitterte an mir, und etwas flatterte durch mich hindurch wie ein entfesselter Wind. Ich wußte, daß alles auf des Messers Schneide stand und daß ich es nur ein wenig in mir lockern lassen mußte, und es entstand ein Unglück. Auf einmal fühlte ich, daß das Licht meiner Augen sich wieder mit Dunkelheit füllte. Es dampfte herauf und breitete sich aus, und dort, wo das Licht des Fensters gewesen war, lag eine fahle Fläche, an deren unterem Rand von einer dunkeln Kugel, die Gerteis' Schädel sein mußte, eine Einbuchtung war. Ich stand auf, hielt mich an der Pultplatte fest und richtete meine Augen so, daß er glauben mußte, ich schaue ihn an.

«Es handelt sich nicht mehr um die Entlassung», sagte ich ganz leise. «Du weißt, daß es nichts mit Geld zu tun hatte, und das mußt du sagen.»

Ich horchte in der Dunkelheit meinen Worten nach, bereit, mich nach der Richtung zu drehen, aus der eine Antwort kommen mußte. Aber ich hörte nur das Klopfen meines Herzens und war ganz allein unter meiner schwarzen Haube.

«Herr Villiger möchte Sie sprechen», hörte ich die Stimme des bebrillten Mädchens, aber sie war heiser und unsicher, als ob sie ein aufgeregtes Glockensignal hereingerufen hätte.

Ich versuchte noch einmal, alles zusammenzuraffen, was ich hatte sagen wollen, eines nach dem andern, in einer überlegten Anklagerede. Aber das Grauen der Dunkelheit war schon zu stark. Ich sah uns beide ganz von ferne wie Marionetten einander gegenüberstehen.

«Wie kannst du diese große Sünde tragen?» murmelte ich jenen Satz, von dem ich mir immer gesagt hatte, daß er ihn sich selbst in stillen Stunden vorsagen müßte.

«Bestellen Sie Herrn Meidenholz ein Taxi», hörte ich Gerteis sagen, «es ist ihm nicht gut.»

*

Und so lag ich dann, ziemlich genau vierundzwanzig Stunden später, wieder in meinem Bett, hörte das Geräusch der Schritte meiner Mutter, das Rascheln ihrer Kleider, und ganz leise erhob sich die verwirrende Frage, ob ich aus einem raschen Traum in diese Dunkelheit zurückgekehrt sei. Es war dasselbe Gefühl wie am Sonntagabend, als ich auf dem Deck des Schiffes gestanden hatte, die Sirene heiser in die Nacht hineinhupte, halb drohend, halb angstvoll, und aus den umliegenden Talkesseln das Echo durch den rauschenden Regen zurückkam und ich an jenes Wort aus der Konfirmationszeit denken mußte, daß Dunkelheit über den Wassern schwebte, bevor Gott das erste Wort sprach.

II

Um diese Zeit, etwa gegen fünf Uhr abends, als der Rand des meteorologischen Tiefs über der Nordsee gegen die Alpen vorzustoßen beginnt und der frühherbstliche Tag das Blanke und Frische gegen das Geduckt-Erwartungsvolle eines Wetterumschlags eintauscht, verläßt die Köchin Margarethe Fenner das Warenhaus durch die große Türe. Ohne die Wahrzeichen ihres Berufes, das Waschkleid, die weiße Schürze und die Filzpantoffeln, sieht sie aus wie die Einkäufe besorgende, leicht echauffierte Ehefrau, die sie sein könnte, wenn der Wildbolz, der Schuft, nicht der Quartalsäufer geworden wäre, der er ist. In ihrer wachstuchenen Tragtasche ruhen die Lilienmilchseife, das Nachthemd und die Papeterie, die sie heute, an ihrem Ausgangstag, erworben hat. Sie geht unter den Linden der Bahnhofstraße seewärts, und über ihr folgt ihr ein Buchfink eine Zeitlang piepsend von Baum zu Baum, aber sie achtet seiner nicht.

Der Departementsvorsteher Dr. Reimar öffnet das Fenster auf den Stadthausplatz hinaus, wo gerade die Lastwagen mit den Gerüststangen für das Waldmann-Denkmal auffahren. «Wenn etwas kommen sollte, dann weisen Sie es an Herrn Wismer», sagt er zu dem Weibel Wiederkehr, der hinter ihm steht und seinen Rockkragen bürstet, «ich weiß nicht, wie lange die Sitzung dauert.» Als er den Kreuzgang zwischen Amtshaus und Fraumünsterkirche durchschreitet, sieht er einen alten, spärlich behaarten Mann ohne Hut an der blassen Sonne sitzen und mit dem Taschenmesser an einer Uhr herumbasteln. Es ist der Vater Cerinis, der auf halb sechs Uhr auf das Amt geladen ist.

Die Inhaberin des Zigarettengeschäfts an der Badergasse sitzt hinter dem Vorhang in dem kleinen Verschlag, der im dunklen Hintergrund des Ladens ausgespart ist. Eine kleine Glühbirne brennt über ihr, und auf dem winzigen Gasherd kocht das Teewasser. Wenn die Ladentüre geht, kommt sie hervor und steht, das schwarze Samtband um den Hals, hinter dem Ladentisch und lächelt dem Herrn freundlich zu. Mit einer geschickten Bewegung holt sie die Zigarettenschachteln vom Gestell, nimmt das Geld auf, dreht die Kurbel der Registrierkasse, legt die Münzen hinein, gibt das Herausgeld. «Danke dem Herrn, auf Wiedersehn dem Herrn.» Es ist ein geruhsames Leben, nur manchmal ist es ein bißchen unheimlich, wie geruhsam es ist.

«Zweitausend Sack à achtzehndreiviertel sind geordert», sagt Zindler mit seiner lauten Skifahrerstimme in den Becher des Telephonapparats hinein und macht gleichzeitig Fräulein Friedmann, der Stenotypistin, eine Handbewegung, sie solle noch bleiben. «Ja, jetzt haben wir noch dreitausend Sack. Paris ist etwas flauer, London mit Mühe behauptet. Kupfer ist wieder fester, dreiviertel Punkt. Willst du noch etwas dazukaufen?» Während er auf Gerteis' Stimme hört, zeichnet er an den Rand des Kalenderblocks einen Pfeil, dessen Gefieder er im Laufe des Gesprächs zu einem großen Fächer auswachsen läßt. «Bon», sagt er, «dann lassen wir es vorläufig damit bewenden», und rückt das silberne Matterhorn ein wenig beiseite, mit dem die grünen Telegramme beschwert sind. Die gestrige Botschaft hat er vergessen, aber unter seinen Augen ist eine Spur davon zurückgeblieben.

Von weitem sieht es aus wie eine große Brille, aber es ist ein Fahrrad, das an eisernen Drähten im Schaufenster aufgehängt ist. Der Knabe Uli steht vor der Scheibe und betrachtet das Velo. Die verchromten Metallteile haben einen eigenartigen Glanz, über dem schwarzlackierten Rahmen liegen feine Stäubchen und bedecken das ganze Gefährt mit jenem Schleier des Unwirklichen, Niegebrauchten, das die Dinge der Wünsche hinter den Spiegelscheiben annehmen. Er schwankt, ob er Segelflieger oder Tierbändiger werden soll. Segelfliegen kann er schon. Er hat die letzte Nacht unter der staunenden Bewunderung der Hausfrauen einen wunderbaren Rundflug auf der Innenseite des Hofvierecks ausgeführt, mit schön schräg gestellten Flügeln. Er beugt seinen Kopf stark zur Seite, breitet beide Arme aus, dreht sich um die eigene Achse und schwebt erst nochmals versuchsweise über die Straße.

Vom bakteriologischen Institut ist der Bericht über die Blutprobe der Patientin A. L. eingetroffen. Die Wassermannsche Reaktion ist, wie es Kahn erwartet hat, positiv. Er macht den Eintrag in die Kartothek, und dann legt er seinen Zwicker ab und blickt in die verschwommene Welt hinein, die entsteht, wenn er sein Glas von den Augen nimmt. Den ganzen Tag schon sieht er in der inwendigen Landschaft, wie ferne Alpenketten befremdliche Ideengruppen aus dem Nebel auftauchen, eine ganz unarztgemäße Vision von der Krankheit. Sie ist eine unterirdische Organisation, eine Art Trust mit Zentralen und Niederlassungen, Fabriken, Plantagen und riesigen Lagerhäusern, die sich, millionenfach verästelt, in das Leben eingenistet hat, um ihre Produkte zu vertreiben, die Gifte in Speise und Trank und Atemluft, die Organismen des Mikrokosmos und die Heere der Zwischenträger. Sie paßt sich allen Gewohnheiten der Menschen an, im Nebeneinander der Berufe, des Wohnens und Speisens, der Vergnügungen, im Miteinander der Liebe, immer ist sie bereit, dem Gesunden das Kranke zu geben. Aber die Zerstörung der körperlichen Stoffe ist nur die eine Abteilung ihres Unternehmens. Die Krone des Ganzen ist die große Seelenabteilung, die sich der Sprache bedient, der Ideen, mit den Requisiten der Wahne, der Ängste, der Triebe, der Liebe, dem Geltungswillen, den Vorstellungen vom Besitz. Die Gesetze der körperlichen Welt gelten ihr nicht. Sie macht aus der Einsamkeit ein gefährliches Gift. Ihr Meisterwerk aber ist, wenn sie besonders für diesen Zweck ausgesuchte einwandfreie Gesunde, an denen alle andern Mittel versagten, aufbrechen läßt, um andere, ebenfalls für diesen Zweck ausgesuchte einwandfreie Gesunde zu vernichten. Der Kampf gegen die Krankheit ist ein kleinliches Unterhandeln mit den Abgesandten des Todes, an grünen Tischen, an weißen Tischen. Die Chancen sind ungleich. Immer behält sie recht. Nein, es ist nicht wahr. Das Leben geht immer weiter. Aber es ist grausam, wie der Tod: der Einzelne gilt ihm nichts.

Das Mädchen Helen ist auf seiner Wanderung beim großen Brunnen an der Winkelwiese angekommen. Sie steht im Lichtschleier, der vom Kronenrand der Blutbuche herabfällt, in dem ausgesparten Bezirk von Kühle und Reinheit, den der Block eisblauen Wassers um sich verbreitet. Sie blickt auf den Grund des Marmortrogs und horcht dem Plätschern nach. Ihr Atem geht ruhig und ausgewogen. Sie ist in jenen Kreis getreten, wo die Dinge für einen zu sprechen beginnen.

Frau Annie Dankwart rangiert ihren Wagen vor einem Häufchen von frühwelken Blättern, leeren Zigarettenschachteln und Trambilletten, die ein Straßenarbeiter, still und von allen Passanten unbeachtet, mit einer unternehmungslustigen Gebärde wie ein Schnitter zusammengekehrt hat. Sie schlägt die Türe energisch hinter sich zu und überquert, in weißen Handschuhen, gezogen von der roten Leine des rauhaarigen Foxterriers, die Straße, der Groom öffnet ihr die Türe, und unter den Klängen Tschaikowskis überschreitet sie den persischen Teppich des Tea-Rooms. Ihre ahnungslose Selbstverständlichkeit entwaffnet Freund und Feind.

Das Zimmermädchen Erna Hofmann nimmt den Bügel mit den gestreiften Hosen Gerteis' vom Haken des Putzbalkons, und dabei späht sie nach dem Gartentor hinunter, bei dem jeden Augenblick die violette Uniform des Briefträgers hinter den mattgrünen Fliederbüschen auftauchen muß. Sie erwartet Antwort aus Zug von ihrer Freundin. Sie wollen am Sonntag in Engsdorf, wo die Mitrailleurabteilung ihr Manöverkantonnement hat, Maries Bräutigam besuchen.

Die Demonstration des neuen Leiterwagens für den Kongreß der Feuerwehrkommandanten ist auf halb sechs Uhr festgesetzt. Das rotgestrichene Automobil mit seinen blanken Messingteilen steht bräutlich in der Mitte der Garage, die wie eine Festhütte aussieht, und der Wagenreiniger Hiestand pützelt noch ein wenig an ihm herum. Dankwart ist aus den Glasverschlägen seiner Büros herausgekommen und läuft, die Hände in den Hosentaschen, mit seinen großen und tadellosen Schuhen auf dem Zementboden der Garage hin und her. «Hiestand, putzt auch das Öl da unten noch ein bißchen weg», sagt er und umkreist das Gefährt mit langsamen Schritten. ‹Natürlich, mit Feuerwehrwagen ist kein Geschäft zu machen in der Schweiz. Aber immerhin, Reklame ist es. Das haben sie auch in Detroit begriffen. Die Pressenotiz nicht vergessen›, denkt er.

Der nußbaumene Sekretär hat sein Maul offen, und seine herausgestreckte Zunge ist mit den gebündelten Papieren Hanni Zindlers belegt. Sie ist eine sitzende Helvetia, würden die Philatelisten sagen, und sie liegt ihrer Lieblingsbeschäftigung ob, in den eng stenographierten Tagebüchern ihrer Mädchenzeit zu lesen. Die Kakteen und das absinthgrüne Aquarium zeichnen sich auf den Spiegelscheiben des großen Eckfensters ab, hinter dem es, einen gemähten Wiesenrain hinab, auf die Anfahrtsstraße geht. Sie kann von ihrem Platz aus ihre beiden Buben sehen, die dort wichtig mit Hockeyschlägern herumhantieren. Unsichtbare Rechen haben vor dem Einnachten die Wolkendecke den Horizonten zugezogen, so daß sich über dem Seebecken, das sie hinter den Köpfen der Spielenden sieht, der Himmel noch einmal klarblau öffnet. Das Kollegheft ist mit Photographien, gepreßten Pflanzen und Zeitungsausschnitten getrüffelt. Sie beschaut die blassen Kodakaufnahmen aus ihrer Berner Zeit, wo sie Reformröcke trug und ein herausforderndes Band um die Stirne. Sie findet eine zusammengefaltete Zeitungsnotiz, kaum größer als ein Straßenbahnbillett, die sie spielerisch neugierig entfaltet. «Handelsspionage. Zürich, 25. Sept. (ag) Unter der Anklage der Verletzung des Postgeheimnisses zu Gunsten einer kriegführenden Macht wurde heute der Telegraphenbeamte M. verhaftet!» Am Rand steht, mit Bleistift hingeschrieben: «M = Meidenholz, Schulkamerad von Oski.»

Zwei Studenten gehen die große Treppe der Universität herab. Hinter ihnen steigt der Mittelturm in die Höhe, und vor ihnen in der Tiefe murmelt die Stadt. «Eine Richtung ist dennoch wahrzunehmen», sagt der eine, «rein biologisch, vital –»

«Ja, aber wenn man sich vor den Menschen stellt und alles wegnimmt, dann muß man sich dennoch fragen: Was geschieht denn da eigentlich?»

DONNERSTAG

I

Es fällt ein leiser Regen in der Nacht. Er klöpfelt an die schrägen Brettchen der Jalousien. Ein mäßiger Wind streicht maulend am Hause vorbei. Die alte Frau Meidenholz hat ihr gerippeltes Senfglas hervorgenommen und es mit Öl gefüllt. Drei Korkstückchen, durch ein Blechlein miteinander verbunden, schwimmen auf der honigfarbenen Säule und tragen, ein winziges Floß in der Nacht, das Dochtenlicht.

Zu wachen, nachts zu wachen mit einem kranken Kind, ist das anders möglich als mit diesem Licht? Mit einer leisen Spannung, als erfülle sie in der Stille einen alten und ernsten Brauch, ist sie an das Geschäft des Wachens gegangen, so als wäre dies die Stunde, auf die sie fünfzehn Jahre gewartet hat.

Die Türe zu seinem Zimmer ist geschlossen. Sie hat das Licht auf das Wachstuch gestellt, das auf dem Tisch im Gang liegt. Sie sitzt auf dem Stuhl neben seiner Türe. Um den Kopf hat sie den wollenen Schal geschlungen. Das Licht ist so klein, daß sie es ohne Schmerz unentwegt anblicken kann. Ihr Schatten reicht bis zur Decke. Er hat die Form einer alten Tanne. Das kleine verrunzelte Gesicht der alten Frau ist sein Kern, sein Herz. Die Stille und die Einsamkeit erfüllen prall den Würfel des Raumes. Ihr ist, als hätte sie ihre Bestimmung wiedergefunden, Warten und Wachen, die der Heimatort aller alten Frauen sind.

Die Erde treibt ihr Spiel, aber überall über sie verteilt sitzen alte Frauen bei einsamen Nachtlichtern und erfüllen den Auftrag, der Stille ihren Atem zu leihen. Sie sind durch das Leben gegangen, und sie waren klein und feilschten an den Märkten, sie sind eitle Weiber gewesen, mit Gekreisch und saftschwerem Leib, und es war Gebalge um sie – aber lange dauerte es nicht. Ihr Fleisch schmolz dahin unter der Haut, und mehr und mehr wird ihre Gestalt die nachlässige Bekleidung des beinernen Gerüsts. Über ihren Schädeln wird die Haut so dünn, daß sie kaum noch die Haare tragen kann. Sie haben nichts mehr zu erwarten. Sie lächeln ihrem armen Spiegelbild zu, wenn sie daran denken, daß sie eitel waren. Sie knien scheuernd auf steinernen Fliesen, sie blasen in die Gluten erlöschender Herde, sie sitzen hinter Fenstern und sehen auf die Straße hinab, entknäueln Garn und strikken die Hüllen für rosiges Menschenfleisch und sind selbst die entsafteten Hüllen des Menschengeschlechts. Was sie an Leben noch haben, ist der Ausklang der alten Bewegungen der Menschenmütter. Aber wenn die Hände verkrüppeln und die Füße versagen, die Sinne sich senken, die Laute dünner werden, die an ihre Ohren dringen, und trüber das Licht der Augen, dann zieht sich alles in die Schale des nackten Schädels zurück, und unter den wollenen Tüchern wird alles Gedanke und Sorge, schmerzvoller Abschied und Abfall des welkenden Blattes, letzte und reinste Erfüllung des Schicksals Mutter.

Es gibt für die alte Frau keine Zeit. Das Alter kennt die Ungeduld nicht mehr, im Gegenteil, es möchte die spärlichen Stunden dehnen, denn daß die Zeit langsam ist, ganz langsam, und nicht weiter will, ist die letzte, süße Wollust alter Menschen.

Sie richtet sich ein in der Nacht. Sie trägt den Sekunden Sorge, denn auch der Schmerz ist noch des Lebens Botschaft. Daß sie wachen können und Kummer haben, ist die Gnade der scheidenden Mütter.

Sie hört das Tröpfeln des Regens, das Maulen des Windes, und von Zeit zu Zeit steht sie auf und öffnet die Türe zu seinem Zimmer, seinem Atem zu lauschen, damit nichts fehle am Dreiklang dieser Nacht. Im Lichtschein der offenen Türe sieht sie ihn liegen, ein voller und großer Mann mit bräunlicher Haut, und die dunklen Schmetterlinge seiner Wimpern zittern über seinen Augen. Seine Fäuste sind geschlossen, was das Zeichen aller lebenden Körper ist, denn nur der Schlaf der Toten hat offene Hände.

Wenn irgendwo in der Ferne ein Gefährt vorüberrollt, dann zittert das Nachtlicht ein wenig, und leise löst sich das winzige Floß vom Rande des Glases und wagt eine zage Reise über die goldene Tiefe des Öls. Und die Fahrt des einzigen Lichtes in dieser Stille ist das unaussprechliche Abenteuer ihres Lebens.

*

Unter der Haustür, auf den vier Stufen, die an der Nische mit der bronzenen Göttin der Fruchtbarkeit vorbeiführen, geschieht dann erwartungsgemäß das, was Angeline in der Sprache mit sich selbst den ‹zögernden Abschied› nennt. Sie hat schon den Schlüssel bereit.

«Also, dann danke ich Ihnen, Herr Egli», sagt sie und streckt ihm die Hand hin.

Sie kann das Gesicht des jungen Mannes im Schatten seiner Hutkrempe nicht deutlich sehen, aber aus der Art, wie er regungslos bleibt und ihre Hand nicht zu sehen scheint, weiß sie natürlich, was vorgeht.

Es ist die immer wiederkehrende Szene in ihrem Leben, daß ein Mann mit stummem Munde sie anschreit, daß sie die unerlösten Ströme um sich knistern spürt, daß sie mit einem Schlüssel unter der Türe steht, die sie harmlos öffnen muß und im Abschiednicken durchschreiten, mit der atemlosen, spannungsgeladenen Langsamkeit einer Dompteuse, rückwärts gehend, lächelnd nach der Gittertür tastend, durch die sie den Raubtierkäfig verläßt.

«Auf Wiedersehen», sagt sie noch einmal, «es war ein schöner Abend, feines Nachtessen, Kino.»

Der junge Mann hält ihre Hand, zieht sie langsam ein wenig gegen sich, hartnäckig, unbelehrbar. Sie schüttelt langsam den Kopf, nicht bösartig, eher mütterlich.

«Also gute Nacht, Herr Egli.»

Es sind nur Drucksachen im Briefkasten. Sie stöckelt langsam das stille Treppenhaus empor, an den spärlichen Lichtstationen der Glühlampen vorbei, und dann steht sie vor der Tür ihres Zimmers.

Sie öffnet, dreht das Licht an und hat jenen spähenden und wachsamen Blick, den allein wohnende Menschen haben, wenn sie in ihre Zimmer zurückkehren.

Auf einmal hat sie deutlich die Empfindung, daß etwas geschehen ist. Der Regen schlägt ans Fenster, als würde Sand dagegen geworfen. Sie blickt im Zimmer herum. Da sieht sie auf dem Tisch, gerade unter der Lampe, das offene Buch liegen. Ganz langsam, auf den Zehenspitzen, ein bißchen vorgebeugt, tritt sie darauf zu. Ihr Gesicht hat seine Ebenmäßigkeit verloren, die Augen sind hart, eingekniffen, der Mund schmal, fast ohne Rot. Sie atmet einmal tief auf.

«Mein Gott, er ist zurückgekehrt», flüstert sie.

Sie dreht sich um ihre Achse, mit einem leisen Schrei, als stünde er hinter ihr, dann macht sie einen Satz zur Türe, verriegelt sie, dreht den Schlüssel, kommt zurück. Der Hut sitzt ihr ein bißchen schief. Sie setzt sich auf die Couch, stößt das kleine Taschentuch zwischen die Zähne, blickt um sich, gehetzt, mit flatterndem Herzen. Dann springt sie auf, löscht das Licht, tritt im Dunkeln ans Fenster, schiebt die Sicheln der Palme zur Seite und blickt auf die Straße hinunter. Die Lichter spiegeln sich im Asphalt, vereinzelte Männer gehen vorüber.

«Mein Gott», murmelt sie nochmals. Steht er nicht dort im Schatten der Bäume und blickt herauf?

Sie fühlt einen krampfartigen Schmerz in den Eingeweiden. Sie zieht den Stuhl an sich und setzt sich hin, zusammengekrümmt. Dann nimmt sie den Hut vom Kopf, streicht die Haarsträhnen aus der Stirne und bleibt regungslos so sitzen, das dunkle Zimmer hinter sich, und blickt durch die Scheibe, auf der die Regentropfen herabkollern.

Sie denkt: ‹Habe ich die Rechnung von Laurens bezahlt? Hätte ich den Egli doch mit hinaufnehmen sollen?›

Sie sieht den Herbstmantel vor sich, den sie sich kaufen wollte.

‹Ich verreise›, denkt sie, ‹ich geh nach Echallens.›

Sie faßt sich ein wenig. Die Angst ist in ihr und läuft hin und her wie eine Maus. Sie piepst und wimmert. Aber sie hält sie doch umschlossen, daß sie nicht ausbrechen und Panik anrichten kann.

‹Auf keinen Fall Licht anzünden›, denkt sie. Sie erhebt sich, deckt die Couch ab, fängt an, sich auszukleiden. ‹Nein, nicht auskleiden, ich muß bereit sein.› Sie bleibt in den Unterkleidern, zieht den orangefarbenen Bademantel aus Frottierstoff über. Ganz leise geht sie herum, ganz leise, er könnte vor der Türe sein und warten.

‹Wäre es nicht besser, das Fenster zu öffnen, in die Nacht hinauszuschreien, um Hilfe zu rufen?›

Unten fährt ein Auto vor, hält an, sie hört den Fahrgast mit dem Chauffeur unterhandeln. Der Herr ist betrunken. Es ist der Zahntechniker Meili, der Mieter vom dritten Stock. ‹Daß er ja nicht vergißt, die Haustüre abzuschließen!›

Sie hat Durst. Sie läßt ein wenig Wasser aus dem Hahn, trinkt, und dann sieht sie es ruhiger, der erste Schreck ist vorüber.

Sie geht an den Tisch zurück, betrachtet im fahlen Schein der Straßenlaterne, die von unten her ihr Licht an die Decke wirft, die offene Buchseite.

Was will er? Was will er von ihr? Will er sie töten? Gut, sie hat ihn angeführt, sie hat Spionage gespielt. Sie hat ihn ein paar lumpige Depeschen abschreiben lassen, etwas wegen Reis, der nach München ging, und sie hat sie dem ‹Chef› abgeliefert. Aber was wußte so ein junger Schnaufer von ihr, von einem Mädchen, das nichts hat als seine List und die Erinnerung an die schwarze Misere, die über sie hinweggegangen ist? Und den andern, Gerteis, brauchte sie doch, um herauszukommen. Hatte sie denn eine andere Münze zu vergeben?

Sie sieht ihn immer vor sich, wie sie ihn zum letzten Mal gesehen hat, als er freigesprochen wurde. Er hatte eine Art spitzes Mäulchen bekommen, so, als hätte sich die Haut dort um den Mittelpunkt herum zusammengezogen und gefältet. Es sah auf den ersten Augenblick aus wie ein Lächeln, aber wenn man näher hinblickte, so wurde es offenbar, daß es die Entstellung eines verzweiflungsvollen Weinens war, das vor den Tränen stehengeblieben ist. Sie sah es mit den Augen der Frau, über deren Gesicht das Gesicht des Mannes geschwebt ist, ganz nah und nackt, im Augenblick der Erschütterung.

Sie hört eine Glocke anschlagen, klar nachhallend durch den nächtlichen Regen. Sie ist zum Wachen verurteilt. Sie muß wachen. Sie muß warten, bis es hell wird. Sie darf nicht schlafen, weil sie sich vor dem Erwachen fürchtet. Sie muß wach sein, wenn er kommt.

Die Müdigkeit fängt an, sie hinter den Lidern zu stechen. Ach, sich fallen lassen können, tief hinein in das Vergessen. Sie denkt an Missi, das kleine Hündchen, das gestorben ist. Sie ist allein. Da trägt man es ahnungslos, viele Jahre allein zu sein, man ist sicher und lächelnd, und plötzlich, in einer Nacht der Angst, fühlt man, wie gut es wäre, Wärme neben sich zu haben, Atem, und was für eine Vermessenheit es ist, allein leben zu wollen.

Die Straße ist ganz ruhig geworden, menschenleer. Der Wind schüttelt von Zeit zu Zeit die Bäume, und dann fällt ein Schauer von Tropfen von ihren Blättern. Manchmal stiebt ein vereinzeltes Blatt über die Straße und bleibt auf dem nassen Asphalt kleben. Sie fährt, ohne darauf zu achten, fort, sich zu entkleiden. Auf einmal sieht sie in der dunklen Tiefe des Spiegels das Bild ihres Körpers weiß auftauchen; vom Straßenlicht fällt ihr ein schräger Strahl über Hals, Schultern und Brust. ‹Was tu ich›, denkt sie und steht regungslos und wächsern neben der Palme. Sie wagt kaum zu atmen. Alles kommt ihr wie gestellt vor, auf eine unaussprechliche Weise tot. Sie sieht, daß eine nackte Frau wachend in einem dunklen Zimmer steht und sich nicht zu rühren wagt, während der Wind an die Jalousien klöpfelt. Sie weiß auf einmal, daß dieses Bild ununterbrochen hinter der Fassade der letzten fünfzehn Jahre, dem Lächeln, den kleinen Abenteuern und dem ganzen Plan mit den Hypotheken von Echallens, auf sie gewartet hat und seine unheimliche Botschaft in ihr geruhsames Leben strahlte.

*

Der Regen rauscht in der Nacht. Helen steht im Dunkel ihres Zimmers unter dem offenen Fenster. Von Zeit zu Zeit wirbelt ein Windstoß am Haus empor und bringt den Geruch der nassen, nächtlichen Felder mit sich, über die er gegangen ist. In der Nähe ist alles schwarz und lautlos, aber im Raum über der Stadt schwebt ein rötlich durchglühter Dunst. Die Luft summt leise und ununterbrochen von den dreihunderttausend vertrauensvollen Schläfern.

Sie ist ohne jede Müdigkeit. Sie fühlt den feuchten Wind über ihr Gesicht und ihre Arme streichen, er dringt in sie ein und füllt sie ganz aus, und sie denkt, daß das Herbe darin, der Geruch von Sand und Salz, von seinem Atem herrührt, der davon erfüllt ist. Sie hat den hellen Regenmantel über die Stuhllehne gehängt, und die Baskenmütze liegt bereit. Aber sie will auf die erste Helle warten, bevor sie geht. Das Warten macht sie nicht ungeduldig, denn es gehört mit in die neue Ordnung, die seit drei Tagen in ihrem Leben gilt, wie die leise zerrende Sorge, die sie um ihn spürt.

Auf einmal hört sie durch den Regen hindurch den zagen piepsenden Laut eines Vogels. Es ist ein kläglicher, fragender Ton, ein Versuch gleichsam. Irgendwo unter einem tropfenden Blatt sitzt es federwarm, aufgeplustert, das Augenlid geht einen Augenblick herunter, das Bild der schwarzen Welt dringt auf es ein, ‹Piep› macht es und schließt die Augen wieder, eine Handvoll pulsenden Lebens. Aber es wird ihm geantwortet, aus dem Schlafe heraus, pflichtschuldig, ein Fuß wird gereckt, eine winzige Greifkralle wird geöffnet und geschlossen, ein nasses Federköpfchen wird gekratzt. ‹Piep.›

Unten an der Ecke ist ein Wagen angefahren. Das Pferd schüttelt sich, das Geschirr klingelt aus dem Dunkel empor. Dann hört sie den blechernen Ton der Kannen und das Glucksen von Milch, die in ein anderes Gefäß übergeschüttet wird. Zwei Männer reden laut miteinander, und auf einmal ist ein wenig Licht da, ein fahler Nebel, der über das Trottoir hinstreicht und die nassen Mauern der Häuser aufschimmern läßt.

Behutsam steigt Helen das schwarze Treppenhaus hinab. Die Pflastersteine sind blank wie gewaschene Kacheln. Sie knöpft den Mantel unter dem Kinn zu und beginnt zu wandern. Immer tiefer werden die Straßen im einbrechenden Licht. Mit großer Wichtigtuerei und mit der Aufgeregtheit der Kreatur, die das Abenteuer des Schlafes überstanden hat, tauschen die Vögel über ihren Kopf hinweg die Eindrücke der Nacht miteinander aus. Von den nassen Blättern der Bäume gleitet der Schleier der Morgendämmerung, und zwischen den grauen Häusern rufen die Kronen: ‹Grün, grün.›

Der blasse Himmel hat nicht mehr viel Regen zu vergeben. Nachlässig tupft er noch hie und da auf den See und macht seine Kreise, aber es sind nur mehr die Tropfen des steigenden Nebels, die nicht mit auf die Reise wollen. Die Wälder am andern Ufer sehen noch ein bißchen zerzaust aus, der Üetliberg steckt seinen Kopf in die Wolkenkissen und will noch nichts von der Stadt wissen.

In ihren Beeten beugen die Astern sich nachdenklich über ihre Knospen, behutsam tragen die Thuyabäume die roten Girlanden der wilden Reben, und es sieht aus, als wären nächtens blutende Vögel über sie hinweggeflogen.

Helen setzt sich, die zusammengeknäuelte Mütze in der Hand, auf eine nasse Bank am See, und sie ist einsam und schmal im Morgen. Sie schaut stadtwärts, wo es über den Dächern zu rauchen beginnt. Sie hat fortwährend sein Gesicht vor sich und fühlt auf ihrem Handrücken das unbehilfliche Streicheln seiner trockenen Fingerbeeren und das ‹Ja›, das es in ihr sagte, schwingt fort wie das Echo der erwachenden Stadt.

Sie ist mit den andern in die Schule gegangen, sie hat die Hand aufgestreckt, wenn sie etwas wußte, sie hat Schulreisen mitgemacht und hat einen Lehrer geliebt, sie hat ihren Vater gesehen, als er tot und mit starren Zehen unter dem Leintuch lag, sie ist auf Leitern gestanden und hat mit Schuhschachteln herumhantiert; sie sieht das alles in einer belanglosen Verkürzung, und es war wohl nur eine Vorbereitung auf die Sekunde vor dem Tischchen des Rasierklingenverkäufers.

In einer Wolke von Fremde und Weltenferne ist er dahergekommen, der Geruch von Sand und Salz war um ihn, das Bittere und Männliche von Rucksäcken, Pferden und Hunger, und sie stand unter seinen Augen, wie sie gestern im kühlen Bezirk des Brunnens stand. Es dräut über ihm von Gefahren, und er weiß es. Aber daß er sie anblickt und daß er sie nicht abwenden kann, nur herausfordern und tragen, und ihr mit den Augen warnend zurufen: ‹Nicht, liebe mich nicht›, und sie ihm antworten muß ‹für immer›, das ist der Fluß, der pausenlos dahinfährt und sie grüßt im Vorübergleiten, sie hinnimmt wie die Birken, wie alles andere lautlose Schicksal, das an seinem Ufer steht. Etwas hat sie an der Hand genommen und ihm zugeführt, wie es der kleine Uli tat.

Die blasse Kuppel über dem See ist mit den fliehenden Liedern ihres kindlichen Lebens angefüllt. Der Regen hat aufgehört; ohne Bewegung spannt sich der See perlgrau und seidig dem Wollishofer Ufer zu. Wie Schleusentore heben sich die Nebel, und unter ihren schimmernden Säumen hervor fließt es auf einmal die östlichen Hügel herab wie goldene Flüsse in das Becken hinein, unter den Bäumen beginnen die kühlen und violetten Schatten der Nacht landwärts abzuwandern. Immer deutlicher wird das Saugen des Lichts; in schrägen Strahlen, als würde eine Harfe über das Wasser geschoben, fällt es von den Höhen herein. Unsichtbare Hände bringen die Saiten zum Schwingen, und einzeln gibt jede, wenn die andere im Weiterwandern verklungen ist, ihren Ton ab, und wo er hinfällt, bricht ein neues Licht aus, in den Tropfen an den Rosenblättern, in den gelben Disteln der Astern, den öligen Schuppen der Thuya, den Rubinen des Reblaubes, und jeder bringt es als funkelndes Gestäub zurück, bis zuletzt die Sonne wie ein klingendes Gestirn über den zitternden Wassern kreist.

Helen hat ihren Regenmantel ausgezogen. Sie wandert dem Ufer entlang der Stadt zu, während hinter ihr immer mehr Chöre sich in Wohllaut und Lobpreisung zur morgendlichen Kantate aufschließen.

II

Wie jeden Morgen empfängt ihn der große Bernhardinerhund mit schwerem, heiserem Bellen und rasselnder Kette, wenn Dankwart, in seinen dicken Manchesterhosen, mit hängendem Gesäß und dicht um die Knöchel sich schließenden Beinröhren, die kleine Treppe herabkommt, die die Küche mit dem Garten verbindet. Er trägt ein schottisch kariertes Hemd mit offenem Kragen und aufgelitzten Ärmeln und ist ohne Hut. Er sähe aus wie der Inhaber einer Italienerwirtschaft, hätte er nicht seine prächtigen Scotchgrain-Schuhe an, die ‹Well› sagen.

Er löst den heulenden Hund von der Kette, und dann trotten sie selbander unter den Ulmen auf dem großen Kiesweg, der zur Straße führt, davon. Das Gras steht naß und tiefgrün; die Apfelbäume stützen sich unbehilflich auf die Pfähle, mit denen man ihnen unter die Arme gegriffen hat; unter den schrägen Strahlen der Sonne dunstet der Regen von ihren Blättern. In der Hühnerfarm am Waldrand gackern die Hennen, und bereits fahren die großen Lastwagen mit ihren Anhängern stadtwärts. Er blickt auf die Uhr, und richtig schwenkt auch schon der Milchhändler von Oberägeri mit seinem wankenden Ford um die waldige Ecke beim «Morgenblick». Er steht mit seinem Hund am Straßenrand und winkt ihm zu, und dann steigen sie langsam den Fußweg empor. Die Kolonien Entlisberg und Neubühl liegen bereits in der Sonne, aber aus dem Sihltal kommt noch ein frischer Wind, der von Äpfeln riecht und den schattigen Schluchten des Flusses.

«So, komm, Senn», ruft er dem Hund zu, der schwerfällig, mit hocherhobener Hinterpfote, ungebührlich lange am Fuße ‹seines› Nußbaums stehengeblieben ist. «Willst wohl, daß dir wieder eine Nuß auf den Kürbis fällt?»

An seinem runden, zuverlässigen und kurzgeschorenen Oberwinterthurer Schädel glänzen schon ein paar Schweißtropfen. Mit Wohlbehagen stellen seine Hände fest, daß er noch unrasiert ist. Er feiert sein tägliches Morgenfest. Er ist das, was er während des ganzen Tages nicht sein kann: der Pilzsucher, der Trapper, der ungewaschene Waldläufer mit den schmutzigen Fingernägeln, der lederne, luftgegerbte Dickschädel, der furzende und falsch pfeifende Mann, der mit seinem Hund durch Gottes freie Natur schweift.

Sorgfältig vermeiden seine Gedanken alles, was mit seinem täglichen Leben zusammenhängt, die schmollende Frau unter der hauchleichten Daunendecke, die ducolackierten Kotflügel seiner Automobile, die am Utoquai hinter fingerdicken Glasscheiben verdurstenden Affenbäumen Gesellschaft leisten, die fendantgeschwängerten Feuerwehrkommandanten, die provisionsträumerischen Zwischenverkäufer, die schmalhüftigen und hellgekleideten ältlichen Delegierten des amerikanischen Stammhauses, den Benzinzoll und die Einfuhrkontingente, die Fabrikationspläne und die Zwischenbilanz.

Er wischt dem Hund über die bekümmerten Triefaugen, läßt sich die Unterarme schlecken, stellt sich – weiß Gott, der Senn hat ihn angemacht – an einen Baum und freut sich, daß alles so wohl funktioniert. Er schaut zu den Wolkenfetzen auf, in die der Üetliberg noch seine Nase streckt, und wirft den obligaten Stein nach der Krähe, die im Acker steht. Sie schaut nicht einmal um, so hat sie sich schon daran gewöhnt.

Bei der zweiten Kurve, wo ein kleines Bänklein zwischen zwei Nußbäumen steht, setzt sich der Senn nieder und beginnt läppisch mit seiner tiefen, heiseren Stimme zu bellen. «Was soll der Roßbollenmarsch?» fragt Dankwart, wie er um den Holunderstrauch biegt. Dann sieht er den alten Mann zwischen seinem schwarzen Bündel und seinem Blecheimer auf der Bank sitzen. Er hat seine stahlgefaßte Brille auf und zermalmt etwas in seinem zahnlosen Munde. Es ist Fleischkäse.

«Da, komm», winkt er dem Hund und hält ihm die Rinde hin.

«Grüezi», sagt Dankwart und lockert den Bauchgurt ein wenig, «auch schon auf?»

Der kleine Mann grinst unter seinem grauen Schnauzbärtchen hervor. «Jä, so», macht er. «Am Morgen ist es am schönsten! Am Morgen früh strielen, und dann einen Güggs, und dann am Waldrand am Sünneli liegen und pfusen, während die andern krampfen. Drum haben die Tippelbrüder den Sonntag nicht gern.»

«Tippelbruder?»

«Jetzt werde ich's dann wieder. Sobald sie mich versenken wollen.»

«So, sie wollen Euch versenken?»

«Gestern abend um halb sechs war ich vor dem Versenkungsrat. Um sieben bin ich schon ausgezogen. Allez hopp, Marie! Aber nicht mich. Jä, so!»

Dankwart träufelt es aus allen Poren vor Wohlbehagen, und der andere merkt es. «Und jetzt, was machen wir jetzt?»

Dem alten Mann wedelt im Windzug ein Fetzchen Haar am Hinterkopf. Senn hat sich vor ihn hingesetzt und ihm die große, zottige Tatze auf das magere Knie gelegt. Er hat rührend hungrige Augen und muß große Falten in die Stirne legen, damit ihm nicht vor Kümmernis der Pelz über die Augen herunterrutscht. Dicke Schleimfäden triefen ihm vor Begierde von den Lefzen. Der beste Fleischkäse seines Lebens war das.

«Jetzt», sagt der alte Mann, während er dem Hund die Kehle krault, «jetzt sammeln wir zuerst Ameiseneier. Das gibt Bares beim Zoo. Will der Herr mitkommen?»

«Wieso Herr?»

«Mit solchen Böden», meint der andere mit einem listigen Seitenblick auf die Scotchgrain-Schuhe.

Dankwart ist ein bißchen enttäuscht. «Böden hin oder her, ich komme gern mit.»

Sie stapfen, vom Senn stoisch gefolgt, dem Waldrand entlang. Einen Augenblick lang sehen sie in der Ferne ein Häufchen unbenützter Mosaiksteinchen, die Stadt, und dann ist es ganz ruhig um sie, mit ein paar späten Bienen, die summen, und einer Grille, die zirpt.

Wie ein Rutengänger, mit seinem Bündel und seinem Kesselchen am Arm, führt sie der Alte an. Sie müssen sich ein wenig bücken, und dann treten sie zwischen den Büschen auf eine kleine, sonnige Halblichtung hinaus.

Vor einem großen Ameisenhaufen machen sie halt, der Hund setzt sich witternd nieder. Als handle es sich um ein Zauberkunststück, beginnt der Alte, das schwarze Tuch zu entfalten und auf dem Boden auszubreiten. Er macht einen Knoten in die vier Ecken und legt unter die überfallenden Ränder grüne Tannenzweige. In die Mitte des schwarzen Tuches breitet er eine weiße Serviette aus.

«Nun müssen Sie schauen, wie man es macht!» Mit ein paar leichten Fußtritten deckt er den Ameisenhaufen ab, und sie blicken in ein aufgewühltes Nest von durcheinanderhastenden Tieren, welken Tannennadeln und weißen Eiern. Der

Alte stößt sein Kesselchen mitten hinein, füllt es und leert das Ganze auf das weiße Tuch, drei-, viermal hintereinander.

«Jetzt werden Sie fragen, wie bringen wir die Ameisen, die Eier und den Dreck voneinander? Kommen Sie nur, jetzt hocken wir ab. Unsere Arbeit ist getan. Jetzt müssen die Ameisen schaffen.»

Sie sitzen nebeneinander mit hochgezogenen Knien und schauen dem Treiben des aufgestörten Volkes zu. «Wissen Sie, die Eier gehen kaputt in der Sonne, da tragen sie sie geschwind in den Schatten.»

Und wirklich, schon organisiert sich das Ganze. Die Ameisen schleppen die Eier vom weißen Tuche herab den aufgeklappten Rändern zu und lagern sie sorgfältig unter die Tannenzweige, wo sie langsam wie Perlenketten sich aufzureihen und anzusammeln beginnen.

«Wenn man Gewandläuse hat, dann zieht man sich nackt aus und pfeffert das Kleid und das Hemd in einen Ameisenhaufen. Sie, nach einer Stunde ist keine Spur mehr davon da, die fressen alles und spritzen es mit Ameisenöl an, und nachher klopfen Sie es tüchtig aus, und Sie sind wieder tipptopp!»

Nach und nach sind alle weißen Eier vom weißen Tuch verschwunden, und nur Erde, Ameisen und Tannennadeln sind darauf zurückgeblieben. Der Alte nimmt es sorgfältig auf und schüttelt den Inhalt aus. «So, und jetzt trennt der Cerini die Ameisen von den Eiern. Passen Sie auf!»

Er entfernt sorgfältig die Tannenzweige, lüpft behutsam die Ränder, und die Eier kugeln zu einem weißen Häufchen in der Mitte des schwarzen Tuches zusammen. Dann breitet er die Serviette wieder aus und schüttelt langsam die Eier hinüber. Die meisten Ameisen bleiben am Tuche hängend zurück. Dann macht er dasselbe noch einmal, umgekehrt, und dann ist da schließlich ein sauberes Häufchen weißer Ameiseneier, die er behutsam in das Blechkesselchen hinüberschüttet. «Ecco, Signore!»

«Sie Herrgottsdonner», sagt Dankwart.

«In zwei Stunden ist das Kesselchen voll. Im Zoologischen zahlen sie zwei Franken für den Liter.» Der Automobilhändler betrachtet seine schmutzigen Hände, blickt nach dem Hund und dann auf den Alten, der sorgfältig den Deckel auf das Eimerchen stülpt. Die abenteuerliche Vorstellung, daß er vielleicht die glücklichste Stunde seines Lebens hinter sich habe, durchquert einen Augenblick lang sein Denken.

«Wie heißt Ihr?» fragt er.

«Ich bin der Cerini, die kennen mich schon in Zürich unten.»

«Sind Sie mit dem August Cerini verwandt?»

«Das ist mein Fisel.»

«Wir sind miteinander in die Schule gegangen. Ich habe ihn aber ganz aus den Augen verloren. Dankwart ist mein Name.»

Der alte Mann kratzt sich an der Schläfe. Es ist einen Augenblick lang so still, daß man die Bienen wieder hört. «Ja eben», macht er.

«Kommen Sie mit mir zum Morgenessen?»

«Das gerade nicht», meint der Alte, «aber wenn Sie mir einen Schnaps zahlen wollen im ‹Morgenblick› …»

Dankwart legt den Hund an die Kette, dann setzt er sich auf der kleinen Treppe hinter dem Hause nieder und zieht die kotigen Scotchgrain-Schuhe aus. Wie er durch die Küche geht, kommt gerade, frisch wie ein Weggli, die Köchin herunter. Er steigt die Treppe empor und stößt eine Türe auf. Die Rolladen sind noch heruntergelassen, es herrscht ein schwüler, süßlicher Duft im Zimmer. Er zieht die Jalousien in die Höhe. Annie Dankwart streckt ihren zerzausten Wuschelkopf aus den Kissen. «Was ist?» fragt sie. Sie sieht einen unrasierten, graumelierten Mann in Italienerhosen vor ihrem Bett stehen, und er riecht nach Kot und Erde. Der Kragen seines Hemdes ist geöffnet, und seine Ärmel sind emporgekrempelt. Er nimmt die federleichte Decke an ihrem Fußende und stülpt sie ihr über den Kopf. Sie hört ihn ins Badezimmer gehen, wo er alle Wasserhahnen öffnet, und dann hört sie ihn auf einmal so laut und anhaltend lachen, wie sie ihn noch nie lachen gehört hat.

III

«Es wünscht Sie jemand zu sprechen, Herr Doktor.»

«Was? Jetzt schon, um acht Uhr morgens? Ich habe noch nicht einmal die Post lesen können. Wer ist es?»

«Es ist eine alte Frau. Sie war schon da, bevor wir kamen. Ich kann ihren Namen nicht verstehen.»

«Ich habe Ihnen schon hundert Mal gesagt, Fräulein Schiller, Sie sollen die Leute auf der Agenda vormerken. Ich kann jetzt nicht, ich muß zuerst die Post lesen.»

«Ich habe ihr das auch gesagt. Sie sagt, sie wartet, bis Sie Zeit haben. Das heißt, sie sagt es nicht, Sie deutet es nur an. Sie kann fast gar nicht sprechen.»

«Können Sie sie nicht zu Dr. Meyer schicken?»

«Nein, sie will Sie sprechen.»

«Also in Gottes Namen, lassen Sie sie herein.»

Neben dem nicht ganz einwandfreien Corot ist die alte Frau in der Tür stehengeblieben. Auf ihrem Gesicht sind die Hagelschrote der Zeit niedergegangen. Es ist verschrumpft wie ein bis spät in den Winter hinein gelagerter Apfel. Mit kurzsichtigen Augen blickt sie aus zwei kümmerlichen Spältchen in den Raum. Der Windzug der Jahre hat ihren Scheitel so lange gescheuert, bis die Kopfhaut blank lag, und er fährt fort, über sie hinwegzugehen, und sie zittert leise und regelmäßig in ihm, wie ein dürrer Strauch. Die einzige Anmut an ihr ist der schwarze Schal, der um ihre schmalen Schultern fällt.

Gerteis kann nicht sitzen bleiben. Er steht auf, geht zu ihr hin und führt sie, indem er seine Hand unter ihren Ellbogen legt, dem großen Beichtstuhl zu, der schräg an der Ecke seines Pultes steht.

Die alte Frau sitzt da mit ihrem wackelnden Kopf, und ihr Antlitz rötet sich unter der Anstrengung, die sie macht, um zu sprechen. Er sitzt ihr gegenüber und versucht zu erraten, was sie will. Irgendetwas an ihr erinnert ihn an eine ähnliche Situation, aber er kann nicht finden, wo und wann es war.

«Womit kann ich Ihnen dienen?»

Die Frau schluckt, und ihr Unterkiefer beginnt sich zu bewegen. Sie hat ihre Augen auf ihn gerichtet, aber er erkennt, daß sie ihn nicht deutlich sieht. Und dann kommen ein paar mühsame und unverständliche Laute.

«So, beruhigen Sie sich ein wenig. Wie ist Ihr Name?»

«Ich … ich bin Frau M… Meidenholz.»

Nun weiß er es wieder. Es ist dieselbe Frau, die vor vielen Jahren dem jungen Substitut gegenübergesessen ist, und Karl Meidenholz war dabei. Sie wollten etwas von ihm. Sie kamen mit einer peinlichen Bitte. Er blickt ihr in das Gesicht. Es ist den Jahren in geduldiger und unablässiger Arbeit gelungen, so viel Material davon wegzunehmen, daß es geschlechtlos geworden ist. Es ist nichts geblieben als die sorgenvolle Frage, auf die das menschliche Antlitz aufmodelliert ist.

«Ist etwas mit Karl?»

Das Summen der Stadt ist vor den Fenstern, das Klappern der Maschinen hinter der Tür, die Geschäfte warten, die Erbschaftsangelegenheit Schindler, der Streitfall Baumann/Frutiger, die Scheidung Haseneder, die Bücherregale und die Aktenschränke ziehen sich den Wänden entlang, die Gardinen sind aus grünem Rips, der Teppich ist braunrot, der Telephonapparat steht da, alles ist im Licht, nüchtern in dem hohen Raum, und ohne Geheimnis.

«Karl ist blind», sagt sie mühsam.

Sie ist mit ihrem schwarzen Fichu und mit ihren großen Altweiberschuhen die Kirchgasse herabgekommen, mitten durch den Verkehr hindurch, eine schwarze Ameise, mit ihrer dunklen Botschaft als Last.

Die Empfindung einer merkwürdig spröden Glasigkeit umgibt ihn. Als Sekundarschüler mußte er einmal jenen Verzweiflungsausbruch des jungen Melchthal rezitieren: ‹Oh, eine edle Himmelsgabe ist das Licht des Auges!› Einmal saß er in einem dunklen Garten, und in der Ferne grollte der Donner. Plötzlich sah er es auf dem Grunde des vollen Wasserglases violett aufleuchten; es war der Widerschein des Blitzes, der niederging, aber es war auch wie ein Einblick in die magische Doppelsinnigkeit dessen, was uns umgibt. Er sieht das Gesicht Meidenholz' vor sich, das sich langsam her- und hindreht, mit toten Augen, die sich aufwärts wenden.

Wie lange geht das schon so? Wie lange geht das schon so, daß wir Arbeit tun in der Fremde, Frondienst fern von der Heimat, die eine Frage ist, die Antwort heischt? Wann hat er angefangen zu verzichten? Wir sind doch eine Reihe. Wir gehören doch alle zusammen. Das Licht, das einem von uns fehlt, wird auch uns genommen.

«Haben Sie schon einen Arzt?»

Er sei bei seinem Freund Kahn gewesen. Es tut sich eine Möglichkeit auf, etwas zu unternehmen, und er ergreift sie.

«Fräulein Schiller, geben Sie mir sofort Dr. Kahn von der Dermatologischen Klinik», sagt er in den Apparat hinein.

«Hallo, Kahn, bist du da? Hier Gerteis. Grüezi. Meidi war doch bei dir? Ja, seine Mutter ist da, bei mir. Er … er hat eine Sehstörung. Weißt du etwas davon?»

Die alte Frau versucht, auf seinem Gesicht zu lesen, während er zuhört. Die Erklärung dauert sehr lang. Aber es ist gut, daß zwei Männer sich mit ihm beschäftigen, daß die lange Nacht zu Ende ist, wo sie einsam mit ihrer Sorge war. Sie hat nochmals einen Versuch unternommen, ihren Sohn dem Kreislauf der Welt zu übergeben.

Gerteis hat den Hörer eingehängt. «Gehen Sie nach Hause, Frau Meidenholz. Dr. Kahn kommt sofort herunter.»

Er führt die alte Frau der Türe zu. Er begleitet sie durch die Kanzlei auf das Treppenhaus hinaus, schließt die Lifttüre hinter ihr zu und sieht ihr so lange nach, bis ihr kahler Scheitel auf der Höhe seiner Schuhe ist. Dann kehrt er in sein Büro zurück, setzt sich an sein Pult und greift nach dem Falzbein.

«Lassen Sie mich jetzt in Ruhe», sagt er ganz leise zu Fräulein Schiller, die mit ihrem Stenoblock bereitsteht und ob dem Ausdruck seines Gesichtes auf den Zehenspitzen wieder der Türe zugeht, «ich bin ein Mensch, ich bin kein Eichhörnchen ...»

IV

Die Grenze zwischen Sonne und Schatten liegt auf der Limmat. Das Ufergeländer und die Trauerweide bei der Schwanenkolonie zeichnen ihre lilablassen Profile auf den Häusern der Wühre ab, die gelb am andern Ufer an der Sonne liegen und hinter denen sich der Peterturm mit dem zweitgrößten Zifferblatt Europas in den hellen Himmel hebt. Der Regen hat die Luft gewaschen, und es ist in ihr jener zartfrische herbstliche Geschmack zurückgeblieben, der ein Getränk aus ihr macht.

So, wie ein Fuchs den Bau verläßt, biegt Cerini um die kühle Ecke bei der Rößligasse und wandert unauffällig das Limmatquai hinab. Die untern Lider seiner Augen sind ein wenig aufgeschwollen, er hat die Unterlippe in den Mund gezogen und schluckt eine tüchtige Ladung lauen Speichels herunter. Beim Milchpferd, das vor dem Blumenladen Eitel Station macht, steht er einen Augenblick still und fährt dem Tier mit leiser Hand über die Nüstern. Es ist ein altes Stelldichein, das Pferd hat seine Ohren nach vorn gelegt und schaut ihn mit rührenden tragischen Augen an.

Beim Helmhaus hängt eine Dolde sauber gekleideter und sonntäglich anzusehender Männer vor der kleinen Türe der Arbeitslosen-Unterstützungskasse. Am Großmünster klettert eine kleine Plattform dem Gerüst nach empor und trägt einen behauenen Stein zur Spitze des Karlsturms.

Auf der Trottoirinsel bleibt er stehen. Ein Tram hält an, eine alte, schwerfällige Frau steigt aus, ein Mann in einer grünen Schürze, mit einer schönen Sperrholzplatte unter dem Arm, steigt ein. Dann fährt es weiter. Er blickt ihm nach und zieht die Quersumme aus seiner Nummer. Vierhundertzweiundsechzig. Vier und sechs sind zehn und zwei sind zwölf. Also nicht dreizehn.

Er überquert die Straße und tritt unter die großen Bogen der Laubengänge. Mit traurigen, erstaunten Augen und weißen, dicken Bäuchen liegen die Hechte aufgereiht nebeneinander, und unter dem schabenden Messer der resoluten Frau stieben die Schuppen mit Perlmuttergeräusch davon. Die Himbeeren haben auf dem weißen Papier, auf dem sie angehäufelt sind, ihr Blut gelassen. Ein ernster Mann sticht mit einer Nadel nach den Kranken unter ihnen und schüttelt sie ab. Cerini bleibt einen Augenblick vor dem Delikatessengeschäft stehen und betrachtet die braunblauen gepreßten Malagatrauben mit ihren roten Seidenbändchen, die gerollten silberglänzenden Heringe auf der Platte, die dralle Lyonerwurst, die eine Handbreit hinter der Scheibe vor seiner Nase baumelt, die blauen, eiskalten Forellen in der bernsteinfarbenen Masse des Gelees – und dann wird es deutlicher. Zuerst war es ein schönes morgendliches Gefühl, der Magen hat seine Säfte bereitet, der Speichel floß reichlicher. Aber jetzt ist alles so unangenehm erwartungsvoll. ‹Nun›, sagt es, ‹nun?› Aus der offenen Ladentüre des Milchgeschäftes weht es kühl von Buttergeruch, von saftigem Käse. Er sieht deutlich den Draht, der die Masse der Butterlaibe trennt, die Wassertropfen, die an den gelblichen Ballen hängengeblieben sind, die offenen Kühlschränke, wo der dicke Rahm träge und süß in den Gläsern steht.

Ein ganz leises Ziehen beginnt in ihm. ‹Nun?› sagt es. ‹Nun?›

Die Bäume stehen da und strecken ihre Äste himmelwärts. Die Löwen bekommen Falten im Fell über ihrer Stirne. Pferde recken ihren schönen Hals der Erde zu. Kühe muhen ungeduldig in ihren Ställen. Im Hunger vergißt das lebende Wesen den

Stolz und verliert die Haltung. Der Mensch geht dahin mit bösen und gefährlichen Augen und versteht keinen Spaß mehr.

Er blickt um sich, schielt aus den Augenwinkeln, beginnt zu rechnen. Drei Franken achtzig konnte er gestern behalten aus dem Klingenverkauf. Um sechs Uhr hat er aufgehört, ging in die «Drei Meere», wartete auf den Alten, wartete und blaguierte herum. Und dann langte es gerade noch für die Herberge, für acht Stunden schweren Schlafs, mit einem wohligen Seufzer begonnen und teigigem Munde beendet. Er bleibt stehen. Er hört, wie es in ihm leise knurrt. «Verreckt, hab ich einen Kohldampf», murmelt er. «Was hab ich nötig gehabt, dem Meidi sein Geld auf das Betreibungsamt zu bringen? Tschumpel», sagt er laut. «Und der Alte ist auch ausgerissen.»

Wenn er ins «Riedtli» geht, kann er eine Suppe bekommen und Brot. Er muß es nur dem alten Fräulein Meili sagen.

Er steht am Ufergeländer bei der Uraniabrücke. Unter der Schleuse hervor arbeitet sich das Wasser, mit dicken Muskeln und gewölbten Bändern. ‹So weit bin ich noch nicht.› Er lehnt sich über das Geländer, drückt seinen Bauch an und schaut in den quirlenden Schaum hinab.

Nicht einmal einen Grashalm kann er ausrupfen, um daran zu beißen. Die Gräser sind an ihrem unteren Ende ganz zart und süßlich. Der Hunger in der Stadt hat ein nüchternes, eckiges Gesicht. Draußen hat alles Hunger, und niemand macht einen Hehl daraus. Friß, sagt die Wiese zur Kuh. Sauf, sagt die Kuh zum Kalb. Friß, sagt das Pferd zum Spatz.

Auf einmal merkt er, daß er Wuttränen in den Augen hat. ‹Nicht einmal fressen lassen sie einen!› Er steht da am Fluß, und die Welt fließt an ihm vorbei und achtet seiner nicht. Grad umfallen sollte man und Komödie spielen, dann kommen sie, sobald einer nicht mehr auf seinen Beinen steht. Er sieht deutlich Fräulein Meili vor sich. «Haben Sie Hunger?» fragt sie. «Einen Dreck hab ich, einen Dreck!» Vielleicht sollte er den Hotz suchen. Der hockt sicher auf seiner Bank auf der Hungerinsel vor dem Café Terrasse. Der soll ihm einen Stutz pumpen.

Er geht langsam dem Geländer entlang wieder zurück. Unter seinem Helm hervor schielt ihm der Verkehrspolizist am Brückenkopf der Uraniabrücke nach. ‹Die haben es die längste

Zeit gut›, denkt er. Ein Schwan schaut zu ihm auf, mit schrägem Kopf. «Quäh», macht er leise mit seinem orangefarbenen Schnabel. ‹Hab selber nichts zu picken.›

In der kleinen Anlage findet er das Trüpplein beisammen. Sie stehen um eine Bank herum. Der Hotz, der Trümpi und zwei deutsche Brüder, mit nackten Knien und Windjacken. Sie schauen auf den alten Cerini herab, der auf der Bank sitzt und einen leeren Lenzburger Confitürenkessel zwischen den Knien baumeln läßt.

«Mich versenken?» sagt er. «Niente Signori!» Er hat den Kessel am Henkel genommen und schwingt ihn durch die Luft, daß er knallend vor die Michelin-Pneus des Taxameters fällt, der sich heidelbeerfarben in der Sonne wärmt. «He, gib acht», rufen sie aus dem Grüppchen der Chauffeure über die Straße und bugsieren den Kessel mit einem Fußtritt wieder zurück.

Cerini zieht die Hosen am Bund hoch, und bei den paar Schritten, die er auf die Bank zu macht, hat er schon wieder den leicht wiegenden Gang. Er denkt: ‹Ein Schwartenmagen wäre vielleicht das Beste!›

Auf der Bauschänzli-Insel drüben beginnen die Kellnerinnen, die weißen umgekippten Tische wieder gradzustellen. Unter den drei flachen Bogen der Quaibrücke hindurch schimmert opalfarben der See. Die alten und satten Kastanienbäume ziehen ihre Schatten vom feuchten Kies.

«Komm, dein Alter hat einen sitzen», ruft ihm Hotz grinsend zu.

«Laß du den nur so, wie er ist.»

Der Vater blickt ihm blinzelnd ins Gesicht und dreht dabei ein kleines, weißes Ameisenei zwischen Daumen und Zeigefinger; schließlich zerdrückt er es und riecht daran. Dann grübelt er schwerfällig in der Hosentasche herum, bringt eine Schnur hervor, ein rotes Taschentuch und dann ein perlenbesticktes, halbmondförmiges Portemonnaie. «Ecco», sagt er und reicht es dem Sohn hinauf.

«Aaadjö die Herrschaften», sagt Cerini gedehnt und faßt den kleinen Vater unter der Achsel.

«Heil», sagen die deutschen Wanderburschen ernst und marschieren barhäuptig und mit angezogenem Kinn im Gleichschritt davon.

V

«Sind Sie bestellt?» fragt der Weibel Wiederkehr den wassergescheitelten Mann ohne Hemdkragen, der hinter der helleichenen Schranke des Vorzimmers steht. Er sitzt an seinem kleinen Tischchen am Fenster, und in der Art, wie er sich, ohne sich vom Stuhl zu erheben, dem Besucher zuwendet, erkennt man die jahrzehntelange Erfahrung amtlichen Umgangs. «Mein Name ist Köster. Ich bin auf elf Uhr zu Dr. Reimar bestellt.»

«Warten Sie einen Augenblick. Ich will es dem Herrn Doktor melden … Warten Sie nur draußen, man ruft Sie dann.»

Der Mann geht wieder hinaus und setzt sich auf die braungestrichene Bank, die neben der Türe steht. Die kühle Luft ist mit amtlichen Geräuschen angefüllt. Männer in kakifarbenen Bürojacken drücken energisch Türklinken nieder; unten im Lichthof muß ein Schalter sein, wo mit Geld hantiert wird, man hört deutlich die Münzen auf der Marmorplatte aufschlagen. Die roten Plättchen der Gänge geben unter den Schritten einen hohlen Ton von sich; wenn eine Türe sich öffnet, hört man das Klappern eines fallenden Lineals, das klägliche Plappern einer Schreibmaschine.

«Sie sollen hereinkommen. Da, die zweite Tür.»

Reimar sitzt unter der schwarzen Bärenraupe seines Haares an seinem Schreibtisch. Die Fenster sind offen, die Rolladen sind herabgelassen und hinausgestellt. Vom Gesimse fliegen zwei Tauben davon, und ihr Flügelschlag gibt ein helles, metallisches Geräusch.

«Sie sind Herr Köster, Gustav?»

«Jawohl.»

«Nehmen Sie Platz, Herr Köster.» Reimar weist auf den Stuhl. «Sie sind Möbelschreiner, zur Zeit ohne Arbeit?»

«Wenn es mit rechten Dingen zuginge, hätte ich schon längst wieder Arbeit. Der Benz …»

«Von dem reden wir jetzt nicht. Ihre Frau ist Privatamme, zuletzt in Stellung bei einer gewissen Familie Meier?»

«Jawohl.»

«Sie sind davon unterrichtet, weshalb Ihre Frau ihre Tätigkeit unterbrechen mußte?»

«Jawohl, Herr Doktor.»

«Was haben Sie dazu zu bemerken? Ich meine, was denken Sie über die Infektion Ihrer Frau?»

«Herr Doktor, so wahr ich da stehe, ich bin unschuldig an der Geschichte.»

«So? Aber hören Sie mal, Herr Köster, es ist einwandfrei festgestellt – und die Betreffende hat es zu Protokoll gegeben –, daß Sie mit einer gewissen Glättli, Sonia, Verkehr gehabt haben. Geben Sie das zu?»

Der Mann schweigt, er sitzt da, vornübergeneigt, mit ausgestrecktem Kinn, und blickt zu Boden.

«Ich frage Sie nochmals, Herr Köster, stimmt das?»

«Ja.»

«Wie haben Sie die Glättli kennengelernt?»

«Am Knabenschießen. Ich und ein Kollege sind in die Budenstadt gegangen, und dann haben wir das Fräulein gesehen und sie angehauen.»

«Haben Sie ihr Geld gegeben? … Ich frage Sie nochmals: Haben Sie ihr Geld gegeben?»

«Wir haben sie zu einem Glas Bier eingeladen.»

«Ich frage Sie nicht das. Ich frage Sie, ob Sie ihr Geld in die Hand gegeben haben?»

«Sie hat gesagt, sie müsse sich Strümpfe kaufen, und da habe ich ihr einen Fünfliber gegeben.»

«Mit dem Geld, das Sie von der Arbeitslosenunterstützung erhalten haben?»

«Das geht Sie einen Dreck an, was ich mit meinem Geld mache. Ich habe den Beitrag immer regelmäßig bezahlt.»

«Reden Sie anständig, Herr Köster. Wenn einer sich eine so schwere Verantwortung aufbürdet, dann ist es nicht am Platze, auch noch aufzubegehren.»

«Sie haben gut reden, Herr Doktor. Sitzen Sie mal drei Monate herum und gehen Sie stempeln, Sie werden dann sehen, wie das den Menschen verändert.»

«Es ist Ihnen bekannt, daß die Glättli berufsmäßig – Sie wissen schon, was ich meine?»

«Was soll denn unsereiner tun? Die Herrchen mit ihrem Chryslerwagen haben es leicht. Arme Teufel wie wir sind zufrieden, wenn wir es mit einem Fünfliber abmachen können.»

«Sie haben doch eine rechtschaffene Frau.»

«Sowieso, aber sie ist immer fort.»

«Sie ist nicht zu ihrem Vergnügen fort, das wissen Sie ganz genau.»

Der Mann fährt mit seiner Hand über den Mund, drückt mit den Fingern die Oberlippe zusammen, wischt sich ein Schweißtröpfchen von der Nase.

«Sie wissen, daß die Glättli schon in Behandlung war?»

«Ja, das hat man mir gesagt.»

«Sie haben sich der Untersuchung gestellt. Sie sind nicht angesteckt.»

«Das weiß ich, aber warum dann das ganze Theater?»

«Weil die Möglichkeit trotzdem besteht, daß Sie etwas auf Ihre Frau übertragen haben.»

«Nein, ich will Ihnen sagen, weshalb, Herr Doktor. Weil die Krankenkasse nicht für die Kosten aufkommen will. Weil sie mich schikanieren wollen.»

«So kommen wir nicht weiter, Herr Köster. Geben Sie zu, daß Sie nachher, also nach dem Knabenschießen, mit Ihrer Frau Beziehungen unterhalten haben?»

«Nichts gebe ich zu! Das geht euch nichts an!»

Reimar blickt auf die mit Schreibmaschine geschriebene Erklärung hinab. ‹Ich gebe zu, mit meiner Gattin Köster, Anneliese, im Zeitraum vom … bis zum … Beziehungen unterhalten zu haben.› Er hat sich anheischig gemacht, die Unterschrift des Köster beizubringen. Er trennt mit Daumen und Zeigefinger seinen schwarzen, seidigen Schnurrbart, daß in der Mitte ein Scheitelchen entsteht und ein Teil seiner Oberlippe sichtbar wird. Er lehnt sich in seinem Stuhl zurück.

«Herr Köster, nehmen Sie doch Vernunft an. Wenn Sie die Erklärung unterschreiben, so geht alles seinen normalen Weg. Wollen Sie es denn unbedingt auf ein gerichtliches Verfahren ankommen lassen? Das Gericht nimmt es ja trotzdem als gegeben an.»

Der Mann schaut hartnäckig auf den Boden. Er verfolgt mit dem Auge des Schreiners den Verlauf und die Fugen des Parketts, die Farbunterschiede des Holzes, die Maserung, aber nebenbei, auf unausdrückbare Art, ist in ihm die Vorstellung von der Verworrenheit und Schwierigkeit des Lebens mit seiner Zweiteilung in Menschen, die etwas sich eingebrockt haben, und solchen, die darüber zu Gerichte sitzen. Er sieht das Netz, in dem er gefangen ist, seine Arbeitslosigkeit, die Erkrankung seiner Frau (nie mehr wird sie eingestellt werden, das weiß er), die schlimmen Stunden, wenn sie zu Hause sitzt und heult, und die Schuld, die ihm aufgebürdet wird wegen eines kurzen Lagers im Laub, am Waldsaum, hinter der Festhütte, während der Singsang der Drehorgeln und das Gekreisch der Frauen auf der Achterbahn in den rosig erleuchteten Nachthimmel aufstiegen.

Eine Taube blickt neugierig mit schrägem Kopf vom Gesims herein. ‹Die hat auch keine Ahnung von dem, was wir da unterhandeln.›

Es war einen Augenblick Stille im Amtsraum. «Nun», sagt Reimar, «haben Sie es sich überlegt?»

Der Möbelschreiner schaut auf und visiert die Bürste auf Reimars Kopf an. «Ich unterschreibe nichts. Fertig», sagt er, und ganz unmotiviert fügt er noch hinzu: «Wir sind in der Schweiz.»

«Sie werden es noch bereuen, Herr Köster. Gehen Sie jetzt. Adieu.»

Der Mann geht ungeschickt mit seinen genagelten Schuhen über das Parkett der Türe zu. An seinem Rücken erkennt Reimar den Satz, den er murmelt.

VI

Man sollte denken, die Zeit vergeht langsam für den, der wach im Dunkeln liegen muß. Aber als ich das glatte und kühle Leintuch meines Bettes um mich fühlte und daliegen konnte, ganz ohne Spannung, und mich hintreiben lassen in den gurgelnden und leise singenden Strömen, da merkte ich auf einmal, daß die Zeit nur für jenen einen Sinn hat, der sich Fristen setzt, der etwas erwartet, der etwas will. Ich könnte mein Gefühl am besten mit dem Bild eines fallenden Steins vergleichen. Solange er ein Stein von unserer Erde ist, ist sein Fall ein kurzes, absehbares Ereignis in seinem Dasein, lange nicht so wichtig wie der Raum, den er einnimmt, die Schwere, die er hat. Aber ist dieser Stein im Sphärenraume zwischen Sonnen und Gestirnen, dann ist sein Gewicht winzig klein, winzig klein seine Gestalt, und das große, wichtige Ereignis seines Daseins ist der immerwährende, nie aufhörende Fall durch die Himmel, ziellos, endlos, fristlos, ein Selbstzweck.

Ich dachte zurück an den Augenblick, wo ich in Chiasso die zwei Gläser Cognac hinuntergestürzt hatte, und sie waren wie ein Zaubertrank gewesen. Von da an hatte der Fall begonnen, blindlings in die dunkeln Räume hinab, durch die Schichten von rauschendem Regen, Sirenenhupen, Menschenstimmen hindurch, unaufhaltsam vorbei, und es war kein Ende abzusehen. Meine Mutter hatte zu mir gesprochen, Cerini, Kahn, der Knabe Uli und das Mädchen Helen, aber ihre Stimmen haben nur flüchtig an mein Ohr geschlagen, und ich bin an ihnen vorbeigerast, denn meine Zeit war von einem andern Stoff als die ihre, gehörte einem andern Sternsystem an als dem ihren. Wohl hatte ich den kümmerlichen Scheitel auf dem Haupte meiner Mutter gesehen, wohl sah ich das langsame Beidrehen des Schiffes über dem Krauskopf Cerinis, wohl waren meine Augen dem Bogen des Balls gefolgt, der über die Köpfe der verkleideten Mädchen hinweggeflogen war, wohl hatte ich die baumelnden Beine Ulis, des jüngeren Bruders, im Sternkreis gesehen, wohl war ich in der wächsernen Stille von Angelines Zimmer umhergewandelt, wohl hatte ich auf der winzigen Erdkarte in Helens Augen nach meiner Heimat ausgespäht, wohl war ich dem Feind Gerteis gegenübergesessen, wohl war ich durch die Straßen meiner Stadt gegangen – aber es war alles ohne Verweilen und Wurzeln, vorübergehend, das Träumen des fallenden Steines. Was von Lauten und Bildern zu mir kam, war eingebettet in den brausenden Sängen und klagenden Melodien von des Lebens Traurigkeit, in die ich hineinstürzte. Was ich sah und was ich hörte, war nur in nebelhaften Bildern – wie die kleinen Motive der Geigen und Flöten auf dem Brausen der Kontrabässe – aufgestickt auf jenen Hintergründen, die so hell sind, daß sie schwarz werden unserem Auge, die so brüllen und orgeln, daß sie lautlos stille sind unserem Ohr.

Die Geräusche waren die einzige Botschaft, die mir von außen kam. Sie wehten an mich heran, brachten Bericht von der Gasse herauf, mit Hufen, die auf das Pflaster aufschlugen, mit Schritten, die am Hause vorbeigingen; ich hörte die Stimmen der Schülerinnen, das Gurren der Tauben, irgendwo in der Nachbarschaft wurde ein Stein gehämmert, und wenn ein Augenblick Stille eintrat, so hörte ich die Schritte meiner Mutter, das Klappern von Geschirr aus der Küche, das Rascheln ihrer Röcke.

Manchmal, zwischen zwei dicken, dunklen Wolken des Schlafes, hörte ich meinen eigenen Atem, ein kleines Seufzen, ein fahles Wetterleuchten des Bewußtseins. Und schließlich erwachte ich vollends von der vollkommenen Stille, die um mich war. Nichts mehr. Das Kratzen meines Fingernagels auf dem Leintuch wurde zum Zischen eines Wasserfalls.

Meine Mutter mußte dagewesen sein, der Geruch ihrer Kleider schwebte in der Luft.

Auf einmal hörte ich Regen auf den Sims fallen, und die Brettchen der Jalousien klöpfelten im Wind. Ich hatte die Decke hoch über meinen Kopf gezogen. So konnte ich die Augen öffnen, und es war kein Unterschied im Dunkel. Manchmal hob ich sie ein klein wenig, nur handbreit etwa; es war ein kleines Spiel des Selbstbetrugs, ein Versuch zu sehen, ob dadurch ein wenig Licht in meine Höhle käme. Aber es kam kein Licht. Ich konnte es auf natürliche Weise erklären, das Zimmer war ja auch dunkel. Dann hörte ich, wie die Türklinke behutsam niedergedrückt wurde, und es zog ein leiser Luftzug durch den Raum.

Ich muß es ganz unwillkürlich getan haben. Ich muß unwillkürlich die Decke ein wenig gehoben haben. Im holländischen Reichsmuseum gibt es ein solches Bild aus der Rembrandtzeit. Eine dunkle Tür öffnet sich in einen dunklen Raum. Durch die Öffnung hindurch sah ich den stillen Schein des Öllichts, den kleinen, schwimmenden Docht im Senfglas. Es stand auf dem Tisch im Korridor, und sein Schein spiegelte sich im Wachstuch. Es war das Krankenlicht meiner Jugendzeit. Es war wie das winzige Signal, am Eingang der Häfen, nach dem die Schiffsleute ausspähen, wenn sie aus der Nacht der Ozeane heimwärts kehren.

Die Türe schloß sich wieder leise, aber dann fühlte ich, daß die Mutter sich auf den Stuhl neben meinem Bett gesetzt hatte. Ich hörte ihren leisen, mühsamen Atem.

Ich hatte die Decke sachte zurückgeschlagen und tat nichts, als auf diesen Atem zu lauschen. Langsam, behutsam streckte ich meine Hand aus, bis meine Finger die gichtigen Knöchel ihrer Hände berührten. Dann fühlte ich auf meinem Handrücken die rissigen Schwielen ihrer anderen Hand. Der Regen klöpfelte gegen die Fensterladen, und der Wind zog um das Haus.

«Erinnerst du dich», sagte ich leise, und es klang ganz seltsam in dieser Nacht, «wie wir damals zusammen zu Gerteis gingen, um ihn zu bewegen, alles über das Mädchen auszusagen?»

Ja, sagte ihre streichelnde Hand.

«Ich wollte heute zu ihm. Ich wollte ihn zur Rechenschaft ziehen. Es hat mich so lange gewurmt, und ich wollte es heute erledigen.»

Ich fühlte den unbehilflichen, beschwichtigenden Druck ihrer entwöhnten Hände.

«Auf einmal konnte ich nicht mehr sehen», sagte ich leise.

Ihre Hand fühlte sich an wie ein zitternder Vogel. Und dann war auf einmal ein ganz hilfloses Greinen im Zimmer, es klang wie ein hohes, langgezogenes ‹i›. Ich fühlte deutlich, wie sie mich in dem törichten Unterfangen bei Gerteis sah.

Aus der Dunkelheit tropfte es auf meine Hand herab.

*

Ich muß gegen den Morgen hin wieder eingeschlafen sein, auf jene Art, wie wir als Buben einzuschlafen pflegten, wenn wir zur Strafe ohne Essen zu Bett mußten und wir nachher, wenn der Vater ausgegangen war, von der Mutter noch ein Tellerchen mit Äpfeln auf den Stuhl gestellt bekamen, über dem unsere Kleider hingen: mit abebbendem Schluchzen und tränensatten Augen.

Als ich die Augen öffnete, fiel von den verschlossenen Jalousien her ein helles Gitternetz in den grünschimmernden Raum. ‹Nur einmal in seinem Leben erlebt man eine solche Nacht›, dachte ich, und es würde, bei unserer Nüchternheit, wohl nie mehr davon gesprochen werden. Sie war ein dunkles Tor, durch das ich hindurch mußte.

Auf einmal hörte ich Kahns Stimme, es wurde leise an die Türe geklopft, ich rief: «Komm nur herein», und dann stand er auch schon, ein bißchen fremd in dieser Umgebung, in seinem dunklen Anzug und seinem federlosen Geierkopf an meinem Bett. Er kam mir auch klein und schmächtig vor ohne seinen Labormantel. Der Geruch von Desinfektionsmitteln ging von ihm aus. Sein Gesicht hatte jenen Ausdruck, den wir annehmen, wenn wir zum ersten Mal an das Bett eines Kranken treten, ein Gemisch von gespielter Heiterkeit, Besorgnis und Unsicherheit. Aber es änderte sich sogleich, als er sah, daß meine Augen den seinen antworteten. Ich hatte Mühe, meine Rührung zu verbergen.

Er trat ans Fenster und ließ mit einer dem Ärztegebaren charakteristischen Bewegung mehr Licht herein, zog seinen Überzieher aus und legte ihn zusammen mit seinem Hut auf den Tisch. Die Mutter hatte die Tür hinter uns geschlossen. Sie würde draußen dem Murmeln unserer Stimmen lauschen.

«Wie geht's dir jetzt, subjektiv», fragte er.

«Danke, es geht mir wieder ganz gut. Ich sehe wieder alles. Ein bißchen weich vielleicht, inwendig. That's all.»

Er schaute mich an, zog seine altmodische Golduhr (ich erinnere mich noch gut daran, er hatte sie zu seiner jüdischen Konfirmation erhalten, zu einer Zeit, als wir noch Nickeluhren trugen) und maß mir den Puls.

«Hast du Appetit?»

Ich mußte lachen. Ans Essen hatte ich, weiß Gott, nicht gedacht. Ich suchte in seinem Gesicht zu lesen, denn plötzlich erinnerte ich mich an die Blutprobe, und inwendig, in der Herzgegend und gegen den Magen hin, noch während er den Puls zählte, hatte ich ein Gefühl der Kälte und der Erstarrung.

«Du bist nicht der erste», sagte er und blickte mich ganz gerade an. «Es laufen Hunderttausende von Männern mit dieser Angst herum. Die negative Seite der medizinischen Aufklärung des Publikums ...»

Ich verstand ihn nicht sogleich.

«Wegen dem da», sagte er und wischte mit der Hand flüchtig über das Pflästerchen an meiner Ellbogenbeuge. Das Schwarze seiner Pupille war völlig seelenlos.

«Du hast nichts», sagte er, «es ist alles in Ordnung.»

Es war einen Augenblick ganz still. Dann sah ich, daß er lächelte. Ich verstand, daß er nur gekommen war, mir diese Botschaft zu bringen.

Es war da eine Landschaft, über die unter den Klängen eines Aufbruchmarsches weiße, plastische Wolken hinwegzogen, Möwen, die sich in den Wind warfen, Wellen, die an Felsnasen zerbarsten, ein Hund, der bellend ans Ufer sprang und sich das Wasser aus dem Fell schüttelte.

Es mußte etwas mit meinem Gesicht vorgegangen sein, eine feixende Bewegung oder so etwas, ein Vorgang, den er offenbar schon an vielen Patienten erlebt hatte.

«Ich habe schon gewußt, daß es das ist», sagte er lachend. «Aber morgen gehst du mir noch zu Professor Fischer. Ich hab ihn avisiert. Das mit den Augen muß noch klargestellt werden.»

«Du, sag der alten Frau da draußen ein paar Worte.»

«Wird besorgt», sagte er, während er unbehilflich in sein Mäntelchen schlüpfte. An der Türe drehte er sich noch einmal um. «Am Samstagabend haben wir den Klassenhock beim Boller. Ruf mich an. Wir gehen zusammen hin.»

Als er draußen war, warf ich die Decke zurück, streckte die Beine, bis sie mich schmerzten, fuhr mir durch die Haare, stellte mich auf die Füße, ging ans Fenster und stieß die Laden auf. Dann stand ich mit nacktem Oberkörper da und wusch mich. Dazu sang ich. Mein Gott, wie lange hatte ich nicht mehr gesungen. Ich schaute an meiner Brust herab, an meinen Armen, über meinen Bauch. Ich schaute das alles mit einer gewissen Ehrfurcht an. Es ist doch schon allerhand über mich hinweggegangen. Da irrt die Seele in den dunklen Gängen umher und saugt sich voll mit den Ängsten der Nacht, besäuft sich mit Schuld, und derweil trottet der Körper treu und unbeachtet nebenher und tut sein prosaisches Werk, ißt, verdaut, schläft, wird vergessen, tagelang, wochenlang, und kann nichts tun zu all dem Elend. Und eines Tages wacht man auf, und siehe, er ist noch da, er ist in Ordnung, er ist intakt und hat uns wie ein gutes Schiff heil über die Wasser getragen, in denen die blauen knochenlosen Quallen gurgeln, die blinden grünen Fische sonnenlos ihre lautlosen Bahnen ziehen und die Algen ihre trüben Schleier weben. Ach, mein Gott, ein gesunder Mensch sein, geprüft und bestanden, gesund, ist das nicht die einfachste, die schönste Strophe in der Kantate unseres Lebens?

*

Ich unternahm diesen Nachmittag nichts anderes mehr. Ich saß am Fenster, in der Nachbarschaft der Zimmerlinde. Ich schaute ihre Blätter an, sorgfältig, als sähe ich sie zum ersten Mal, und ich sah, daß jedes von ihnen eine andere Farbe hatte. Behutsam, von Ton zu Ton stufte es sich, von den zarten, hauchigen, die aussahen wie Kücken in gesträubten Flaumpelzchen, bis zu den großen mit der satten Farbe und den scharfen Umrissen. Aber jedem an seinem Platz antwortete irgendwo im Raum ein Braun, das seine Ergänzung war. Und während ich darüber nachdachte und es bedächtig, wie es die Maler tun, überprüfte, indem ich im Zimmer umherblickte und an den Möbeln, dem Getäfel, dem Parkett des Fußbodens den Ton heraussuchte, der mit dem Blatt im Einklang stand, das ich im Auge hatte, wurde mir auf eine ruhige und selbstverständliche Weise das Sinnbildliche des Ganzen bewußt. Ich suchte nach dem Blatt, das meinem Alter entsprach, und ich fand es. Es war ein mittelgroßes Blatt von dunkelgrüner Farbe mit kräftigem Stil und schönen Rippen; an einer Gabelung war ein kleines Delta gelb angelaufenen Gewebes. Ich suchte im Zimmer nach dem Braun, das ihm entsprach, und fand es in dem Rähmchen, hinter dem die Photographie meines Vaters steckte, in der Uniform des Pöstlers.

Ein wenig später brachte die Mutter den Uli herein. Zuerst stöckelte er ein wenig im Zimmer umher, versuchte den runden Holzdeckel der Nähmaschine abzuheben, kletterte auf die Ofenkaust und blickte von dort ernst zu mir herunter, aber dann kam er doch näher und setzte sich rittlings auf den kleinen Fußschemel, so daß sich der Schorf der Knabenwunden auf seinen Knien spannte. Ich schaute auf sein sommersprossiges Gesicht hinab, das er unpersönlich, höflich-verschlossen, neugierig und ein bißchen mißtrauisch zu mir aufwandte.

«Bist du in Amerika gewesen?» fragte er mich.

«Nein, in Holländisch-Indien.»

«Hast du Marken?»

‹Die zwei Länder›, dachte ich, ‹das braune Getäfel, das dem grünen Blatt antwortet. Die Jahre zwischen uns sind der Weg, den ich zurückgelegt habe, das Land aufzusuchen, das er, mein jüngerer Bruder in der Zeit, in sich herumträgt.›

«Ich auch», sagte er, «ich möchte Schiffskapitän werden.» Dabei zupfte er ein welkes Blatt von der Linde. Dieses hatte erreicht, was es sich in der Jugend gewünscht hatte. Es war braun geworden.

FREITAG

I

Köster steht am Geländer vor dem Zunfthaus zur Meise und blickt auf die Schwäne hinab, die dort an den Ufermauern herumlungern. Wie ein zinnerner Löffelstiel, den die Kinder im Sande vergessen haben, liegt der Fluß zwischen den Häusern, beinahe bewegungslos, und riecht nach Fischen. Auf den Zinnen schaukeln feuchte Wäschestücke im Wind. Von Zeit zu Zeit schwebt ein Regentropfen durch die Luft.

Er wandert, die Hände in den Hosentaschen, die Wühre hinab, die Schwäne folgen ihm mit sachtem Rudern und blinzeln ihn mit schwarzen Augen listig an.

Er überzählt sein Geld und beschließt, sich noch einen Zehnerstumpen zu kaufen. Er biegt in die Badergasse ein, in der die vereinzelten Regentropfen silbern aufblitzen, wenn sie langsam den grauen Mauern entlang niederfallen.

«Ein Opal zu zehn», sagt er. Das Fräulein mit ihrem schwarzen Sammetbändchen um den Hals zieht den Stumpen aus einem angebrochenen Päckchen, reicht ihn ihm über den Tisch, nimmt den Zehner in Empfang, dreht an der Kurbel der Registrierkasse, wirft ihn in die aufgesprungene Schublade.

«Will ihn der Herr gleich anzünden?»

Sie drückt auf den nickelnen Hebel, und die bläuliche Stichflamme steigt aus ihrer Kapsel empor, er hält seinen Stumpen hin und saugt zwei, drei Mal daran, so daß auf seinen Wangen zwei flache Mulden entstehen.

«Danke.»

Der Stumpen brennt noch nicht richtig, er macht noch einen Zug, dann nimmt er ihn aus dem Mund, betrachtet fachmännisch das angekohlte Ende, und dann saugt er nochmals daran.

«Geht's jetzt?»

«Jawohl, jetzt geht's.»

Einen Augenblick lang steht er unschlüssig da und betrachtet den Bräutigam, der auf der Titelseite des illustrierten Blattes an der Seite seiner seidenen Braut die Treppe herunterkommt, und dann blickt er dem jungen Trauzeugen ins Gesicht, der, eine Stufe über dem Brautpaar, mit halbgedrehtem Kopfe den Photographen bemerkt hat.

Vor der offenen Tür ziehen zwei kleine Mädchen im Schrittwechseltanz, die Arme gegenseitig um den Nacken geschlungen, vorüber. «Meitlistank macht Buben krank – Meitlistank macht Buben krank», krähen sie rhythmisch durch die enge Gasse. Wie sie vorn am Weinplatz sind und ihre Stimmen aus den Mauern heraus, wechseln sie das Thema. «Bubenstank macht Meitli krank», grölen sie jetzt.

Angeline lehnt hinter dem Korpus, regungslos wie eine Wachsfigur, mit einem stehengebliebenen Lächeln auf den Lippen und starren Augen, die über die Kartonattrappen und die Zigarettenpyramiden in dem kleinen Schaufenster auf die Straße hinaus sehen. «Clara Bietenholz, Robes», steht dort auf einer weißen Emailtafel jenseits der Gasse.

Köster blickt zum schmalen Himmelspalt empor. «Es kommt regnen», sagt er.

«Ja, es sieht so aus.»

«Das gibt ein wäßriges Obst dieses Jahr.»

Angeline sieht flüchtig das Häuschen in Echallens vor sich, die Gemüsebeete, die sie angelegt hat, und Wasserbäche gehen darüber hinweg und schwemmen alles weg. Von da wandern ihre Gedanken in ihr Zimmer zurück, wo die Koffer gepackt aufeinanderstehen und Zwiesprache mit der bekümmerten Palme pflegen. Sie seufzt ein wenig, klappt den Dekkel eines Zigarrenkistchens zu, räumt es beiseite.

«Man hat es nicht leicht», sagt Köster.

«Mein Gott, nein.»

«Sie haben es noch gut. Sie haben Ihr Geschäft. Etwas läuft doch immer. Solange es Männer gibt, so lange wird auch geraucht.»

Angeline blickt ihn an, zärtlich beinahe, mit einer Art von Rührung. Er ist einer von den vielen Köbis, die ihr während vielen Jahren ihre Batzen gebracht haben, und es ist ein loyales Geschäft, sie tauschen ein bißchen Vergnügen, ein bißchen Leichtsinn mit dem Tabak dafür ein, wenn es ihnen gar zu langweilig ist ums Maul herum.

Schade, daß es fertig ist. Aber es muß sein, es muß. Sie will nicht mehr solche Nächte erleben wie die letzten zwei, und solche Tage, daß sie vor jedem Kunden zittert, der zu ihr in den Laden tritt. Sie hat die alte und verbissene Entschlossenheit wiedergefunden, die sie damals hatte, vor fünfzehn Jahren, als sie unter dem ‹Chef› arbeitete. ‹Dicke Luft, losziehen!›

Als sie gestern abend angefangen hat, die Kasten auszuräumen, die Kartonschachteln zu füllen und die Papiere zu zerreißen, da ist die ganze verrückte Zeit wieder in ihr auferstanden, die Brennzeit ihres Lebens, das Abenteuer, das sie die Jahre hindurch ein wenig vergessen hatte.

Sie blickt zu Köster hinüber. Er soll noch ein wenig bleiben. Er macht so einen vertrauenserweckenden Eindruck. Er beschützt sie. Solange er da ist, würde nichts geschehen.

«Schauen Sie sie nur ruhig an», sagt sie, «dafür ist sie ja da.»

«Darf ich? Aber lassen Sie sich nicht stören, Fräulein.»

«Nein, nein, mir macht das nichts.» Während Köster in der Zeitung blättert und sich mit dem Hunger des Arbeitslosen in die Darstellungen des mondänen Lebens versenkt, öffnet sie leise die Tischschublade und schaut nach dem sauber frankierten Brief, der dort bereitliegt. «Herrn Dr. Arthur Gerteis, Rechtsanwalt, Bahnhofstraße, Zürich» steht darauf. Sie würde ihn morgen früh am Bahnhof, vor der Abreise, einwerfen.

Mit der Zungenspitze fährt sie vorsichtig über die Schwellung unter der Oberlippe, und dann greift sie nach einer Zigarette. ‹Still, diese Dinge sind nicht, wenn man nicht daran denkt.› Zu Kahn wird sie auch nicht gehen. Sie will nichts wissen.

«Du heiligs Verdienen!» macht Köster, der mit ausgebreiteten Armen die Zeitung hält und dessen eines Auge wegen des aufsteigenden Rauches des Stumpens zugekniffen ist. Auf der zweiten Seite sieht man, wie die lachende Braut ein Löwenbaby im Arme hält, das stirnrunzelnd den glänzenden Taft ihres Kleides betrachtet.

«So möcht ich es auch haben», sagt er. Er blickt noch einen Augenblick hin, aber das verheulte Gesicht seiner Frau kommt ihm immer wieder störend dazwischen. ‹Die macht mich noch ganz verrückt›, denkt er. ‹Schließlich gibt es noch andere Berufe.› Er versteht sie ja schon. Da hat sie sich alles so schön aufgebaut, als sie ihren Kleinen hatten, und der Pfarrer Göri hat ihr die Stelle bei der Familie Meyer vermittelt. Und wo alles so schön in Butter war, muß das passieren, bei solchen Leuten. Und immer schaut sie ihn an, als ob er schuld daran wäre, wo es doch erwiesen ist, daß das mit der Glättli gar nichts damit zu tun hat.

Er grübelt ein bißchen nach. Es ist ihm schon ein paarmal aufgefallen, auf welch merkwürdige Weise man bestraft wird. Er hat einmal als Bub seinem Vater aus der Jaßkasse zehn rote Rappen gestohlen, und kein Hahn hat darnach gekräht. Und einmal kam der Mutter ein Zwanziger weg, den sie mit dem Milchbüchlein auf den Küchentisch liegenließ. Spät in der Nacht hat ihn der Vater dafür ausgeprügelt. Und er wagte nicht, seine Unschuld zu beteuern, weil er, innerlich, den Ausgleich vorgenommen und die unverdiente Strafe auf den Batzendiebstahl angewandt hatte. ‹Jä, so? So ist das? Auch später, wenn man erwachsen ist!›

«Sie wissen auch keine Stelle für meine Frau? Zum Spetten, Ladenputzen oder so. Sie ist diplomierte Kinderamme.»

Angeline schaut ihn nachdenklich an, kneift ein bißchen die Lippen zusammen, dann nimmt sie ihren Bleistift, überlegt einen Augenblick, schreibt etwas auf einen Zettel.

«Hören Sie, schicken Sie morgen früh, etwa um halb elf, Ihre Frau dahin, zu Dr. Gerteis, mit allen Zeugnissen und Referenzen. Sie soll sagen, sie kommt von mir. Sie könnte doch einen Laden führen?»

«Sowieso könnte sie das.»

Sie reicht ihm den Zettel über den Tisch.

«Die armen Leute müssen zusammenhalten», sagt sie auf rätselhafte Art.

II

«… und erstatte hiermit auftragsgemäß Bericht und Antrag über den Cerini, Agosto, Cesaro, geb. 1864 in Viacolta (Italien). Besagter kam um 1880 herum (genau festzustellen ist es nicht) in die Schweiz, wo er als Bauhandlanger, Maler, Maurer, Straßenarbeiter usw. immer flottant tätig war. Im Jahre 1890 ging er mit der Hediger, Julia, Genoveva, geb. 1872 in Oberfrick (Kanton Aargau), die Ehe ein, der zwei Kinder entsprossen, eine Tochter Victoria, geb. 1891 und im Alter von vier Jahren gestorben, und ein Sohn, Agosto, geb. 1895. Cerini machte sich, wohl unter dem Einfluß seiner Frau, in Zürich seßhaft und betrieb einen Gemüseladen, zuerst an der Ankerstraße in Zürich 4 und dann an der Turnerstraße in Zürich 6. 1904 erwarb er das Bürgerrecht. Es ging ihm gut, seine Einkommensverhältnisse verbesserten sich, successive versteuerte er von Fr. 2400,– im Jahre 1905 bis Fr. 7200,– im Jahre 1912. Er erwarb sich auch die Liegenschaft, in der sich sein Laden befand (assek. mit Fr. 95.000,–). Der Sohn Agosto besuchte die Stadtschule bis zur dritten Sekundarklasse und hierauf die Kantonsschule. Im Jahre 1914 starb seine Frau an einer Blutvergiftung. Infolge der Kriegszeit nahm sein Geschäft einen immer größeren Umfang an. Er begann, italienischen Reis waggonweise nach der Schweiz einzuführen. Im Jahre 1916 schwebte gegen ihn ein Verfahren wegen Verfehlung gegen die Bestimmungen der S.S.S., da er gemeinschaftlich mit einem gewissen Berger die für die Schweiz bestimmten Reissendungen nach Deutschland weiterexportiert haben soll. Er wurde zu einer größeren Geldbuße verurteilt, und da er auf die schwarze Liste der Ententeländer kam, wurde ihm der Import italienischer Waren verunmöglicht. Cerini muß damals ein größeres Vermögen besessen haben, aber er begann sein Geschäft zu vernachlässigen, er hielt sich nur noch vorübergehend, während wenigen Stunden des Tages, in seinem Laden auf, und war vorzugsweise in der Fantasio-Bar an der Schützengasse anzutreffen, wo er einen Kreis von Elementen frequentierte, die mit dem Ausdruck Schieber bezeichnet werden müssen. Als mit dem Kriegsende wieder normale Verhältnisse eintraten, fand er den Weg zu seiner normalen Beschäftigung nicht mehr zurück. 1921 verkaufte er Geschäft und Liegenschaft und beschäftigte sich vorzugsweise mit der sog. Finanzierung von Erfindungen in Gemeinschaft mit einem gewissen Ing. Treichler, mit dem er zusammen ein Büro an der Stampfenbachstraße eröffnete. Im Jahre 1923 kam die Firma in Konkurs, und von diesem Augenblick an ist ein ununterbrochener Abstieg zu beobachten. Cerini verschwand für einige Jahre im Ausland (er soll sich in Südamerika aufgehalten haben). Tatsache ist, daß er im Jahre 1926 wieder in der Schweiz war und nach Zürich als seiner Bürgergemeinde abgeschoben und armengenössig wurde. Ein Unterstützungsbeitrag durch seinen Sohn Agosto war nicht zu erlangen. Nach dem Tod seiner Mutter beinahe aufsichtslos und offenbar sehr frühreif, verließ solcher die Mittelschule und verzog sich ins Ausland (Italien, Frankreich, Tunis), von wo er erst 1927 wieder zurückkehrte. Von diesem Zeitpunkt an wohnte Cerini bei seinem Sohn. Der junge Cerini beschäftigte sich als Provisionsreisender im Radiohandel, und eine Zeitlang konnten die armengenössigen Zuwendungen eingestellt werden, bis dann allerdings der Sohn Cerini seine Stelle verlor.

Von diesem Zeitpunkt an (1931) hat Cerini fortwährend die Armenbehörde mit Unterbrüchen in Anspruch genommen. Ein festes Domizil bestand nicht mehr. Während der junge Cerini sich als Provisionsreisender, Marktverkäufer, Trödler, Hausierer usw. beschäftigte, fiel der alte Cerini vollständig in die flottante Lebensweise seiner Jugend zurück. Es liegen auch aus jener Zeit Strafen gegen ihn vor wegen Ungehorsams gegen behördliche Bestimmungen, Vagantismus, Zechprellerei, Renitenz gegen die Organe und kleinere Eigentumsdelikte. Er wurde unzählige Male aus den verschiedensten Teilen der Schweiz nach Zürich abgeschoben. Im Jahre 1933 beispielsweise allein viermal, von Biel, von Locarno, von Stein am Rhein, von Reichenbach. Der Kanton Fribourg hat die Kantonsverweisung gegen ihn ausgesprochen. Im übrigen verweise ich auf die Akten. Es geht aus dem Vorgesagten unzweifelhaft hervor, daß keine Möglichkeit mehr besteht, Cerini sozial nützlich einzuordnen. Es ist wohl überflüssig zu bemerken, daß der Alkoholgenuß in dem bei solchen Lebensläufen zu beobachtenden Verfall seine Rolle spielt. Aber es ist in diesem besonderen Fall wiederum darauf hinzuweisen, daß er wohl eine Begleiterscheinung, nicht aber die direkte Ursache des asozialen Verhaltens Cerinis ist, was von allen Stellen, die sich mit dem Fall befaßten, übereinstimmend bestätigt wird.

Wir haben es hier typisch mit einem jener Elemente zu tun, denen, ohne daß man sie geradezu als gemeingefährlich ansprechen könnte, der Vagantismus im Blut liegt. Eine in seiner Jugend begonnene Entwicklung wurde bei seiner Verheiratung unterbrochen. Frau Cerini, geb. Hediger, war eine durchaus rechtschaffene, fleißige und häusliche Frau, die es offenbar verstanden hatte, den leichtsinnigen Neigungen ihres Mannes Einhalt zu gebieten und ihn während der Jahre ihrer Ehe zur Seßhaftigkeit und Stetigkeit zu erziehen, welche Eigenschaften dann nach ihrem Tode vor den angeborenen Neigungen Cerinis wieder weichen mußten. Diese scheinen sich auch auf den Sohn fortgeerbt zu haben.

Aus all diesen Gründen möchte ich beantragen, den Cerini, der jetzt 70 Jahre alt ist und bei dem sich auch Anzeichen von Senilität bemerkbar machen, behufs dauernder Versorgung in eine Anstalt zu überweisen und die in Frage kommenden Stellen beförderlichst mit der Ausführung zu beauftragen, da bei Cerini immer Ausreißgefahr besteht und die Rückschübe dauernd Kosten verursachen …»

«Wiederkehr», ruft Reimar durch die offene Türe zum Vorzimmer, «was ist auch das für ein Klopfen die ganze Zeit über?»

«Sie reparieren die Plättchen im Gang, Herr Doktor.»

«Machen Sie die Tür zu.»

Er wendet sich wieder dem Schriftstück zu, das der junge Fürsorgeberater ihm eingereicht hat. Er trennt nachdenklich mit Daumen und Zeigefinger den seidigen Schnurrbart, so daß in der Mitte ein Weglein entsteht, und schaut durch das Fenster auf die Limmat hinaus. Der Himmel ist grau über dem Kranz der Hochschulen. Seine Augen wandern den Säumen der Zürichbergwälder entlang, und leise macht er «Tz, tz, tz». Schon vorgestern, als er von dem arbeitslosen Köster die Unterschrift für die Erklärung einforderte, ist ihm fortwährend ein Gedanke hinderlich durch den Kopf gefahren, der seine sonst so forsche Durchschlagskraft abgebremst hat. Da setzt man mit Mühe und Not die Verordnung über die Anpreisung der antikonzeptionellen Mittel durch, und dann nimmt man sich so einen Typen wie den Köster vor, und dann kommen einem, wie einem Schachspieler, fortwährend Gegenzüge und Widerlegungen in den Sinn, an die vielleicht der andere gar nicht gedacht hat.

Er schaut auf den Bericht hinab und klopft mit der flachen Hand leicht auf die Pultplatte. Er übersieht sein Leben mit seiner regelmäßigen und überraschungslosen Stufenleiter, er sieht seine Schulzeugnisse vor sich und gedenkt jenes Augenblicks, wo er unter leichtem Erschauern den Entschluß faßte, von nun an immer fünf Minuten früher zu sein als die andern, und wie daraus sein Prinzip geworden ist und wie diese fünf Minuten ihn eingefangen haben und festgeklemmt in seinem Lebenslauf. Dann liegt da plötzlich eine Welt vor einem, die außerhalb der fünf Minuten ist, wo es unregelmäßig zugeht, mit Auf und Ab, mit Reichtum und Armut, mit Sicherheit und Wankenden, und er müßte kein Mann sein, um nicht irgendwo in der Tiefe tannengesäumte Horizonte vor grauen Himmeln wiederzufinden, mit menschenleeren Straßen, die in den Tag hineingehen, und es sind keine ‹fünf Minuten› da, keine Stunden, nichts als das Hemd, die Hosen und der Bauchgurt.

‹Der Föhn macht einen ganz verrückt›, denkt er, stützt die Ellbogen auf und macht sich wieder über die Arbeit, die beiden flachen Hände an der Schläfe, daß es aussieht wie Scheuklappen.

III

Annie Dankwart greift seitlich auf das niedere Nachttischchen herab und tastet nach dem dicken Handspiegel, dessen Rückseite mit gepreßtem Leder überzogen ist. Drei Dinge sollte eine Frau nicht tun, hat ihr Kahn gesagt: Karten spielen, ein Auto führen und einer Versteigerung beiwohnen. Es verzerre die Züge, mache sie hart und gespannt. Kann man schon etwas sehen bei ihr?

Sie schneidet die fünf Grimassen, die für die Erhaltung der Schönheit des weiblichen Gesichtes unerläßlich sind. Sie preßt, wie es vorgeschrieben ist, Lippen und Zähne an die Wangen und zieht in diesem Zustand den Mund ganz langsam nach links und dann nach rechts. Es sieht aus, als hätte sie eine Hasenscharte. Dann macht sie die Gegenübung dazu, die günstig ist bei Falten auf der Oberlippe und bei hängenden Mundwinkeln. Sie öffnet den Mund – die Zähne müssen dabei etwa zwei Finger breit voneinander entfernt sein – und versucht unter Widerstand die Lippen zu schließen. Es muß dabei darauf geachtet werden, daß der Mund nicht ein rundes Loch wird, und die Unterlippe darf nicht hereingezogen werden. Es sieht idiotisch aus. Bei der dritten Übung bekommt sie einen intelligenten, überlegenen und skeptischen Ausdruck. Sie dient zur Beseitigung von Runzeln und Fältchen unter den Augen. Die Augen werden dabei von unten her durch einen Zug am Unterlid, der möglichst tief beginnen muß, bis auf einen schmalen Spalt geschlossen. Dreimal muß sie es wiederholen. Bei der vierten Übung muß sie die Augenbrauen so erstaunt als möglich nach oben ziehen und unendlich hoheitsvoll die Lider schließen, so daß sie nur noch durch einen schmalen Spalt nach unten blickt und dabei vorschriftsgemäß ihre Gedanken auf jene Stelle konzentriert, wo die Alterserscheinungen am stärksten sind. Bei der fünften Übung muß sie die Unterlippe so hoch als möglich über die Oberlippe ziehen, den Kopf zurücklegen und das Kinn ein wenig vorschieben. Das ist gegen das Doppelkinn und erzielt einen schmerzlichen Ausdruck.

Sie legt den Spiegel auf die gelbe Steppdecke zurück, kratzt sich im Haar, läßt langsam die Hand wieder sinken, und hinter ihren geschlossenen Lidern rollt der morgendliche Denkfilm ab.

Ob wohl der Feuerwehrwagen abgenommen wird? Dann könnte sie es vielleicht noch einmal versuchen wegen Nizza. Reisen ist das Schönste. Wenn ihm einmal etwas passiert, dann wird sie reisen. Schrecklich, wie sie das so ruhig denken kann … Er sollte ihr doch einmal sagen, wieviel er hat. Das Haus ist ja sicher und die Lebensversicherung auch. Aber man weiß ja nie bei den Männern. Immer müssen sie etwas Neues versuchen … Sie will nie mehr arm werden. Sie denkt an ihr Elternhaus in Biel. Immer kam da ein Herr. ‹Ist Herr Derendinger da?› ‹Ja, bitte wollen sie hereinkommen.› Einmal hat sie den Sekretär des Vaters geöffnet und einen Blick in den Wirrwarr getan, der sich hinter dem aufgeklappten Brett zeigte. Zahlungsbefehle, Pfändungsankündigungen lagen in unordentlichen Beigen aufeinander. Und dann seine jämmerlich durchsichtige Jovialität. Tränen treten ihr in die Augen. Sie sieht ihn fortgehen, am Morgen, mit seinem Handköfferchen. ‹Der Biaggi am Bahnhofkiosk hat mir auf heute eine Order in Aussicht gestellt›, hört sie ihn zur Mutter sagen. Und am Abend hieß es, es sei ihm etwas zugestoßen, und mit der Schwester zusammen aß sie weinend die Schokolademüsterchen auf, die er nicht mehr gebrauchen würde … Sie hatte gleich so eine Ahnung, als sie sich bei der Motor-Car A.G. vorstellte. Wie der große Mann dastand und so ein merkwürdiges Zürcherdeutsch sprach, mit amerikanischem Akzent. ‹Well, wir wollen es probieren.› Sie fährt immer mit einer Art von Rührung am Hause vorbei, wo damals die Garage war, und späht hinter ihrem Lenkrad hervor in den kleinen, weißgestrichenen Glasverschlag hinein, der neben der Tankstelle steht. Ein ernstes, blondhaariges Mädchen sitzt nun dort. Möge es dir auch gut ergehen, Schwester …

Sie öffnet die Augen, blickt um sich, als wäre sie eben jetzt in dieses Leben hinein erwacht. Das alles gehört ihr, jeder

Gegenstand, auf den ihr Auge fällt, die Möbel, der Teppich, jedes Vorhangstängelchen. Der borstige Foxterrier steht vor ihrem Bett, macht seinen schrägen Kopf und die Spielaugen. Sie streckt ihm unter der Decke hervor die Zehe hin und befühlt seine kalte Nase. Er hebt ganz langsam die Pfote und schaut interessiert mit gebogenem Nacken und geknickten Ohren zu, wenn sie die Zehen auf und ab bewegt.

Dann gibt sie ihm einen Stoß an die Nase, zieht das Bein zurück, legt das Gesicht in das Kissen. Es ist ganz ruhig im Zimmer, sie hört ihren eigenen Atem. Sie sieht sich selbst mit ihrem spanischen Scheitel an Gerteis' Einladung unter dem gelben Lampenschirm sitzen wie ein Bild aus der «Dame». Sie sieht sich, wie sie die Türe ihres Wagens zuschlägt und, von Bobys roter Leine gezogen, über die Straße geht und wie der Groom ihr die Türe öffnet. Das ist das Leben, wie sie es sich vorgestellt hat. Das geht nun viele Jahre so … Wie er gestern gekommen ist, ihr die Decke hochgehoben und gelacht hat … Sie denkt an die zwei Buben von Hanni Zindler. Und das geht nun immer so weiter. Weshalb lachte er denn gestern so? Sie liegt da, wohlbehütet in einem Winkel des Hauses, und es ist ganz still um sie her. Die Männer sind immer draußen und knobeln unter sich ihre Geschäfte aus, sind eifrig, tüchtig und vergessen alles dabei. Sie hat Durst, alles in ihr hat Durst. Das ist doch alles nur Vorbereitung, das Haus, seine Arbeit, ihr Jung-bleiben-Wollen. Eine Frau muß bereit sein, offen, wie Hanni Zindler. Alles andere ist für die Photographen, für das satinierte Papier mondäner Zeitschriften, die zerfetzt in den Wartezimmern der Coiffeusen enden.

Sie kann nicht mehr liegenbleiben. Sie steht rasch auf, legt den Morgenrock an, geht ins Badezimmer hinüber. Der Schaum an seinem Pinsel ist eingetrocknet, die feuchten Handtücher liegen unordentlich herum.

Über dem Wäschekorb hängt die Jacke seines Pyjamas. Sie hebt sie auf und will den Korb in die Ecke schieben, fühlt einen Widerstand, schaut nach. In der Ecke steht ein alter, schmutziger Blumentopf. Er ist bis zum Rand mit weißen Kügelchen gefüllt, die aussehen wie winzige Eier.

Sie schaut kopfschüttelnd und mit halboffenem Munde darauf herab, und auf einmal fällt ihr ein, daß es das gewesen sein muß, was er unter seiner Jacke verbarg, als er heute morgen, in bloßen Strümpfen, in seinen Italienerhosen, auf den Zehenspitzen an ihrem Bett vorbeischlich.

«Kindskopf», flüstert sie leise.

IV

Die Marktfrauen haben ihre Tischchen rund um den Geiserbrunnen aufgestellt. Auf seinem steinernen Sockel drängt der Stier dem See zu, alpenwärts, und der granitene Mann hat Mühe, ihn zurückzuhalten. Das Ganze sieht aus wie eine große, ovale Speiseplatte mit einem kunstvollen Aufbau in der Mitte, deren Ränder mit Büscheln von Rübchen, Salatköpfen und Bohnen garniert sind.

Den Autocars, die vor der kleinen Brücke stehen, die das Festland mit der Bauschänzli-Insel verbindet, entsteigen barhäuptige, mit optischen Geräten behangene Männer, deren Haare an der Schläfe mit der Maschine weggeschoren sind, Frauen und Mädchen in ledernen Jacken und bunten Tüchern um die Haare.

«Gell, die kommen aus Deutschland?» sagt Uli zu seiner Mutter und schwenkt das Marktnetz nach ihrer Richtung hin.

«So, jetzt halt einmal das Netz still», sagt die Frau. Uli dreht noch einmal den Kopf nach den Touristen, die in kleinen Gruppen der Gartenwirtschaft zustreben, in der die Getränke ihrer Heimat vertrieben werden.

«Gell, die dürfen keine Zeitung lesen?» macht er noch altklug.

«Was kostet der Spinat?» fragt Frau Meidenholz und greift mit ihren bläßlichen Händen in den grünen Haufen. Hinter ihren Gläsern haben ihre Augen den Ausdruck armer, verschupfter Eulen in den Käfigen zoologischer Gärten. Von ihren schmalen Schultern fällt ein grauer, geradegeschnittener Mantel humorlos herab.

«Vierundfünfzig, es steht ja angeschrieben», sagt die Frau, die auf dem niedern Rand des Bassins sitzt, hinter ihrem Stand hervor und birgt ihre Hände unter dem Brusttuch.

Uli verfolgt den Vorgang mit großer Aufmerksamkeit. Er sieht die beiden Frauen unterhandeln, er sieht, wie die Marktfrau in den Behälter der Waage eine Zeitung drückt, wie sie mit roten Händen volle Blätterbüschel des feuchten Gemüses zusammenrafft, wie sie aufmerksam das Spielen der beiden aneinander vorbeigleitenden Waagschnäbel verfolgt, wie die Mutter das Geld aus dem schwarzen Portemonnaie klaubt, und es ist die geheimnisvolle, aufregende Welt der Erwachsenen.

Er streckt die Zunge heraus, um einige der feinen Regentropfen aufzufangen, die das Ganze überrieseln, es so gemütlich und alle Leute zu einer Art von Helden machen, die trotz der Unbill des Wetters hartnäckig und unverständlich ihre Ziele verfolgen. Er sieht den Gaul vor dem Gemüsewagen mit halbgeschlossenen Augen, eine Blache über der Kruppe, im Regen stehen und die Tropfen, die von seinem Büschel heller, fettiger Stirnhaare auf seine stoischen Nüstern herabkollern.

Auf einmal ist auch der Vater da. «So, seid ihr fertig?» sagt er. Von den drei Knöpfen seiner Jacke hat er nur den untersten geschlossen, so daß sie dicht um seine Hüften liegt und sich oben, um den Brustkasten herum, zu zwei breiten, halboffenen Schalen bauscht, die das Turnermäßige seiner Gestalt noch besonders hervorheben. Er trägt den unverkennbaren Spaltfilz des Zivilpolizisten.

«Hast du noch Dienst?» fragt Frau Meidenholz.

«Ich muß nur noch rasch zum Schwurgericht hinauf.»

Sie gehen miteinander über die Quaibrücke. Uli bleibt ein wenig zurück. Er kann der Versuchung nicht widerstehen, ein wenig frisches Regenwasser vom eisernen Brückengeländer zu lecken.

«Paß auf, dort kommt er», sagt die Frau.

«Wer», fragt Meidenholz und hat sofort den aufmerksamen und spähenden Blick seines Berufes.

«Dein Bruder Karl.»

Er kommt ihnen groß, gebräunt, überseeisch in seinem Regenmantel entgegen. Als er sie sieht, kneift er ein bißchen die Augen zusammen. Die beiden Männer geben sich die Hand.

«Grüezi, Gusti», sagt er, «grüezi, Elsi.»

Die Brüder schauen sich an, wie sich Brüder oft ansehen, fremd, aber jeder weiß alles vom andern.

Die Frau steht dabei, verkniffen, mit roten Schläfen. Uli sieht die kleine Gruppe auf dem Zenit des Brückenbogens. Er hat den Onkel erkannt und fängt an zu rennen. Aber dann bleibt er klein und versteckt hinter den Eltern stehen.

«Warum bist du noch nicht zu uns gekommen?» fragt der Detektiv.

Meidenholz blickt an ihm vorbei, die Limmat hinunter, und ganz flüchtig irren seine Augen zu der grauen Frau hinüber.

«Ich wußte ja nicht, ob es euch recht ist. Du bist schließlich immer noch ... Und Elsi war ja seinerzeit die erste ...»

«Das ist schließlich nichts als verständlich. Das hat doch niemand gern, wo alle Zeitungen ...»

Meidenholz schaut ihr ins Gesicht. Ihre Augen zittern unruhig, und sie hat eine weiße Nasenspitze.

«Aha, noch nicht weiter», sagt er mit großen Augen. «Also tschau, Gusti, wenn du mich sehen willst, ich wohne ja bei der Mutter.»

Uli sieht dem Onkel nach, der langsam über die Straße davongeht. Seine Gestalt zeichnet sich am grauen Himmel ab. Er schaut zu seinem Vater auf. Aus der Art, wie dieser ihm nachsieht, kommt ihm wie eine Ahnung, daß in den Männern mehr von seiner Welt zurückbleibt als in den Frauen.

V

«Miggeli, wenn der Benz kommt, so sind wir im Theater», sagt Cerini, indem er den Hut auf den Krauskopf stülpt und hinter seinem Vater aus der zerbrechlichen Glastüre tritt, über der das Schiff der Wirtschaft «Zu den Drei Meeren» im zarten Regen baumelt.

In den Gassen des Niederdorfs herrscht der Betrieb, den die Landkundschaft an den Markttagen bringt; die Lautsprecher widerhallen dumpf von den exotischen Melodien, die heimatlos in den Sphären irren, die Grammophone erlösen ächzend die erstarrten Runen auf den Schallplatten. Unter ihren Spitzenschürzchen sind die Kellnerinnen guter Hoffnung vom Kleingeld in den schwarzen Schoßtaschen; über dem Golgatha ihrer Busen wacht schwarz auf rosiger Haut das kleine Kreuz.

Selbst der Kantonspolizist mit seinem purpurnen Pinsel tritt grüßend zur Seite, als die beiden die hölzerne Hintertreppe zur Tribüne des Schwurgerichtssaals heraufkommen. Vorn an der Rampe, hinter der das Schauspiel weltlicher Gerichtsbarkeit sich vollzieht, rücken sie angelegentlich zusammen, dem Alten den Ehrenplatz, der wie eine Staatsloge in der Mitte ist, einzuräumen.

«Der alte Cerini ist da», raunt es sich flüsternd durch den Saal, und jeder setzt sich ein bißchen besser zurecht, weil jetzt erst das Schauspiel die richtige Weihe erhält. Fast alle, die da sind, der Hotz, der Trümpi, der Chardli, haben vom Programm, das dem müßigen Arbeitslosen sich bietet – Sitzung des Gemeinderats, Lesesaal der Pestalozzigesellschaft, Dösen auf der Bank auf der Hungerinsel, Fischen am Dampfschiffsteg, Besichtigung des Landesmuseums, Wärmen in den Räumen des Kunsthauses – die Schwurgerichtsverhandlung gewählt.

Leider ist nichts Besonderes an der Tagesordnung, und außer den Arbeitslosen und den Vaganten sind nur noch die Geschädigten und die Verwandten der Angeklagten im Raum, und viel zu lernen gibt es nicht, denn es handelt sich um die Verfehlung eines Staubsaugerreisenden, der seiner Firma fingierte Aufträge übermittelt und unrechterweise Abzahlungsbeträge für sich kassiert hat. Ein jeder von ihnen hat Ähnliches schon überstanden, und kritisch und sachgemäß tauschen sie unter sich das Urteil darüber aus, wie die Klage vermieden und alles geregelt hätte werden können. Ein jeder von ihnen ist jener ordentlich gekleidete und biedere Mann auf der tannenen Bank, an deren Lehne, aus Furcht, durch seine Haltung die zwölf Männer des Volks gegen sich einzunehmen, er sich nicht anzulehnen wagt. Jeder von ihnen genießt in herrlichen Zügen das köstliche Gefühl, die Ängste des Angeklagten im eigenen Herzen zu fühlen, aber nur wie ein Träumer, der weiß, daß er träumt und daß für ihn alles mit befreiendem Erwachen, mit der Zigarette vor dem Schwurgerichtsgebäude endet, während der andere, vom Polizisten begleitet, hinter dem Gitterfenster des grauen Gefängniswagens die Fahrt aus der menschlichen Gesellschaft antritt.

Eifrig und ganz bei der Sache, kreuzt der junge Anwalt die Klinge mit dem starrköpfigen Herrn, der der Staatsanwalt ist. Manchmal sieht es so aus, als fände das Ganze nur seinethalben statt, und jeder ermißt das spannungsvolle Leben des bejahrten Mannes, der von Zeit zu Zeit seine Ansicht über Recht oder Unrecht, von der Ordnung der Welt, vor Männern des Volkes verfechten und von ihnen korrigieren lassen muß und es eigentlich nicht nötig hätte.

Der alte Cerini hat sich mit beiden Ellbogen auf die Barriere gestützt, und seine linke Hand bricht die Muschel des

Ohres, wenn der Präsident leise die stillen, traurig-vorwurfsvollen Fragen an den verirrten Familienvater richtet.

Bald sind auch die geldlosen Wetten offen über Strafmaß und die bedingte Verurteilung. Es bilden sich zwei Parteien, aber die Grenze der beiden Ansichten geht mitten durch einen jeden von ihnen hindurch, so daß es zu einem richtigen Austausch zweier Schulen nicht kommen kann, weil jeder vom Argument des andern ein tüchtiges Stück in sich selber trägt.

Im Grunde genommen geht es keinem von ihnen darum, ihre Sympathien sind ganz auf der Seite des Staubsaugerreisenden, und sie fühlen solidarisch mit ihm und trinken aufmerksam das rechtliche Manna, das aus den heroischen Lippen des Anwalts träufelt, aber im Innern, mit der Grausamkeit des menschlichen Instinkts, nehmen sie an und hoffen auf eine Strafe, als wäre der Arme, um dessentwillen das ganze Theater geschieht, der Bock, der, mit ihren Sünden beladen, in die Regensdorfer Wüste geschickt wird, eine Art Messias der kleinen Verbrecher, der, unschuldig gekreuzigt, ihnen bei eignen Versuchungen den Freibrief gibt.

In der Pause, während die Richter – die biederen Männer des Volkes, die schlau und mit gekräuselten Stirnen und Köpfen, die immer nach dem Munde des Sprechenden sich drehen und die Debatten verfolgen – im Gänsemarsch den Raum verlassen, herrscht reges Gerede. Der alte Cerini ist mittlerer Kern eines Kreises, den alle, sich zu ihm beugend, bilden. Er rückt die stählerne Brille zurecht.

«Eine abgemachte Sache», sagt er. «Der Staatsanwalt hat sich mit dem Verteidiger geeinigt. Vierzehn Tage Gefängnis, durch die Untersuchungshaft erstanden», orakelt er, und nun sind die Wetten offen, ob es der alte Fuchs richtig erraten. Das Ganze bekommt ein anderes Gesicht, seit der alte Vagant gesprochen hat.

Die Geschworenen kommen zurück. Auf ihren Gesichtern, die sie undurchdringlich haben wollen, ist der geheimnisvolle Glanz von Eltern, die an Weihnachten den Kindern die Bescherung verkünden.

Der Angeklagte steht auf und wendet den Zuschauern den Rücken. Der Obmann der Geschworenen, Adolf Knabenhans, Dachdeckermeister, liest, wie ein Schüler im Examen, mit belegter und schwerfälliger Stimme den Wahrspruch.

«Chaibe Hund», murmelt es um den alten Cerini herum. Vierzehn Tage Gefängnis, durch die Untersuchungshaft abgegolten, und die Kosten – genau, wie der Alte es sagte.

Als sie, Trauben, die von der Grappe fallen, die Tribünentüre verlassen, sieht der junge Cerini an der Ecke bei den Unteren Zäunen den Spaltfilz des Detektivs Meidenholz. Langsam geht er ins Gebäude zurück, wo sein Vater noch mit dem rotbepinselten Polizisten diskutiert. Er stellt sich neben ihm auf, und an der Art, wie der Sohn ihn anblickt, riecht der Alte die Lunte.

«Jä so, ich muß dem Abwart noch etwas sagen», macht er und geht dem Advokaten-Ausgang zu. Der Junge wendet sich und schlendert von neuem durch die Tür. Der Detektiv Meidenholz steht im Regen, ein wenig abseits, unter der kranken Platane, und mustert Gesicht um Gesicht der Zuschauerwelt, die so harmlos als möglich an ihm vorüberbummelt.

«Wo ist euer Vater, Cerini», fragt er den Großen, und die andern bilden sofort einen Kreis um beide.

«Mein Vater? Hat einer von euch meinen Vater gesehen», wendet Cerini sich an die Genossen, die alle Gesichter wie beim Kreuzjaß machen.

«Ich glaub, er ist im Strandbad», macht Hotz, und alle Männer brechen in Gelächter aus.

Gusti Meidenholz lacht mit. «Schaden könnt's ihm ja nicht», meint er dann trocken, macht eine Notiz ins Rapportbuch und geht, indem er mit dem einen Auge zwinkert, davon.

VI

Als ich wieder zwischen den vier Säulen des Tempelchens stand, der den Vorbau der Augenklinik darstellt, den Mantel zuknöpfte und in den freundlichen Regen hinaussah, da dachte ich an das Mädchen Helen, wie damals, als Dunkelheit mich umfing. Ich sah die Welt an, die Tropfen, die von der Dachtraufe herab eine punktierte Linie bis zum Boden bildeten, die matte und ruhige Flut von Licht, die zwischen den Säulen hereindrang, die großen, nassen Bäume im Garten des Kantonsspitals auf der andern Seite der Straße, das gußeiserne Tor, das ich einmal, in einem andern Leben, im Morgengrauen hinter mir zufallen ließ, nachdem ich die breite Mittelallee herabgekommen war, Jakob gleich, der an der Stätte Pniel mit dem Engel gerungen und sich eine Hüfte ausgerenkt hatte. ‹Laß mich gehen, die Morgenröte bricht an.›

Ich ging die Straße hinab und ließ mir den zarten Regen ins Gesicht schlagen; bei der Kantonsschule kam mir unser Klassengedicht in den Sinn: ‹Aadank, Abenthür, Cerini …› Hinter den Fenstern sah ich die Köpfe der Schüler, und durch die geöffneten Oberklappen der Fenster hallten die Stimmen der Lehrer noch genau so laut und belehrend heraus, wie zu unserer Zeit, so daß ich ein leichtes Ziehen in der Magengrube verspürte und mit schlechtem Gewissen die Rämistraße hinabging.

Fast auf der Mitte der Quaibrücke sah ich sie daherkommen. Elsi sah noch immer so aus, wie sie als Arbeitslehrerin gewesen war, in ihrer Lieblingsfarbe grau, den tiefen Kerben hinter den Ohren und das Körbchen am Arm. Gusti machte einen ruhigen und zielbewußten Eindruck.

Da war ich nun so lange fortgewesen, und als ich meinem Bruder die Hand gab, da dachte ich wieder: Wir treiben Schindluder mit dem Leben. Da leben wir so ein bißchen und machen es einander so schwer. Aber sie, Elsi, sagte sofort einen Satz, ich weiß nicht einmal genau, was sie sagte, aber aus dem Ton fühlte ich: sie setzte einfach den Streit fort, als lägen nicht all die Jahre dazwischen. Ich schüttelte Gusti die Hand und ging wieder davon. ‹In allem resignieren die Menschen im Lauf eines Lebens, das langsam, eine nach der andern, ihre Illusion zerstört, aber der Haß erweist sich der Zeit am besten gewachsen, bei den Frauen wenigstens›, dachte ich, während ich an den Büschen von Rhododendron und an der Zeder vorbei durch die Stadthausanlage ging. Die Marktfrauen boten im Regen ihr Gemüse feil, die Pferde standen resigniert zwischen den Deichseln ihrer Brückenwagen, unter seinem Helm hervor kontrollierte der langsam patrouillierende Polizist das Treiben. Ich ging zur Post und schaute im Adreßbuch nach, wo Helen wohnte.

‹Seit ich zu Hause bin, stehe ich vor Türen und begehre Einlaß›, dachte ich, als ich an der Klingel drückte, über der das Wort ‹Abenthür› stand. Ich hörte eine Tür gehen, einen raschen Schritt, und ich wußte, daß es Helen war.

«Ich komme gleich mit Ihnen», sagte sie und nahm den Regenmantel und die Mütze vom Haken.

Wir gingen miteinander die Straße hinab, und ich konnte kein Wort reden. Es ging von ihr ein Geruch aus, der an nasse Äpfel erinnerte, die halbreif im Regen hängen, an Gras, Erde. Es war eigentlich eine ganze Landschaft von Gerüchen, mit weiten Äckern, über die der Wind hinstreicht, mit Mohn, warmen Steinen, Nüssen, die vom Baum gefallen und deren Schalen aufgesprungen sind, und etwas Bitteres war dabei, wie Efeublätter, deren Stil man zerkaut.

«Gestern in aller Frühe sah ich Ihre Mutter die Kirchgasse hinabgehen», sagte sie, «ich bog gerade um die Ecke beim deutschen Konsulat.»

Sie sagte es mit jener Stimme, mit der die jungen Leute jetzt sprechen, ein wenig fanfarenhaft, nicht ganz echt, zu laut. Ich schaute sie von der Seite her an. Sie blickte geradeaus, und ein Regentropfen war an ihrer Wange.

«So früh schon waren Sie auf?»

«Ich mußte wohl», sagte sie, drehte mir das Gesicht zu und blickte mich an, als spräche sie nicht mit mir, sondern mit jemand anderem, mit dem sie sich über mich hinweg verständigte.

«Hast du Angst gehabt um mich?» fragte ich leise.

Sie schaute wieder geradeaus und nickte. Das Herz tat mir weh. Ich schaute an ihrer Gestalt herab, über die der helle Regenmantel in nüchternen Falten fiel. Der Regen ward immer dichter, aber die Tropfen blieben klein. Wir stiegen langsam an dem kleinen Friedhof vorbei, gegen die hohe Promenade hinauf. Beim Pavillon standen wir unter. Am Utokulm klebten zerfetzte Wolken, vom See her sprühte der Regen in gebauschten, unregelmäßigen Schwaden über die Stadt, die Blechzinnen glänzten vor Nässe, der Rauch klebte über den Häusern. Es war menschenleer, und das Tropfen der Bäume war das einzige Geräusch.

Ich legte meinen Arm um ihre Schultern. Von ihrem Gesicht ging eine zarte, lebendige Wärme aus, wie vom Gefieder eines kleinen Vogels, den man in der Hand hält. Sie hatte noch immer ihren ein wenig starren und abwesenden Blick, mit dem sie über die Stadt hinschaute, aber dann fühlte ich auch ihren Arm, den sie ein wenig linkisch um mich legte. In den winzigen Landkarten ihrer Augen schimmerte mein eigenes Bild. Ich blickte es an, bis sich während meines Kusses ihre Lider langsam, wie müde, darüber senkten.

*

«Und deshalb glaubte ich in die Heimat zurückzukehren», sagte ich und blickte auf den zerknüllten Fetzen herab, den ich in den Händen hielt.

«Was ist es?» fragte sie.

«Es ist die Haßliste. Ich habe sie im Tresor wiedergefunden.»

Es war die schwungvolle und glatte Handschrift des Telegraphenbeamten. Nichts als ein paar Namen.

«Diesem da», sagte ich, «diesem hatte ich den Tod geschworen. Er mußte ein Wort sagen, und alles erschien in einem anderen Licht. Und die zwei da haben mich gedemütigt, furchtbar gedemütigt ...» Ich horchte auf meine eigenen Worte, und es fiel mir auf, wie wenig Klang sie hatten, wie gewichtslos sie waren, gleichsam, als fiele der Regen auf sie und spüle sie hinweg, kaum daß sie mir aus dem Munde waren.

Helen blickte zu mir her, und mir schien, als schüttle sie leise den Kopf.

«Und diese Frau da ...», wollte ich fortfahren, aber auf einmal kam ich mir vor wie ein rechthaberischer Gläubiger, der am Jüngsten Gericht noch mit seiner Rechnung kommt.

Langsam zerriß ich den Zettel.

«Würdest du alles für mich tun, um das ich dich bäte?» fragte ich.

«Alles.»

«Auch Unrecht?»

«Auch Unrecht.»

«Das habe ich einmal zu jemandem gesagt – und ich habe es auch getan.»

«Wie schön das ist», sagte sie.

Wir gingen langsam die Allee zurück. Beim Friedhof blieben wir einen Augenblick stehen.

«Ich lasse dich nicht, du segnest mich denn», sagte sie lächelnd, und ihr Mund bat um den Kuß. Es war derselbe Spruch, den Jakob zum Engel sagte, mit dem er rang bis zur Morgenröte an der Stätte Pniel.

SAMSTAG

I

«Hanni, ich geh jetzt», ruft Zindler, der am Treppenstock der Stiege steht, die das untere Stockwerk mit dem oberen verbindet.

«Wart, Bobi, du bekommst noch einen Kuß», ruft die Frau, die auf der oberen Diele rumort, herunter. Sie kommt die gewundene Treppe herab. Dort, wo die Stufen einen Absatz bilden und eine Wendung machen, hängt die farbige Glasscheibe mit den Zürcher Schutzheiligen Felix und Regula, und für einen Augenblick liegt ein rubinroter Fleck an ihrem Halsansatz, von wo aus ihr das malvenfarbige Morgenkleid mittelalterlich über die Brust fällt, die breiten, strammen Hüften herab, um die es tief um den Schoß herum durch eine weiße Kordel zusammengehalten wird.

«Wie er wieder gut riecht, der gefitzte Gauner», sagt sie lachend, indem sie ihren Arm, über den der weite Ärmel zurückgefallen ist, ihm um den Hals legt und ihre Nase dicht an die Stelle unter dem Ohr drückt. Zindler trägt seinen dunklen, von hellen Linien gestreiften Anzug; eine dünne goldene Kette verbindet die beiden oberen Westentaschen in zwei nonchalenten Girlanden, die bordeauxfarbene Krawatte ist straff angezogen, über dem leichten, niederen Stehkragen steht gebräunt in scharfen, männlichen Konturen sein Skifahrergesicht.

«Vergiß nicht, heute abend habt ihr den Klassenhock», sagt die Frau zu ihm, «aber morgen machen wir noch das Klausentürchen, ich hab es den Buben versprochen.»

«Morgen», sagt er ein wenig zerstreut. «Ja, wir werden ja sehen. Also adieu, Hanni», sagt er dann, schaut sie einen Augenblick wie nachdenklich an und klopft ihr, als wäre sie ein Pferd, mit der flachen Hand auf die Kruppe.

Als er aus der Tür geht, eilt sie rasch hinauf und stellt sich auf den kleinen Putzbalkon, sieht ihm zu, wie er das Tor öffnet, sie hört den Motor anschnurren, und dann kommt der berühmte rassige Bogen, mit dem er die Ausfahrt nimmt. Er winkt ihr noch rasch zu, mit blitzenden Zähnen, wie eine Helvetia, die auf dem Söller steht. Dann sieht sie ihn noch einen kurzen Augenblick, über die Wölbung der Wiese hinweg, das besonnte Straßenstück durchfahren, bevor er unter den Birnbäumen verschwindet. Sie schaut noch eine kurze Weile der Stadt zu, die sie lilablau in der Tiefe schimmern sieht. Ein paar Spatzen zwitschern unten auf dem breiten Kiesweg. Alles liegt regungslos im Sonnenschein. Sie hat jenes Gefühl des merkwürdigen Wachseins, das viele Frauen täglich beim Weggang ihres Mannes empfinden.

Er fährt die glatte asphaltierte Straße hinab, in gutem Tempo, sicher. ‹Hoffentlich sind die Bestätigungen aus London eingetroffen. Man weiß ja nie bei den Brüdern. Sie sind imstand und leugnen die telephonische Vereinbarung, wenn die Geschichte runtergeht. Besonders nach dem bundesgerichtlichen Entscheid wegen der Spiel-Einrede im Differenzgeschäft. Man muß nun vorsichtig sein. Schwarz muß mir noch heute einen Auszug machen. Zucker wird fester sein heute. Ich muß Gerteis nochmals anrufen. Der ist so gleichgültig seit ein paar Tagen.› «Gib acht, Kleine», murmelt er und macht einen großen, raschen Bogen um ein rotgekleidetes Mädchen herum, das mit seinem Babywagen die Straße überquert … ‹Ja so, ich muß ja noch den Fluck im Frascati treffen. Richtig, das hätte ich beinahe vergessen. Will ja nicht, daß ich ihm telephoniere, man soll nicht wissen, daß ein Metzger in Kupfer spekuliert. Halb neun. Ist mir gerade noch zu rechter Zeit eingefallen. Muß unbedingt auf Deckung beharren. Ist ein bißchen hereingerasselt mit März/Mai. Soll sich halt auf das andere Bein stellen.›

Bei der Teilstreckengrenze Sternen muß er einen Augenblick abstoppen. Dann biegt er beim Mythenschloß in das Tonhallequai ein. Der See ist ganz ruhig hinter dem flachen, englischen Rasen der Anlagen, zwischen den Kulissen der Bäume, friedlich, spiegelglatt, wie neu. Ein Fischer steht aufrecht in seinem verankerten Boot in der Sonne, und ein blaues Räuchlein kräuselt sich über ihm.

‹Schön›, denkt er, ‹so ohne Verdeck zu fahren›, tastet nach seiner Tasche, will sein Zigarettenetui herausnehmen. ‹Ach, jetzt habe ich es auf dem Nachttischchen liegengelassen.› Er sieht es deutlich vor sich, wie es daliegt, ein wenig tot und vergessen. Es ist der Preis für die Parsennabfahrt in der Seniorenkategorie.

Sachte lenkt er seinen Wagen an den Randstein vor dem Frascati und gibt acht, daß die Pneus den Granit nicht streifen. Er kann das Geräusch nicht hören.

Er schließt die Türe sorgfältig hinter sich und blickt seinen Wagen an, der, schön und sauber rangiert, blitzblank in der Sonne steht.

Er tritt ins Café. Sie haben die Storen heruntergelassen, und es herrscht eine schöne dämmrige Kühle im Raum. Es sind fast keine Gäste da, nur ein deutscher Emigrant hat einen Berg von Zeitungen vor sich aufgestapelt.

«Ein Frühstück, Herr Zindler», frägt Max, der Kellner.

«Nein, nur einen Kaffee Crème. War Herr Fluck noch nicht da?»

«Nein, bis jetzt noch nicht.»

Die Kassendame grüßt ihn hinter den drei nickelnen Hahnen der Bierfontäne hervor und fährt fort, vor sich die kleinen Blechschälchen mit Zucker symmetrisch aufzureihen.

«Stellen Sie ihn da auf den Ecktisch», sagt Zindler. «Sagen Sie dann Herrn Fluck, ich sei da, wenn er kommt.»

Er geht langsam, indem er das Lokal noch einmal überblickt, der marmornen Mauer entlang, die schräge Treppe zum Zwischenstock hinauf, wo die Toilettenräume sind.

«Eine schöne Sauerei macht ihr da», sagt er mit seiner lauten Stimme zu der Putzfrau, die mit aufgestecktem Rock auf den Plättchen kniet. Die Türen zu den Aborträumen sind weit geöffnet, der ganze Raum ist mit dichtem glitschigem Seifenwasser überschwemmt, und die Frau schickt sich an, mit der Bürste ihre raschen Kreise darüberzuziehen.

«Kann man hinein», fragt er und bleibt zögernd unter der Türe stehen.

«Ja, ja, gehen Sie nur», sagt die Frau. «Es gibt doch immer wieder Leute, die nicht wissen, was Ordnung ist», flucht sie leise und schrubbend vor sich hin. «Geben Sie acht, daß Sie nicht ausglitschen.»

Er geht auf die Türe zu, schiebt den Riegel vor, daß das ‹Besetzt› erscheint, öffnet das oberste Knopfloch der Weste, durch das die goldene Kette geht, nimmt die Uhr heraus, schaut nach, welche Zeit sie zeigt, und steckt sie in die andere Gilettasche, wo der goldene Füllbleistift ist. «Hä?» sagt er während des Ausgleitens, wie damals, als er das Faltboot aus dem Schilf hinausstieß.

Die Putzfrau hört einen furchtbaren Fall und das Klirren zerborstenen Porzellans.

«Jesses, ist Ihnen etwas passiert?» ruft sie durch die dünne Türe. Sie lauscht und hört einen ganz leisen, wie weinenden Ton, und dann fließt auch schon, mit Seifenwasser vermischt, ein dünner Faden von Blut unter dem Türfuß hervor.

Unten im Café hören sie sie aufkreischen.

Als der Schankbursche die Türe geöffnet hat, liegt er schon mit glasigen blauen Augen, ganz heller Gesichtshaut, hemdärmlig, mit aufgeknöpfter Weste in einer Blutlache. Sein Mund ist halb geöffnet, und ein unendliches Erstaunen ist auf seinen Zügen stehengeblieben.

II

Der Taxichauffeur hat die drei Koffer mit ihren bunten Zetteln neben sich verstaut; die runde Hutschachtel aus schwarzem Wachstuch ist obenauf, und auf dem Sitz liegt der Flauschmantel, der Schirm und die lederne Handtasche. Angeline steht noch eine kurze Weile auf den sandsteinernen Stufen vor der Haustür und knöpft sich die Handschuhe zu. Neben ihr, in der steinernen Nische, steht die bronzene Göttin, und es ist nun ausgemacht, daß sie nie mehr die Bewegung zu Ende führen und Angeline nie mehr wissen wird, ob sie Vorsicht gebietet oder Verführung oder was sonst sie meint mit ihren Fingern, die nach den Früchten in ihrem Schoß deuten.

Die milde Erregung des Samstags liegt in der Luft. Der Springbrunnen in der Stadelhoferanlage zerstäubt seine Tropfen und verschwendet das geliehene Gold aus den Löwenmäulern, die harten Astern in den Beeten sind entschlossen, so lange als möglich dem Herbst ihre Sterne zu bieten, und in dem Raum, den die Kronen der Bäume ausfüllen, weben die Fäden des späten Sommers ihr zitterndes und zerbrechliches Netz.

Langsam biegt der Wagen um die Ecke. Der David auf seiner vierkantigen Säule wendet den Engeln an der Auffahrt zum Theater den Rücken, des Riesen Kopf zu seinen Füßen, und blickt nach Westen über den See, wo nüchtern der Uto dem mystischen Blick Einhalt gebietet.

Auf dem wellenlosen Wasser ruht, ganz vorsichtig hingesetzt, daß es die Ruhe nicht trübe, das verankerte Boot des

Fischers, der regungslos nordwärts blickt, der Brücke zu, unter der der Strom feierlich sich anschickt, sein helvetisches Wasser in das Weltmeer zu tragen.

Vor dem «Frascati» steht einsam und funkelnd im Licht des Samstags, blitzblank, ein grauer offener Wagen. Ein Kellner im Smoking redet auf den behelmten Polizisten ein, und der verläßt seinen Posten, und beide verschwinden im Eingang des Cafés. An der Hungerinsel beim «Terrasse» stehen halbleere Chiantiflaschen unter den Bänken, auf denen die Kragenlosen friedlich im Schatten der Kastanien sitzen und die Welt an sich vorübergleiten lassen. Angeline blickt zur Fraumünsterpost hinüber und erkennt das Fenster, hinter dem Karl Meidenholz an seinem Morseapparate saß, und sie denkt, wie alles sich schließt nach so vielen Jahren, weil sie jetzt aufbricht und die Stätte verläßt. Nie wird sie mehr sehen, was das gigantische Baugerüst um den Karlsturm der Großmünsterkirche für eine Überraschung verbirgt.

Durch die vordere Scheibe sieht sie ihre Koffer und erkennt noch den zerfetzten Zettel, den vor zwanzig Jahren der Concierge im «Hotel Imperial» in Petersburg auf das kleine Gepäck der Schweizer Gouvernante geklebt hat. Sie durchmißt in Gedanken die Sehne des Bogens und überdenkt, daß nach vielen Jahren alles wieder in Echallens endet, wo es begonnen hat. Noch sind es dieselben Bäume, die auf dem Lindenhof ihre Kronen im Samstag leise schaukeln, und zwanzig Jahre neuen Vorrat von Würde und Historie hat das Rathaus seiner schwarzen Barockfassade einverleibt. Viele Frauen, die auf der Gemüsebrücke gestanden haben, sind längst gestorben, aber immer finden sich wieder neue, die junge Äpfel und Dahlien und warme Trauben auf tannenen Brettern ausbreiten und sie bescheiden das Lied von den Früchten der Erde über dem meerwärts fließenden Fluß singen lassen. Hinter den Gittern der Fleischhalle hängen an eisernen Haken entblutet gespaltene Tiere. Auf den weißen Schüsseln stapelt sich der Kleinkram von Kutteln und Lebern, Zungen, Nieren und Herzen, Lungen und dem Gekröse, ohne Geheimnis und Wesen, zur Speise zusammen. Hinter den Fenstern der Läden liegen die Hüte, die Hemden, die Pelze, die Pillen, das Schreibzeug, die Schirme, die ledernen Koffer verkaufsneu bereit und erwarten stoisch das Schicksal, das aus ihnen Menschendinge macht.

Sie blickt durch die Scheibe des Wagens, und alle Gesichter tragen ein Zeichen, an denen sie sie wiedererkennt, denn alle hat sie schon einmal gesehen, hat neben ihnen im Tram gesessen, hat sie im eigenen Laden betreut, hat sich mit ihnen vor den Kassen der Kinos gedrängt, hat mit ihnen im Sand des Strandbads gelegen, hat durch die Schalter der Amtsstellen mit ihnen verhandelt, saß neben ihnen auf den weißen Bänken der Sonntagsdampfer und den grünen der Anlagen, sah sie am Maiumzug als Plakatträger, als Zünfter beim Sechseläuten, gab ihnen über die Marmorplatte hinweg Geld für Briefmarken, stand mit ihnen vor Zeitungskiosken, trank in den Konditoreien den Kaffee am selben Tisch mit ihnen und zerteilte die Erdbeertörtchen mit denselben Gabeln, die sie benutzt hatten. Sie sind eine so große Familie, daß sie einander nicht kennen, aber sie tragen alle die Zeichen der Stadt auf ihrem Antlitz, den Hauch der Straßen, durch die sie gingen, und weil sie gemeinsam immer das nämliche Bild, den See und die Limmat und alle Gebäude im Grund ihrer Augen tragen, haben sie alle die nämliche Art, in den Wind zu riechen und nach dem Wetter zu schauen, über die Straße zu gehen, ihr Geld zu zählen, ihre Gläser zu leeren, einander mit Mißtrauen zu betrachten. Der Mann mit dem Flügelrad am Kragen hinter dem Billettschalter des Bahnhofs wird der letzte sein, der etwas von ihr nimmt, denn schon hinter Wettingen wird der Kreis bis auf ein paar Konfektionsreisende, die nach Genf fahren, durchschritten sein; sie wird andere Lebensräume durchfahren und dann endlich in einen Ring treten, den sie lange verlassen hat, wie der heimgekehrte Meidenholz, um dessentwillen sie das tut.

Beim Leonhardsplatz verkündet von seiner Kanzel herab der Polizist mit erhobener Hand das eherne Gesetz des Stillstands, die Bremsen kreischen, und die erstarrte nordwärts strebende Kolonne sieht die andere, der der Osten wichtiger ist, triumphierend vorbeigleiten.

Der Wagen hat dicht am Randstein gehalten, und im Geviert der Scheibe sieht Angeline den Film der kopflosen Fußgänger vorüberziehen. Auf einmal steht einer dicht am Wagen. Sie sieht ihn nur vom Brustbein abwärts bis zur Mitte der Schenkel. Aber sie sieht seine Hand, seine trockene Hand mit ihren kräftigen Fingerbeeren, die Hand, die einst auf dem Taster des Morseapparats ruhte, die Hand, die einst ihre zarte Haut gestreichelt hat, die Hand, die für sie stahl.

Sie rührt sich nicht. Sie sitzt regungslos, mit klopfendem Herzen da, zurückgelehnt, macht sich klein, will die Starre eines toten Gegenstandes annehmen.

Gerade wie der Wagen sich wieder in Bewegung setzt, sehen sie sich an, die Frau aus dem Dunkel des Wagens heraus und der Mann, der in der Sonne steht. Die Scheibe ist zwischen ihnen, und schon hat die Bewegung begonnen, die sie voneinander trägt. Nur noch die zwei Augenpaare hängen aneinander, mit großen, runden Pupillen, und in dem winzigen Augenblick, von dem niemand auf der Welt etwas weiß, sind sie zwei Kometen, deren Bahnen auseinandergehen, und auch der Lichtstreif ist schon verglommen, den einst das zischende Doppelgestirn in die Sternensaat der Himmel pflügte.

III

Meieli Reimar klettert die Holzstiege empor, hebt den schweren Zinnendeckel, und sie sieht Helen unter dem großen Florentinerhut mit hochgezogenen Knien lesend auf dem Schemelchen in der warmen Sonne sitzen.

Die paar versprengten Tannen des Wolfbachtobels ragen über die Dachkante hinaus, die Schwalben zirpen laut um den First, die Zinne ist ein kleines Podium, um dessen eisernes Geländer sich das Panorama der Landschaft glasklar im herbstlichen Licht aufrollt. Der Himmel über der Stadt hat die milde Farbe ihres Wappens, und an seinem hellen Rand im Süden stehen die blaßblauen Kristalle der Alpen im Dunst. Von der Albiskette her über den Zimmerberg setzt dreimal gestaffelt das Grün der Wälder ein, bis es beim Uto, auf der Höhe der Stadt, den vollen blausatten Ton gefunden hat, der zu den roten Ziegeldächern der Friesenbergkolonien paßt.

«Salü, Hely», sagt das Mädchen, «deine Mutter hat mich heraufgeschickt.»

Helen schaut auf, sie lächelt mit ernstem und ein wenig verzagtem Gesicht.

«Was tust du», fragt Meieli.

«Ich lese in der Bibel.»

«Du, ich glaube, dich hat's.»

«Ja, mich hat's.»

Meieli lehnt sich ans Geländer, schaut auf die Freundin herab, drückt ein Auge zu. «Was liest du denn in der Bibel? Das Hohelied etwa?»

«Nein, ich habe noch einmal von vorn angefangen, beim ersten Tag der Schöpfungswoche, beim ersten Satz – am Montag.»

«Hast du ihn gesehen?»

Helen schaut auf ihre Hände hinab, und am Wippen des Strohhutes merkt Meieli, daß sie nickt.

«Kommst du draus aus den Männern», fragt Helen dann.

«Sie kommen ja selbst nicht draus.»

Über den Dächern des Industriequartiers steigen weiße Dampffontänen in die Luft; über dem Tal mischen sich die Geräusche der Straßen zum Atem der Stadt.

«Klappt's denn nicht?»

«Es klappt zu gut.»

Meieli setzt sich vor sie hin und schaut ihr unter den Hut. «Du bist ein Tüpfi», sagt sie.

«Ja, sowieso bin ich das. Eben deshalb ... Ich habe so Angst», sagt sie. «Das sieht ja ein Blinder, wie er Heimweh gehabt hat ... Meinst du nicht, er verwechselt Heimweh mit Liebe?»

«Das ist dasselbe», sagt Meieli, «das sind zwei Bächlein, die in den gleichen See fließen.»

*

Uli hat seinen Freund mitgebracht, den Gotthard Wiederkehr, ein flachsblondes Bürschchen mit bleicher Haut, vielen Sommersprossen und einem karierten Trikot. Sein Vater ist der Weibel Wiederkehr im Stadthaus. Sie sind in der Stube, sitzen am Boden, im Schatten der Zimmerlinde.

«Kannst du Velo fahren?» fragt Uli. «Ich kann», fährt er fort, ohne die Antwort abzuwarten, «aber nur auf einem Damenvelo ... Hat dein Vater auch einen Säbel?»

Gotthard muß es verneinen, sein Vater hat keinen Säbel, aber eine blaue Uniform mit weißen Perlen oben am Kragensaum und eine Mütze, wie sie die Offiziere tragen, mit einem silbernen Streifen darum. Außerdem ist er Aktuar beim Radball-Club Letten.

«Was ist das, Aktuar?»

«Er muß alles aufschreiben, was die andern sagen.»

Gotthard kneift das ganze Gesicht zusammen und macht mit der geballten Faust eine Bewegung vom Mund weg.

«Alles, alles.»

Uli sinnt einen Augenblick nach. «Mein Vater ist Geheimpolizist, er faßt die Einbrecher ab.»

«Richtige Einbrecher?»

«Sowieso, mei, richtige Einbrecher mit Revölver und Dölchen.»

Allerdings, da kann dem Gotthard sein Vater natürlich nicht mehr mit.

«Was willst du werden?»

«Adjunkt», sagt Gotthard ohne Besinnen.

«Was ist das, Adjunkt?»

«So … ein Herr im Stadthaus, weißt, der hat alles zu sagen, der tut regieren.»

Sie schweigen einen Augenblick. «Zeigst du mir sie jetzt?» fragt Gotthard dann.

«Was?»

«Du weißt schon, was du versprochen hast, die Glatze von deiner Großmutter.»

Sie kriechen auf allen vieren über das Linoleum der Türe zu, bei jedem Knarren einer Parkettplatte funkeln ihre Augen. Uli öffnet vorsichtig die Türe, und sie schleichen unter dem wachstuchbelegten Tisch im Korridor hindurch gegen die Küche, deren Türe angelehnt ist.

Die alte Frau sitzt auf dem Stuhl, in ihrem Schoß ist ein Messer, und vor ihr steht eine kleine Blechschüssel, die mit geschälten Kartoffeln angefüllt ist. Ihre Hände sind leer. Sie hat die beiden nicht gehört. Sie schaut regungslos vor sich hin und scheint den Elfuhrglocken zu lauschen, die mit ihrem hellen Bimmeln die Luft vor dem Küchenbalkon erfüllen. Die Köpfe der beiden Buben stehen übereinander im Türspalt wie Kinderballone.

Uli merkt, wie der andere ihn zurückzieht, und ohne Widerstand folgt er.

«Hast du sie jetzt gesehen», flüstert er, während sie nebeneinander über den Gang in die Wohnstube zurückkriechen. Es ist beiden ein wenig unheimlich zumute, und sie haben Herzklopfen.

IV

Als ich mit Kahn die Straße hinabging, war es in den Gassen der alten Stadt bereits stiller geworden. Über die Dächer der Häuser hinweg schaute das Volk der Kirchtürme nach Osten aus, wo im Dunkel der Kugel der Sonntag wartete. Die fliederblauen Schatten des Abends zitterten unter der Wärme, die den Sandsteinmauern entströmte.

Noch immer hatte das Hupen der Dampfschwalben im unteren Seebecken jenen besonderen Ton, den es nur am Samstagabend hat. Die Schiffchenvermieter hatten alle Fahnen und Wimpel draußen, und bis weit in den Abend hinein setzten die Segelschiffe ihre weißen Apostrophe auf das blaue Wasser.

Ich sah das alles, und zum ersten Male fühlte ich, daß ich wieder zu Hause war. Ich mußte Kahn des langen und breiten vom günstigen Verlauf der Konsultation bei Professor Fischer erzählen, aber zwischenhinein sah ich fortwährend vor mir, hinter Glas und Rahmen, Angelines Bild, das blasse Gesicht, das schwarze Bändchen um ihren Hals und die schreckensvollen Augen, mit denen sie mich aus dem Dunkel des Wagens heraus angestarrt hatte.

«Es gibt zuerst eine Marksuppe», erklärte mir Kahn, «der alte Boller hat die Knochen selbst aus der Fleischhalle geholt. Und dann wird ein Zürichseehecht gebacken, der heute früh noch auf der Fischbank unter den Bögen gelegen hat. Dann gibt es eine Ochsenzunge mit grünen Erbsen und Salat, und die lagen heute morgen auch noch auf der Gemüsebrücke in der Sonne. Am Schluß Käse, Himbeeren und Schlagrahm, alles aus einem Umkreis, der keine fünfhundert Meter vom Kochherd entfernt ist. Zum Fisch einen Herrliberger und dann einen alten Melser.»

Ich schaute ihn ein wenig verwundert an, daß er alles so ausführlich erklärte. Er lächelte hinter seinem Zwicker hervor, und dabei kam das Jüdische an ihm besonders zum Vorschein.

«Wenn du das alles gegessen hast, dann bist du erst wieder richtig daheim. Man muß die Speisen der Heimat im Magen haben, um ganz zu Hause zu sein.» Das Uhrwerk am Peterturm begann leise zu schnurren, der Zeiger machte einen letzten Ruck, und dann hallten die sieben tiefen Schläge über den stillen Platz, während wir dem dunkel polierten Holzgeländer entlang zum Restaurant Boller hinaufstiegen. Es war mir ein bißchen beklommen zumute dabei. Dröhnend setzte draußen das berühmte Samstagabendgeläute ein.

«Es sind schon einige Herren da, Herr Doktor», sagte das Servierfräulein, das uns oben am Treppenabsatz erwartete, und es ging uns den langen Gang voran, der zum hinteren Sälchen führte. Während wir die Mäntel ablegten, hörten wir schon ihre Stimmen hinter der dunklen Eichentüre.

Kahn faßte mich mit einem leisen Druck am Oberarm und klinkte den gußeisernen Schwan des Türgriffs nieder.

Am Kopfende der gedeckten Tafel, den Rücken dem niedern Fensterchen zugewandt, in dessen Butzenscheiben sich sein gekräuseltes Haar abzeichnete, saß Gerteis, und sofort gingen meine Augen zu ihm. Wir schauten uns an und schienen alles zu ermessen, was zwischen uns lag. Aber ich konnte keinen Haß mehr aufbringen. Seine Wangen waren ein bißchen gerötet, und auf einmal sah ich ihn wieder, wie ich ihn früher gesehen hatte, in der Schule, als er noch der Freund des Knaben Karasow gewesen war. Er stand auf, kam uns entgegen und schüttelte mir die Hand. «Salü, Meidi», sagte er, «wieder erholt? Ich bin ein Mensch, ich bin kein Eichhörnchen», fügte er zusammenhangslos hinzu. Er hatte Wermut getrunken, spürte ich an seinem Atem.

Emil Dankwart erkannte ich sofort wieder. Er hatte zwar nichts mehr von dem Schüler, der täglich mit seiner Mappe unter dem Arm von Oberwinterthur gekommen war, aber sein runder keltischer Schädel und sein Lachen waren dieselben geblieben.

«Well, du hast dich aber gut herausgemacht», sagte er und hob mir sein Gläschen entgegen.

Ein wenig abseits stand einer, den ich nicht kannte. Er war beinahe kahl und trug ein rotes Bärtchen, in der Form, wie ich sie in Italien häufig gesehen hatte. Er war der einzige von uns, der hell gekleidet war, keine Weste trug und einen kleinen schwarzen Schmetterling als Krawatte. Um die blauen Augen herum hatte er viele Fältchen.

«Kennst du ihn nicht mehr?» fragte Kahn. «Es ist doch der Möckli.»

Da wußte ich es sofort wieder. Was für zufällige Dinge einem Menschen seine Stelle in unserem Gedächtnis anweisen. Das war doch der Hans Möckli, der nie richtig sprechen konnte, der zu stottern anfing und sich verhaspelte, kaum daß er einen Satz lesen mußte, so daß die ganze Klasse mit gerungenen Händen vergnügungssüchtig darauf wartete, daß er aufgerufen werde.

Er schüttelte mir krampfhaft die Hände, und wir lachten uns an. «Was treibst du?» fragte ich ihn.

«Man sieht schon, daß du lange fort gewesen bist», sagte Kahn, «das ist doch der Maler Möckli, der zürcherische Hodler.»

Wir setzten uns an den Tisch. Es waren sieben Gedecke drauf, vor mir und am unteren Ende war noch je ein Stuhl leer.

«Wer kommt denn alles noch?» fragte ich.

«Reimar und Zindler», sagte Kahn.

«Reimar?» fragte Gerteis und blickte ihm scharf ins Gesicht.

«Jawohl, Reimar», antwortete der mit Betonung, und ich fühlte seine Regie aus allem heraus.

«Nehmen wir noch einen Aperitif, bis die andern kommen», schlug Dankwart vor, und das Fräulein ging um den Tisch herum von einem zum andern und stellte uns die Gläschen hin. Dann trat jener Augenblick des Schweigens ein, den ich so lange gefürchtet hatte. Wir blickten uns an und merkten, wie schwer die Sprache ist.

«Wer fehlt eigentlich alles?» fragte Möckli.

«Das ist einfach festzustellen», rief Gerteis und fing sofort an, unsern Vierzeiler aufzusagen:

«Aadank, Abenthür, Cerini,
Dankwart, Geiser, Gerteis, Kahn,
Meidenholz, Möckli, Obrist, Quirin,
Reimar, Widmer, Weidmann, Zindler.»

«Aadank kann nicht kommen», fing Kahn an aufzuzählen, «er ist jetzt Prokurist bei Nestlé in Vevey. Abenthür ist gestorben.»

Ich gab mir Mühe, mein Gesicht nicht zu verziehen, als er den Namen sagte. Ich hatte starkes Herzklopfen und dachte an Helen.

«Cerini», fuhr Kahn weiter.

«Cerini ...», wollte Dankwart lebhaft etwas erklären.

«Ich konnte sein Domizil nicht ausfindig machen», sagte Kahn.

«R», machte Gerteis, «ausgetreten.»

«Dankwart ist hier», zählte Kahn weiter her. «Geiser. In Polen, im Holzhandel. Seit Jahren nichts mehr von ihm gehört. Gerteis.»

«Präsent», sagt der wie bei einem Appell.

«Kahn, Meidenholz, Möckli, endlich eine durchlaufende Serie», stellte Kahn fest und fuhr fort: «Obrist.»

«New York, 49. Straße, 411 West, Manager in einem Käseimportgeschäft», erläuterte Dankwart, «hat mir vor vierzehn Tagen geschrieben. Hat eine Amerikanerin geheiratet. Vater von zwei Kindern.»

«Quirin.»

Ich schloß die Augen, sein Bild zu finden. Ich sah seine hagere Gestalt, den breitrandigen Strohhut, wie man ihn um 1910 herum trug. «Auch ein komischer Typ», sagte ich.

«Ist jetzt in Bolivien», sagte Dankwart, «in der Landesvermessung bei der Schiedsgerichtskommission.»

«Nein, nicht mehr, er ist jetzt in Berlin», korrigierte Kahn.

«Reimar kommt noch», fuhr er fort. «Widmer militärisch verhindert, Wiederholungskurs, Kantonnement Engsdorf, wir können ihm eine Karte schreiben. Weidmann, krank, Leysin. Zindler kommt noch, ich habe ihm gestern telephoniert.»

Dann war es wieder einen Augenblick schweigsam, und wir tranken unsere Gläser leer.

«Wann kommt das mit der Hängebrücke über den brausenden Strom der Zeit», fragte Dankwart grinsend, aber es verfing nicht recht, denn der Reigen hatte uns alle ein wenig nachdenklich gemacht. Draußen schlug die große Uhr am St. Peter einmal an.

«Viertel ab, jetzt könnten die Herren dann da sein», sagte Gerteis, «sonst fangen wir halt einfach an.»

«Von Reimar kann ich es nicht verstehen, der ist doch sonst immer seine fünf Minuten zu früh», murmelte Kahn.

«Weiß einer von euch, wie man Ameiseneier sammelt», fing Dankwart gerade an, als sich die Türe öffnete und Reimar erschien.

Ich erkannte ihn, ohne zu zögern, wieder, trotz seinem schwarzen Schnurrbart. Der Bürstenschnitt seines Haares war derselbe geblieben. Wir fühlten alle sofort, daß etwas nicht in

Ordnung war, er hatte seinen Mantel anbehalten und sein Gesicht war bleich. «Es ist ein Unglück passiert», sagte er, «Zindler ist heute morgen gestorben.»

*

Wir löffelten an unserer Marksuppe herum, und es war ein trauriges Mahl. Von Zeit zu Zeit blickten wir auf den Platz, der meinem Gedeck gegenüber frei war. Für mich war Zindler schon vor fünfzehn Jahren gestorben, als ich ihn zum letzten Mal gesehen hatte, in seinem weißen Leibchen, als dritter Mann beim Grasshoppers-Junioren-Achter an der Zürcher Regatta.

«Einem Skifahrer muß so etwas passieren», sagte Dankwart.

«Glücklicherweise ist Hanni eine tüchtige Frau, und Geld ist ja auch da», bemerkte Gerteis.

«Im letzten Winter waren wir zusammen auf der Parsenn», sagte Möckli.

«Jetzt fängt es halt dann an», sagte Kahn leise.

Ich fing einen Blick von Reimar auf, der unten am Tisch, Gerteis gegenüber, saß. Wir haben einander nie gemocht, aber jetzt hielt jeder des anderen Blick aus, ganz ruhig, weil alles jetzt nicht mehr so wichtig war.

«Könnt ihr euch noch erinnern, wie er immer, trotz seinem Sport, gegen Armbanduhren war? Er hat ja auch stets so eine goldene Kette auf der Weste getragen», sagte Möckli.

«1932 hat er noch einen Preis als Senior bei der Parsenn-Abfahrt gewonnen, ich glaub, ein goldenes Zigarettenetui», sagte Gerteis.

«Vor einem Monat hat er noch einen neuen Wagen gekauft», erinnerte sich Dankwart.

Ich schaute immer auf den leeren Platz vor mir, und mir war, als fehlte *ich* dort und sie sprächen von *mir*. Bei der Ochsenzunge wurde die Stimmung ein wenig besser. Auf einmal stand Möckli auf, seine helle Jacke fiel nachlässig über seinem Bauch auseinander, und wir sahen, daß er sich in aller Stille ein bißchen betrunken hatte.

«Kameraden», sagte er, «so ist es immer … bei jedem Appell. Einer kommt, ein anderer geht. Wir wollen aus demselben Glas einen Schluck trinken, einen für den Heimgegangenen und einen für den Heimgekehrten …»

Er sprach ganz fließend, aber ich merkte den Gesichtern der andern an, daß sie etwas Peinliches befürchteten. Aber er sagte nur noch den Satz: «Es ist keiner etwas für sich allein», und setzte sich wieder. Es ging dann so weiter, daß Dankwart auf die Platte blickte, auf der die Spitze der Ochsenzunge lag, und sagte: «Ich nähme noch ein wenig», worauf Reimar, von unten her, unter dem Nicken der andern, in leicht vorwurfsvollem, ernstem Tone sagte: «Sie soll nur noch nachservieren.»

«Zunge hat es keine mehr, die Herren müssen begreifen …», kam das Servierfräulein mit der Nachricht zurück, «aber es ist noch Roastbeef da, ganz frisch.»

«Also Roastbeef.»

Reimar schaute ein wenig anklagend zu Kahn hinüber, der das Ganze angeordnet hatte. «Wie hätte das auch für sieben reichen sollen, da es kaum für sechs reichte», sagte er, und es kam uns allen in den Sinn, daß wir Zindlers Anteil ja auch aufgegessen hatten, und das war das erste Mal an diesem Abend, daß wir lachten.

«Das ist immer so, das macht Hunger», erklärte Möckli, der seinen Rock ausgezogen, die schwarze Schmetterlingskrawatte zerstört und den Hemdkragen geöffnet hatte. Er erhob sich, nahm den leeren Stuhl mir gegenüber aus der Reihe, schob ihn an die Wand und stellte das leere Gedeck auf dessen Sitz, und wir andern rückten aneinander, so daß die Lücke ausgefüllt wurde.

«Wo sieben sind, hat es Platz für acht, aber sechs können auch den Raum von sieben einnehmen», machte Kahn einen von seinen bekannten Sprüchen. Dankwart hatte auch den Rock ausgezogen und die Hemdärmel zurückgekrempelt, so daß wir sahen, daß er braune Bauernarme hatte. Er öffnete den obersten Knopf am Hosenbund und seufzte ein wenig. Bis das Roastbeef kam, sprächelten wir ein bißchen müßig herum, die einen mit den Ellbogen breit auf den Tisch gestützt und die andern auf ihrem Stuhl zurückgelehnt, süggelten an unserem Wein und rauchten eine Zigarette.

Auf einmal fing Möckli an zu lachen, zuerst leise, und man sah, daß er sich Mühe gab, es zu unterdrücken, weil er es selbst unschicklich fand, aber dann immer stärker und stärker, bis ihm die Tränen über die Wangen herunterliefen. Hätte man nicht sein Lachen gehört, man hätte gemeint, er weine.

Wir schauten uns alle ein wenig betroffen an, mit Kopfschütteln und großen Augen, aber wir drückten alle die Lippen unnatürlich zusammen, weil wir denselben Lachreiz in uns spürten.

Reimar war auch nicht mehr ganz in Ordnung, die eine Schnurrbarthälfte war noch normal, aber die andere hatte einen merkwürdigen Schwung nach oben. «Das ist halt so», sagt er, von einem zum anderen blickend, mit einer großen Abkürzung in seinem Gedankengang.

Dann kam das Rostbeef, und wir warfen uns mit großem Eifer über die leicht blutenden Fleischstücke her und taten uns den Zwang nicht mehr an, den wir beim Hecht empfunden hatten.

«Unser Klassenhock hat eine andere Wendung genommen, als wir dachten», sagte Kahn, «aus einem Begrüßungsdiner ist eine Art Leichenmahl geworden.»

«Der meint auch, wir merken nichts», sagte Dankwart kauend.

«Jeder von uns, jeder Mensch ist ein Held», begann Möckli zu erklären. «Wenn zwei sich sehen, dann sagen sie: ‹Also, auf morgen›, aber jeder aufrechte Mann weiß, daß es gar nicht so sicher ist.»

Ich mußte an Helen denken, wie er das sagte.

Wir stießen mit den Löffeln in das Himbeerhäufchen, füllten unsere Teller und schlegelten tüchtige Haufen geschwungenen Nidels darüber hin, als hätten wir einen unstillbaren Hunger nach den süßen Dingen dieser Erde und als erwarte uns der Abschied vor der Tür, wie es Möckli gesagt hatte. Endlich war alles zu Ende. Ein jeder trank von seinem Gläschen Tessiner Grappa, und wir schauten uns alle mild und verzeihend an, als wäre uns ein Trost von der Speise gekommen, die wir gemeinsam genossen hatten.

*

Es war beinahe zwölf Uhr, als wir uns ein bißchen zu laut vor der Tür des Restaurants Boller voneinander verabschiedeten. Ich bog in den Rennweg ein und stieg langsam die getrittelte Gasse zum Lindenhof empor. Die Nacht war ganz ruhig, und ich hörte nichts als das Plätschern der Brunnen. Blaues Mondlicht lag auf der Gasse, und auf dem Kastellplatz rauschten die Bäume.

Als ich oben auf dem Plätzchen anlangte, stand Helen sofort auf und kam auf mich zu. Es war so hell, daß ich jeden Zug auf ihrem ernsten Gesicht erkennen konnte. Wir gaben uns die Hände und küßten uns.

«War es gut?» fragte sie.

Wir setzten uns auf die Bank, auf der ich in der Nacht meiner Heimkunft eingeschlafen war. Hinter uns gluckste der alte achteckige Brunnen. Wir hielten uns die Hände und blickten über die niedere Steinmauer hinweg. Müde glommen einzelne Lichter über die Limmat.

Ich kam von einer Totenwache, wo gelacht, gegessen und getrunken worden war, aus der Welt der Männer mit ihrem großhansigen und nüchternen Getue, und suchte nach einem Wort, es Helen zu erklären.

«Was bindet, ist stärker, als was trennt», sagte ich. Unsere Stimmen klangen gedämpft in der Mondnacht. Es war kein Flüstern, aber wir sprachen so leise, daß es gerade von einem zum andern trug.

«Deshalb habe ich dich zuerst geliebt», sagte Helen, «weil ich dir ansah, wie du Heimweh hattest.»

Auf einmal tauschten die Kirchtürme einen lange anhaltenden Glockengruß miteinander aus.

«Jetzt ist es Sonntag», sagte Helen, und ich spürte, wie ihre Hand, die auf der meinen lag, leise zitterte.

SONNTAG

I

Die Sonne ist hinter dem Friedhof von Witikon heraufgekommen, der Tau beginnt zu schmelzen und in silbernen Kugeln von den Halmen zu tropfen. Die Talmulde ist ein durchsichtiger, blauschimmernder See, auf dessen Grund die Stadt noch lautlos ruht. Ein kühles Windlein weht über den Paß.

Der alte Cerini und Balthasar Wildbolz sitzen zusammen auf dem Friedhofmäuerchen und schauen der jungen Frau nach, die auf der besonnten, menschenleeren Straße leise summend ihre Milchkessel talwärts trägt mit nackten Armen und regelmäßigen Schritten.

Das Räuchlein von Wildbolz' Pfeife befreit sich vom Gestrüpp seines Bartes, kräuselt sich ein wenig in zögernden Wirbeln und beginnt eine leichtsinnige Reise über die Gegend hin. Cerini hat seine Schuhe ausgezogen und scharrt mit den nackten Sohlen im nassen Gras.

«Wohin gehst du?» fragt er den andern.

«Bollen holen bei meiner Alten. Und du?»

«Ich bin ausgezogen, mich schnappen sie nicht», sagt Cerini, «ich hau's nach Fällanden hinunter, zum Bachofen, der kann mich jetzt schon brauchen zum Mosten.»

«Dann geh ich jetzt», macht Wildbolz ohne Zimperlichkeit und steht auf. «Tschau, Agosto.»

«Tschau, Balz.»

Er schaut ihm nach, wie er den Wiesenrand entlang auf der großen Straße davontrottet. Hinter ihm, zwischen Dahlien und roten Astern, stehen die Grabsteine still in der Morgensonne, und die Bienen gehen ihren Geschäften nach, durchschweben in winzigen Kreisen die kleinen Räume zwischen den Blättern und Stengeln, klammern sich fachtüchtig und leidenschaftlich an die Blütenkelche.

Er kramt eine alte Mundharmonika aus der Tasche, leckt sich die Lippen, bläst aus dem zahnlosen Mund mit lockeren Wangen in die kleinen viereckigen Kammern, und die scherbelnden Töne machen sich auf und folgen dem Räuchlein aus Wildbolz' Pfeife auf seiner leichtsinnigen Reise.

*

Die Kirchgasse ist ganz still und leer und liegt noch im Schatten. Nur oben, wo der gepflasterte Engpaß sich zum Platz erweitert, fällt schräg über die Dächer die Sonne herein, so daß um die Firste ein feiner Goldstaub zu kreisen beginnt.

Die alte Frau Meidenholz gießt ein kleines Schälchen Wasser in den Topf der Zimmerlinde. Dann nimmt sie den Stuhl, setzt sich ans offene Fenster und hört dem aufgeregten Pfeifen der Schwalben zu.

Ihre gichtigen Finger formen ein Häuschen, einen kleinen Raum der Ruhe, der in den größeren des Sonntags eingebettet ist, ihr Rücken ist gebogen, und sie muß auf ihre Hände herabblicken und ist wie eine müde, friedliche Tanne, die sich über die kleine Kapelle beugt, die in ihrem Schatten steht und der sie Nachricht aus den dunklen Kammern bringt, wo ihre Wurzeln sind.

Sie denkt an dieselbe Stunde vor sechs Tagen, als ihr Sohn Karl die Treppe heraufkam, die Tür öffnete mit einem Schlüssel, den er fünfzehn Jahre in der Tasche getragen hatte, und dastand mit seinem Regenmantel. Sie schaut sich in dem stillen Raum um, sie blickt zu dem braunen Photographierähmchen hin und hört den Leibspruch ihres Mannes: ‹Ein rechter Briefträger stirbt erst, wenn alle Briefe verteilt sind.› Sie setzt sich die stählerne Brille auf, greift nach der Bibel, die auf dem Fensterbrett liegt und die unter ihren Händen von selbst an jener Stelle auseinanderfällt, wo der Vers steht:

«Siehe der Geruch meines Sohnes
ist der Geruch des Feldes,
das der Herr gesegnet hat.»

Die zwei deutschen Wanderburschen kommen mit steifem Nacken, angezogenem Kinn und bloßen Knien im Gleichschritt die Gasse herab.

«Schau mal die Alte da oben», sagt der eine, «so eine hab ich auch noch zu Hause sitzen.»

Der andere hebt die Hand. «Grüß Gott, Mutter», ruft er hinauf. Die alte Frau wendet den Kopf, aber sie sind schon vorbei, und sie hört nur noch ihre Schritte und das leise Geklimper der Gitarre die Gasse hinab.

*

Vor der Küchentreppe liegen die Dankwartschen Hunde, der Bernhardiner und der kleine Fox, nebeneinander in der warmen Morgensonne. Von Zeit zu Zeit schnappt einer von ihnen nach der blauschillernden Fliege, die sie umkreist, aber eigentlich ist es mehr Pflichtgefühl und Standesbewußtsein als wahre Kampfeslust. Der Fox schaut es dem Alten ab, wie man auf faule Weise den Kopf flach auf die warme Steinplatte legt. Dann brummt der ‹Senn› etwas und läßt sich schwer auf die Seite fallen, damit die Sonne auch seinen zottigen Bauch bescheinen kann, und der Fox macht es ihm nach. Beide blinzeln noch ein wenig, wenn die Fliege vorbeikommt, aber dann sagen sie ‹Mira wohl› und schließen die Augen.

*

Die beiden Buben schlafen noch. In ihrem malvenfarbigen Morgenkleid, das die weiße Kordel um ihren Schoß zusammenhält, steht Hanni Zindler am offenen Fenster. Auf dem breiten Kiesweg vor dem Hause treiben die Spatzen ihr lautes Wesen. Sie blickt auf das besonnte Straßenstück hinab, das sein grauer Wagen durchfuhr, bevor er unter den Birnbäumen verschwand. Sie hat ein aufgedunsenes, häßliches Gesicht, und fortwährend flüstert sie den Satz «Mein gefitzter Gauner» vor sich hin, und dabei überzieht immer jenes Weinen ihr Gesicht, das wie künstlich aussieht und das doch der Ausdruck des menschlichen Schmerzes ist.

Die Straße herauf knattert ein Motorradfahrer, ein hell gekleidetes Mädchen sitzt hinter ihm, und in der Stille des Morgens hört sie, wie die beiden laut miteinander sprechen. Einmal fällt mit lautem Geräusch eine Birne vom Baum, und dann ist es wieder so still, daß man von weit her die Grille zirpen hören kann, der sie noch in den letzten Tagen bei offenem Fenster, im Bett, nebeneinander, in der Morgenfrühe gelauscht haben. Die Vorhänge fangen an zu flattern, und sie spürt den kühlen Morgenwind, der ihr über die Augen streicht.

Auf einmal sieht sie unten am Weg einen Hasen über das Feld rennen; unter den Birnbäumen bleibt er auf den Hinterläufen stehen, streckt die Löffel senkrecht in die Luft, äugt herum und springt dann weiter. Sie hat ihn gegen ihren Willen mit den Blicken aufmerksam verfolgt, und es ist die erste winzige Sekunde des Vergessens seit gestern morgen, als sie die Nachricht empfing.

*

Neben den Eisenbahnschienen ist ein bißchen Gras, hellgrün neben den rostigen Schwellen, dann kommen, kniehoch über dem Boden, die dicken Drähte, die die Signale und Barrieren bedienen, und dann geht es den Damm hinunter auf die Ebene, wo die Schrebergärten sind. Aus der Nachbarschaft der Bahn haben sie das kärgliche Gras, die dicken Drähte und die rostigen Eisenteile übernommen; die kleinen Hütten sehen selber aus wie Bahnwärterhäuschen, Materialschuppen und die Unterstände der Bremser auf den Güterwagen.

Die Frau trägt den Säugling auf dem Arm, sie geht neben Köster auf der breiten, morgenleeren Straße, von der die kleinen Wege in das Gartenland abbiegen. Ihr Häuschen hat die Form eines Schweizerchalets und ist kobaltblau gestrichen. Köster zieht einen mächtigen Schlüssel aus der Tasche und öffnet das Gatter. «Jetzt sind die beiden Rosenknöpfe auch aufgegangen», sagt er, während sie auf dem schmalen Weg der Hütte zugehen. Er stößt die Tür auf und holt einen zusammenklappbaren Liegestuhl aus dem dunkeln Raum.

«So, jetzt ruh dich zuerst einmal ein bißchen aus, Lisi», sagt er.

«Danke, Gusti», antwortet die Frau und setzt sich mit offenen Knien, auf die sie das Kind bettet. Er steht neben ihr, und sie blicken nach Süden. Der Vordergrund ist ganz mit den kleinen Gärten ausgefüllt, mit Stacheldrähten, Kaninchenställen, Gerätebündeln, kleinen Gartenhäuschen, über die sich wild die roten Reben werfen; dann beginnen die Netze der elektrischen Leitungsdrähte, die beschrifteten Dächer der Lagerhäuser, die Kohlenschuppen, die Lokomotivremisen, und dahinter, vor dem Halbkreis der Universitäten, breitet sich im frühen Morgen, unter dem Himmel ihrer Wappenfarbe, die Stadt aus.

«Also morgen kannst du anfangen? Freust dich», fragt er und stüpfelt sie ein wenig mit dem Ellbogen. Die Frau schaut ihn unter den starken Augenbrauen hervor an, und ihre Augen lachen.

«Was hat er auch gesagt, wie du so hereingeschneit kommst?»

«‹Soso, das Fräulein hat Sie geschickt›, machte er, dann hat er die Zeugnisse angeschaut und leise so eine Melodie dazu gepfiffen. ‹Da hat sie ja eine ganz gute Idee gehabt, das Fräulein›, sagte er. ‹Dann wollen wir es halt einmal probieren, wenn sie es meint.› Auf einmal lachte er und schien sehr zufrieden. Du, ich glaub, er war froh, daß sie geht.»

Hinter dem Gatter kommt ein Zug herangefahren. Zuerst ist er ganz klein, daß man ihn durch die Zaunlücken hindurch sehen kann, aber dann wächst er mächtig empor und braust donnernd vorbei, so daß sie einander nicht mehr verstehen können und die Rosenstöcke zu zittern beginnen. Wie er vorbei ist, hören sie, daß das Kind schreit.

«Ich geh jetzt Wasser holen», sagt Köster und greift nach der großen Gießkanne.

Sie horcht seinen Schritten nach, und dann sitzt sie mit dem leise weinenden Kind allein in dem Gärtchen, mitten in der menschenleeren morgendlichen Ebene, in der die elektrischen Leitungsdrähte leise singen.

*

Bei den sechs Schlägen der St. Jakobskirche ist Uli erwacht. Er setzt sich auf, reibt sich die Augen und blickt über die Vorhangstängelchen hinweg den blaßblauen Himmel an. Das ganze Haus liegt noch im Schatten, aber er spürt deutlich, daß es Sonntag ist und daß irgendwo schon die Sonne sein muß. Er steigt aus dem Bett, öffnet leise die Tür, überquert den Gang. Die Wohnung ist totenstill, nur aus der Küche hört er das Ticken des Weckers. Er tritt im Hemd auf den Küchenbalkon hinaus und blickt auf den Hof hinunter. Viele Fenster sind geöffnet, aber es ist kein Mensch zu sehen, kein Ton zu hören. Verzaubert und ein bißchen unheimlich liegt das Spritzenhäuschen zwischen den beiden kümmerlichen Rasenflächen. Er sammelt ein wenig Speichel und spuckt über das Balkongeländer hinab, verfolgt das aus vielen kleinen Bläschen gebildete Tröpfchen, das senkrecht am Haus vorbeifällt, bis es den Boden erreicht hat. Es ist so still, daß er den Aufschlag zu vernehmen meint; den dunkeln Fleck auf dem Sandstein kann er auf alle Fälle sehen. Er späht aus, ob er keinen Kohlweißling erblicken kann, und richtig, da kommt auch schon einer aus dem dunklen Torgang leichtsinnig angeschaukelt.

Wie er sich umwendet, steht die Mutter, gelblich, mit Röllchen in den Haaren, den Zwicker auf der Nase, im Nachthemd in der Küche.

«Was machst du da», fragt sie.

«Egarag tammil», sagt er.

«Red richtig, was soll das wieder heißen?»

«Hä, Egarag tammil.»

«So, marsch ins Bett, es ist noch zu früh für dich.»

Er macht sich klein, hebt das Ärmchen und schaut sie darunter hervor an. Er sieht ihren mageren Hals, die tiefen Kerben hinter den Ohren, den humorlosen Blick hinter dem Zwicker, die weißen Röllchen in den Haaren. Und dann, während sie ihn unsanft am Arm zerrt, denkt er etwas, das er Zeit seines Lebens nicht mehr vergessen sollte. ‹Meine Mutter ist eine Arme›, denkt er.

*

Die menschenverlassene Station vor Engsdorf mit dem eisernen Pumpenbrunnen, den zwei Platanen, dem heißen Kiesplatz vor den Bedürfnishäuschen hat keinen anderen Ton für die Melancholie ihrer Einsamkeit an diesem Sonntagmorgen als das anschlagende ‹Bim-Bam› der Signalglocke.

Hinter dem Schulhaus steht die ganze Kompagnie lautlos in Achtungstellung, und die grünen Kragen und die Ärmelaufschläge bilden zwei gerade Linien der grauen Reihe entlang. Hauptmann Widmer läßt noch sadistisch fünf Sekunden verstreichen, und dann sagt er: «Abtreten!»

Die grünen Bänder verkrümeln sich, fallen auseinander, und dann kommen die Soldaten in lockeren Gruppen, frisch rasiert, mit neuentzündeten Stumpen im Mund, um die Ecke des Stationsgebäudes und machen aus dem verlassenen, eisenbedachten Perron den Hintergrund zu einem Bild für das Wehrmänner-Album.

Hinter der Brücke taucht der kleine Lokalzug auf, schiebt sich zerbrechlich heran, schweißgebadet zeigt sich der Lokomotivführer im Profil, die Bremsen pfeifen, und in leichten Voilekleidern, mit wippenden Strohhüten entsteigen die Mädchen Marie Steiner und Erna Hofmann den schwarzen Wagen und fallen wie zwei Kirschblüten in die feldgraue Männersaat.

*

Der junge Cerini schließt sorgfältig die Tür des Pfarrhauses hinter sich und bleibt einen Augenblick stehen. ‹Könnt ihr denken›, beantwortet er die stumme Einladung der paar ersten Kirchgänger, die die breiten Stufen hinauf dem Münster zustreben. Er überschaut mit einem matten Rundblick den Platz, und von selbst bleiben seine Augen am Eingang zum Restaurant Boller haften. ‹Richtig, der Viktor hat hier seine Stelle›, denkt er, ‹wenigstens hat der immer was zu spachteln.›

Er schlendert langsam an der Türe vorbei und hat sofort das Fenster heraus, dem die Gerüche der Küche entströmen und aus dem das Geklapper des Geschirrs herauftönt. Er bückt sich und blickt durch das Gitter hinunter, wo einer in einer karierten Schürze herumhantiert.

«Salü, Viggi», ruft er. Der andere hebt sein rotes Gesicht, erkennt ihn, lacht.

«Salü, Rini, was machst, wie geht's dir? Du hast es halt schön an einem Sonntag.»

«Ich bin beim Pfarrer Göri gewesen, wegen dem Vater, sie wollen ihn versenken», sagt er. «Mit dem Schönhaben geht es so.»

«Jedenfalls schöner als ich bei dem Wetter.»

«Hast du nichts zum Spachteln?»

«Wart mal, ich will nachschauen, ob es noch was hat. Bleib da.»

Cerini hört ihn davongehen, er sieht sich rasch um, ob ihn niemand beobachtet, dann hört er den Viktor schon wieder zurückkommen, mit einem Paketchen unter dem Arm.

«Da», sagt der und reicht es ihm herauf, «es ist ganz frisch von gestern abend, aber gib acht und hau's ab, bevor der Alte kommt.»

«Merci, Viggi!»

Er setzt sich ein bißchen abseits und läßt die Leute mit den Gebetbüchern an sich vorbeigehen. Langsam öffnet er das Päckchen. Ein Stück Brot, die Spitze einer Ochsenzunge und eine Handvoll Himbeeren sind darin.

II

Wir saßen lange auf jener Bank auf dem Lindenhof. Wie eine lautlose Arena umgab uns die schlafende Stadt. Manchmal rauschten die Bäume kurz auf, und dann war wieder nichts zu hören als das Plätschern der beiden Brunnenröhren. Wenn ich mich in der Dunkelheit zu Helen hinabbeugte, so kam mein Gesicht in den Bereich der warmen Ausstrahlung, die von ihren Haaren und ihren Wangen ausging. Sie blickte mit dunklen Augen vor sich hin, und nur von Zeit zu Zeit sagte sie leise und einfach: «Du.»

Langsam begann im blauen Mondlicht der Raum über dem Fluß sich mit leichten herbstlichen Nebeln anzufüllen; unmerklich stiegen sie empor und wir mit ihnen, weil immer mehr von der Stadt in ihnen versank. In den blassen Räumen, unter den späten Sternen, lag das Summen der Stadt, ihr Atem, der aus Stille, aus Schlaf und enteilender Zeit gemacht ist.

Am Zürichberg zeichneten sich die Wälder klar am Himmel ab, und auf einmal merkten wir, daß es nicht mehr der Widerschein des gesunkenen Mondes, sondern das erste Dämmern des Morgens war. Es war ein zages Licht, ohne Mittelpunkt, das wie unentschlossen sich auszubreiten begann.

Wir erhoben uns und umgingen langsam, der Brüstung folgend, den Platz. Die blaßblauen Nebel, hinter denen wir bereits die Umrisse der Häuser erkennen konnten, wechselten stufenweise in ein fahles Lilablau hinüber. Als wir vor dem achteckigen Brunnen standen, fingen die Lindenblätter über der geharnischten Zürcherin grün zu schimmern an; ihr Widerschein fiel auf das Wasser und auf unsere Hände, wie an jenem Morgen, als ich zum ersten Mal das Licht der Heimat von ihnen empfangen hatte.

Ein frischer Wind hatte sich aufgemacht und wehte Helen die Haare aus der Stirne. Er trug den Geruch einer weiten Reise an sich und war jenem Winde verwandt, den Gott aussandte, das Feste vom Flüssigen zu trennen.

Helen tauchte ihre Hände ins Wasser. «Ich kann nicht reisen», sagte sie. «Ich will mit dir dableiben.» Ich sah, daß sie meinem dunklen Schattenbilde im Brunnen zulächelte. «Du gehörst jetzt wieder zu uns.»

Ich bin in den vierzig Jahren meines Lebens in zu vielen fremden Städten beim Licht einer Kerze in fremden Zimmern gelegen, ein Gast in geliehenen Betten, mit nassen Schultern, so einsam und aufgegeben, daß es nicht auszusprechen war, als daß ich die paar Worte nicht wie eine Botschaft hätte hinnehmen wollen, die über dem Eingang des siebenten Tages stand.

Wir blickten auf den Strom hinab, und nun floß er tiefgrün in den weichenden Nebeln zwischen den grauen Häusern dahin. In der östlichen Ferne, über den blauen Wäldern begann es wie Funken zu spritzen, ein goldener Staub verfing sich in den lichten Schleiern, die aus den Gassen emporschwebten. Der ganze Raum flirrte wie das Gefieder eines Pfaus, der sich anschickt, sein Rad zu öffnen, und das Warten war so schmerzhaft wie sein Schrei.

Jenseits des Berges war alles schon voll von Licht, und auf einmal begann es zu überborden wie ein gestauter See, floß von den Hügeln herab, teilte sich an den Pfeilern der Kirchtürme, strömte an ihnen vorbei und sickerte in die Stadt hinein. Die kleinen Dachfenster, die eisernen Zinnen, die kupfernen Drähte, die Isolatorenknöpfe begannen zu glühen. Helen schaute zu mir auf. Ihr Mund lächelte ein wenig, aber ihre Augen hatten einen fast schmerzlichen Ausdruck, und ihre Hand klopfte mir langsam, beinahe beschwichtigend auf den Unterarm.

Ich bewegte mich nicht, aber inwendig zitterte mein Herz wie ein scheues Pferd unter dem Gesang der Chöre und dem Rufen der Fanfaren, die sich im Halbrund der Arena aufgestellt hatten und von den Terrassen herab aus Leibeskräften das große Ja zu uns herüberschmetterten.

«Zürich, geschildert mit der wachen Aufmerksamkeit des Verliebten»

«Entfesselung» und «Sieben Tage»
als Spiegelung von Kurt Guggenheims
rebellischen Jugendjahren und
als Modell für «Alles in Allem»

Wer sich mit Kurt Guggenheims ersten beiden Romanen aus den Jahren 1934/35, «Entfesselung» und «Sieben Tage», zu beschäftigen beginnt, betritt einen Bereich, der sich biographisch und werkgeschichtlich nur sehr schwer erhellen lässt. Im Unterschied zu praktisch allen späteren Werken haben sich von den beiden Romanen weder Manuskripte noch Typoskripte erhalten, das Verlagsarchiv des Schweizer Spiegel Verlags, der die Erstausgaben betreute, muss nach intensiven Recherchen in alle Richtungen als verschollen angesehen werden,[1] Guggenheims Korrespondenzen aus dieser Zeit sind, soweit sie in Originalen und Kopien im Besitz des Autors waren, gleich wie sämtliche bis dahin nicht publizierten Texte, Notizen, Entwürfe oder allfälligen weiteren Dokumente jenem Autodafé zum Opfer gefallen, das Guggenheim nach dem erfolgreichen Abschluss von «Alles in Allem» 1955/56 im Garten des von ihm gemieteten Hauses in Oberweningen bei Zürich mit all jenen Zeugnissen und Papieren veranstaltet hat, die sein privates und literarisches Leben vor der Publikation dieses erfolgreichen Zürcher Epochenromans betrafen. Von der Verbrennung verschont blieben nur die seit 1911 geführten Tagebücher und das «Dossier Eva Hug», in dem die Romanze mit Eva Hug vom Sommer 1918 dokumentiert ist und das Guggenheim, nachdem es 1962 als Quellenmaterial für den Roman «Die frühen Jahre» diente, ebenfalls vernichten wollte.[2] Wobei sich in den Tagebuchheften von 1927 bis 1935, anders als im Fall der späteren Romane, die zumeist direkt aus den Tagebuchaufzeichnungen herausgewachsen sind[3], keine konkreten Hinweise auf die Entstehung der ersten beiden Romane finden lassen und auch keinerlei Entwürfe oder Vorstudien dazu auftauchen. Am meisten erfährt man über ihre Entstehung noch aus dem Roman «Sandkorn für Sandkorn», wo der Autor im Zusammenhang mit der Vorgeschichte von «Riedland» auch kurz auf die zwei ersten Bücher zu sprechen kommt, und aus einer Filmsequenz, die am 14. Januar 1966 vom Schweizer Fernsehen während der Feier zu Guggenheims 70. Geburtstag im Zürcher Zunfthaus zur Schneidern aufgenommen worden ist.

1 Die 1925 von Fortunat Huber (1896–1984) und Adolf Guggenbühl (1896–1971) gegründete «Schweizer Spiegel Verlags AG», die neben verlegerischen Aktivitäten die Zeitschrift «Schweizer Spiegel» betrieb, wurde nach dem Ausscheiden der beiden Gründer Mitte der sechziger Jahre von Daniel Roth und von 1972 bis 1996 von Dr. Peter Huggler weitergeführt, stellte ihre Aktivitäten aber nach und nach ein. 2009 ist nur noch die von Dr. Allan Guggenbühl, einem Enkel von Adolf Guggenbühl, betreute kinderpsychiatrische «Raben-Reihe» lieferbar. Über den Verbleib des Verlagsarchivs ist nichts in Erfahrung zu bringen.

2 Anders als in den «Frühen Jahren» angekündigt, hat Guggenheim das Dossier nicht vernichtet, sondern 1979 dem Schreibenden als Geschenk überlassen. Es befindet sich heute im Archiv Charles Linsmayer in Zürich.

3 Besonders schön ist das, wie Guggenheim es in «Sandkorn für Sandkorn» selbst dargestellt hat, im Falle von «Riedland» nachzuvollziehen (Kurt Guggenheim, Werke II, «Sandkorn für Sandkorn», Frauenfeld 1992, S. 148 ff.).

Kurt Guggenheim am 10. Oktober 1935, kurz vor dem Erscheinen des Romans «Sieben Tage», bei Eva und Albert J. Welti-Hug in Genf.

Wie «Entfesselung» entstand

Da erzählt Guggenheim 31 Jahre später in Anwesenheit seiner ersten Verleger Fortunat Huber und Adolf Guggenbühl folgendes über sein literarisches Debüt:
«Es ist ein Roman gewesen, der hat ‹Entfesselung› geheissen, und den hab ich damals an der Plattenstrasse im 4. Stock in einer kleinen Wohnung mit der Maschine geschrieben – aus Faulheit ohne Durchschlag. Und ich fand, dass das so ein unsterbliches Werk sei, dass ich es keinen Augenblick aus den Händen lassen dürfe, und die Leute haben mich sieben Jahre lang mit dem Suitcase in der Stadt herumlaufen sehen, und wenn man es aufmachte, waren darin 20, 30, 40, 50, 100 Blätter und am Schluss das nur einmal geschriebene Manuskript des Romans ‹Entfesselung›. Ich erinnere mich noch sehr gut an den Tag, als ich zu Fortunat Huber, der damals in der Siedlung Neubühl[1] wohnte, sagte: ‹Hör zu, ich möchte jetzt gerne, dass Du den Roman lesen würdest.› Worauf er sagte: ‹Ja, ja, ist gut, lass den Roman nur da.› Ich aber sagte: ‹Hör mal, das kann ich nicht, ich habe nur ein einziges Exemplar. Ich komme zu Dir ins Neubühl hinaus.› Und dann hat er da abends um acht Uhr begonnen, diesen Roman zu lesen, und ungefähr um 4 Uhr war er damit fertig. Und ich hab ihn dann wieder eingepackt und bin zu Fuss von Wollishofen bis an die Plattenstrasse gegangen, damit ja das einzigartige und unvergängliche Manuskript nicht verloren gehe. Ich habe gemeint, ich hätte alles, was überhaupt zu sagen sei, in dieses Manuskript hineingebracht, wie das ja jeder Anfänger will. Und etwas Seltsames ist mir noch passiert, das hat mir erst später einmal ein professioneller Schriftsteller gesagt. Er sagte: ‹Hören Sie, ich könnte Ihren Roman noch ganz gut verstehen, aber wie kommen Sie dazu, 300 Seiten in Präsens zu schreiben?› Da hab ich erwidert: ‹Ich hab das gar nicht gemerkt, das hab ich einfach so intensiv erlebt, dass ich es gar nicht merkte.›»[2]
Aus dem Text geht nicht nur hervor, mit welchem Ernst und welcher Verbissenheit Guggenheim in siebenjähriger Arbeit sein literarisches Debüt vorbereitete, sondern es wird auch klar, wie kritisch und distanziert er inzwischen diesem ersten Roman gegenüberstand. Was offenbar auch für den zwölf Monate später vom gleichen Verlag publizierten Roman «Sieben

1 Der Verleger Fortunat Huber wohnte bis zu seinem Tod an der Ostbühlstrasse 67 in der 1928–32 von Häfeli, Steiger, Moser erbauten legendären Werkbundsiedlung Neubühl.

2 Die Szene ist einzusehen im Fernsehporträt, das Peter K. Wehrli 1996 für das Schweizer Fernsehen zum 100. Geburtstag von Kurt Guggenheim gedreht hat. Veröffentlicht ist das Porträt im Anhang der restaurierten Fassung von Franz Schnyders Verfilmung von Kurt Guggenheims Roman «Wilder Urlaub» (1943) auf der DVD 24265 der Praesens-Film AG, Zürich.

Während der Feier zu seinem 70. Geburtstag spricht Kurt Guggenheim am 14. Januar 1966 im Zürcher Zunfthaus zur Schneidern über seinen Erstling «Entfesselung». Links, sitzend, der Verleger Fortunat Huber.

Tage» galt.[1] Bis auf eine Tagebuchnotiz vom 28. Oktober 1935 – also lange nach der Ablieferung des Manuskripts –, aus der hervorgeht, dass sich Guggenheim mit einer möglichen Fortsetzung befasste[2], hat sich über die Entstehung dieses Romans überhaupt nichts Dokumentarisches erhalten, und doch besteht kein Zweifel, dass Guggenheim ihm später, als er, wie er fest überzeugt war, mit «Riedland» zu einer neuen, von den Schriften des Insektenforschers Jean-Henri Fabre abgeleiteten Schreibweise gefunden hatte, ebenso ablehnend gegenüberstand wie dem Erstling. Unter dem Titel «Les pensées en commençant op. 3 (Tuggen)» notierte er sich am 5. Oktober 1935 in Genf während eines Aufenthalts bei der Biologin und Fabre-Spezialistin Eva Hug ins Tagebuch: «Ich möchte es in der Freude schreiben, en sérénité. Ohne Hast und ohne ein einziges Wort zum Ausfüllen, ohne ein Wort, das nicht trifft. Exakt, gewissenhaft, ohne Pathos, du bon travail, quoi: mesuré. Massvoll, propre. Alles verbrennen und vergessen, was hinten liegt. Neu beginnen.»[3] Eine Proklamation, die auf eine bewusst und überlegt herbeigeführte Neuausrichtung seines Schreibens hinauslief, einen radikalen Neuanfang, der die bisherigen, eben erst im Erscheinen begriffenen Arbeiten quasi zu Makulatur machen sollte und ihm drei Jahre später dann tatsächlich den lang ersehnten Durchbruch brachte. So dass es nur verständlich ist, dass Guggenheim nach dem Zweiten Weltkrieg, sieht man von der zitierten, den Erstling deutlich abwertenden Geburtstagsrede von 1966 ab, kaum je auf seine beiden ersten Bücher zurückkam und zu einer Neuauflage wohl auch dann nicht Hand geboten hätte, wenn die Initiative dazu vom Verlag ergriffen worden wäre. Er wollte der geduldig beobachtende, gelassen objektivierende Chronist im Sinne Jean-Henri Fabres sein und ignorierte und verkannte damit ganz offenbar selbst nicht nur, inwieweit er diese chronikartige Schreibweise schon in den ersten beiden Büchern an den Tag gelegt hatte, sondern auch, was für eine ausgeprägte Vorreiterrolle diese frühen Werke, Fabre hin oder her, für «Alles in Allem» und sein ganzes späteres Œuvre gespielt hatten.

Am 1. Dezember 1935, nachdem «Entfesselung» in den wichtigsten Schweizer Zeitungen und Zeitschriften besprochen worden war und sich der für ihn massgebliche Hugo Marti im «Bund» auch schon zu «Sieben Tage» geäus-

1 Analog zum Erstling, der mit 1935 datiert, aber im Herbst 1934 erschienen war, trug «Sieben Tage» im Impressum die Jahreszahl 1936, wurde aber, wie die Rezensionen zeigen, bereits im Herbst 1935 ausgeliefert.

2 Unter «Weitere Projekte» ist angeführt: «Einfach eine Geschichte von Uli Meidenholz, von Cerini.» («Einmal nur. Tagebuchblätter 1925–1950», Verlag Huber, Frauenfeld 1981, S. 50).

3 Kurt Guggenheim, Tagebuch, 5. Oktober 1935. Hier zitiert nach dem in der Handschriftenabteilung der Zentralbibliothek Zürich liegenden Original, das sich, vor allem, was die französischen Formulierungen betrifft, von der 1981 gedruckten Fassung unterscheidet.

Das Haus Plattenstrasse 80, in dessen oberstem Stock Guggenheim seine beiden ersten Romane schrieb, 2002 fotografiert von Vivianne Berg sert hatte, notierte sich Kurt Guggenheim ins Tagebuch: «Eines ist sicher, die Kritiken, mögen sie ausfallen, wie sie wollen: sie verderben den Charakter des Künstlers.»[1] Was vielleicht wiederum nur dann richtig zu verstehen ist, wenn wir den kurz zuvor vollzogenen Sinneswandel des Autors in Rechnung stellen, der nun etwas gelobt und anerkannt sieht, was ihm selbst bereits suspekt geworden ist. Denn die Aufnahme, die Kurt Guggenheims erste zwei Bücher erfuhren, war im grossen und ganzen so sehr anerkennend und ermutigend, dass eine Weiterentwicklung in der einmal eingeschlagenen Richtung unbedingt sinnvoll und erfolgversprechend erscheinen musste.

So attestierte Eduard Fritz Knuchel dem Autor von «Entfesselung» am 1. Dezember 1934 in den «Basler Nachrichten» «grosse Kunst», bewunderte die «von den Erfahrungen des Radios übernommene Simultaneität des Geschehens» und die «von Joyce und den Psychologen» beeinflussten «ungewohnten und sprunghaften Übergänge» und riet dem Leser, auch wenn «die Fetzchentechnik ermüde», den neuen Erzähler im Auge zu behalten.

«Sieben Tage»: Für E.F. Knuchel ein Meisterwerk

Seine Rezension zu «Sieben Tage» betitelte Knuchel dann ein Jahr später, am 8. Dezember 1935 in der gleichen Zeitung, mit «Das Meisterwerk». Angesichts des Erfolgs von «Entfesselung», mit der Guggenheim die Schweizer Bücherfreunde mit einer «ersten glänzenden Leistung überrascht» habe, sei die Erwartung gross gewesen. «Nun liegt das zweite Buch Guggenheims vor uns und übertrifft noch alle Erwartung; es ist das Meisterwerk geworden, das ihm den Platz unter den Zünftigen sichert.» Die darstellerische Technik sei zu einer bedeutsamen Architektonik ausgebaut, der Stoff «mit Bedacht in die strenge und zugleich sinnbildliche Abfolge von sieben Tagen eingegliedert», der Inhalt – «die Wandlung eines innerlich fixierten Menschen vor einer veränderten Welt» – schlüssig, «der wechselnde Spiegel der Charaktere und Typen» ebenso ein Vorzug wie «das Lebendigwerden einer Stadt». «Das Dasein ist mehr als das willkürlich zusammengerüttelte Kaleidoskop der menschlichen Möglichkeiten; sein Sinn ist Liebe.» Eher verhalten äusserte sich Walter Lesch am 2. Dezember 1934 in der «NZZ» zu «Entfesselung»: «Ein eigenwilliges, abwegiges Werk, die Arbeit eines begabten Grüblers, der zwar mit seiner Eigenart, seinem halb schmerzlichen, halb genussvollen Drang nach Selbsterkenntnis kokettiert, dem es aber doch gelingt, uns in den Bann seiner herzlichen und gedanklichen Erlebnisfülle zu ziehen.» Lesch spricht im weiteren von einer reifen

1 «Einmal nur. Tagebuchblätter 1925–1950», a.a.O., S. 61

Intelligenz, einer gut entwickelten «Fähigkeit naturalistischer Milieu- und Typenschilderung» und einer «ungewöhnlichen Sprachbegabung». «Sieben Tage» bespricht in der «NZZ» dann ein Jahr später, am 3. Dezember 1935, nicht mehr Walter Lesch, sondern ein Autor mit dem Zeichen W.V. Er ortet «etwas Wahrhaftiges in diesem Buch, einen Hang zum Enthüllen», lobt wiederum die «Sprachbehandlung» und stellt den Roman denjenigen von Döblin und Feuchtwanger zur Seite. Die Art und Weise, wie «das Auge liebevoll an Dächern, Bäumen, Gassen und Plätzen der schönen Stadt hängt», macht ihm «Sieben Tage» zu einem «rechten Heimatbuch». Auch für Carl Helbling, der die beiden Romane in der «Neuen Schweizer Rundschau» bespricht, hält der zweite, was der erste versprochen hat. Und am meisten bewundert er, wie der Autor von «Sieben Tage» die Gymnasialklasse erweckt, der Meidenholz einst angehörte. «Einzeln, in ihren privaten Schicksalen, begegnen die Ehemaligen einander. Und die vor Jahren ihre Namen auf der alphabetischen Liste aufgereiht, in munterem Chor rezitiert haben, zeigen jetzt ihren eigenen Rhythmus; das Konzert will sich nicht mehr stimmen lassen. Nicht ohne Raffinement lässt Guggenheim die alte Assonanz in wehen Dissonanzen zerfliessen.»[1]

«Das ist Zürich von heute»

In den «Schweizer Monatsheften» wurde der Roman «Sieben Tage» von der damals 32jährigen Elisabeth Brock-Sulzer besprochen, die sich vor allem über den zürcherischen Charakter des Buches freute. «Das ist Zürich von heute mit seiner Luft und seiner verwaschenen Rede. Wer Lokalfarbe sucht in einem Roman, der müsste zu diesem Werke greifen. Die Kunst Guggenheims, mit kleinen sinnlichen Zügen die Seele eines Augenblicks erstehen zu lassen, hat sich noch vervollkommnet, ja, sie ist jetzt so freispielend und scheinbar mühelos, dass vor soviel Leichtigkeit und Virtuosität eine leise Angst im Leser sich nicht unterdrücken lässt, ob nicht die jetzt noch wesentlich gebundene Schilderungskunst Selbstzweck werden könnte.»[2] Die verständnisvollste, einfühlsamste Kritik kam von «Bund»-Literaturredaktor Hugo Marti, mit dem Guggenheim schon seit einiger Zeit im Briefwechsel stand und der in der damaligen Zeit als sein wesentlichster Gesprächspartner angesehen werden kann. Marti besprach am 7. November 1935 «Sieben Tage» und entdeckte in dem Buch, das den Leser «reifer und innerlich grösser» als der Erstling berühre, «Seiten, die von beglückender Klarheit der

1 Carl Helbling besprach «Entfesselung» in der «Neuen Schweizer Rundschau», Zweite Folge, Jg. 1934/35, S. 529–530, und «Sieben Tage» im Jahrgang 1935/36 der gleichen Zeitschrift, S. 506/507.

2 «Schweizer Monatshefte», Jg. 1935/36, S. 485, «Bücher-Rundschau»

Stimmung erfüllt sind». «In den Zeitablauf von sieben Tagen, einer kurzen Woche, sind mehr als sieben Einzelschicksale hineinkomponiert. Wie sie eins um dem andern zwanglos, doch in höherer Ordnung verknüpft werden, ist schlechthin meisterhaft.» Auch Marti ist von der Schilderung Zürichs angetan. «Überhaupt ist die Lokalfarbe Zürichs mit der wachen Aufmerksamkeit des Verliebten geschildert. Nicht bloss die festen und dauerhaften Eigenschaften der Stadt, wie ihr zweitgrösstes Zifferblatt Europas oder ihr Alfred Escher, ‹eine Art vernünftiger Lieber Gott›, sind erwähnt, sondern auch die zeitlich bedingten Sensationen eines Jahres – das Waldmann-Probedenkmal oder das Baugerüst am Grossmünster – mit einer Selbstverständlichkeit erwähnt, als ob es sich um Prousts Paris oder Hamsuns Kristiania, das heisst um einen geographischen Punkt der Weltliteratur handelte!» Marti attestiert Guggenheims Stil «die Sprödigkeit derer, die sich scheuen, grosse Worte zu missbrauchen» und beendet seine umfangreiche Besprechung mit den Sätzen: «Aus dem siebenfachen Klang des Schicksals steigt ein stilles Lied der Zuversicht, des Verzeihens und der Liebe auf; es macht aus diesem brillant geschriebenen Roman ein ergreifendes Dokument des Lebens.»

Ein Gelöbnis Hugo Marti gegenüber

Guggenheim war durch Martis Kritik tief gerührt und reagierte einen Tag später mit einem handgeschriebenen Dankesbrief[1], der nicht nur Martis einfühlsame Art der Literaturkritik auf eine schöne, treffsichere Weise umschrieb, sondern die Anerkennung durch den Rezensenten – und Schriftstellerkollegen! – mit dem Versprechen beantwortete, sich als Autor auch künftig in der von ihm geschätzten Weise treu bleiben zu wollen. «Ich möchte Ihnen, als Kritiker, das sagen was der Dichter in Ihnen in besonderem Masse verstehen kann: dass es einen höheren Lohn nicht gibt, als zu fühlen, dass ein Mensch Ihrer Art mitschwingt, und dass jedes gute Wort den weiteren Weg wie eine Verpflichtung begleitet. Und ich will darum Ihnen gegenüber, nur Ihnen gegenüber, das pathetisch klingende Wort aus-

1 Während die Briefe Hugo Martis Kurt Guggenheims Autodafé zum Opfer fielen, haben sich Guggenheims Briefe dank der Umsicht von Martis Sohn Rolf erhalten und befinden sich heute im Archiv Charles Linsmayer. Marti war für Guggenheim nicht nur verständnisvoller Berater und Freund, er empfand ihn auch als Teilhaber seiner Generation. Als er am 20. April 1937 starb, schrieb Guggenheim ins Tagebuch: «Er war das Ohr, zu dem wir sprachen, er war der Mund, der für uns sprach. Nun er ging, bleibt vieles für uns unerhört. Er trug eine beinahe elegante Gelassenheit für sein Schicksal zur Schau. Er war wirklich von unserer Generation. Das ist das besonders Tragische daran. Wie gerne hätte er noch das Ende des Wirrsals gesehen, in dem wir sind. Denn auch er wartete, wie wir alle warten in dieser Generation» («Einmal nur. Tagebuchblätter 1925–1950», a.a.O., S. 141).

«Bund»-Redaktor Hugo Marti – hier um 1933 mit Sohn Rolf –
war Kurt Guggenheims erster wohlwollender Mentor, Kritiker und Berater.

sprechen, dass Ihre Kritik, so lange ich arbeiten kann, auch in den schweren Stunden (nämlich in jenen, wo die Verlockung nach leichterem Erfolge besonders gross ist) mir eine unauflösbare Bindung für die innere Wahrheit und Treue sein soll. – Auch dieser Brief gehört dazu. – Und für den Kritiker in Ihnen: Kann dieser Beruf eine höhere Wirkung erzielen, als dass ein Schriftsteller, in dieser Weise, mit einem besiegelten Gelöbnis als Pass in der Tasche und Dankbarkeit und Zuversicht im Herzen, von neuem aufbricht?»

Insgesamt sind Guggenheims erste zwei Bücher in der Schweizer Presse auf eine Weise wahrgenommen worden, die angesichts seiner eigenen Wahrnehmung, aber auch mit Blick auf seine eigene, bereits kurz nach der Publikation sichtbar gewordene abwertende Beurteilung erstaunen muss. Sein sprachliches Können, die kompositorische Raffinesse, die geglückte Herausarbeitung der Charaktere und ihres Verhältnisses zueinander wurden unisono gelobt und anerkannt, und fast alle Rezensenten hoben voller Bewunderung seine Fähigkeit hervor, die Stadt Zürich in all ihren Facetten und Eigenarten lebendig vor den Leser hinzustellen. Ohne es zu wollen oder zu können, stempelten sie damit die beiden Romane zu Vorläufern des grossen Zürcher Romans «Alles in Allem». Und natürlich spürten sie, was «Alles in Allem» dann klar an den Tag bringen sollte: dass Guggenheim im Grunde ein urbaner, dem städtischen Lebensraum verpflichteter Autor war, für den, was den Schauplatz betrifft, sein nächster, im Moorgebiet der Linth am oberen Zürichsee spielender Roman, so sehr er geglückt ist, nur eine Ausnahme darstellen würde. Sein genuiner Schauplatz war die Stadt Zürich und allenfalls noch Le Havre und Paris – und keineswegs jene unberührte Naturlandschaft, die Jean-Henri Fabre in seinen «Souvenirs entomologiques» zum Ideal erhob. Wie denn ja auch Guggenheims Anleihe an den Naturforscher keineswegs in einer Übernahme von dessen biologisch-zoologischem Forschungsgebiet bestand, sondern etwas rein Methodisches war und darin bestand, dass er seinem eigenen Gegenstand – und das waren bei ihm mit Vorliebe die Menschen einer städtischen Siedlung – mit der gleichen Gelassenheit und Geduld und exakten Beobachtung gegenübertreten wollte[1], wie der Franzose seinen Käfern, Insekten und Spinnen.

Die Kritiker seiner frühesten beiden Romane aber haben, auch wenn es Guggenheim damals, in der ersten, leidenschaftlichen Begeisterung für die neu entdeckte Fabresche Weltsicht, nicht wahrhaben wollte, durchaus rich-

1 «Fortwährend beschäftigt mich der Gedanke einer naturwissenschaftlichen Betrachtungs- und Darstellungsweise», schrieb Guggenheim am 26. November 1950, zu Beginn der Arbeit an «Alles in Allem» ins Tagebuch. «Ich sehe und erkenne zum Greifen deutlich jene geistigen und beruflichen Familien, auf die es mir ankommt, Pflanzengesellschaften gleich» («Einmal nur. Tagebuchblätter 1925–1950», a.a.O., S. 375).

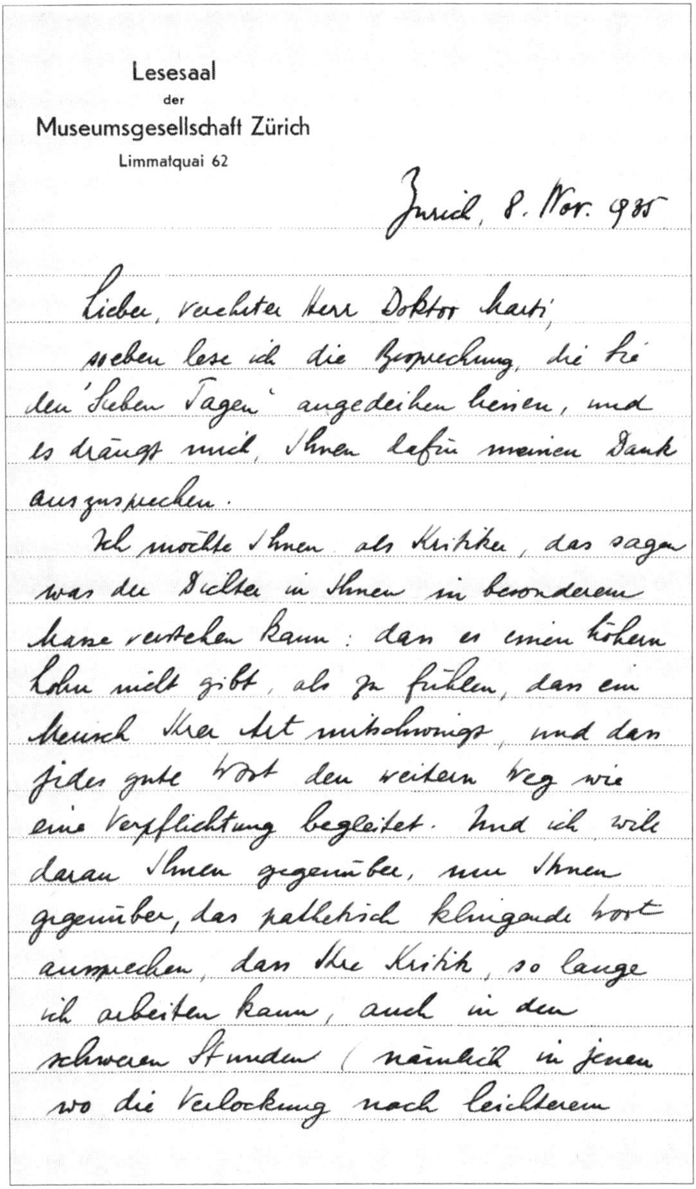

Lesesaal
der
Museumsgesellschaft Zürich
Limmatquai 62

Zürich, 8. Nov. 935

Lieber, verehrter Herr Doktor Marti,

soeben lese ich die Besprechung, die Sie den 'Sieben Tagen' angedeihen liessen, und es drängt mich, Ihnen dafür meinen Dank auszusprechen.

Ich möchte Ihnen als Kritiker, das sagen was der Dichter in Ihnen in besonderem Masse verstehen kann: dass es einen höhern Lohn nicht gibt, als zu fühlen, dass ein Mensch Ihrer Art mitschwingt, und dass jedes gute Wort den weitern Weg wie eine Verpflichtung begleitet. Und ich will daran Ihnen gegenüber, nur Ihnen gegenüber, das pathetisch klingende Wort aussprechen, dass Ihre Kritik, so lange ich arbeiten kann, auch in den schweren Stunden (nämlich in jenen wo die Verlockung nach leichterem

In seinem Brief vom 8. November 1935 verspricht Kurt Guggenheim Hugo Marti, in der von ihm geschätzten Weise weiterarbeiten zu wollen.

tig geurteilt und vorausgeahnt, dass da ein Autor die Szene betreten hatte, der die Stadt Zürich – Hugo Marti tönte es an – ebenso zu einem literarischen Schauplatz würde machen können wie Proust Paris oder Hamsun Kristiania. Und es ist eigentlich schade, dass Guggenheim bis zuletzt bei seinem abschätzigen Urteil blieb und in späteren Jahren nicht wie im Falle von «Riedland» nochmals auf die beiden frühen Romane zurückgekommen ist. Bei einer neuerlichen Lektüre hätte er bestimmt auch selbst erkannt, wieviel von «Alles in Allem» in den beiden Erstlingsbüchern bereits aufgeklungen war und zu was für berührenden, schicksalhaften Geschichten das Biotop Zürich auch da schon den Hintergrund stellte.

Erfindung oder nachgestaltete Erinnerung?

In seiner ersten publizierten Erzählung, «Ergänzung zum Protokoll» – sie lebt ganz von der wehmütigen Erinnerung an die Liebesromanze mit Eva Hug im Sommer 1918 und verknüpft jene Erfahrung mit einer Kriminalgeschichte –, hat Guggenheim 1931 mit der Stimme des Angeklagten F. Rueff erklärt: «Ich habe keine Phantasie; es ist mir nicht gegeben, Dinge zu erfinden. Wenn ich einmal glaubte, etwas erfunden zu haben, so entpuppte sich nachher alles als eine Auswahl und neue Zusammensetzung von Erinnerung.»[1] Eine Einschätzung, die nicht nur für im strengen Sinn autobiographische Werke wie «Die frühen Jahre», «Salz des Meeres, Salz der Tränen», «Sandkorn für Sandkorn», sondern, genau betrachtet, auch für «Alles in Allem», «Wir waren unser vier» oder «Gerufen und nicht gerufen» zutrifft, wo sich die persönlichen Erfahrungen und Erinnerungen auf mehrere Figuren verteilen und nicht mehr auf Anhieb identifiziert werden können. Wie aber verhält es sich mit den beiden ersten Romanen? Handelt es sich bei den wiederum mit je einem Kriminalfall in Verbindung gebrachten Liebesgeschichten, die von real erlebten, ja exzessiv durchgespielten Beziehungen handeln und weit weg von jener immer wieder beschworenen platonischen Beziehung stehen, die Guggenheim mit Eva Hug verband, im Gegensatz zu seinem sonstigen Gestaltungsprinzip um reine Erfindungen?
Führen wir uns einmal in geraffter Form vor Augen, was in den beiden Romanen geschieht.

Der Inhalt von «Entfesselung»

«Entfesselung» spielt in den frühen dreissiger Jahren in Zürich. Peter Quirin, 39, arbeitsloser Landvermesser, steht am Totenbett der früheren Ope-

1 Kurt Guggenheim, «Ergänzung zum Protokoll». «Schweizer Spiegel», Februar 1931

Als sie sich 1912 von Kummer trennt, verlässt Valerie Riva Le Havre an Bord der «Rochambeau».
Guggenheim hat 1919/20 die hier abgebildete Postkarte gekauft, die er beim Schreiben des Romans verwendete.

rettensängerin Valerie Riva, 45, die drei Jahre seine Geliebte war und auf deren Kosten er auch teilweise gelebt hat. Mit 22 war Valerie die Geliebte des Konsuls Kummer, der sie auf das Nein seines Vaters hin nicht heiraten durfte und ihr seither lebenslang nachtrauert. Er ist es, der nun ihr Vermögen verwaltet und sich auch um die Beerdigung kümmert. Als Kummer sie 1912 sitzenliess, blieben ihr zwei mögliche Partner: der leidenschaftliche Südamerikaner Cyrill Romero y Balmas und der deutsche Impresario Scheffer, der sie zur Berühmtheit machen wollte und für den sie sich schliesslich auch entschied. Der Ehe mit dem unsteten Künstleragenten entsprang die Tochter Yvonne, die, inzwischen 18jährig, aus Ouchy zur Beerdigung anreist. Peter Quirin, der mit ihr zusammen in der Wohnung der Verstorbenen wohnt, verliebt sich schon bald in das junge Mädchen, während Yvonne selbst zwischen Zuneigung und Hass hin- und hergerissen ist und dem jungen Mann am Ende vorwirft, er habe ihre Mutter, um sich aus einer uneingestandenen Fesselung zu befreien, umgebracht. Offiziell als Mörder angeklagt und ins Bezirksgefängnis eingeliefert, bildet sich Quirin, der im Unterschied zu seinem Freund Bachofen, einem Bauern und forschen Draufgänger, ein sehr empfindsamer, mit sich selbst ringender Geist ist, mit der Zeit auch selber ein, Valerie ermordet zu haben, und wartet nur darauf, seine Schuld sühnen zu können. Dem aus Genf angereisten Charles Ziegler, einem Lebemann aus der Generation Kummers, gelingt es, Quirin mittels einer psychoanalytischen Befragung, die er im Gefängnis mit ihm durchführt, von seinen Schuldgefühlen zu befreien. So dass ihn der Richter freilässt, nachdem auch Yvonne, die Quirin aus hinterlassenen Papieren ihrer Mutter inzwischen besser kennengelernt hat, ihre Anklage zurückgezogen hat. Yvonne, auf die auch Ziegler und Kummer ein Auge geworfen haben, verliebt sich nun ihrerseits in Quirin und beginnt mit ihm eine zärtliche Beziehung, die aber jäh unterbrochen wird, als Scheffer, ihr Vater, aus Deutschland anreist und sich einen Anteil aus der Hinterlassenschaft seiner Frau sichern will. Nachdem er die beiden in ihrem Liebesnest ertappt und Quirin beschuldigt hat, nach seiner Frau nun auch noch seine Tochter zu missbrauchen, schlägt ihn dieser brutal nieder und ergreift die Flucht. Ziegler bringt die Sache mit diplomatischem Geschick nochmals ins Lot, und so kann Qurin, während Yvonne dem Vater nach Berlin folgt, alles hinter sich lassen und in Bolivien jene Stelle als Landvermesser antreten, die ihm in einem von Valerie unterschlagenen Brief schon längst angeboten worden ist.

Was in «Sieben Tage» geschieht

Ist «Entfesselung» der Roman einer Flucht aus immer unhaltbarer gewordenen Bedingungen und Beziehungen, stellt «Sieben Tage» die Heimkehr

Kurt Guggenheim fotografiert 1916 während des Grenzdienstes seine Kameraden von der Fahrenden Mitrailleur-Kompanie II/5.
Eine solche Kompanie wird in «Sieben Tage» von Hauptmann Widmer kommandiert.

eines 15 Jahre zuvor diffuser Umstände wegen aus der Stadt Geflohenen dar, der zunächst vor allem deshalb zurückkehrt, weil er sich für das erlittene Unrecht rächen will. Karl Meidenholz war vor Gericht zwar freigesprochen worden, hatte es als von allen Geächteter aber vorgezogen, das Weite zu suchen, und kehrt nun aus Niederländisch Ostindien zurück, um den Rechtsanwalt Gerteis, einen ehemaligen Schulkameraden, der damals dem Gericht wichtige Informationen vorenthalten hat, notfalls mit Gewalt zu einer Wiederaufnahme des Prozesses zu zwingen. Eine zentrale Rolle in dem Verfahren, das Meidenholz, damals als Telegraphenbeamter tätig, der Handelsspionage hätte überführen sollen, spielte seine Freundin Angéline Lapassat, die gleichzeitig auch ein Verhältnis mit Gerteis hatte. Meidenholz lässt sich vom jüdischen Arzt Dr. Kahn über seine Feinde informieren, erleidet dann aber, als er Gerteis zur Rede stellen will, eine Sehstörung und zieht unverrichteter Dinge wieder ab. Meidenholz, Kahn, Gerteis, aber auch der im Stadthaus arbeitende konservative Sozialsekretär Reimar, der Börsenmakler Zindler, der Autohändler Dankwart, der arbeitslose Strassenhändler Cerini und nicht zuletzt auch Bachofen und Peter Quirin, die wir aus «Entfesselung» kennen, gehören alle derselben Generation der 1895 Geborenen an und bilden unter der Ägide von Kahn, der in der Generationenkette eine «Hängebrücke über den Strom der Zeit» sieht, eine bewusst als Gemeinschaft auftretende Jahrgängerverbindung. Meidenholz findet aber nicht mit Hilfe der früheren Klassengenossen, sondern dank der Begegnung mit der 18jährigen Helene Abentür, der Tochter eines weiteren, inzwischen verstorbenen Mitschülers, aus seiner fruchtlosen Abwehrhaltung heraus zur Versöhnung. Nachdem er das Mädchen, das ihn schon seit der ersten zufälligen Begegnung im Haus seiner Mutter auf arglos-selbstverständliche Weise liebt, erst kaum beachtet hat, lernt er aus seiner Verbitterung heraus die Welt allmählich mit ihren jugendlich-frischen Augen zu sehen und erkennt in ihr, während die frühere Geliebte Angéline aus Angst vor einer Wiederbegegnung mit dem verratenen Geliebten das Weite sucht, das Ziel seiner Sehnsucht und jenes Stück Heimat, das ihn zur Stadt und ihren Menschen zurückfinden lässt. So dass er sich bei einem Klassentreffen, das durch den gleichentags erfolgten plötzlichen Tod Zindlers überschattet ist, auch mit Gerteis wieder versöhnt und ihm kurz darauf, während einer zärtlichen Nachtwache mit Helene auf dem Lindenhof, wie mit Fanfaren «das grosse Ja» aus dem Heraufdämmern eines neuen Tages entgegenschallt.

Die «offizielle» Vorlage zu «Entfesselung»

Während Guggenheim zu «Sieben Tage» keinerlei konkrete Angaben über irgendwelche Vorlagen oder Quellen hinterliess – «Ich schrieb darnach

Der 17jährige Handelsschüler Kurt Guggenheim im Jahre 1913

gleich einen zweiten Roman, ‹Sieben Tage›, der im folgenden Jahr herauskam, und damit war endlich dokumentiert, was ich wollte, wo ich hinauswollte», heisst es lapidar in «Sandkorn für Sandkorn»[1] –, gab er 1964 in «Salz des Meeres, Salz der Tränen» die Geschichte preis, die ihm als Keimzelle von «Entfesselung» gedient haben soll.

1920/21 war er in Le Havre einem 18jährigen Mädchen begegnet, das ihm nach und nach seine Geschichte erzählte. Maryse, Lehrmädchen in einem Modegeschäft und passionierte Fahrradfahrerin, war die Tochter einer Witwe, die in Paris mit einem sehr viel jüngeren Mann, Monsieur Jean-Paul, einem Schriftsteller oder Künstler, zusammenlebte. Als die Mutter starb und Maryse an die Beerdigung kam, tauschte Monsieur Jean-Paul die tote Mutter einfach gegen die Tochter ein: «‹Die Wohnung war leer. Ich schlief in der Stube, neben dem leeren Zimmer meiner Mutter. In der Nacht ist er gekommen, et il m'a prise, comme cela, er nahm mich, einfach so. Ohne Umstände›, sie lachte, nicht bitter, einfach belustigt, ‹die Zeremonie war ja vorüber.› (...) Dreizehn Jahre später erschien mein erstes Buch, ‹Entfesselung›, und seine Legende war die Geschichte des Mädchens mit dem Fahrrad.»[2]

Im Unterschied zu anderen solchen Geschichten aus «Salz des Meeres, Salz der Tränen» – etwa derjenigen der durch Kontakte mit einem englischen Offizier syphilitisch gewordenen französischen Kriegerwitwe Marie Aubure[3], die sich da bis ins kleinste Detail zurückverfolgen lässt –, taucht diejenige von Maryse in Guggenheims unveröffentlichtem Tagebuch aus Le Havre[4] nirgends auf. Ob das bedeutet, dass Guggenheim die Story selbst erfunden oder woandersher bezogen hat, um sie dann als authentischen Bericht auszugeben – vielleicht, um den Leser auf eine falsche Fährte zu locken bzw. um die Verantwortung für eine Liebesbeziehung loszuwerden, die man durchaus für kriminell, inzestuös oder zumindest indezent halten könnte – «Welch ein Schmutzfink», murmelt der Erzähler, als Maryse ihm die Geschichte gebeichtet hat, vor sich hin[5] – ? Wobei die Rechtfertigung sich gleich auch noch auf «Sieben Tage» erstrecken müsste, treffen wir doch da, wenn auch sehr viel besser verschlüsselt, nochmals die genau gleiche Konstellation an. Auch Angéline Lapassat, seine ehemalige Geliebte, ist, als Meidenholz nach 15 Jahren in die Stadt zurückkommt, ganz offenbar vom

1 «Sandkorn für Sandkorn», a.a.O., S. 154
2 Kurt Guggenheim: «Salz des Meeres, Salz der Tränen», Werke I, Verlag Huber, Frauenfeld 1989, S. 300–302
3 «Salz des Meers, Salz der Tränen», a.a.O., S. 236 ff.
4 Das vom 24. September 1919 bis zum 28. Dezember 1923 reichende handgeschriebene Journal befindet sich wie die übrigen Tagebücher im Nachlass Guggenheim in der Zentralbibliothek Zürich.
5 «Salz des Meeres, Salz der Tränen», a.a.O., S. 300

1916/17: Kurt Guggenheim fotografiert seinen Vater, Hermann Guggenheim, die Mutter, Frieda Guggenheim-Ries, und die Schwestern Susi und Olga beim Mittagessen im Garten.

Tode gezeichnet[1], und auch er wendet sich mit der 18jährigen Helen Abentür einer 22 Jahre jüngeren Frau zu, die dem Alter nach gut Angélines Tochter sein könnte.

Ohnehin aber steht, um zum ersten Roman zurückzukehren, nicht, wie man nach Guggenheims Angabe meinen könnte, Quirins Beziehung zu Yvonne im dessen Mittelpunkt, sondern jene Entfesselung, die dem Buch den Titel gab und die am Ende nicht nur die Befreiung von Valerie und von der ganzen untragbaren Lebenssituation in der Heimatstadt, sondern auch die Loslösung von Yvonne bedeuten wird. Eine Fluchtbewegung, die, obwohl auch darauf nochmals zurückzukommen ist, sehr viel leichter in jene «Auswahl und neue Zusammensetzung von Erinnerung» eingeordnet werden kann als Quirins Beziehung zu Angéline und ihrer Tochter Yvonne.

«Aufbrechen und alles hinter sich lassen»

«Frei ... frei ... einsam ... die weite Strasse ist des Mannes Lust. ... Fort von den Frauen ... aufatmen und fluchen und schreien ... das Gesicht verziehen vor Verachtung und übermütiger Kraft ... sich selbst sein ... fort mit dem Geschleiche und dem Rücksichtnehmen!»[2] Die Sätze, die Peter Quirin in naiv-unreflektierter Weise auf seinem Motorrad in den Wind hinausschreit, deuten an, wie der Titel «Entfesselung» verstanden sein will: Entfesselung von Verstrickungen in Sachen Frauenbeziehungen, aber auch Befreiung zu einem Sich-selbst-Sein, wie es vom Erzähler später wir folgt konkretisiert wird: «Er kann nicht leben, ohne alles über sich selbst zu wissen. Ein übermenschliches Abenteuer ist ihm begegnet. Er ist verklemmt, festgefahren, im Käfig seines eigenen Ichs gefangen. Es bleibt ihm kein anderer Weg mehr, er muss sich an die Menschen wenden, dass sie ihn befreien, von ihm selbst befreien.»[3] Wobei diese Entfesselung sich nach der psychoanalytischen Therapie durch Charles Ziegler dann ganz direkt in jener Flucht, jener Abreise, jenem Ausbruch aus allen Beziehungen erfüllt, der am Ende fast hymnisch beschworen wird, als Quirin Yvonne klarmacht, dass damit auch die Beziehung zu ihr ein Ende nehmen wird: «Das kommt nur einmal im Leben, dass alles klappt, dass man aufbrechen kann und alles hinter sich

1 «Mit der Spitze ihrer Zunge fährt sie den Schleimhäuten unter der Oberlippe entlang. Es ist dort eine kleine Erhöhung, etwas Fremdes, das in die Masse ihres Fleisches eingebettet ist und sie leicht spannt, stört. Sie sieht einen Augenblick Dr. Kahns Gesicht vor sich, wie er sich in seinem weissen Kittel über sie beugte, und sie denkt an das verschlossene Gesicht, das er machte, als er ihr die Blutprobe entnahm. Ach, man muss nicht daran denken. Diese Dinge sind nicht, wenn man nicht daran denkt» («Sieben Tage», in unserer Ausgabe S. 222/23.

2 «Entfesselung», in unserer Ausgabe S. 23

3 «Entfesselung», in unserer Ausgabe S. 72

Kurt Guggenheim um 1917/18 mit seinem Hund im elterlichen Garten lassen. Das ist das grosse Verzeihen, das grosse Reinemachen, das das Leben den Menschen gewährt: Abreisen! Das ist seine Absolution. Das ist die Mystik der Bahnhöfe und der Schiffe und die unbestimmte Wollust der Lederkoffer, das ist die Gloriole der Eisenbahner und der Zollbeamten.»[1] Der arbeitslose Landvermesser Peter Quirin mag vordergründig noch so weit von seinem Autor entfernt sein: die Sehnsucht nach Entfesselung teilen die beiden in unverkennbarer Weise. Denn wenn etwas schon früh eine ganz persönliche, unzählige Male artikulierte Sehnsucht in Guggenheims Leben war, dann diejenige nach dem Ausbruch und der Flucht aus einer unerträglichen, als aufgezwungen betrachteten Lebenssituation. Einer Lebenssituation, die zunächst noch keineswegs durch schwierige Frauenbeziehungen, sondern durch die auf Anordnung des Vaters hin erlernte und ausgeübte kaufmännische Tätigkeit und durch die enge, von Konflikten beherrschte Atmosphäre im Elternhaus bestimmt war, das Guggenheim erst 1928, also im Alter von 32 Jahren, mit einer eigenen Wohnung zu vertauschen vermochte.[2]

Guggenheims Konflikt mit dem Vater

«Welch eine Last, die Hoffnung der Familie zu sein», klagte am 28. März 1913 schon der 17jährige Handelsschüler, der so gerne die Matura gemacht und Medizin studiert hätte, in seinem Tagebuch.[3] Im Herbst 1915 kam es zum offenen Konflikt mit dem Vater, als dieser durch einen Zufall das Theaterstück «Der Vater» zu lesen bekam, das Kurt Guggenheim dem Direktor des Zürcher Stadttheaters, Alfred Reucker, eingesandt hatte und in dem der Vater-Sohn-Konflikt bei den Guggenheims nur schlecht verschlüsselt auf eine rebellische Weise thematisiert war. «Plötzlich sah ich ganz klar», heisst es am 7. Dezember 1915 in Kurt Guggenheims Tagebuch, «Papa hatte die Sache gelesen. Das war nun bitter, denn nun waren es von seiner Seite zweierlei Motive, die ihn zwangen, den Versuch herunterzumachen. Erstens die Zeichnung seiner selbst darin, die ja manchmal direkt grausame Wahrheit ist, und seine Furcht, ich könnte mit solchen Arbeiten bis zuletzt noch

1 «Entfesselung», in unserer Ausgabe S. 152

2 Am 20. Juni 1928 zog er aus dem elterlichen Haus an der Kueserstrasse 28, wo er ab 1917 – seit 1925, dem Todesjahr des Vaters, noch mit der Mutter – gewohnt hatte, an die Hornbachstrasse 50 im Zürcher Seefeld.

3 Wenn nicht anders vermerkt, stammen die hier und im folgenden zitierten Tagebucheintragungen aus den im Nachlass Guggenheim in der Zentralbibliothek Zürich archivierten handgeschriebenen Tagebuchheften, die mit einigen Lücken den Zeitraum zwischen 1911 und 1983 abdecken. Die gedruckte Ausgabe in den drei Bänden «Einmal nur. Tagebuchblätter» (Verlag Huber, Frauenfeld,1981–1983) beginnt mit dem Eintrag vom 12.Januar 1925 und ist stark gekürzt.

Hermann Guggenheim (1861–1925) 1917 auf der Vortreppe des Hauses Kueserstrasse 28 (heute Toblerstrasse 68) in Zürich dem Geschäft abschlipfen. Da waren es folgende Gefühle, die mich fast in Stücke rissen: schreckliche Wut, Verachtung über die Feigheit, die Sache hinter meinem Rücken zu lesen, Zorn wegen der taktlosen Kritik, die doch gegen mein eigenes Herzblut ging, und auf der anderen Seite furchtbares Mitleid mit Papa.[1] Mein Urteil über ihn hat sich ja etwas geändert, aber andererseits ist die rücksichtslose Wahrheit, zu der ich stehen muss, auch wenn mich das Mitleid mit Papa tötet, etwas vom Grausamsten, das der Sohn dem Vater antun kann.» Obwohl sich der Sohn dem Vater äusserlich fügt, die Handelsschule mit dem Diplom beendet und als Commis und designierter Nachfolger ins Kaffee-Importgeschäft Hermann Guggenheim & Co. eintritt, bleibt der Konflikt mit dem Vater, dem er diverse negative Eigenschaften wie den Alkoholismus und die gesellschaftliche Überangepasstheit vorwirft, mit dem er aber mehr teilt, als ihm selbst bewusst ist[2], eine zentrale Komponente im Denken des angehenden Schriftstellers. Dabei wird der Vater immer mehr zum Tyrannen stilisiert, aus dessen Machtbereich der Sohn in die Freiheit ausbrechen möchte, und sei es, wie in dunklen Momenten immer wieder anklingt, unter Preisgabe des Lebens. «Die Zeit ist schauderhaft schwer für mich», konstatiert der 21jährige am 24. August 1917. «Nie noch habe ich unter dem Druck des Milieus so gelitten wir jetzt. Wenn ich doch nicht das Bewusstsein in mir trüge, dass tatsächlich etwas in mir sein muss, das heraus will, ein Werk, vor allem aber geistige Kräfte, die darauf lauern, sich messen zu können mit andern! ... Papa tyrannisiert mich. Von Freiheit träume ich und weiss nicht, was ich tun soll, sie zu erringen. Fort wollte ich, arbeiten, reisen, vergessen, ein kultivierter Tagedieb werden, die Schönheiten der Erde geniessen und dann sterben.»

Selbstkritischer Blick zurück

Viele Jahre später, in «Sandkorn für Sandkorn», hat Guggenheim sein damaliges Verhalten kritisch gesehen und selbst auch die Unaufrichtigkeit gegeisselt, die darin bestand, dass er dank dem Vater jenes Leben eines

1 Hermann Guggenheim war an einer schweren Lungenentzündung erkrankt und befand sich zu jener Zeit in einer Klinik in Arosa. – Die Geschichte mit dem fehlgeleiteten Vater-Stück ist von Kurt Guggenheim in «Die frühen Jahre» (Werke I, Frauenfeld 1989, S. 43/44) ausführlich dargestellt worden.

2 Am 9. April 1919 porträtiert Kurt Guggenheim seinen Vater wie folgt: «Hermann Guggenheim: starker Egoismus – Sinnlichkeit – in früheren Jahren eine gewisse Sentimentalität und Idealismus – stark von nichtjüdischem Denken durchsetzt – sehr ausgeprägter Erwerbssinn – Skrupellosigkeit bis zu unerlaubten Handlungen – logisch im Denken – viel Vorurteile – listig – ehrgeizig – Nachsichtigkeit gegen mich – unbeherrscht in Sprache und Wesen – nicht gerade sehr mutig – körperlicher Schmerz beim Antasten von Eigentum – Verachtung der Frauen – wo es der Vorteil erheischt, sehr höflich – hört gern Schmeichelei – Alkoholiker – Fälle von Delirium tremens und sinnloser Betrunkenheit mir sexuellen Exzessen.»

Das Haus Kueserstrasse 28, 1918 fotografiert von Kurt Guggenheim

Villenbesitzers vom Zürichberg führte, das er aus seinem literarischen Rebellentum heraus verachtete. «Es waren keine Auseinandersetzungen von Format, sondern Entladungen einer allgemeinen Spannung an kleinen und unwürdigen Gegenständen», urteilt der Sohn nun im nachhinein. «Und was meine Seite anbetrifft, so herrschte dort ein Geist der Unliebe, der Verhetzung, des Grolls, der Einsichtslosigkeit und der Ungerechtigkeit. Diese Gefühle galten nur scheinbar meinem Vater, in Wirklichkeit bezogen sie sich auf mich selbst. Mein eigenes Verhalten war verlogen, windig und feig, zog ich es doch vor, in dem von mir als parasitär bezeichneten Milieu selbst schmarotzerisch, keinerlei schöpferische Werke an den Tag fördernd, zu vegetieren, statt mich selbständig zu machen, auf die eigenen Füsse zu stellen und, unter Entbehrungen und Verzichten, jenes gerade Leben zu führen, das mit den schönsten Forderungen meines Gewissens im Einklang stand.»[1] Nicht dass Guggenheim sein Verhalten nicht auch schon zu Lebzeiten des Vaters durchschaut hätte – «Als Mensch leide ich als Mitniesser des Besitzes meiner Eltern, wo ich als Ästhet skrupellos profitiere», notierte er sich am 15. Dezember 1919 in Le Havre ins Tagebuch. «Als Mensch bin ich Altruist, als Ästhet Egoist» –, aber je fruchtloser seine Bemühungen waren, als Schriftsteller eine unabhängige Existenz aufzubauen, und je mehr Manuskripte er von Verlagen und Zeitschriften ungedruckt zurückbekam[2], um so unerträglicher erschien ihm die Abhängigkeit vom Vater und von dessen finanziellen Mitteln. So dass er das fast zweijährige Stage in Le Havre als Angestellter des in Schweizer Händen liegenden Kaffee-Handelshauses Rauber von Anfang an als eine Flucht und Befreiung empfand. «Es war mir tatsächlich so zu Mute, als liquidierte ich mein ganzes bisheriges Leben», heisst es am 29. September 1919, wenige Tage nach der Ankunft in Le Havre, im Tagebuch. Und es wird noch zu zeigen sein, wie exakt diese Abreise nach Le Havre nicht nur die in «Entfesselung» dargestellte Befreiung Peter Quirins aus den Fesseln seiner Frauenbekanntschaften, sondern auch die Abreise des Protagonisten von «Sieben Tage», Karl Meidenholz, nach Bolivien spiegelt.

1 «Sandkorn für Sandkorn», a.a.O., S. 143

2 Salomon David Steinberg, der Redaktor der «Zürcher Post», versuchte 1919 Martin Buber vergeblich dazu zu bewegen, Guggenheims Novelle «Füsilier Frank» in die Monatszeitschrift «Der Jude» aufzunehmen. 1920 in Le Havre erhielt er die definitive Absage des Basler Verlags Kurt Reiss, seine Erzählungen «Füsilier Frank», «Ruth», «Der Ruf» und «Flirt» zu drucken. Guggenheims früheste Publikation war die Skizze «Erstes Wild», die er auf Veranlassung des Vaters geschrieben hatte und die am 1. August 1912 im «Centralblatt für Jagd- und Hundeliebhaber» erschien. Im August 1919, kurz bevor er nach Le Havre reiste, war im Jahrgang 1918/19 der Zeitschrift «Wissen und Leben» S. 611–613 sein Aufsatz «Väter und Söhne» erschienen.

Kurt Guggenheim als Jagdgehilfe seines Vaters. Auf einen solchen Anlass bezieht sich sein frühester publizierter Text, «Erstes Wild» von 1916.

Der Aufenthalt in Le Havre war aber von Anfang an als eine zeitlich beschränkte Weiterbildung in Sachen Kaffehandel gedacht, und nach Guggenheims Rückkehr und nach weiteren Reisen nach England, Belgien und nach Deutschland – Aufenthalte und Reisen, die Guggenheim am 11. Oktober 1921 im Tagebuch als «Wanderjahre» bezeichnete – scheint sich das Verhältnis des nun offenbar um einiges weltgewandter gewordenen Sohnes zu seinem Vater und Arbeitgeber nicht verbessert, sondern weiter verschlimmert zu haben. So heisst es am 21. Dezember 1922 im Tagebuch: «Ein Berufsleben mit Demütigungen von allen Seiten. Krankhaft-bornierte Tyrannei von Papas Seite. Hoffnungslose Unverständlichkeit mit allen Familienmitgliedern. Flucht von zu Hause – Bleiben infolge Fatalismus.» Am 12. Januar 1925 – die Lage scheint sich inzwischen weiter verschlimmert zu haben – heisst es unter zweimaliger Verwendung des Wortes «gefesselt»: «Ich wundere mich selbst, wie wohl aus dieser Sackgasse herauszukommen ist. An die Familie gefesselt! … An das, was man hasst, gefesselt zu sein. Welcher Sinn ist darin zu sehen?»[1] Drei Monate später, am 19. April 1925, spricht Guggenheim im Zusammenhang mit einer Besprechung mit seinem späteren Verleger Adolf Guggenbühl ganz offenbar vom Plan einer Auswanderung in jenes Bolivien, in das er 1934 seinen Peter Quririn wird reisen lassen.

Der Tod des Vaters als Befreiung

Kurz darauf aber, am 21. Mai 1925, tritt ein Ereignis ein, das die ganze Situation radikal verändert und das letztlich jene Befreiung bedeutet, nach der sich Kurt Guggenheim so lange vergeblich gesehnt hat. Unter der Datierung «21. Mai Auffahrt 1925» heisst es lapidar: «Tod meines Vaters bei Brand. Kondolenz-Brief von Eva (1 Zeile).»[2]
Der Tod des Vaters bedeutete nun allerdings noch nicht, dass Kurt Guggenheim das Leben eines Kaufmanns mit demjenigen eines freien Schriftstellers vertauschen konnte, er musste als einziger Sohn im Gegenteil unvermittelt die ganze Verantwortung für das väterliche Geschäft übernehmen und sah sich nun seiner Mutter und seinen Schwestern gegenüber in einer

1 Die Sätze «An das, was man hasst, gefesselt zu sein. Welcher Sinn ist darin zu sehen?» sind in der gedruckten Fassung von «Einmal nur. Tagebuchblätter 1925–1950» (a.a.O., S. 7) vom Autor gestrichen worden.

2 In «Sandkorn für Sandkorn» (a.a.O., S. 147) ist der Vorgang wie folgt umschrieben: «In einer der kommenden Nächte, in der Nacht vom 21. zum 22. Mai, in der Nacht, die dem Auffahrtstage folgte, trat ohne weitere Umstände, hart, einfach, das wirkliche Leben an mich heran: ein Telegramm traf ein, das meldete, dass mein Vater bei einem Automobilunfall den Tod gefunden hatte.»

Pflicht, die fast ebenso schwer zu ertragen war wie die vom Vater ausgehende, der er sich nun aber, mindestens mittelfristig, zu entziehen gedachte. «Die Schwierigkeiten in meinem Leben accumulieren sich augenblicklich», heisst es in einer in der Druckfassung gestrichenen Tagebuch-Passage vom 9. Mai 1926, «sie sind geschäftlicher, finanzieller und familiärer Natur. Alle um mich herum laden rücksichtslos eine Verantwortung um die andere auf mich. Gegen alles kann ich schliesslich aufkommen, nur gegen die mit Dummheit und Despotismus gepaarte Selbstsuffisanz nicht. Ich bin fest entschlossen, lieber meine persönliche Bequemlichkeit und mein Mitleid zu opfern, als auf meine endliche Befreiung zu verzichten.»

Befreiung zur Armut

Diese «endliche Befreiung» wird erreicht sein, wenn Guggenheim für das ererbte Import-Exportgeschäft 1927/28 den Konkurs anmelden muss und in den darauf folgenden Jahren statt der erträumten fernen Länder mitten in seiner Vaterstadt jene bittere Armut erlebt, die er in «Sieben Tage»[1], aber auch in «Alles in Allem»[2] thematisiert hat, wo er die Protagonisten auf der «Hungerinsel» vor dem Café Terrasse am Bellevue Zuflucht suchen lässt. Die selbstgewählte Armut, die er dann in «Riedland», inzwischen aus dem Schlimmsten wieder herausgekommen und als Autor kurz vor dem Durchbruch, zu jener Weisheit zu stilisieren vermochte, die dem Roman in der demütigen Annahme der von Entbehrungen gekennzeichneten Lebenssituation seinen tiefsten Sinn gibt: «Ich habe die Erde geliebt, wie man sie lieben muss: in der Armut.»[3]

Die Frage der Schuld

Aber wir müssen nochmals auf den plötzlichen Tod von Kurt Guggenheims Vaters zu sprechen kommen. Ein Ereignis, auf das er nach jener kärglichen Mitteilung vom 21. Mai 1925 im Tagebuch kein einziges Mal mehr Bezug nahm und das er auch in «Sandkorn für Sandkorn» nicht weiter thematisierte. Dabei muss dieser Tod in Guggenheim genau jene Schuldgefühle

1 « ‹Haben Sie Hunger?› fragt sie. ‹Einen Dreck hab ich, einen Dreck!› Vielleicht sollte er den Hotz suchen. Der hockt sicher auf seiner Bank auf der Hungerinsel vor dem Café Terrasse. Der soll ihm einen Stutz pumpen» («Sieben Tage», in unserer Ausgabe S. 293).

2 «Zu zweit oder dritt sassen sie, Kurgäste der Armut, auf den Bänken, griffen von Zeit zu Zeit über die Holzlehne hinweg nach der Bier- oder Chiantiflasche, die unter dem Sitze stand, nahmen einen Schluck, wechselten karge Bemerkungen und liessen, als sässen sie hinter Glas, die Leute an sich vorbeiziehen» (Kurt Guggenheim: «Alles in Allem», Werke III, Frauenfeld 1996, S. 249).

3 Kurt Guggenheim, «Riedland», Werke II, Frauenfeld 1992, S. 114

ausgelöst haben, wie er sie seinen Peter Quirin in «Entfesselung» nach dem Tod von Valerie Riva qualvoll durchleben und sogar durch einen Gefängnisaufenthalt sühnen lässt. Wie Quirin, der sich in der Beziehung zu der alternden Operettendiva seiner Freiheit beraubt und an seinem Fortkommen gehindert sieht, hat sich auch Guggenheim in einer hundertmal verfluchten und immer wieder beklagten Abhängigkeit von seinem Vater befunden, und wie für Quirin der Tod Valerie Rivas, so muss für Guggenheim der Tod des Vaters eine Erlösung gewesen sein. Eine Erlösung, die zu akzeptieren und wahrzunehmen für ihn, der sich schon zu dessen Lebzeiten immer wieder vom Mitleid für den Vater bestimmen liess[1], mit starken und intensiven Schuldgefühlen verbunden gewesen sein muss. So hartnäckig verwickelt sich dieser Peter Quirin in seine Schuld, dass bald einmal klar wird, dass da etwas für den Autor Wesentliches zum Ausdruck gebracht wird, etwas, das viel zu viel Gewicht erhält, als dass es in bezug auf die doch eher belanglose Valerie Riva wirklich glaubwürdig wäre. «Hat Angst davor, unschuldig zu sein. Er will Schuld haben. Das ist die Strafe, die er sich auferlegt: schuldig zu sein»[2], erkennt der psychoanalytisch geschulte Charles Ziegler zu recht. Und es ist durchaus denkbar, dass Guggenheim seine sonst nirgends artikulierten Schuldgefühle dem so oft als Tyrannen beschimpften früh verstorbenen Vater gegenüber ein Jahre nach seinem Tod[3], als die Erinnerung an den auf dem Totenbett Liegenden noch frisch war, in diesen Roman hineinfliessen liess, der an einem Totenbett beginnt und von den Gewissensbissen eines jungen Mannes einer Frau gegenüber handelt, die ihn geliebt, beschützt und finanziert, aber auch eingeengt und seiner Freiheit beraubt hat.

«Entfesselung» als Flucht vor der Frau

Sowohl in «Entfesselung» als auch in der Vorgeschichte von «Sieben Tage» flieht der Protagonist aus dem Einflussbereich einer Frau, die ihm zur Belastung geworden ist und mit der ein gerichtliches Verfahren verbunden ist. Valerie Riva in «Entfesselung» ist zwar tot, aber auf Initiative ihrer Tochter ist dennoch ein Gerichtsverfahren wegen Mordverdachts in Gang gekommen, das den freiheitsdurstigen ehemaligen Liebhaber Peter Quirin im schlimmsten Fall ins Zuchthaus nach Regensdorf statt nach Bolivien an

1 So kam er, wie aus einer Tagebuchnotiz vom 26. Juni 1918 hervorgeht, nicht zuletzt deshalb von seinem (mit Eva alias Esther verabredeten) Plan, den Militärdienst zu verweigern, ab, weil «Papa sonst innerlich gebrochen würde».

2 «Entfesselung», in unserer Ausgabe S. 83

3 Laut der eingangs zitierten Filmsequenz hat Guggenheim sieben Jahre an dem Roman gearbeitet, ehe er ihn 1933 dem Verleger vorlegte. Somit muss er damit 1926, also ein Jahr nach dem Tod des Vaters, begonnen haben.

Kurt Guggenheim 1927/28, als er nach dem Tod des Vaters dessen Firma weiterführte, während eines Autoausflugs seine Arbeitsstelle als Landvermesser befördern könnte. Karl Meidenholz in «Sieben Tage» hat Angéline Lapassat 15 Jahre vor der Erzählgegenwart gleich wie die ihn beengende Stadt und die falschen Freunde Hals über Kopf verlassen, nachdem sie ihm durch eine falsche Zeugenaussage einen Prozess als möglicher Wirtschaftsspion eingebrockt hat. Die beiden Frauen verbindet im übrigen mehr als nur ihr französischer Vorname. Sie leben alleine, kommen als Künstlerin oder Inhaberin eines Tabakladens selbst für ihren Lebensunterhalt auf, halten sich regelmässige oder gelegentliche Liebhaber und haben vor Jahrzehnten die eine oder andere Chance auf eine gute Partie verpasst. So hätte Valerie, wenn dieser das Einverständnis seiner Eltern dazu bekommen hätte, 1912 fast den späteren Konsul Kummer geheiratet, während Angéline Lapassat, die Kronzeugin im Prozess gegen Karl Meidenholz, nicht nur mit dem Angeklagten, sondern auch mit Gerteis, seinem nicht so ganz loyalen Rechtsbeistand, ein Verhältnis hatte. Beiden Frauen sind, ob lebendig oder tot, mit Yvonne und Helen zudem Rivalinnen gegenübergestellt, die ihnen bei ihrem früheren Liebhaber mit ihren 18 Jahren, ihrem fast noch kindlichen, arglosen Wesen und ihrer Unverdorbenheit den Rang ablaufen.

Die beiden jungen Mädchen Yvonne und Helen sind in ihrer Unschuld und Naturverbundenheit zweifellos Verwandte von Marie aus «Riedland» und damit frühe Verkörperungen jenes Idols, zu dem Kurt Guggenheim nach dem Ende ihrer kurzen Romanze von 1918 die naturliebende und später zur Biologin ausgebildete Eva Hug immer wieder neu gemacht hat. Wer «Die frühen Jahre» und «Alles in Allem» kennt, wird auch bei der jungen Angéline Lapassat ein erstes Mal einzelne jener Stereotypen vorfinden, mit denen die für Guggenheims Werk so folgenreiche platonische Romanze mit Eva Hug gekennzeichnet ist.[1] Für die müde, resignierte Angéline Lapassat, wie

1 «Wir waren am Birkenbäumchen gewesen, hatten es berührt, gestreichelt, wie es der Ritus unserer Liebe wollte.» («Sieben Tage», in unserer Ausgabe S. 234). Das gleiche Ritual verbindet den Ich-Erzähler mit Esther in «Die frühen Jahre»: «... Das Birkenbäumchen, dessen weisse Rinde wir mit unseren Händen berührten, immer an der Stelle, die vorher das andere umschlossen hatte. Es war dies die Art, uns die Hände zu reichen» («Die frühen Jahre», a.a.O., S. 84). Auf absichtsvoll verfremdete, reziproke Weise ist der (frühen) Beziehung Meidenholz/Angéline auch etwas hineingearbeitet, das damals nur Eva Hug wiedererkennen konnte und das einst eine kompositorische Grundkonstante von «Alles in Allem» werden sollte: Eva Hugs Vertröstung ihres enttäuschten Liebhabers auf ein «Werk», das dieser an Stelle der gelebten Liebesbeziehung schaffen werde und das etwas wie «Grösse» atmen werde. In «Sieben Tage» sagt Angéline sich selbst eine kommende Grösse voraus und wird durch Karl Meidenholz darin bestätigt: «‹Ich wollte›, sagte Angéline, ‹ich wollte eine bedeutende Frau werden. Die Frau eines grossen Mannes, eine königliche Frau, eine mächtige Frau. Eine Frau, die in der Geschichte vorkommt!› Und ich: ‹Das wirst du werden. Du hast so etwas an dir. Eine ungeheuere Macht. Etwas, mit dem du die anderen zwingst. Ich sehe grosse Dinge für dich voraus. Wirst du mich nicht vergessen, wenn du gross und strahlend bist?› » (in unserer Ausgabe S. 234).

sie uns zum Zeitpunkt der (von ihr voller Ängste und Skrupel beobachteten) Heimkehr von Karl Meidenholz geschildert wird, findet sich dagegen in Guggenheims gedruckt vorliegendem Werk ebensowenig ein Modell oder ein Vorbild wie für jene Valerie Riva, die in «Entfesselung» vor ihrem plötzlichen Tod drei schwierige Jahre lang die liebeshungrig-eifersüchtige Geliebte des arbeitslosen Landvermessers Peter Quirin gewesen ist. Wer jedoch die in der Zentralbibliothek Zürich aufbewahrten unveröffentlichten Tagebücher konsultiert, die Guggenheim zwischen 1911 und 1925, also von der Pubertät bis zum Beginn des eigentlichen Schriftstellerlebens nach dem Tod des Vaters, geführt hat, wird bald einmal erkennen, dass er auch mit Blick auf diese Valerie und diese Angéline seinem Prinzip des «Auswählens und neu Zusammensetzens von Erinnerung» treu geblieben ist.

Zwei Arten von Liebe

Schon der 17jährige Handelsschüler Kurt Guggenheim ging ganz selbstverständlich davon aus, dass es zwei Sorten von Liebe gebe: die reine, platonische, die den Menschen besser macht, und die unreine, sinnlich-körperliche, triebbedingte, die ihn in die Niederungen des Geschlechtlichen führt und ihm da eine gewisse Erlösung bringt. Guggenheims schriftstellerische Erweckung ging von Anfang an parallel mit der ersten Form dieser Beziehungen, der rein platonischen. Was bedeutete, dass er in schwärmerischer Sehnsucht ein Mädchen verehrte, das von seinem Glück in den meisten Fällen gar nichts wusste, das aber von allem Anfang an zum Gegenstand von Guggenheims Tagebuchaufzeichnungen und, von diesen ausgehend, auch zur Protagonistin oder Adressatin von literarischen Arbeiten wurde. Gedichte zumeist, schon um 1917 aber auch kurze Erzählungen und Novellen, die er seinen Freunden und in jenem Glücksfall, dass die heimlich Verehrte sich zu einer konkreten Kontaktnahme bereit fand, auch der Angebeteten selbst zu lesen gab. Schon auf der allerersten Seite von Guggenheims Tagebuch, geschrieben mit 15 Jahren am 21. Dezember 1911, kommt so ein angehimmeltes Wesen vor, und wie es der Zufall will, ist es die damals etwa 14jährige Gertrud Seelig, die Schwester des späteren Literaturkritikers Carl Seelig (1894–1962). Kurt Guggenheim ist mit Emil Nördlinger, dem Sohn des Hausbesitzers, im Stadttheater gewesen und hat sie entdeckt, nachdem er sie, offenbar die Schulkameradin einer seiner Schwestern, zwei Jahre nicht mehr gesehen hatte. «Ich liebe sie», gesteht er sich ein und gerät bei der Schilderung der Begegnung gleich schon ins Schwärmen: «Gertrud Seelig, Herrgott, wie ich diesen Namen liebe, und die Trägerin! Wir gingen (im Theater) im Gang hin und her, Emil und ich, nach dem ersten Akt. Sie ist so schön, die dunklen Augen, dieses graziöse Hälschen. Ich grüsste nur mit den Augen. Liebt sie mich? Nach dem zweiten Akt sah ich sie wieder und wieder. Nachher nicht mehr.»

Drei Jahre später, am 2. April 1913, ist eine gewisse Melly das Objekt des Entzückens und schildert Guggenheim ein Szenario, das er immer wieder erleben und in dem allmorgendlichen Wachestehen des Buchhändlerlehrlings Karl Gebhardt vor dem vornehmen Elternhaus seiner künftigen Frau Katharina Meng in «Alles in Allem» am wohl berührendsten literarisch gestalten wird[1]: das geduldige Warten des Verliebten, ob er die Geliebte vielleicht einen Moment heimlich sehen könne. «Jeden Tag gehe ich nun schon an Deinem Haus vorbei, um Dich zu sehen, und ich seh' Dich nicht», heisst es da. «Heute war ich sogar zweimal bei Dir, kleine Melly! Nur sehen, nur von weitem sehen möcht' ich Dich, sonst gar nichts, denn meine Liebe ist so rein, fast ist sie Freundschaft; wenn wir beide blind wären und uns nicht in die Augen sehen könnten – dann wäre es Freundschaft! So aber ist's Liebe, reine tiefe Liebe! Vor allem rein ist sie, ich fühle, wie ich innerlich gesunde und besser werde.»[2] Im Zusammenhang mit dem Enthusiasmus für diese Melly hat der 17jährige seine dualistische Liebesauffassung einige Zeilen weiter unten auch erstmals unmissverständlich klar ausformuliert: «Mir kommt die klare Erkenntnis, dass es zwei Arten Liebe gibt: die sinnliche und die reine! Und die reine Liebe ist ebenso schrankenlos wie die sinnliche. Bei der reinen Liebe fallen auch die Schranken der Seele, bei der sinnlichen nur die des Körpers.»[3] Guggenheim ist sich in dieser Zeit noch nicht bewusst, wie genau seine Haltung, von der literarischen Komponente einmal abgesehen, der damals praktizierten jüdischen Ehemoral entspricht, die den Frauen bis zur Eheschliessung absolute Keuschheit abverlangt, während sie den jungen Männern durchaus ein sexuelles Vorleben zugesteht, das sie mangels anderer Gelegenheit notgedrungen mit nichtjüdischen bzw. für eine Eheschliessung nicht in Frage kommenden Frauen praktizieren müssen. Nach vielerlei einschlägigen Erfahrungen in dieser Hinsicht wird er sich 1930 in seinem Artikel «Anders als die andern»[4] vehement gegen diese verlogene doppelte Moral wenden und sich damit

1 «Alles in Allem», a.a.O., S. 109 ff. Guggenheim wendet die Szene da ins Humorvolle, indem er Katharina Meng heraustreten und sich mit den Worten zu Karl gesellen lässt: «Sie müssen, Herr Gebhardt, nicht mehr jeden Morgen kommen. Es ist im Hause aufgefallen, und mein Vater wollte Sie bereits einmal zur Rede stellen.»

2 «Seit ich Sie kenne, hat sich mein Leben auf die einfache Formel reduziert: gut zu werden», schreibt der Ich-Erzähler in «Die frühen Jahre» Esther, seiner platonischen Geliebten (a.a.O., S. 82).

3 Fünf Jahre später, in seinem Kadimah-Vortrag «Von der inneren Bereitschaft» vom 11. Mai 1918, wird Guggenheim diese Ansicht im Gegensatzpaar Trieb/Idee ins Allgemein-Philosophische ausweiten. (Der Vortrag hat sich im «Dossier Eva Hug» erhalten)

4 «Schweizer Spiegel», Heft Januar 1930, S. 38-46

Kurt Guggenheim (links zuhinterst) um 1917/18
mit Freunden in den Bergen

die Sympathie des konservativen jüdischen Zürich auf Jahrzehnte hinaus gründlich verderben.[1]

Bis in die frühen zwanziger Jahre hinein aber war und blieb der Dualismus zwischen platonischer und sexueller Liebe eine wesentliche Konstante nicht nur von Kurt Guggenheims Liebesleben, sondern auch von seinen literarischen Ambitionen, die, in diesem frühen Stadium, vereinfacht gesagt, darauf hinausliefen, nach unzähligen Anläufen endlich einmal einer dieser platonischen Liebesgeschichten im Kontrast zur Banalität des Körperlich-Erotischen eine überzeugende literarische Gestalt zu geben. Dass es dabei weit mehr auf die eigene Phantasie und Einbildungskraft als auf die realen Verhaltensweisen und Eigenschaften des Liebesobjekts ankam, auch das war Guggenheim ziemlich bald einmal klar. So heisst es am 30. August 1917 im Tagebuch des nunmehr 21jährigen: «Liebe ist das Bestreben, in den geliebten Gegenstand alles hineinzulegen, was unserem Ideal entspricht.» Daneben gab es aber schon bald auch Frauenbeziehungen, die eine körperliche Verbindung mit umfassten, Beziehungen mit etwas älteren, erfahrenen Frauen zumeist, die den sentimentalen jungen Mann auf eine bemutternde Weise in ihr Herz schlossen und ihn nur ungern wieder ziehen liessen. Und die für Guggenheim ebenfalls von einem gewissen literarischen, wenn auch eher soziologisch und ethnologisch bestimmten Interesse waren. Jedenfalls standen den platonischen immer auch zum Teil langjährige Beziehungen zu Frauen gegenüber, die dem Bild, das in «Entfesselung» und «Sieben Tage» von Valerie Riva und Angéline Lapassat gezeichnet ist, erstaunlich nahekommen.

Die Geliebte als idealer Gegenstand

Was die platonischen, quasi «reinen» Beziehungen betrifft, so war eine der frühesten die Verbindung mit Valerie Leitgeb, die Guggenheim am 1. August 1913, also mit 17 Jahren, in Ägeri kennenlernte – ein Coup de Foudre, den er laut Tagebuch 1914 zu einer Novelle «verarbeitete». Die gegen einen Nebenbuhler erkämpfte Zuneigung weckte in Guggenheim laut Tagebucheintrag vom 7. August 1913 «ein frohes Gefühl des Geborgenseins – ein reines Gefühl. Durch dich, Valerie, bin ich wieder rein geworden im Innersten und fühle die Kraft, einen der grössten inneren Feinde zu bestehen; wenn ich an dein sonnig Gesicht denke, so fallen alle Hindernisse spielend dahin und meine Seele wird frei, so frei!» Am 17. Dezember 1914, also mehr

1 Zu den Reaktionen auf Guggenheims Artikel siehe: Charles Linsmayer, «Das Fremdsein im Eigenen, das Heimischwerden im Fremden. Kurt Guggenheims Roman ‹Alles in Allem› und das Thema der sozialen Integration», in «Alles in Allem», a.a.O., S. 1047–1088, S. 1084.

Kurt Guggenheim während eines Ferienaufenthalts 1917/18

als ein Jahr später, ist Valerie für ihn noch immer «der beste Mensch, den ich kenne... Ich liebe Dich!» Und vier Monate später, am 1. April 1915, heisst es immerhin noch: «Das Mädchen steht mir doch sehr nahe – rein freundschaftlich, wenn nicht hie und da das frivole Spiel der Augen dabei wäre.» In eine Enttäuschung mündet dagegen die Beziehung zu Violette Wagner, die als Krankenschwester tätig ist und ihm von jenen Verwundetentransporten erzählt, die er einst in «Alles in Allem» schildern wird. Am 7. Januar 1915, als er die Geschichte ihrer ersten Begegnung gleich schon als Erzählung in Er-Form niederschreibt, spricht er vom «schönsten Augenblick meines Lebens» und endet mit dem Ausruf: «Dein ist mein Leben!» Am 29. März 1915 aber ist er enttäuscht, als er Violette nach den Winterferien erstmals wiedersieht: «Im Innern war sie mir zu einer Göttin geworden, während sie, wie soll ich mich ausdrücken – eben nicht so war, wie sie sich in meiner Seele spiegelte.» Am 7. Dezember 1915 hat er bei aller Wehmut sowohl mit Valerie als auch mit Violette abgeschlossen: «Wenn ich an Valerie oder Violette denke, so wird mir so schmerzlich zu Mute.»
Die literarisch bedeutsamste dieser platonischen Verbindungen ist natürlich ohne Zweifel diejenige zu Eva Hug, die vom 6. Mai bis zum 21. Juli 1918 dauerte, die er gleich schon vom Herbst 1918 an in vielerlei Anläufen literarisch zu gestalten versuchte, die er zu Evas Unwillen erstmals 1931 in «Ergänzung zum Protokoll» öffentlich publik machte und die dann als platonische Liebe par excellence in vielen seiner Werke wieder auftaucht und gestaltet ist, bis er sie 1962 in «Die frühen Jahre» mehr oder weniger authentisch nacherzählte. «Salz des Meeres, Salz der Tränen» schilderte 1964 dann seinen Frankreichaufenthalt, bei dem sich das Salz des Meeres mit dem Salz der Tränen gemischt haben soll, die er, ohne wieder zu einer Beziehung fähig zu sein, Esther und seiner verlorenen Liebe nachweinte. «Ich lebte ohne Liebe», heisst es da, «seit dem 21. Juli 1918, dem letzten Datum auf dem Vorblatt von Esthers Tagebuch. Und von diesem Tage an war ich der Liebe nicht mehr fähig. Der Vorgang jener Trennung glich in jeder Beziehung einer Operation, einem chirurgischen Eingriff. Kein körperliches Organ war in Mitleidenschaft gezogen worden. Die Exstirpation, die Lücke, die Wunde lag in der psychischen Sphäre. Ich war ein Mann ohne Seele. Ich war kein Mensch mehr. War ich je einer gewesen? Die Antwort, die ich mir damals, am 21. Dezember 1919, gab, lautete: ‹Ja. Sechsundfünfzig Tage lang: vom 6. Mai bis zum 21. Juli 1918.›»[1] Die Hintergründe der Romanze mit Eva Hug sind im Nachwort zur Neuausgabe von «Die frühen Jahre» und «Salz des Meeres, Salz der Tränen» anhand von Eva Hugs Tagebuch und dem Briefwechsel, der sich im «Dossier Eva Hug» erhalten hat, ausführlich dargestellt.[1] In diesem

1 «Salz des Meeres, Salz der Tränen», a.a.O., S. 253/254

Zusammenhang ist es aber noch wichtig, daran zu erinnern, dass Kurt Guggenheim, wie die erhaltenen Dokumente nahelegen, die Verbindung selbst gerne in eine körperliche Liebesbeziehung überführt hätte, während Eva Hug mit Blick auf ihren im Ausland weilenden Verlobten Albert J. Welti auf einer platonischen Beziehung bestand und sich dazu in ihrem Tagebuch am 11. Juni 1918 die für die lebenslange intensive Virulenz der unerfüllten, ganz Sehnsucht gebliebenen Verbindung in Guggenheims Œuvre fast schon prophetischen Worte notierte: «Bei einer Vereinigung würde sofort die Unersättlichkeit aufhören, die einen weiterbringt, die die starke Triebkraft unserer ethischen Verfeinerung ist, und es würde ein Stillstand eintreten; man wäre quasi am Ziel miteinander, dann träte allmählich die Versandung ein.»[2]

«Ein Netz verbindet mich mit Frauen dieser Zeit»

«Salz des Meeres, Salz der Tränen» ist wie «Die frühen Jahre» ein Roman und kein Rechenschaftsbericht, und man darf daher die Worte von der Unfähigkeit zur Liebe nicht auf die Goldwaage legen. Schon kurz nach dem Abschied von Eva wandte sich Kurt Guggenheim einer anderen platonischen Beziehung zu, derjenigen zur späteren Jiddisch-Forscherin Florence Grünberg, die mit Eva zusammen die Matura gemacht hatte und deren Liebesgeständnis er, wie es am 6. Dezember 1918 im Tagebuch heisst, «Evas halber damals nur mit Freundschaft beantworten konnte». Guggenheim benötigt das Gespräch mit der klugen Freundin, hat er doch die vorangehende Nacht mit «Charlotte, der Tänzerin» verbracht, weshalb er den ganzen Tag «Müdigkeit, Selbstverachtung und Ekel über seine Sinnlichkeit und Unzuverlässigkeit» empfindet. Charlotte ist nicht die einzige, mit der er durchaus reale Liebesnächte erlebt, während er tagsüber an seinem Buch über die rein und platonisch geliebte Eva Hug schreibt, das er einmal mit «Eva, das Erlebnis Welt» und ein anderes Mal, nachdem ihm ein Freund warnte, das Modell sei zu leicht erkennbar, «Ruth» nennen will. Da ist auch noch Hanny Nobis, die Mutter eines zweijährigen schwerkranken Buben, die er «liebes kleines Mütterchen» nennt. «Hanny soll mich», so der Tagebucheintrag vom 29. November 1918, «vor der Sinnlichkeit, die kraftlos in tausend erotischen Wünschen verläuft, bewahren, damit ich ‹Eva› beendigen kann. Wie berechnend. Ich habe sie lieb. Ist das nicht eine Entschuldigung? Und dass ich ihr

1 Der Aufsatz heisst: «Der Dichter, sein Idol und die Wirklichkeit. Eine Annäherung an Kurt Guggenheims Romane ‹Die frühen Jahre› und ‹Salz des Meeres, Salz der Tränen›» und befindet sich im erwähnten Band – Kurt Guggenheim, Werke I, Frauenfeld 1989 – auf den Seiten 345–406.

2 Eva Hugs Tagebuch ist als Teil des «Dossiers Eva Hug» im Archiv Charles Linsmayer aufbewahrt.

finanziell beistehe, sie unterstütze (gleichzeitig mir damit dienend allerdings): gilt das nichts?»
Deutlicher wie hier, wo eine sinnliche Liebe den literarischen Kult mit der platonischen ermöglicht, tritt der von Guggenheim damals behauptete und praktizierte Dualismus von reiner und unreiner Liebe sonst kaum irgendwo zutage, und es verwundert nicht, dass ihm die vielen zumindest emotionell parallel laufenden Beziehungen, in denen sich insgesamt wohl vor allem auch die Frustrationen am Arbeitsplatz und in der Familie Luft verschafften, nicht nur zu einem gewissen chauvinistisch angehauchten männlichen Selbstbewusstsein verhalfen, sondern ihm auch ein schlechtes Gewissen verursachten. Was sich in der Fortsetzung des bereits angeführten Tagebucheintrags vom 6. Dezember 1918 wie folgt anhört: «Ein Netz verbindet mich mit Frauen in dieser Zeit; Hanny Nobis, die Tänzerin, Valerie Leitgeb, Flory Grünberg, Eva. Weshalb nur kann ich so viele Menschen, Frauen, nebeneinander erleben? Zu einer jeden bin ich anders eingestellt. Nie ganz falsch, aber auch nie ganz richtig. Unerträglicher Zustand, aber unvermeidlich. Spirituelle und physische Polygamie – Pfui Teufel! Aber das bin ich. Ich schreibe es mit blinder Wohllust (sic) hierhin.»

«J'étais trop bonne avec vous!»: die Affäre mit Germaine

Zu diesem dualen System aus umschwärmten platonischen Idolen und Gelegenheitsbekanntschaften zwecks Beruhigung des Sexualtriebs kamen nun aber, wie dem Tagebuch zu entnehmen ist, auch Frauenbekanntschaften hinzu, die sich zu ganz normalen, eheähnlichen körperlichen Beziehungen entwickelten und die nicht nur die Guggenheims Freiheitsbestreben zuwiderlaufende Gefahr einer längerfristigen Bindung mit sich brachten, sondern mit ihrer gelebten erotischen Normalität auch die platonischen Schwärmereien und ihre literarische Umsetzung relativierten und als weltfremd erscheinen liessen. Die früheste verifizierbare Beziehung dieser Art ist diejenige zu einer aus dem französischen Sprachraum stammenden bereits etwas älteren Frau namens Germaine in der zweiten Hälfte des Jahres 1917. Offenbar aber bereut Germaine schon bald, sich mit dem jungen Mann eingelassen zu haben und bekennt in einem Brief, den Guggenheim am 24. August 1917 im Tagebuch zitiert: «J'étais trop bonne avec vous!» Am 27. August 1917 kopiert Guggenheim einen nicht abgeschickten Abschiedsbrief an Germaine in sein Tagebuch, in dem er sich als einen Menschen darstellt, «der schon nach 22 Jahren vom Schicksal kleingeschlagen, abgehetzt, müde, resigniert der Welt gegenübersteht und sich ehrlich eingesteht, dass er vom Leben nichts mehr zu erwarten, den Kampf verloren hat, weil er unfähig ist, noch irgend einem Menschen ein wenig Glück zu

bringen und nur noch von der pathologischen Seite her gewertet wird. Es tut mir furchtbar leid, liebe Germaine, dass Sie den Schlussakt der Komödie meines Lebens mit ansehen müssen.» Nur noch sein «De Profundis» will er schreiben, und er glaubt, dass es «eine Klageschrift gegen die Arrangeure dieses Maskenballs, den man auch Leben nennen kann, geben wird». Nach einem Hinweis auf Maeterlinck, in dessen Sinn er lieber nicht leben will «als von Lügen», endet der Brief mit dem Bekenntnis: «Jetzt, da unsere Beziehungen abgebrochen sind, sage ich auch, dass ich Sie unsäglich lieb habe, wie nie ein Mensch auf der Welt.» Obwohl er am Ende froh ist, den Brief nicht abgeschickt zu haben, muss Germaine irgendwie von seinen Selbstmordabsichten gehört haben, denn in einem ins Tagebuch kopierten Brief vom 29. August 1917 bittet sie ihn (auf französisch), sich nicht zu töten. Mit 22 habe er das Glück noch vor sich, und er solle sich ein wirklich junges Mädchen dazu suchen. Am 9. September 1917 trifft er in Bern ein letztes Mal mit Germaine zusammen, um Abschied zu nehmen. «Ein Tag, wie wenn mit Sonnenstrahlen Geige gespielt werden könnte.» Und die Quintessenz: «schweres geistiges Losringen und Resignation».
Wieviel Theatralisches und Literarisches auch mit dieser leidenschaftlichen Beziehung – die er bald einmal in einer Novelle mit dem Titel «Flirt» verarbeiten wird – verbunden gewesen sein muss, erhellt der Umstand, dass Guggenheim am Abend jenes 27. August 1917, als er den todestrunkenen Abschiedsbrief an Germaine geschrieben hatte, an der «Chilbi» in Bendlikon-Kilchberg war und von da aus mit einem «einfachen Mädchen aufs Zimmer ging und es lange küsste».

«Es sitzt zu tief!»: die Beziehung zu Angéline Savoy 1919–1923

Eine weitere, sehr viel gewichtigere und intensivere Beziehung dieser Art war diejenige zu Angéline Savoy, die laut Guggenheims Tagebuch vom Januar 1919 bis zum November 1923, vielleicht aber auch noch länger dauerte. Laut Eintrag vom 25. Dezember 1919, einer Art Resumé über das vergangene Jahr, machte Guggenheim ihre Bekanntschaft am 7. Januar 1919, als er auf das Visum für seine Hollandreise wartete, die vom 12. Februar bis zum 20. März 1919 dauerte und in einem eigenen Reisetagebuch verewigt ist. «Die Beziehungen war zuerst rein sinnliche, dehnten sich dann aber mit der Zeit auch auf das sentimentale Gebiet aus», heisst es da vielsagend. Und gleich kommt auch schon wieder die Literatur mit ins Spiel: «Der Urgrund war die Neugierde, die seltsame Geschichte dieses Lebens ganz zu kennen. Ich schulde mir die Niederschrift dieser Geschichte immer noch.» Worin diese (Vor-)Geschichte bestand, erfahren wir aus dem Tagebuch nur in Andeutungen, dagegen entwickelte sich die Geschichte zwischen ihr und Guggenheim schon bald zu einer zwischen Liebe und Hass, Anziehung und Abstossung hin und her pendelnden leidenschaftlichen Beziehung.

«Ich liebe Angéline Sayoy», heisst es am Tag nach der Rückkehr aus Holland, am 21. März 1919, im Tagebuch, «und bin sexuell sehr ruhig. Für später Thema: ‹Die Geschichte von A.S.›. Sebastopol – Spion – Psychologie.» Was ihn nicht hindert, gleichzeitig auch an «Eva» weiterzuarbeiten, einem Buch, das «ein Zeitspiegel» werden soll und in das er alles hineinlegen will, «was nicht hier im Tagebuch steht». Vier Wochen später, am 5. April 1919, heisst es: «Ich habe den Trennungsbrief an Angéline geschrieben. Mir ist unsäglich trostlos zu Mute. Ich kann nicht anders. Arbeit: ‹Die Geschichte der A.S.›» Drei Tage später aber, am 8. April 1919, sieht alles schon wieder anders aus: «Von Angéline komme ich nicht los. Es sitzt zu tief. Viel tiefer, als ich glaubte. Ich habe momentan fast kein Geld mehr, kann also für Angéline fast gar nichts mehr tun; sie lässt mich nicht los. Wie schön, einem Menschen so wert geworden zu sein. – Wenn ich mit dem Mädchen zusammen bin, das ich liebe, bin ich anders als sonst, weicher, feminiler gleichsam. Ich habe Angéline gesagt, dass ich nicht mehr täglich kommen will – Problem wie im ‹Zensor›[1] von Frank Wedekind.»

Einen Monat später, am 4. Mai 1919, wird klar, dass Guggenheim neben der sinnlichen mit Angéline, von der er nicht mehr loskommt, auch wieder eine platonische Liebe, nämlich diejenige zu Florence Grünberg, aufrechterhält und dass diese Parallelität ihn in eine gewisse psychische Bedrängnis bringt. «Ich befinde mich momentan in einem sonderbaren Zustand. Flory Grünberg liebe ich und bin mit ihr in engen geistigen Verkehr getreten. Sende ihr meine Arbeiten und lasse sie Teil an meinem Denken nehmen. – Von Angéline komme ich aus Mitleid und körperlich nicht los – dabei fesselt mich stark die Psychologie dieses Mädchens (Arbeit: ‹Angéline›). Meine Arbeit leidet unter diesem psychisch schmerzhaften Zustand! Ich bin fast täglich bei Angéline. Das nimmt mir Zeit und Schlaf und Gedanken. Flory hat den gleichen familiären Hasskomplex wie ich. Ich habe die Symptome aufgeschrieben und will zu Dr. Ganz[2] gehen. Auch das hemmt mich geistig. Projekte: ‹Angéline› (Ichroman – Verbrechergedanken – Macht), ‹Der Narr›. An ‹Eva› wenig gearbeitet.»

1 Frank Wedekinds gegen das Aufführverbot der «Büchse der Pandora» (1903) gerichtete «Theodizee» «Die Zensur» von 1911 handelt unter anderem davon, dass ein Schriftsteller durch seine Lebensgefährtin, eine Schauspielerin, in seiner Produktion behindert wird, dennoch aber nicht will, dass sie ihn verlässt.

2 Dr. Hans Ganz, 1890 geborener, mit Guggenheim befreundeter Schriftsteller, der sich u.a. auch mit Psychoanalyse befasste. Laut «Die frühen Jahre» gehören Ganz und Guggenheim 1918 zu einem Kreis, der die Militärdienstverweigerung diskutierte.

Das Bild auf dem Pass, mit dem Kurt Guggenheim
1919 nach Le Havre reiste

September 1919: die Flucht nach Le Havre

So lagen die Dinge, als Kurt Guggenheim im September des Jahres 1919 sein Stage in Le Havre antreten sollte. Noch kurz vor der Abreise resümierte er im Tagebuch erneut seine schwierige und belastende Situation in Sachen Frauenbeziehungen: «Mit Flory bin ich tief und innig verbunden (siehe ihr Tagebuch aus jener Zeit, da auch Eva eins führte), aber nur schwesterlich. Erotisch und voll Mitleid mit Angéline, die mich betrügt. Dann traten Elma Wyon und Steffi Riva flüchtig in mein Leben. Jetzt liegt Flory schwer krank an Grippe im israelitischen Spital in Basel und ich reise am 15. nach Le Havre.»

Die Abreise in die Normandie war also nicht nur eine Flucht aus den bedrückenden Verhältnissen im Elternhaus und aus dem Machtbereich des tyrannischen Vaters, sondern genau wie im Falle von Peter Quirin («Entfesselung») und Karl Meidenholz («Sieben Tage») auch eine Flucht aus unerträglich gewordenen Verstrickungen in Sachen Frauenbekanntschaften. Und es wundert nun gar nicht mehr, dass Guggenheim nach der Ankunft in Le Havre seine Flucht bis ins kleinste Detail als genauso eine Entfesselung empfindet, wie er sie 1934/35 seine beiden Figuren wird erleben lassen. So heisst es am 26. September 1919 im Tagebuch: «Aus dem unklaren und schmerzhaften Zustand zwischen Angéline und Flory heraus war die Abreise Flucht und Befreiung. Auch gegenüber Elma Wyon war die Abreise die ehrlichste und korrekteste Lösung.» Und wie in den beiden Romanen ist die Abreise zugleich auch ein Abschied von den Generationsgenossen, mit denen er sich nicht mehr verstanden hat, und überhaupt von der ganzen Stadt Zürich, die ihm unerträglich geworden ist: «Es war mir tatsächlich so zu Mute, als liquidierte ich mein ganzes bisheriges Leben. Es war höchste Zeit. Auch mit Georges und den andern kam ich nicht mehr recht aus. Die Gesichter von Zürich ekelten mich an, und die Sehnsucht nach der Welt sass mir beschwerlich und hartnäckig im Blute.»

Dass Guggenheim nun aber in Le Havre aus Trauer um Eva alias Esther jenes einsame mönchische Leben geführt habe, wie er es in «Salz des Meeres, Salz der Tränen» evoziert, das entpuppt sich für den Leser seines Tagebuchs schon bald als ein reiner Mythos. Zwar liess ihn die Erinnerung an Eva in der Tat nicht mehr los und verdichtete sich in ihm immer mehr die Erkenntnis, dass sie die einzig wahre Liebe in seinem Leben und die Romanze mit ihr das Urbild einer idealen platonischen Liebe gewesen sei, aber angesichts seines dualistischen Frauenbilds hinderte ihn das nicht daran, in anderen Beziehungen wenigstens körperliche Erfüllung zu suchen. Schon am 24. September 1919 heisst es im Tagebuch: «Bekanntschaft mit Gaby Valley aus Sanvic.» Am 28. September ist die Mitteilung «Ich war mit Gaby

Kurt Guggenheim fotografiert 1920 seinen Kollegen Louis Dupuis und die Freundinnen Yvonne und Lucile in der Strandhütte vor Le Havre.

im Cinéma» mit drei Ausrufezeichen versehen. Und am 14. Oktober kommt, was kommen musste und was in «Salz des Meeres, Salz der Tränen» natürlich nicht die leiseste Anspielung finden wird: «Von Angéline folgende Depesche: ‹arrive lundi havre›. Ich bin ein wenig nervös und doch sehr froh.» Am 17. Oktober heisst es: «Angéline ist sonntags in Paris. Es ist unheimlich, einen solchen Einfluss auf einen Menschen zu haben, dass er mir beinahe durch halb Europa nachfolgt. Ich sehe keine Lösung. Ich reise morgen abend nach Paris, Angéline entgegen.» Die Ankunft verzögert sich dann nochmals, aber vom 9. bis 23. November ist Angéline bei Guggenheim, der deshalb sein Domizil an der Rue Jules Ancel 12bis mit dem Zimmer Nr. 11 des Hotels Métropole vertauscht. Als sie wieder abgereist ist, resümiert Guggenheim am 23. November selbstkritisch: «Ich denke mit süsser Schmerzlichkeit an die verflossenen 14 Tage zurück. Es war eine 14tägige Ehe. Ich hatte dabei Gelegenheit, meinen eingefleischten Egoismus kennenzulernen (unmotivierte Hassgefühle beim Gebrauch eines persönlichen Gegenstands – auch beim Gebrauch von von mir benützter Wörter und Ausdrücke). Mein Egoismus erlaubt es auch meinem Körper nicht, sich zu verbrauchen.» Aber es geht nur fünf Tage, und am 28. November meldet das Tagebuch: «Angéline ist seit Donnerstag abend wieder hier – arbeitet bei Worms. Gewisse Nervosität meinerseits, Furcht meinerseits, die persönliche Freiheit einzubüssen. Arbeiten natürlich unmöglich.» Bis zum 1. April 1920, also vier Monate lang, wird Angéline in Le Havre bleiben, und Guggenheim hat nun Gelegenheit, genau jene Erfahrungen zu sammeln, die er Peter Quirin in «Entfesselung» mit Valerie Riva erleben lässt und die dieser erst nach deren Tod auszusprechen wagt: «‹Es war hoffnungslos, es ist wahr, und wir wussten es beide, aber wir sprachen nie davon.› Es waren drei tote Jahre. Wie eine Krankheit hat die Willenlosigkeit von ihm Besitz ergriffen. Er war hörig. Er war unfrei. Er war verloren.»[1] Damals in Le Havre wusste Kurt Guggenheim schon zehn Tage nach Angélines Wiederkunft, dass die Sache nicht funktionieren würde. «Die Anwesenheit Angélines hat mich sehr nervös gemacht», heisst es am 9. Dezember 1919 im Tagebuch. Und: «Ich glaube nach allem, dass ich unfähig zur Ehe bin.» So dass er, zumindest, was seine schriftstellerische Arbeit betrifft, ihre Abreise im Tagebucheintrag vom 2. April 1920 bei aller sexueller Frustration ganz klar als Befreiung empfindet: «Angéline ist gestern in die Schweiz zurückgekehrt. Damit habe ich nun endlich die so heiss erwünschte Einsamkeit mir geschaffen. Der Abschied war schwerer, als ich vorausgesetzt hatte. Es war ein Opfer für mich dabei. Ich habe mich für eine lange Periode leidenschaftlicher Einsamkeit eingerichtet. Ich hoffe, dass sie mir bringt, was ich von ihr erwarte: Beherr-

1 «Entfesselung», in unserer Ausgabe S. 33

Das Le Havre von 1920, vom Hôtel de Ville aus gesehen, auf einer zeitgenössischen Postkarte schung meiner selbst, Ruhe und fruchtbare Arbeit.» Als er Ende April/Anfang Mai 1920 zur Silbernen Hochzeit seiner Eltern in Zürich weilt und dabei vor dem Stadthaus auf die Verlautbarung stösst, wonach Eva Hug und Albert J. Welti tags zuvor geheiratet hatten – «Zusammenbruch. Ich sah, dass ich nie von Eva wegkommen würde» –, heisst es kurz und bündig: «Angéline vermieden.» Nach der endgültigen Rückkehr scheint er den Verkehr mit ihr aber wieder aufgenommen zu haben, heisst es doch auch am 17. November 1923 noch im Tagebuch: «Besuch bei Angéline.»

Hell und dunkel: das Tagebuch als Quelle für Guggenheims Liebesgeschichten

«Auswahl und neue Zusammensetzung von Erinnerung»: wie der Einblick in Kurt Guggenheims frühe Tagebücher zeigt, hatte der Handelsschüler und junge Kaufmann eine ganze Reihe unterschiedlichster Frauenbekanntschaften, über die er sich auf teilweise sehr offene, selbstkritischer Weise Rechenschaft abgab und die er, als die unmittelbar während oder kurz nach einer Beziehung entstandenen, qualitativ offenbar ungenügenden Texte längst wieder vernichtet waren, unter Verwendung der sorgfältig aufbewahrten Journale für sein literarisches Werk in mehr oder weniger starker Verfremdung als Quellenmaterial verwendete. Das lässt sich nicht nur aus den dargestellten Liebesgeschichten ablesen, sondern geht auch aus den Tagebuchheften selbst hervor, die an vielen Orten mit Unterstreichungen, Ankreuzungen oder später hinzugefügten Kommentaren versehen sind. Am einleuchtendsten lässt sich das anhand von «Die frühen Jahre» nachweisen, wo der Autor das Verfahren explizit offenlegt und auch die weiteren, dem «Dossier Eva Hug» entstammenden Quellenmaterialien exakt deklariert. Eva Hug hat das Prinzip früh durchschaut und am Ende der Beziehung sogar noch ihr eigenes Tagebuch zu Guggenheims Materialien hinzugefügt[1], auch Florence Grünberg wusste um die Methode, wollte aber offensichtlich nicht zum Gegenstand von Guggenheims Schreiben werden und verlangte darum im November 1923, kurz nach ihrem Staatsexamen, als die Beziehung nicht mehr zu retten war, ihr Tagebuch und ihre Briefe

1 1931, als er ihr «Ergänzung zum Protokoll» sandte, bemängelte sie in einem verlorenen Brief offenbar, dass Guggenheim darin «Ressentiments abreagiert» hätte. Jedenfalls antwortete er ihr am 18. April 1931, «die kleine Geschichte» gehöre «im tiefsten und intimsten Sinne» ihr und sei für sie geschrieben worden. «Nicht als ‹Abreaktion› eines ‹Ressentiments›, sondern es war eine überreife Frucht am Wege, die ich anstrengungslos auflas und Ihnen gab – in tiefer Dankbarkeit und in närrischer konfliktloser Ehrfurcht vor dem Leben, das in der kurzen Sekunde, während der wir in ihm erglühn, so reich, so voll und so generös ist, dass es durch alle Regionen der Freude und der andern Dinge hindurchführt» (Brief im «Dossier Eva Hug», Archiv Charles Linsmayer, Zürich).

Kurt Guggenheims Arbeitgeber in Le Havre, der Aargauer Hans Rauber (l.), und sein Buchhalter und Freund, Hans Bär aus Basel von ihm zurück.[1] Eva Hug jedenfalls ist bald einmal zu jenem Idol geworden, das nach einer allzu direkten Anspielung in «Ergänzung zum Protokoll» in einer ganzen Reihe junger naturverbundener Mädchen und Frauen von Yvonne in «Entfesselung» und Helen in «Sieben Tage» bis zu Marie in «Riedland», Estelle in «Wir waren unser vier» und Jacqueline Voubrasse in «Alles in Allem» gespiegelt sein wird, bis Guggenheim das Geheimnis in «Die frühen Jahre» und «Salz des Meeres, Salz der Tränen» dann weitgehend lüftete.

Neben den hellen, platonischen Liebesgeschichten haben aber durchaus auch die dunklen, sinnlichen ihre Vorbilder. Für Valerie Riva in «Entfesselung» und Angéline Lapassat in «Sieben Tage» ist das eindeutig Angéline Savoy – und allenfalls zum Teil noch jene französisch sprechende Germaine vom Herbst 1917. Die beiden Figuren – und ihre Vorbilder! – stehen den hell leuchtenden «reinen Geliebten» als eher frauliche denn mädchenhafte, selbstbewusst handelnde, materiell für sich selbst aufkommende, der Sinnlichkeit und nicht dem Geist verpflichtete Liebhaberinnen gegenüber, Frauen jedenfalls, die das Primat des männlichen Partners in Frage stellen, seinen Wünschen und Forderungen auch mal zuwiderhandeln und ihn aber doch auf eine sinnlich-körperliche Weise an sich zu fesseln vermögen, der mit rationalen Mitteln nicht beizukommen ist. Für den Mann, der die Welt nach seinen Vorstellungen prägen und einrichten will – und sei es auch nur auf dem Papier –, stellen sie jedenfalls eine Bedrohung dar, und es erstaunt darum nicht, dass uns Valerie Riva auf dem Totenbett präsentiert wird, während Angéline Lapassat bei der Heimkehr von Karl Meidenholz nur noch eine Schattenexistenz führt und bald ganz vom Schauplatz verschwindet. Ob Schuld oder nicht: ihre Eliminierung liegt letztlich im Interesse des Mannes, der sich durch sie in seiner Freiheit und Unabhängigkeit behindert sieht.

Auch im Spätwerk wieder virulent: die Frau als Verhängnis für den Mann

Am drastischsten wird diese Problematik und überhaupt das Thema des in der Abhängigkeit von der Frau zur Unfreiheit verdammten Mannes im 12. Kapitel von «Entfesselung» offenbar, wo Quirin Notizen vorlegt, die er in jener Nacht geschrieben hat, als er «zum erstenmal fühlte, dass er nie wieder von Valerie loskommen würde», Texte, die er im nachhinein nun selbst «mit

1 Laut Kurt Guggenheims Tagebucheintrag vom 9. November 1923. Guggenheims Kommentar: «Sie kann es mir nicht verzeihen, dass sie einst an mich glaubte und ich sie so sehr enttäuschte.»

leichtem Kopfschütteln liest». Diese Sätze von der Frau, die «klebt und saugt» und die «nicht mehr wegzubringen ist», weil sich ihr Leben nur in der Nähe des Mannes «erfüllt», die in einem «schonungslosen Kampf» immer die Siegerin ist und den Mann seines Mitleids wegen zu ihrem Sklaven macht – diese Sätze bringen, so unbedarft sie aus dem Mund des naiven Jünglings Peter Quirin klingen, eine Komponente von Kurt Guggenheims Menschenbild ins Spiel, die als extremer Gegensatz zu den zärtlich gezeichneten Traumgeliebten in seinem Werk immer irgendwie latent vorhanden sein wird, bis sie sich mit dem «Goldenen Würfel» von 1967, wo der Protagonist Theo Dilg der Liebe zu Gunsten des Geldes Adieu sagt, endgültig gegen den Kult der platonischen Liebe durchsetzt und im allerletzten Werk, dem Roman «Das Zusammensetzspiel» von 1977, jene Mantis religiosa, die nach der Zeugung ihr Männchen frisst, zum Sinnbild für die Frau stempelt, die den Mann von sich abhängig macht und als Witwe überlebt.[1] Ein nicht mehr zustandegekommenes Werk mit dem Titel «Elisabeth» hätte laut Tagebucheintrag vom 23. März 1977 sogar explizit «die Zerstörung der Legende Liebe, Freundschaft, Elternliebe, Kindesliebe, Ideale» zum Gegenstand haben und der «Entdeckung der Frau» gelten sollen, «die sich als genau das Gegenteil der idealistischen Jugendvorstellung des ‹Helden› erweist: geldvertraut, geldgierig, lüstern, herrschsüchtig, ehrgeizig, gefühlskalt». Es sollten niederschmetternde Erfahrungen mit Hausbesitzerinnen und wohl auch die Konflikte in seiner zunehmend schwieriger werdenden Ehe in Guggenheims letzten Jahren zu dieser extremen Haltung beitragen. Mit Sicherheit aber spielten auch jene im Tagebuch exakt festgehaltenen frühen Erfahrungen mit liebessüchtigen und eifersüchtigen Geliebten, die er zwischen 1917 und 1923 gemacht hatte, mit eine Rolle. Frauen, die er bei aller sexueller Hörigkeit als Gefahr für seine Freiheit und sein schriftstellerisches Schaffen betrachtete und aus deren Einfluss er 1934/35 seine ersten beiden Roman-Protagonisten sich quasi stellvertretend für ihn befreien oder eben ‹entfesseln› liess.

Aufbruch und Heimkehr

«Entfesselung» und – in ihrer Vorgeschichte – auch «Sieben Tage» stellen erstmals das Motiv des Ausbruchs aus der bürgerlichen Gesellschaft dar, das Kurt Guggenheim später immer wieder neu gestalten wird: in «Alles in Allem», wo Aaron Reiss nach der unglücklich endenden Liebe zu Jacqueline Voubrasse seine Vaterstadt verlässt und in Paris in eine amerikanische

1 Kurt Guggenheim: Werke V, «Das Zusammensetzspiel», Frauenfeld 2003, S. 243–248 – siehe zu diesem Komplex im Nachwort die Seiten 339/40.

Handelsfirma eintritt, in «Die heimliche Reise» von 1945, «Der Friede des Herzens» von 1956, in «Salz des Meeres, Salz der Tränen» von 1964, «Der goldene Würfel» von 1967 und in der Erzählung «Nachher» von 1974, wo ein gewisser Josef Ubald seiner Frau einen Abschiedsbrief in den Kühlschrank legt und Zürich in seinem 2CV auf Nimmerwiedersehen Richtung Westen verlässt.
Andererseits aber gehören die beiden frühen Romane auch schon zu jenen Werken, in denen die Protagonisten bei allem Zorn und allen Demütigungen doch immer auch den integrierenden Faktor jener Gemeinsamkeit verspüren, welche laut Guggenheim die am gleichen Ort aufgewachsenen Angehörigen einer Generation bzw. eines gleichen Jahrgangs auf geheimnisvolle Weise verbindet.

Die Generation als bindendes Element

Dieses Thema, das zum Grundprinzip von «Wir waren unser vier» avancieren und zusammen mit demjenigen der Integration des Fremden eine Hauptkonstituante von «Alles in Allem» bilden wird, hat sich in Guggenheims Denken und Fühlen seit dem 1. Weltkrieg, als der verhätschelte Zürcher Bürgersohn im Grenzdienst die Erfahrung einer selbstverständlichen Solidarität über regionale, sprachliche, religiöse und soziale Grenzen hinweg machen konnte[1], allmählich entwickelt und verfeinert und ist in den schwierigen Jahren nach 1925 auf eine harte Probe gestellt worden, ehe es in den beiden frühen Romanen erstmals zur Darstellung gelangt.
«Über Parteien, Klassen und Vorurteile hinweg fühlt sich ein grosser Teil der Jugend der Gegenwart als ein Gemeinsames», hatte Guggenheim in dem kurz nach Kriegsende verfassten und im August 1919 unter der Ägide des verständnisvollen Ernst Bovet publizierten Aufsatz «Väter und Söhne» geschrieben, «denn diese vier gemeinsamen Jahre sind ein Erlebnis, sind *das* Erlebnis ihres kurzen Lebens. Sie sind ein Erlebnis, das verpflichtet, das bindende Forderungen stellt, das seine Konsequenzen hat, das fortlebt und seine Schatten bis in die Enkel hinein werfen wird. Dieses Erlebnis fehlt im Leben der arbeitsamen Väter. Sie kennen die Zeit nicht *so*, denn sie hatten sie lediglich an Arbeits-, Schreib-, Regierungs- und Wirtshaustischen reproduziert und kritisiert; von den Söhnen aber wurde sie während vier Jahren in der Marschkolonne, auf dem Grenzposten, in Kantonnementen, als einsame Schildwachen, als Schlafkameraden *erlebt*. Das starke Band eines gemeinsamen Erlebnisses windet sich über die Zeit hinaus, über die Klasse

1 Guggenheim beschreibt diese Erfahrung sehr eindringlich und ganz aus dem Standpunkt des jüdischen Dienstpflichtigen heraus in «Die frühen Jahre», a.a.O., S. 59/60.

1927/28 auf einem Ausflug: Bertha Trudi Ott-Oechslin (1897–1984), mit der Guggenheim, ohne dass das im Tagebuch seinen Niederschlag gefunden hätte, zwischen 1927 und 1935 zusammenlebte.

hinweg, um die kommende Generation, um die heutige Jugend. Die Gewalt des Gleichzeitigen nennt es Martin Buber.»[1]
Guggenheim hat, nachdem er noch kurz nach seiner «Flucht», am 26. September 1919, die Formulierung «Auch mit Georges und den andern kam ich nicht mehr recht aus» verwendet hat, schon am 25. Dezember 1919 in Le Havre eine Liste von «Personen» zusammengestellt, mit denen er während des Jahres 1919 «Verkehr pflog» und die verdächtig an jene Liste erinnert, die Dr. Kahn und seine ehemaligen Mitschüler in «Sieben Tage» wie eine Art Bundeslied verwenden und die namentlich auch zwei Generationsgenossen aus «Entfesselung» mit enthält. Guggenheims Liste von 1919 lautet «Georges Kahn, Dr. Steinberg, Dr. Ganz, Alfred Schmid, Dr. Brandenburger, Hüttner – Kadimah-Kreis und Kreis der Vereinigung[2] – , Albert Lüchinger und Adolf Guggenbühl» und nimmt die fiktive von 1935 insofern vorweg, als sich auch hier schon die verschiedensten Kreise und Berufsgattungen vom Arzt Georges Kahn (der als einziger auch in der fiktiven Liste wieder vorkommt) über den Redaktor Dr. Steinberg, den Schriftsteller Hans Ganz, den Chemiker Alfred Schmid und den militärischen Dienstkameraden Albert Lüchinger bis zum Dr. rer. pol. Adolf Guggenbühl, dem späteren Schweizer Spiegel-Herausgeber, zusammenfanden. Das Personal der beiden frühen Romane wird dann auch so ausgewählt sein, dass die Väter und Söhne aus dem Aufsatz von 1919 adäquat vertreten sind und die Zukunft über die beiden innerlich zusammengehörigen Bücher hinweg eindeutig den Söhnen gehört. Konsul Kummer, der Impresario Scheffer und der psychoanalytisch begabte Genfer Charles Ziegler[3], aber

1 Kurt Guggenheim: «Väter und Söhne», in: «Wissen und Leben», Jg. 1918/19, S. 611–613, Zürich, August 1919. – Im bereits zitierten Brief an Eva Hug vom 18.April 1931 kam Guggenheim nochmals auf sehr persönliche Weise auf das Thema zurück, als er schrieb: «Wir sind eine Reihe, eine Generation, die gemeinsam älter wird – die Reihen vor uns werden immer lichter – aber wir wollen nicht zurückschauen – wir wollen Mitleid miteinander haben (weil jedes lebende Wesen nur leihweise Anteil an der Welt hat) und Güte (weil sie die höchste und schönste Form der Liebe ist), und auch wenn uns die zwei Ewigkeiten (die, die hinter uns ist, und jene vor uns) erdrücken, wir sind unter ihrem Druck doch eine Sekunde erglüht – und wir waren reich, und es war schön.»

2 Guggenheim gehörte sowohl dem zionistischen Verein Kadimah als auch der «Vereinigung für soziale und kulturelle Arbeit im Judentum» an. Im Selbstverlag der letzteren erschien 1926, auf einem Vortrag vom 14. April 1926 basierend, als seine erste monographische Publikation der auf den Lehren Martin Bubers beruhende Aufsatz «Von der Psyche der Juden».

3 Charles Ziegler ist zweifellos nach dem Modell jenes Prosper Meyer de Stadelhofen porträtiert, den Guggenheim laut «Die frühen Jahre» S. 157/58 im Hause seines Vaters kennenlernte. «Er war Komponist, Schriftsteller auch; nie hatte er Geld, mein Vater musste ihm hundert Franken borgen, was mir sehr weh tat. (...) ... und dort, auf der Brüstung über der Limmat, konnte es nicht ausbleiben, dass wir über dem Umweg über die Psychoanalyse, die sozialen Probleme und die Graphologie auch ein wenig auf meine Angelegenheiten zu sprechen kamen.»

auch die resignierte alte Frau, die Yvonne vor dem Grossmünster trifft[1], stehen in «Entfesselung» den 1895 geborenen Peter Quirin und Bachofen als Vertreter der bei aller Nachdenklichkeit zahlenmässig noch dominanten Vätergeneration gegenüber, während in «Sieben Tage» einzig noch der alte Cerini der älteren Generation zugehört und Meidenholz und die Corona der ehemaligen Mitschüler samt den aus «Entfesselung» übernommenen Quirin und Bachofen die jüngere Generation vertreten, die aus ihren spezifisch eigenen Erfahrungen heraus die Gegenwart und die Zukunft zu bestimmen sucht. Eine Zukunft, in der dann auch schon Angehörige der noch jüngeren und jüngsten Generation wie die 18jährige Helen Abentür und der siebenjährige Uli Meidenholz eine Rolle spielen werden. So dass das Ganze wie ein modellhafter Probelauf für die Generationenkonstellation von «Alles in Allem» anmutet, wo den im Mittelpunkt stehenden Angehörigen der Generation von 1895 – Walter Abt jun., Emil Angst jun., Reto Arquint, Karl Gebhardt, David und Josef Gidionovics, René Hirzel, Adrian Laubscher, August Merkli, Aaron Reiss, Clemens Wepf und Gotthold Wettstein – eine die ganze Vielfalt der einheimischen und zugereisten Bevölkerung spiegelnde bunte Fülle von Vätern und Müttern, Kindern und Enkeln zugesellt ist. Gegliedert nach dem Rhythmus der vorbeigehenden Zeit und bedeutsam gemacht durch eine Reihe wirklich existierender Gestalten. Und genauso, wie in «Alles in Allem» die Liebesgeschichten zwischen Aaron Reiss und Jacqueline Voubrasse oder, weniger zwingend, zwischen Karl Gebhardt und Katharina Meng, das bindende, amalgamierende emotionelle Moment beisteuern, machen auch in «Entfesselung» und «Sieben Tage» die zärtlichen Beziehungen zwischen Peter Quirin und Yvonne Scheffer bzw. zwischen Karl Meidenholz und Helen Abentür aus einem Generationenporträt und einem Stadtroman eine sinnlich-poetische, in Sachen Erotik durchaus unzimperliche *éducation sentimentale*.

Lebendiges Zürcher Kaleidoskop

«Ich habe Soziologie getrieben, ohne etwas davon zu wissen»[1], bekannte Kurt Guggenheim in einem Vortrag während der Arbeit an «Alles in Allem»,

1 «Entfesselung», in unsere Ausgabe, S. 89. – Der Gegensatz zwischen den Generationen kommt sehr schön in dem Gespräch zum Tragen, das Charles Ziegler mit Yvonne beim Schwimmen führt und wo der alte Herr nach allerlei Überlegungen zur neuen, freieren Bademode sagt: «Da gehen sie hin, nonchalant und sicher, dem Heute gegeben, reinlich, ohne Beschwerde – aber ihr versteht uns nicht. Ihr hasst uns nicht, wie wir unsere Väter gehasst haben, aber ihr schaut über uns hinweg» («Entfesselung», in unserer Ausgabe S. 87).

2 Kurt Guggenheim: «Stadtzürcherische Soziologie im Roman». Vortrag im Berufsverein Sozialarbeitender. Ohne Datum. Zentralbibliothek Zürich, Nachlass Guggenheim, Fasz. 62.13

und wer sie mit dem späteren Summum opus vergleicht, wird schon bald erkennen, dass diese Aussage auch schon für seine beiden ersten Romane ihre Berechtigung hat. Da bietet nicht nur die Auswahl der Figuren einen Querschnitt durch alle sozialen Schichten der Bevölkerung – besonders augenfällig natürlich in den verschiedenen Lebensumständen und Karrieren der Schulklasse des Jahrgangs 1895 in «Sieben Tage». Da vermitteln die gezielt gewählten Schauplätze – von der Kanzlei eines Rechtsanwalts und dem Büro des Sozialvorstehers im Stadthaus bis zu Wohnungen an der Kirchgasse, im Industriequartier und beim Bahnhof Stadelhofen, vom Strandbad und der Seepromenade bis zur Hungerinsel vor dem Café Terrasse, den Wäscheleinen auf den Zinnen im Stadtzentrum zur Szenerie im Hauptbahnhof und zur Atmosphäre in einem Gerichtssaal, in einer Gefängniszelle und im Morgenverkehr am Bellevue – ein anschauliches Bild des städtischen Gemeinwesens in den verschiedensten Bereichen. Und da sorgen nicht zuletzt auf beide Bücher verteilte kurze Momentskizzen aus allen möglichen Szenerien und Biographien dafür, dass sich vor dem Auge des Lesers das eigentliche Romangeschehen (das in den Sequenzen immer mit angetönt bleibt) ausweitet zu einem Panoptikum der von den verschiedensten Menschen und Schicksalen bevölkerten, in ihrem Geist aber dennoch unverwechselbar eigenartigen Stadt. Nehmen wir als Beispiel nur einmal das letzte Kapitel von «Entfesselung» und das zweite Kapitel des Mittwoch-Teils aus «Sieben Tage», so findet sich da in nuce auf eine ganz erstaunliche Weise das Gestaltungsprinzip von «Alles in Allem» vorweggenommen, das ja, wenn auch viel weiter und grossflächiger ausgebaut, ebenfalls als ein solches Mosaik funktioniert.

Momentaufnahmen aus «Entfesselung»...

Im Abschlusskapitel von «Entfesselung» wird da unser Blick zunächst auf den Morgenverkehr auf der Rämistrasse gelenkt, in den sich wie zufällig die fahrradfahrende Zeitungsfrau einordnet, die Konsul Kummer im Delirium als Todesbotin erschienen ist. Der Blick richtet sich dann auf ein Schulzimmer, wo eben eine Rechenstunde beginnt, wandert zu einer Garage, wo jenes ramponierte Auto zum Verkauf angeboten wird, mit dem Konsul Kummer in Gegenwart von Yvonne, der Tochter seiner nun verstorbenen früheren Geliebten Valerie, einen Unfall gebaut hat. Dann fällt der Blick auf jene Ochsnerkübel, mit denen in «Alles in Allem» die Firma Meng und Voubrasse ihr Geschäft machen wird, wandert zum Hauptbahnhof, wo Charles Ziegler, der Peter Quirin mit seinen psychoanalytischen Fähigkeiten dem Leben zurückgegeben hat, den Zug nach Genf besteigt, geht zum Herzinfarktpatienten Kummer über, der es nicht lassen kann und bei einem apokryphen Wiener Versand Bilder von nackten Frauen bestellt, vergisst auch die Mücke nicht, die Peter Quirin beim Gespräch mit Bachofen ins Mostglas gefallen ist, nimmt den Bauern Bachofen selbst ins Visier, der unter seinen Birnbäumen über den Alkoholpreis und die Hypothekarzinse nachdenkt, um dann beim Billardtisch in einem Café Halt zu machen, wo ein Habitué über die unerwartete Schwangerschaft seiner Freundin nachdenkt. Sogar das Fliederblatt, das Yvonne vor dem Bezirksgebäude betrachtet hat, bevor sie dem Richter den Fall Quirin/Riva vortrug, wird noch eines Blickes gewürdigt, und schliesslich finden wir uns wieder da ein, wo die Geschichte begonnen hat, in der Pension der Madame Naef nämlich, wo ausser Peter Quirin nun auch noch ein weiterer Mieter ausgezogen ist, so dass der Vermieterin das Geld für den «Tages-Anzeiger» fehlt. In einem Büro füllt ein Mann namens Rüegg ein Formular aus, mit dem die Erstellung eines Grabsteins für eine gewisse Frau Scheffer, Marie, Valerina bewilligt wird, und auf dem Bahnhof schreitet Peter Quirin, nachdem er ein Billett «Amsterdam, dritte, einfach» gekauft hat, dem Perron entlang zum Zug und betrachtet, als er in den Wagen steigt, an der Türe die Täfelchen «Offen», «Zu» und «Nicht öffnen, bevor der Zug hält».

… und aus «Sieben Tage»

Ganz ähnlich enthüllt, um das andere Beispiel vorzuführen, das zweite Kapitel des Mittwoch-Teils von «Sieben Tage» zusammen mit den jeweiligen Aktivitäten der Romanfiguren etwas vom Flair der vielgesichtigen, vielstimmigen Stadt, indem es uns in kurzen Sequenzen mit folgenden Figuren zusammenbringt: mit der Köchin Margarete Fenner, die nach dem Kauf eines Nachthemds an ihrem freien Tag seewärts die Bahnhofstrasse entlanggeht; mit dem Departementsvorsteher Dr. Reimar, der auf dem Weg zu einer Sitzung unbekannterweise dem Vater seines früheren Schulkameraden Cerini begegnet; mit der Zigarettenhändlerin Angéline Lapassat, die den ersten Kunden des neuen Tags bedient; mit dem Börsenmakler Zindler, der für Rechtsanwalt Gerteis ein rentables Geschäft abwickelt; mit dem siebenjährigen Uli Meidenholz, der in einem Schaufenster sehnsüchtig ein chromglänzendes Fahrrad betrachtet; mit Dr. Kahn, der sich während einer Blutuntersuchung in seinem Behandlungszimmer im Kantonsspital Gedanken über die millionenfache Vermarktung des Phänomens Krankheit macht; mit dem verliebt durch die Stadt spazierenden Mädchen Helen Abentür; mit Frau Annie Dankwart, die ihr Auto parkiert und mit dem Foxterrier an der Leine ihr bevorzugtes Tea Room betritt; mit dem Zimmermädchen Erna Hofmann, das auf dem Balkon Herrn Gerteis' Hose ausbürstet; mit dem Autohändler Dankwart, der den Behörden das bestellte neue Feuerwehrauto

präsentiert; mit Hanni Zindler, die in den Tagebüchern ihrer Mädchenzeit blättert und dabei auf eine Pressenotiz von der Verhandlung gegen den Telegraphenbeamten Meidenholz stösst; und schliesslich mit zwei Studenten, die, in ein Fachgespräch vertieft, von der Universität die Treppe nach der Stadt hinuntergehen.
Das vielgesichtige und vielgestaltige Bild der Stadt, von dem hier nur eine Reihe zufälliger Ausschnitte vorgestellt worden ist, eröffnet in den beiden Romanen immer wieder neue Einblicke und Facetten. Wir lernen das arme Zürich der Mietskasernen und der Stadtstreicher kennen, nehmen an einem Empfang im Haus eines Reichen und Erfolgreichen teil, erleben das festliche Zürich während des Kaiserbesuchs im Jahre 1912, werden Zeuge einer psychoanalytischen Analyse im Gefängnis, erfahren von amtlicher und medizinischer Seite die Einzelheiten eines Kriminalfalls, werden mit Textsorten wie Amtsprotokollen, Statistiken, Rollenprosa, Zeitungsartikeln usw. konfrontiert und lernen im Zusammenhang mit dem politischen Kampf um das Verbot der Anpreisung von Verhütungsmitteln die damaligen Sitten und Gebräuche hautnah kennen. Und wir sehen Zürich aus der Vogelschau, mit Blick auf den Üetliberg und unter Benennung aller denkbaren topographischen und datenmässigen Koordinaten, wie sie sogar den Beginn des ersten Bandes von «Alles in Allem»[1] in den Schatten stellen: «Die Stelle ihrer Zusammenkunft ist auf 8° 33' 9" östlicher Länge von Greenwich und 47° 51' 36" nördlicher Breite. Es ist ein Ort, genannt ‹Villa Meraviglia›, Felchenweg 12, Katasterblatt Nr. 4216. Der teppichbelegte Boden, auf dem sich die Gäste bewegen, ist 493.2 m ü. M. Es ist Dienstag, 11. September, und genau 21 Uhr 34 Minuten. Das Wetter war heute leicht dunstig, gegen Mittag brach die Sonne durch, seit dem Abend geht ein leichter Wind mittlerer Stärke, Richtung WNW und streicht über die Büsche des Gartens. Der Mond befindet sich seit drei Tagen im Zunehmen, Saturn steht in Opposition im Zeichen der Jungfrau.»[2] Was wir allerdings nur in Ansätzen und anhand einer einzigen Figur kennenlernen können, ist das jüdische Zürich, das in «Alles in Allem» zu einem wichtigen Teil des Gemeinwesens und zum Musterbeispiel für die Integration des Fremden im Eigenen werden wird. Während in «Entfesselung» das Jüdische noch keinerlei Rolle spielt, wird in «Sieben Tage» die längst vollzogene Integration des jüdischen Arztes Dr. Kahn thematisiert, der «es in Stolz und Zärtlichkeit in sich erschauern fühlt,

1 «Die Stadt Zürich liegt unter 47° 23' nördlicher Breite und 8° 33' östlicher Länge von Greenwich am nördlichen Ende des Zürichsees und an beiden Ufern der Limmat in einer nach Süden und Norden offenen Talmulde. Der Seespiegel glänzt bei mittlerem Wasserstand 406 Meter über Meer.»

2 «Sieben Tage», in unserer Ausgabe S. 234/44

dass er dieser Gemeinschaft angehört»[1] und der dann auch die treibende Kraft hinter den Bestrebungen ist, zwischen den Generationsgenossen das Band nicht abreissen zu lassen.

Lange vor der Begegnung mit Fabre praktiziert: Guggenheims Chronikstil

Kurt Guggenheim hat die Begegnung mit dem Werk Jean-Henri Fabres, die ihm Eva Hug 1935/36 in Genf ermöglichte, immer wieder als ein Schlüsselerlebnis dargestellt, das ihm die Technik des geduldigen, gelassenen Beobachtens und Beschreibens bzw. seinen in «Alles in Allem» zu Höhepunkt gebrachten Chronikstil ermöglicht habe. Tatsächlich gibt es in den beiden frühen Romanen Szenen, die nach der Begegnung mit dem Werk Fabres wohl anders geschrieben worden wären – die Darstellung der bäuerlichen Welt Bachofens beispielsweise oder das Ameiseneiersammeln des alten Cerini, das, für Fabre undenkbar, einen brutalen Eingriff in den Ameisenstaat notwendig macht.[2] Andererseits aber ist in «Entfesselung» und vor allem in «Sieben Tage» von Guggenheims Chronikstil bereits so viel Charakteristisches vorhanden, dass man von der Vorstellung eines radikalen Stilwandels durch die Begegnung mit Fabres Werk Abschied nehmen und statt dessen festhalten muss, dass die Fabresche Methode (um so mehr als sie von einer geliebten Frau vermittelt wurde und während der Nazizeit eine Orientierung nach Frankreich ermöglichte) für den späteren Verfasser von «Alles in Allem» von grosser symbolischer und psychologischer Bedeutung war, dass sie aber, was den konkreten Schreibstil betrifft, nicht in jedem Punkt neu für ihn war, sondern, vielleicht ohne, dass er es selber wusste, eine bereits zur Perfektion entwickelte und erprobte Wahrnehmungs- und Arbeitsweise da und dort modifizierte, als methodisch richtig sanktionierte und als zukunftweisend bestätigte.

Guggenheim hat jedenfalls schon erstaunlich früh damit begonnen, dokumentarisch, d.h. anhand von authentischen Materialien, zu schreiben. So gehört zu den Werkplänen des 16jährigen laut Tagebuch im September 1912 ein Projekt, das «Erstes Liebesabenteuer» heisst und «anhand von Visitenkarten, Tagebuchblättern, Briefen etc.» verfasst werden soll, wie er denn ja auch bald einmal dazu überging, schon während des Erlebens einer Liebesgeschichte über deren literarische Umsetzung nachzudenken und sich ganz offenbar auch bewusst so zu verhalten, dass der Stoff dann auch wirklich etwas hergäbe. Dazu nahm er schon ganz früh und wie selbstverständlich

1 «Sieben Tage», in unserer Ausgabe S.204
2 «Sieben Tage», in unserer Ausgabe S.286/87

die Haltung eines Chronisten ein, der die Umwelt zwecks literarischer Protokollierung möglichst unvoreingenommen ins Auge fasst. «Ich will ein ruhiger Beobachter werden, will mich in den Zügeln halten, will mich des Hasses und der Bosheit zu enthalten suchen», nimmt er sich am 24. Juni 1918, während der Romanze mit Eva, im Tagebuch vor. Und am 27. März 1929, sechs Jahre, bevor er das Werk Fabres kennenlernt, heisst es im Tagebuch, als wolle er seiner ganzen künftigen schriftstellerischen Arbeit ein methodisches Prinzip voranstellen: «Sehen, sauber und präcise sehen und keine Anstrengung und keine Länge scheuen, um das Gesehene sauber und präcis darzustellen – das ist die Aufgabe des Berichterstatters – es dabei aber kurz, kompressiert und nicht langweilig darzustellen – das ist schon eher die Aufgabe des Künstlers.» Kurze Zeit vorher, am 18. November 1928, hat er einen Satz ins Tagebuch eingetragen, der in Sachen Vorbilder eine ganz andere als die 1935 mit Fabre intendierte Dimension öffnet: «Stil des Manhattan Transfer – vorbildlich». Denn ohne jeden Zweifel verdanken nicht nur die beiden frühen Romane, sondern auch «Alles in Allem» dem wie ein Puzzle gebauten, Montage, Collage und Reportage ins Spiel bringenden New Yorker Roman «Manhattan Transfer» (1925, deutsch erstmals 1927) des mit Guggenheim auf den Tag gleich alten John Dos Passos[1] in Sachen Technik und Komposition Entscheidendes. Gestaltungsmöglichkeiten jedenfalls, denen gegenüber eine Rückgriff auf die endlos-akribischen, stilistisch eher monotonen Käfer-, Spinnen- und Insektenbeschreibungen des legendären französischen Entomologen Jean-Henri Fabre formal eigentlich eher als Rückschritt denn als Fortschritt hätte erscheinen müssen…

Die frühen Romane im Verhältnis zu Guggenheims späterem Werk und zu den Büchern seiner Zeitgenossen

Als ein innerlich zusammengehöriges, in sich selber stilistisch zunehmend moderner werdendes Ganzes stellen die beiden Romane «Entfesselung» und «Sieben Tage» in Form eines bunten Mosaiks und mittels einer tragenden Handlung, die einmal die Flucht aus einer noch weitgehend von einer älteren Generation beherrschten, einmal die Rückkehr in eine allmählich von einer jüngeren Generation dominierte Stadt thematisiert, ein vielschichtiges, vielgesichtiges Porträt Zürichs in der Mitte der 1930er Jahre dar. Keineswegs, auch im zweiten Fall nicht, das Bild eines Eldorados der Gerechtigkeit, des sozialen Friedens oder der sicheren Zukunftsstrategien, sondern

1 Beide sind am 14. Januar 1896 geboren, Dos Passos in Baltimore, Guggenheim in Zürich. Dos Passos, der auch Döblin, Sartre und viele andere europäische Schriftsteller beeinflusst hat, starb am 28. September 1970.

das ausgesprochen nüchterne Bild eines Gemeinwesens, in dem Armut und Reichtum, unten und oben, Grossherzigkeit und Chauvinismus, Leidenschaft und Resignation, Frömmigkeit und Kriminalität, aber auch Liebe und Hass, Verzweiflung und Euphorie, Krankheit und Heilung, Geburt und Tod, Glück und Unglück dicht nebeneinanderstehen. Ganz so, wie es, ins Grosse gewendet, auch für «Alles in Allem» gelten wird, obschon dort das Establishment und seine Körperschaften aus einem durchwegs affirmativen Gestaltungswillen heraus sehr viel positiver und wohlwollender gezeichnet sind als z.B. in «Sieben Tage», wo mit dem Sozialvorsteher Reimar der Inbegriff eines chauvinistischen, einer verlogenen Moralvorstellung verpflichteten Beamten ins Spiel gebracht ist.
Die beiden Romane nehmen nicht nur den Stil und die Kompositionsweise von «Alles in Allem» oder «Wir waren unser vier» vorweg, sie spielen auch eine ganze Reihe von Themen erstmals durch, die für Guggenheims späteres Werk von Wichtigkeit sein werden: Ausbruch aus der bürgerlichen Welt und Heimkehr aus der Fremde, die Integration des einzelnen in der Gemeinschaft, den Gegensatz zwischen Bürgerlichkeit und Outsidertum, die Solidarität innerhalb einer Generation und die Konkurrenz mit der vorangehenden, die Selbstfindung in der Liebe und die Zeichnung der Frau als ideales Wesen einerseits und als Bedrohung und Gefährdung des Mannes andererseits.
Was ihren Stil, ihre Machart und auch ihre Themen betrifft, so wirken die beiden Romane auch im Vergleich zu anderen Werken der Schweizer Literatur jener Jahre relativ modern und innovatorisch. So steht die Anwendung der Psychoanalyse, wie sie Charles Ziegler in «Entfesselung» mit Peter Quirin betreibt, noch ziemlich einsam in der literarischen Landschaft, und zur Anwendung der Collagetechik im Sinn eines Dos Passos oder Döblin fand sich damals, sieht man von Rudolf Jakob Humm und seinem Jugendroman «Die Inseln» aus dem Jahre 1936 ab, noch kaum ein anderer Schweizer Autor bereit.
Als Guggenheim mit «Entfesselung» und «Sieben Tage» debütierte, dominierten eher traditionelle Autorinnen und Autoren wie Maria Waser, Simon Gfeller, Lisa Wenger, Felix Moeschlin und Robert Faesi, dessen 1917 erstmals publizierte Erzählung «Füsilier Wipf»[1] in Leopold Lindtbergs Verfilmung 1938 zum populären Schlüsselwerk der Geistigen Landesverteidigung avancieren sollte. 1934 ist Robert Walser eben von der Waldau nach

62 Der Patriotismus dieses Films steht in eklatantem Gegensatz zu einem anderen Soldatenfilm, dem 1943 nach Kurt Guggenheims Roman gedrehten Drama eines Schweizer Deserteurs, «Wilder Urlaub». Der Film sollte zunächst von der Militärzensur verboten werden und wurde in den Kinos dann zu einem Misserfolg. Siehe dazu das Nachwort zu Kurt Guggenheim, Werke VI, «Wilder Urlaub»/«Wir waren unser vier», Frauenfeld 2005, S. 252–303.

Herisau verlegt worden, wo er endgültig verstummen wird, in der Irrenanstalt Münsingen arbeitet Friedrich Glauser an «Wachtmeister Studer», der Sozialist Jakob Bührer veröffentlicht seinen gegen den Frontismus gerichteten Roman «Sturm über Stifflis» und zieht sich bald darauf resigniert ins Tessin zurück. Im deutschen Reich, wo seit 1933 Hitler an der Macht ist, können 1934, von eigentlichen Nazis wie Jakob Schaffner und Heinrich Anacker abgesehen, nur noch rechtskonservative oder «bäuerliche» Schweizer Autoren wie Jakob Stickelberger, Meinrad Inglin, Otto Wirz, Alfred Huggenberger, Ernst Zahn, John Knittel publizieren. Und der 23jährige Max Frisch, der sich mit dem 1934 erschienenen, formal eher konventionellen Roman «Jürg Reinhart» aber ebenso selbstverständlich in den deutschen Paradigmenwechsel[1] einfügt wie 1937 mit der heroischen «Antwort aus der Stille». Den Deutschen nicht genehme oder dezidiert antifaschistische Autorinnen und Autoren wie Cécile Ines Loos – die vor 1933 ebenfalls bei jener Stuttgarter DVA publizierte, wo neben Jakob Schaffner nun auch Max Frisch verlegt wird –, Hans Mühlestein, Rudolf Jakob Humm, Albin Zollinger oder Annemarie Schwarzenbach sind dagegen ganz dem Schweizer Verlagswesen ausgeliefert und können in den meisten Fällen auch nicht mehr damit rechnen, dass ihre Bücher in Deutschland vertrieben werden. Was natürlich selbstredend auch für Kurt Guggenheim und seine zwei ersten Romane gilt. Nicht nur, weil er Jude war, sondern auch deshalb, weil der Schweizer Spiegel Verlag sich mit der eben damals, 1935, erfolgten Publikation von Wolfgang Langhoffs KZ-Roman «Die Moorsoldaten» bei den Nazis verhasst machte wie kein anderer Schweizer Verlag vor und nach ihm. Fortunat Hubers und Adolf Guggenbühls Antifaschismus war eng verbunden mit jenem Einsatz für eine schweizerische Denkart und Lebensweise, der den «Schweizer Spiegel» bald einmal zu einem Hauptorgan der Geistigen Landesverteidigung machte. Einer Spielart allerdings, in der nicht nur die schweizerische Viersprachigkeit und die spezifische Eigenart aller Landesgegenden, sondern auch die von vielen als Zürcher Heimatbücher missverstandenen Romane des jüdischen Schulkameraden Kurt Guggenheim ihren festen Platz hatten. 1938, mit «Riedland», wo Aufbruch und Heimkehr ein weiteres Mal, aber diesmal mit tragischem Ausgang[2] durchgespielt wer-

63 Z. B. entsprach «Jürg Reinhart» in Sachen Rassismus durchaus deutschem Standard. So hebt sich der im Zentrum stehende Freundeskreis auf Schloss Ragusa nur allzu deutlich von den «dunklen, verschlagenen, faulen, ungezogenen, animalischen und fetthändigen Slawen» und von Subjekten wie dem «schmierigen Jüdlein mit Dreckhals» auf dem Istanbuler Bazar ab.

64 Bieli, der abgewiesene Liebhaber der Lehrerin Therese, kehrt nach Jahrzehnten ins Dorf zurück und zündet, unfähig zu einer Aussprache, rings um Thereses Haus und um den von ihr finanzierten Ölbohrturm herum Häuser an, bis Therese an einem (selbstgelegten!) Brand stirbt und der Brandstifter verhaftet werden kann.

den, ist Guggenheim den Präferenzen seiner Verlagsumgebung dann auch unmerklich nähergerückt: der Schauplatz ist mit Uznach und dem Ried am oberen Zürichsee jetzt ein dörflich-ländlicher, und die Liebesgeschichte zwischen Marie und Rochat – die allerdings die ungleich wichtigere, tragisch endende zwischen Therese und Bieli nicht vergessen macht – endet mit der Reise in ein deutschschweizerisch-welsches Eheglück.

Von der zu Grunde liegenden Intention her aber nimmt «Riedland», auch wenn Guggenheim selbst es später nicht mehr so sehen wollte, wieder auf, was die beiden ersten Romane durch vielerlei Anfechtungen hinweg entwickelt hatten: das «grosse Ja», mit dem in «Sieben Tage» der Sonntag zu Ende geht und das nichts anderes als jenes Sichabfinden mit den manchmal schwierigen, manchmal beglückenden Realitäten des Lebens und der menschlichen Gemeinschaft bedeutet, das im zentralen Gedanken von «Riedland», um die soziale Dimension bereichert, wieder aufklingt: «Ich habe die Erde geliebt, wie man sie lieben muss, in der Armut.»

Bildnachweis und Dank

Das Bild auf Seite 351 stammt von einer Postkarte aus der Zeit um 1950. Das Bild Seite 353 stammt aus dem Besitz von Eva Welti-Hug und wurde uns freundlicherweise von Esther Blanc-Welti, Lausanne, zur Verfügung gestellt. Das Bild Seite 355 ist aus dem Film heraus kopiert, den Peter K. Wehrli 1996 für das Fernsehen DRS über Kurt Guggenheim gedreht hat. Das Bild Seite 357 ist eine Aufnahme von Vivianne Berg, Zürich. Das Porträt von Hugo Marti auf Seite 361 verdanken wir Herrn Rolf Marti, Wabern bei Bern. Sämtliche übrigen Abbildungen beruhen auf Vorlagen aus dem Archiv Charles Linsmayer, Zürich.

Herausgeber und Verlag danken der Handschriftenabteilung der Zentralbibliothek Zürich und insbesondere dessen Leiter, Herrn Professor Dr. Christoph Eggenberger, für die unkomplizierte Benützung der im Nachlass Kurt Guggenheim archivierten handschriftlichen Tagebücher und weiterer Dokumente. Ein herzlicher Dank gilt auch der Kurt- und Gertrud Guggenheim-Stiftung, Zürich, welche die Herausgabe auch dieses Bandes mit einem namhaften Beitrag unterstützt hat.